华东师范大学精品教材建设专项基金资助项目
华东师范大学教材出版基金资助出版

文学批评入门

Literary Criticism

Literary Criticism

汤拥华 —— 著

华东师范大学出版社
·上海·

图书在版编目(CIP)数据

文学批评入门/汤拥华著. —上海:华东师范大学出版
社,2020
  ISBN 978 - 7 - 5760 - 0444 - 1

  Ⅰ.①文… Ⅱ.①汤… Ⅲ.①文学评论－高等学校－
教材 Ⅳ.①I06

  中国版本图书馆 CIP 数据核字(2020)第 107298 号

华东师范大学精品教材建设专项基金资助项目
华东师范大学教材出版基金资助出版

文学批评入门

著 者 汤拥华
责任编辑 李 琴
特约审读 陈成江
责任校对 林文君 时东明
装帧设计 俞 越

出版发行 华东师范大学出版社
社 址 上海市中山北路 3663 号 邮编 200062
网 址 www.ecnupress.com.cn
电 话 021 - 60821666 行政传真 021 - 62572105
客服电话 021 - 62865537 门市(邮购)电话 021 - 62869887
地 址 上海市中山北路 3663 号华东师范大学校内先锋路口
网 店 http://hdsdcbs.tmall.com

印 刷 者 上海华顿书刊印刷有限公司
开 本 787 毫米×1092 毫米 1/16
印 张 20.25
字 数 425 千字
版 次 2020 年 8 月第 1 版
印 次 2025 年 6 月第 8 次
书 号 ISBN 978 - 7 - 5760 - 0444 - 1
定 价 54.00 元

出 版 人 王 焰

(如发现本版图书有印订质量问题,请寄回本社客服中心调换或电话 021 - 62865537 联系)

说 明

SHUOMING

本教材相关课程为"文学批评",供高等院校中文系学生使用,亦适合一般文学爱好者阅读。

本教材的重点不在于文学批评理论的全面介绍,而在于引导学生通过批评实践理解理论,并将理论运用于批评实践。教材一方面强调理论联系实际,借助个案分析以及课后练习逐步提高学生撰写评论的能力;另一方面结合案例,对文学批评基本原理展开探讨,可用作"西方文论"等课程的辅助读物。

本教材以课堂讲义为底稿。教材中用做案例的作品分析及其他辅助教学的文字材料,除特别注明出处外,皆由本教材著者撰写。

教材中所涉作品,大多为文学爱好者熟悉的名篇佳作,故不附录于书后。

教材中部分内容引用了著者已经发表的文学评论类论文和出版的论著,特此向《文学评论》、《文艺争鸣》、《探索与争鸣》、《山花》、《扬子江评论》、《华文文学》、《戏剧与影视评论》、《中国文艺评论》、《上海文化》、《海上文坛》等杂志社以及浙江工商大学出版社表示感谢,教材中不一一注明。个别论文为与他人合著,使用前已征得其他著者同意,并作了不同程度的修改,一切责任由本书著者承担。

本书名为"文学批评入门",其目的是为大学生撰写文学批评——而不是研究文学或文学史问题的学术论文——提供一些入门级的建议。它的底本是上课的讲义,所配合的是"文学批评"这门课程(我先后使用过"文学批评原理"和"文学批评理论与实践"这两个课名),预设的读者是中文系本科学生,所以它可能会有一点所谓的"学院派"色彩。在中文系教文学创作常有风险,教文学批评也没有更容易,所以一切都有尝试的性质。如果你并未经过大学中文系的训练,但已经是文学批评的行家里手,那么你完全不需要读这本书来补课,但也许你愿意看看中文系师生——至少是其中的一部分——怎么理解文学批评。如果你并非中文系学生,却对中文系的课程包括文学批评感兴趣,但是市面上讲文学批评的书有些莫测高深(一大堆陌生的人名和艰涩的术语),那么你也许会觉得本书有用,因为它并非全面介绍文学批评的基础理论,而是希望将一些不那么玄妙的理论运用于批评实践,大部分情况下,它称得上通俗易懂。如果你对中文系所讲的一套本来就不以为然,那么这门课以及这本书恐怕也不能吸引你,但或许可以供你批判。

不管是哪一类读者,我都假设我们是在中文系的讨论课上(二十人以下的小课堂),在以大学师生喜欢的方式交换彼此的心得。作为教师,必须是我本人能懂并且有可能在课上讲到的,才会写到教材中来,所以这本书中有大量我自己对文学作品的分析。说实话这并不是聪明的做法,不仅因为教材毕竟不是上课实录,理当删繁就简,加入具体作品的分析容易显得庞杂;还因为这样做很容易让教师"露怯"——他必须活用理论而有可能被认为曲解了理论,他必须面对文本而有可能暴露自己并不比学生有更好的文学感觉。这两重顾虑,前者我打算交给实践去检验,至于后者,则没有什么了不起,今天的大学教师与其说是知识的传授者,不如说是学习的组织者,他原本就不必事事贤于弟子,而只需要帮助学生确立必要的理念和标准,并能够引导学生展开一个循序渐进的学习过程。本书的章节忠实地反映了实际上课的进程,虽然课堂上热烈的互动很难得到反映,但我在书中所扮演的角色正是我在课堂上所扮演的。

用了文学批评这么大个题目,照理说应该覆盖古今中外各个时空,收纳诗歌、散文、小说、戏剧各种类型,但实际上没法照顾这么多。首先,本课程很难纳入中国古代文学批评,在中文系,后者一般会放在"中国文学批评史"或者"中国古代文学理论与批评"的课程下处理。其次,从批评对象来看，主要讲的是小说批评，而且是现代小说。诗歌、散文、戏剧只是在解说相关原理时作为例证出现，对电影、电视的批评虽有涉及，也只是点到为止。这当然不能让人满意。大家从中文系毕业，也许一辈子不用写文学评论，但要是从未写过一篇影评、剧评，总觉有点辜负出身。这不单是指发表在专业影视评论杂志抑或报纸专栏的文章，还包括发表在网络平台上甚至微信个人公众号上的小评论。大部分人看完一部电影、一部电视剧或者一出话剧就完事了，但总有人想写点什么。如果只是一篇两篇，那么有感而发即可，学不学、练不练倒无所谓；但如果有志于做一个半专业的影评或剧评人，或者想为自己的公众号赢得稳定的粉丝，稍微系统的训练肯定不可缺少。

那课上为什么不多讲讲这方面的内容呢？首先是我对影视缺乏专精的研究，很难讲到位；其次是影视作品的文本不好呈现，讲起来不方便。除此之外还有第三个原因，听来可能有点奇怪：在一个发表东西太过容易的时代，我们得学会摁住笔，最好不要一开始就写太多影视评论（包括打算未来以影视研究为业的同学）。大学生都是接受高等教育的文化精英，面对周遭以娱乐大众为基本定位的文化产品，会有天然的心理优势，似乎怎么写都行：可以嘲笑糟糕的演技，可以吐槽狗血的情节，可以揭露资本的无耻，当然也可以泪流满面，感叹竟然有这样的良心制作；或者站稳"草根"立场，宣称越是大众的就越是高尚的——但这种从心所欲只是表面现象。你一吐为快，却未必说出了特别的东西，很可能只是在现成的几组答案中打转。大家经常在微信上看到意见尖锐对立的影评，看完不知道该不该买票去电影院，最终去了，心想原来是这样呀，我也来写一篇！写好发到网上，结果应者寥寥，原来你要说的话都被人说过了。你为了想说点不一样的东西，搜肠刮肚好几天，网上热点早已经转移了。有时你的文章写得不错，但是文字不如人家搞笑，标题不如人家惹眼，大家都去转发别人的，不转你的。这时你可能暗下决心：我一定要学会"10万＋"的招数！这不错，但你也可以另选一条入门的路径，即让自己在经典文学作品那里停留得更久一些，在不那么热闹却更考验功力的地方磨练自己。

为什么更考验功力？很简单，因为你面对的是世界上语言能力最强的一批人，如果你拿着三、四流的语言评论他们的作品，自己马上就感觉出来了，更不用说三、四流的语言也得来不易。这可不只是我们通常所说的语词华美，而是文学这门手艺中积累了形式与内容的无穷变化，你的功力不到，语言就单薄、夸张、生硬、色厉内荏、气血两亏，读人家的作品是要一奉十，读你的评论却是事倍功半。你用糟糕的语言去评论一部糟糕的偶像剧，往往气势如虹，甚至越是陈词滥调就越是口若悬河；但如果用来评价一部真正的文学杰作，则像是裘千丈（铁掌帮帮主裘千仞的同胞兄弟）遇上了黄药师，人家还没怎么样，自己先就腿软了。对我们做文字工作的人来说，没有什么比向经典作家、经典作品学习更有效的了。也许你会反驳说，难道我们从经典电影那里学不到东西吗？当然能学到，但你要想抓住经典电影的好处，要有文学评论的底子。你不多看电影、电视，不多了解有关影视制作的各类知识，你的影评、剧评就只是门外汉的玩票；但如果文学评论的底子没打好，从图像到图像，写出来的电影评论就很容易是亦步亦趋的图解,缺乏内在的力道。就像郭靖初学降龙十八掌,先学了前面十五掌,由于领悟不深,徒具其形,遇到高手只能呼啦啦打完一遍又一遍,很容易就被对方识破。好在他运气好,先有马钰道长给他打下全真教的内功底子,后来又阴差阳错学到了九阴真经,这才化腐朽为神奇。总之,本课程的第一信条就是:要向真正的文学杰作学习文学,然后才知道怎么做文学批评。

接下来还有第二个问题:为什么课上主要讲小说而不是诗歌、散文?同样有两个原因,一个好理解,一个不太好理解。好理解的原因是时间太少,教师学养有限;不好理解的原因是,评论小说与评论诗歌、散文并不完全是一回事。我们今天说文学批评,事先设定了一个总括四大体裁的"文学"存在,但其实所谓文学、所谓诗、所谓文都是在历史中形成的理解文学的不同范式。我们知道中国很早就有诗这个范畴,这个范畴与什么相对呢?心啊,礼啊,乐啊,这类范畴。所谓"诗者,在心为志,发言为诗";"兴于诗,立于礼,成于乐",所谓"温柔敦厚,诗教也"。一大套文学观念就在诗这样一个范畴上建立起来。此外还有文,文并不就是散文,而是把诗、赋以及各类应用文都放在一起。这时我们特别关心什么问题呢?文质彬彬的问题,即形式与内容如何统一的问题;文以载道的问题,即人之文与天之道如何统一的问题;名以文传的问题,即人生的有限性与文字的永恒性如何统一的问题;如此等等。再去看西方,亚里士多德的《诗学》把诗和戏剧放在一起谈,而重点在戏剧,在叙事性作品,关心的是诗与哲学、诗与历史的问题,是诗作为摹仿能否以及如何揭示生活的本质的问题,这就是所谓的再现论。后来浪漫主义兴起,抒情诗变得特别重要,因为这时候大家特别关心作为"强烈情感的自然流溢"的诗能否像一盏灯一样照亮世界,而这种观念也很快越出抒情诗的范畴,成为风靡一时的表现论。说这么多的意思是,所谓的文学批评,不是一门外延稳定、内涵明确的科学,而是在历史中先后形成的、对纷繁芜杂的"文学"现象进行评析与探究的不同范式的组合。乍看起来像是抽象对普遍,一通百通,"有评无类",其实总是某些文类最适合某些抽象问题,而特定的批评语境又总有它特殊的偏好。这就好像一个女孩子说她心中理想男性的标准,不管她说得如何普遍与抽象,我们总觉得她是比照着某个特定的人说的。而我们今天最重要的文学批评范式,是比照着小说展开的,最能够表达现代人的文学理念和特殊关切的文体是小说。现代人在谈小说时总是最有话说,既能说得比较细,又能说得比较开,当然也能说得比较精彩;既能够勾连各类有关文化的讨论,也最容易引发其他读者的参与和共鸣。

此处必须马上提出两个修正。首先,对于主要从事其他体裁或者说文类批评的人来说,强调小说的优先地位或许只是人云亦云(所以我们经常听到这样的说法:"二十世纪中国文学的最大成就在散文"、"诗才是文学永远的皇冠"、"当代文学的秘密,全在戏剧中",如此等等),而且我们没有办法证明他们说的是错的。其次,即便今天以小说为核心文类,在历史中形成的以其他文类为原型的问题意识和分析方法也仍然会活跃于我们的批评中。所以要这样理解:一方面,对文学批评来说,小说这个文类确实重要;另一方面,小说在很多时候已经不是单一的文类,而是一种进入文学问题的路径。你要把放在沙发上的外套拿起来,可以提领子,也可以拎肩膀,甚至可以抓一个袖子,但不管是哪一种方式,都会把整件衣服提起来。所以在本课程中,我们往往需要在不同文类的相互关系中批评某一特定文类的作品,不仅因为我们用以应对文学作品的文学观念如果富有生气,一定是有各种类型的文学作品在滋养着它;更因为这些文学观念本来就是在不同文类的冲突中应运而生的。具体的讨论我们放到后面的章节中继续进行。

前面说了,我们可能没办法太多纳入中国古代文论的内容。这一方面是因为中文系会开设相关课程,另一方面则是因为文学批评的当代性。文学批评课强调从理论到实践,但我们基本上不会拿某一古代文学观念或者理论去实践。比方清代王士禛提出了"神韵说"的诗歌理论,今天的人只需要了解"神韵说"本身的内涵,然后看古人如何用"神韵说"批评具体作品,并不需要自己亲身演练。反之,现代那些玄而又玄的理论,无论看起来多么抽象,我们也总希望将之应用于具体文学作品,亲自检验它们的正确性。原因说来简单,我们是现代人,现代的理论对我们来说还较少是凝固的知识,较多是具有挑战性的思路。就像弗洛伊德对梦的解析,我们听后总忍不住要同他争辩一番,哪怕老先生已经去世多年,也不能轻易放过,因为我们仍然生活在他的阴影之下;但我们看亚里士多德的灵魂理论,如果不同意,可能也会想同他争论,然而转念一想:算了,那个时代的人大概就是这样想的吧? 一种理论仍然作为问题向现在的我们提出,另一种理论则可以作为知识甚或史实归属于"过去的他们",这就是差别。

但是我们马上就该自我诘问了:过去与现在,他们与我们,真的能分得这么清楚? 不是大家经常说"一切历史都是当代史"么? 怎么可以将"文学批评史"与文学批评截然分开? 确实,就整体而言,无论是"神韵说"还是"言志说"、"载道说",它们所关联的文学世界与今天都已经大不一样,如果用中国古代诗歌理论批评中国现代诗歌,或者用西方现代诗歌理论评论中国古典诗歌,都会有削足适履甚至缘木求鱼之感——但是,并没有绝对可靠的原则禁止我们这样做。因为文学批评是文学作品与文学观念之间的连接器,某种程度上,它的价值就在于打破陈规,将文学作品从一般的、自然的甚至是舒服的接受方式带向更有挑战性的接受方式。如果你从不敢尝试做任何嫁接、跨界甚或"穿越"的工作,你的批评语言就很容易陷入陈腐。所以我们不能一味地强调作品和理论的原初语境,还要敢于探测"再语境化"的可能性。我们需要文学批评把"他者"的观念带入到"我们"的讨论中来,因为只有当"我们"是一个可以更新和扩大的共同体时才会有活力。事实上,今天有不少专攻现当代文学的学者会去研究中国古代文学理论,这倒不一定是为了建立"中国自己的理论",而是希望能够在古今中西的碰撞中,激活那些已经被知识化的观念。我们当然知道这类工作常有理念先行的风险,但它们是有意义的,至少有助于保持作为整体的文学传统与作为个体的文学作品之间的张力关系。也就是说,不要总是拿现成的对文学传统的理解来解说具体的文学作品,也不要总是拿对文学作品的某一种权威理解来解说传统,而要让两者保留被重写的可能性。所以,在本课程的批评实践中,我们一方面希望大家能够掌握理论与作品最自然的对应方式,即别人在解释某类作品时一般用什么理论,他们的选择有什么理由;另一方面也希望大家在有一定把握的前提下,放大胆子,走出安全地带,而不要被"过度阐释"的危险吓倒。理论不管是从哪里来的,能用就行,所谓能用,是指能够将他人带向作品,让他们获得新鲜的发现。如果只是炮制出同一模式的评论,不能启人才思,望之令人生厌,那也就是不能用了。但总归要先实践起来,在实践中学习实践。

讲到理论与实践,我还要说的是,相比中文系其他课程,文学批评这门课的实践性算是比较强的,因为它最重要的评价指标是写出好的评论。但即便如此,这门课还是应该保持理论与实践的平衡。理论与实践的矛盾是中文系的典型矛盾,一直以来很多同学都在抱怨,我们学了那么多有关文学的原理、道理和理论,却写不出一首比较像样的诗,一篇不那么幼稚的小说(很多人甚至连尝试都没有),岂不是纸上谈兵? 创作方面纸上谈兵也就算了,难道批评也要如此? 对这个问题,我只能说,我们希望不止如此。大学课堂会尽力创造条件让大家得到文学批评写作的锻炼,帮助大家早日写出平易而有见地、公正而有关怀、缜密而有文采且在知识含量和"技术难度"上超越一般网络评论的文章。但是另一方面,大家会在上课过程中慢慢体会到,这门课并不只是一门实践课,跟广告文案写作或者应用文写作这类课程有很大不同。有的时候它的确可以是"有关如何做文学批评的原理",原理还可以具体化为"方法"(有些相关教材就叫《批评方法与案例》),甚至可以依葫芦画瓢,直接上手操作;有的时候它又比较像是观念的准备,帮助大家先行清理认识上的障碍,使批评更有可能切中肯綮,不至于在不相干的事情上浪费力气;还有些时候,它更像是"作为理论的批评",也就是由文学批评这样一种针对具体作家、作品的评价活动,不可避免地引出有关文学之为文学的抽象思考。在此意义上,它可以被视为文学概论、美学原理这类课程的深化。在文学概论课或者美学课上也会有对文学作品的评论,但一般是"例说",拿具体作品说明抽象道理,而我们这个课就可以在具体情境中处理那些棘手的难题,比方分析一部作品中的"阶级意识"时,怎样处理作者怎么想和读者怎么想的关系;怎样从一篇小说中分离出形式与内容,然后又能将它们合二为一;怎样在讨论一个虚构人物时,把握伦理判断与审美判断的区分;怎样判断一部女性文学作品的审美特质究竟是本身具有还是男性眼光的产物,如此等等。此时我们不只是将原理运用于实践,更要在实践中思考原理本身。很多时候,你会发现原来准备好的"文学概论"的知识不够用,很多天经地义的观念受到挑战;还有一些时候,你会觉得某一无往不利的批评方法对某个作品无能为力,作品中的种种复杂状况像坑洼不平的路面,强有力地阻挡理论的车轮。这个时候,不是理论变得不实用了,而是你开始真正进入理论了。

真正有价值的理论思考,不是以某个深刻玄奥的原理或者某种反思、批判的眼光裁判"天真的文学",而是让理论与文学作品形成富有力度的交互问答。这并不仅仅是理论让常识难题化,也是具体的文学作品如何让理论难题化。不能将作品"打开"的理论是没有力量的,不能让理论"尴尬"的作品也是没有力量的。这种文学与理论的双向思考的过程并不需要都在评论的写作中体现出来,但是它会成为我们写作文学批评的"底气"——我们之所以敢于对某部作品发言，不仅仅因为对作品的好坏有个人看法，也不只是因为比一般人读了更多的书，更是因为对"理论性地思考文学"这件事更有经验，理当更为自觉地抵抗生搬硬套或浅尝辄止。经验原本是零散、模糊的，但它们会在对具体文学作品的细读过程中变得清晰，一些空洞的、人云亦云的观念会被抛弃，个人阅读所获得的真切而微妙的思考则会水滴般彼此融合，逐渐形成浑然一体的逻辑。重要的不是如何裁判周遭的文学世界，而是如何整理和更新我们头脑中的文学观念。不仅要能在他人的议论中洞察各种陈词滥调，还要对阻碍自己深入思考的概念、逻辑保持敏感。如果我们通过某一次评论发现自己在某些问题上一直人云亦云，而现在已经不大愿意重弹老调，那么这就意味着理论思考能力的增强，也是文学感受力的增强。也许你现在仍然眼高手低，但并非停在原地。

由此引出的告诫是，在这门课上，我们不仅要学做批评家，还要学做学者型批评家。美国"新批评派"的奠基人兰色姆说："批评一定要更加科学，或者说要更加精确，更加系统化，这就是说，文艺批评一定要通过学问渊博的人坚持不渝的共同努力发展起来——就是说，批评的合适场所是在大学里。"[①]这话不一定可信，但至少可爱，值得为之努力。这意味着我们至少要增加三方面的储备。其一，文学作品的准备。一方面是要读足够多的经典作品，以养成比较可靠的鉴赏力；另一方面则是在评论一部作品时，要尽可能地了解作家创作的整体情况，把单个的作品放在相关作品——包括别人的作品——的集合中去把握。其二，文学理论的准备。文学批评究竟需要怎样的理论准备，我们在接下来的学习中会有具体的解说。其三，评论范例的准备。凡事从模仿开始比较容易入门，大家要从图书馆的书架上和期刊阅览室找到自己的"偶像批评家"，看看哪一类或者哪一个批评家最符合你的情性，仔细地研究他们的代表作，争取大体掌握他们思考和写作的路数。

虽然我个人对这门课程怀有很大的期望，但是大学的课程只是告诉我们这件事一般来说是怎样的，至于每个人能把它做到什么程度，就要看个人的悟性与努力了。清代诗论家叶燮曾说写诗需要"才"、"胆"、"识"、"力"，写文学评论当然也需要这些。我有个说法是，精彩的评论至少需要有四个方面的配合，所谓"KITE"：Knowledge（学识），Inspiration（灵感），Taste（趣味），Emotion（情感）。

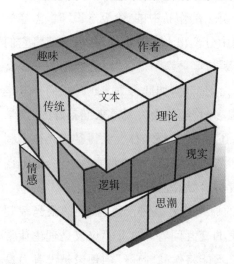

Knowledge：必须有必要的知识框架作为支持，仅仅阅读作品本身不足以进行批评。

① ［美］约·克·兰色姆. 批评公司［M］//［英］戴维·洛奇. 二十世纪文学评论（上册）. 葛林，译. 上海：上海译文出版社，1987：385.

Inspiration：文学批评是整体与个别的阐释学的循环，它需要反思性的直观把握能力，然后才是以逻辑的力量去论证。

Taste：好的文学批评会显示出好的趣味，这在某种意义上是批评家本人人格、眼界的体现。

Emotion：文学批评并非一定要呈现出诗意，但一定要有情感，否则无法体现出批评者与文学作品的共鸣，因而无法提供关键的体证。

必须有以上四个方面的配合，批评这只风筝才能飞得起来。或者我们换一个比喻，文学批评像是玩魔方，就像上图所显示的那样，假如每一个有字的魔方块代表文学批评中要考虑的一个要素，那么我们总得想办法把尽可能多的要素结合到同一个平面上，这样才能够写出一篇更完美的评论来。不管是"配合"还是"结合"，当然都不是容易的事，即便具备了各方面的条件，也未必能获得令人满意的结果。我们只能尽力而为，并在实践中不断增长经验。另外，本书名为"文学批评入门"，而不是"文学批评写作入门"，是不打算在"怎么写"方面啰嗦太多，这当然不是说写作的训练不重要，而是说像文学批评这样强调个性化、创造性的高级写作类型，教师很难将它当作"应用文写作"去教，并且总结出一套普遍适用的套路乃至格式。如果要说在写作上有什么要求，也无非不过论题精警、逻辑清晰、思路独到、分析扎实、情理相生、比例得当、用语精确、富有文采这类套话。好在大家已经具备了足够的写作能力，只面临一个有针对性地提高写作能力的问题。最实用的建议仍然是多读多写，而有关写，除了从模仿起步外，最重要的是反复修改。读书是精读一本胜过草草翻阅十本，写作也是同样的道理，一挥而就固然可喜，但是没有什么比反复修改一篇文学评论更锻炼人的了。

最后，交代这本书以及这门课程的最高期待是：在全民参与、快意恩仇的新媒体时代，能够听到更多学院派评论者知性的声音。党的"二十大"报告明确指出，要深入开展社会主义核心价值观宣传教育，深化爱国主义、集体主义、社会主义教育，着力培养担当民族复兴大任的时代新人。要实现这一目标，需要我们在教育教学的每一个环节自觉地维护那些值得维护的东西。作为一门强调理论如何运用于实践的课程，我们当然希望多多介绍方法，但如果观念——有关什么是有价值的文学作品和文学批评——在此过程中同样醒目甚至偶尔有些喧宾夺主，那是因为我们并不相信存在可以与观念分离的方法，更不相信仅凭对方法的示范与模仿，就足以将我们带入文学批评这样一种创造性的工作。

推荐书目及理由

TUIJIANSHUMUJILIYOU

在正式开始本课程的学习之前,教师一般会提供一个推荐书目。我不打算像有些入门书那样,列出上百本书,以便大家掌握某一学科的基本知识。至少就我的设计来说,文学批评并不是强调知识的课程(它不必代替文学概论、西方文论、文学史以及各类专题研究课程),它所希望的是唤起大家细读作品的热情,培养某种批评的趣味,并尽可能地完成必要的写作训练。它所强调的是在学之中写,在写之中学,如果上课以及阅读讲义的过程并不能让我们在这方面有所收获,那么介绍更多的书也无济于事——即便有"济",也不能算这门课的功劳。

不过,既然本课程强调教师的言传身教,稍微介绍几本教师自己读了觉得不错且适合初学者的书,应该不至于令人讨厌。有些书不一定都能读懂,更不一定能够应用到批评中,但是开卷有益。翻阅过这些书,对理解讲义应该也会有帮助。至于其他针对特定章节的阅读材料,我们在正文的注释中会有所提示。

《咀华集》、《咀华二集》

李健吾

这两部书是李健吾先生的评论集。李健吾是著名的法国文学翻译家,也被广泛认为是中国现代文学史上最具"文学性"的批评家。其"印象主义"的批评方法不仅有法国唯美主义批评的直接影响,亦有强调以象会意的中国古典批评范式一阳来复。文中每每以对话者的姿态展开批评,文字华美、精确而又满怀诚意,值得反复品味。

《二十世纪中国文学史论》

王晓明 主编

这部书名为"史论",却非传统的文学史,而是要以对文学的解读重构历史的图景。这部书集中展示了中国现当代文学学科的整体水准和最新向度,所选论文均经过严格筛选,在海内外中国现当代文学研究界均产生了不小的影响。书中不仅涉及多个前沿理论问题,还有对鲁迅、曹禺等大家的深入探讨以及对《家》、《骆驼祥子》、《白毛女》等名作的精细分析;不仅对我们习焉不察的文学史观大有冲击,对文学批评写作亦有借鉴价值。

《从卡夫卡到昆德拉》

吴晓东

选择吴晓东教授的重要原因是基于"学院派文学批评入门"这一定位。吴晓东教授的特点是总能为文本分析配上妥帖的理论术语,使文学批评既能够凸显问题意识、理论视角,又能够深入文本内部;使读者不仅可以学到如何利用特定的理论方法分析文学作品,也能够通过这些分析更好地理解理论本身。这正是本课程和本教材的目标所在。另外,吴晓东教授的分析语言平和温润,自然妥帖,没有玄奥的哲学思辨,很适合本科学生借鉴、模仿。

《中国现代经典短篇小说文本分析》

刘俐俐

这是南开大学刘俐俐教授所著的一本非常实用的书,将文本细读的技术应用于中国现代短篇小说的解读中,分析精到,示范性强。书中附有小说原文,使用起来十分称手。

《二十世纪文学评论》

[英] 戴维·洛奇 编

此书原版由著名作家戴维·洛奇(David Lodge)编选,数十年来,一直享有崇高的声望。该文选以英美批评为主体,不仅收入了一些对二十世纪文学观念的更新起到关键作用的理论文章,更有细致而深透的作品分析。中文版译者阵容强大,大家众多,是一个不可多得的选本。当然,需要提醒的是,评论(criticism)在此并不是狭义的文学评论,而常常是因为文学引发的评论,有时针对具体作品,有时则讨论更为普遍的问题。

《精致的瓮》

[美] 克林斯·布鲁克斯

布鲁克斯是美国"新批评"派的代表人物,而《精致的瓮》是布鲁克斯最为知名的文学批评著作。在这部书中,布鲁克斯每一章论一首诗,将"新批评"派的细读艺术发挥到淋漓尽致。此种细读不仅以细腻的语言感知为基础,更有"悖论"、"反讽"、"含混"、"意象"等理论术语贯穿其中。布鲁克斯的文学感受力和理论分析技巧以及他那作为教师的辩才都服从于这一信念:分析一首诗,应以"结构"而非"内容"或"题材"为本体。我们不一定完全接受这一信念,但如果从未像他那样分析过一部作品,也很难说已经尝到了文学的滋味。

《未来千年文学备忘录》(或称《美国讲稿》)

[意大利] 卡尔维诺

伟大的小说家卡尔维诺这本书是他受邀在美国哈佛大学做讲座时的讲稿,读过它的人很难无动于衷,因为它有着如此清新脱俗的思路,其见解不仅直入人心,而且洋溢着想象力的光彩。我们时常将听到某个言论的感受描述为"醍醐灌顶",这种描述大部分情况下都是客气话,但如果你是第一次读卡尔维诺的文论,真的会有这种感觉。

《小说的艺术》、《被背叛的遗嘱》

[捷克] 米兰·昆德拉

阅读文学家昆德拉总能有理论的收获,此种理论立足于他所看重的——虽然也许会被认为是不无偏见的——文学的特性与传统,无情地摒弃各类陈腐之见,既毫不掩饰其独到的小说趣味,又富有学识与思辨的力量,而他的论说又始终彰显出强烈的个人风格。与其说是对其创作经验的总结,毋宁说是其文学创作的另一天地。有人说昆德拉仅凭文论也应该可以得诺贝尔文学奖,不无道理。

《反对诠释》、《重点所在》

[美] 苏珊·桑塔格

苏珊·桑塔格的多重身份使得她的批评文集备受瞩目，她是小说家，也是文学批评家，还是艺术界的先锋人士，又是西方女性知识分子最重要的代表之一。她将源远流长的唯美主义传统与当代文化批评的核心关切紧密结合，在抨击学院批评的种种陈词滥调的同时，以其细腻的形式感悟、深厚的哲学素养和对现代问题的敏锐洞察力锻造出生气勃勃的批评文字，使二十世纪六十年代之后的美国知识界精神为之一震。

《如何读，为什么读》

[美] 哈罗德·布鲁姆

哈罗德·布鲁姆无以伦比的阅读量和复印机般的记忆力使他成为真正意义上的文学专家，但他极少有专家常有的世故，在表达自己的精英趣味时从不遮遮掩掩。我们可以从他海量的著述中挑选一些来适合自己的阅读。《如何读，为什么读》作为一部导读类著作，是批评家渊博的学识、宏阔的视野、严苛的趣味和犀利的风格的体现，又显出文学教师循循善诱的本领。书中对具体作品的讨论虽然只是较小的篇幅，却以一当十，足以让我们领略文学行家的底气与力量。

《文学作品的多重解读》

[美] 迈克尔·莱恩

针对一部作品——莎士比亚的《李尔王》、托尼·莫里森的《蓝眼睛》等有数几部——运用多种批评方法去解读，此事是否可行？莱恩的这部书做了很好的示范。示范的结果如何，大家可以自己判断。无论如何，对于初学批评理论的人来说，这本书使用起来有一种特别的方便，虽然对于这种方便也要保持足够的警惕。

《散文诗学——叙事研究论文选》

[法] 茨维坦·托多罗夫

托多罗夫是法国结构主义文论和叙事学批评的代表人物,这本《散文诗学——叙事研究论文选》对我们理解叙事学分析的思路很有帮助。书中少见艰涩术语,深入浅出。每每从形式分析入手,推进到关键处,又会自然而然地引出对一些大问题的思考,值得借鉴。

《文学阅读指南》

[英] 特里·伊格尔顿

伊格尔顿这本幽默搞怪的新著放下了那些令人眼花缭乱的理论名词,试图从生动真切的阅读体验中发展出耐人咀嚼的理论问题,以破除一种教条:分析是享受之敌。一贯贫嘴的伊格尔顿虽有东拉西扯、天马行空的毛病,但这本书还是值得一读的诚意之作。大家还可以参考他的另一部书《如何读诗》。但我不建议过早读《异端人物》这类书评(这些书评针对的大多是文学研究者),在那里面,伊格尔顿充分显示出"毒舌"本色,但那种毒舌多的是政治立场分歧所造就的锋利,却少了扎实的文学想象所滋养的同情心。

《小说机杼》、《不负责任的自我:论笑与小说》

[英] 詹姆斯·伍德

英国60后小说家詹姆斯·伍德讨论小说的书值得特别推荐。他有一种审美主义者的坦诚,却又不像纳博科夫和哈罗德·布鲁姆那样咄咄逼人,而在了解读者、使所评论的对象引人入胜的方面,他也胜过很多兼为小说家的批评家。我们满可以将他对约翰·罗斯金的赞美视为夫子自道:"他的威信并非来自他本人作为绘师的技巧——他是一个老练的艺匠,但天赋并不太高——而是来自他的眼力,能看见什么,能看得多细,并且可以用文字把这种眼力传达出来。"

《小说的语言和叙事：从塞万提斯到卡尔维诺》

[南非] 安德烈·布林克

与其南非同胞库切一样，安德烈·布林克本身是优秀的小说家，也是很好的批评家，而且相比库切，布林克显然更富有教学经验与理论意识，能够耐心地对一部作品进行深入浅出的分析。《小说的语言和叙事》每章讲一个作品，始终扣住语言和叙事展开分析，很多分析都透辟而熨帖，认真研读定有收获。

最后要说的是，由于这是一本关于文学批评的书，所以不会推荐文学作品。但是不言而喻的建议是，在读批评著作时，如果能够尽量阅读这些著作所评论的作品，一定会事半功倍。有些同学可能担心读了文学批评再去读作品会不会先入为主，而有些同学认为不先读批评，直接读作品有点盲人摸象。这两种想法都有道理，我们其实不用紧张于怎么选择，读书是一个长期过程，你完全有时间交替使用两种读法。这里只是要提醒一点，如果你是为学习文学批评而读书，那么不管是读文学作品还是读批评文章，都要有一部分是用来精读的。这意味着不能贪多务得，而应该花功夫一段一段、一句一句地分析，大到思路视角，小到遣词造句，看看人家到底好在哪里，自己为什么写不到位，如何才能举一反三，等等。一部作品，一篇文章，总得读个好几遍，而且抓住细节进行比照练习，才会有所收获。我们可以把这当作是本课程的第一项作业，细读十篇以上自己真正觉得好的评论文章，直至烂熟于心，使它们成为自己写评论的借鉴与标准。

目　录

第一编

什么是学院派批评

第一编是要讲两个大问题,一个是文学批评有什么用,一个是文学批评会遇到怎样的难题。这两个大问题中的第一个,一般谈文学批评的书都会谈到,甚至往往被作为全书的首章。我们很难贡献完全与众不同的意见,事实上有些地方显得有些老生常谈。不过我们把论述的重点放在了文学和理论的关系上,以此突出学院派批评的定位。学院派批评仍然是撰写文学评论而非理论文章,所以它并不以理论的多少甚至深浅判定评论的好坏,它只是需要评论者更加真诚地面对自身所处的文学语境,认识到自己身处学院之中,他对作品的接受、理解和评价已经不可避免地受到理论的影响。若非理论的指引,有些作品可能根本不会进入视野;而如果不是因为理论的冲动,他可能也不会想要在读完作品之后,再去费力写一篇文学评论;而他在写作这篇评论时,他想获得称手的理论工具的愿望是真实而强烈的。这就是他的基本状态,无所谓好坏,他只是要在这种状态中尽量做一些有价值的工作,这既意味着他要充分调动自己所能掌握的理论资源,也意味着他必须时时自省,以避免这些理论反过来控制了他。

专辟一章讨论"批评的美学难题"是新的尝试,这样做的目的是希望批评者能够有意识地审查自己的批评语言,看后者是否达到了自己的目标,又是否逾出了它应该遵守的规则。撰写文学评论,就人人能读的作品进行交流,在没有正确答案的情况下希望展现令人信服的逻辑,即便出现分歧也要使这种分歧成为可以理解的。这既需要不断增长有关文学的知识,不断提升自己的品味,也需要不断改造自己的语言。而这样做的前提,是意识到在批评中有所描述、阐释和评价的难度在哪里,这一章就将在这方面提出一些建议。

CHAPTER 1

第一章
学院里的批评家

○ 为什么需要批评
○ 当批评遭遇理论
○ 为了文学的理论

为什么需要批评

虽然是"入门"的课程,我们不必假设本书读者对文学批评一无所知。事实上,小学、中学时的语文课一直在教我们怎样做文学批评。拿到一首诗,比方李白的《静夜思》,老师不会只让我们吟诵,还会要求我们注意李白是什么时代的人,一生有何种经历,他的政治思想、道德情操、性格特征以及他作品的整体风格是怎样的,然后一句一句疏通诗意,再归纳中心思想、分析修辞手法等等,最后还会对这首诗的思想价值和艺术价值做一个总体的评价,这就是文学批评。我们会发现,虽然大学期间的文学批评要比这复杂得多,但是中小学所建立起来的模式非常顽固,它构成了我们对文学批评这件事的基本想象。很多时候我们要利用这一想象,但有时又要尽力抵御它,这个以后慢慢讨论。

首先要打破一种刻板的印象:作家创作出文学作品来就是给人读的,偏偏有一些人不肯老老实实读,喜欢品头论足,于是额外多出文学批评这么个行当。我们要说的是,每个作家在从事创作时都必须立足于特定的文学传统,这个文学传统就同时包含着作品和评论。今天一个年轻的中国作家可以不看鲁迅的作品,但他不可能完全避开由鲁迅作品所引发的讨论,这些讨论不仅针对鲁迅本人,还关系着什么是文学、什么是现代、什么是个体、什么是民族等等具有普遍性的问题。他可以充耳不闻,但充耳不闻本身就是一种答问的方式。一个文学对象出现在我们面前时,不管它是一个作家、一部作品还是一个事件(社团成立之类),都是形象和观念的结合体,某种意义上也就是创作和批评的结合体。假如鲁迅从来没有被批评过,假如对鲁迅的这些批评从来没有影响到现代中国人的文学观念,那么我们拿到一部鲁迅作品的感受肯定与现在不同。哪怕一部作品刚刚来到世界,批评也早已为她准备好了贴身的衣物。这些衣物合身与否是另外一个问题,但谁会等小孩子生下来之后再去纺纱织布呢?

专业的文学批评家也许并非不可或缺,文学批评却是文学活动内在的组成部分,文学作品的生产、阐释、评价、传播以及再生产,构成文学活动的整体。狭义的文学批评是文学研究者针对某一文学现象(主要是作家作品)撰写解释、分析与评价性文章，广义的文学批评则有更为多样的形式，甚至可以是口头上的，如朋友交谈、沙龙讨论(如著名的"奥普拉读书会")、课堂教学等。现在流行的豆瓣书评、网络日志等，也都是文学批评不错的载体。事实上，关注文学的人会注意到，对作家作品的评论几乎无处不在，有时是独白，有时是争辩，有时可能只是朋友圈里一两百字的短评，有时可能是课堂上一段旁逸斜出的发挥，它们都是自然而然存在的。美国著名文学批评家莱昂内尔·特里林所言不虚：

> 谈论文学确实像文学创作和阅读一样也是自然而然的。文学体验乃是共有的——它要求通过论述被人分享。在任何发达的文化中，评论我们所读，重视他人之说，这一强烈的欲望，如同艺术的创作和欣赏，是自然而然的。……
> 我们发现了一种似乎是本能的愉悦，它不仅存在于阅读激起的情感，而且存在于读后感的互相交流；存在于理解为何我们会感同身受的努力，存在于感情测试——以他人告知我们的阅读反应来测试我们自己的感情；存在于对我们现有感受之外的可能有的感受的发现。而论述导致辩证性对话：我们的观察、他人的观察，我们的反应、他人的反应，我们的通则、他人的公式，互不服膺。这种活动本身妙趣横生，为我们的个人体验增添兴味和乐趣。①

有关文学批评的意义，不能说得比这更动人了。但是，如果我们不仅仅是做"读后感的互相交流"，而是一本正经的专业分析，事情又好像没那么"自然而然"。大多数情况下，需要辩护的不是随机的、自发的对文学的谈论，而是作为专业甚至是事业的文学批评。此处我们就批评的功能交流两点想法，有些老生常谈，但这也不要紧。

其一，引导读者阅读。

一部作品写出来，大家去读就可以了，为什么要有个特别的职业叫做批评家？让别人来告诉我们怎样理解作品，是否有受骗上当的风险？我们又何必一定要读自己读不懂的作品以至于盲从那些故作高深的评论？另外，有些作品我们自己已经判定它好或者不好，偏偏有些专家、权威来发表他们的意见，为什么要听取他们的意见？难道在文学阅读中也要分出高低贵贱不成？

老实说，是，文学批评就有这么一点"精英主义"，完全不想指导别人怎么理解和评价作品的人，恐怕不会费力去写一篇文学批评。大诗人、文学批评家 T·S·艾略特是毫不含糊的"精英主义者"，在他看来，普遍原则比所谓"内心的呼声"更重要，批评的任务就是解说艺术作品，纠正读者的鉴赏能力。② 这种表述可能过于强硬，但如果没有类似想法，现代意义上的

---

① ［美］莱昂内尔·特里林. 文学体验导引［M］. 余婉卉，张箭飞，译. 南京：译林出版社，2011：3(导言).
② ［美］T·S·艾略特. 批评的功能［M］//［英］戴维·洛奇. 二十世纪文学评论(上册)［M］. 葛林，译. 上海：上海译文出版社，1987：141.

文艺批评也就很难形成（有兴趣的读者可以去了解十八世纪英国知识界有关"趣味"的讨论）。相比一般读者来说，写文学评论的人必须更较真，一篇评论写出来，未必就是要"强迫"读者以与评论相同的观点去理解作品，因为批评家是导游而非警察，但他毕竟希望有所引导。而从游客这方面来说，有了好的导游的介绍，风景便带上了故事，游客面对风景便有了审美的框架，会知道该看什么，用什么眼光看，从哪里看起，从何时看起，原本一览无余的景物会生出层次与深度（正如中国山水画中的高远、深远、平远），这才是对风景的欣赏，好的批评正是要起这个作用。有时我们拿到一些艰深的文学作品，未免望洋兴叹，看了好的批评文章之后便茅塞顿开，这其实是极为常见的体验。有些评论确实让人胃口尽倒，正如有些导游让人游兴尽失，但这并不能否认这类工作本身的价值。

有些人读书太过信赖自己的趣味，殊不知在面对复杂对象时，趣味本身有一个调整的过程，未必总能做出及时、准确的判断。艺术史大家恩斯特·贡布里希的体会是："在艺术中，强行灌输思想是完全可能的；一个人只要努力，他就必定会使自己喜欢从前不中意的东西。"①正因为如此，批评家才会觉得自己英雄有用武之地，普通读者也才额外多出一份戒心。不过，灌输思想即便可能，也并不容易。有些读者本身有很好的文学感觉，却无法说出作品的好处，或者一说出来就卑之无甚高论，这是因为有感受力是一回事，能将自己的感受传达给他人是另一回事，后者离不开讲道理的艺术。我们之所以学习文学批评，不仅仅是为了做判断，更是为了学习如何论证判断，也就是如何为判断讲道理。虽然喜欢讲道理的人未必就更深刻，但感性和理性的协同作用是我们深度接近一个对象时的自然状态。当我们经过一番努力，真的能够把道理说通时（至少自认为如此），会感觉自身与特定的作者、作家以及某一文学传统有了更深的联系。那些曾经认真评论过某一作家作品并悟出了一番道理的人，往往会更为从容地对待其他读者的看法，不会动辄以"趣味无争辩"为由中止讨论。不仅仅是自说自话，更要观察别人的反应，倾听别人的道理，审视这道理是否与真实的阅读感受互为表里，然后反省自己对作品的接受方式是否得当——这就是文学批评所倡导的深度阅读。

学院派批评希望成为这样的深度阅读。虽然并不是每一篇文学评论都要写得像论文（对初学者尤其不需要如此），但是文章要写出深度和力度（所谓理论性），不能只是给文学作品贴一个"质检标签"，还要有一定的"问题意识"，比方问一问自己：为什么要关注这篇作品，为什么要写这篇文章，文章的核心关切是什么，这种关切能否产生理论和实践的效应，对探讨文学的基本问题（文学的本质、特征、功能，等等）是否有启发，对了解某一时期、某一类型的文学的整体状况是否有帮助，如此等等。这些问题不能是虚张声势甚至装腔作势，而应来自于批评者比较持久的思考。有些批评者特别关心文学的真实性，有些则特别重视文学中的伦理，还有些人特别关心语言，有了这些特定的关切，就会注意搜集与研究相关的材料，并不断加强理论上的准备。一旦遇到与其关切相契合的作品，便会兴奋异常，不仅能够入乎其

---

① ［英］恩斯特·贡布里希. 理想与偶像［M］. 范景中，曹意强，周书田，译. 上海：上海人民美术出版社，1989：143.

内,洞察各个细节;还能出乎其外,引发精彩议论。文学批评就是在具体作品与抽象观念之间摆动,一方面,观念引导批评过程的展开,作品细节在核心问题的引导下不断发出光彩,并呈现出层层递进的结构;另一方面,对具体作品的理解使既有观念得到丰富、调整和修正,获得新的内涵与活力。

不管今天的文化生态如何"平面化",保持这样一种深度阅读,对文学事业有利无害。普通大众总是遵循流行观念的指引来阅读文学,社会就是一个大的观念系统,各种各样的概念、问题和道理轮转不停,大众不仅消费文学,也消费这些概念、问题和道理。任何文学作品要想被社会所接纳,就要充分观念化,以便在社会这个大的观念网络中获得定位,从而获得其符号价值。在日常言谈中,我们有可能用某个说法打发掉《阿Q正传》或者《红楼梦》,而无法照顾到它们的独特性和丰富性;媒体则总是热衷于及时、醒目地给一部作品贴上标签。但是,要保持和彰显文学作品的丰富性、独特性,我们还需要更具辩证力量的批评,一方面充分发掘文学形象的观念价值,另一方面又能够让文学形象"如其自身"地存在,而非被观念简化和代替。

我们后面会讨论到所谓文学的内部研究和外部研究。简单地说,文学的内部研究强调文学作品自成一个世界,外部研究则把文学作品视为文化世界的一个环节。两者一个封闭一个开放,构成一组矛盾。既然是矛盾,就要既对立又统一。好的文学批评家应该既对文学作品所蕴含的种种观念、思想的潜能有着敏锐的察知,又自觉维护文学之为文学的特殊逻辑。把文学作品简化为哲学观、政治观的例证,或者视为自我封闭、拒绝阐释的象牙塔,都会损害文学批评这样一种充满辩证张力的活动。文学批评同时服务于那些试图仅仅生活在文学中的人和那些自认为没有文学也能生活的人,使他们意识到文学与现实生活并非截然两分,而是互相渗透。文学批评直面文学的在场所激化的感性与理性、个性与共性、虚构与真实、审美与功利等诸种矛盾,并致力于揭示这些矛盾如何使我们的文化生活变得生气弥满,精彩纷呈。

其二,支持作家创作。

批评家能否指导作家创作? 当然不能。作家是否在意批评家? 这却见仁见智。如果我们读过一些作家的访谈,会看到这一矛盾状况的存在:一方面,如果作家太在意批评家的意见,可能畏手畏脚,写不出有价值的作品,所以作家往往非常自我(用作家毕飞宇的话说是"小说家的职业自豪"),很多作家甚至宣称不看任何评论;但另一方面,作家果真写出了富有独创性的作品,又非常希望有独具慧眼的批评家,作为"理想读者"的代表,将其作品的价值展示给普通公众。总的来说,批评家是更有经验和见识的读者,比一般读者更了解所要评论的作家,也更明白应该怎样调整自己的阅读感受,以发现作品的核心诉求与独特逻辑,更有把握凭借其见识,对某部作品相对已有作品的重要性做出评估。与此同时,批评家还更善于同公众沟通,更知道是哪些观念——深刻的或迂腐的——影响着公众对特定作品的接受,更明白公众所关心的问题以及公众讨论这些问题的方式。所以绝大部分作家衷心欢迎那些带着善意的、有识见的评论,拒绝的只是那些趣味狭窄、观念僵化,已失去敏锐的文学感知力的批评家。一篇"知音"式的批评文字所带给作者的感动,是单纯高销售额或者高点击率所无法比拟的,因为它认同了某些有待争辩的观念、易遭误解的情感以及写作技术上的探索甚至冒险。做因袭模仿的工作不需要认同,所需要的只是认可(同意、许可);而文学批评就是一种认同的艺术,即以令人信服的方式真诚地认同——当然也可以不认同——那些价值很难简单度量的东西,这自然会对创作本身产生积极的影响。我们不必急于说"批评指导创作",大多数情况下只需要以有价值的认同支持创作即可。

有一种对批评家常有的抱怨是:批评别人谁不会,有本事自己写啊!这种抱怨有时是合理的,批评者有可能对创作的难度和作品的特性缺乏体察,粗暴地以"大师"、"杰作"的标准要求作者:"这个跟莎士比亚比差远了!"这种高高在上的评论不能让任何人受益(我们在第二章中还将对此有讨论)。但是反过来,我们也不能因为批评者本人不是一个优秀的作家,就认为他没有资格批评别人的作品。批评与创作虽然都指向文学作品,但它们是很不一样的活动,需要的是不一样的能力。美国著名文学理论家雷内·韦勒克指出:"一种对于艺术的感受会进入批评之中:许多批评形式都要求有写作的艺术技巧和风格,想象在一切知识和科学中都有其地位。但我还是不相信批评家就是艺术家或者说批评是一门艺术(就其严格的现代意义来讲)。批评的目的是理智的认识。批评并不创造一个同音乐或诗歌的世界一样的虚构世界。批评是概念的知识,或者说它以得到这类知识为目的。"[①]批评家的感受力和想象力是服务于理解的,给他一部作品,他的主要工作是借助某些范畴和概念,如符号和意义、本质和现象、整体和部分、主干与枝节,等等,建立起一个分析的框架,然后把各种感性的细节放到这个框架中,也就是说,批评家要做的首先是展示作品的细节如何通过特定的结构关系生成意义的整体。这种生成与创作过程并不完全一致,作家不是根据某个明确的意义结构来生产他的作品的,也许是一个突如其来的比喻催生了一首诗的高潮部分,然后作家再凭经验和技艺把其他部分补足;也许是一个在作家脑海中挥之不去的人物导致了一部长篇小说的诞生,但是小说完成时这个人物却有可能被删去;也许作家很明确地想写一个道德讽喻的故事,但是写到后来,批判变成了狂欢,如此等等。当作家面对已经完成的作品时,他当然也可以像批评家那样分析出各部分的关联,仿佛一切都是严密逻辑的产物,但是创作过程中那些偶然的遭际会长时间占据他的头脑,他往往更愿意将一切归之于天启或者运气。而批评家不用太在意"实际上"发生过什么,他面对的是已经完成的、向所有读者呈现的作品,这个作品理当成为有机的整体(此处先不考虑后现代主义的批评观)。体现他能力的,是如何让这个作品的每一环节的意义与功能都能得到融贯的解说,只要这种解说不让人感觉牵强附会,而是合情合理,水到渠成。

作家不能成为批评家吗?当然不是。法国著名批评家蒂博代二十世纪前叶曾写过一本

<hr/>

① [美]雷内·韦勒克. 批评的概念[M]. 张金言,译. 杭州:中国美术学院出版社,1999:4.

很有名的书《六说文学批评》，书中专辟一种批评类型，名为"大师批评"，即艺术家自己所做的批评，与各类媒体上的"自发批评"和学院派的"职业批评"鼎足而三。[①] 蒂博代指出"大师批评"的主要特点是批评者强调对创作过程的深入体察，有"以天才发现天才"的色彩。在论及创作过程中那些足以体现作家独到才能的细节时，兼具作家身份的批评家显然有着不言自明的权威。我们很愿意看到亨利·詹姆斯（美国小说家）、马歇尔·普鲁斯特（法国小说家）、卡尔维诺（意大利小说家）、纳博科夫（俄裔美籍小说家）、库切（南非小说家）、昆德拉（捷克小说家）、苏珊·桑塔格（美国小说家、批评家）、莱昂内尔·特里林（美国小说家、批评家）、安贝托·艾柯（意大利小说家、符号学家）、戴维·洛奇（英国小说家）、奥尔罕·帕慕克（土耳其小说家）以及中国的王安忆、残雪、马原、余华、张大春等等谈作品，不仅因为他们本身都是相当有分量的作家，更因为他们谈文学的方式不是着眼于思想意蕴的发掘，而是着眼于微妙的文学"技艺"的解说。对于那些有较好的审美感受力，尤其是立志于成为作家的读者来说，读这类批评文章会有别样的收获。

　　但是大师批评并不能够代替职业批评。一则作家不能让批评占据太多时间精力；二则，一个创作文学的人所关心的问题，跟读文学的人并不完全一致。至少有三点值得一说。其一，批评家的知识结构跟作家并不相同。批评家的知识是围绕一些文学的核心问题，以"讲道理"为目的组织起来的；后者的知识则主要服从于个人创作实践。当然会有学富五车的作家，但是作家的博学是借助于文学形象打动人，而不是以整一、严密的逻辑说服人。批评家很多时候都好为人师，他要向似乎有点迟钝而且常常很顽固的读者，讲出让他们能够理解和信服的道理。什么样的道理公众能够接受，批评家就必须讲什么样的道理，并且补充相应的知识。相形之下，作家对讲道理一般不大耐烦，但这对创作倒是好事。其二，批评家因为以概念为工具，往往都是辩证法的信徒，总希望在形式和内容之间建立起良好的互动，而且这个互动的逻辑应该是清晰而有普遍性的，也就是说，在这部作品中所发生的形式与内容的关联方式，应该成为我们读其他作品的参考。但是就处于创作中的作家而言，他没有那么多顾忌，不需要时时在意形式与内容的平衡，他有时只注意内容，让内容自然派生出形式，就像托尔斯泰谈文学只谈道德的感染力；有时又只注意形式，说内容根本无关大体，就像那些唯美主义作家。作家并不是不可以站在读者的立场上看文学，只是他更多的体会来自于创作过程，而创作本身并不需要那么复杂的概念辩证。所以读者听纯粹的作家谈文学，有时会觉得更容易走极端，虽然有单刀直入的痛快，也会有简化难题的风险。大师批评第三个常见的局限，是作家们仍在创作的潮流之中，难免会有当局者的偏狭。创作不能一味温良恭俭让，作家没有义务也没有必要无差别地尊重每个流派的作家作品，"舍我其谁"或者"党同伐异"倒是常态。有些读者读纳博科夫的文学批评就觉得很难接受，因为纳博科夫趣味太鲜明，对不是同一个路数的作家评判太苛刻。深刻的偏见中当然也会富含洞见，宽容则往往成为平庸

---

① ［法］阿尔贝·蒂博代. 六说文学批评［M］. 赵坚，译. 北京：生活·读书·新知三联书店，1989：71.

的借口,但我们还是需要有能够拉开一定距离的批评家,以使社会的智性结构更加完整。

好的批评家当然不能是创作的外行,事实上我们会希望他越内行越好,只要他能将自己对艺术形式的体会融进对思想意蕴的分析中,使艺术独特的存在方式毕现人前。理想的情况是他既能令人信服地划出天才与大众的界限,又能将天才带向大众,让后者看到他们所关心的问题如何在天才的作品中得到解答。有时正是因为认识到自己在哪些地方做不到,故而对他人的才能有更深的理解,好的批评家所提供的所有谜底,都伴随着惊叹:当然是这样,竟然是这样! 认为只有本身是好作家才能是好批评家的看法没有道理,但是,只有那种理解和尊重作家的创作才华并且致力于发现真正的好作家的批评家,才有可能是一个好的批评家。

当批评遭遇理论

作为学院派的文学批评者,经常挂在嘴边的就是理论。所谓理论,未必一定是个概念体系,有时只是一种“问题意识”,即能将对特定作品的评论引向某些不容易说清楚,却又非常有说头的具有普遍性的问题。一般读者想不通,为什么有人拿着一篇几百甚至几十个字的作品能够说这么多话? 其实倘若能够扯出一个源远流长、自带各种方法与材料的大题目,又怎么会没有话说? 举个例子,我们都知道李白《静夜思》。这首诗是我们学习唐诗以及整个中华传统诗歌的起点,但要对这首诗有所评论,并不是容易的事情。我们太熟悉它了,“熟悉的地方没有风景”,而且由于用词平易,甚至没有注解、翻译的余地,能说点什么呢? 背景知识的考证之外,可能就需要理论来帮忙,比方可以做这样一番解说:

① 床前、地上、抬头、举头、明月光、地上霜,都是极口语化的词,而且不避重复,清新脱俗,如出天然,成就芙蓉出水之美;

② 明月是实的,霜和故乡是虚的,举头望是实的,低头思是虚的,实实虚虚难以分辨,成就虚实相生之美;

③ 明月与霜(秋霜)都是表达思乡之情的意象,故而“思”字出场如水到渠成,即景生情,景传情思,成就情景交融之美;

④ 全诗四句,三句营造气氛,层层递进,“思故乡”三字一出,戛然而止,唯有低头无语之状留于目前,无限情思由此而生,成就大音希声之美。……

然后小结:

虚实相生、芙蓉出水、情景交融、大音希声等合在一起,是中国人那种人与物游、天人合一的世界观和美学观。不执着于我与世界的区分,在生活的某一个瞬间,人与自然相互凝视,在这样一个空间性的凝视中(“望明月”),人自身存在的时间性彰显出来("思故乡"),在此状态下人的情感既得到表达,又得到寄托和安慰。

是不是有点文学批评的样子呢? 这样的解说过程就是理论在发挥主导作用。理论对于文学批评的意义,最常见的一个维度,就是通过特定的问题和概念术语,让单个作品中的问题上升到美学甚至哲学的高度,从而让我们对文学作品说得更多。要做到这一点,我们得懂点美学。"美学"(Aesthetics)一词的用法之一是作"审美"(aesthetic)解,如"这部作品的美学价值"即"审美价值",相对于认识价值、伦理价值之类。现代文学批评的重要思想资源之一是唯美主义、形式主义传统,把文学当文学来批评,强调批评的重点是"how"即"怎么写",而不是"what"即"写什么"。所以一般说"美学批评",强调的是文学作品的形式美感。但是要注意,形式、审美在这里并不只是我们通常所说的"技巧"——在大多数情况下,技巧这个词偏向"包装"、"表面化的形式"的意味——它所强调的是以审美形式改造题材,使其获得强烈而持久的感染力和启示力。比方说,"这部作品无疑有着强烈的现实关怀,但是缺乏内在的美学价值"。此处的"内在的美学价值"是超出一时一地的价值,是通过形式的创造开拓人类情感表达的空间(借用美学家苏珊·朗格在《情感与形式》一书中的定义:艺术即人类情感符号的创造)。这种空间不是每天都能开拓出来的,可一旦出现了,就有可能成为人类的精神财富。我们将美学引入批评,就是想把作品分析提升到这个层面上来。

美学的提升,简单来说就是立足于特定的审美趣味,作理论化的建构。这种建构又可以分出两个层次。我们在讨论文艺作品时经常会蹦出"美是和谐"、"华贵而简"、"叙述的最高原则是平衡"、"无冲突则无生气"之类句子,这些句子都很漂亮,但我们引用它们有时只是为自己找一句提劲的话,而没有刻意要做理论探讨,某种程度上还是在常识的范围内论说。美学提升的较高层次,是从基本概念入手,做更为学理化的分析,以得出更具普遍性、体系性的结论。比方王国维的《红楼梦评论》,第一次尝试以西方悲剧观念(以叔本华哲学为依托)来评说中国文学经典,文章中最重要的一节标题即为"红楼梦之美学上之价值"。在王国维看来,《红楼梦》之所以有美学价值,是因为它成就了真正意义上的悲剧。他指出,《红楼梦》中"壮美之部分较多于优美之部分,而眩惑之原质殆绝焉",用今天的话说就是《红楼梦》已远离感官刺激的层次,经由优美,达到了崇高(即王国维所言壮美)的层次。而且,与《桃花扇》等以社会关怀闻名于世的作品相比,《红楼梦》是"自律的"、"哲学的"、"宇宙的"、"文学的",而《桃花扇》等只是"他律的"、"政治的"、"国民的"、"历史的"。[①] 王国维的批评理路首先是确认某一作品是否达到了美学的境界,然后让美学中的某一关键概念与文学作品的内容互相阐发,比方说真正的悲剧是什么,某部作品又如何体现出悲剧应有的内涵,等等。这种批评方式当然会有"观念先行"的弊端,但是当文章最终推出"美术之价值,存于使人离生活之欲而入于纯粹之知识"这一命题时,我们还是不难揣想一百多年前这篇评论带给中国文学界的震

① 王国维. 静庵文集[M]. 沈阳:辽宁教育出版社,1997:73—75.

撼。我们今天做文学批评有很多类似的工作可以做,比方说评论诗歌时,会引人对诗歌本质的探讨;评论小说时,也会问什么是真正意义上的小说。这类探讨做得好,会有一种特别的力量。

可能有同学还是心存疑虑:一定要做这类理论的提升,才算是读或者说欣赏文学作品吗?会不会有些人只是说到处适用的大道理,对作品本身并无真正的体会?那些夸夸其谈却言之无物的人,我们怎么一眼就看穿他们?王国维的《红楼梦评论》不就经常受到批评么?……这些疑虑都很合理,但我们无需因噎废食。比较好的态度,是先姑妄听之,看看哪些是比较有把握的,哪些是完全没把握的,然后想想为什么会如此,我们又能做点什么。比方看下面两首诗:

空山不见人,但闻人语响。返景入深林,复照青苔上。

——《鹿柴》

飞鸟去不穷,连山复秋色。上下华子冈,惆怅情何极!

——《华子冈》

这两首诗的作者都是王维。前一首诗仿佛是静寂之中听到的一缕禅音,有人声,却无损世界之宁静;有时辰变化、光影移动,却无损青苔之安稳。这是外在时间被静谧的空间消融之后产生的灵境。后一首则是秋色无边,惆怅无极,宇宙自行其是,一声呐喊似乎要停住时间,这是一个敏感的心灵与一个无限时空的对立。如果你能够接受前面那一通关于中国美学的说法,那么,你更愿意选择哪一首诗来解说中国诗歌的意境和它独特的美感呢?你可能会说:"我选《鹿柴》,这首诗传达的是典型的中国人的时空观,不是外在的机械时空,而是回环往复的时空;这才是中国人的境界,不是死寂,而是寂中有声,动中有静。"你也可能会说:"我选《华子冈》,中国诗歌一直有一种悲天悯人的情怀,在寻常的自然景物中体验到世界的恒常与人生的无奈,需要有极深厚、广大的情感,以打破个人与自然的界限,这才是诗的起点,是否归于禅境倒在其次。"你还有可能会说:"我两者都选,它们都是中国古典诗歌的代表,都是情与景的交流,人与世界的对话,时间与空间的纠葛,都是以人为起点,却又将人整个地投入世界之中。"如果暂时难以抉择,不妨再看一首诗,又是一首我们再熟悉不过的作品:

人闲桂花落,夜静春山空。月出惊山鸟,时鸣春涧中。

——《鸟鸣涧》

你是否觉得,不管你支持上面关于中国诗歌的哪一种看法,你解说这首诗的时候,都有了更多的话讲?你会不会开始相信真的比中学时懂得了更多的东西,并且相信自己已经开始喜欢或者重新喜欢上了王维的诗?甚至已经有一点懂中国古典诗歌了?接下来,你就可能为这样的论述叫好:

中国人的宇宙观念本与庐舍有关。"宇"是屋宇,"宙"是由"宇"中出入往来。

在中国,时间是由下向上升腾的一条线,"寓万物萌生之义",而不是由上往下垂的一条线。这也是表象着中国意识里"时"的创造性。"日出"是"时"的展开,"时"不是一条几何学上的死线条。

对于中国人,空间时间是不能分割的。春夏秋冬配合着东南西北。时间的节奏率领着空间方位以构成我们的宇宙。所以我们的空间感觉随着我们的时间感觉而节奏化了、音乐化了!①

由特定作品的批评,推进到上述这类美学讨论,并不像我们想象的那样生硬。如果对相关的理论问题并无关切,那么很容易认为这是"过度阐释",但是如果理解并且重视那类问题,这种理论的关切就会很自然地影响到对具体文学现象的评论。前面那些怀疑仍然存在,当别人说出一大通理论来解说一个作品却不知所云时,你可能仍会想到清代大学问家纪晓岚曾引用杜诗"两个黄鹂鸣翠柳,一行白鹭上青天",来讽刺那些"不知所云,不知所往"的文字;但是与此同时,你可能还会想到这两句诗接下来的是"窗含西岭千秋雪,门泊东吴万里船",岂不正好可以用来说明中国人那种时空一体、远极而返的宇宙观?果真到了这种状况,文学批评就因为理论思维的活跃而变得生动起来。

以上所说的理论,不妨称之为"肯定的理论"。这种理论肯定了我们已经形成的文学趣味,使其更有深度,更具普遍性,更富于哲学意味(这当然也就使它更有可说性)。除开这种肯定的理论外,还有一种"否定的理论",或者说是"反思的理论"。再次回到李白的《静夜思》。有多少人会相信李白看到床前明月光时,真的以为是地上霜?有多少人相信李白一定是低头思故乡,而举头的时候不思?有多少人相信李白是先望明月再思故乡?有没有人怀疑李白根本就没有坐在床上看月亮,而是坐在桌前写诗,回头看到月光,正好写到诗里?这些问题很奇怪,他们想问的其实是:我们是否有理由怀疑诗人一直在说一种谎——他总让我们觉得他是触景生情,但实际上一切都是他有意为之的虚构?带着这样的怀疑我们再看这些诗句:

> 夜阑更秉烛,相对如梦寐。(杜甫:《羌村三首》)
> 伤心桥下春波绿,疑是惊鸿照影来。(陆游:《沈园》)
> 今宵胜把银釭照,犹恐相逢是梦中。(晏几道:《鹧鸪天》)
> 空床卧听南窗雨,谁复挑灯夜补衣?(贺铸:《鹧鸪天》)

我们愿意相信这类错觉真的发生过,但理智告诉我们,错觉不是那么容易发生的,在大

---

① 宗白华.中国诗画中所表现的空间意识[M]//宗白华.宗白华全集:第2卷.合肥:安徽教育出版社,1994:431.

多数情况下,不是错觉产生诗,而是诗制造错觉。诗人在说谎,但这是我们愿意听的谎,我们听到它们就像是亲眼看到了最真切的画面。为什么会这样?为什么我们总把虚构当作真实,又总在虚构中寻找真实?如果那些梦魇般的重逢只是虚构,但虚构本身是否就是虚假或虚无?看下面这样一个场景:

> 她看着他,张大了嘴。他依旧是那样懒懒地笑着,仿佛从来没有离开过。她有些恍惚,下意识地掐了一下自己的腿。挎包在中间挡了一挡,没掐得很实在,指头在裤子上滑开了。她仿佛听到指甲在布料上刮过的声音,从指尖到小臂一阵酥麻,又似乎只是以为如此。

根据前面所说,这些都是谎言——一方面,这是这段话的作者编出来的,没有人真的在对望,没有人张嘴,没有人笑,也没有人掐自己的腿;另一方面,所有这一切都不过是来自于其他的小说、电影甚至肥皂剧,我们所写的生活是在抄袭他人的生活,而他人也在抄袭他人。但是,这些又并不只是谎言。一方面,我们的生活难道不就是这样吗?在我们所谓本真的体验之中,不是也编织着各种各样已经设计好了的话语、动作、场景甚至情节吗?比方我们的激动,我们的伤痛,甚至性爱上的快乐?另一方面,在这个虚构的掐腿动作中,我们听到了"指甲在布料上刮过的声音"并感到"一阵酥麻",这为一个司空见惯的动作增加了新的质感。此时,文学在试图做点什么。一个能够展示"真"的文学时刻,不是按照某个有关"真"的定义做一番描述,而恰恰是在探测真实与虚构的边界。文学一直在做的事情,不是记录真实发生的事情,而是使光滑的东西重新变得粗糙,使语言不只是表达已经被表达过无数次的东西,而是可以传达痛感,发出声响,制造混乱,以便为生活开创新的可能。文学在反抗现有的意义世界,如果说"他们说的真实"都只是虚构,那么我们需要借一种不一样的虚构来重建真实的意义。所以文学有时不想用现成的、让人觉得舒服的方式描述这个世界,它牺牲了那种人们最熟悉的美感。它有可能会让一个人变成甲虫,就像卡夫卡那样,也有可能让血淋淋的色情充斥书页,还有可能让我们觉得不是在用一种人类的语言说话,让我们觉得阅读成为一场前所未有的刑罚……正是在这类时刻,文学需要从理论那里得到一些特别的支持。我指的是这样一种理论,它不是提升经验而是反思常识,它跟文学一样,不断追问人类文化的真相,追问每一个我们认为理所应当的命题是否可靠,尤其他也在追问着真实与虚构、事实与陈述之间的关系——也就是说,当我们觉得自己对世界有所认识的时候,是否真的是在描述真实发生的事件,而不是生活在已经被设定好的陈述之中?比方说我们相信"女人"应该是怎样的,"中国"应该是怎样的,"我"应该是怎样的,"真情实意"应该是怎样的,但是,它们必然是那样的吗?

在这个维度内,乔纳森·卡勒对理论的解说值得引述:①

> 理论的主要效果是批驳"常识",即对于意义、作品、文学、经验的常识。比如,理论会对下面这些观点提出质疑:
> ——认为言语或文本的意义就是说话者"脑子中所想的东西";
> ——认为写作是一种表述,在某个地方存在着它的真实性,它所表述的是一个真实的经验,或者真实的境况;
> ——认为事实就是给定时刻的"存在"。
> 理论常常是常识性观点的好斗的批评家。并且,它总是力图证明那些我们认为理应如此的"常识"实际上只是一种历史的建构,是一种看来似乎已经很自然的理论,自然到我们甚至不认为它是理论的程度了。

这样的理论本身就是有魅力的,事实上西方有些学者本身就把这样的理论称为文学批评。不过我们不难看出一种危险,太有战斗精神的理论有可能太"抢戏",我们可能因为太关注理论的批判性而忽视作品的复杂性。这倒不是说抛开作品自说自话,而是当我们以文本的某些特征支持自己的想法时,有可能使不那么相干、相契的其他特征被遮蔽起来。理论是一盏灯,会照亮我们看不到的东西,但也会让另外一些东西消隐于灯光之外的黑暗中。所以,在做文学批评时,我们应该时时问自己:我究竟是因为对这个作品感兴趣才诉求于理论,还是因为对理论感兴趣才去关注作品?如果换一个作品,我是不是会说同样的话?我这套理论已经用了多少次了,是不是已经不再是战斗的武器或探路的指南,而成为让人空耗力气的迷宫?或者就像哲学家理查德·罗蒂所说的,文本成了送到理论磨坊里去的谷料?这类问题提出来不是要得到一个明确的答案,而是作为一种反思的策略,用来帮助我们调整批评的思路,以便在文学和理论之间保持张力,也就是说,要真的能够相互激发出新东西,而不是彼此配合复制老生常谈。

为了文学的理论

英国著名作家戴维·洛奇曾写过一部专门描写批评家的长篇小说《小世界》(1984年初版),里面虚构了"美国现代语言协会"的一次年会(这个机构和年会确实存在)。会议的高潮是一次以"批评的功用"为主题的讨论会,听众上千人,讨论会的主持人是声望最高的亚瑟·金费舍尔教授,发言者皆为有可能竞争"联合国教科文组织文学批评委员会"主席一职的学界名流,个个精神抖擞,口若悬河。

---

① [美]乔纳森·卡勒. 文学理论入门[M]. 李平,译. 南京:译林出版社,2008:4—5.

菲力浦·史沃娄第一个发言。他说批评的功用就是帮助文学本身发挥它的作用。对文学的功用,约翰逊博士有过著名的阐述,认为批评使我们能更好地享受生活或更好地忍受生活。伟大的作家都具有超凡的智力、洞察力和领悟力。他们的小说、剧本和诗歌有着经久不衰的价值、思想和形象,如果我们恰当地理解和欣赏它们,便能使我们生活得更充实、更完美、更热烈。但是文学常规变了,历史变了,语言变了,这些珍品随随便便被束之高阁,盖满尘土,被人忽视和遗忘。批评家的工作便是打开抽屉,掸去尘土,使这些宝藏重见天日。当然,做这份工作的人得有一定的专门技巧:历史知识、哲学知识、一般习俗和文本编辑的知识。但他首先要有热情,有对书本的爱。正是这种热情的推动,使批评家在伟大的作家与普通读者之间架起了一座桥梁。

米歇尔·塔迪厄说,批评的功用不是给《哈姆莱特》或《恨世者》或《包法利夫人》或《呼啸山庄》加上新的解释与评价。这些作品的解释和评价书刊上已有几百种,教室和阶梯大课堂里已讲过几千次——而批评的功用则是揭示这类作品产生和被理解的基本规律。如果说文学批评应该是知识的话,那么这种知识并不存在于解释之中,因为解释是永无止境的、主观的,无法确证其真伪。一旦我们撇开实际文本的迷人的外表,真正永久可靠的、适用于科学研究的东西,便是支撑所有已经产生和即将产生的文本的深层结构原则和二元对立:纵组合和横组合、隐喻和转喻、模仿和创新、强调和非强调、主体和客体、文明和自然。

西格弗里德·冯·托皮兹说,虽然他赞成他的法国同行探索难题的科学精神,从本体论与目的论两方面对批评的基本功能进行解释,但他不得不指出,企图从文学的艺术客体本身的形式特征上获得这种解释,是注定要失败的,因为这种艺术客体只有在读者的头脑中实现以后,才能形成一种真正的存在。(当说到"存在"一词时,他举起戴着黑手套的拳头捶在桌子上。)

弗尔维娅·莫加纳说,批评的功用就是对"文学"这个概念本身进行不断地斗争,文学只不过是资产阶级霸权的工具,所谓的审美价值实则是拜物教的具体化,它通过一种尖子主义的教育体系树立起来并保持下去,以此掩盖工业资本主义制度下阶级压迫的残酷事实。

莫里斯·扎普的发言与他在鲁米治年会上说的相差无几。

他们发言时,亚瑟·金费舍尔显得很阴郁,身子越来越低地陷进椅子里,莫里斯说完时,他似乎已经睡着了。……①

熟悉当代文学批评行话的人不难看出,以上发言者的观点分别代表了传统人文主义批

---

① [英]戴维·洛奇. 小世界[M]. 罗贻荣,译. 重庆:重庆出版社,1992:512—514.

评、结构主义批评、读者反应批评和西方马克思主义批评。发言内容被略去的莫里斯·扎普，则把自己包装成解构主义者，鼓吹"阅读就是听任自己陷于无尽的好奇与欲望的转移，从一个句子到另一个句子，从一个情节到另一个情节，从文本的一个层次到另一个层次。文本向我们揭示自己，但绝不会让自己被把握住；我们与其殚精竭虑地想把握住它，不如在它的挑逗中寻求快乐"。① 扎普张口闭口都是高深、时髦的理论，几乎成了一种自然反应，在谈论文学问题时说出那些艰涩的概念术语，对他来说就像呼吸一样自然，而且总是能够唤起一种神经衰弱式的兴奋感。而他的英国老友菲力浦·史沃娄——一个既愤世嫉俗又野心勃勃的庸人——的典型态度是："理论？这个词使我想起了戈林（著名纳粹头目）。我一听到他就要去掏左轮手枪。"这可能也是很多从事文学批评的人的态度。戴维·洛奇身兼作家和"学院派批评家"（洛奇自称）的身份，他不仅自己在理论与批评方面的建树颇多，所主编的《二十世纪文学评论》和《现代文学批评与理论读本》更是相关领域的经典教材，多年来热销不衰。但是洛奇保持了作家反讽的智慧，既对理论充满热情，又始终保持反思的态度，所以他会时时通过小说来审视自己。在那场夸夸其谈的讨论会上，当诸位学术明星发言完毕，主人公柏斯，一个执着地追求爱情与诗歌并由此承受着甜蜜与痛苦的双重折磨的年轻学者，实在忍无可忍，上前问了所有发言者一个问题：

> "我想请教每一位发言人，"柏斯说，"如果大家都同意你的观点，其结果会怎么样？"说完后转身回到自己的座位。

这一突兀的提问引发了一阵窃窃私语的风暴。柏斯的意思是，如果批评只是借作品来宣示自己的某个理论观点（以及相关的政治立场等），比方说过去的文学都是体现了男性中心主义的文学，都是体现了"在场的形而上学"的文学，都是作为力比多之升华的文学，那么这类批评的力度来自于大众都不信这一套离经叛道的说法，但假如大家对这些已经习以为常甚至认为天经地义，批评家还有什么可说的呢？文学作品对他们还有什么意义？是不是文学和读者的这种相遇就结束了？小说中几位学者所说的话——不管人物本身是否被漫画化——并非完全意义上的胡说八道，事实上，它们的背后都有一系列杰出的理论创见，正是这些创见所产生的强大的吸引力，使得二十世纪的文学批评人才辈出，生气勃勃。但是，如果我们像洛奇以及小说中的金费舍尔教授——后者"老骥伏枥，壮心不已"，本来请他提名新的主席人选，没想到他中止退休，抢走了这一令众人垂涎的头衔——在这些话语中浸淫够久，也难免会心生怀疑和厌倦：这些究竟是对真理的探询，还是精巧的语言游戏？我们如何可以判定一套话语比另一套话语更有道理，是否必须掌握所有的理论话语才能够从事批评？如果所有对真理的探询都不过是语言游戏，那么我们什么时候可以理直气壮地对某一个游

---

① ［英］戴维·洛奇. 小世界［M］. 罗贻荣，译. 重庆：重庆出版社，1992：47.

戏说"不"？

理论家宣称，他最喜欢做的事情就是拆除伪装，揭示真相，但有时候他们更像是那些不厚道的魔术师，当他们退休或改行后，便一一拆穿自己和同行们过去所玩的种种把戏。在理论的持续反思中，你也许会觉得世界上一切东西都是靠不住的，都被打上了引号。但如果你是真懂理论，而不只是人云亦云，你总有机会意识到，你之所以被理论打动，并不是要否定生活，而是想给生活另一种面相与光彩。某种程度上，正是一种"积极的怀疑主义"打通了现代文学与现代理论。理论格外理解并且关注文学所做的那些不同寻常的探索，它也正是在这个意义上成为现代文学的"净友"：如果我们的情感接受不了卡夫卡那样的作家，理论会迎上去，以精彩的阐释让我们转怒为喜，化恨为爱；相反，如果某一部作品让我们的情感太过舒畅（不管是欢喜还是悲伤），并因此更满意于自己，理论则很可能跑来破坏，冷冰冰地追问那让我们如此感觉良好的东西，是否只是平庸的复制和拼贴。现代理论不仅将日常生活经验作美学、哲学的提升，更对此生活经验作持续的追问，一直追问到现有意义世界的边界，正是这类追问使得理论与文学有了更深层次的互动，使对具体作家作品的评论能够不断回到文学之为文学、生活之为生活的根本问题，一次次地突破习以为常的观念系统。而且，这种反思不是理论对文学居高临下的审查，而是理论与文学展开双向反思，这才是理论化的文学批评。美国批评家爱德华·萨义德如是说：

> 假如我就批评始终如一地使用一个字眼的话，那就是反抗的（oppositional）。如果批评既不可能还原成一种学说，又不可能还原成有关特定问题的一种政治立场，如果它是在世的（to be in the world），同时又具有自我意识，那么它的身份就在于它与其他文化活动，与思想或者方法体系的差异……批评，只要它开始成为有组织的教条的时候，也就在大多数情况下不像它自身了。①

萨义德不希望理论走向一种自得其乐的游戏，满足于概念操演，安心于袖手旁观。他相信，批评不是从属性的，其自身同样具备艺术那种创造性的能量，不过他补充说，批评家只能抱着这种希望，而不能以此自矜，因为批评自身不能谋求文化偶像的地位。文学与理论的张力关系，最后落实为萨义德所谓"世俗批评"（secular criticism）：没有神圣之物作为担保，只是"为了人类自由而产生出来的非强制性的知识"。应该说，这一表述仍有风险，它仍然是有点"自矜"的，显示出一种存在主义式的崇高感。批评家既不能谋求文化偶像的地位，也不能自居为无所凭依的英雄，关键在于，他不能因为掌握了理论便认为自己承担了一项伟大的使命。批评家或许先要问自己：当我从事文学批评时，当我以理论的眼光解读文本时，我是否不仅应该有能力"启蒙别人"，也应该有能力持续不断地启迪自己呢？学院派的文学批评者

---

① ［美］爱德华·W·萨义德. 世界·文本·批评家［M］. 李自修，译. 北京：生活·读书·新知三联书店，2009：47.

有一点要学习网上的影评人,勇于把自己丢进一个对话场中,让自己作为批评者被他人批评,让自己对文本的分析受到他人的分析,而不要想着可以凭借理论的支架,站稳科学研究的立场,对某一众说纷纭的对象进行公正客观的研究。问题不在于这样的研究是否可能,而在于我们之所以追求公正和客观,也还是为了以特定的人的身份,与某个作品发生特定的接触。所以我们就理论与批评的关系所说的话就是:是不是曾经有一种理论,在让你明白一些道理并据此与他人形成认同之外(比方意识到某些貌似人畜无害的文本其实是种族主义的),还以一种前所未有的方式将你带向了某个文本,让你爱,或者恨,或者痛苦,或者领悟——让你的生活有些许不同?

本章课后练习 ....

【建议阅读】

1. [美]乔纳森·卡勒《文学理论入门》第一章"理论是什么",李平译,译林出版社 2008 年版;

2. [美]哈罗德·布鲁姆《如何读,为什么读》"序曲:为什么读",黄灿然译,译林出版社 2011 年版。

【思考】

就理论与文学批评的关系,比照一下布鲁姆和卡勒的说法,后者肯定理论的批判性,前者则对此多有质疑,看看你更倾向于哪一种,是否另有不一样的看法或设想。

【练习】

就自己比较熟悉的某个作家,找一些评论进行分析,看看它们的"问题意识"是什么,整篇文章如何运用理论,文学形象与理论命题之间能否相互支持、彼此激发。看看能否找到既有充分的理论自觉、严密的逻辑结构又能保持形象力度的论说语言。

第二章
批评的美学难题

○ 描述：事实与感受
○ 阐释：意图与意义
○ 评价：原因与理由

上一章已经讨论了美学,我们强调的是,美学之所以为美学,不仅仅在于可以提供直接指导实践的方法或者原理,更因为它能抓住一些高度抽象的难题展开深入探讨。在《柏拉图对话录》中的《大希庇阿斯篇》中,苏格拉底和诗人希庇阿斯就"美是什么"展开了一通"烧脑"的辩论,最后得出的结论是"美是难的"。与希庇阿斯自诩有文化、不断就"美是什么"抛出一个个"权威解释"不同,苏格拉底不想给出有关美的定义,而只想提醒我们正视这一事实:仅仅依靠什么美什么不美的常识讨论"美是什么"的哲学问题,不仅无法对美的本质形成真正的知识,甚至不能使自己的意见保持逻辑的一贯性。这种不满于常识的意识,在文学批评中非常重要,它能够使我们保持冷静的头脑,避免因为想要有所论断而简化难题。这当然不是说应该在文学批评中留出空间专门讨论传统美学的经典问题,比方美是什么、美是主观的还是客观的之类,而是要在所操持的批评语言中构建起一种自我监督机制,不是要使批评变得容易,或者使可说的话更多,而是使批评更富自省精神,从消极方面说是为了避免言说逾出逻辑所能够支持的范围,从积极方面说是为了促成我们所使用的论说语言的更新。

据美国著名美学家 V·C·奥尔德里奇的看法,艺术谈论有三种不同的逻辑方式:描述、阐释和评价。[①] 本章就从这三个方面入手展开探讨,我们的核心问题是:我们真的能够掌控自己的语言吗？ 我们真的知道自己在说什么吗？ 我们真的只能这样说吗？

描述：事实与感受

所谓描述,字面意思很简单,就是指明文学作品中的基本事实:作品提供了什么,或者说在作品中发生了什么。《红楼梦》中贾宝玉爱上了林黛玉,后来贾宝玉娶了薛宝钗,林黛玉死了,贾宝玉出家了⋯⋯这算情节的复述,本身也非常考验评论者的文字功力,但还不算我们要讨论的描述。描述是描述作品的"质地",简而言之,就是描述作品好在哪里,哪些地方值得特别注意,哪些地方写得特别

---

① ［美］V·C·奥尔德里奇. 艺术哲学［M］. 程孟辉,译. 北京：中国社会科学出版社,1986：113.

有文学的感觉,如此等等。描述包含初步的分析,但它首先是"摆事实",是要以形象的展示让人信服,这其实是最难的事情。不难理解,有关文学质地的描述只能是一种"表现性描述",换句话说就是"对主观感觉的客观描述"。我们不需要花费气力抽象地讨论主客观问题,但是有两个困难是在批评实践中必须正视的:一是描述所使用的概念涵义不确定,以至于我们常常觉得语汇贫乏,找不到合适的形容词;二是客观描述总和主观评价纠缠在一起,我们明明想要描述,听起来却像是评价。

不妨用一个实例来说明。我们假设两位读者就卡夫卡和契诃夫的小说展开对话,这两位作家都是丰碑似的人物,却并非为所有读者同样地理解和喜欢:

> A:我特别喜欢卡夫卡的小说。
>
> B:我还是更喜欢契诃夫的精确与高贵。
>
> A:你把精确和高贵看作是契诃夫的专利?谁能在这两点上比得上卡夫卡?
>
> B:好吧,我换一个说法,我喜欢契诃夫那种单纯……
>
> A:比卡夫卡更单纯?
>
> B:我不大能欣赏卡夫卡,我喜欢契诃夫的清晰,仿佛世界本来就应该是这个样子。
>
> A:卡夫卡呢?在卡夫卡的作品中,没有任何不清晰的地方,恰是因为清晰,故而产生了丰富。
>
> B:你不能不承认卡夫卡是太晦涩了……
>
> A:对所有人而言吗?不管他们懂不懂现代小说?
>
> B:好吧,我喜欢契诃夫只是因为他的小说让我喜欢,我没有资格对卡夫卡作什么评判。

诚如贡布里希所言:"我们的语言是为迥然不同的目的而发展起来的,它不能够详细说明感觉质量,更不用说那种作为结果而产生的'质量'了,而这种'质量',我们不必因为不能用此举准确说明而怀疑它的存在。"[①]单纯、高贵、简洁、精确、真实、和谐、匀称、清晰、轻快等常被用于一种"客观的描述",但实际上它们都不是明确的概念,含义都不够确定,所指向的是介乎主观感觉和客观事实之间的东西,由此,这些词也就很自然地游走于描述和评价之间。文艺批评中的评价远比我们想象的要多得多,但它们往往以事实描述的面目出现。再看一则例子,同样假设两个人在对话:

> A:我也去看了《满城尽带黄金甲》。热闹是很热闹的,画面也华美。
>
> B:可惜这画面充斥着肉感、血腥、暴力、奢华和整齐划一的群体的意象,这不是

---

① [英]恩斯特·贡布里希. 理想与偶像[M]. 范景中,等,译. 上海:上海人民美术出版社,1987:310.

在否定皇权,而是渲染对权力本身的崇拜。

　　A:整部电影靠一个再老套不过的乱伦与复仇的故事支撑,没有观众能真正被带入故事,只有一种张艺谋式的浓墨重彩在喧宾夺主。张艺谋的奥运会开幕式有电影味道,而他的电影就像是开幕式了。

　　B:演员的表演也有些过分用力,有时感觉像是电影版的话剧《雷雨》。问题是,当演员声嘶力竭地叫喊时,我们看到的只是声嘶力竭,而那让他们叫喊的东西几乎不能打动我们。

　　A:《疯狂的石头》就不一样,它不是表演疯狂,也不是批判疯狂,而是让我们第一次看到当代中国底层生活本身就有的一种疯狂的节奏。

　　B:唉,总之中国这些大片很难打动人心,客观地说,有气势没气韵,有情节无细节,有震动没感动。

　　上面两个人对电影的看法一拍即合,所以几乎意识不到自己在作评价,后者往往是在有争论的时候才凸显出来。如果《满城尽带黄金甲》的拥趸参与这场讨论,他们会认为以上这些全都是评价,而且是以"偏见"代替"事实"。指出这一点并不是说我们应该停止使用这些语词,那无异于因噎废食,而是说我们应该有一种自我警惕。我们当作基本事实的,也许恰恰是最不能服人的。比方批评家有时很随意地说某一个作家"语感"好或者差,仿佛不言自明的事实,其实你认为语感好的,别人也许认为很差,这类例子不胜枚举。比较好的做法,是尽力将读者带向你所认为的"事实",而不只是抛出一个结论。在这方面,我推荐诗人兼评论家黄灿然的《最初的契约》一文,这篇文章的评论对象是当代诗人多多,不少人读了这篇文章后同时喜欢上了多多和黄灿然。我摘录一段网友的体会作为讨论材料[①],前半部分是他读黄文的感受,后半部分则是黄文节选:

　　　　打开诗选从头读下去,多多七十年代的那些诗我不算喜欢,黏稠以至黏滞,于是干脆跳过,直接到了九十年代。这里的诗,味道一下子好起来,像是突然间出现了一种诗歌应有的节奏,是我一直说不清楚的一种节奏。说不清楚,是因为找不到合适的语言表达,但更可能是由于根本不真正理解和懂得诗歌。黄灿然却找到并说出来,这让我茅塞顿开,心情也愉快起来。举例说明:

在没有时间的睡眠里
他们刮脸,我们就听到提琴声
他们划桨,地球就停转

---

① 摘自百度百科。

他们不划,他们不划

我们就没有醒来的可能

这首诗的中心意象是河流,诗的音乐就是在河上划船的节奏。当诗人说:"他们划桨,地球就停转"时,那节奏就使我们看见(是看见)那桨划了一下,又停了一下;接着"他们不划,他们不划",事实上我们从这个节奏里看见的却是他们用力地连划了两下。在用力连划了两下之后,划桨者把桨停下,让船自己行驶,而"我们就没有醒来的可能"的空行及其带来的节奏刚好就是那只船自己在行驶。真神哪!

第一段话是网友自己的评论,开头对多多七十年代的诗作有个评价,"黏稠以至黏滞"。这虽然是评价,使用的却是描述的语言,仿佛是在陈述一项基本事实。当这位网友讨论自己所欣赏的九十年代诗作时,他的处理显然更为得当,他没有直接做判定,而是用一种犹豫不决的语气将我们引向"诗歌应有的节奏",由此黄灿然评论的出场便水到渠成。在黄灿然这段评论中,基本上没有多少评价性的语言(除开最后表示感叹的"真神哪"),而只是引领我们去体会多多诗歌特有的节奏感。尤其是解说两下"不划"等于划了两下,空行相当于划船的间隙,堪称神来之笔,这种解说胜过一大篇抽象的评论。

描述不一定都要大段大段引用原文然后逐字逐句分析,尤其是评论小说,很多时候要靠概括性的转述,但是即便如此,还是要巧妙地把那些能够体现作品感性特征的细节展示出来。好的描述让人"看见",而不只是让人"听说",它要能够将读者带向形象和思想相互召唤的状态,以精辟而有节制的分析,细腻地展示某个富有魅力的文学形象如何构成。它要避免以笼统的形容打发掉关乎文学质地的细节,要尽力将文学作品从各种现成观念的罗网中拯救出来,使之真正成为可感知的对象(要赋予作品以"可触性"),而非用一些大话掏空它。这不是说能够用某个词将感受完全固定,仿佛随手抓起一件玉器;而更像是给人一块不大不小的玉石,而玉就在其中,等待他人自己去切磋琢磨。这样的描述当然是一种创造,更像是发明而不仅仅是发现。为了让别人借我们的文字发现我们所发现的东西,我们有时必须换一种方式讲故事,"超以象外",反而"得其环中";删繁就简,反而神完气足。为了做到这一点,不仅要学习小说家的叙事技术,赋予论说性的文字以故事般的跌宕生姿,还需要心中有一个文学地图,帮助你对所评论对象进行定位,以准确抓住某部作品中最值得描述的部分。

阐释: 意图与意义

阐释可以说是文学批评的核心环节。文学作品之所以需要阐释,是因为文学作品不是宣传的工具,也不是观念的图解,或者说,文学作品不是用观念解说生活,而是让生活的整体表达观念,它总有一些含义是隐藏在形象之后的,既然有这样的含义,自然会引发阐释。如果是敌占区的地下党员，看到接头地点的窗户上放了一把扫帚，他知道那意味着有危险，应该赶紧撤退。这是约定的暗号，并不真的需要阐释。但有时候人和人表达意思没那么清楚，你偶遇前女友，给人家写了一封怀念旧情的信，人家回你一张空白信纸，你有可能一下子就明白了，也有可能不明白，但你肯定知道这张白纸是"此时无声胜有声"。我们通过文学作品婉曲地表达某种想法，肯定希望有人能读懂它，就像出谜的人肯定不希望人不动脑筋就能猜出谜底，但如果没有人能够猜出，出这个谜也就没有意义。所以遇到类似"看作品就可以了，为什么要解释这么多"的抱怨时，我们不用太过紧张，要相信解释是非常自然的事情，如果被人拒斥，那不怪解释本身，而应该是解释的内容和方式出了问题。

作为经常被阐释的诗人，T·S·艾略特对阐释表现得不太信任，他认为解释的困难在于如何用外部证据来证实所作的解释，以他看来，这类文章中有一处洞见，就有千百处蒙骗。[①] 我们还经常听说一句话：有一千个读者，就有一千个哈姆莱特。听起来，读者的权力很大，阐释就是每个读者自己的事情。其实，有一千个读者，一定有不止一个的哈姆莱特，却不会正好一千个哈姆莱特，因为阐释虽然以个人感受为基础，但拿来做依据的并不是"个人"，而是读者所把握到的符号的统一性，亦即文学形象与阐释框架所达成的平衡。阐释之所以为批评家所重视，是因为将文学形象"翻译"成可以直接交流的观念是必要的工作，但是正如我们在上一章所讨论过的，如果文学形象被缩减为观念，应视为批评的失职。美国作家、批评家苏珊·桑塔格二十世纪六十年代写过一篇有名的文章《反对阐释》，在其中她非常尖锐地说："当今时代，阐释行为大体上是反动的和僵化的，它毒害着我们的感受力。"她认为"阐释是智力对艺术的报复"，也是"智力对世界的报复"。"去阐释，就是去使世界贫瘠，使世界枯竭，为的是另建一个'意义'的影子世界。""阐释无异于庸人们拒绝艺术作品的独立存在，阐释使艺术变得可被控制"。她的结论是"批评的功能应该是显示它如何是这样，甚至是它本来就是这样，而不是显示它意味着什么"。[②] 这一批评虽然有失公允（事实上作为批评家的桑塔格就是一个卓越的阐释者），却给人启发。桑塔格最不喜欢的两种阐释路线，是所谓"庸俗社会学"和精神分析，她认为这两种阐释是在"高于"或者"深于"文学形象的层次上运作，自以为揭示出一个作家的阶级身份或者童年记忆就能够解释一部文学作品，实则偏离了文学形象自身的逻辑。具体该怎么理解这两种批评，此处暂不讨论，桑塔格对我们的有益提醒是，文学批评应该避免把"解释的解释"当成解释，避免以解释代替对文学形象的感受。

但是我们也要强调，阐释不是意图的猜想而是意义的建构。不难注意到，我们的阐释总是可以被表述为"作者的意图是……"，说某个东西是什么意思，就是说某个人是什么用意。就像有些理论家讨论的例子，如果沙滩上出现了由海浪偶然冲刷出来的一首诗，哪怕它的印迹正好是一首诗应该有的样子（比方可以辨识为李白的《静夜思》），但只要我们确认它是由

---

① ［美］T·S·艾略特. 批评的功能［M］//［英］戴维·洛奇. 二十世纪文学评论（上册）. 葛林，译. 上海：上海译文出版社，1987：151.
② ［美］苏珊·桑塔格. 反对阐释［M］//苏珊·桑塔格. 反对阐释. 程巍，译. 上海：上海译文出版社，2003.

海浪冲刷而成，也就没有阐释的必要，因为有意图才有阐释。但是有没有意图是一回事，有没有作者本人明确表述的特定意图是另一回事。每个字都是作家写的，并不代表这些字合在一起的意义都由作家本人决定。平庸的作品是一本打开的书，意义跟意图大可以划等号，如果不能，也往往是因为作品没有能够实现意图；而那些经得起反复阐释的优秀之作，会一次次进入新的语境，与无限数量的读者发生互动。对文学杰作的阐释是一种类似接力的活动，一次阐释无法穷尽作品意义的可能，当我们开始阐释之前，接力已经开始；在我们的阐释之后，这接力也仍将继续。动辄宣称"作者不可能想这么多"，既没有必要也没有效力。这当然不是说可以完全不理会作者自己的解说，只不过我们要把这些解说当作照路的火把，而不要画地为牢，自缚手脚。即便我们对作者本人的情况一无所知，也可以有理有据地构想出某种意图，但这不是凭借对作者个人的揣度，而是凭借对特定作品所依赖的符号系统的考察。即便我们掌握了有关作者意图的无可质疑的实证材料，也仍然不能一举写定作品的意义，因为阐释的关键在于阐释者所确立的作者意图能在多大程度上成为符号意义，也就是说，能否从作品所形成的符号系统中获得支持，得到一个恰当的定位。这种定位至少可以分出三个层次，分别对应三个符号系统：特定作品，该作家的主要作品，该作家所处的文学世界（既包括作家同时代的文学状况，亦包括他所继承的文学传统）。如图：

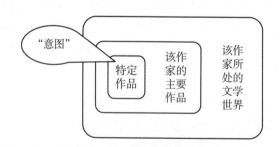

鲁迅著名的散文诗《秋夜》，开头就是"在我的后园，可以看见墙外有两株树，一株是枣树，还有一株也是枣树"，这经常被用来解说鲁迅独具一格的艺术手法。要对这两句话进行"描述"，恐怕就不得不加以"解释"，比方说这种写法表达的是作者孤寂的心情之类。有人反对这类解释，认为牵强附会难以证实，甚至说鲁迅那个时代现代汉语不成熟，也许本来就是这样说话的，根本没有什么微言大义。这种"怀疑主义"有时是一剂清醒剂，但要说鲁迅这种表达纯然是当时语言习惯，恐怕也很难令人信服。《秋夜》通篇都在渲染萧瑟的气氛，而且种种植物都人格化了，而枣树是孤独的斗士形象，"横眉冷对千夫指，俯首甘为孺子牛"，一边与高远难测的夜空作战，一边呵护着小花的梦。前面用"一株是枣树，还有一株也是枣树"，一则是把枣树的孤单凸现出来，因为"两棵枣树"是肯定式的，而"也是枣树"就等于说没有其他树；二则，另一株也是枣树，只有枣树对着枣树，又怎么样呢？难道枣树在此秋夜无法自处？不管怎么理解，我们能够感受到的是，用这样一种非常较劲（或者说"拗"）的表达作为全文的首段，一下子就开启了整篇文章所内蕴的冲突，表面看来是寂寞凄清的秋夜，实则进行着一场春与冬、友与敌、恨与爱、希望与世故的斗争。做这样一番阐释并不牵强,事实上,如果完全拒绝对象征意味的阐发,恐怕会无话可说。

可能我们还是会问,鲁迅会想那么多吗?意图和意义的关系只能具体情况具体分析,所以我们再举一个例子,再简单不过的王维的这一首《杂诗》:

> 君从故乡来,应知故乡事。来日绮窗前,寒梅著花未?

诗的前两句好解,后两句什么意思?所谓什么意思,就是作者写这个有什么用。为什么那么多事情不问,偏要问梅花开了没有?有些评论者可能会解释说:问花其实是问人,问亲人的信息。这样解释有一个很有力的理由,王维这首杂诗与另外两首成为一组(《全唐诗》中题为《杂诗三首》),第一首诗是"家住孟津河,门对孟津口。常有江南船,寄书家中否?"显然是对家人的挂念。但解释出这一点并不够,开花与亲人有什么关系呢?也许我们可以这样想,问花,就是问春天的消息,因为梅花开花是春天到来的标志。所以这句诗等于是问:你来的时候,家乡入春了没有?好,问家乡入春了没有,又有何深意?这时就需要一些补充的解释,首先,春夏秋冬四季的变化尤其是春秋两季的自然物象,在中国诗词中一直是与羁旅之思相连的,江淹《恨赋》中"或春苔兮始生,乍秋风兮暂起"就是经典名句。其次,正因为梅花的开放牵动春愁,"寄梅"便成为古代文雅之士表达思念之情的方式,"江南无所有,聊寄一枝春","驿寄梅花,鱼传尺素"等诗词都为人耳熟能详。所以诗人向友人探问故乡之花,实际上是在表达游子思乡之情。好,这里就可以拿出三首杂诗中的第三首了:"已见寒梅发,复闻啼鸟声。愁心视春草,畏向玉阶生。"这首的意思就已经很明白了,寒梅,鸟鸣(子规),离恨,春草,构成我们熟悉的组合。但也许是太明白了,反不如"寒梅著花未",花在将开未开之间,意在若明若暗之际,举重若轻,玩味不尽。我们还可以联想到王维的另一首名作《九月九日忆山东兄弟》:"独在异乡为异客,每逢佳节倍思亲。遥知兄弟登高处,遍插茱萸少一人。"也是以花言时,因时思亲,言有止而意无穷。

作者能想这么多吗?的确,有时候作者没有读者想得多,就像在日常生活中,说话的人也常常没有听话的人想得多。但是既然听话人说"有"的地方,说话人并不能确证其"无",那么仅仅作者本人宣称没有想那么多并没有用,因为现在一切阐释都交由作品本身提供依据,评论者只对作品负责,而"作者"的在场不过是一种论说策略,毕竟有时"王维此处的意思是……"听起来比"我认为此处的意思是……"要更令人信服。著名小说家、文论家阿尔伯托·艾柯的说法是,阐释的关键是作品意图。作品意图区别于通常所谓作者意图和读者意图,其基本理念是将文本视为具有融贯性的整体。但这个整体不只是用来判断阐释合法性的工具,而是阐释在论证自身合法性的过程中逐渐建立起来的客体,它与阐释活动相互造就,由此构成所谓阐释学循环(艾柯赋予这一古老概念以新义)。这个整体也不仅仅存在于作品内部,更是说作品所处的整个话语系统,"即这种语言所产生的'文化成规'以及从读者的角度出发对文本进行阐释的全部历史"。① 比方说,中国古代诗人写到月亮,总会被认为是要表达某种情感,因为在我们的诗歌传统中,月亮已经高度符号化了,它可以很自然地带上种种意义关涉,而无需作者明确地"想到"某个意思。作者硬说他写月亮没有任何意图,纯粹是因为当时有月亮就写了,这样的表态没有意义,因为月亮不是天文学家眼中的月球,而是天与人的大戏剧中的一个元素,"月出皎兮,佼人僚兮","鸡声茅店月,人迹板桥霜","请看石上藤萝月,已映洲前芦荻花",不著一字尽得风流,没有意图也照样会有意义。

当我们问作者能否想这么多时,其实并不是要窥探作者私密的心理活动,而是问与作者意图相关的某种信息能否在诗歌现有的符号系统中得到表达。这一点在文学理论中称为"文本互涉"或者说"互文性"。乔纳森·卡勒所列举的文学之为文学的五种特征中,有一种就是"文学是互文性的建构",也就是说,一个文学作品总是与其他文学作品相互召唤,从而确认自身在文学的世界中。说王维这首《杂诗》表达的是思乡之情这一阐释之所以能够被广泛接受,正是因为思乡的感情与诗中意象相吻合,很多其他的诗可以在这一点上与《杂诗》形成互文关系,互相解释,互为支持。这当然不是说作者只能重复现成的意象,表达别人已经表达过的意思,而是说任何个体的表情达意都不能脱离其所置身的语境,我们日常交际是如此,文学也是如此。王维的思乡当然有他的特色,带着浓浓的禅意。一则,故乡非此地,但是此地与故乡的阻隔只是空间性的,在心理上难以分割,问"寒梅著花未"之时,早已神与物游,感同身受;二则,人"向死而生",故对岁月流转分外敏感,所谓"物色之动,心亦摇焉"(《文心雕龙·物色》),但是寒梅自开自落,周而复始,于心无物,于物无心,恰成映照。就这一点,我们还可以从他人作品中得到参照,如传为陶渊明所作《问来使》:"尔从山中来,早晚发天目?我居南窗下,今生几丛菊?"② 又如王安石《道人北山来》:"道人北山来,问松我东冈。举手指屋脊,云今如此长。"都是相濡以沫转为相忘于江湖。诗歌的阐释就是阐释这种微妙的意蕴,诗人可以一下子想不了这么多,但他既然踏进诗歌这条河流,是"有理由"想这么多的。

再以李商隐为例。对待像李商隐这样的诗人,究竟应该把他的代表作尤其是那些"无题"诗当作纯粹的爱情诗,还是视为政治讽喻诗?这其实是要看我们所设定的阐释的框架,如果单独拎出李商隐的一首诗,表面上完全是写爱情,要说它是政治讽喻就很困难,如:

> 相见时难别亦难,东风无力百花残。春蚕到死丝方尽,蜡炬成灰泪始干。晓镜
> 但愁云鬓改,夜吟应觉月光寒。蓬山此去无多路,青鸟殷勤为探看。

之所以说这是爱情诗,是因为中国诗歌本身就是这样写爱情的,四季轮转,似水流年,浮生若梦,宇宙无穷,这是通用的符号。但如果要说是讽喻诗,就必须把李商隐的爱情诗作为整体

---

① [意]艾柯等. 诠释与过度诠释[M]. 王宇根,译. 北京:生活·读书·新知三联书店,2005:72.
② 也有学者认为,《问来使》意旨过于显豁,并非陶渊明所作,或为后人伪托. 参见:王维撰,陈铁民校注. 王维集校注[M]. 北京:中华书局,1997:641—642.

来进行分析。我们看到,在这些爱情诗中,有一些较明显的政治讽喻诗的确是与爱情意象结合在一起的。正如清人屈复所论:"凡诗有所寄托,有可知者,有不可知者。如'日月霜里斗婵娟'、'终遣君王怒偃师'诸篇,寄托明白,且属泛论,此可知者。"(《玉溪生诗意》卷四)也就是说,在李商隐爱情诗的符号系统中,爱情意象与政治意蕴即便没有建立起稳定的显/隐关系,至少也是相互粘连,写爱情可以带出政治感喟,政治的牵扯又总能融入风花雪月。如果我们把参照系放得更大一些,就可以引入"美人香草"的文学传统,从屈原开始,自然风物被涂抹上一层政治隐喻的色彩,李商隐完全可以在这一点上向前人致敬。所谓系统,作为意义的框架,未必就是先行摆在那里,而是在特定作品与符号系统之间存在一种"阐释学的循环":一方面,系统为特定作品定位;另一方面,特定作品又召唤适合自己的系统。两者的关系是动态的而非僵化的。屈复说:"若《锦瑟》、《无题》、《玉山》诸篇,皆男女慕悦之词,知其有寄托而已,若必求其何事何人以实之则凿矣。今但就诗论诗,不敢附会牵扯。"(《玉溪生诗意》卷四)这是比较稳妥的态度。批评者既要做实证性的工作,又不能以实证代替判断,他要从作品中发掘出某种意义,就必须为之建立相应的阐释框架,他必须独立地做出这一判断:将政治考量引入对李商隐诗歌的解读,能否使诗作的内涵更为丰富、饱满,更有张力,抑或只是说点题外话? 做这种判断并不容易,但并非怎么都行,或者说,并不是每一种解释看起来都与其他解释一样合理。比方说,倘若有批评者把"寒梅著花未"解读为王维在探问外界的政治动向,我们可能不会把这种说法太当真,即便王维留下书信,说他写这首诗时的确有政治上的影射,我们很可能也只是姑妄听之,聊备一说。原因很简单,对于理解李商隐的无题诗来说,爱情与政治的纠葛是一个具有发散力的话题,会让诗中的情感意蕴更加丰富,诗的格局更大;而对于理解"寒梅著花未"这首诗来说,引入政治影射,很可能反而把这首诗说小了。

好的解释不仅有建构文本外的语境的能力,也有引导读者深入文本的力量。如果一个解释能使文本的各个细节豁然贯通,一些貌似旁逸斜出之处都有了说法,原来比较平面的形象也变得丰富和立体,那么阐释就是有价值的。如果只是把作品意蕴拔高,或者引向作品之外的兴趣点,那么这种阐释就是我们所说的"过度阐释"了。不妨再举一个例子。现在我们看到顾城的诗《弧线》:

> 鸟儿在疾风中
> 迅速转向
> 少年去捡拾
> 一枚分币
> 葡萄藤因幻想
> 而延伸的触丝
> 海浪因退缩
> 而耸起的背脊

这是顾城最有名的作品之一,较之《一代人》、《远与近》等作品,它的意义显然更朦胧。整首诗由四小节组成,各小节是什么意思,整首诗又是什么意思? 究竟是在讽刺什么还是赞美什么? 我们先来看一位网友的说法:

> 诗人将四个弧线的意象并行排列,给人一种暗示,一种理性思考。诗的"确定性",在于标题对"弧线"的点明,在于四个意象所显示的表层含义:自然界与人类社会的一切运动都采取弧线形式,"不止不行"、"不屈不伸"这是万物运动的规律;诗的"不确定性"一面则隐藏在意象组合所构建的深层结构之中。"鸟儿"在疾风中"转向","葡萄藤"自然生长的"触丝","海浪"的自然变化,这自然界的"弧线"不是很美吗? 然而"少年"因为"一枚分币"而屈身"捡拾",这种人为的"弧线",却不能给人以美感。诗的朦胧性带来多种暗示:畸形社会中人的价值的贬值,社会不良风气对天真心灵的污染,自然界弧线的和谐美与人为弧线不和谐的对比,对社会走过一段弯路的暗喻等等,读者可以见仁见智,不必求其固定答案。诗不是为着解答什么,只是启示。[①]

这段文章前面强调"意象组合所构建的深层结构",是不错的想法;最后强调"诗不是为着解答什么,只是启示",也是很好的意见。问题在于,它没有贯彻自己的诗学观和方法论,跳出了诗的整体语境,孤立地对"少年去捡拾一枚分币"这种"弧线"进行解释。它首先判定少年捡拾分币是丑的弧线,然后对它何以为丑以及这种丑的象征意味进行探讨。由于最为关键的释义不是在诗中发生,所以给人感觉诗不过是提供了一个"话头",在评论者依据日常文化观念对诗人的态度做出揣度后,便完全进入诗外的推理与联想。这些推理和联想有可能赢得赞同,甚至有可能赢得作者本人的赞同,但它仍然不是我们要的阐释。一首诗的内在结构(不同于外在形式特征),并非总是不言自明的,声称立足于结构分析基础上的解释仍然只能"见仁见智",但是这类解释的好处是可以把读者的注意力引向诗句本身。我们尝试做如下调整。

1) 将全诗理解为一个悖论:一方面,诗仿佛要将一个少年时期的典型动作融入富于孩童色彩的种种自然景象之中;另一方面,这个意象本身极为简单,不加修饰,缺乏色彩,很难与其他生动的自然意象协调,却以此不协调性(节奏的变化强化了这一点)成为阐释的焦点;

2) 重点分析第三、四节所形成的对照:

因幻想-延伸-触丝

---

① 摘自百度百科。

因退缩-耸起-背脊

前者主动,后者被动。有理由认为,这一对照提示了第一、二节潜在的关系,即两节之间也有可能发生对照,前者貌似被动,实则主动;后者貌似主动,实则被动:

鸟儿-在疾风中-迅速-转向

少年-【　　】-捡拾-分币

3) 关键的阐发。由于"因退缩而耸起的背脊"这一意象与"捡拾分币"在位置上的对应关系,"被动"的意蕴得到强化。少年捡拾一枚分币,仿佛是一种条件反射,但它不是自然而然的美德(既不基于纯良的本性,也不基于伦理的认同),而是社会教育的结果("我在马路边,捡到一分钱,交到民警叔叔手里边")。在我们以自然、幻想为主色的童真回忆中,永远也消除不了那个捡拾分币的"好孩子"形象,我们无法评价它,但这道弧线刻在我们的记忆中,像是一道深深的伤口。

我们对文学作品的阐释,有些可以称之为正向阐释,有些可以称之为反向阐释,比较顺理成章的思路就是正向建构,令人意外、越出常规的思路就是反向的建构。举例说,由阿Q的"精神胜利法"看出中国人的"国民性",由阿Q的悲剧性命运看出辛亥革命的发生及失败,这是正向阐释;而如果在《阿Q正传》中看出阿Q作为无产者的自尊心和反抗性,这就是反向阐释。前者显得理所当然,后者却也不无道理,因为对小说来说,重要的是居然让阿Q这样一个极其反英雄的人物成为一个有着独立的精神史的主角,而不是把他当成可以随意打发的身份。让阿Q成为主角就是提出了新的问题,革命是否对阿Q也有某种程度的意义,阿Q们能不能成为中国革命值得依靠的力量,并非完全没有讨论的空间。关键在于,我们要各自依凭文本说话,使自己的解读能从所评论的文本以及与之相关的各类文献资料获得一个整体的、结构性的支持(而非只是某个片段)。我们尝试着把阿Q与《故乡》中的闰土比较一下,会发现闰土完全依附于作为知识分子的"我","我"是他的代言人,我"哀其不幸,怒其不争",并且为"可悲的厚障壁"感到痛心,闰土则因为生活的重担,完全失去了反思的能力。阿Q就不一样,他有他的虚荣心,有他的欲望,有他能够逗人乐、引人看的地方,有他的生命力。革命解放了这种生命力,让地位卑微的他开始"胡思乱想",甚至于想姓"赵",想讨老婆,还有了自己"闹革命"的同伙。最后他被押上刑场,画押时也一定要把圈画得圆一些,甚至喊出"十八年后又是一条好汉"这样的豪言壮语。虽然作家把这些举动写得很可笑,但是这个终日让人嘲笑,有点烂泥巴糊不上墙的阿Q,未必一点不像那个要在墙壁上砸出窗子的傻子、那个有被迫害妄想症的狂人以及那个在铁屋中呐喊的人。有了这些考虑,我们就有可能对阿Q作更多元的理解。鲁迅的讽刺是毫无疑问的,但是在讽刺中显然留有余地;鲁迅当然不会相信革命仅凭阿Q这样的人就能成功,但是不反思的阿Q相比善于反思的知识分子,也许还要多出一点不知所谓的勇气。这样一想,我们的思路不是封闭了而是打开了。辛亥革命虽然失败了,但是这场革命在文学大师的笔下,未必就一定要或是闹剧或是挽歌,而完全可以呈现出更为复杂的面相。这样分析文学作品的历史内容，就比从历史环境直接推演或者"规定"作品的思想意蕴，要有意义得多。再次强调，阐释不是实证，最终会需要评论者拿出个人的判断力来，但是评论者要让自己的阐释与他人的阐释在一个有价值的争点上展开。如果理解的不同促成了对作品内在结构更为细致和深入的分析，那么分歧就是有价值的；而如果两种意见都是抛开作品自由发挥，那么不管双方能否达成共识，作为作品阐释，始终是"隔"了一些。

评价： 原因与理由

　　二十世纪文学理论的巨擘、加拿大学者诺斯罗普·弗莱曾在所著《批评的解剖》一书中宣称，文学批评应以文学理论为旨归，而不能建立在价值判断上，因为后者因人而异，变动不居。[①] 这一看法遭到另一著名文论家韦勒克的批评，后者认为批评家对具体作品的价值判断本身就与特定的理论相关，理论其实是支持而非回避价值判断。[②] 做评判当然必须慎重，而且应该建立在充分研究的基础上，但是不管做多少研究，最后还是要有所论断，或者判断作品的好坏，或者比较作品的优劣。有时我们看到批评家高高在上，恣意褒贬，确实有些不大服气；但如果一个批评家连作品写得好不好都不敢明言，我们也会觉得他缺乏权威。哈罗德·布鲁姆作为最具权威性的批评家之一，在优劣判断上从不含糊，有一种铁笔判官的气势，这让他树敌不少，但也"圈粉"无数。每当一部新的作品（不管是文学作品还是电影电视作品）问世时，我们总还是想知道某些有一定权威的人的观感，如果他们说好，我们花钱买书买票的可能性就大。公开发布的评价从来不只是纯粹个人的意见，它未必是"公正"的，却是"公共"的。说一部电影好或者不好，是经过一番考量后认为可以发布我的观感，我相信这一观感并非依据于只对我一人有效的理由。在大多数情况下，我们倾向于相信他人富有诚意的见解，不管他说的是对一个陌生人的判断，还是对一部文学作品的判断。换句话说，生活的常态是，如果没有特别的理由，我们一般会相信他人所相信的东西。"这只是你个人的判断，我根本不在乎"，这句话其实最好表述为："我也有我相信的东西，我有理由不让你相信的东西影响到我。"

　　评价的标准究竟是什么？我们觉得针锋相对的一些说法，未必存在真正的对立。有人说文学的评价应以个人感受为依据，要坚持第一印象；还有一些人说要依据公众意见，让"大众喜闻乐见"的作品才是好作品，大众是"用脚投票"，"票房才是硬道理"；当然也有很多人坚持"精英品味"，强调只有以经典之作为标尺，我们才能知道什么是真正的好或坏。这些说法都言之凿凿，但是将个人、公众、精英简单地对立起来没有意义。首先，所谓个人的第一印象，其实也是在公众的无形在场的前提下，经过一系列微妙的选择和重构所建立起来的，它

---

① ［加］诺斯罗普·弗莱. 批评的解剖［M］. 陈慧，袁宪军，吴伟仁，译. 天津：百花文艺出版社，2006：1（导言）.
② ［美］雷内·韦勒克. 批评的概念［M］. 张金言，译. 杭州：中国美术学院出版社，1999：5.

是"价值意象",而不只是感官印象；其次，我们的趣味是经典之作训练出来的，在自己所熟悉的文学或艺术传统内，人人都有一些精英主义（不妨想想动漫迷看到动漫经典粗制滥造的改编版本时会如何义愤填膺）。那么，真正的差别在哪里呢？更确切地说，对评论写作来说，真正需要留心在意的差别是什么呢？

这个问题当然没有唯一的答案，但我想提请注意这一差别：以阅读激发的评价意愿同以写作实现的评价行为之间的差别。评价是一个过程，它不是我们在一瞬间有了看法，然后马上写下来交给公众，而是我们通过评价活动与对象发生某种价值关联，在评价活动的推进中使这种关联不断调整和深化，直至产生积极的思想成果。我们拿起一本小说，从看到封面那一刻起就已经在做评价（"好大气"、"有意思"、"又是这类题目"），到最后交出比较满意的评论，很多想法怕不经历了百转千回？我们不是先感到愉快或不愉快然后进行评价，而是愉快或不愉快的感受本身就是评价，而愉快不愉快是有可能发生变化的。作为评论者，我们最终拿给别人看的，是与愉快或不愉快的情绪相伴的有价值的想法。再次强调，写评论是测试、调整和创设自己与他人的价值关联，它首先是一个自我教育的过程，如果这种自我教育是有成果的，也会成为对他人的教育。

怎样通过评价来实现自我教育呢？不妨借助几组概念工具思考问题。第一组概念工具是原因和理由。某人确信是好作品的，其他人未必同样确信；主观上认为一部作品是杰作是一回事，认为它值得作为杰作向他人推荐是另一回事；前者只需要原因（被打动），后者则需要理由。这与阐释是同样的道理。中国传统文学批评强调"悟"，"我方示意，彼已会心"，品评作家往往三言两语，却形象生动且能直入神髓。更多的解释是没有的，你赞同也罢，不赞同也罢，但为智者道，不为俗人言。王国维写《人间词话》，其中颇多"酷评"，比方论周邦彦："词之雅、郑，在神不在貌。永叔、少游虽作艳语，终有品格。方之美成，便有淑女与娼妓之别。""美成深远之致不及欧、秦。唯言情体物，穷极工巧，故不失为第一流之作者。但恨创调之才多，创意之才少耳。"①这些评语后面很少辅以详尽的解说，所以常常被其他学者质疑。不过《人间词话》的重点不在于这些具体的评价，而在于支持这些评价的"境界"说。后者的提出大大超越了已有"词话"的范式，作为熔铸中西的现代理论建构，它可以成为高屋建瓴的理由，去支持那些具体的评价。有的时候，用来支持具体评价的理由，往往喧宾夺主，成为评价的重心。评价人人可做，好的理由却不多见。在有些语境中，哪怕对作品高下的评价存疑，只要理由本身够精彩，能给人启发，而且能够从作品中获得足够的支持，批评便达到了它的目的。

我们可以举一个莎士比亚评论的例子。莎士比亚艺术成就是举世公认的，但用来言说这一成就的理由却不尽相同。十八世纪英国大文豪、著名莎士比亚研究专家萨缪尔·约翰逊博士给出的理由是：

---

① 王国维著，姚淦铭，王燕编. 王国维文集：第 1 卷[M]. 北京：中国文史出版社，1997：148—149.

莎士比亚超越所有作家之上，至少超越所有近代作家之上，是独一无二的自然诗人；他是一位向他的读者举起风俗习惯和生活的真实镜子的诗人。他的人物不受特殊地区的世界上别处没有的风俗习惯的限制；也不受学业或职业的特殊性的限制，这种特殊性只能在少数人身上发生作用；他的人物更不受一时风尚或暂时流行的意见所具有的偶然性的限制；他们是共同人性的真正儿女，是我们的世界永远会供给、我们的观察永远会发现的一些人物。他的剧中角色行动和说话都是受了那些具有普遍性的感情和原则影响的结果，这些感情和原则能够震动各式各样人们的心灵，并且使生活的整个有机体继续不停地运动。在其他诗人们的作品里，一个人物往往不过是一个个人；在莎士比亚的作品里，他通常代表一个类型。①

而法国现代哲学家、诺贝尔文学奖获得者亨利·柏格森则有另一套说法：

由此可见，艺术总是以个别为目标。一个艺术家画在画布上的是一个特定地方，一个特定日子，一个特定时刻，其色彩永远不可能再次见到。一个诗人歌唱的是一个特定情绪，这情绪是他的，只是他一个人的，而且永远不会再来……

我们可以共同承认某一情感是真实的，可是并不等于说这是一个共同的情感。没有比哈姆莱特更独特的人物了，他可能会在某些方面像其他人，但他使我们感兴趣绝非由于这一点。但是，哈姆莱特这个人物却是被普遍接受，被普遍认为是活生生的人物。只有在这个意义上，他才具有普遍的真实性。②

这两套理由都非常精彩，它们涉及两位大师对文学之本质的不同看法（一为绝对的共性，一为绝对的个性），足以启人心智。之所以文学研究者重视经典，是因为批评家往往在给予经典崇高评价的同时，通过创造性的阐释，让他所标举的文学观念走上前台。相比于能否做出更准确的评价，批评者能否让自己评价的理由产生积极的效应（强化某种理念，推动某种创造），可能更为重要。这当然不是说应该在一篇评论中花大量篇幅去阐述自己的文学观，只是说如果没有某种富有新意、值得为之辩护或深入探讨的观念起作用，仅仅评价某个作品写得好还是不好，其实不会有太大的价值。③

① ［美］罗伯特·哈钦斯，莫蒂默·艾德勒.西方名著入门·评论卷［M］.李赋宁，潘家洵，译.上海：商务印书馆，1995：328.
② ［法］亨利·柏格森.笑［M］.徐继曾，译.北京：北京十月文艺出版社，2005：109.
③ 旅美作家哈金曾提出一个"伟大的中国小说"的概念，其定义是："所谓伟大的中国小说，是一部关于中国人经验的长篇小说，其中对人物和生活的描述如此深刻、丰富、正确并富有同情心，使得每一个有感情、有文化的中国人都能在故事中找到认同感。"这一概念可以视为约翰逊典型论的回响，但在今天的理论语境中显得陈旧了些。哈金并非只是修辞性地使用"每一个"这一表达，因为他甚至《红楼梦》也不是伟大的中国小说，因为它也不能让所有中国人认同。这样处理虽然维护了逻辑上的严密性，但它也使得"伟大的中国小说"过于高蹈，难以落实。参见：哈金.伟大的中国小说［M］//张颐武，贺桂梅.北大年选：2005批评卷.北京：北京大学出版社，2006.

用精彩的理由支持对作品的评价是肯定性的逻辑,接下来我们要回到怀疑的美学,对评价的难度做更深入的探究。王国维《人间词话》中具体评价的偏颇(尤其是对南宋词的整体贬低),固然可以因为"境界"说的精彩而被原谅,但这并不是说一套富于创造性的理论言说足以构成特定文学评价的充分理由——它只是使得这一评价相对容易被他人接受或容忍。[①] 我们完全可以针对平庸之作说出一套高妙的文学观,使得那部作品也仿佛身价百倍,这个时候,他人的酷评不啻为一针清醒剂。再举一个当代诗歌的例子。若干年前引起很大争论的诗人赵丽华,推出了一批被称为"梨花体"的诗作,其代表作是这样的:

想着我的爱人

我在路上走着
想着我的爱人
我坐下来吃饭
想着我的爱人
我睡觉
想着我的爱人
我想我的爱人是世界上最好的爱人
他肯定是最好的爱人
一来他本身就是最好的
二来他对我是最好的
我这么想着想着
就睡着了

嘲笑这样的作品是容易的,做严肃的评价却并不容易。它没有现代诗那种令人敬畏的陌生感,也没有精巧的写作技术,但它显然符合"最高的技巧是无技巧"之类信条,口语化的形式与其朴素的情感相当统一。那么它究竟是好诗还是劣诗,来看几则来自网络的材料:[②]

- 老诗人流沙河:这些文字,有的是警句,有的是慧句。但是在我看来它们还不能算是诗。
- 韩寒:现代诗人所唯一要掌握的技能就是回车,诗人本身就有点神经质,再玩下去就要变成神经病了。

---

① 《人间词话》对周邦彦的"酷评"于 1909 年问世,但是在次年写作的《清真先生遗事》中,却又称周邦彦为"词中老杜"。可见语境不同,评价亦会改变.
② 摘自中国经济网.

- 廊坊市作家协会主席张立勤：赵丽华是诗歌"圣坛"上的一个圣斗士，她在以一己之力与无知愚昧作战。

这些评价各有理由，但是放在一起，我们会意识到这些理由都不够充分。理由不充分时最容易产生争论，正如罗素的名言：每当你发现自己为意见的分歧生气时，请保持警惕；你很可能在检查后会发现，你的信念正在越过证据所能担保的范围。指出这一点并不能让人废止评价，但也许可以使人在做评价时更为谨慎。评价之所以困难，很大程度上是因为我们之所以想给某个对象好评或者差评，是基于自己的阅读感受，但是我们并没有十足的把握这一刻的阅读感受真的能够作为衡量作品价值的依据，故而常常会跳出证据所能担保的范围。

评价一部作品的好坏不易，评价不同作品谁比谁更好，更难。当真的需要比较时，并没有多少不容分辩的依据，可以让我们确认一部作品比另外一部作品好。且不说文学作品，就是在日常生活中，我们评价哪个明星更帅，也肯定莫衷一是。很多时候我们宁愿不去做这种比较。这当然只是权宜之计，不敢说一部作品比另一部作品好或者坏，还怎么做文学批评呢？尤其是，文学评价很多时候是通过评奖或者选本来体现的，一个评委或者选家可能同时喜欢好几部作品，但他只能选择一部作品入围，这时候他一定要比较，而且一定会为自己的选择找一些"客观"的理由。但是可想而知，这些理由在其他人看来总不够客观。的确，我们可以断言班上同学的小说习作比《红楼梦》差，但这种比较没什么意义。事实上，如果不是跟《红楼梦》比，而是跟某个当世成名人物的作品比，你能这么肯定么？比方我们同学的某篇短篇小说是不是就比某位成名作家的普通作品写得差？张爱玲读中学时，其国文教师就曾放言，张的习作较之郭沫若的作品有过之而无不及。众口一词时倒还好，一旦评价出现分歧，要想在完全不显示"偏见"的前提下维护自己的判断，几乎是不可能的。

也许我们会注意到这样的情况：只有当几个对象各有特点时，我们才会希望对它们做一高下判断（否则一目了然，无须赘言），而偏偏这个时候判断又很难做出。不妨问自己这样的问题：什么时候你会说一部作品比另一部作品好，什么时候你会说它们是不同的？为什么郭敬明和莎士比亚如此不同，我们还是认为莎士比亚远远超过郭敬明？再问，下面这些作家，哪些是可以比较高下的？哪些是不同的以至于无法比较？

莎士比亚和关汉卿？

关汉卿和鲁迅？

鲁迅和张爱玲？

张爱玲和笛安？

笛安和郭敬明？

郭敬明和莎士比亚？

可能我们觉得前面每一项中的两位作家都是"不同的"，但最后还是来到郭敬明和莎士比亚面前。这中间有个逻辑转换，当郭敬明和莎士比亚比较时，莎士比亚并非另一位作家，而就是文学成就的最高标准；而当莎士比亚与关汉卿比较时，我们的注意力又放在莎士比亚和关汉卿各自的独特性上了。为了更好地说明相关问题，我个人设置了一组概念：鉴赏与评判。所谓鉴赏，是站在特定对象的立场上去解释和评说作品整体的意义和效果；所谓评判，是拿某些相对明确的普遍标准去衡量作品的某些方面所达到的程度。我们所说的评价，其实包含了这两种情况。比方我们看下面这些评价：

1）整部小说情节发展紧凑而跌宕，各线索安排错落有致，叙事技巧相当成熟。

2）这个人物总体来说有些苍白，而且不太真实。

3）这部作品有很多民俗风情的展示，文化含量高。

4）张爱玲的小说囿于市井人情，难以容纳更为宽广的社会生活。

这些评价是鉴赏还是评判呢？检验的窍门是，如果你说某作品不好，别人说"你根本没弄懂！"或者，"各人有各人的看法吧！"那就是鉴赏，如例1和例2。而如果别人说："你这么说不公平！"则往往是评判，如例3和例4。评判有可靠而又确定的标准，所以是客观的；但是它又是以外在的标准去要求对象，所以又是主观的。鉴赏没有可靠、确定的标准，所以鉴赏是主观的；但它又认为自己是客观的，因为它以对象为依据。

这样区分似乎把事情越说越复杂，但是运用到实践中就会发现它的好处。我们不妨分别用鉴赏和评判的眼光看待郭敬明和莎士比亚的高下比较问题。

（一）以鉴赏的眼光看

1）郭敬明的《幻城》为孤独的一代人营造出一个凄美的、梦幻般的世界。

2）莎士比亚将目光投射到人性的最深处。

3）郭敬明的语言有一种独特的魔力，神秘、华丽而又感伤。

4）莎士比亚的语言是智慧的语言，是才华、学识的自由释放。

结论：一代有一代之文学，不可轻视"80后"作家。

（二）以评判的眼光看

1）莎士比亚展现出远为深厚的文化素养。

2）莎士比亚在语言风格的多样性上表现出超人的才华。

3）莎士比亚创造了更多令人难忘的艺术形象。

4）莎士比亚表现了更为广阔的社会生活……

结论：莎士比亚是比郭敬明远为伟大的作家。

那么，我们到底用什么道理来证明莎士比亚比郭敬明伟大呢？首先要说的是，即便没有找到无可辩驳的理由，也不意味着莎士比亚在人类文化世界中与郭敬明等值，我们有无数方式可以证实莎士比亚无与伦比的重要性，不必急于给出说法。说某部作品好与坏，要给出理由已经不太容易；说一部作品比另一部作品好，理由要经得起考验就更难。有时明明只是对一个作品的鉴赏，我们却喜欢顺势判定此作品相比别的作品有多出色；有时明知用某个标准评判某一作品不公平，但因为这个标准有权威而且我们需要这种权威，于是就把它抬出来。其实，文学批评最终就是要让人看到真正意义上的欣赏，而不是一定要将世间作品分出三六九等。文学评价不是排斥主观性，而是拒绝没有价值的主观性，一种有关怀、有追求、有内在逻辑的主观性并不损害客观性，而就是客观性的表现。反过来，如果为了要维护某个客观标准而苛求作品，反而暴露出标准自身的缺陷。

最后要说的是，单纯打分式的评价并不像我们想象的那么重要。说一部作品出色或者糟糕，往往只是展开深入分析的开始，有时你甚至可以将其视为一种修辞手法，只是为了让评论获得某种活力。某种程度上，只有在必须做出取舍的场合，才需要将作品分出三六九等，比方某位金钱和精力都有限的读者，究竟应不应该买下某一本书，他会希望看到明确的评价，这就跟我们先看了网上的评分，再决定要不要去电影院看某场电影一样。而对于以读书为业、以研究为本的学院批评来说，其实没有必要太在乎那个可以用一句话甚至一个词表述的评语，因为文学评价的工作不是用一个形容词终止讨论，而是一步步揭露那些无价值之物，同时让有价值之物成其自身。与其频繁使用"毫无疑问，这是近年来中国小说的最大收获"、"这是不可救药的庸人之作"、"我认为他已经厕身于中国当代最杰出的诗人之列"等评语，不如先耐心地将作品中我们认为好的东西呈现出来。

结语

文学批评永远不可能完全客观，因为一个真正意义上的评论，本身就是所评论的对象与评论的标准的同时呈现，对象有一个渐次展开的过程，标准也有一个自我展示进而自我修正的过程。这一过程自有其指向。现代批评理论的奠基人之一，英国著名的批评家Ⅰ·Ａ·瑞恰慈的一段话值得反复琢磨：

> 一切批评的努力之唯一目标，一切解说、欣赏、劝告、称赞、指斥之唯一目标，都是在企求传达之改良。这种说法，仿佛是一种夸大，不过实际上的确是这样的。批评的规律和批评的原理之全盘器具，乃是求得更精细、更确切、更敏锐的传达之一种工具。
>
> 当然，在批评旁边还有一种价值的测量。当我们把传达问题完全解决了，当我们充分地得到了那种经验（即是与一首诗很适切的心灵状态），我们仍然必须把它评判，必须决定它的价值。不过后面问题差不多自己便解决了；或是我们内心的本

质与我住在其中的世界的本质替我们决定了,我们首要的努力,是求得适切的心灵情态,并且看出发生一些什么。

价值是不能证明的,除了由于那有价值的东西之传达。[1]

文学批评的目的促进传达之改良,如果传达过程本身不能让人信服,就评价问题展开激烈争论,也不能为我们赢得更多。也许在维特根斯坦那样的哲学家看来,要想在价值判断上说服别人是多余的,因为决定我们是否以及在多大程度上喜欢某一对象的是整个的生活方式,而对后者我们只能保持沉默。不过我们也可以这样理解,文学批评通过描述、解释、分析、比较而建立的价值判断,并不单纯是对某一个作品的爱憎反应,而是带着个人感受与所处的世界展开对话,一边探究,一边反思,在理性与感性之间建立起微妙的、充满张力的动态平衡。做文学批评并不总是在做最后决断,更多时候是身陷矛盾纠结之中:试图以感性经验推进理性思考,同时以理性思考提升感性经验,而两者往往相互掣肘;试图在一个强调主观感受的领域,通过分析论证为自己与他人求取相互认同的可能,哪怕很多时候只是一厢情愿;试图让自己喜欢的作品获得最普遍的承认,同时又必须对不喜欢的作品保持开放的心态,而这有可能导致立场模糊、品位降低;试图把自己喜欢的每一部作品当成独一无二的整体去理解,又不得不将其放在更大的文学世界中,对其独创性进行冷静、客观的评估,而这常常导致自我否定……但是,正因为有这种种的自寻烦恼,传达之改良才是可能的,文学批评也才值得一做。

本章课后练习

习题一

【建议阅读】

1. 傅雷:《论张爱玲的小说》;
2. 张爱玲:《自己的文章》。

【写作】

1. 针对傅雷先生对张爱玲的批评中你认为不公正的方面,挑出某一问题,尝试为张爱玲写一个答辩;
2. 针对这份答辩,站在傅雷先生的立场上,再写一篇反驳的短文;
3. 仔细检查这两篇短文的论述语言,看看在描述、阐释和评价三个方面,是否出现了教材中指出的问题,想想应该如何更好地实现传达之改良。

---

[1] 徐葆耕. 瑞恰慈:科学与诗[M]. 曹葆华,译. 北京:清华大学出版社,2003:59—60.

习题二

从你以往写的评论文字找出一篇进行逐句分析,看看是否出现了教材中指出的问题,看看有哪些大话、空话和陈词滥调,哪些地方是轻率的,哪些地方是不公正的。

习题三

找两三篇你认为写得比较好的作品评论,看看它们是如何概述作品情节,又是如何展示作品的精彩细节的。

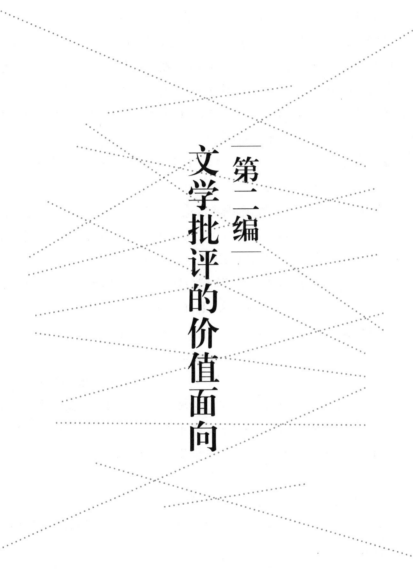

第二编 文学批评的价值面向

上一章我们讨论的是文学批评的美学难题,其目的是给批评尤其是学院批评加上一层自我防御机制。学院内的批评家未必比学院外的批评家更有才华,有时甚至不如媒体记者见多识广,但他应该有自己独到的长处,善于反思就是其中一点,这意味着他常常会质疑自身,包括自己的信念、趣味与语言。熟读经典的训练不是傲视大众的资本,坚如磐石的立场也未必是首要的美德。但是,这并不意味着学院批评家不能正面追求某种东西。他当然有自己所信所爱之事,在言说这些事时,他并不缺少诗意与激情。这既可以指伦理、政治上的关切,也可以指某种文学理想。他相信文学的爱好者之间有可能形成共识,以共同维护某些价值观念,他相信这些努力是有利于文学自身的。

正是基于这一考量,本编将讨论文学批评的价值面向。我们也可以将其理解为问题意识,实用性的考虑是希望同学们在进行文学批评时,能够有一些相对稳定的关切,以帮助自己在作品阅读和批评写作时有更清晰的思路;更进一步的意图是希望同学们在入门之初,便能领会到学院派文学批评的自我期许以及实现这种期许的困难所在。本编选取了三个面向:现代性价值,审美性价值,独创性价值。这当然是不完备的,名目的选择也未必不可商榷,但我们本来就只是例说,无需求全责备。在评论具体的作品时,未必需要三个面向一一点到,有时谈一个面向会很自然引入另一面向,有时在一个面向下讨论便已足够,无需另开新局。总而言之,具体情况要具体分析。我们可以自行列出最看重的价值面向,然后在阅读和评论中落实它们。当然,带着某种价值诉求去寻找作品只是事情的一方面,事情的另一方面是由作品告诉我们应该去寻找什么。

对价值面向的强调是纲领性的内容,它当然需要从接下来"读入文本"和"读出文本"的相关章节获得支持,有一些细节问题我们放到后面去讨论。

第三章
文学之为现代

○ 再现性与现代性
○ 文学与现代境遇
○ 文学与时空体验
○ 文学与形式之变

我们讨论的文学价值的第一个维度是现代性价值，这一讨论将借助于再现性和现代性这两个概念展开。说得更清楚些，我们会通过构建再现性与现代性的辩证关系，展开对文学之现代性价值的探讨。

再现性与现代性

我们拿到一部文学作品，总希望它有好的题材，能够有所再现或者反映，不管是关于历史、现实还是宇宙、人生。我们希望文学仍然是镜子、窗子、望远镜或者显微镜，让我们可以通过它看见点什么。我们会希望所看到的东西有单刀直入的勇气，"敢于直面惨淡的人生，敢于正视淋漓的鲜血"。如果有人说，在作品中出现的所有人和事不过是为了编造使人着迷的故事，完全不能拿真人真事对号入座，我们不仅会觉得遗憾，恐怕也只能半信半疑：一个人很投入地读老舍的《猫城记》、莫言的《生死疲劳》、狄更斯的《荒凉山庄》、乔治·艾略特的《米德尔马契》或者菲利普·迪克的《高堡奇人》，却完全不认为它再现了世界的某一真实面相，这是可能的吗？

再现性当然不只是文学再现某些历史事件或者生活场景，那还只是讨论的起点。说某部作品描写的是改革开放的辉煌历程，这只是给题材进行文献学的分类，还没有进入文学的层面。在文学的意义上谈再现性价值，是说为什么此处必须由文学去再现，而且只有杰出的文学作品才能完成这一再现任务。说这部作品塑造了众多可歌可泣的人物形象，充分再现了改革开放的艰难历程和伟大成就，算不算文学的再现性价值呢？当然算，但仅此还不能把一部小说与一部报告文学作品区分开。需要用探索性的文学评论去揭示——而不只是表示肯定——的再现性价值，其实是文学与现实的斗争，有时文学对抗现实，回避现实，却因此与现实有了更深刻的接触。更重要的是，一部真正的文学杰作，有能力将现实升华为一种象征，但由于这是一个簇新的象征，我们又总能经由它重回特定的时代。文学评论要努力使这一逻辑呈现出来。

在理解文学的再现性时，常常出现一种想象，仿佛现实摆在那里，但是被神话和迷思笼罩,文学的任务就是冲破重重迷雾,客观和深刻地描绘现实。这种想象在很多时候是有用的,但也会带来麻烦。假如我们太过刻板地理解所谓真相,或者说唯一的真相,很容易出现相对主义问题,因为一些人认为的真相,另一些人并不以为然。比方我们看到一部关于上海下岗工人的小说写得很好,就说这个上海比那个摩登的上海、弄堂的上海更为真实,这就很容易引发争论,这种争论也很容易演变为意气之争。而且从逻辑上来说,如果文学可以按照现实本来的样子去再现现实,就等于说我们另有别的途径先行知道现实的本相,只是看文学能不能赶上来。而即便文学真的赶了上来——赶上历史学家、政治学家或经济学家——我们也不能确定它是否有超过历史学著作、政治学著作或经济学著作的价值。作为文学爱好者,我们大可以宣称只有文学才能把握世界的真相;但是作为学院派,我们当然明白,此种宣言只是表示赞美的修辞而已。

比较方便的做法,是首先承认存在再现世界的 N 种角度或方式,然后将所评论的作品归入其中一种,看它能否提供有价值的新东西。哪种方式更真实或者说更有价值的问题可以悬搁起来,重要的是能否让更多的人看到,特定的再现方式关联着——而非决定了——特定的文学传统,而某一特定的创作又汇入并且提升了这一传统,由此使得文学中的世界更为丰富、立体、坚实、通透和动人,更能成为思想的增长点,帮助我们激活从别的领域获得的见识,重构我们的观念网络。与其说某部文学作品如何再现了真实的世界,不如说它如何为世界创造出一种真实。说某部作品真实,就是对成功的文学创造的肯定。而要做出这种肯定,不能仅仅因为作品中放入了很多真人真事,甚至也不仅仅因为故事中的生活能够代表现实中一部分人的生活,更因为文学作品能够在我们面前展开一种可能的生活,如此熟悉,又如此新鲜。这种展开有时不为人察觉,评论者的任务就是努力发现它,并以自己的方式参与其中。

为了更好地把握相关逻辑,我们要引入另一个概念:现代性。我们要把时间和空间的逻辑统一起来,探究文学作品如何再现世界,其实就是探究文学作品如何把握时代,所以文学的再现性与现代性可以在某种意义上相生互证。以后我们还会有专章讨论文学与时代互动的细节问题,在本章中,我们先将其处理为一个价值向度的问题,即在什么意义上可以说一部文学作品具有现代价值? 这个问题的背后是一连串思考:文学,或至少是某一文体的文学,如何真正走入现代? 如何为适应现代生活而调整自身? 反过来,文学如何为我们梳理、提炼、开创现代生活经验? 我们如何通过特定的文学教育成为现代人? ……简而言之,不仅仅是问现代生活如何影响到文学,更是问文学如何参与建构了现代生活。此处需要马上说明的是,现代并不只是"现代文学"意义上的现代,不只是二十世纪以来的现代,甚至也不只是十八世纪以来的现代,它强调的不是特定的时间段,而是一种宏大的、持续的变动过程,是时代推动着人们从各自记忆中——或毋宁说想象中——"旧"的生活方式(淳朴、安稳然而又是愚昧、野蛮、贫穷等等)转向"新"的生活方式(文明、进步的然而又是躁动的,混乱的,让人迷失的)。在文学的背面,世界处于剧烈而持续的变化之中,各种现成的秩序、规则都难乎为继,个体的生活也不断经历着拆解与重构。也许不同的历史阶段、不同的地域甚至不同的人都有不同的现代性难题,比方清末民初时的文学对现代生活的想象,当然与改革开放时期或者二十一世纪的文学不一样,但是变与不变的忧思总会渗透到文学形象的创造中。生活世界的重建是现代性的核心问题,而这恰好也是文学的永恒主题,因为文学不是源于安稳,而是源于对不安稳的敏感和对安稳的期待。这既是说文学对世界之变动有着敏锐的感知与表现,也是指文学传统自有其发展、更新的动力与目标。文学不是简单地顺应世界之变,却与之互为映照,虚实相生,所以我们才会不断地提出这类问题:这种文学脱离时代了吗?抑或超越于时代?什么样的文学才算是"扎根"在时代中?这种文学是对古代的模仿吗?抑或古典一直在现代中?这种文学的出现是历史的误会,还是某种"永恒轮回"……所谓文学的现代性,就是要在一种暧昧、纠结而又充满活力的时间意识中,重构文学与现实的关系,这正是我们考察文学之再现性问题的重点所在。①

文学与现代境遇

我们要讨论的第一个问题,是文学如何表现现代境遇。何谓现代境遇?我们从鲁迅这个具体的对象说起。鲁迅是中国现代社会的一面镜子,是非常典型的现代中国人,这现代不是说他在生活方式上有多前卫、西化,而是说他深刻地介入并且揭示出那些核心的现代难题。他笔下的知识分子都被卷入一种情境中,即一个人刚刚开始学着赶赶现代的大潮,这潮水却一夜之间退个干净,赶潮人陷身泥沼之中动弹不得。种种有关现代社会的激情想象退却后,"新人"如何过他的旧日子,是鲁迅最关心、也最能感同身受的。文学史家夏志清在《中国现代小说史》中批评鲁迅放不下他的乡村场景,这样说从态度上说很不公正,却也点出一个事实:对鲁迅来说,乡村或者说故乡是扎在心头的一根刺,欲拔之而不能。那一代知识分子是真有"以何面目见江东父老"的伤痛的,故乡既是慰藉,也是压力,提醒着自己作为革命者、维新人士一事无成。是否一事无成光看城头变幻大王旗是不行的,要看就看真实的生活世界,比方一个小村庄,外面的世界已"咸与维新"了,革命了,复辟了,对里边的日子究竟有多大影响。我们看鲁迅用的题目是《风波》,用的隐喻是苍蝇飞了一圈又飞回来,用的转喻是酒家的窗纸换成了玻璃,这就是所谓现代。但是鲁迅并不是想说什么都没变,或者本来就不该变,而是要把那种人杵在泥沼中的尴尬、彷徨与孤独揭示出来。这种状态是现代社会的缩影,与晚清以来一系列重大变化息息相关,所以说它是现代境遇,只不过主角是无足挂齿的小人物。由小人物所演绎的不知何去何从的现代,较之英雄豪杰所引领的信心满满的现代,往往是更文学、至少是更小说一些的。

---

① 如果我们将"现代性"推及古代文学,未必不能有所收获。比方以它为视角审视杜甫的诗,考察那种"安史之乱"后山河萧瑟、天下皆秋的诗兴,如何影响到唐诗的抒情方式,并构成唐代诗歌发展的新阶段。但是语境的冲突的确会影响到研究的效果,有可能得不偿失,所以还是将"现代性"术语应用于近现代文学的范围内会比较好。但是与此术语相关的那类思考,却不必画地自限。江弱水教授的《古典诗的现代性》一书(三联书店 2007 年版),让中国古代经典诗作与西方现代诗学观念形成对话关系,给人启发,可以参照.

文学中的现代，是承载着一系列正面价值的现代。现代社会有很多观念是过去没有的，代表了现代文明发展的成果，文学作品应该有所体现。如果某部作品简单地宣扬集体利益高于一切，对个人的生命财产缺乏必要的尊重，或者反对一切个人欲望，在私生活问题上过于严厉，甚至钟爱道德说教，我们会觉得它已经过时。如果某部作品虽然赞赏英雄，却仍然秉承男性中心主义的观念，或者过多使用民族主义元素刺激读者的神经，我们会觉得它残留着落伍的东西。还有一些作品缺乏环保意识，甚至有虐待动物的习气，这同样不符合现代伦理。作为现代人，应该勇于守护那些养成不易的现代观念；而作为文学批评，应该理直气壮地向文学要求能够代表现代文明发展方向的东西。

不过仅仅这样还不够，文学的任务，毕竟不只是呈现那些理所当然的东西，更是要探索现代人在不那么理所当然的境遇中的作为。我们来看《肥皂》这篇小说。主人公四铭过得颇不如意，经济上捉襟见肘，精神上颓唐无聊，就像身上积了陈年老垢一般，生活越来越没有了激情。他做父亲，做丈夫，做文化人，甚至做流氓，似乎都不在状态，能让他把心思放进去的，简直就只有菜碗里的一棵菜心，结果还被儿子夹走了。他到外面转了一圈，看见一个女乞丐，然后听到一句评论：别看她身上脏，"咯支咯支遍身洗一洗，好得很呢！"这句话让他一下子心烦意乱起来，鬼使神差买了块肥皂回来给太太，挨了一通冷嘲热讽。这个四铭不是什么道德君子，但也不是坏人，他有欲望，但无从表达和满足；他有同情心，但这同情心既不纯粹又无实效。小说中出现了肥皂，肥皂是个好东西，现代生活的象征，似乎能够把这日子擦得亮一点；可是，它从一出场就与欲望因而也与罪恶感相连，用它来擦洗身体，等于用脏抹布擦桌子，越擦越脏。在这里，鲁迅当然有讽刺，但又不仅仅是讽刺。四铭的善良、斯文、正义感也许都是虚伪或者不堪一击的，但他的孤独感是真实的（也许轻浅），无论是街上说洋文的少年还是自己的儿子，无论是剪短发的女学生还是乞讨的孝女，都是他所不能理解和无从言说的。当他一个人站在月下的庭院，的确有一种难以名状的悲哀。这是一种现代的悲哀，不是怀古之幽情，而是熟悉的生活方式被破坏之后那种无可皈依的仓皇，悲壮之成分少，可悲之成分多。鲁迅笔下的人物常有这种悲哀，比方《在酒楼上》中"我"，并不是高大伟岸的形象，他不过是落拓的主人公吕纬甫的另一版本而已。他所感受到的故乡的灰暗、憋闷、压抑种种，不仅来自于实景的刺激，也是自身的反刍，是"我"这一代知识分子内心的愧疚。故乡某种意义上不也是"肥皂"么，为求安心绕道去看它，却只是给自己增添了浓重的烦闷。这种感觉难以言说，因此也无法排遣，只有窗下娇艳的红梅，漫天飞舞的雪花，能够唤醒旧时记忆，使人在出神之际，稍稍得到一些放松。

鲁迅是不是革命家尚可讨论，但他肯定是直面革命的思想家——不是提供革命理论，而是揭示革命如何进入那个铁屋子一般的生活世界。他的作品中有受伤的过客，闯入无物之阵的战士，他最喜欢使用的关联词是"然而"，最令人肃然起敬的一句话是：绝望之为虚妄，正与希望相同。此处可以看出鲁迅的深度，成为现代就一定要向前迈一步，哪怕像野草一样毁灭——但这不是因为有人承诺了光明和幸福，而是因为不迈出这一步就会堕入虚无。夏志清在《中国现代小说史》中对鲁迅小说《药》的结尾作了高度评价，颇有见地。《阿Q正传》作为鲁迅的代表作，给人留下深刻印象的地方比比皆是，比方几个人闲到比拼谁的虱子咬起来更响，阿Q给吴妈下跪要跟她"困觉"，阿Q画押担心画得不够圆，在这些地方，我们约略知道作品要表达什么意思。但是《药》的结尾不一样，主副两条线索会合了，两个悲伤的母亲见面了（一位母亲的儿子的鲜血，被用来作另一位母亲的儿子的药引子），为革命的英勇献身最后不过是献了个无用的人血馒头，此事如何收场？一圈小白花，一只乌鸦，两个坟头，两位绝望无助的母亲，那么大的时代冲突，就定格在那样一个场景中。忠实的写实主义，忽然转变为象征主义，《彷徨》忽然转变为《野草》。此时主角是两位母亲，英雄主义不顶用了，英雄的母亲不是英雄，她只是母亲。我们应该谴责小栓母亲的愚昧？作为一个母亲，她做错什么了吗？给人安慰的小白花是鲁迅自己放上去的，让人沮丧的乌鸦也是，但是你会深切地感受到，作者能放小白花，却阻挡不了不解人情的乌鸦，这个乌鸦就是鲁迅文中那个无所不在的"然而"。但是反过来我们也可以说，小白花也是"然而"——我们左右不了乌鸦，然而我们也看到了小白花。此时，新与旧对峙，家与国对峙，希望与绝望对峙，却并非善恶分明。我们分明感觉到，眼前的这个场景与走向现代的中国相关，文学世界与现实世界形成奇妙的对应关系，但是我们又情愿让文学形象停留于那片刻的静止中。

再来看张爱玲的《金锁记》。张爱玲是一个对现代之为现代有着深刻关切的人，她对世界保持着戒心，却并不闭目塞听。她沉迷于红楼式的情境，但她的人物却不得不从大宅院中走出，来到喧闹的街市。然而这绝不简单地是一个除旧布新的过程，张爱玲笔下的人物都是挣扎于新旧之间的，七巧是，长安也是。新人们有对未来生活的憧憬，但这憧憬如此模糊，又如此脆弱，而且她们在新生活里同样不能自在；而像七巧这样的人，贵族家庭精致的生活她虽然融不进去，破坏年轻人的新生活却绰绰有余。她同时代表腐朽的封建大家庭的控制力和来自民间的黑暗而顽强的生命力，这些力量重重地压在新一代年轻人身上，后者试图反抗，但这反抗只是"美丽而苍凉的手势"，这不仅因为黑暗的势力太强大，还因为新人们尚无能力拥有属于自己的生活，无论是在经济上，还是文化上。那个腐朽的家，给他们留下精神的创伤，却又是他们精神上的依靠。这是张爱玲比很多作家深刻并使她靠近鲁迅的地方。

在鲁迅和张爱玲这里，我们感受到的是浓重的悲剧情调。现代文学正如论者所言，以"悲凉"为代表性的美学风格。这并不只是"感时忧国"引发"涕泪飘零"，也是文学内在的悲剧意识的现代变奏。文学观看和描写生活，这种观看和描写之所以是可能的，是因为文学既在生活之中，又在生活之外，既百感交集，又无济于事。此种境遇又正对应着人与社会的关系。人有时认为自己可以与社会隔离，但人的悲剧却又总是社会悲剧。有些社会悲剧是可见的，如封建宗法制的、极度贫穷的农村毁灭了闰土和祥林嫂；但还有些社会悲剧隐而不显：人和社会处于看不见的关联之中，人总以为自己独立于社会，社会最终却现身予以惩罚。这有点像命运悲剧中人与命运的关系，不同的是，命运是规定好的，社会并不事先规定好人要做什么，它只在人觉得可以依照自身意愿行事时，予以毁灭性一击。布莱希特的戏剧《大胆妈妈和她的孩子们》中，主角胆大妈妈一心挣钱，胆大包天，敢于到战场上卖东西给作战双方，为的就是养活几个孩子。她穿行于枪林弹雨之中，仿佛那些事情与她毫无关系。但是最后她的孩子因为各种原因（有的英勇，有的可悲）一个个失去了生命，社会毫不费力且不动声色地教训了她。陈凯歌导演的《霸王别姬》，主角陈蝶衣抱定"不疯魔不成活""从一而终"的信念，只认京剧不认政治，就这样从晚清一直唱到了解放，但是当"文革"到来之时，他终于意识到仅凭他那点执着，想抵挡历史洪流无异于螳臂当车。老舍先生的《茶馆》也是一个好例子，老板王利发为人精明，什么环境他似乎都能逢凶化吉，但他最终意识到，如果这社会不让他活下去，他就活不下去，根本没有道理可讲。《茶馆》最后，王利发上吊自杀之前有一段控诉：

> 我变尽了方法，不过是为活下去！是呀，该贿赂的，我就递包袱。我可没做过缺德的事，伤天害理的事，为什么就不叫我活着呢？我得罪了谁？谁？皇上、娘娘那些狗男女都活得有滋有味的，单不许我吃窝窝头，谁出的主意？

人对社会的反抗是有正面价值的，不管这反抗能给主人公带来什么。当受尽摧残的胆大妈妈又一次拉起货车叫卖时，我们的怜悯心会转为景仰；当陈蝶衣拒绝做"重放的鲜花"，在拨乱反正之际自刎，我们也无法对他的选择说三道四；而当《茶馆》中三个风烛残年的老头子为自己烧纸钱时，也会有一种长歌当哭的悲壮。《阿Q正传》中，阿Q这个人脑筋不灵光，做什么事情都弄不清状况，对那急剧变动的时代是两眼一抹黑，那可笑的"精神胜利法"完全不能够保护他，就那么糊里糊涂地被社会玩弄于股掌之上。但是只要他有自尊心，他就还是一个人，不管二十年后是不是一条好汉，他都是以人的姿态被毁灭。在个人与社会的悲剧性冲突中，我们虽然会对那脱离了——不管是主动还是被动——社会的人做尖锐的批判，但最后还是会把同情心放在人身上。这就是文学所要再现的东西，这种再现不是社会单向度地影响人，而是人与社会的相互冲撞与相互造就，文学的现代性就落在这里。

是否只有那些以不可化解的矛盾结束的悲剧性的作品，才算是充分现代的呢？不一定，就像张爱玲的《公寓生活记趣》这样的散文，就写得情致盎然，活泼清新，但是它所处理的还是那个问题：文学如何摆置那种古今中外杂糅一处的生活？你看住的是公寓房子，有自来热水、电梯等各种现代化设施（虽然常常不能用），推开窗却是扑面而来的风声雨味，古典韵味十足。然而这还是表层的，深层的是作者如何解决公寓生活中的伦理问题，把这人人孤独的现代居所，想象成真正的生活世界。文学对这类问题的处理有时的确是积极的、乐观的，比方张爱玲所说的"因疲乏而产生的放任"以及"凡事牵涉到快乐的授受上，就犯不着斤斤计较了"，都能让我们暂时松开道德枷锁，对生活有一个簇新的想象。但是这些并非完全解决了难题，而只不过是不愿意以绝望的态度对待难题而已。如果想到张爱玲住的公寓房子属于她冲出家庭的母亲和姑姑，而其对立面是她父亲的衖堂老房子，想到后者那种既破落又温馨的感觉,就会觉得这公寓生活是暗藏隐痛的。如果只是秉持进化论观念,一味强调冲出家庭的合理性,鼓吹现代生活方式的千般好处,那就有点幼稚了——如果说文学的现代性是一种对时代的敏感,那么这种敏感来自于成熟,而非幼稚。但是我们当然也不能反过来说,致力于营造古典或者说传统情境的作品,反而是更现代的。关键是要看到冲突。比方《边城》这样的小说,不管我们读完之后如何向往那种朴实的山村生活,都要明白这是一个牧歌式的悲剧,是走出山村的作家回望乡土。那山,那人,之所以如此美好,本身就是城里人的想象,而这想象是浸透着浓重的感伤与无奈。翠翠之所以没有获得幸福,不是因为坏人的阻挠,而是因为叙述者赋予她的爱情是现代人所构想的那种纯爱,这种爱情其实不是在边城中生长起来的。所以我们看她外祖父一心撮合,却是"车路"走不成,"马路"也走不成。但是翠翠平静地接受了她的命运,像接受黄昏一样接受了所爱者的消逝,只有这样才能留在边城那种氛围之中。这里有我们所要找寻的现代性内涵:难题,纠结,混杂,悲剧感,连绵不断的牵扯,等等。

不难理解,并非所有展现矛盾的作品都适合从中抽取出一个"现代境遇",有时这顶帽子太大,遮住了作品的面目。另外,有些矛盾曾经很有时代感,如今却已"过时"。不是说它们被解决了,而是说它们已不再新鲜,失去了使我们"发现生活"的冲击力。但还是有一些作品,我们重新思考之后,往往能够发现新的矛盾,这矛盾仍然能够直接影响到我们对何谓"现代生活"的理解,比方《家》中觉慧的出走已不再令人兴奋,倒是他对大家庭的眷恋引发研究者的关注。[①] 批评的任务,就是通过发掘新的矛盾并揭示矛盾的现实意义来显示文学作品持久的价值。由此,分析文学的再现性价值,第一件可做的工作是:

> 深度发掘那些现代人难以简化和摆脱的生存困境。

文学与时空体验

进退两难的凄惶是现代人自己的感受,下面我们要转换一下焦点,看看文学所竭力再现的现代生活的成分、质地和结构等究竟有什么特点。要理解这一点,读张爱玲《金锁记》最为直观,《金锁记》前半部分是古典生活里插入现代生活方式,后半部分是现代生活里残留着古典生活方式。需要注意的是,作为整体的现代生活,一大特点就是古今中外异质混杂。按照传统的两分法,古典生活是静态的,按部就班的,周而复始的;现代生活是动态的,日新月异的,不断进化的。这一概括不能说全错,但是整体的现代生活并不只是那往前跑的一部分,还有拖在后面的一段。张爱玲的公寓生活里有唐诗宋词的风声雨味,各家洋房后院也保留着一口年代久远的大水缸,可供女子临水自鉴,这就是我们的现代生活。一再强调,现代性不等于未来性,而是既背负过去又指向未来的当下性。我们要细心辨析作品中的人物对其

---

① 黄子平.《家》与"家"与"家中人"[J]. 读书,1991(12):98—105.

生活世界的感受，看看什么变了，什么又没变；他们怎样在变中找不变，又怎样在不变中找变，如此等等。

张爱玲既善于制造古典与现代的对立，又对古今中外的杂糅非常敏感。你从她的作品中可以同时读出古代的意境、世纪末的惶惑、西方式的"个人"、中国式的"百姓"、传统习俗的精致、现代都市的诱惑，等等。这就是她的现代感。在这些地方，我们要特别注意作者的立场，看她在什么情况下宽容，什么时候又锋芒毕露，文学的妙处常在这种微妙的界限左右。《第一炉香》中，薇龙一走近梁太太的宅子，就觉得不舒服，因为这梁太太一方面要走英国风，甚至比英国更英国；另一方面为了招徕洋人，又刻意加入中国元素，弄得整体格调鄙俗不堪。比方办个舞会，"草地上遍植五尺来高福字大灯笼，黄昏时点上了火，影影绰绰的，正像好莱坞拍摄《清宫秘史》时不可少的道具。灯笼丛里却又歪歪斜斜插了几把海滩上用的遮阳伞，洋气十足，未免有些不伦不类"。这其中最让薇龙不舒服的倒不是假洋鬼子气派，而是刻意复古，梁太太硬要为她现代的堕落生活挂一块古典的遮羞布，结果不今不古，鬼气森森。小说《郁金香》写上海一个姓陈的大户人家，第一段展示陈家宅院的内部装饰，似乎高雅庄重而又细节饱满，实则是驴唇马嘴、不知所谓，由此才处处可见"没有光的所在"，后者不是黑暗而是虚无：

> 金香很吃力地把两扇沉重的老式拉门双手推到墙里面去。门这边是客厅。墙上挂着些中国山水画，都给配了镜框子，那红木框子沉甸甸地压在轻描淡写的画面上，很不相称，如同薄纱旗袍上滚了极阔的黑边。那时候女太太们刚兴着用一种油漆描花，上面撒一层闪光的小珠子，也成为一种兰闺韵事。这里的太太就在自己鞋头画了花，沙发靠垫上也画了同样的花。然而这一点点女性的手触在这阴暗的大客厅里简直看不到什么。

但是，这并不是说张爱玲反对一切杂糅。你看《金锁记》中这段："订婚之后，长安遮遮掩掩竟和世舫单独出去了几次。晒着秋天的太阳，两人并排在公园里走着，很少说话，眼角里带着一点对方的衣服与移动着的脚，女子的粉香，男子的淡巴菰气，这单纯而可爱的印象便是他们身边的栏杆，栏杆把他们与众人隔开了。空旷的绿草地上，许多人跑着，笑着，谈着，可是他们走的是寂寂的绮丽的回廊——走不完的寂寂的回廊。不说话，长安并不感到任何缺陷。"公园这样一个场所，一个旧家庭家的女儿，一个海归的青年，晒着现代的太阳，嗅着飘忽不定的香气，走在众人之中又与众人的热闹隔绝……这种意境，本身就是插入现代生活的一条寂寂而又绮丽的回廊。还有《留情》中，米先生夫妻"两人坐一部车，平平驶入住宅区的一条马路。路边缺进去一块空地，乌黑的沙砾，杂着棕绿的草皮，一座棕黑的小洋房，泛了色的淡蓝漆的百叶窗，悄悄的，在雨中，不知为什么有一种极显著的外国的感觉。米先生不由得想起从前他留学的时候"。这里的杂糅就不是要讽刺，而是透出浓浓的怀旧气息。城市的杂糅正是城市生活日新月异的表现,所以它既让人兴奋,又让人怀旧,这种明暗冷热的交织就是现代生活的感觉。

我们总是在特定的时间/空间的框架里看世界,而要把握一种生活的节奏,也不妨从空间和时间入手展开分析。我们要留心观察那些与时空因素相关的内容(景物、家具、居室的气氛、劳作方式、交通工具,等等),看是什么在帮作品中的人物确定生活节奏。最明显的,《倾城之恋》里的白公馆,时钟总比外面慢一个小时;而《围城》里的自鸣钟,更是完全不靠谱。我们还会发现,古典生活要么在山水之中,要么在大宅门内;时间感觉要么是"日出而作,日落而息",要么是"相与枕藉乎舟中,不知东方既白"。现代生活的空间感首先是多了很多外景,比方大街上。爱伦·坡的《人群中的人》相信可以给我们留下足够强烈的印象。《人群中的人》的背景是夜晚,一个孤独的人跟随另一个孤独的人走过一条条或明或暗的大街,穿行并且隐没于人群之中,这是一种经典的现代生活图景。乔伊斯《都柏林人》中有一篇《阿拉比》很有名。小说很简单,一个失去父母、与亲人一起生活的小男孩情窦初开,因为想给暗恋的对象带点东西,夜里独自坐车穿过熙熙攘攘的大街来到集市,结果发现市场已经打烊,什么也没买到。而且大厅里很快就熄了灯,他被抛入黑暗之中,心中充满痛苦与愤怒。爱情让人孤独是常有的,但是这孤独发生于一个小男孩和一个变得陌生的城市之间,就有更多的意味了。事实上爱情故事只是一个契机,真正的探险发生于这个小男孩与城市的第一次真正意义上的接触。你看小说一开始是一种哥特式气氛,破敝街道上的老房子之类,后面转入街市,表面看似繁华,内在的冷寂与陌生(用乔伊斯自己所提供的意象是:瘫痪)却是一致的。与成长相关的强烈情感体验是将城市内化进生活的前提,这种内化所产生的不是热闹,而是孤独。

虽然都市与孤独有着天然的联系,但孤独未必都是负面的情感。《阿拉比》中的小男孩孤身一人坐火车去市场时,那种感觉并不只是凄凉和忧虑,也有仿佛初次长大成人般的期盼与欢喜。《半生缘》中,当世钧向曼桢表达爱意而又确定曼桢爱他时,他感到如此幸福,虽然有一种理智告诉他恋爱不过"是极普通的事情","但是对于身当其境的人,却好像是千载难逢的巧合","他相信他和曼桢的事情跟别人的都不一样。跟他自己一生中发生过的一切事情也都不一样"。对他来说,这就是传奇,别人是否把它当传奇看根本不要紧——他大可以不回到人群中去,他就那样在街上闲逛:

> 街道转了个弯,便听见音乐声。提琴奏着东欧色彩的舞曲。顺着音乐声找过去,找到那小咖啡馆,里面透出红红的灯光。一个黄胡子的老外国人推开玻璃门走了出来,玻璃门荡来荡去,送出一阵人声和温暖的人气。世钧在门外站着,觉得他在这样的心情下,不可能走到人丛里去。他太快乐了。太剧烈的快乐与太剧烈的悲哀是有相同之点的——同样地需要远离人群。他只能够在寒夜的街沿上踯躅着,听听音乐。

《倾城之恋》中，白流苏初到香港，"好容易船靠了岸，她方才有机会到甲板上去看看海景。那是个火辣辣的下午，望过去最触目的便是码头上围列着的巨型广告牌，红的，橘红的，粉红的，倒映在绿油油的海水里，一条条，一抹抹刺激性的犯冲的色素，窜上落下，在水底下厮杀得异常热闹。流苏想着，在这夸张的城里，就是栽个跟头，只怕也比别处痛些，心里不由得七上八下起来"。这种景观的特点就是感官刺激强烈（不难联想到《子夜》中的吴老太爷一到上海，便因受不了刺激而一命呜呼），在这方面更典型或者说更极端的例子来自于新感觉派。比方穆时英《上海的狐步舞》，整个就是霓虹闪烁，光怪陆离，世界完全奇观化（这是现在批评界经常使用的术语，视觉时代中夺人眼球的奇观代替了事物的内在价值）了，在一种旋风般的节奏中，各种对立的东西并置呈现，让人瞠目结舌。这个时候的人敏锐、细腻、充满激情，他的整个状态都是打开的，思想和身体都是开放的，各种印象、观念、记忆、经验都在他这里汇聚、搅拌、重构。这就是我们要发掘的现代性。有一些本来是焦点所在的，如对物质文明的各种批判等等，在很多作家和批评家已经只是作为某种观念背景；本来是背景的生活方式，反倒成了大家着力探讨的话题。对此我们要多加注意。

张爱玲是表现现代生活的圣手，她的时空感觉有继承自西方大师的地方，但也有熔铸中西之处。你看她最喜欢让人物站在阳台上看。《金锁记》中，小姐云泽不想跟七巧啰嗦，就逃到了阳台上，苍凉了一把。苍凉是试图以一个宏大的时空结构重建被破坏了的生活，所以张爱玲此处描写颇有"古意"，但凡阳台上的人，一举一动都以苍茫的天地为背景，自有一种穿透时空的沉静——但是这沉静的背面是放肆的喧嚣与嘈杂。再看《半生缘》中这几段：

> 天渐渐黑下来了。每到这黄昏时候，总有一个卖蘑菇豆腐干的，到这条弄堂里来叫卖。
>
> 每天一定要来一趟的。现在就又听见那苍老的呼声："豆——干！五香蘑菇豆——干！"世钧笑道："这人倒真是风雨无阻。"曼桢道："嗳，从来没有一天不来的。不过他的豆腐干并不怎样好吃。我们吃过一次。"
>
> 他们在沉默中听着那苍老的呼声渐渐远去。这一天的光阴也跟着那呼声一同消逝了。这卖豆腐干的简直就是时间老人。

还有散文《草炉饼》中：

> 战时汽车稀少，车声市声比较安静。在高楼上遥遥听到这漫长的呼声，我和姑姑都说过不止一次："这炒炉饼不知道是什么样子。"
>
> 沿街都是半旧水泥弄堂房子的背面，窗户为了防贼，位置特高，窗外装凸出的细瘦黑铁栅。街边的洋梧桐，淡褐色疤斑的笔直的白圆筒树身映在人行道的细麻点水泥大方砖上，在耀眼的烈日下完全消失了。眼下遍地白茫茫晒褪了色，白纸上

忽然来了这么个"墨半浓"的鬼影子,微驼的瘦长条子,似乎本来是圆脸,黑得看不清面目,乍见吓人一跳。

这些都是张爱玲所构建的时空体验,她以此来言说何谓现代生活尤其是都市生活。以后我们学习了叙事学分析之后,对这个方面会更敏感一些。当然,现代生活并不只是都市中的生活,对生活方式的考察需要有一个更为宽广的视野。鲁迅的作品就较少在都市时空感的表现上用力,但是鲁迅对生活方式的变化也是敏感的,他非常善于表现被一点新东西反衬出的生活的陈旧与乏味。沈从文则给我们打造了一个梦幻般的边城,不是那种超现实的梦幻,而是在现实中自然生成的梦幻,那么真实,又那么脆弱。生活方式这种东西,总是在新与旧的碰撞中才变得清晰起来,也就是说,总是等到一种生活方式难乎为继了,我们才意识到失去了什么。所以,在那些社会变动的时期所发生的故事,虽然表面看来都是具体的悲欢离合,但是如果我们展开对生活方式的分析,不仅能够更好地理解文学形象的整体意蕴,而且能够很自然地与某种文化的忧思连通起来。简言之,文学批评的现代性面向的第二重内涵是:

> 让我们看到生活方式的破坏与重构。

文学与形式之变

我们想讨论的文学之现代性价值的第三个方面,需要将文学形式推上前台。我们以前是一套反映论的逻辑,总是先有了什么,作家再写什么,而且最好作家能像"社会主义现实主义"所要求的那样,洞察社会发展的方向,对历史环境和典型人物做出深刻判断。但是后来我们渐渐明白,清楚的从来只是某些观念、主义,"生活世界"却是模糊的、未定型的,充满着各种可能性。事实上,在一切都清楚的地方是不需要文学的,即便需要也不过是请文学做"帮忙"或"帮闲",只有在不明朗的局势中,文学才能够将自己形塑生活的能量发挥出来。

说得戏剧化一点,这种状态有点像凤凰涅槃,原先那个形式与内容相互配合的稳定结构解体了,我们既不知道该说什么,也不知道该怎么说,不知道怎么言说现代,也不知道怎么言说文学。这个时候,作家只能摸着石头过河,或者用一个哲学家用过的比喻就是,利用飘来的浮木在海上修船。在做这件事情的时候,小说的优势就发挥出来了。大家可以参考 D·H·劳伦斯的两篇文章《道德和长篇小说》与《长篇小说为什么重要》(收入戴维·洛奇《二十世纪文学评论》),文章中强调:"我们不应当追求各种或者一种绝对的东西。让我们把任何绝对物的横行霸道一下子永远彻底消灭。世界上没有绝对的善,没有什么东西绝对正确。万物都流动变化,甚至变化也不是绝对的。整体是由看似驳杂不一、互不沾靠的各部分奇异地组合起来的。作为活人,我就是种种驳杂部分简直莫名其妙汇合成的。"劳伦斯要的就是这个活气。有研究者说:"小说家的根本任务就是要传达对人类经验的精确印象,而耽于任何限定的形式常规只能危害其成功。通常认为的小说的不定型性——比如说与悲剧或颂诗相比——大概就源出于此：小说的形式常规的缺乏似乎是为其现实主义必付的代价。"[①]就是这个道理。

怎样从文体形式入手研究文学的现代性问题呢？我想推荐一个思路，这个思路可以用一个非常学究气的术语来指称，叫"交互文类性"。所谓"交互文类性"是说在古今中西各种文学传统激烈冲撞的背景下，作家不是安安心心地在某个特定文体、特定类型的既有程式内写作，而是用散文的方式写小说，用诗的方式写戏剧，用传统通俗小说的方式写现代文艺小说，或者把书面文学与视觉艺术的表现形式结合起来，如此等等。之所以要越界，一则因为各种文学传统碰头了，中国作家一旦学习西方文学的写法，就很难是写小说的学小说，写戏剧的学戏剧，通俗的学通俗，文艺的学文艺；二则因为原来的分界无法应付变动的生活，新的受众，新的生活，新的传播方式，都催生新的文学体例和类型。但这不是简单的进化论，不是马上就能重新划一个界限，规定某某时代的小说或者戏剧应该怎么写，最值得重视的是越界所反映出的生活世界的现代震荡。

回到张爱玲。张爱玲的小说被标注为"新传奇"，怎么个"新"，跟唐宋传奇有什么不同？分析的角度很多，我们这里先讲一点：新传奇是反戏剧化的传奇。这种戏剧化不仅仅是古代戏曲的戏剧化，而且包括那种现代的戏剧化。张爱玲喜欢说"手势"一词，这本是一个英语词汇，即 gesture，相当于我们现在说 pose。在张爱玲一篇极短的小说《散戏》中，她这样使用这个词：

> 南宫嫭的好处就在这里——她能够说上许多毫无意义的话而等于没开口。她的声音里有一种奇异的沉寂；她的手势里有一种从容的韵节，因此，不论她演的是什么戏，都成了古装哑剧。
>
> 南宫嫭和她丈夫是恋爱结婚的，而且——是怎样的恋爱呀！两人都是献身剧运的热情的青年，为了爱，也自杀过，也恐吓过，说要走到辽远的，辽远的地方，一辈子不回来了。是怎样的炮烙似的话呀！是怎样的伤人的小动作；辛酸的，永恒的手势！

这里的手势有虚实两义，虚是一种（反抗的）姿态，实是戏台上的手法动作。戏台上有唱词，有念白，有对话，有锣鼓，但是统领一切的是那些神秘的手势，那种从容不迫的韵律；而年轻时的种种理想与热情，誓言与抗争，经过时间的淘洗，同样只留下一些手势，反抗与斗争的因果已经模糊了，只留下了反抗的姿态在脑海中，让这些已经无力反抗的人徒增伤感。此处值得细细体味的是其中所传达的张爱玲对戏剧的态度。"散戏"本身构成了一个隐喻，每日

---

① ［美］伊恩·P·瓦特. 小说的兴起［M］. 高原，等，译. 北京：生活·读书·新知三联书店，1992：4—6.

周而复始的表演，在舞台上说出慷慨激昂的话，然而故事并不以舞台上的高潮结束，散戏之后还要萧索、孤寂地回来，回到一潭死水的家中。路上还因为钱带得少了，黄包车不肯送到家，只得中途走了回来。张爱玲是天生的小说家，她的使命就是要为那些从戏剧跌进小说的人写作。

如果说旧传奇是戏剧，是"有奇可传"的人的故事；那么张爱玲的新传奇是小说，是她所钟爱的凡人故事。张爱玲要"在传奇中寻找普通人，在普通人中寻找传奇"，不是因为普通人的生活跟才子佳人、帝王将相的生活一样精彩甚至更加精彩，而是因为"传奇＋普通人"这个悖论性的表达就是她对小说之为小说的理解。对主流文学观来说，文学或是现实的审美反映，或是现实与情感的结合，都是将文学当作对现实的处理，首先有现实，然后才有相应的文学；而张爱玲的深刻之处在于，她是在古典传奇向现代传奇的转化中找到小说的可能性的。小说之所以能将生活写成故事，是因为生活中本来就编织着种种故事，如《倾城之恋》结尾所说的"胡琴咿咿哑哑拉着，在万盏灯的夜晚，拉过来又拉过去，说不尽的苍凉的故事"，但这"说不尽"其实也不过是反复说，因为"人之一生，所经过的事真正使他们惊心动魄的，不都是差不多的几件事么"？小说家所要做的，就是将生活中本来就有的传奇写出。

然而，当小说家真正做这一工作时，她当然明白其中所包含的悖论：一方面，真正对普通人生活有型塑力的传奇是不可能由某一特定的人独立写出的，它已经编织在生活中，小说家与其说是创造它们，不如说是改写它们；另一方面，普通人从来就不是以自己为标准来衡量传奇的，普通人的传奇往往只是"退化""降格"了的才子佳人、王侯将相式传奇，果真是普通人的故事，便不能给普通人以快乐和安慰，换句话说，他们不要参差的对照，要的就是大红大绿。对此张爱玲不无抱怨："中国观众最难应付的一点并不是低级趣味或是理解力差，而是他们太习惯于传奇。"张爱玲试图以小说的逻辑代替戏剧的逻辑：戏该散了，夸张的手势该放下了，且让我们以参差的对照（你看她如何在意两种黄色的对照）代替强烈的对照，"逐渐冲淡观众对于传奇戏的无餍的欲望"。① 张爱玲不认为这是她的个人趣味，而是将其接续上中国旧小说的传统。她赞赏《海上花列传》那种气派，"极度经济，读着像剧本，只有对白与少量动作。暗写、白描，又都轻描淡写不落痕迹，织成一般人的生活的质地，粗疏、灰扑扑的，许多事'当时浑不觉'"，虽然是妓家故事，却"并无艳异之感"，"最有日常生活的况味"。② 张爱玲喜欢这种感觉，她写剧本时也希望能"轻描淡写不落痕迹"，如《太太万岁》那样，"平淡得像木头的心里涟漪的花纹"。也就是说，传奇本身是戏剧化的，但是张爱玲的新传奇却反戏剧化。但是这里当然有难题，张爱玲试图解开一个死结，让人们明白小说是新的传奇（有的论者称为"反传奇"），而不是旧传奇的破碎或模仿，但是这个问题没办法讲得清楚，我们为什么需要新的传奇呢？就像我们既然是去看京剧，为什么要去看那些不今不古的"文明戏"呢？这种

① 以上几处引文见张爱玲的《〈太太万岁〉题记》.
② 见张爱玲的《忆胡适之》.

困境是典型的现代性困境，它让作家逡巡容与，无所适从，但是不难理解，正是这种困境成就了真正闪光的文学创作，而后者参与塑造了现代生活。

现代小说在形式创新上所做的探索称得上是五花八门、气象万千，具体内容需要我们自己通过广泛的阅读和文学史的学习去作深入的了解。总之抓住一点，在种种形式的变化中有个不变的观念：我们今天已经没办法再像以前那样老老实实地讲一个故事，通过某一矛盾的发生、发展、高潮、陡转种种来表现某个道德主题了，因为生活的整体框架已经变化了。我们一开始叙述，开始展示特定的人和事，就会同时想要展示生活本身的质地；我们一旦设置了某个冲突（政治的、伦理的），又想方设法使这个冲突变得模糊起来；我们一边叙述理性的思考和行动，一边又展示无意识的心理活动；我们貌似要照某个套路展开情节，但总是忽然就岔开一笔，频繁地打乱叙述的进程，或者在意想不到的地方戛然而止，如此等等。我们文学史知识的框架越完整，对这些变化就会越敏感，也越能够就文学与生活的"互文关系"（编织在一起的关系）说出更多东西。需要注意的是，我们不要轻易地从所谓时代心理"科学地推论"出文学样式，这样看起来很深刻，其实容易自说自话。还是先把特定作家或作品在形式上的创新性分析到位，然后看看通过这种形式，哪些微妙的现代生活体验能够被有效地发掘和保存下来。

王德威教授的中国现代文学研究，在交互文类性方面颇有创新性的努力。他不仅经常在虚构类写作与非虚构类写作间自由来去，还往往跳出文学，让文学与其他艺术门类形成复杂而微妙的互动关系。在王德威看来，沈从文成为艺术史工作者后，"反而更有利于他将抒情的视野，历史创伤的感触，以及对物质文化的关注结合在一起，发展出一种独特的研究方法"，即所谓"抒情考古学"（lyrical archaeology）。[①] 此种考古学不仅仅是观察文物、鉴定真伪而已，而是从多重面向"看出"，也"感受"文物所体现的多重意义。王德威一段有关"文学"的感言尤其给人启发：

> 告别了文学事业之后，沈从文展开另一新事业。这是一种新的"文学"。只有对"文"、"学"古典意义有所理解的读者，才能体会沈从文的用心。从这一古典脉络来理解，"文"这门学问不仅是美文而已，也是一种印记，一种"纹理"，一种"文心"，彰显于艺术，文化建构，甚至宇宙天道运行之间。因此，透过研究古代服饰的花样形制、流行风尚、剪裁设计，沈从文重新发现了"文学"的可能性——他从没有放弃他的天分，他的故事。[②]

此段感慨的价值，不在于重申中国古典之"文""学"与作为现代观念之"文学"的区别，而

① 王德威. 史诗时代的抒情声音——二十世纪中期的中国知识分子与艺术家[M]. 台北：麦田出版，2017：169.
② 同上书，第214页。

在于以两种文学观之间的张力,重构文学之现代性。沈从文从文学转向文物,并非摒弃文学,而是让文学重新成为问题,即"文/学"何以成为"文学",对文的反思何以与文浑然一体,使文学得以作为现代之物发生。沈从文对文物之"纹理"与"文心"的涵泳玩味、切磋琢磨,之所以可以成为对抽象之情的感受,由此回应文学之现代观念,是因为他与文物之间既存在时间距离,又日日相与周旋,亲密无间。在王德威看来,亲手触摸文物,是亲身"感知时间的流逝",有此感知,历史才有意义。在沈从文之外,王德威还经由台静农的书法艺术,王德威见出"书法不惟消遣而已,而能启动表意文字与编码文字,本体的渴望与存在的追寻,历史的回归与历史的离散的对话"。① 借助于林风眠兼具现代与古典品格的绘画以及无名氏在《无名书》中对林风眠绘画的精彩解说,王德威悟到真与非真、色与非色之间的辩证;有关费穆的电影,王德威指明费穆的美学主张是电影应该像诗一样,表现人类在特定历史中独特而真实的经验;而妨碍表现此类经验的,就是主流电影的模拟现实主义。费穆逆流而上,叩问中国抒情艺术传统,包括戏曲、诗词,乃至绘画,由此生出"触类旁通的美学",在此美学或者说文/学的视线之下,电影并非无根的现代媒体,而不过是千古"文心"不断彰显的一种新形式。表面看来风花雪月的抒情之作,也就在这个意义上成为史诗。

总而言之,如果我们在文学作品中发现了足够多的与现代性问题相关的内容,并且在形式与内容相统一的逻辑下进行了深入分析,最后也许可以将讨论推进到这一层次:这个作家在某种程度上更新了文学形式,而这又与变化了的生活世界相适应,从而使文学能够更好地把握真实。这件事情当然不可穿凿,究竟能够拔到多高的层次,如何表述才能既提供启发又留有余地,要根据作品实事求是地判断。我们这里只是把宗旨先摆出来,即:

> 让我们看到文学形式的创新如何与变动的生活相互阐发。

本章课后练习

习题一

以下论著可以作为从现代性角度分析文学作品的再现性价值的参考书。

陈平原:《中国小说叙事模式的转变》,北京大学出版社 2003 年版。

李欧梵:《现代性的追求》,人民文学出版社 2010 年版。

王德威:《被压抑的现代性》,北京大学出版社 2005 版。

从这些书中挑出几个对某一具体作品进行分析的例子,总结论者分析的思路与方法,看看有没有可以补充和商榷的。

---

① 王德威. 史诗时代的抒情声音——二十世纪中期的中国知识分子与艺术家[M]. 台北:麦田出版,2017:584.

习题二

　　从新近走入文坛的年轻作家的作品中找一篇富有时代气息的作品,看看这篇作品能否做到不只是提供一些当代时尚元素和流行话题,还有意识地同时探索一种生活方式和文学形式。将你的心得写下来。

习题三

　　尝试找一找你熟悉的成名作家的新作,看看在表现当代生活方面与年轻作家有什么不同。将你的心得写下来。

第四章
文学之为审美

○ 在思想与审美之间
○ 文学性与伦理难题
○ 形式分析的三层次
○ 如何避免"两张皮"

　　上一章我们讨论的是文学作品的现代性价值,总的意思是问,如果拿文学作品作为不可代替的镜子、窗子或者灯,我们能看到什么,听到什么,甚至能触摸到什么? 文学作品总是以其独特的方式传达世界的某种讯息,没有文学,世界很可能就发不出这类讯息;而没有敏锐的、老练的、饱含热情的阅读,我们也可能会错过它们。这是我们对文学作品最基本的期待,文学批评就是帮助人们去兑现这种期待。而在这一章里,我们将集中讨论文学作品的审美性价值。审美性价值听起来好像就是清点文学作品的形式特征,实际上并非如此,在本章中,我们将充分展示思想性与审美性的辩证关系,并借助于启示性这一概念给予审美性以新的界定。我们会看到,文学的思想是伦理性的,它总是立足于特定的人生境遇,既有普遍性的潜能,又扎根于具体性和特殊性;文学的思想与形式密不可分,对思想性的分析应该与对审美性的分析勾连起来;文学不是直接告诉人们什么是错的什么是对的,而是启发人们以新的方式思考问题,或者思考新的问题,以使人们认识到生活不只是他们所想象的这些。① 简单来说,对审美性的发掘基于这样一种信念:文学不是抛开思想去审美,而是它处理思想的独到方式就是审美,文学的思想不是简单地传达,而是启示。好的文学作品总是可以强化这样一种信心,我们能够通过审美教育成为更好的人,不仅仅是更高雅,更精致,也是更敏锐,更富有同情心。文学不能告诉我们如何正确地答,却可以告诉我们如何持续地问。真正伟大的文学作品,总是能够刷新我们的视野,改变我们的感知方式,使不可能之事成为可能。

　　显而易见,我们要丢掉的,正是过去思想与形式两分的老套路。我们还有可能发现,审美性价值与现代性价值并非泾渭分明,只是观察的视角和强调的重点不同。只要分析的深度到了,对一类问题的思考很容易就会转向另一类问题。

---

① ［美］理查德·罗蒂. 哲学、文学和政治［M］. 黄宗英,等,译. 上海:上海译文出版社,2009:121.

在思想与审美之间

我们上文学课的时候,经常会有的困惑是,文学中有哲学吗?我们如何分析文学中的哲学思想?如果我们拿起一篇文学作品,说这部作品体现出存在主义哲学的影响,没有人会觉得有什么不对头;如果说这部作品能被当作存在主义哲学著作看,我们也会觉得是一种褒奖;但是,如果说这部作品因为有存在主义哲学,所以是有分量的作品,那肯定是笨拙的批评。倘若仅凭存在主义哲学就能保证文学的思想价值,文学就只是降格的哲学,我们还不如直接向哲学著作要深刻的思想,比方直接向萨特要他的《存在与虚无》而不是要"境遇剧"。我们不妨分出两种情况讨论。首先是哲学在文学中以学说形式出场的情况,比方李洱的长篇小说《应物兄》,里面就有大段大段对罗蒂实用主义哲学的探讨。这些地方不是为了深入浅出地解说哲学理论,而是为了提供知识分子的故事,因为假如完全剥离掉知识分子读的书、想的问题,知识分子的故事也就不完整甚至不生动。所以我们看到这些地方,要问的是罗蒂的引入有没有情节上的重要性,有没有使故事更具吸引力,使人物更为丰满,如此等等。其次,假如作品中哲学并不以学说的形式出场,但人物的思想境界或命运使人不得不联想到某种哲学,那么这种从文学到哲学的联想虽然可以为理解作品的意义提供一条线索,却不是唯一的线索。文学的故事不是从人的生活开始,到哲学的思想结束,对文学来说,哲学同样只是一些故事。文学创造了一些有血有肉的人,他们可以呈现于哲学的镜头之下,并由此获得生活的澄明,但这不是事情的全部。正如阿城《棋王》中王一生这个心如婴孩的围棋高手,汪曾祺《鸡鸭名家》中余老五和陆长庚这对身怀绝技却知足常乐的手艺人,余华《活着》中只为活着本身而活着的福贵,等等,他们的人生都不能浓缩为一句哲学感叹,因为打动读者的不仅仅是那随着情节的跌宕渐次呈现的思想,更是整个在历史的惊涛骇浪中艰难浮沉的过程,是那些由独具特色的形象激发的怕与爱。可以借助于某种哲学观把握的生活只是生活的一种面相,文学所要展示的是生活全部的现实性与可能性。哪怕哲学思想的出场可以成为文学故事中一个亮眼的时刻,生活仍然要以它变动不居的方式继续下去。

罗曼·罗兰有一句话非常有名:所谓英雄主义,是看清生活的真相之后依然热爱生活。这句话可以作为一种人生态度甚至人生哲学提出来,但它并不是让我们抽象讨论的东西,而必须在一个特定的文学情境中,与特定的人、特定的事、特定的希望与失望相关联才有意义。就像存在主义的代表人物加缪对西西弗斯的重新阐释,我们都知道暴君西西弗斯死后被罚将巨石推上山坡,而一旦巨石被推上山头,马上就沿山坡滚了下来,于是西西弗斯又要重新去推,这是多么悲催的状况!我们可以很轻松地将这一状况转述给他人,并与之展开讨论。但是加缪说:"我看到这个人以沉重而均匀的脚步走向那无尽的苦难。这个时刻就像一次呼吸那样短促,它的到来与西西弗斯的不幸一样是确定无疑的,这个时刻就是意识的时刻。在每一个这样的时刻中,他离开山顶并且逐渐地深入到诸神的巢穴中去,他超出了他自己的命运。他比他搬动的巨石还要坚硬。……他爬上山顶所要进行的斗争本身就足以使一个人心里感到充实。应该认为,西西弗斯是幸福的。"(闫正坤译本)这就不是靠哲学论证能够传达的东西，它需要的是一种情感上的"信"，只有当西西弗斯这个特定的人在我们面前完全立起来之后，他的幸福才有意义，而这种幸福不是作为普遍适用的人生观推荐给全人类的。当我们读到"西西弗斯是幸福的"时，一定是五味杂陈，在悲伤之外，会有莫名的感动。这种情感就是一种文学性的情感，幸福不是因为西西弗斯在哲学上演绎了自由选择这一概念的内涵，而是因为这一刻我们愿意相信西西弗斯是幸福的——他必须是幸福的，我们并不能论证这一点，只是相信这一点。

哲学出场的时刻并非总是文学的重点所在。在改编自菲利普·迪克小说《机器人能否梦见电子羊》的电影《银翼杀手》中，主人公戴克——即银翼杀手——所捕杀的那款仿生人（Nexus-6 型）已经开始思考一些人类才会思考的问题。当其中一个最有力量的仿生人明明可以杀死戴克却放过了他，又以疲惫而充满磁性的声音说出一番有关生死的感言时，我们很难不被打动，但是这样的高光时刻并不只是哲学思想带来的，而是一个有血有肉、深具魅力的人的出场所带来的。如果我们去看小说原作，会更易理解哲学观念与人之生存状况的关系。被作为弱智"遗弃"在地球上的约翰·伊西多尔同几个逃亡中的仿生人住在一起，他们同病相怜，似乎成为了朋友。伊西多尔偶然发现了一只蜘蛛，这在动物相继灭绝的地球上已经成为极稀罕之物，他兴高采烈地将其展示给他的朋友们看，不料几个仿生人对蜘蛛为什么需要八条腿产生了兴趣，残酷地剪去了四条，想看蜘蛛是否仍能行走。伊西多尔情绪崩溃，抓住蜘蛛冲到水槽前将其溺死。几个仿生人意识到他的沮丧，却既不理解，也不在意。正是这一事件让伊西多尔对仿生人失去同情，将他们出卖给了戴克。在这一影响情节走向的事件中，一个容易被忽略的细节是，几个仿生人在虐待蜘蛛的同时，热烈地讨论仁慈主义的问题，即人类是否先天具有仿生人所不具有的同情心。仿生人认同电视节目里的怀疑主义论调，认为仁慈主义不过是人类编造出来显示其优越性的东西，完全没有意识到他们的嘲笑是压垮伊西多尔的最后一根稻草。伊西多尔需要有一种人性论，这是他作为被遗忘的特殊人仅剩的精神支柱，对之加以嘲笑不是"反本质主义"，而是比切掉蜘蛛腿更为残酷的行为。但是换一个立场我们会说，虽然伊西多尔认为自己是在维护对人性的信念，但他的告密行为所暴露的是，在其内心深处，仿生人并不比蜘蛛更接近于人。仿生人之所以残酷地对待蜘蛛，是因为他们缺乏人性，而正因为他们缺乏人性，也就没有资格随意处置蜘蛛，只有人才有这种资格。有关人性的思考并不一定落在哲学上，倒是哲学思考的重负会落在人身上，哲学家无法充分展示这一点，文学家却可以做到。批评家必须时刻记住这一点。

所以，文学批评最好不要以哲学观作为文学创作的基础，尤其是那些本身就是哲学家的文学家，当他进行哲学写作时，并不是在进行"更基础的"写作，而只是在进行另一类写作，这类写作可以与文学写作互相支持，互相促进，但并非是一个决定另一个。倘若我们拿到一部作品如萨特的戏剧《禁闭》，当然可以说它反映了萨特的著名口号"他人即地狱"，甚至可以引入一段萨特存在主义哲学的分析，但这不是为正确阐释提供"哲学基础"，而就是阐释本身，它可能是合适的，也可能是不合适的。文学批评的焦点不是哲学思想的提炼而是文学形象的分析，重要的不是他人即地狱，而是具体的他人在作品中是怎么出场的。萨特的名剧《禁闭》是说三个罪人死后被丢到地狱里，较年轻的女孩是患肺病死的，曾经与人偷情，还杀死了偷情所生的婴儿，并导致了情夫自杀；较年长的女人的死，是因为同性恋伴侣因对丈夫愧疚而用煤气自杀，把熟睡的她一道带上了黄泉路；男子则是因为被指认犯叛国罪而枪毙，他更大的罪孽是他一直以糜烂的私生活，从精神上折磨自己的妻子。他们本以为地狱里会有酷刑和刽子手等着，结果发现就只是他们三个被放到一个房间里，一个男人，两个女人。比较成熟的女人是同性恋，追求另一个女人；比较孩子气但是更年轻漂亮的女人喜欢那个男人；男人不喜欢她们中的任何一个，尤其不喜欢那个年长的，但是显然他与后者更能相互理解，他需要后者理解他为什么不是个怯懦的叛徒。这三个人都需要其他人相信自己是无罪的，虽然他们自己并不相信别人，不认为别人有资格做这样的判断。把他们放在一起的结果，是三个人都恨不得掐死对方，然而他们已无法再死一次。对这个存在困境的描述与分析，就比空洞的一句"他人即地狱"要重要得多。再看《等待戈多》，它不仅仅是要让我们在理念上认为"希望"本身是虚妄的，还让我们真真切切地感受到，之所以要怀抱一个希望，只不过是打发无聊的一种方式而已，而那种无聊根本上是无法打破的。贝克特传达给我们一种真切的恐怖与深重的悲伤，那么真实的小动作，那么真实的性格，却呈现于一个时空本身已经没有意义的时空之中。任何事情的发生，都因为完全失控的遗忘变得恍惚，不知道是第一次发生，还是第 n 次重复，甚至这怀疑都会被怀疑。我们在舞台上会看到打闹，叫喊，斗嘴，无意义而冗长的演讲，各种搞笑的噱头，但似乎只是提醒我们那种死一般的寂静是无法驱散的。这里的悲剧冲突就是，我们拼命想给自己的存在制造一种"有"，但它终究会化为"无"，就像《禁闭》中的人物一样，他们已经毁灭了，没办法再来毁灭一次。这些内容是要带着坚实的质感给出的，绝非只是某种哲学观念而已。

作家可以思考"哲学问题"，但他并不求取哲学家的结论，更不以哲学家的方式去求取结论，他所关心的永远是那使得人与人包含冲突的共在变得真实、立体的东西。而就评论者来说，所要探究的是文学作品如何对与之相关的思想观念做出（提炼、重构、悬置、偏移、翻转、复杂化，等等）种种处理，并最终形成作为整体的"形象中的思想"的。所谓"形象中的思想"，不等于"形象化的思想"或者"思想的形象化"。后者指的是给某种观念配上适当的形象，使其具体生动地呈现出来。比方一个电视剧导演希望表现我军的英勇，就找个身材魁梧、浓眉大眼的战士；而要表现敌人的猥琐，就让演员扮一个獐头鼠目或者肥头大耳的造型。在这里，观念是常识性的，也就是说大家能够理解，并且能够将其抽象出来谈论。即便没有样板站在面前，我们一样可以谈论战士的英勇、敌人的狡猾或者人民的苦难，因为这些都是抽象化、类型化的东西。但当我们进行文学批评时，所期待的文学性不能停留于这个层次，我们要的是"这一个"，即一个不可分割的整体形象。这个形象是否足够"典型"暂且不论，重要的是它能否提供一种抽象观念难以概括、却又具有启示价值的思想情感。

举个例子。鲁迅曾写过《娜拉出走后怎样》一文，是讨论妇女独立问题的，结论是妇女要有经济权,经济权是一切权力和自由的前提;鲁迅也写过小说《伤逝》,讲述的是一对冲出封建桎梏的青年男女如何在琐碎困窘的日常生活中渐生隔阂,并最终分手,导致女方含恨去世、男方痛悔莫及的故事。就前一篇文章,我们可以发表意见,说鲁迅的观点是错是对;但是对后一篇文章,我们则不免疑惑:鲁迅到底是什么观点? 他是支持还是反对冲出家庭、自由恋爱? 男主人公最后的忏悔到底是忏悔自己的自私与冷漠,还是忏悔当初的莽撞,抑或只是忏悔没有把分手处理得更周全些? ……文学不是借某个形象提出一个观点参与争辩,而是把一团既能够打动人又让人难以裁判和处置的文学形象,丢进思想观点的争辩中。我们清楚地知道那些躲在玻璃窗后窥看他人隐私的人有多么可恨可鄙(尤其是那个“雪花膏”),但是终日吟诵雪莱诗句的新青年也显得有些幼稚;当两个怀抱爱情理想的年轻人因困窘的生活而最终分手时,更触动我们的,似乎不是罪恶的时代,而是婚姻关系如何让女性意志消沉,又让男性变得自私残忍;而当悲剧无可挽回地发生时,知识男青年的忏悔来得如此热烈,让读者不能确定应该选择原谅,还是应该揭露他的虚伪……这些东西纠结在一起,使得小说的主题很不鲜明,但是,正因为有了这类小说,当我们试图在女性解放以及爱情婚姻问题上提出某个鲜明的观点时,就会不自觉地犹豫起来,因为你会意识到这类问题不是仅凭某一政治或道德立场就可以解决的,也不是仅仅联系某一历史环境就可以解释的。某种程度上,这种犹豫正是作品的思想价值所在。值得期待的不是抽象的哲学命题或头头是道的改革方案,而是我们能够一把抓住那些足以影响我们的感觉方式的文学形象。

在《伤逝》中,有一处写到涓生眼里的子君。子君养鸡养狗忙忙碌碌,“竟胖了起来,脸色也红活了;可惜的是忙”——这话写得狠! 表面看起来是“还好她身体还不错,可惜就是太忙了”,挺欣慰的样子,其实真正想说的话是“每天忙些鸡鸡鸭鸭的事情,还越长越胖,真是无所用心,怎么越看越庸俗了?!”身材走样是爱情的大敌,革命的伴侣更不能胖,必须瘦出一种精神。子君越是忙碌而安逸,涓生越懊恼,而且是无名的懊恼,恼子君,也恼自己。涓生躲在小图书馆里,那里只有个要死不活的小火盆,基本上如坐冰窖,但是涓生情愿待在那里,但他又为此自责——须知,他不是在逃避封建家庭,而是逃避为了他舍弃家庭的爱人! 这时我们多次看到典型的鲁迅式的自我斗争:“我要明告她,但我还没有敢,当决心要说的时候,看见她孩子一般的眼色,就使我只得暂且改作勉强的欢容。但是这又即刻来冷嘲我,并使我失却那冷漠的镇静。”(几乎令我们想起《影的告别》中的“我不过一个影,要别你而沉没在黑暗里了。然而黑暗又会吞并我,然而光明又会使我消失。然而我不愿彷徨于明暗之间,我不如在黑暗里沉没”。)在这些地方,有时候我们会用“真实”、“深刻”之类来评价,而这正是所谓文学中的思想,因为它们是那种纠结到骨子里的矛盾,像墙上的藤蔓把触须深深地扎进了砖缝里,拔都拔不出来。你想用一个说法来给它们定性,或者为主人公指出一条明路,会发觉相当困难。此时你所遭遇的是足以影响你思想观念的形象,而它们本身又不能简化为思想观念。我们只能问:这部作品“深嵌在形象中的思想”或者说“作为文学形象的思想”是什么?

我们不妨从俄罗斯文学中找一些个案。俄罗斯文学的声望,不仅在于他们拥有强烈的道德感，且常常表现出对贫苦大众的同情和改良社会的愿望，更在于他们拥有高度敏感和开放的心灵，能够窥见生活中那富于启示性的契机。我们读契诃夫的短篇小说《苦恼》，一个贫苦老人的做马车夫的儿子死了，老人不得不自己赶马车谋生，他此时有满腔无可名状的痛苦要向人倾诉，但是他所遇见的人虽然各不相同，却同样冷漠，始终没有一个人给他机会，最后只能向那匹瘦马倾诉（我们至少可以想起鲁迅的《祝福》和余华的《活着》）。这样的小说不只是展示苦难与同情，它重新定义了这两者。小说把强烈的爱憎隐藏于超写实的细节之中，将倾诉与反倾诉的冲突进行得千变万化、生气勃勃——一边拼命想说但又不想完全丧失自尊，一边完全不想听却又不想让自己显得太冷漠，每一回合都是不同的场景，不同的应对，但又都是那么合情合理。我们甚至会觉得小说写得很有趣，这个老头子很搞笑；与此同时，我们又分明觉察到那种悲伤因为无可倾诉而越积越厚，早已超出了这位老人能够承受和表达的限度。也许你仍然想批判当时俄国的社会，但是在此之外，你会亲身感受到，对那些身处社会底层的人们来说，一次次重复诉说自己的苦难可能是使苦难得以承受的唯一方式，但是没有人愿意承受他人的苦难，人是如此孤独地生活在世界上；你会发现一次次失败的倾诉仿佛是一首重言复唱的民谣，而这也是苦难内在的节奏，甚至会让你想起伏尔加河上纤夫的号子；你可能还会发现，大街上那些或粗鲁或疲乏或冷酷无情或心不在焉的人，都共同地生活在一个粗鄙、嘈杂、烦劳的世界中，那种本该一吐为快的伤恸逐渐失去了倾诉的动力，转化为一种"壅塞的、不洁的悲伤"。（张爱玲语）"苦恼"这一译名本身就非常精彩，痛苦转为苦恼，这是举重若轻，它不是玩笑地对待痛苦，而是让对痛苦的体验一点点渗入读者的心灵。这就是文学的力量。

思想在文学作品中的出场方式，是难以预测的。我们看契诃夫一篇更短的小说《大学生》。神学院大学生打鸟归来，到农家烤火，不无卖弄地讲起福音书中彼得不认主的故事，两位贫苦的农妇对这古老的圣经故事产生了强烈的感动，让大学生忽然懂得了信仰的基础与真谛：我们每个人，不管是否受过足够的教育，都可以懂得他人灵魂里发生的哪怕是最隐秘的事情。当篇末的启示性结论（"真理和美过去在花园里和大司祭的院子里指导过人的生活，而且至今一直连续不断地指导着生活，看来会永远成为人类生活中以及整个人世间的主要东西"）出场时，给人的感觉一点都不生硬，原因是这番启示建立在一个陡然发生的体验上，体验的两元是现实世界的灰色和寒冷与人性深处的高贵和温暖，在这两元的剧烈碰撞中，某些念头如电光石火一般，瞬间无比明亮。屠格涅夫《猎人笔记》中具有浓厚散文色彩的小说《美丽的梅恰河畔的卡西扬》，则让人几乎找不到思想的踪迹。几个绅士到乡下打鸟，遇到一个打零工的苦人儿卡西扬，这人有点疯疯傻傻，与年幼的女儿相依为命。屠格涅夫把他写成一个谜，仿佛是从这片土地生长出来的精灵，那发乎天然、不合逻辑的世界观，那极端敏锐的感受力和不可思议的愚钝，那表面上"自来熟"的气质和内心世界的极度封闭，等等，无不提示着屠格涅夫应该以什么姿态走进这片天地又退出这片天地，整个写来真是"不着一字，尽得风流"。这不仅仅是含蓄，含蓄好歹是有话不说，这里是知道自己没有资格品头论足,这团形象只能这样整个地捧出来,否则会变得空洞,单薄,乏味。这是极高明的文学才能。杰出的文学形象不是拒绝思想,而是把思想带回原点,即那种人被生活的某种状态牢牢抓住,忍不住要为之命名却又几乎无力命名的时刻。把握此种时刻的能力,其实就是所谓的审美能力。

文学性与伦理难题

为了更方便地分析文学的审美价值,我们有必要重新阐发一个概念:文学性。

众所周知,俄裔语言学家、文学理论家罗曼·雅各布森提出了文学性(literariness)这一概念,他认为文学科学的对象不是笼统的、大而无当的文学,而是文学性,即:是什么使得一部作品成为文学作品。① 比方有个人叫 Ike,要竞选某个职位,竞选口号是"I like Ike",听起来就很不一般,不仅明白,而且响亮。再比方说,"这个女孩子有点不好意思"这句话听过就算,而"最是那一低头的温柔,像一朵水莲花不胜凉风的娇羞"就让人难以忘怀。雅各布森认为文学科学就是要研究这种变化。这种文学性观念让人耳目一新,极大地打开了人们的思路。有些理论家认为这一观念"本质主义"色彩浓厚,要在浩如烟海的文学作品中找出一个共同的质素,不是削足适履,就是胶柱鼓瑟。但是雅各布森本人没有那么机械,他所说的文学性与其说是一种特性,不如说是一类问题:一部文学作品,在剔除掉情节、主题这些"基本信息"之后,还剩下多少东西。"剔除"、"剩下"这类词汇当然是隐喻性的,要理解其中的隐喻,不妨来看看前面曾提到的批评家兰色姆的说法:

> 诗的表面上的实体,可以是能用文字表现的任何东西。它可以是一种道德情境,一种热情,一连串思想,一朵花,一片风景,或者一件东西。这种实体,在诗的处理中,增加了一些东西。我也许可以更稳当地说,这种实体,经过诗的处理,发生了某种微妙的、神秘的变化,不过我还是要冒昧地作一个更粗浅的公式:诗的表面上的实体,有一个 X 附丽其上,这个 X 就是累加的成分。诗的表面上的实体继续存在,并不因为它有散文性质而消灭无余。那就是诗的逻辑核心,或者说诗的可以意解而换为另一种说法的部分。除了这个以外,再就是 X,那是需要我们去寻找的。……
>
> 一首诗有一个逻辑的构造(structure),有它各部的肌质(texture)。如果一个批评家,在诗的肌质方面无话可说,那他就等于在以诗而论的诗方面无话可说,那他就只是把诗作为散文而加以论断了。②

---

① 赵毅衡. 符号学文学论文集[M]. 天津:百花文艺出版社,2004:26.
② [美]约翰·克罗·兰色姆. 纯属思考推理的文学批评[M]//赵毅衡."新批评"文集. 张谷若,译. 北京:中国社会科学出版社,1988.

兰色姆是现代西方文学批评流派中英美"新批评"的代表人物,他建立了一个等式:文学性等于文学作品的整体减去文学作品所包含的逻辑结构(基本信息)。这个等式不难理解,但不好操作,比方李白的《静夜思》,或者顾城的《一代人》("黑夜给了我黑色的眼睛,我却用它来寻找光明"),什么是它的逻辑结构呢? 要是把这逻辑结构去掉,还能剩下什么? 所以另外一些批评家对兰色姆的说法提出修正,认为诗所包含的信息不是逻辑结构,最多只能算造房子搭起的脚手架而已,房子造好就可以拆掉。这样说就把主次关系颠倒了过来,事实性的信息只是附属的,诗或者说文学作品自有其形式的结构作为骨架。这个逻辑颇有启发性,我们不妨将所谓作品的信息或者逻辑结构当作类似于命题作文的题目而非"中心思想",也就是说作为起点而不是结论。过去我们分析"中心思想"时总是先说作品"描写了……""记叙了……",然后是"表达了……""反映了……";而面向文学性的批评则是在说完这些内容之后还要问一句:然后呢? 这个作品"它本身"有什么可说的? 也就是说,我们已经知道作品的梗概和基本观点了,接下来就可以问真正的文学问题了,即:使这篇作品区别于同题作文或者通讯报道的成分是什么? 这个时候,作为"逻辑结构"的信息已经不再重要了。

　　当然,特定的隐喻只能够凸显文学性某一方面的内涵。要将房屋主体与脚手架的隐喻落实到一切作品的分析中,恐怕也不是容易的事情,对叙事性作品尤其如此。文学作品所传递的信息,不是可以随便打发的内容,因为有些信息本身只有文学作品甚至文学杰作才会提供。不管是《西游记》《堂·吉诃德》,还是《尤利西斯》《追忆似水年华》,你剥离掉故事来谈小说艺术,肯定费力不讨好。诚然,有不少人会赞同哈罗德·布鲁姆的说法,认为卡勒德·胡赛尼的名作《追风筝的人》只是靠题材取胜,在小说艺术上并无创新;但是如果这样评论美国女作家托妮·莫里森的名作《宠儿》(布鲁姆本人更欣赏莫里森的《所罗门之歌》),他们可能就会比较犹豫。《宠儿》讲的是一个黑奴妈妈从庄园逃跑最终被抓住,为了不让女儿继续做奴隶,亲手杀死了女儿。这个故事震撼了无数人。我们在批评这部小说时如果太激动肯定不行,但如果刻意地把小说所写之事与小说的写法分开,对作品也不公正。虽然同一题材的确可以用不同形式去表达,但是某一特殊的题材有可能使某一形式发挥出更大的力量。小说家并非只是希望读者欣赏他的技巧,而是要将读者带入不一样的世界,站到以前没有站过的位置,感受原来感受不到的东西,使他人的故事在某种程度上成为自己的故事。所以真正有价值的问题不是问一部作品丢掉所写之事还剩下什么,而是问在这部作品中发生了什么。一方面,如果这部作品交由一个只具备熟练的表达能力而不具备文学才华的人去写,他会丢掉什么? 会在哪里停步? 哪些是他有可能想到的,哪些是他绝对不可能达到的? 另一方面,如果把这部作品交给一个阅读能力正常却缺乏文学感受力的人去读,他会跳过什么? 会不理解什么? 而他就这部作品所发的议论,有哪些是会把作品等同于新闻报道甚至于事件本身的? 文学批评之所以要重视文学性,是因为批评者相信,优秀的文学作品一定有某些东西难以被常识性的观念溶解和替代,因而能够持续不断地提供启示和愉悦。这一信念使文学批评具有异乎寻常的严肃性,同时又格外困难。它指向伦理问题,却不能只是依凭某个

"道德制高点"做判断;它需要真正意义上的文学鉴赏力,而不是虚张声势地就作品的"形式问题"做一点不痛不痒的评论;它似乎已跳出文学之外,但又似乎更为直接地面对使文学"伟大"的东西。

有一些文学上有很高鉴赏力的批评家,始终关注的是一些很不"纯文学"的问题,比方莱昂内尔·特里林。特里林有个很有名的提法是"自由主义的想象"(liberal imagination),自由主义不等于自由,它是有特定政治意味的词。不过特里林说,他所谓的政治是广义而非狭义的政治,即文化的政治,关乎情感,关乎人类生活的品质,这种意义上的政治与文学不可分割。特里林这样理解文学批评:

> 批评所要做的工作,是为自由主义唤起对多样性与可能性的最基本的想象,而这也意味着唤起对复杂性与困难性的自觉。这一对自由主义的想象进行批评的工作与文学有着无与伦比的关联,不仅因为有如此之多的现代文学直接指向政治,更因为文学作为一种人类活动,能够给予多样性、可能性、复杂性和困难性以最充分和最精确的考量。①

我们可以将特里林的批评范式称为伦理批评。伦理批评所针对的问题,与其说是什么文学不符合道德,毋宁说是什么道德不符合文学。特里林有篇短文《惰性的道德》(Morality of Inertia),值得特别注意。文章指出,并非所有的人都像"卡拉马佐夫兄弟"那样时时在做深刻的道德选择,相反,"道德上的惰性,道德选择的缺失,这一切都已经构成了人类道德生活中很大的一个部分"。所以道德不仅仅是"高尚的、令人备受折磨的两难境地",也是那些"没有思考、没有选择,也许甚至没有热爱就做出的行为"。②后者作为习以为常、"天经地义"的行为,既发挥着作为社会基础和连接物的功能,又有可能成为洞察道德困境的障碍,正如文学传统中因袭的程式会成为认识现实的障碍一样。有鉴于此,特里林提出"道德现实主义"这一概念。如果说现实主义是尊重现实之本相,不以个人意志扭曲现实,那么道德现实主义就是不以现成的标准裁判文学作品中的角色,而让道德想象力(moral imagination)自由嬉戏(特里林显然借用了康德美学的表述),以期产生新的道德可能性。在特里林看来,过去两百年来,将道德想象力体现得最好的文体就是小说。虽然小说无论在美学上还是道德上都不尽完美,但它最伟大也最实用之处在于将读者一次次带入道德生活的现场,使其有机会审视自己的动机,并最终明白:必须摆脱自身所受教育的局限,不再将所谓善意强加于人,不再站在道德的制高点上裁判他人,方能对现实有所领会。特里林认为其他文类从来没有像这样展现过人类生活的多样性以及此多样性的价值,只有小说的形式似乎天然蕴含着理解和宽

① Lionel Trilling. *The Liberal Imagination*:*Essays on Literature and Society* [M]. New York:The Viking Press, 1950.
② [美]莱昂内尔·特里林. 知性乃道德职责[M]. 严志军,张沫,译. 南京:译林出版社,2011:339—341.

容的情感,而且如此接地气,如此政治化,如此适逢其时。如果小说不再适逢其时,那么这不仅是一门艺术的式微,也是自由的式微。

倘若我们对这类观点能够产生一些共鸣,为文学性这一概念注入新的内涵就显得十分必要了。哲学家理查德·罗蒂这样说:

> 现在我们所寄望于文学批评家的,不是从事所谓"文学特性"的探究和阐述,而是为促进人们的道德反省提供建议:关于如何修订那作为样板和谏言的道德典律以及如何纾解或者——如有必要——加剧此典律内蕴的紧张关系。①

在罗蒂看来,文学批评之所以是文学的,是因为所批评的某本书"有可能具有道德相关性——有可能转变一个人对何谓可能和何为重要的看法",这与那本书是否具备"文学性质"(literary qualities)毫不相干。他相信,像马修·阿诺德、沃尔特·佩特、F·R·利维斯、T·S·艾略特、爱德蒙·威尔逊、特里林、弗兰克·柯默德、哈罗德·布鲁姆等等一大批有影响力的批评家所从事的工作,就是把一本书放入其他书的脉络中,把人物放入其他人物的脉络中,从而动摇和重构某一道德典律——也就是关于什么该做什么不该做的常识性观念。他说,每当小说家创造的一个人物有着我们以前从未想象过的一套自我描述和道德观,与其说是小说家把握住了真实,不如说是创造了一种新的东西。在我们遇到卡拉马佐夫或夏洛特·斯坦特②之前,我们并不知道那一方面有待去表现,在我们偶然听到范妮·阿辛哈姆和她丈夫谈论道德困境之前,我们也并不知道可以像她那样看待道德困境。③ 为什么我们不能说这种批评是一种道德裁判,或者反审美的? 原因很简单,在出现作家的某一创造之前,整个问题都不存在,而有了这些创造之后,我们不仅可以讨论某些问题,而且学会了讨论它们的特定方式。就像看懂了鲁迅那种带着泪与血的嘲笑之后,我们的身后都出现了一个阿Q的影子;而在习惯了张爱玲那种世纪末的华丽与荒凉之后,我们知道了没有一种爱不是千疮百孔,但百转千回总还有一点什么东西在;在余华之后,我们开始讨论在一种周而复始的苦难中,活着本身是否比为什么而活着更崇高;在金宇澄《繁花》之后,我们开始说"上帝不响",那个市民阶层的巨大的悲欢离合必须用一种全新的方言才能表达。我们需要注意一个事实,在文学作品中出现的人和事,从来不完全是现实生活中的样子,它就是要让我们难以抉

---

① [美]罗蒂.偶然、反讽与团结[M].徐文瑞,译.上海:商务印书馆,2003:117.
② 夏洛特·斯坦特(Charlotte Stant)是亨利·詹姆斯小说《金碗》(上海文艺出版社姚小虹译本译为《金钵记》,"夏洛特·斯坦特"译为"夏萝·斯坦")中的人物,她的旧爱娶了她的朋友,她又嫁给了朋友的父亲,而后者与他的女儿又有某种超出一般父女的亲密。两对夫妻住在同一个屋檐下,感情关系极其复杂。最后,夏洛特带着丈夫离开了那一对年轻人,虽然将情人还给朋友,却也让朋友失去了父亲的陪伴。范妮·阿辛哈姆(Fanny Assingham)是《金碗》中的配角(姚小虹译本译为芬旎·艾辛肯),她和丈夫是几位主人公的朋友,夫妻俩既是情节的参与者,又像是一对评议人,私下里常常热议他们朋友的道德困境,与主人公的行动构成很好的互补关系。
③ 罗蒂.哲学、文学和政治[M].黄宗英,等,译.上海:上海译文出版社,2009:93.

择,甚至会不由自主地去理解一种疯狂,尊敬一种偏执,喜爱一种另类,甚至同情一种自私和虚伪。后面这些品质,都已经不是抽象的词,而是一个让你产生强烈代入感的情境以及在此情境中所发生的一系列未必被认同却能被理解的选择。时刻提醒自己哪些伦理思考、道德评价是借助于作家的创造才成为可能的,这是理解文学性、伦理批评以及文学的启示性价值的关键所在。

形式分析的三层次

作为评论者,我们当然希望对思想的发掘能够与对形式的发现结合于一个层层递进的分析过程中。哲学家玛莎·努斯鲍姆说:"我将小说视为道德想象力的一个特别有用的主体,因为它的文学形式能够最直接地揭示社会生活的复杂性、困难性与趣味,为我们认识人类的多样性与矛盾性提供最好的指导。"[①]她从特里林以及 F·R·利维斯、韦恩·布斯等人那里学到,文学批评一方面要深入发掘文学的现实性,另一方面又要对文学形式的复杂性有充分的体察,由此建构所谓"叙事伦理",其基本信念是,叙述本身就是伦理行为,或者是形成伦理行为的过程。具体而言,批评家不仅要关注小说描绘什么,在小说里面发生了什么;也要询问它们的形式本身体现了怎样的人生意识:不仅仅是各个角色如何感受与想象,而且在讲述故事本身中,在句子的形式与结构中,在叙事的风格中,在那种使得整个文本充满生命力的生命意识中,小说设定了什么类型的感受与想象;再进一步,还要询问当文本的形式与它想象的读者对话时,这种文本的形式产生了什么类型的感受与想象,这种文本的形式里融入了什么类型的读者活动。读者若要充分掌握一个文学作品中的"实际内容",必须有意识地研究这些内容得以形成和表达的形式;反过来,倘若不去探询詹姆斯这样的小说表达了怎样的生活的况味,也很难正确描述文学形式。形式与内容的二分只是方法论的抽象,虽然有其方便,但矛盾双方最终要在连续的、整体的生活经验统一起来。

我们将这种从区分到统一的过程分成三个层次,然后逐层分析。

第一个层次有点像经典美学所说的区分美感与快感。事实上,什么是审美愉悦,什么是纯私人的感官刺激或者脱离作品的联想之类,并不是那么好区分的(声称自己的批评出于"纯艺术欣赏的眼光",并不总能令人信服),因为一部作品那么长,我们阅读时的情绪会不断变化,一部作品各部分的阅读感受往往重叠勾连,不会那么泾渭分明。但我们还是可以尽量做一点尝试。不妨根据桑塔亚纳的说法,"美就是能够对象化的快感"(区别于仅仅关乎个人特殊状况的快感),挑出那些我们真心觉得写得好的地方"让大家看"。

比方说屠格涅夫的景物描写,他在这方面是一等一的高手,不管什么景物到了他笔下无不活色生香。有些同学一看到这种景物描写的部分就跳过去了,这未免有点可惜。不过在《美丽的梅恰河畔的卡西扬》中,主人公进村之后所见到的猫啊狗啊之类那种仓皇、悲催的样

---

① Martha C. Nussbaum. *Love's Knowledge*:Essays on Philosophy and Literature [M]. Oxford:Oxford University Press, 1990:45.

子,相信同学们还是会抓出来说一番,那确实写得生动,令人过目不忘,而且举重若轻,一点都不咋呼:

尤金移民村仅仅只有六座又矮又小的茅屋。它们差不多全都是一副摇摇欲坠的样子,虽然可能才盖起来不久,因为好几户院子都没圈篱笆。进了村子之后,我们竟连一个人都没遇到;甚至连鸡和狗的面都难得一见;只有一条尾巴很短的黑狗,一看见我们过来,就匆忙从一个干得冒烟的洗衣槽中跳出来(可能它是太想喝水了,才会钻到那儿去),没打一声招呼就急匆匆地从大门下钻出去走了。我进了第一间茅屋,推开门,向里面打了一声招呼——没有人应声。我又唤了一声主人,就听到有一只猫在另一扇门内饿得喵喵直叫。我用脚踹开门:黑暗之中闪着一双绿色的眼睛,一只瘦骨嶙峋的猫呼地一声从我身旁窜了过去。我把头伸进房子里:里面黑暗一片,烟气缭绕,但又空无一人。我走到院中,也不见一个人的影子……只有一头牛犊在牛栏内哞哞地叫着;一只瘸腿的灰鹅一颠一簸地走到一边去。我又来到第二家,还是没有人。我走到院中……①

后面我们会讲到文体学批评,有些遣词造句的好处,有些修辞手法的高妙,就是要你一句句挑出来,让大家都点头叫好。所以从审美的角度分析文学,第一个层次就是把那些能够普遍引发文学美感的地方挑出来细细品味,看究竟美在哪里。在做这种分析的时候,没有一点专业术语的积累是不行的,但是仅靠专业术语,当然也很难说服读者,关键还是看你读得是否细致,文学感觉是否敏锐、扎实。卡尔维诺论文学之美,有一个轻与重的说法,卡尔维诺引用瓦莱里的话,"要轻得像鸟,而不是像羽毛",这个话不是行家怎么能懂!鸟比羽毛重,但鸟是向上飞的,而羽毛是向下坠的,这个大家都明白,但是要把这个对比落实到对具体作品的分析,一定要有真体会。可能我们会觉得这些用语太玄虚,这又回到前面讲的美学的描述难题上,但是正如瑞恰兹所言,批评的目的就是追求传达之改良,只要真有新鲜的体验做基础,又不满足于抽象和老套的"美学原理",总还是有机会为他人所领会的。

第二个层次更困难一些,是要通过把握多个对象之间的关联来理解写作的妙处,如发现细节之间隐秘的呼应关系,描述作品的整体结构并评估其效果,点明一个作者富有特色的写法和意象,等等。一个句子写得好,大家都能看出来;一大段话写得婉转流畅,气韵生动,就需要一点鉴赏的功力;而如果要把一部鸿篇巨著的各项好处讲清楚,就更得是行家里手。至于结构的把握,需要有对整个文本展开方式的综合考量,需要一种整体的形式感;在一部作品中发现作者标志性的手法,则需要我们对某个作家的大部分作品烂熟于心。这些都是典型的专家批评,不是随随便便谈谈感想。比方你说一部长篇小说人物多而不乱(如《百年孤

---

① [俄]屠格涅夫. 猎人笔记[M]. 时娜,译. 南昌:百花洲文艺出版社,2015:112.

独》),要说清楚怎么"不乱"就很不容易,必须得你真懂何谓多、何谓乱,并且真能看出作家是如何实现杂多之统一,这必须要下点功夫才行。

批评家一方面要能游目周览,另一方面又要洞察幽微,发现一般人不太注意的细节,这才不会埋没作家的本领。批评家已经为我们挑出了《水浒传》中"这一夜雪下得紧"的一个"紧"字,又挑出了"孔乙己排出九文大钱"的"排"字,这些都是非常精彩的用字。前者是一个句子内的修辞(正如"红杏枝头春夜闹"),后者是一个真正意义上的细节,此种叙事中的细节跟诗的修辞一样,不仅要传神,还要有味。有一些描写很细,但因为目的太明确单一,所以了无余味;也有一些描写虽然一时让人看不明白,但我们总觉得它会在某个地方得到呼应,从而显出言外之意。为什么让孔乙己"排",因为他的悲剧一直在极端自尊与斯文扫地的反差中展开,好不容易有几个钱了,怎么也得排它一下。排是排给别人看的,孔乙己是看客们的消遣,但要是没有这些看客,他自己也无可消遣。有时我们读一些小说,会想不通它为什么要写进那些看起来无意义的细节,比方《美丽的梅恰河畔的卡西扬》中,车轴断了,车夫恼火之极,骂骂咧咧地揭开马的皮套,拉车的马"站稳了后,打了一个响鼻,又抖了抖,开始用牙齿啃它的小腿来"。为什么要写这么一笔?因为车夫爱他的马,所以把皮套解开,让马放松一下腿,但是做得不动声色。这种爱有时我们注意不到,因为这车夫看起来总是那么凶巴巴的。但文学批评就要注意这种细节,因为只有抓住这个细节,才懂得车夫以及这方土地上的人,也才懂得那个叙述者的慧眼。这时我们做的是形式分析,还是内容分析?这个问题已经不重要,或者说,内容与形式的分析正在一步步合拢中。

再来看卡夫卡的《变形记》。卡夫卡的《变形记》、《饥饿艺术家》等究竟是孤僻人格的展示,极权时代的投影,还是人生固有困境的敞开?很多论者都发表了看法,若是简单引用这些看法,便是在做老一套"思想价值"分析。如果我们真正把作品拿起来,读进去,会发现这样一个极为纠结的情境:格里高尔已经变成了一个甲虫,但他却怀着一个温顺大男孩的全部柔情,并力图使自己的举止得体而有尊严,然而这一切都是徒劳的。《变形记》中这一段委实惊人:

> 正在这时,突然有一样扔得不太有力的东西飞了过来,落在他紧后面,又滚到他前面去。这是一个苹果;紧接着第二个苹果又扔了过来;格里高尔惊慌地站住了;再跑也没有用了,因为他父亲决心要轰炸他了。他把碗橱上盘子里的水果装满了衣袋,也没有好好地瞄准,只是把苹果一个接一个地扔出来。这些小小的红苹果在地板上滚来滚去,仿佛有吸引力似的,都在互相碰撞。一个扔得不太用力的苹果轻轻擦过格里高尔的背,没有带给他什么损害就飞走了。可是紧跟着马上飞来了另一个,正好打中了他的背并且还陷了进去;格里高尔挣扎着往前爬,仿佛能把这种可惊的莫名其妙的痛苦留在身后似的;可是他觉得自己好像被钉住在原处,就六神无主地瘫倒在地上。

请注意，此处不说父亲不认儿子，还拿硬物砸儿子；这分明是父亲同儿子"扔苹果玩儿"——一个如此悲惨的场面是以游戏般的方式展开的，你看那句"这些小小的红苹果在地板上滚来滚去，仿佛有吸引力似的，都在互相碰撞"，简直就是孩子气。这个细节仿佛改写了整个事情，儿时玩乐的记忆瞬间闪现。格里高尔知道自己的处境不妙，但他无法以正常的反应方式去应对这种处境，他看不见该看见的东西，他的紧张和恐惧完全不在点上。这种"不在点上"的感觉，是卡夫卡所提供的重要的文学经验，这是一种全新的对人之处境的体验，我们不仅可以在卡夫卡的众多作品中找到它，而且它深刻地影响到了二十世纪世界文学（我们可以很方便地想到余华）。这种细节是可以做各种思想观念的引申的，比方"自我的陌生化"之类，但至少在这部作品中，它不能被这些观念化约，像那个仿佛随意掷来的苹果，可以穿透概念之网的防护，在地上滚来滚去，怎么也抓不住。我们可以被一种观念启迪心智，但只能被一种不可拆解、不可简化甚至难以诠释的形象震动灵魂，从而为思想的伸展赢得多种可能。这就是文学性。

第三个层次理解起来就更难一些，但是我们在上一章讨论"文学与形式之变"时，已经进行了足够的铺垫，所以这里反倒不用太费笔墨。这第三个层次已经有点越出我们平常所说的审美的范畴，或者说我们只能借助真与美的关系去讨论它。在文学概论课上，我们应该已经介绍过"元小说"、意识流、陌生化、冰山理论、复调叙述，等等，它们都关联着一些特定的叙事手法，而这手法又涉及叙述与真实的关系。文学批评者不能仅仅依赖自己的阅读快感，而应该做一些概念工具的准备，对叙述与真实、语言与世界之类抽象的大问题有一些自己的思考。不同的文学形式——小到具体的表现手法，大到类型、体裁、流派——就像不同的"语言系统"，对何谓真，是有不同的理解和发现的。比方现在我们讲到西方文学中的自然主义流派，喜欢把它当成某种"机械唯物主义"去看待，仿佛自然主义就是傻傻地依葫芦画瓢。其实并没有那么一个葫芦立在那儿，而很可能是先有瓢，然后反推出葫芦的。当我们巨细靡遗地把某个对象描摹出来时，它其实就不是我们常识中的那个对象了，因为我们的常识并不这样描摹它。自然主义不是自然而然的主义，而恰恰是一种反常的手法，但是这种手法所描摹出来的现实，你还必须得承认它确实是真的。只不过这是一种新的真，就像后来"新小说"的代表人物罗伯·格里耶以窥视所发现的真，与我们的日常经验貌合神离。回头再来看屠格涅夫的《美丽的梅恰河畔的卡西扬》，这篇小说就像《猎人笔记》中的其他篇章一样，完全可以当真实的游记来读，因为它不具备那种戏剧化的结构，而这种结构对短篇小说本是至关重要。它就那么让两个人完全偶然地来到一个破敝的小村子，然后遇上另一个人，再让这个人说些话，并且偶然地遇上他的小女儿，然后又回到前面两个人，就那么驾着马车离开。但是当他们离开时，有一些东西就改变了，你甚至都说不出是什么改变了。这种写法开启了现代小说一个非常重要的路数（我们甚至能够从当代一些先锋小说家如美国的菲利普·罗斯、理查德·耶茨、雷蒙德·卡佛那里看到《猎人笔记》的回响），它抛弃外在的戏剧化，总是用一些看似完全无意义的事件显示生活本身的质地，它看起来"不在点上"（相比之下，平庸的小说总是"恰到好处",没有多余的话），其实却是要让我们明白生活的重点究竟在哪里,让我们看到生活内在的孤独、沉重与惊悚。当分析到这个层次的时候,我们应该可以看出,对审美性的分析与对现代性的分析对接起来了。

我们以图示之:

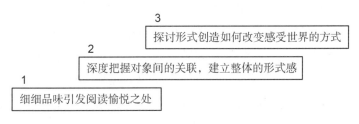

从审美价值把握文学性

有关文学之审美价值的考量,能够引导我们对文学作品进行描述、阐释和评价,这些工作的最终目的,是希望能够支持这一信念:优秀的文学作品是可以独立于(而不一定是对立于)作为公共话题的思想观念,以显示它作为形象整体的感染力、启示力和生命力的。必须承认,这是一个现代观念,现代文学以及现代文学研究的发展都受到这一观念的影响。具体来说,批评家们之所以要在源远流长的特定文类——诗、戏剧、散文、小说,等等——之上另立"文学"这一名目,之所以要反复强调文学与科学、道德、政治等等的不同,甚至于有时走到某种高深莫测的唯美主义的地步,倒不是因为中了"古老"的本质主义、形而上学的余毒,而恰恰因为这是一套现代思想观念。也许你不认同这套观念,比方说你可能更喜欢一部文学作品能够清晰地表达某种哲学观、伦理观或政治观,但你仍然必须正视这一状况,有越来越多人认为:文学作品中有很多东西是说不明白的,是不能随意裁判的,而这是好的。这未必是说越来越多的人更"懂文学"了,而只不过是当他们说文学时,习惯了同时说现代。

如何避免"两张皮"

知易行难。很多人评论文学作品的价值,还是更习惯于"两张皮",说得婉转一点是话分两头,一边是思想价值,一边是审美价值。一边是问一部作品有没有足够的思想力度和深度,另一边则紧扣形式的高妙,突出阅读的快感,情节精彩,描写生动,结构巧妙,语言华美,等等。将这两类价值分而论之,文章条理一般会比较清晰,写起来也会比较顺畅。但是弊端也很明显,将思想价值和审美价值分开衡量,文学作品的整体就被割裂了。很多人前面说思想时口若悬河,完全忘了形式;后面说形式时则琐碎逼仄,几乎放不进去思想,而且由于思想好谈而形式难讲,整个文章往往给人感觉高开低走,头重脚轻。

要改变这种状况,还是要从借鉴开始。要多向有经验的批评家学习,苏珊·桑塔格、米兰·昆德拉、哈罗德·布鲁姆等人都是很好的老师,他们的本事都是能够将犀利的思想批判融入对形式的细察之中。别人是看山是山看水是水,他们是看山不是山,看水不是水,形式即内容,内容即形式。这种境界不是一天两天能达到的,需要对文学足够内行,对形式与内容、审美与思想的关系体会得足够深刻。也许你会说上面还有一个境界,看山仍是山,看水仍是水。确实,但那已经不是此处能够讨论的了。我们不可能一下子达到高超的境界,只能一点点训练。

就写作来说,最好不要用"某某作品的思想性和艺术性分析"之类的题目,那样一看就是两张皮。也最好不要说"某某作品的文学性分析"或者"某某作品的文学价值分析",那样太煞有其事,反而不容易展开。尤其如果你要写的是一篇不长的评论,那么你不必求全,却必须写出灵气。你可以找一些短的作品或者是长篇作品中的某个段落练练笔,写的时候你就盯着最能体现文学之妙处的地方写,力争将这种妙处传达出来。这首先需要精心挑选组织材料,将必须作为铺垫的几个点举重若轻地摆出来,然后一步一步向最关键的地方靠近。写的时候一定要注意不要用力过猛,不要分析得太透,太拖沓,以免破坏了文气,要留给读者自己去发现的空间。庄子《养生主》里面一段脍炙人口的话,最适合用来描述这种状态:

> 每至于族,吾见其难为,怵然为戒,视为止,行为迟。动刀甚微,謋然已解,如土委地。

"族"是什么?难处。难处就是你感觉自己找到了那个关键,但是说不出来,"此中有真意,欲辨已忘言",一说那种味道好像就散掉了。这是最正常不过的情况,这个时候你不要硬去解释,因为所谓文学性,就是说某个观念刚好由某个文学形式表达,以至于其他种种描述、说明和解释都成为将就。这个时候怎么办?你要做的是将整个作品分成两部分,不是某一个东西的两个部分,而是一个动作的两个部分——假设你正在写毛笔字,笔酣墨饱,写了个很漂亮的字,章法谨严,结构匀称,笔力雄健,好,写完之后你的笔尖离开纸面时会有轻轻的一勾、一扫或者一顿,轻微得难以察觉,这就是你要抓的地方。你现在要把所评论的对象分成一个意义的有机体和把这个有机体轻轻推出去的那个动作,前者直到最后一刻才呈现自身,却又被那推送的手势抢了风头。别人被你打动,不仅仅因为你解释得好,更因为你的解释让人感觉只是把东西递给人家:你自己看……嗯,就是这个样子。到底怎么做?向作家学,学习他怎么借助结尾把整个故事拎起来又顺势推出去。你当然得懂这个结尾,但不仅仅是让它与前文在道理上自洽,更是要通过这个结尾忽然领会到,这不仅仅是一个故事,而且是一个精心营构的故事,真是一个字都不浪费啊!但是——打住,不要啰嗦,因为此时我们往往面对这样的状态:

> 那一刻,整篇小说的伏笔一起跃出。当我们以为一个新的情节即将开始时,小说却忽然结束,不给一点发挥的空间,仿佛什么都不曾发生。这样的安排让我们不解,却又似乎解释了整篇小说。

如果换个视角,那么这只是一个意义显豁的励志故事,而以现在的视角,则整个故事成为一个不可思议的偶然,人生的无常与定数,既呈现于又溶解于此懵懂的旁观者微微的一笑中。

如果小说在这里结束,那么虽然感人,却是以戏剧化的高潮收场;而当小说节外生枝,又在主人公模棱两可的冷言冷语中结束时,已经传至远处的涟漪仿佛碰到了一块礁石,重新震荡起来。唯有到此时,我们方才洞察全篇之玄机。

这类表述其实源于我们的诗歌经验,"曲终人不见,江上数峰青",就是这种妙境。它不仅仅是个结尾问题,结尾的妙处,妙在能撬动全篇;反过来,全篇所追求的境界,不是表达某种观念,而就是最后那轻轻一推的潇洒。这个时候你的解释必须非常像描述,而这种描述又必须是计白当黑、以一当十的。现在,我也很难向大家传达这种感觉,只能给它一个比喻,就像别人随手扔过来一样东西,你随手就接住了。当然更像庖丁解牛:"动刀甚微,謋然已解,如土委地。"

而如果你要写的是一个长文,而且是那种学术性比较强的批评,则当然是另一种写法。但是入手的关键是一样的,找到恰当的角度,通过相对具体的问题将形式与内容统一起来,让人感觉这一二元对立范畴并不重要,至少不会困扰你。学院批评常见的一种做法,是努力找到一些能够打通形式与内容的关键词,这些词一直就是被用来讨论文学的,但它们又特别便于进行内容(即思想观念)的探讨。不妨举例如下:

母题: 迟子建小说中的家园母题

主题: 余华小说中的"苦难"主题

叙事: 张爱玲《金锁记》的空间叙事

意象: 当代底层电影中的奔跑意象

形象: 契诃夫戏剧中的"零余者"形象

想象: 想象"野地"——张炜小说论

象征: 麦地、大海与灯火——论海子诗歌中的几个象征

寓言: 郁达夫《沉沦》中的民族寓言

隐喻/转喻: 易安词中的时间转喻

这些都是典型的学院派批评文章的题目,有时会显得太学究气,但是它们有一个好的出发点,就是希望能够在思想和形象之间保持平衡。比方说如果我们见到一个题目"余华的暴力叙事",那么它并不仅仅是要考察余华的小说中写到了怎样的暴力,更重要的是要分析余华对暴力的理解如何影响到叙述本身的逻辑,也就是隐隐构成了一种"暴力的叙事学"。这既是问以怎样的方式叙述暴力场景,才能将暴力的本质予以深刻地揭示;又是问暴力的逻辑如

何渗透到整部作品的叙述中，哪怕与暴力场景并无直接联系。我们想想余华的短篇小说《现实一种》，那不仅仅是描写了一些血腥可怖的场景，更是发明了一种恐怖，并让这种恐怖渗透到整个叙述中，读着读着，读者的血管里仿佛凝结出冰渣子。或者这样说，与其说是叙述的事情让我们觉得恐怖，不如说是叙述本身让我们觉得恐怖，而这叙述本身的恐怖又让我们对恐怖的本质有了不一样的理解。同理，诸如"空间叙事""死亡叙事"等，其要义也是希望揭示空间、死亡等如何影响到了叙事本身的逻辑，而此逻辑反过来又强化、深化了我们对空间和死亡的理解。具体的做法我们在后面的章节中会有更详尽的讨论。

本章课后练习 ···

习题一

细读老舍的短篇小说《断魂枪》。虽然在小说的故事中，主人公沙子龙拒绝展示枪法，但是整个小说的叙述却颇有一套枪法的节奏感，能不能尝试对此进行分析？

习题二

"新时期"以来，曾经有不少小说引起很大的轰动，比方王安忆的"三恋"（《小城之恋》、《荒山之恋》《锦绣谷之恋》）。读一读这些作品，看看当时引发争议的题材已不再具有刺激性之后，作品是否还有需要今天的读者去发现和体会的东西？看看能否为之写一两则短评？

习题三

一般来说，我们如果认为某一部作品徒具形式、无病呻吟，往往说明那形式并不能打动人。从手边喜欢的作品中挑出一篇中短篇小说，分析一下它的形式为什么能够打动你，这个形式的效果中又是否纳入了一般被认为是内容的因素？

第五章
文学之为独创

○ 原创·创新·独创
○ 独创性与流行观念
○ 差异、影响与传统
○ 一点写作建议

　　我们讨论的每一种价值面向,都要引入一个大问题作为批评的"理论框架"。审美性面向想探讨如何将思想价值与审美价值(或称形式价值)的"两张皮"捏到一块,以显示文学作品不能为思想文献所代替的独特价值;现代性面向想探讨文学如何与现实建立关联,如何既敏锐地发现生活的变化,又预言和推动这种变化;而本章所要讲的独创性面向,则是要探讨一个作家或者一部作品如何显示自身不可替代的价值。或许我们已经发现,这三个面向是紧密相连的,它们是基于同一种关切,即文学是否有其独特的存在方式和独到的文化功能。

　　本章主要包括三个方面的问题:其一,怎么理解独创性,用什么概念来言说独创性? 其二,怎么从文学创作与流行观念的矛盾关系来分析独创性? 其三,如何将独创性研究与影响研究结合起来,使对作家独创性的评价与对文学传统的重估结合起来?

原创·创新·独创

　　让我们先对几个概念做简单的界说。在当下语境中,原创(Originality)基本上是个知识产权概念,原创的对立面是复制、改编或者剽窃。说一部作品原创性有问题,所引发的首先是法律纠纷。对剽窃的认定有技术性标准,比方连续多少个字或歌曲的多少小节雷同。但是这类标准应用于科技和学术领域比较方便,应用于文艺创作领域则往往只能裁决简单的争议,遇到复杂情况便不免捉襟见肘,而且即便某种检测软件或者某个调查团队给出了结论,一般人仍然会放不下这一问题:在何种程度之内,一部作品挪用了他人的成果,却仍然是原创的? 或者说得更直白些,在何种程度之内,一部抄袭了他人的杰作仍然是杰作? 照今日的某些判例,即便莎士比亚也有可能被判剽窃,他曾被同时代的剧作家马洛等人咒骂为"拿我们的白羽毛装饰自己的乌鸦",因为常常从他们的剧作中"借用"素材。但是我们相信,莎士比亚是世界文学史上最伟大的天才之一,那些取自他人的材料,并不足以否定莎士比亚的创造性(Creativity)。后人之所以在莎士比亚和马洛的笔墨官司上普遍同情前者,关键在于莎士比亚已成为独立自足的存在。莎士比亚当然可以借用他人的故事，正如可以穿别人设计的戏服，讲从别人那里听来的笑话，但他仍然是独立自足的，他是莎士比亚，也只有他是莎士比亚。这是作家们孜孜以求的境界，也是读者最关心的事情。一个作家没有达到这个境界，就很容易陷入抄袭的纠纷，而一旦已经成为不可替代的存在，那么即便有挪用他人材料的嫌疑，在文学上——而不是法律上——也比较容易被原谅，因为他已经原创了他自己。

　　当然，成为莎士比亚不是一劳永逸的。在现实生活中我们常常觉得某人不像他自己，我们也会说莎士比亚的某部作品比另一部作品"更加莎士比亚"。可能我们在某一瞬间觉得成为了自己，就像作家觉得终于把握住了自己独特的表达方式，但是这种成就感很容易消失，绝大部分时间里我们都在重复地寻找成为自身的依据。这是人生的固有困境，也是文学的固有困境，但它并不就是消极的。正因为独创性无法一劳永逸地把握，作家才会不断挑战自我，使每一次写作都成为新的开始。这又引出所谓创新（Innovation）问题。创新不是完全意义上的另起炉灶，而是顺应一个特定的文学传统自我更新的要求，在"现成的故事"之外找到"可能的故事"。文学是以对现成故事的创造性改写才真正进入现实，写作的动因与其说是现实的刺激，不如说是陈旧故事的刺激。就莎士比亚来说，他虽然运用了马洛剧作中的素材，却不是在做马洛自己就可以做的工作，而是在马洛的故事中发现了新故事——既是新的讲述方式，又是新的情节，更是新的情感。

　　作家总是被推动着创新，但是创新未必总是成功的。譬如余华，在写出《活着》《许三观卖血记》等经典之作后，也求新求变，尝试以一种汪洋恣肆的风格去表现民间生活，于是写出了《兄弟》这样饱受争议的作品。数年后推出的《第七天》，虽然回归内敛，却遭遇了几乎众口一词的差评（即便是当时的辩护者，也不得不面对这一事实，即这部作品已经很少被正面提及）。这部作品放弃了连续的情节，以数十则最新流传的网络社会新闻为基本材料，试图以旁观者的通透与悲悯，将当代中国社会的人情世态（其中颇多乱象）组织成一部复杂的交响乐。这本是创新的尝试，小说所用的材料也非常之新，但是很多读者的感觉是《第七天》从主题、情感到写作手法都显得陈旧（有人尖锐地讽刺为"习作水准"），即便是保留了余华标志性的熔铸崇高、冷峻和黑色幽默于一炉的文体，内在力量也大不如前，难以挽回局面。不仅作品的艺术水准不能令人信服，甚至连原创性也成为问题，在不少人看来，这部小说不过是网络新闻与余华过去作品片段的拼贴组装，再加上一个"余华"的标签而已。

　　《第七天》的失败耐人寻味。在这部小说中，余华集中表达了一个近年来他屡屡强调的观点：事实比虚构更为荒诞。此种事实并非唾手可得，作者亦绝非简单拼贴网络上现成的新闻，而恰恰是要将它们抽离出所在的语境，以便将事实拯救出来。余华分明意识到，今天的中国人置身于"段子文化"的包围之中，此种文化以吸引眼球和高速复制为目的，以占据道德制高点为策略，以非黑即白为逻辑，以空泛议论和网络流行语为表达方式，文学的基本立场应该是对此文化的警惕与抗拒。余华对此问题的认识没有偏差，他只是低估了事情的难度，他以为凭借"余华"的独特腔调重述一个个新闻事件，便足以让事实成就自身。但是，在一个相当不同的写作语境中,在多元、开放、虚拟的民间面前,无论是在《活着》《兄弟》等作品中发展起来的人道主义和感伤主义,抑或是在其写作早期便已臻于圆熟的现代派手法,都已经显得陈旧,失去了当初的光彩。在同样见多识广的网民兼文学读者面前,这部小说只是以一种现成的段子——打上余华标签的叙述和情感的——代替另一种段子,并没有比普通网民更深地打入事实的内里。所谓"事实的内里"当然不是要做一种本质主义的论断,而是说文学作品本该提供那种能够刺穿"眼球信息"加"主流价值观",触及既新鲜又扎实的经验的力量。如果说事实与段子的对立代表着文学的独创性问题(即我们在"文学事件"中发现真正的不可被轻易取代的事实);那么余华与"余华"的张力则指示着创新,创新性的不足将直接影响到一个作家成为自身的程度。

独创(一个比较合适的英译是 Singularity)与创新就这样统一起来。独是独一无二,这一点我们不难理解。但是既然在文学中没有绝对的原创,抽象地强调不与任何人相似也就意义不大。说某个作品独一无二,这是一种对文学价值的言说方式,换句话说,说独一无二就是说有价值(我们不会认真地用这个评语去言说纯粹胡来的作品)。对有志于独创的作家来说,没有鲜明的个人风格是很致命的,尤其是初出茅庐之时,辨识度至关重要;但是对读者来说,真正不能接受的不是一个作家被其他作家代替,而是文学作品被笼统、抽象、平庸的观念代替。推动文学不断创新的主观动因是使作家、作品成为自身,其深层依据则是文学本身拒绝同质化、程式化、观念化的潜能。

独创是"创",不是直接的或改头换面的复制,它不仅是增加某种人人向往的好东西,而且能够增加、扩大和深化我们的向往本身。比方手机,如果市面上出了最新的面向 5G 时代的华为手机,却非常昂贵,很多发烧友可能就会觉得郁闷,因为以他/她的作风,"理当想要"功能最先进的新款。但此时我们不妨说,他/她不仅仅是想购买一些新的功能,更要购买一种想象力,一种有关智能手机"还可以怎样"的想象力。当然,你可以说买手机只是"占有"的逻辑,有某个好东西被创造出来,我被唤起一种欲望,就想占有它,然后丢掉那些相形见绌的东西,这算不得很有价值的行为。确实如此,但也有一类情况是"拥有"或者"共同拥有"的逻辑,比方作家们以自己的写作不断丰富这个世界,使它呈现出新的可能性。一部具有较强独创性的作品总是有更长的寿命,这倒未必是说这部作品在创作理念和创作手法上领先时代多少年,而是说我们今天已经如此现代,却仍然不能够把它的存在视为理所当然;我们已经拥有如此强大的"后视之明",却仍然不能将它完全看透;我们的文化仍然不能够完全解释它,有时倒是需要从它那里得到解释。当我们在文学中发现世界还有如此多的可能性时——有时甚至未必是多了一种美,而是多了一种危险、诱惑、创伤,等等——我们会觉得这个世界更像世界。我们喜欢新的东西,因为它与生命力相关。我们之所以反感那种过分限制他人思想、行为的做法,与其说是因为这些限制完全没有理由(或者说没有好的初衷),不如说是因为限制本身就是开倒车,我们不能热爱秩序胜过热爱想象与创造。所以,当看到一个可以为这个世界增加点东西的作家作品呈现在面前时,我们心中会产生敬意和欢喜,也会有一种真诚的感激。

独创性与流行观念

不妨以张爱玲为例,看看如何借由文学创作与流行观念的矛盾关系,把握一个作家的独创性。张爱玲的独创性首先基于锋芒毕露的个性,她够另类,够特别,但这另类与特别与其说是与一般人有多么不同,不如说是她对所谓"一般人"有极为深入的体察,因而能够见解独到,不落俗流。不妨温习一下张爱玲《烬余录》中的这一段话,我个人觉得这是中国现代文学史上最精彩的文字之一,虽然写在七十多年前,读来却一点都不过时。它出自一个正值青春年华的女生之手,但它不照搬任何对青春的定义,而恰恰是与这些定义作斗争:

> 时代的车轰轰地往前开。我们坐在车上,经过的也许不过是几条熟悉的街道,可是在漫天的火光中也自惊心动魄。就可惜我们只顾忙着在一瞥即逝的店铺的橱窗里找寻我们自己的影子——我们只看见自己的脸,苍白,渺小;我们的自私与空虚,我们恬不知耻的愚蠢——谁都像我们一样,然而我们每人都是孤独的。

我们从一个具体的问题入手展开分析,就是张爱玲怎么写爱情。我们先看她的小说《五四遗事——罗文涛三美团圆》,在那里面张爱玲说,爱情这东西,是同戴墨镜一样的时髦玩意儿。"五四"一代的年轻人,出门时戴上墨镜,男男女女相约到湖上去泛舟。其他朋友或土气,或土豪,男女主角却气质脱俗,情趣高雅,当然就要演绎一出高蹈激越、荡气回肠的爱情罗曼司。但是生活给了他们结结实实的教训,让他们发现自己费了千辛万苦追求的新式爱情,得到时不过尔尔,而且几番啼笑因缘,一个新青年稀里糊涂娶了三个太太,关起门来一桌麻将。张爱玲还写过一篇名为《散戏》的极短的作品,前面是一个过气的明星在戏台上的表演,"刚才她真不错,她自己有数。门开着,射进落日的红光。她伸手在太阳里,细瘦的小红手,手指头燃烧起来像迷离的火苗。在那一刹那她是女先知,指出了路。她身上的长衣是谨严的灰色,可是大襟上有个钮扣没扣上,翻过来,露出大红里子,里面看不见的地方也像在那里火腾腾烧着"。说:'我们这就出去——立刻!'"这是唱戏,却也暗合于女明星的青春往事;然而散戏之后,就是鸡毛蒜皮油盐酱醋的蹉跎人生,曾经的激情早已冷却,曾经的斗士已泯然众人。

那么,张爱玲是不是根本否认存在爱情这回事呢? 是,又不是。确切地说,此处并非信与不信的问题,而在于张爱玲希望给爱情"祛魅",将它自带的、作为"五四遗事"的光环遮起来。张爱玲试图提醒她的读者,他们对爱情的理解往往与某个"正确"的文化观念相勾连。如果某人认为人最重要的是独立自主,他谈论爱情时就是在谈论独立自主;如果认为人与人最重要的是趣味相投、志同道合,那么爱情往往就以新青年快意恩仇的友情为标准;如果认为值得一过的人生就是超越世俗功利的人生,那么爱情的真谛就是诗意和浪漫,就是不断地创造生活的可能性。这些其实本身都是扎实的东西,但一旦将它们等同于爱情,用它去衡量一个人与另一个人真实的恋爱关系,事情就变得玄虚起来。在张爱玲看来,很多人是被以爱之名出场的各种传奇故事吸引,却并不真的明白人与人真实的恋爱关系意味着什么。有一句话说,没有爱情的婚姻是不幸的;但是张爱玲借小说人物之口补上一句说:"有了爱的婚姻往往是痛苦的。"原因也不难明白,有爱的婚姻总是有可能出现更多的希望与失望。张爱玲所信任的情感总是爱恨交织的,而且往往以令人折磨的方式与亲情等纠缠在一起。尤其她相信,基于真爱的无私奉献不一定能得到回报,因为一个人对自己觉得抱歉的人往往怀有几分恨意。或许因为这种弗洛伊德式的纠结太强,张爱玲写到彼此怀有感情的人相互伤害的地方,叙述有时会变得凌厉,稍有一点沉不住气。不过读者仍然会因她的故事而开始思考:当我们谈论爱情时,我们在谈论什么?

就这一问题,我们设想,如果是一个被先进的爱情观武装了头脑的"五四青年"同张爱玲争论,她肯定无言以对。同为新青年,张爱玲会显得太世俗,甚至世故,有时近乎玩世不恭,又处处要显出高人一等。你果真要听她意见,恐怕要遭她白眼。但是张爱玲自有其独到之处,能见人之所未见,发人之所未发。在张爱玲的小说中我特别重视短篇小说《留情》。所谓"留情",听起来像处处留情,其实不是。男主人公米先生六十来岁,有一个结发妻子,两人原来都是向往自由生活的新青年,但是现在年纪大了,夫妻感情冷淡,分居已久,只是没有离婚。现在老先生又找了一位太太,这位太太三十出头,名叫敦凤,长得漂亮。敦凤之前结过婚,但是丈夫死掉了,作为一个寡妇,她想找一个依靠,于是找了米先生。现在的问题是,一个行年六十比较有钱——也真的只是比较而言——的老先生,找了一个三十出头的寡妇,他们两个在一起,要在什么前提条件下你才会给出祝福?我们可能需要能找到某个点,让他们的爱情可以承载起某种价值,然而没有,他只是一个生活有保障的老先生,没有任何地方可以看出他有什么特别,他留过洋,并非毫无见闻,但是没有什么出众的见识和气质。他不好不坏,就是平庸。他长得也不好看,以至于敦凤都不愿意跟他一起出去,因为别人看到,会说她是为了钱才跟他在一起的。所以,张爱玲要怎样去讲述这样两个人的故事呢,没有办法,没有一个进步人士会有耐心地听他们的故事,除非张爱玲为他们写一篇小说。"五四"以来,还有多少作家会特别关心这类夫妻的生活?写平庸夫妻的作品很多,但往往凸显批判性,即便是鲁迅的《肥皂》,算是留有余地,也还是以灵魂的剖析显出作品的力度。张爱玲当然也剖析,也讽刺,但是更多的是偏爱,她是真心实意地爱着这些平庸的小人物,更确切地说,是爱这些小人物平淡无奇的相遇与相守。张爱玲的逻辑是:"他"不过是一个平凡的、自私的男人,"她"不过是一个平凡的、自私的女人,但是当"他们"两个人在一起的时候,仍然是独一无二的一对。既然独一无二,就值得去写。

今天这对夫妻,米先生与敦凤,不是特别开心。米先生的原配太太病了,米先生想去看望她,敦凤心里疙疙瘩瘩。为什么这么小气呢?因为米先生另有家室拖累,弄不好会来分割财产,米先生已经六十岁了,算命先生给他算过,只能再活十年,十年后敦凤又将变成寡妇,如果遗产被大太太的儿子抢走，她的生活也就没有了保障。所以，对于敦凤来说，这不仅是米先生在世的最后十年，也极有可能是她安逸生活的最后十年，所以一旦发现米先生跟原配太太联系增多，她就大方不起来。如果一般作家写到这里，马上就会进行社会分析、政治批判了，但是张爱玲表现出极大的耐心，让这对夫妻自己慢慢调节矛盾。夫妻俩吵归吵，米先生年纪大，总归要让着敦凤。正好敦凤今天要去看舅妈，其实也就是回小时候住的老宅，米先生就陪着她去。他们经过一个邮局，敦凤知道邮局门口有只神气活现的鹦鹉，本想提醒米先生看，但是心情不好，算了。到了舅妈家，多么晦暗的房子，多么无趣的一家人啊！婆媳妯娌，家长里短，絮絮叨叨。在这期间，米先生还是去探望了他的原配太太，敦凤独自待在舅妈家，回娘家的柔情很快耗尽，实在待不下去了。米先生再回来时，简直是一股清流，敦凤心头忽然有一种异样的情感出现。好，温情出现了，该怎么写呢？歌颂真爱？让敦凤心潮汹涌一番？张爱玲的做法很有意思，她让这家人继续聊天，各种有的没的，这时雨过天晴，秋日的天边出现了一道彩虹，众人立在阳台上看。敦凤不出去，情愿在屋里瞎转，为什么这么不合群呢？很简单，我这么不幸福，哪有心情看彩虹？好，我们来看这一段：

> 敦凤两手筒在袖子里，一阵哆嗦，道："天晴了，更要冷了。现在不知有几度？"她走到炉台前面，炉台上的寒暑表，她做姑娘时候便熟悉的一件小摆设，是个绿玻璃的小塔，太阳光照在上面，反映到沙发套子上绿莹莹的一块光。真的出了太阳了。
>
> 敦凤伸手拿起寒暑表，忽然听见隔壁房子里的电话铃又响了起来："葛儿铃……铃！葛儿铃……铃！"她关心地听着。居然有人来接了——她心里倒是一宽。粗声大气的老妈子的喉咙，不耐烦的一声"喂？"切断了那边一次一次难以出口的求恳。然后一阵子哇啦哇啦，听不清楚了。敦凤站在那里，呆住了。回眼看到阳台上，看到米先生的背影，半秃的后脑勺与胖大的颈项连成一片，隔着个米先生，淡蓝的天上出现一段残虹，短而直，红、黄、紫、橙红。太阳照着阳台；水泥阑干上的日色，迟重的金色，又是一刹那，又是迟迟的。

明明是一个心事重重、对什么都意兴阑珊的人在看，却写得这么细致这么浓情。不仅彩虹显出浪漫，童年的小物件让人想起童年（以后我们会专门讨论"物"的问题），就是"肥头大耳"的米先生的背影，也融入了这五彩的风景。看到"迟迟"这个词我们都不知道要怎么用现代汉语翻译，我们会觉得慢，又觉得依恋，"满蕴着温柔，微带些忧愁，欲语又停留"（冰心语），好像这一刻的时光有点放松，从时间的链条上跳脱下来。接下来出现了张爱玲标志性的腔调，"米先生仰脸看着虹，想起他的妻快死了"，张爱玲就是这样，刚刚温情一下，"反高潮"的东西马上就抛出来了。米先生要回家去了，敦凤自己穿上大衣，把米先生的一条围巾也给他送了出来，一边说道："围上罢，冷了。"一边抱歉地向她舅母她表嫂带笑看了一看，仿佛是说："我还不都是为了钱？我照应他，也是为我自己打算——反正我们大家心里明白。"本来，敦凤很不希望别人看到自己是因为钱才跟米先生在一起,这是她不能明言的自尊心;而现在,她不希望别人看到自己真的很喜欢丈夫,同样出于不能明言的自尊心。她要掩盖自己对丈夫的爱,但是当她想掩盖这个爱的时候,爱就扎扎实实地在那里了。接下来夫妻俩一道回去,这时就出现了张爱玲所有小说中最温暖的一段话:

> 出了衖堂,街上行人稀少,如同大清早上。这一带都是淡黄的粉墙,因为潮湿的缘故,发了黑。沿街种着小洋梧桐,一树的黄叶子,就像迎春花,正开得烂漫,一棵棵小黄树映着墨灰的墙,格外的鲜艳。叶子在树梢,眼看它招呀招的,一飞一个大弧线,抢在人前头,落地还飘得多远。
>
> 生在这世上,没有一样感情不是千疮百孔的,然而敦凤与米先生在回家的路上还是相爱着。踏着落花样的落叶一路行来,敦凤想着,经过邮政局对面,不要忘了告诉他关于那鹦哥。

这段话中当然也有我们前面称作"文化观念"的东西,有些人也确实会把"生在这世上,没有一样感情不是千疮百孔的"挂在嘴上。张爱玲、苏青等人在一起谈论爱情和女性,常有一些真知灼见。比方苏青说:你看!我的每一根筷子、每一个碗都是我自己挣钱挣来的,但这又有什么可以骄傲的呢?张爱玲解释说,作为女人,当然是要独立(她甚至不无刻薄地把那些为生活而结婚的女人叫作"女结婚员"),但是我仍然愿意想象自己是端男人的碗,被他养着,宠溺着。你可以说这是不彻底的女权主义,或者干脆就是改头换面的男权主义,你也可以说这才是有张力的女性主义,但如果就这么孤立地评论一句话,不能算是文学评论。我们要做的不是把一些话从小说中摘出来,而恰恰是要它们放回小说中去,结合上下文读,带着它微妙的反讽读,激活它全部的感性的复杂性,简而言之是按照文学之为文学的逻辑去读它。

我们来看,"生在这世上,没有一样感情不是千疮百孔的",这话有点绝对吧,但在文学的世界里,所谓绝对,只是一种表情达意的方式,关键是能不能打动你。我们且不说男女之情,先说母女之情。想想张爱玲的母亲和女儿的关系,过马路时,母亲牵着她的手过去,多么美好!但是她说,我抓着我母亲的手像抓着一把竹棍子(在张爱玲的短篇小说《心经》中也有类似的描写),不舒服。为什么要这样呢?她是在抵御一种温情。为什么要抵御温情?她愿意想象与母亲在情感上两不相欠,你过你的自由生活,我过我的,除开你最基本的义务,我不奢求任何额外的眷顾。就像敦凤和米先生这对夫妻,男方爱她还有青春,女方爱他能给依靠,如此而已。"然而敦凤与米先生在回家的路上还是相爱着",这种爱来得突然,却又无可质疑。也许当张爱玲听到某个人说"我再也不相信爱情了"时,可能会问:"你真的知道什么叫相信吗?"事实是,当张爱玲说相爱也就是爱情在那里时,不是从桌上抓起一个杯子的感觉,而是在无休止的情感纠结之中忽然出现的片刻放松,它就是我们烦恼人生中出现的一道彩虹,对任何人都没有实际的好处,但是"有彩虹的人生"一听就比没有彩虹的人生更加美好。对张爱玲来说,爱情从来不是一套观念,而是一个事件,它本身不能持续,它只是使你的人生持续,如果运气好的话,还可以使你的婚姻持续。有时我们婚姻不持续了,但是人生还要持续,那么我就靠着这一刻对爱的幻象来度过余生(就像《金锁记》里的曹七巧)。又或者,爱情是一种情境,比如在《倾城之恋》中,范柳原看到一堵断墙,会突然感动,想要对白流苏说出一些豪言壮语;或者相互喜欢却又处处设防的两人走在山路上,忽然看到青天长空,想到人生多么短暂,而青天长空却是亘古永存。对于张爱玲来说,重要的不是"谈"恋爱,而是恋爱。她认为不用抽象地去言说某个东西,比方什么是真正的爱情,怎样才能获得真正的爱情,只要我们接受敦凤与米先生在回家的路上还是相爱的就可以了,这一刻如此明亮,如此真实,符合我们对真实的所有期待,填满了我们空落落的心。我们知道,假如夫妻俩回到家里,那边来个电话,大太太不行了,敦凤的满腔柔情马上就会转为焦虑和敌意。毫无疑问,这就是人生,但我们从此处得到的不是"人生观",而是"观人生";是"人之道",而不是人道主义。换句话说,不是从人生中总结教条,而是透过种种教条——包括新的旧的、主流的另类的、落后的进步的——获得一种对人生极其微妙的感知。种种有关人生的观念都是帮助我们让生活容易一些的工具,但是当生活冲破这些观念,重重地落在作家的臂弯里时,作家必须靠自己不可通约的洞察力和悲悯心将它托住(所谓"因为懂得,所以慈悲"),靠自己打造的那个不可简化的形象世界将它托住。作家的独创性就体现在这里。

差异、影响与传统

有关独创性,批评家往往要做三个方面的评估:一是看某个作家或某部作品有多特别;二是看这个作家或者这部作品曾受过哪些作家作品的影响;三是看这个作家或这部作品影响了哪些作家作品。这三个方面合在一起,就是要把差异、影响与传统结合起来谈。哈罗德·布鲁姆曾比较莎士比亚和马洛,说莎士比亚最伟大的角色拥有超过马洛天分的内省精神,但是马洛取得的突破是异常新奇的,他发明了一种戏剧化的控制观众的方法,莎士比亚无限的艺术才能远远超越了这一层次,但需要这个起点。[①] 这一论断就超出了谁高谁低的争执,而将两人的关系视为某一节点,引出有关文学传统的讨论。如果我们片面强调一个作家无所傍依,横空出世,那就无所谓独创性问题,因为他不过是一个孤岛。独创性正是在与其他作家作品的联系中才显出价值,否则只能叫个别性或者特异性了。某种程度上,有关独创性的研究,其实就是有关个人与传统的关系的研究。这种研究相当不容易,有诸多难题需要处理,这里先讲两个方面。

如何设置参照系

要衡量独创性,首先要给某一部作品配一个参照系。不难理解,只要选择合适的参照

---

① [美]哈罗德·布鲁姆. 影响的剖析[M]. 金雯,译. 南京:译林出版社,2016:55.

系,我们几乎可以在任何两部作品之间建立关联。正因为如此,选择参照系也就需要特别谨慎,因为不是所有的关联都那么有意思。首先要注意的是,参照系的建立要有一定的理论价值,要指向真正值得讨论的问题,没有问题则不需要比较。让张爱玲和鲁迅比较是有价值的,让张爱玲和周瘦鹃比较当然也不错,前者是要探讨张爱玲和"五四"文学传统的关系,后者则是要评估张爱玲对都市通俗文学传统的继承与突破,不仅仅因为张爱玲和"五四"文学、"通俗文学"都有关联,更因为这种关联有可能引出一些仍然有挑战性、值得深入探究的问题。反之,如果我们把沈从文放在京派作家中间,穆时英放在"新感觉派"作家中间,托尔斯泰放在俄罗斯批判现实主义作家中间讨论,虽然顺理成章,理所当然,但如果没有新材料、新视角,也未必能真正帮助我们理解作家的独创性。如果仅仅因为出生地都在某一个地方,或者年龄相近、性别相同,就把几个作家扯到一起,就更加意义不大。比方我们研究鲁迅的独创性,如果是放在浙江籍的作家中比较,虽然也有文章可做,却未必能做得很深入,一则籍贯很难把握作家的成长轨迹,一个作家也许只是很短一段时间生活在原籍;二则,籍贯与作家创作的关系究竟有多密切,实在很难一概而论,很多时候都不过是"后见之明"或者循环论证罢了。设想我们将鲁迅与茅盾、徐志摩、郁达夫这些浙江籍作家放在一起比较,必然会问为什么同是浙江人,鲁迅与后面三人如此不同,那么很可能会将绍兴与桐乡(嘉兴市辖)、海宁(嘉兴市辖)、富阳(杭州市辖)三地作比较,还会去探究"绍兴师爷"的传统以及鲁迅本人的"绍兴情结"如何影响了他的创作。这一思路做研究也好,写评论也好,如果写得生动,都能让人产生兴趣,但是大多数情况下它很难产生真正的创见,因为太过先入为主,往往不过是以鲁迅为契机展示绍兴的风土人情。当然,现在文学研究界对地理因素与文学的关系研究得越来越深入,如果我们对地理与文学、故乡与文学、小城镇与文学这些领域的研究取得了突破性的进展,情况又会有所不同,但这不是仅靠几个作家的比较就能做到。总而言之,参照系的选定不能只是看方便,而要能为理论创见开拓空间。

　　另外,在选择参照系时,也要注意不要简单地以身份定特征。比方说比较张爱玲、鲁迅、茅盾和沈从文,如果你最后得出结论,张爱玲之所以与其他几位作家不同,是因为她是一位女性作家,具有女性作家情感细腻等特点。这种结论不是说完全没有道理,但是价值不大,而且会显出你男性中心主义的偏见,因为你等于在说女作家不以思想深刻见长,她们的标签就是情感细腻。同理,如果你参照系选得不对,使得最后不得不认为托妮·莫里森之所以有特色是因为她是非洲裔的女作家,屠格涅夫之所以有特色是因为他是贵族,有比平民作家更好的教养,王尔德之所以有特色是因为他特立独行的私生活,都有可能会让自己陷入窘境。总而言之,那种明显会突出身份等偶然因素的参照系是不合适的。不管你自己认为身份问题对一个作家有多重要,也不能把赌注全押在它上面,在今天的文化语境中尤其要特别注意。

　　有关参照系还有一个值得注意的问题是比较的范围究竟有多大。我们不能随便面对哪一部作品,都把它放到"世界文学长廊"中去比较。事实上,受个人阅读面的制约,我们能想到并拿来做参照的作品是很有限的。如果一个人读了中国"新感觉派"的小说觉得很好,但他从来没有读过日本"新感觉派"的作品,能否谈中国"新感觉派"的独创性问题呢? 似乎不行,但是仅仅引入日本"新感觉派"就够了吗? 可能有些人会觉得,在"东亚新感觉派"外还应该有"西方新感觉派"。虽然暂时并没有这种提法,但是对"东亚新感觉派"产生了重要影响的西方文学艺术,肯定可以整理出一个谱系来。① 这类研究有时令人望而生畏,仿佛没有边际,但实际上,这是需要每个批评者自己决断的,决断的原则仍然是使你的工作有意义,能够在现有研究的基础上增加新的、有启发性的东西。重点不在于我们读过多少书,能够为某部作品建立多大的参照系,而在于你对哪些作品比较有体会。体会是可以传达给其他读者的,你的知识结构却没有那么容易分享,必须是以你有独到体会的作家作品建立的参照系,才能够使你所分析的某一作家作品呈现丰富的意蕴,生发出有价值的讨论。

打个比方,假如你要研究莫言的小说,当然应该把莫言同拉美魔幻现实主义联系起来,但如果你对拉美魔幻现实主义小说体会不深,看了一些作品却没有什么特别的想法,只能从教科书上搬来一些笼统的归纳,那么这种联系意义不大。如果你碰巧对日本作家尤其是大江健三郎比较熟悉,倒是可以拿来跟莫言比较,因为莫言的作品尤其是《蛙》,是明明白白地拿着大江健三郎作为参照对象。既然作家敢于亮出师承,他就有独创的底气,相信自己提供了不一样的东西。而我们在分析的时候,就可以一边深入辨析莫言与大江健三郎的同与异(比方将大江健三郎的《个人的体验》、《万延元年的足球队》这类作品与莫言小说对比研究),一边思考是否存在"魔幻现实主义的东亚版本"。如果把这个方面工作做扎实了,那么在涉及拉美魔幻现实主义的地方搬用一点教科书也就问题不大。总之,选用多大的参照系,关键是看能否找到自己最有想法的问题,调动自己最有把握的材料,把自己最好的见识充分地发挥出来。

如何理解"影响"

有关影响的研究并不等于看某部作品有多么"不独特",因为它不仅仅要指出相似性,而且真的要让我们看到相互影响的可能性。大多数情况下我们能够辨别相似性,但是未必总能确定一部作品真的受到了另一部作品的影响,影响本身是一个太抽象的词。现在很多所谓影响研究其实是相似性研究,梳理出一些相似性,然后猜测两者之间的关联(模仿、因袭甚至抄袭、套用),有点像论文"查重"或者某种刑侦工作。我们不能停留于太过表面的比附,比方说某某作家写都市题材,另外一个作家也写都市题材,或者某某作家写了一个什么角色,另一个作家也写了这么个角色,于是后者就受到前者影响。这种影响并非不存在,事实上它们相当常见,但如果只是列举这类事实,还显不出理论价值,重要的是通过某一共同的问题把作家与作家联系起来。比方鲁迅和张爱玲,鲁迅对张爱玲有没有影响? 当然有影响,事实

---

① 比方日本"新感觉派"代表人物横光利一就说:"未来派、立体派、达达派、象征派、构成派以及如实派一部分,都是属于新感觉派的东西。"另一代表人物川端康成则说得更形象:"可以把表现主义称作我们之父,把达达主义称作我们之母;也可以把俄国文艺的新倾向称作我们之兄,把莫朗(莫奈)称作我们之姐。"参见:[日]横光利一等.日本新感觉派作品选[M].北京:作家出版社,1988:10.

上，张爱玲跟胡兰成经常在一起讨论鲁迅（可参看胡兰成《今生今世》）。但这种细节只是辅助性的，重要的是张爱玲写的《走！走到楼上去》这样的杂感，《五四遗事——罗文涛三美团圆》这样的小说，无不见出她是相当深刻地思考了鲁迅的问题。《走！走到楼上去》说的是逃避现实的问题，张爱玲的态度是文学家不能逃避现实。她不无讽刺地说，"中国人从《娜拉》一剧中学会了'出走'，无疑地，这潇洒苍凉的手势给予一般中国青年极深的印象"；但是所谓出走，往往不过是"上楼"，也就是找个退路或者避风港，根本不是真正的决裂，所谓"做花瓶是上楼，做太太是上楼，做梦是上楼，改变美国的《蝴蝶梦》是上楼，抄书是上楼，收集古钱是上楼"，如此等等。这个"抄书是上楼"，可能马上让我们联想到鲁迅《〈呐喊〉自序》。鲁迅抄书当然有政治上的理由，但是张爱玲所强调的方面并非无的放矢："沿街的房子，楼底下不免嘈杂一点。总不能为了这个躲上楼去罢？"张爱玲不仅仅是主张直面现实，而且是要直面嘈杂的、烦扰的甚至是平庸的日常生活。这一点她与鲁迅形成直接的对话关系，因为后者在《伤逝》中所写的两个年轻人可以凭借"五四"精神冲出家庭，却无法在日常生活中共处，雪莱拜伦对于"过日子"一无用处；而张爱玲的《五四遗事》则将悲剧改写成闹剧，让对自由爱情的不懈追求蜕变为闹哄哄的一夫三妻。鲁迅的深刻是告诉我们如果只有"五四"话语帮助我们应对现实，最终人是要躲到楼上去的；而张爱玲的深刻则是告诉我们生活就是琐碎而嘈杂甚至是"脏"的，人最终要从理念的高塔下降到真实的人间。张爱玲是以"新生代"的身份对上一代的问题做出了新的回答，这种影响才值得我们好好探究，因为它关联着如何看待"五四"传统的问题，而不仅仅是两个作家究竟有几分相似，或者哪一个作家比另一个作家更有原创性。

就表层意义而言，影响就是感动、倾慕和模仿；但是往深处挖掘，影响是结构性的，我们必须经由某个结构才能接受影响。而且我们要明白，把这种影响得以可能的结果发掘出来，本身就构成了对相关作家新的阐释。没有创造性的阐释，就没法言说一种富有启发性的共鸣；反过来，没有深刻的共鸣，有关影响的讨论也不能够让我们更懂作品。比方我们说某个中国作家受了庄子的影响，但我们对庄子的解说和对这位中国作家的解说却又只是非常表面化的几点，那么这种解说也就没有真正的价值。而且通常情况下，只有当一个作家对另一个作家产生了一种富有创造性的理解，甚至由此可以提出某种富有新意的文学观时，他才会大方承认受到对方的影响。比方余华对麦克尤恩有一段评论："这就是伊恩·麦克尤恩，他的叙述似乎永远行走在边界上，那些分隔了希望和失望、恐怖和安慰、寒冷和温暖、荒诞和逼真、暴力和柔弱、理智和情感等等的边界上，然后他的叙述两者皆有。就像国王拥有幅员辽阔的疆土一样，麦克尤恩的边界叙述让他拥有了广袤的生活感受，他在写下希望的时候也写下了失望，写下恐怖的时候也写下了安慰，写下寒冷的时候也写下了温暖，写下荒诞的时候也写下了逼真，写下暴力的时候也写下了柔弱，写下理智冷静的时候也写下了情感冲动。"①这些话我们可以毫不牵强地理解为夫子自道,将其应用于余华本人,不仅可以用来描述某种风格,更涉及作家尤其是写出《活着》之后作家对写作本身的理解。麦克尤恩的写作既在余华的逻辑之内,对人物变态心理的探索又能比余华更进一步,而且叙述技巧比余华更为成熟,冷暖转换完全不动声色,更唯美也更恐怖,故能让余华觉得惊愕:"阅读的过程就像是抚摸刀刃的过程,而且是用神经和情感去抚摸,然后发现自己的神经和情感上留下了永久的划痕。"只有基于共鸣的影响,才会达到如此深刻的程度。

说到影响,不能不提哈罗德·布鲁姆的"逆反批评"。布鲁姆的成名作叫《影响的焦虑——一种诗歌理论》,该书提出,诗歌(以及其他文学体裁)是对影响的焦虑,每一首诗都不仅关系着特定的现实,更关系着某一个榜样,以至于写诗在某种意义上就是"改诗"。比方说李白登上黄鹤楼,想写一首诗,结果发现崔颢已经把他想写的写完了,想了半天搁笔了;韩东登上大雁塔,也写了一首诗,结果写的是"有关大雁塔,我能知道什么……然后下来",这就是做翻案文章了,翻得好,便能翻出新意。布鲁姆在这方面的研究很有意思,他一般是一对一的研究,但丁之于维吉尔,雪莱之于华兹华斯,托尔斯泰之于莎士比亚,等等。托尔斯泰不太服气莎士比亚,但是莎士比亚又总挡在他面前,影响着他怎么写,或者偏不怎么写,于是就有非常多的研究好做。布鲁姆的看法是,最后在文学史存活下来的都是"强力诗人",他们不仅冲破了某一假想敌的阻挡,还在一定范围内更新了文学的语言,就此所做的影响研究当然令人期待。如果有合适的对象,我们也可以做一点这方面的尝试,比方研究简·奥斯丁和张爱玲的关系,王安忆与张爱玲的关系,迟子建与萧红的关系,等等。要注意的是,这种研究不能只是开列相似性和差异性,而应构建一种生气勃勃的张力关系,即像布鲁姆所展示的那样,后来者有意无意地把一个前辈作家当作"假想敌",他处处想摆脱其影响,又处处显出影响的痕迹,这样写起来才有戏剧效果。这类工作做得不好难免牵强附会,但如果真有些机缘巧合,也很容易出彩。前提是你对拿来比较的两个作家都相当熟悉,而且有一些旁证表明后来的作家对前一个作家至少是了解的,如果有材料表明后来者对前辈确实十分在意,那当然是意外之喜。

必须承认,作家本人在这类问题上的看法往往与批评家不一致,批评家喜欢说某某影响了某某,作家未必喜欢这种说法,他们对自身的独立性更为敏感;或者,作家坦承自己从某位作家那里得到借鉴,批评家要么看不出端倪,要么不感兴趣。有的时候,我们承认一种影响的存在,但由于说得太笼统,说了等于没说,比方说某一戏剧家受到莎士比亚的影响,某一中国诗人受到庄子的影响,甚至是某一现代派小说家受到卡夫卡的影响,等等。很多影响不是某人读了另一人的作品受到启发这么简单,而是通过文化的传承起作用的。不妨参考余华这一看法:

---

① [英]伊恩·麦克尤恩. 最初的爱情 最后的仪式[M]. 潘帕,译. 南京:南京大学出版社,2011.余华序.

我用过这样一个比喻:一个作家的写作影响另一个作家的写作,如同阳光影响了植物的生长,重要的是植物在接受阳光照耀而生长的时候,并不是以阳光的方式在生长,而始终是以植物自己的方式在生长。我意思是说,文学中的影响只会让一个作家越来越像他自己,而不会像其他任何人。①

"文学中的影响只会让一个作家越来越像他自己,而不会像其他任何人",这话未必人人信服。但是余华本人的经历似乎可以提供佐证,他二十世纪九十年代才真正发现了鲁迅并受到极大影响,而一般读者并不认为他因此变成了鲁迅,而是认为他走向了成熟。较真的读者当然可以分析余华在哪些方面受到了鲁迅的影响,但是我们也可以说是走向成熟的余华重新发现了鲁迅。在这方面大家一定要注意表述的分寸,因为过犹不及。总而言之,影响研究的目的不是为了否定一个作家的独创性,而恰恰是要考察一个作家如何以自己的方式长大成人。

传统与个人才能

前面我们已经反复提到传统。独创性研究不是实证研究,不是一个作品和其他作品的工艺学比较(像比较两个器具),而是一种价值的阐发,是创造性地建构特定传统与个人才能的辩证关系。当批评者做出有关特定作品独创性程度的判断时,他是同时对一个作品和一种文学传统发言,也就是说,他通过一个文学传统给了特定作品以定位,又通过特定作品召唤出一种文学传统(建议大家温习艾略特的《传统与个人才能》这篇文章)。这里所谓文学传统,是一个由萌芽、成熟、孳生、移植、嫁接、变异、返祖等活动组成的系统,作为整体,它往往有相对统一的目标和特色。这并不一定需要作家之间有人事上的接触,而只需要他们有大体相近的关切,他们在文学上所做的探索能够凝成合力(一个作家是可以同时属于不同的传统的)。独创性研究的难题,最后落到你能否唤醒这个传统上。就像张爱玲最欣赏的中国小说是《金瓶梅》《红楼梦》《海上花列传》,这一文脉与她本人的小说观和创作特色是能够相互阐发的。她不是简单地从这些小说中借用一些元素,而是用它们作参照系,不断调整自己的写作姿态。正如前面章节讨论过的,张爱玲的理想是要写真正意义上的"凡人传奇",在最无故事的地方找出故事来,所以她不仅继承了《金瓶梅》、《红楼梦》那种细密的写实的底子,更是以《海上花列传》为榜样,追求一种"口里淡出鸟来"的境界。她不仅不回避琐碎,更是以琐碎作为小说的光彩,她越来越相信真事——仅仅是发生,没有任何"典型"的光彩——比虚构更有力量。这对作为小说家的张爱玲来说无疑是走入了魔道,她陷入了自己对某种文学传统的想象中,渐渐失去了虚构的兴趣,也失去了虚构的能力。但是经由这种个人与传统的相互发明,作为批评者的我们能够更好地探知小说家隐秘然而顽固的写作逻辑。这个逻辑让张爱玲最终写不下去,但要是没有这个逻辑,也就没有独树一帜的张式传奇。

---

① [英]伊恩·麦克尤恩. 最初的爱情 最后的仪式[M]. 潘帕,译. 南京:南京大学出版社,2011.余华序.

一个富有独创性的作家与一个需要重新解释或者发现的传统是互相成就的关系。我们有些批评在将作家放入某个传统时太谨慎了些,对传统的界定往往只是笼统的陈词滥调("现实主义"、"载道"、"关怀民生"、"天人合一"之类),这样就拉低了所论作家作品的独创性。另一方面,我们当然也不能一味冒进。既要敢于为自己认为重要的传统鸣锣呐喊,也要有"反讽"的精神,能够时时提醒自己,与独创性联系在一起的传统本身是一种"被发明"的传统,或者说是"对传统的现代阐释",而不是现成的等着你去"发现"的传统,要能够服人,不能光凭勇气。它是一个专业性很强的工作,首先当然要求读书多,但如果只是掉书袋式的罗列作品,不能让人感受到作家与作家之间凭着某种遗传密码相互认同和召唤,那么传统仍然只是一个空名。另外,如果对传统的定义比较宏观,往往针对性不足,但是容易打开讨论的空间;如果比较具体,能够更好地紧贴作家作品,但有时又会显得偏狭。不妨宽和窄的各举几个例子。复旦大学张新颖教授撰写的《中国当代文学中沈从文传统的回响》一文获鲁迅文学奖文学评论奖,这篇文章力图通过作家的比较激活"沈从文传统",颇值得注意。① 对评论者来说,具体的某个作家究竟从沈从文那里学到了哪些东西不是最重要,沈从文这个传统是否以及如何在当代文学语境中保持活力,显然要更为重要一些。这篇文章很打动人,但能否被普遍接受,恐怕还要再观察。另如中国现代文学中的鲁迅传统与周树人传统之争,京派传统与海派传统之争,海派中由张爱玲开创的"张派小说"等,都是非常热闹的话题,但也还不能说有了定论。王德威教授还与香港教育学院陈国球教授等人一道,倡导有关"抒情传统"与中国现当代文学之关系的研究,这是比较"宏大叙事"的一类。以王德威来说,他通过对沈从文等人的批评,重新召唤中国文艺精神中的抒情一脉,而他所召唤来的这个传统,又显然被赋予了新的精神指向和理论内涵,能够引发我们对一系列文学理论与文学史基本问题的重新思考。② 这一研究引人关注,但因为"抒情传统"很明显是一个现代发明,所以很容易引发争议。米兰·昆德拉在《被背叛的遗嘱》一书中,将卡夫卡"拯救"出所谓批判现实主义的传统并将其放入由拉伯雷、塞万提斯代表的传统,从而对卡夫卡的独创性和欧洲小说的历史逻辑予以了精彩的阐发,这样的论说极有力量,但由于打击面太大,遭受的质疑也绝不会少。被质疑不是退缩的原因,但是从初学者来说,一定要非常慎重,不要为了给文学批评增加力量随意命名传统。这种命名很难说是错的,却很容易被证明是毫无影响的。

在写评论的过程中,我们有时需要对评论对象做一整体判断,也就是说写出一个"总评"。这种评论的语言一定是既具体又抽象的:既挑动了我们的分析欲望,力求给予对象以清晰的定位,让我们几乎能够抓住"这一个";又怂恿着我们的联想力,让对象与其他对象相互勾连,仿佛一串不断延伸的火花。此时,传统与个人才能就自然而然地融合在一起。我们不妨推荐两个段落。一个是黄灿然推荐的哈罗德·布鲁姆读迪金森,来自于《如何读,为什

① 张新颖. 中国当代文学中沈从文传统的回响——《活着》、《秦腔》、《天香》和这个传统的不同部分的对话[J]. 南方文坛,2011(6).
② 王德威. 抒情传统与中国现代性[M]. 北京:生活·读书·新知三联书店,2006.

么读》；一个是詹姆斯·伍德读索尔·贝娄，来自于《不负责任的自我》：

> 埃米莉·狄金森，从社会角度看，属于彬彬有礼的传统，却在她众多最强大的诗作中打破西方思想和文化的延续性。在这方面，她与她最伟大的同代人惠特曼恰恰相反，后者紧跟他的导师爱默生，而且主要是一个在形式和诗歌立场上的创新者。狄金森像莎士比亚和威廉·布莱克一样，为她自己而把一切都透彻地重新再思考一遍。我们读狄金森，就得准备好与她在认知上的原创性作斗争。而我们得到的奖赏将是独一无二的，因为狄金森教导我们更微妙地思考，且带着更清醒的意识，意识到打破在我们内心根深蒂固的惯常反应方式，是多么地困难。①

> 伟大的文体家应该与伟大的作家一样稀少。索尔·贝娄或许是美国二十世纪最伟大的小说家——这里的最伟大意味着最多产、最多变、最精确、最丰富和最奔放。（在质量的稳定性上他远胜福克纳。）这个观点似乎很少有争议。庄重的粗鄙；梅尔维尔式的大气磅礴（"新开的丁香柔软如丝湮没在水中"）；乔伊斯式的妙语和暗喻；带着美国尖矛猛冲的明喻（"他留着约翰·布朗一样的流星胡"）；没有买保险就在幸福自由滚动的大胆句子；绝对满载遗产的语言，挤满了关于莎士比亚和劳伦斯的回忆，但又为现代的突发情况做好了准备；对细节具有阿尔戈斯一样敏锐的眼睛；驾驭这一切的强大哲学能力——所有这些都被认为是贝娄的特征，即所谓"贝娄风格"。②

以布鲁姆和伍德的博学与见识，做这类工作最是得心应手。我们虽然无法与他们相提并论，却也要力求建立一定的专业水准，一方面是让自己的文学史知识越完整越好，另一方面是要经常将某些作家放在一个序列中思考，形成敏锐的问题意识。重申一次，这并不是一个完全实证性的工作，但我们不妨以实证的精神去做。

一点写作建议

一般我们在就独创性有所论说时，往往采用两种模式，一种是独断式的，一种是分析式的。

所谓独断式的独创性批评，是指直接对作品的独创性程度做出判断。在分析好一部作品的思想意蕴、艺术特色等等之后（或者在这些工作之前），批评家往往觉得还要回答一下这个问题：这篇作品到底有多特别？有多不同凡响？是不是别人已经写过类似作品了？比方

---

① ［美］哈罗德·布鲁姆. 如何读，为什么读［M］. 黄灿然，译. 南京：译林出版社，2011：90—91.
② ［英］詹姆斯·伍德. 不负责任的自我——论笑与小说［M］. 李小均，译. 郑州：河南大学出版社，2017：265.

我们分析完《金锁记》，有可能觉得结尾还不够有力，于是加上一段话，比较一下《金锁记》与张恨水、苏青、巴金等人的作品，甚至外国作家如契诃夫的作品，然后认定，《金锁记》放在世界范围内看也很有独创性。这话当然有可能是真的，也可能是假的，但肯定不能太当真，因为如果一个人要同你较真，硬说某某人已经写过同类作品，你也很难一一反驳。每个人的阅读面是有限的，但只要你读的书足够多，你说某本书有独创性，总会有人愿意信，这个时候你不是科学家，而是行家。行家是可以冒充的，但冒充的行家很容易被戳穿。有些人动辄说"这是我近年来读过的最具特色的作品"，初次读到觉得很带劲，但是你发现他每篇都这么写，就穿帮了。还有些人前面不吝笔墨说了一大通作品如何如何有深意，后面忽然来一句"当然，放在世界文学长廊中比较，它就不那么出彩了"——或者这话等于没说，或者前面的话等于没说。其实，大多数情况下，说一部作品独一无二，与说它精彩绝伦，并没有多大的差别。它们都不是实证性的判断，而就是一句表达赞美的话。赞美的话并不就是空话，我们也无需因噎废食，从此再不说"我觉得《繁花》是二十年来都市小说中最特别的一部"这样的话，但是要鞭策自己读更多的作品，尽可能地做一个文学的行家。

至于分析的独创性批评，是说对作品独创性程度展开具体分析，批评者不仅敢于判定而且要努力证明这部作品的确是个性独具、卓尔不群、不同凡响（或是相反）。有些批评家甚至将此分析作为整个批评文章的主体，这是一种相当富有挑战性的工作，批评的所有环节都要统一到对独创性的发现、梳理和评估上来。文学理论家吴炫教授提出一种"以独创性为坐标的文学批评方法"，能给我们很多启发。这种批评的特色就是以思想上的独创性考察带动对文学性的评估。吴炫教授认为，经典就是"独象"，独象是"个体化理解"达到最高阶段时所呈现的"独特的存在"。[①] 虽然有时候它也直接判定某个作品思想上的独创性，但是它的常规做法是通过批判那些不够独创的作品，显示"个体化理解的世界"的意义。往往在分析那些一般人认为很优秀却缺乏真正的突破性的作品时，这种批评方法显出思想的力度，比方吴炫教授批判阿城的《棋王》受制于道家已有的学说，未能达到哲学思想上的突破，从而制约了作品的文学价值。至于莫言，虽然其创作显示了突破对中国哲学逻辑的突破，却未能达到世界范围内的原创性，其对人性复杂的理解，在西方作家那里基本上是一种常识，而他在创作方法上汲取的是拉美作家的创作经验，这就与"独特的创作方法派生于独特的世界观"的原创性要求有一定的距离。吴炫教授认为，真正称得上实现了个体化理解的思想，往往是难于用某个概念框住的，但凡能用现成的主义、学说框住的，总还没达到最高的原创性，因而没达到最高的文学性。[②]

应该说，这是一个出色的想法，相关的分析也很有说服力，不过这种批评方法并不能确证某部作品跟别的任何作品不一样，而更多地是引导我们注意到这部作品不一般，有意思

---

① 吴炫. 穿越中国当代文学[M]. 南京：江苏人民出版社，2007：31.
② 吴炫. 以独创性为坐标的文学批评方法[J]. 文学评论，2015(2).

（或者不够有意思）。我们对"是否独一无二"的判断，其实就是对"是否特别有意思"的判断，这个判断会纳入古今中外所有作品，但它并不真的是把世界上所有作品放在一起度长絜短。以独创性为关键词，对一部作品进行描述、解释与评价，在此过程中当然会说到别的作品（下文有详细讨论），但是最重要的是你要懂眼前这部作品。你真正读懂了这部作品，往往就会忍不住赞赏说：这真是独一无二的杰作！好，现在又回到上面的讨论去了——这个时候你又做了一个独断的判断。你可能会觉得不解，我前面一直在分析这部作品为什么特别，怎么就是独断了？再重复一次，那是因为这里其实有一个循环：针对一部作品的形式与内容如何特别的分析，并不能证明这部作品与其他作品相比是独特的，而是预设了这种独特性并以此展开对作品的分析。

但这种循环并不就是错误。独断只是立论的方式，它并不等于武断，后者是说态度上不老实，不肯多读多思，满足于主观臆断；前者则是说，"究其根本而言"，有关独创性的判断不会是实证性的判断，所以我们的判断最终凭借的是自己的感觉，是凭感觉做出一个有关个体（这个作品）与整体（所有作品）之关系的判断。如果你不喜欢独断这个词，可以把这种判断称作反思性判断。反思性判断是一个在哲学上更为准确的说法，它与规定性判断相对立。后者是根据我们已知的东西合乎逻辑地得出某一结论，如"这部作品是过去十年来唯一一部由女性写作的军旅题材长篇小说"；前者则是由某个特殊的、具体的对象，合乎情理地想象一个更大的整体，并在此整体中为"这一个"找到位置，比方说"在近年来的上海书写中，《繁花》独树一帜，既刷新了市民文学的传统而又不为此传统所局限"。可能你并没有通读近年来写上海的所有作品，但你的判断是有意义的，你是在掂量《繁花》能不能作为独特的个体激活、支撑、提升或者重构一个文学传统。我们能从你的判断看到你的反思，如果这反思是有启发性的，我们也会跟着反思，想想假如我们拎出一个新的传统来，会不会有助于更好地理解上海文学、都市文学乃至整个中国文学？这就是独创性批评的价值所在，说某个作家、作品如何独特，其实不是就个人论个人，而是利用个体与整体的"阐释学循环"，形成对文学在某一范围内的整体观照。

再次强调，有关价值面向的关切比较适合作为文学批评隐秘的指南，即分析某一具体对象、具体问题时，可以将分析和讨论一点点向这类比较大的问题靠近或者"升华"。如果直接把面向作为主题亮出来（如"对×××文学独创性的探讨""×××小说的现代性意义""论×××小说的审美价值"之类），容易把文章的局面铺得太开，难度会超出估计，刚刚入手做文学批评的同学要好好斟酌。就独创性而言，我们在批评中虽然要有独创性的考量，但在写作中也不一定要以独创性为主题，可以与其他面向配合展开，或者融入对具体问题的分析中。

如果的确觉得整篇文章都应该强调独创性问题，那么这里也可以提供一点写作建议。我们先分出两个类别，一类是以某个作家为中心展开讨论，以对其他作家作品的分析作为辅助；另一类是以一个作家同其他作家的比较为主体结构，虽然有所侧重，但基本上是相提并举关系。

第一类：以对某部作品的分析为中心，不以比较为基本架构。

➤ 最好是在批评开始时，便给所评论的作品建立一个参照系。比方我们要评论的作品是金宇澄的《繁花》，那么可以把《繁花》放在上海世情（或市民、市井）小说的序列中。这个序列可以在开头比较完整地呈现出来，但也可以只是勾勒一个大致的轮廓。

➤ 提出核心问题：使《繁花》从我们所建立的参照系中脱颖而出的最关键的一点是什么？可以直接作答，然后从几个方面论证，也可以层层递进，一步步地引出答案。

➤ 最后回到传统与杰作的问题，看《繁花》是如何强化又刷新了某一文学传统的。

第二类：以比较为基本架构的。

➤ 假设我们要比较的作家是卡夫卡和余华。首先是要明确用来比较的基本材料，整体地比较两个人的全部作品是可行的，但是就本科阶段来说，挑出几部作品比较，把问题说得细致些、深入些，是较好的选择。

➤ 确立你对卡夫卡所代表的文学传统的理解。你的概括既要到位，能够直达你关注的核心问题，又要为后面的深入探讨留下空间。

➤ 首先是求同。由表面的同（题材、人物的设置及其关系等）引向深层的同（足以影响到两部作品文学性价值的内容）。然后是立异，同样也是由表及里。分析时要抓住细节，要保证你所关心的问题的确值得关心，有理论深度，有思想力度，而非枝节问题或者仅仅是材料性的同与异。

➤ 立异之后会出现高下判断的问题，给出判断，你可能会说余华不如卡夫卡，也可能会说余华推进了卡夫卡的探索，还可能说余华和卡夫卡"各美其美"，但不管是哪样，要尽可能保证此判断基于某一有理论深度和独到关切的标准。

➤ 将讨论引向某一能够激发进一步思考的问题。

本章课后练习

习题一

凭借自己的阅读印象，尝试将你熟悉的某位中国当代年轻作家放在一个网络中，看看能够在她/他和哪些中外前辈作家之间建立联系；然后进行一些深入的阅读，看看有没有一两条线索可以为作家本人所证实；最后是根据所掌握的线索，挑选一些作品进行细读，看看能不能形成有意思的作品分析。

习题二

研究你所欣赏的作家作品评论，将涉及独创性维度的部分摘出来分析，看看它们是否能说服你，有哪些值得借鉴的思路和方法。

习题三

尝试将一位你所熟悉的现代经典作家（中外皆可）放入一个大小合适的文学传统中定位，写一则数百字的短评，看看能否做到既不穿凿附会，又不老生常谈，人云亦云。

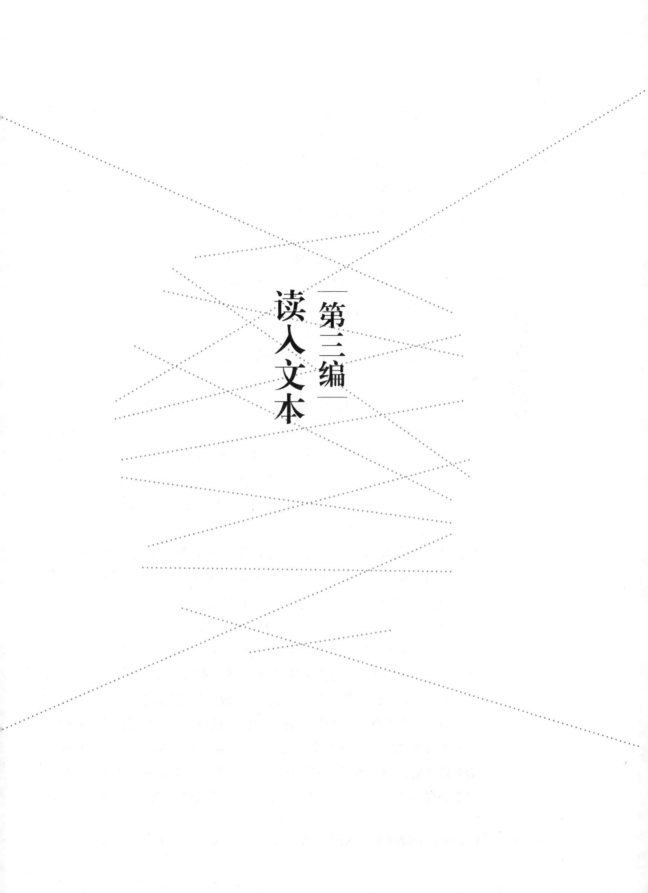

第三编

读入文本

我们前面所讲的现代性、审美性、独创性(以及我们来不及讨论的其他面向)三个面向,是作为文学批评的"核心关切"或者说"问题意识"提出的,要把它们落到实处,还需要与具体的批评路径和批评方法结合起来。方法较为具体,路径较为抽象,一条路径可以搭配几种方法,一种方法也未必不能服务于几条路径。作为本编导语,我们先说说批评的路径。

美国文论家艾布拉姆斯给出了一个非常著名的图示,批评无非就是这么几个路径:作品与世界,作品与作者,作品与读者,最后一个,作品自身。[①] 也就是说,你要谈一部作品,总要借助于这类二元对立的概念工具,由此及彼,由彼返此,这就是路径。比方读了沈从文的小说《边城》后,关注的是一部作品内

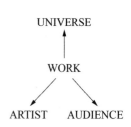

部各要素的相互关系,作品的人物形象、思想内涵、文体特征之类,当然就是从作品到作品;而如果是对湘西的风土人情产生了兴趣,想看看那样一片天地和那样一种写作是否有互相造就、互相阐发的关系,或者反过来,想看看这部作品与沈从文所置身的都市生活的关系,这就是作品与世界的批评路径;如果我们想深入了解的是沈从文本人的成长经历、他写作时的情感状态以及他对湘西世界的个人评价,或者想了解《边城》和《湘行散记》之类的非虚构作品的关系,那么就是作品与作家;而如果我们感兴趣的是《边城》这样一部作品与二十世纪三十年代文学风尚的关系,关心的是它问世后在不同读者群中引发的反应,它被确立为"京派"文学经典的过程,它对其他作家的创作所产生的影响,如此等等,则是作品与读者。

这最后一种可能与我们常见的作家作品批评有点不同,因为其他的都是回归作品或至少是交叉跑动,而它似乎是从作品向外走,似乎是要脱离文本。其实这仍然是一种交叉跑动,比方我们研究一个作品如老舍的《茶馆》、话剧《白毛女》或者京剧《沙家浜》的修改过程,就是将作品本身与接受活动结合起来考察。一个作者会预设自己理想的读者,在创作的过程中则常常遭遇现实的读者,这总会以某种方式影响创作。在网络文学写作极度繁荣的语境下,要理解这一点可能更容易一些。我们看到很多网络文学作品都是在与读者的互动中写作,读者的意见直接参与到创作过程,如果研

---

① [美]M·H·艾布拉姆斯.镜与灯:浪漫主义文论及批评传统[M].郦稚牛,张照进,童庆生,译.北京:北京大学出版社,1989.

究者仅仅拿着最后一个版本——常常是经过传统出版社审定的纸质本——分析所谓"作品自身",可能抓不住最有意思的地方。我们以后还有机会对此进行较详细的分析。

要正确理解上述四种路径,可以参考下面这张表:

	传统型	现代型
模仿说 【作品与世界】	强调真实,重点考察作品反映生活的敏锐、深刻与全面性	认为作品与外在世界有着复杂而间接的关联,力求在特定的艺术形式与普遍的文化逻辑之间建立联系,尤其重视小说的叙述方式与现代生活的互动关系
表现说 【作品与作家】	强调真诚,重点考察作品的形式如何恰如其分地表达作家的思想情感	认为作品是作家意识与潜意识协同作用的结果,着眼于发现作家精神状况的复杂性,尤其是人格的压抑、创伤、分裂,等等
实用说 【作品与读者】	强调有用,或考察作品的政治、道德立场,或考察作品寓教于乐的力量	剖析作品潜在的意识形态内涵,力求揭示特定文学形式(而非明确的政治观)与某种政治态度的合谋或者冲突,如女性主义批评、后殖民主义批评等
客观说 【作品自身】	强调自足,重点考察作品如何组成自在自为的意义整体,独立于文本外的世界	将单个作品看作是文本互涉的结果,着眼于分析作品之间的关联,"文本之外,无物存在"

这当然只是非常粗略的描述。另外,虽然分出现代型和传统型,并不是说传统的就过时了,它们都活跃在当代批评中,换句话说,它们是当代批评话语中的现代型和传统型。事实上大家会发现还是传统型应用得更为广泛些,因为现代型包含着更为复杂的理论方案,不懂理论就不好操作,而传统型则可诉求于我们常识性的文学经验。当然,以上图表只是粗线条的描述,具体的解说与分析,我们会结合特定的批评方法展开。

下编的章节中我们将着力"读出文本"或者"开放文本",但在本编的各个章节中,我们所讨论的基本上是"传统型的客观说",也就是先设定文学作品是一个独立自足的整体,然后来分析这个整体是如何构成的。这看起来有点"本质主义",但我们秉持的不是本质主义态度而是实用主义态度。也就是说,我们不是提出一个哲学性命题如"文学作品是一个独立自足的整体",而是"从文学作品作为独立自足的整体这个视角看"。这与其说是文本中心主义,不如说是"文本焦点主义",就像在后面章节中所要讨论的叙事焦点一样,将文本的整体性置于分析的焦点,以推动整个批评过程的展开,只是叙事策略的选择而已。对初学文学批评的人来说,始终记得在文本的"内在语境"中分析作品,应该可以成为很好的训练。但是我们同时强调,如果你发现在某个地方不得不突破内在语境的束缚往更大的语境走,甚或发现自己必须对抗、打破原有语境的限制,在表层意义之下另建一种意义,并没有特别的理由禁止你这样做,只要你相信自己的解读言之有物、给人启发即可。但在那之前,我们还是可以安心地做一个"文本焦点主义者"。

第六章
部分与整体的辩证法

○ 何谓"新批评"
○ 显隐双层结构
○ 文本中的结构主义

我们先来讨论一个概念,叫"文学的内部研究"。这个概念的来源是韦勒克(属于不那么严格意义上的"新批评"派)、沃伦合著的《文学理论》一书,后者的第三部分名为"文学的外部研究",包括"文学和传记"、"文学和心理学"、"文学和社会"、"文学和思想"、"文学和其他艺术";而第四部分"文学的内部研究"则分出"文学作品的存在方式"、"谐音、节奏和格律"、"文体和文体学"、"意象、隐喻、象征、神话"、"叙述性小说的性质和模式"、"文学的类型"、"文学的评价"、"文学史"几个专题。"读入文本"这一部分,也可以作为"文学的内部研究"看待,但是它的宗旨并不完全相同,毕竟批评不等于研究,而"新批评"也只是一家之言。读入文本其实是一种批评的自我期许,它是高度实践性的,如何读,为什么读,都要具体问题具体分析。所以,我们不需要就什么是文学的"本身"和"周边"、文学的内部与外部能否泾渭分明之类的问题做太过抽象、繁复的讨论,能够结合评论对象做出适当处理便好。

何谓"新批评"

但凡讲当代西方批评理论,一般会从"新批评"说起。"新批评"经常被放在"俄国形式主义"一起谈,其主要阵地是诗歌批评,兼及小说批评,本章对"新批评"的讨论则主要针对小说。[①] "新批评"的基本理念是强调文本是一个整体,文学批评的工作就是去揭示作品各个部分、各个细节的内在关联,展示作品的形式与内容如何成为有机的整体,其基本立场可算作客观说系列中的传统型。至于客观说里的现代型(结构主义/解构主义),眼光已不停留于作品内部,而是"作品和作品",即把一部作品放到它与其他作品组成的关系网络中看待。这其中,结构主义者的关注点是当我们解读一部作品时,背后的文学机制或者说"文学能力"(literary competence)——即我们为什么知道该如何描述、阐释和评价一部

---

① "新批评"的主将克林斯·布鲁克斯和桂冠诗人罗伯特·潘·华伦合作,先后推出《理解诗歌》和《理解小说》两部教材,影响很大。后者以《小说鉴赏》为书名翻译为中文。有关"新批评"的理论与实践,我们可以读一读赵毅衡编选的《新批评文集》(百花文艺出版社 2001 年版);戴维·洛奇主编的《二十世纪文学评论》(上海译文出版社 1987 年版);赵毅衡著《重访新批评》(四川文艺出版社 2009 年版).

作品——如何运作;而解构主义者则关注一部文学作品如何既遵从又挑战那些机制,所谓解构,就是从内部拆解、破坏。这些听起来都很玄乎,而且结构主义、解构主义推演到极致,发展出一种更激进的"文本中心主义",即认为人所能够把握的只有文本,文本之外的所谓"真实世界"、"作者"、"读者"种种根本不可察知(戏剧化的说法是"文本之外无物存在",或者说文本是"不及物"的),这种"文本中心主义"不再针对具体的文本,而是针对"世界的文本性"。这已大大超出当年"新批评"诸公对一种"实用"的批评模式的设想,近乎某种哲学本体论了。

　　"新批评"是二十世纪前半叶的产物,之所以说它"新",是因为它曾经代表一类非常有挑战性的文学观念,包括新的文学批评观念和新的文学教育观念。一切从文本出发,不能从文本得到证实的就一律存疑,与文本没有直接联系的就搁置不问,这个观点现在看来平淡无奇,放回特定的历史语境却很有挑战性。文学研究的科学性长期以来都以史学为准绳,"新批评"派之前盛行传记批评,即一定要把作家的生平搞清楚,然后才可以研究作品(现在古典文学研究还受此思路影响),以至于有时作品分析只是生平研究的材料或者佐证。后来马克思主义批评兴起,致力于揭示文学作品作为上层建筑与经济基础、阶级身份的关系;同时还有弗洛伊德的精神分析批评,一心发掘作家童年经历对写作的影响。"新批评"对这些都有点抗拒,它只信任可以从作品本身得到确认的东西,或者这样说,它不看重文学文本与文本之外的其他事物的因果关系,因为这种因果关系用柏拉图的话说就是"原因的原因就不是原因"。一个作品的思想意蕴是什么? 它的美学效果如何造成? 怎样把握主人公在作品中的关键地位? 这些都是需要"这部作品"以自身的各种细节做出说明的。至于影响作品形成的"外部原因",则是另外的问题。

　　"新批评"的重要人物维姆萨特和美学家比尔兹利联手打造了两个著名概念,一个是"意图谬误",即以作者的意图来解说作品意义的谬误;另一个是"感受谬误",即以读者感受来解说作品价值的谬误。[①] 前者首先意味着"新批评"对作者本人兴趣不大,作者对自己的作品有什么设想并非批评家要关心的内容,即便作家本人住在附近,批评家也不会像记者一样登门拜访,对有关作家的传记材料当然也不会太重视;其次,在阐释文本的过程中,批评家不会时时问自己"作者会这样想吗"之类的问题,因为面对那个作为"客观对象"的文本,作家本人并不比读者有更多的特权。我们在前面"文学批评的美学难题"一章中,已就相关问题做过探讨。至于感受谬误,首先意味着批评家并不需要关心每个具体读者对作品的反应,因为反应是因人而异的,重要的是那个所有人共同面对的形象整体。这不仅是说我们不能以"《雷雨》让我哭了四次"(巴金的评论)这样的话来证明某部作品好,还意味着说某部作品让我们"想到了什么"、"感受到什么"是偏离正题的。我们后面会讲到李健吾的"印象批评",其特色就是用形象化的语言传达读者微妙的感受,这种批评路线显然不受"新批评"派赞赏。如此立场鲜明地将文本与作者、读者对立起来,不管是作为美学原理还是作为操作方法,都会给批

---

① 两篇文章均收入赵毅衡编选的《"新批评"文选》(中国社会科学出版社 1988 年版).

评家带来很多麻烦，有些学者就指出这两篇"谬见"不啻于是给"新批评"穿上了紧身衣，自缚手脚。

不过，"新批评"之所以敢于这样决绝，关键在于它认为自己有"正事"可做，也就是说，文本自身包含着足够精彩、微妙、丰富的"事实"。常常看到有些同学写"《长恨歌》中的女性形象"这样的题目，在对人物形象做了一点分析后，就急匆匆地去讨论"造成人物命运的外部原因"，而这些讨论丢开文本或者换一个文本也同样成立。"文本中心主义"或者我们说的"文本焦点主义"最好的方面是督促我们在作品文本上停留得更充分些，以便发现囫囵吞枣无法发现的事实与道理。我们关心的不是千千万万个"王琦瑶"的命运，而就是这一位王琦瑶，这位有着独特性格和遭际的王琦瑶，而她之所以是独特的，是因为她展示出一种"仍在形成之中"的矛盾，一种让我们难以判断的困境。所以这样的人物不仅可以供我们分析或者裁判，还有奇特的魅力，会把我们带入参差多态、重重叠叠、冷暖交织的生活，并让我们感受到一种既沉入又抽离的极为暧昧的叙事姿态。你把这些丢开去，就着渐成滥调的"女性独立"问题抽象地议论，等于买椟还珠。但凡可以丢开作品去谈的问题，就不算真正意义上的文学问题。

就批评方法而言，"新批评"最简单的表述就是：揭示作品的各个部分如何形成有机的整体。以此为指南，我们不妨提出四个信条。这些信条不一定真的可靠，但不妨姑妄听之。

其一，文学作品在貌似散乱甚至有些不明所以的表层故事之下，潜藏着深刻的、整一的主题，批评首先就要找到这个主题。

"新批评"青睐那些读者看起来有些莫名其妙的作品，尤其是有些故事看起来非常简单，简直有些乏味，却让人摸不着头脑。"新批评"的做法是常常先找到某个"文眼"，提出一个想法，然后回到作品中用各个细节去验证它。比方海明威的《杀人者》，讲的是两个职业杀手试图在一家小饭店刺杀一个前拳击手未遂的故事。我们看到题目原本以为主人公是两个杀手，结果在被杀的人没有露面、杀手退场之后，故事还在继续，让读者不知所措。布鲁克斯和沃伦找到乔治和尼克最后的对话作为"文眼"，确定小说的主题是"恶的发现"——不是抽象地理解恶这回事，而是在一个真实的情境中体验到恶，从而认识到自己对此事理解的肤浅——然后再回过头去审视小说的每一个细节，一句话，一个物件，一个动作，等等，来看对恶的发现是如何发生、加强的，它如何足以构成一个真正的体验，改变尼克的生活。海明威这种"冰山式的叙述"，最适合"新批评"发挥长处。

其二，文学作品的每一个细节都服从于主题，而真正的主题也寓于细节之中。

有关细节，詹姆斯·伍德有个说法："在生活中一如在文学中，我们的航行要靠细节的星辰指引。我们用细节去聚焦，去固定一个印象，去回忆。我们搁浅在细节上。""文学和生活的不同在于，生活混沌地充满细节而极少引导我们去注意，但文学教会我们如何留心。"[1]某种意义上，细节是文学的质感所在，就作者而言——当然只是一种戏剧化的说法——情节靠

---

[1] ［英］詹姆斯·伍德. 小说机杼［M］. 黄远帆，译. 郑州：河南大学出版社，2015：45—46.

理智、靠能力；细节靠气质、靠天分。就读者而言，我们读一部作品，如果一切细节都能够得到解释，才算是读"懂"了。需要注意的是，细节不仅仅指人物的动作，还包括所说的话（说的内容和说话的方式），所出现的物，一切看上去相关或不相关的东西，只要出现在作品中，都可能是需要你去分析的细节。《杀人者》中，跑堂的小伙尼克主动去找奥利，告诉后者有人要杀他。两人对话时，一直强装老练的尼克不由自主地说"乔治让我"、"乔治说"，一下子显出他底气不足。青少年的正义感鼓舞着他，但是恐惧、慌乱与羞涩，时时暴露了他只是个孩子。他意识到自己总在说傻话，但是没法控制住。这些细节都颇耐人寻味。在真正的恶面前，我们总显得那么慌乱、笨拙、懦弱，因为这不是我们熟悉的那个世界；而在好人面前，恶人却如此自在从容。海明威的主题落在这里，每一个细节都与此主题发生关涉。

要多"细"的细节才算细节呢？这个其实不重要，重要的是多特别的细节才值得分析。孔乙己"排出九文大钱"之所以是细节，不仅因为它令人过目不忘而又恰到好处，而在于它几乎浓缩了孔乙己整个的人格形象。《包法利夫人》中，罗多尔夫想尽办法诱惑爱玛与之发生关系，后者虽然心旌摇曳，毕竟有道德约束在头顶，正在内心交战精疲力竭之际，"她的呢裙和他的丝绒上衣粘在了一起"，于是她仰起白皙的颈脖，长叹一声，身体发抖，掩面而泣，顺从了他。这一细节不仅生动，而且信息量非常大（虽然叙述者不动声色），爱玛是那种极容易堕入传奇的人，或者说，她热爱生活中一切戏剧化的东西，所以她没办法拒绝任何一种暗示（"衣服都粘在一起了！"）。我们可以想象这类分析如果走火入魔会怎样，但是对勇于尝试的批评者来说，这的确是一种难以抵御、有时也无需抵御的诱惑。

其三，文学作品并不需要以明确的观点、立场（新批评称之为"逻辑结构"）结束，可以使意义保持在形象的冲突中。

这一点"新批评"派在解说诗歌的"悖论"和"反讽"时有充分的发挥，有兴趣的同学可以读读我们推荐的布鲁克斯的《精致的瓮》。上面说作品的每一个细节都要服从于主题，可是有些作品中不是有很多不可解的东西吗？比方《美丽的梅恰河畔的卡西扬》，那个卡西扬不就有很多地方让人看不明白么？确实如此。但是问题的关键在于怎么理解这个不明白。"新批评"的想法是，有时候不明白不是因为没看懂，而是因为不同的想法在冲突中达成了平衡。民间文化那慑人的美丽与它那巨大的寂寞（包括寂寞之中所包涵的愚昧与野蛮）是一体两面，卡西扬的朴实与世故所构成的矛盾，就是那个更大的矛盾的显现。这样理解，细节和主题就统一了。再看《杀人者》，最后尼克由于"恶的发现"，说想离开这个小城，他最后到底会不会走呢？我们不知道，因为小说最后说的只是"他妈的太可怕了"，而非"他妈的太可恨了"，也就是说，小说只是让尼克发现恶，而不是让他明白应该怎样远离恶和战胜恶。尼克如果走了，那么恶的发现产生了一个结果；如果没有走，我们又有点担心尼克会不会其实很懦弱。小说的基本冲突就是让真正的恶与对恶的"见识"短兵相接，不管"出走"的宣言是否只是一个手势，一种情绪的表达，它都从属于恶的体验与见识之间的斗争。虽然杀人者走了，但这场斗争远未停止。

需要反复强调的是,反讽也好,悖论也罢,都不是简单的明褒暗讽,而是一种只有在文学的形象结构中才能实现的微妙平衡。在这方面,"新批评"派的贡献是坚持认为不可复制的形象能够促生思想,即文学形象具有所谓"具体普遍性",反对以明确的观点代替文学无言的力量。作为抽象的道理,这一看法并不新鲜,但要落实也非易事,因为这不仅仅是"既可以这样想又可以那样想"的解释学问题,而是多种想法如何统一在同一个形象结构中。毫无疑问,这一思路更适合于分析诗歌,但也不是不能在小说分析中找到更大的发挥空间。在小说中,多种声音、视角与立场彼此都不能说服,也不需要强行统一,各自可以得到充分的发展,造成一种复调或者说"众声喧哗"的效果。比方我们读二〇一七年诺贝尔文学奖获得者、日裔英国小说家石黑一雄在二十世纪八十年代的创作,如《远山淡影》《浮世画家》《长日将尽》等,会发现这些作品中常有一些让人难以判断的人物,他们或是教师,或是艺术家,或是男管家,共同特点是极具责任感和荣誉感,兢兢业业,严于律己,愿意为职业理想奉献一切,甚至于退休之后也老骥伏枥,壮心不已。然而,他们的服务对象往往是对战争浩劫富有责任的人,他们自己也成为军国主义、纳粹主义的宣传工具,所以在某种意义上,他们越是勤勉自律,危害就越大。那么他们究竟是好人还是坏人呢? 这个时候我们不能只是说人性是复杂的,因为重要的不是人性有多复杂,而是文学在表现复杂人性时,它所提供的情感形式有多精致,能不能有足够的空间让情绪与情绪、观念与观念自行冲突,并且在相互消长中保持一种微妙的平衡,让读者在领略到作家高超的写作技巧和卓越的控制力的同时,感受到文学特有的锋利与慈悲。如果我们好好研究一下《远山淡影》中的绪方先生,看看这位曾经的教育家如何应对他逼仄萧瑟的晚年生活,如何既无法否认自己的过去甚至有点"死不觉悟",又努力在儿女中做一个有分寸、有尊严甚至有意思的老人,如何在让人心生恨意的同时又满怀尊敬和同情,尤其重要的是,如果我们分析到最后,发现哪一种情感都不能压倒与之对立的情感,哪一个人的故事也不能压倒其他人的故事,我们也不能说哪个我们或许就能更好地把握小说那种微妙的平衡感,从而领会小说的启示性价值。

其四,"新批评"强调对修辞手法的分析。

在"新批评"这里,多义、意象(又称语象)、隐喻、反讽(作为修辞手法的反讽,或者说讽喻)、象征、暗示、用典等所谓"修辞手法"的东西,得到了非常多的重视。这一点在诗歌的分析中体现得特别充分,但是小说中也有精彩的体现。《理解小说》一书中对《阿拉比》就有一个关于用典的分析:

> 在小说内容的背景上,那从一大群对头中间端起圣餐杯的隐喻即暗示出了某种类似宗教信徒式的献身精神。这些有关宗教的旁涉材料有助于解释那个少年的意愿,并且点明了他为何要在集市里漫游而流连忘返的原由。所以,有趣的是,关于他的幻灭和绝望的最初表现,就是用了一个关于教堂的隐喻来加以表示的:"几乎所有的棚摊都关门了。大半个厅里黑沉沉的。我有一种孤寂之感,犹如置身于

做完礼拜后的教堂中……两个男人正在一只托盘上数钱。我倾听着铜币落盘时发出的叮当声。"当然,这个细节的出典就是《圣经》中耶路撒冷神殿里的兑钱人(《马可福音》十一章十五节);而在这里使我们想到,尘世的污浊业已侵蚀了爱的神殿。①

分析者相信,当作家们在创作类似这篇小说的、经过精心设计的作品时,就是用这样的指示或者暗示来体现作品的基本含义的。这种信心显然来自于诗歌解读的经验,所以不难理解,"新批评"对单个词语、意象的隐喻或象征意味特别敏感,这与我们后面要讲的叙事学形成对照,后者特别在乎的是不同成分之间的联系。我们可以再举一个例子,这是批评家欧阳子分析白先勇《游园惊梦》中女主人公的艺名"蓝田玉":

> 其实,"蓝田玉"这个名字,就有相当明显的象征含义。蓝田之玉是中国神话中最美最贵的玉石,李商隐就有一句诗曰:"蓝田日暖玉生烟。"(其他月月红、天辣椒等艺名,亦有暗示性:月月红即月季花,每月开,贱花也。天辣椒,影射蒋碧月之泼辣性格。)钱夫人不同于得月台那些姐妹,只有她一人是"玉",而在我们传统文化中,玉,本来就代表一种高贵气质或精神。可是身为玉,是否就能永保华美光泽?钱夫人入窦公馆前厅,站在一株"万年青"前面照镜子的一幕,深具反讽意义。镜中出现的,当然,是褪了色的蓝田玉——一块已经黯然失色了的蓝田美玉。
>
> 如此,《游园惊梦》小说,从钱夫人个人身世的沧桑史,扩大成为中国传统文化——特别是贵族文化——的沧桑史。

如果我们要分析"沧海月明珠有泪,蓝田日暖玉生烟"这一句诗,恐怕用的也是这种分析方法。诗是语言的积淀与升华,在语言上用力总有回报。对于《游园惊梦》这类在中国古典文学中浸润熏染而成的小说来说,用词用典分外考究,值得反复玩味。这种分析在以叙事学为主导的小说批评中其实是弱项,我们不妨多多尝试。当然,与诗歌分析中的情况相近,这类分析最忌随意附会,卖弄学问,徒增枝节,所以必须为小说建构一个合体的语境。当然,语境的建构本身并无绝对客观的依据,还是要看批评者的悟性和眼光。

"新批评"不仅仅是方法,更有其独到的文学观,即相信文学无须仰仗其他学问,本身就可以构成一种知识。"新批评"诸公与后来的理论家气质不同,他们自称"传统的人文主义者"或者"文学知识分子",对文学事业始终保持着敬意和信心。虽然他们是令人放心的文学教师,有着端正的趣味和渊博的学识,却并不墨守成规,他们相信文学的价值是开创文化的可能性,而非只是传承已有的观念。我们这门课其实也一直在强调这一点。哪怕我们不再把这一看法视为天经地义,但它的确是珍贵的遗产。

---

① [美]克林斯·布鲁克斯,罗伯特·潘·华伦. 小说鉴赏[M]. 主万,等,译. 北京:中国青年出版社,1986:260—261.

"新批评"的弱点当然与"文本中心主义"这件紧身衣相关。一个细节一个细节地分析作品，这件事很多人不耐烦，更多的人做不了。而且，"新批评"诸公总有自己的文学趣味，他们的分析方法貌似应用广泛，其实跟其他方法一样，总是在处理某些作品时势如破竹，处理另一些作品则有可能会削足适履。更重要的是，对大多数人来说，分析一个作品免不了要分析与之相关的其他作品，否则很难发现和把握细节，因为有时仅靠一部作品并不足以展现细节的意义。比方布鲁克斯和沃林分析《杀人者》，就联系到海明威的多部小说，然后就谈到海明威的"硬汉形象"，直至联系到美国社会，这是个很自然的逻辑。其他研究者很关注这一点，说你们看"新批评"也"向外看"了——"新批评"诸公并不太想"向外看"，他们担心一旦跳出作品，就会无限地延伸开去，但这事他们自己掌控不住。"新批评"二十世纪四五十年代占领了欧美大学，一度成为文学教育的代名词，最后终于被新兴的理论流派赶下神坛。但这并不是因为它错了，而不过是它已经成为常识，反而变得不够用了。我们并不需要刻意宣称自己使用或不使用"新批评"的种种方法，不管是基于何种理论立场，只要批评家尊重并且善于解读作品的细节，而且有能力从文本的细节的相互关系中发现一个整体的意义，他就是"新批评"的学生。这就用得上那句话："一颗种子不死，它只是一颗；死了，就是千万颗。"

显隐双层结构

　　前面说了，新批评强调整体，强调细节为整体服务，但这不是像中小学作文那样，有个明确的主题，然后所有部分都去说明这个主题。文学作品的主题不是那么显豁的，事实上它往往隐藏在一个复杂的结构之下。这个结构很多时候可以看作是双层的，显性（或者说表层）的结构是人所共见的事件的开端、发展、高潮、结果之类；隐性（或者说深层）的结构则是某一隐秘的线索慢慢发展，这一线索往往关系着某些更难言说却又更为关键的主题。比方《杀人者》，如果确立起"恶的发现"这一主题，便能建立起一隐一显双层结构。显性结构主角是杀人者，隐性结构的主角是尼克。以杀人者为主角的故事是杀人者来杀人结果没有杀到，被杀者侥幸逃过一劫，这个故事让我们看到的是资本主义社会治安混乱，恶人横行无忌，弱者无法保全自己，以至于放弃反抗，听天由命。这个故事不是没有意思，但的确没有太大的意思。但是这个故事之下还有尼克的故事，那个故事才是真正值得细细品味的。

　　我们看到的很多故事其实都有双层结构，比方说阿加莎·克里斯蒂的侦探小说，显性结构是各种离奇诡异的凶杀案件，隐性结构则往往是一个多年前的恩怨在漫长的时间里结出的恶果。一个罪案故事可能只是一个爱情故事的伪装，一个爱情故事也可能是其他故事的伪装，就像我们在马原《冈底斯的诱惑》中所看到的，那几个发生在西藏的传奇故事只是显性结构，隐性结构是来自内地的知识青年如何理解他们和西藏这片天地的关系。张爱玲小说《倾城之恋》，显性结构就是白流苏怎样经过几番波折和范柳原有情人终成眷属，这个情节经过了发生、发展、中断、突转、高潮、结尾，是一个非常精彩的故事。但是这中间有个巧合，偏偏范柳原回英国的当口太平洋战争爆发，成就了这一段倾城之恋。这种安排多少有点"狗血",一般我们正经评论文艺小说的时候,不大喜欢纯粹以巧合推动情节,虽然在通俗文艺中这种安排非常多见。我们更中意的是偶然或者契机,更确切地说,是偶然中的必然,它有可能通向一种真正的"揭示"。那么是不是说《倾城之恋》只是通俗文学呢?当然不是,"不是"的原因很多,其中一个就是《倾城之恋》另有一个结构,如图:

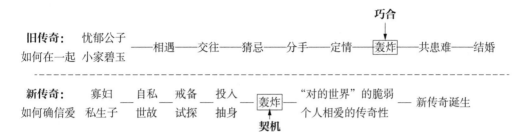

对旧传奇来说,两情相悦本身不是问题,问题只是如何让男女双方终于走到一起。范柳原和白流苏经过一番折腾,终于在清水湾宾馆里发生了关系,这个时候就算"皆大欢喜、音乐响起"了,"从此他们幸福地生活在一起"。旧传奇只能写到这里。但张爱玲偏偏不肯收笔,虽然两人确定了关系,但那不过是情人关系,或者更露骨地说,是包养与被包养的关系。包养变成婚姻,靠的是意外的一场轰炸创造了相濡以沫的条件,我们当然会说太巧了。但如果以新传奇的视角来看,事情的关键就是"如何确信爱",那么故事的高潮就应该在落难夫妻和衣躺在床上,听着凄厉的警报声,紧握对方的双手,忽然产生了"与子偕老"的冲动,与对方更与自己达成和解。从这条线索看,我们就一点都不觉得日军轰炸香港算是巧合了,因为我们一直在等着某种能够动摇那个"对的世界",使主人公放下心防的契机,当这个契机真的出现时,我们就说它是偶然中的必然。范柳原和白流苏正如今天的恋人一样,也想依据某种爱情的本质规定来确定自己是否爱着,但实际上都只能依靠对某种爱情传奇的想象。然而旧的传奇已然破碎,范柳原和白流苏也不是典型的王子公主,而是有太多毛病的现代人,这让他们的爱情始终在投入与抽身的斗争中徘徊不前;而在那天地几近崩塌之时,他们忽然意识到了一个新的传奇的可能性:生逢乱世,自私者的相遇便是传奇。由此,日军轰炸香港便不只是巧合,因为它不只是"传奇性"地制造了两位主人公共处的机会,还给了一个他们重新理解传奇本身的契机。这样理解,故事就顺了。

我们再来说说弗兰纳里·奥康纳的短篇名作《好人难寻》。小说讲的是一家人出去度假,结果阴差阳错碰上一伙逃犯,全家惨遭毒手。这本是一个悲惨的故事,但小说中安排了一种黑色幽默的因素,本来这家人与逃犯根本不在一条路线上,都是因为自作聪明的祖母所做的一系列错误决定,使这家人不仅遭遇凶徒,还被杀人灭口。不过仅仅如此好像也没有多大意思,小说的主题难道就是人生无常,或者老太太多么愚蠢?当然不是。事实上从小说一开头,从老太太记住报纸上逃犯 Misfit("不合时宜"之意)的模样开始,我们便知道逃犯和老太太必然是要相遇的,关键是这相遇基于何种理由。如果只是行进路线上碰到了,那当然是巧合;但老太太与这名 Misfit 还有一个相遇方式,那就是老太太作为知其然而不知其所以然的"好人",当遇到 Misfit 这种毫无羞耻感的、带着强烈的"虚无主义"气质——对耶稣及所谓的信仰恣意嘲弄——的反社会者(Sociopath)时,就算是遇到了真正的克星。Misfit 以其无理由甚至"无厘头"的恶(既无特别的必要,也不带来满足感)不仅夺去了老太太一家的生命,更摧毁了老太太的信仰与善良(她在死亡面前表现得比儿子更怯懦)。老太太的善,用莱昂内尔·特里林的话说是一种"惰性的道德",只是因为习以为常而秉持某种信仰,仅凭无理由的恶便足以摧毁那种贫乏的善。正是在这个意义上,老太太与 Misfit 的相遇是命中注定的。老太太的善早已岌岌可危,她的怀旧意识已不能引发同情(她对小孩子们的训诫以及那个萧条冷落的酒店的怀乡气氛都充满反讽意味),她那"好人好报"的唠叨让人生厌,她竭力维持的体面挣不来尊重和喜爱,世界对她来说已显得粗鄙,但她本身也是乏味的。如果这样来理解,我们就不得不说,老太太一系列的错误决定构成了她最后的旅程,而这无非不过是说明这个世界已不在她的常识掌控之中,与 Misfit 的相遇更像是一个被不断推后的时刻终于到来,那一刻冰冷的判决作出:她才是那个不合时宜的人。

隐性结构有时是非常微妙的,需要我们细加考察才能把握得住。雷蒙德·卡佛的短篇小说《所有东西都粘在了他身上》,乍看只是一个已离异的中年人应上门寻亲的女儿的要求,回忆自己年轻时的情形,表达一种青春与爱情一同消逝所带来的怅惘与遗憾,实际上却要复杂得多。这个中年人独住在意大利,同已亭亭玉立的女儿有可能是第一次见面。他当年才十八岁,因为与女友有了小孩子,不得不采取"负责任"的态度,结婚成家,艰难度日。故事的主体是回忆,一场因丈夫要抛下妻女去打猎所引发的争吵,最后丈夫放弃打猎,两人和解,结果吃饭时一不小心盆翻了,"所有东西都粘在了他身上"——不难理解,那一刻粘在身上的不仅仅是饭菜,更是这始料未及的琐碎的婚姻生活,那种掺杂着愧疚感的烦躁、郁闷与忧伤难以言表——然而,接下来却是夫妻俩在大笑中紧紧拥抱。这对小夫妻最终还是走向了离婚,其间发生了什么已经找不到线索,那段婚姻是否也曾留下一些难忘的记忆?不知道,只知道此刻这个中年男人想到的是这样一个有些滑稽的片段。好,如果就这样苦涩地回忆一下,然后回归现在的幸福生活,那么小说不会有什么力量。必须去问的,不是这个男人如何回忆过去,而是他如何应对现在。已经习惯了孤独的他是否真能与这个已经长大的女儿共享天伦?我们看,虽然父亲答应带女儿出去逛街,但是"他仍然待在窗前,回忆着那段生活。他们曾经笑过。他们曾经相互依偎,笑到眼泪都流了出来,而其他的一切——寒冷的天气以及他将要去的地方——都不在他的思绪里,起码目前是这样的"。"所有东西都粘在身上"这种真切的触感,不仅仅承载着过去的遗憾,更有现在的惊惶。孤独是这个男人唯一擅长的东西,这再一次突如其来的天伦之乐,他还没有学会享受它。他在这方面的最大奢望便是能时时重温当年那种苦涩中的和解,但他并不能设想一切从头开始。"所有东西都粘在了他身上"这个标题不只是为了提示回忆,更是要揭示现在。如果你错过了对他人负起责任的关键时刻,你就会迅速养成孤独的习惯,而孤独终老便是你合乎逻辑的结局。所以,这部小说的显性结构是如何讲出一段令人怅惘的回忆，隐性结构则是用两次突如其来的父女关系展示这一人生困境：当面对幸福和责任时，我们那突然涌起、无可逃避的厌烦感与愧疚心。这就是卡佛，最擅长以一个外在的不大不小的震荡，揭示那一直在心底深藏的恐惧，他以这一显隐结构同时架构起生活与小说。

再举个例子。苏童有一篇短篇小说叫《一个朋友在路上》，讲的是"我"的一个朋友的故事。这个朋友叫力钧，曾是"我"崇拜的偶像，这是个典型的二十世纪八十年代的文艺青年，追求精神生活，迷恋哲学与文学，侈谈俗事俗物。他由于向往远方，又相信"四海之内皆兄弟"，毕业后去了西藏，在给朋友寄来明信片之外，还介绍来一个又一个与其说特立独行不如说奇形怪状的朋友。这些朋友白吃白喝，还为自办的刊物向"我"索要捐款，"我"不胜其扰，最终调动了工作。而那位力钧兄很快也厌倦了西藏的生活，突发奇想又去了陕北。他仍然不断地介绍朋友过来，只是"我"已经无心接待，开始东躲西藏。最后"我"结了婚，新婚之夜突然又有访客前来，又是力钧介绍来的朋友，这次是从大兴安岭而来，妻子小韦果断将其拒之门外。此举让读者觉得非常痛快，这个家伙实在太搞笑也太可恨，自己深陷理想主义的迷梦不可自拔，不知今夕何夕，还一次次来破坏朋友好不容易安定下来的生活。至此，这完全是一个讽刺故事。然而，小说是这样结尾的：

> ……我听见她冷淡地说，我们不认识力钧，你大概找错门了。小韦说完就做了一个准备关门的动作，我在后面看见那个青年惊讶而失望的脸部表情，他向后退了一步，然后小韦就果断地关上了门。我没想到小韦会这么做。小韦靠着门沉默了一会儿说，只有这样了，这么小的屋子，这么晚了，这么冷的下雪天，我不想接待这种莫名其妙的客人。她抬起头看了看我的脸色，又说，他满腿泥浆，他会把地毯弄脏的。
>
> 我觉得她不该这样对待我的朋友，也不该这样对待我朋友的朋友。但我没有说什么。我知道在这些问题上，妻子自然有妻子的想法。

这一刻我们忽然就明白了，这其实不是关于力钧的故事，而是关于"我"的故事。也就是说，不是要嘲笑那些长不大的理想主义者，而是为了展示"我"如何一步步做出以前绝对不会做的事。如果说这篇小说是一首献给二十世纪八十年代的挽歌，那么真正宣告那个时代结束的不是理想主义者的颓唐，而是他们曾经的追随者的冷漠，时代终于向那些仍在路上的人关上了大门。这一显隐结构的设置有一种"大反转"的色彩，一直被同情的"我"忽然走到了审判席，令人感到意外，但是深长思之，却又不得不佩服作者的匠心。

之所以提出隐性结构和显性结构，是为了充分发掘文本的复杂性，所以分析的时候不要怕复杂，你也不用担心"作者能够想到那么多吗"之类的问题。一则作者完全有可能想那么多，他们都是专业的文学人，继承了海明威、契诃夫等大师的遗产，深谙各种复杂的叙述结构;二者隐形结构的存在本身体现了文学特有的逻辑,即文学不只是形象化地表达某个现成的思想,而是要让我们充分地沉入生活,迷失于生动、多彩、旁逸斜出因而高度可信的细节之中,同时让某种难以概念化的逻辑在生活之下潜滋暗长起来。要准确把握隐性结构,需要我们在无故事处发现故事,谙熟人生的真相得以发生的逻辑,这是需要悟性和阅历的。也就是说,它不只是一个技巧问题。另外,显性结构与隐性结构的区分不仅对我们理解作品的整体性有帮助,也能够服务于我们在"读出文本"时所做的种种探索。比方有些女性主义批评会认为文学作品以"普遍人性"的故事作为显性结构,却有一个"男性中心"的故事作为隐性结构;精神分析批评会认为作品表面是一个可以被世俗道德接受的故事,而底下则是某种难以言喻的精神创伤。这些我们以后慢慢去加深认识。

文本中的结构主义

我们再介绍第三种打通部分与整体的批评思路。我们不妨将其称之为"文本中的结构主义"。之所以叫这个名称,是因为典型的结构主义批评往往跳出特定文本,寻找某一文化形态内的大的结构(以后我们会讲到),但是仍有不少人将结构主义的理念用于特定文本的分析中。这一分析的重点是在文本中找到一个结构,以结构去打通细节与整体,就好像发现了某个数列的规律,然后就可以快捷地求和或者求积一样。在实践中我们发现,弄清楚了结构,对把握作品的意义相当有帮助。一个意象会有多种解释,但是它在作品的符号系统中的功能则相对确定,如果我们能够把那个系统揭示出来,对某一意象的解释便不会漫无方向。

法国批评家罗兰·巴特认为,叙述是各种事情的多层次结构。理解一个叙述不单纯是了解故事的展开,而且也是识别叙述结构中的层次,要把叙述线索中水平的互相关联的事物投影到一个暗含的垂直轴线上;读(或听)一个叙述不单纯是从一个词读到下一个词,而且是从一个层次深入到另一个层次。[①] 罗兰·巴特在叙述作品中区分三个层次的描述:功能层次,情节层次,叙述层次(这几个术语是成套使用的,我们注意不要把它们拆开挪到其他的语境中)。功能是最小的叙述单位(有时比单个句子更小),一组功能构成一个连续(sequence),功能又可分为纯粹的功能(即在同一层次相互联系的动作)和标志(暗示性的,须在情节和叙述的层次才能被充分理解其为什么出现)。

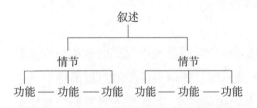

罗兰·巴特强调的不是可以用有限的功能组成无限多的故事(那是苏联民俗学家普罗普的理论),而是一个特定的功能如何在结构中获得意义。一个功能只有当在某一情节中占据一席之地时才有意义,而这一情节又是由于它被交给一种叙述才获得最终意义的。不妨举个例子,这是海明威《杀人者》中的一个段落:

---

① [法]罗兰·巴特. 叙述结构分析导言[M]//赵毅衡. 符号学文学论文集. 天津:百花文艺出版社,2004.

乔治把两盆东西放在柜台上，一盆是火腿蛋，另一盆是熏肉蛋。他又放下两碟装着炸马铃薯的添菜，然后关上通向厨房那扇便门。

"哪一盆是你的?"他问艾尔。

"你不记得吗?"

"火腿蛋。"

"真是个聪明小伙子，"麦克斯说，他探身向前拿了火腿蛋。两个人都戴着手套吃饭。乔治在一旁瞅着他们吃。

"你在看什么?"麦克斯望着乔治说。

"不看什么。"

"浑蛋，你是在看我。"

"也许这小伙子是闹着玩的，麦克斯，"艾尔说。

乔治哈哈一笑。

"你不用笑，"麦克斯对他说。"你根本就不用笑，懂吗?"

"懂，懂，"乔治说。

"他认为懂了，"麦克斯对艾尔说，"他认为懂了。好样的。"

"啊，他是个思想家，"艾尔说。他们继续在吃。

如果罗兰·巴特评论《杀人者》，他会让我们问这类问题：为什么"戴着手套吃饭"？看了整篇小说我们明白了，他们是职业杀手，不想留下指纹，那么这个"戴着手套吃饭"就是一个功能，而且是作为"标志"的功能。同样的道理，"关上通向厨房那扇便门"也不是闲笔，因为后来这扇便门被杀手利用上了。功能就是这样的意义单位，它可大可小，要辨认它得结合着情节才行。这个情节按照布鲁克斯和沃伦在《理解小说》中的分析是"恶的发现"，用这个情节可以让小说得到很好的解释。或者我们如果愿意采用前面所讲的显隐结构，也可以说小说有两个情节，当然也能自圆其说。

不过仅仅这样分析，看起来就跟"新批评"的"有机整体"论没有多少差别了。事实上，在罗兰·巴特这里，情节还要服从于一个更高的层次的需要，那个层次就是叙述。如果我们将情节理解为正在讲述中的故事，换句话说，在特定的讲述方式中发生的故事，就来到了叙述这一层次。罗兰·巴特特别指出，叙述并不是按照所见到的样子描述下来，而是按照特定的套路去写，因而让叙述者本人呈现出来。比方我们看见一个人笑，如果写的是"他笑了，似乎很愉快"，那么这里的"似乎"就不是指向当事人的内心活动，而是指向叙述者。必须从叙述看情节，从情节看功能，文学作品才有可能成为不带杂音的整体。巴特还特别指出，叙述并非都是由作者控制，正是种种符码难以操控的协同作用，影响着叙述的走向。

我们这里先不管巴特具体怎样定义叙述本身，有一点已经足够给我们启发，即我们应该从叙述这一层面自上而下来理解文本的整体性。由此，我将叙述理解为作者讲故事时统领全局的隐秘逻辑,这个隐秘逻辑作者本人可以意识到,也可以意识不到,其要义就是叙述本身的在场,某种程度上,我们可以将其视为一种偏执:就是要这样讲故事,就是要这样讲,才有故事。说没有不经讲述的真实,倒并非因为事情发生时没有一个客观、中立的观察者在场,而是因为任何事件都必须放在某个叙述的程式中才有意义。如果我给你打电话谈作业,忽然说"我桌上有一瓶水",你一定会一头雾水。我这边桌上的确有一瓶水,但这并不就是真实,真实是有意义的,而我这句话对你毫无意义,除非你意识到我的意图。海明威《白象似的群山》中,去做人流手术的一对青年男女在车站等车,女孩子突然说远处光秃秃的小山像一群白象,男孩子不耐烦地说不像,究竟像还是不像,为什么要提出这个问题,这个问题与他们面临的真正的麻烦有什么关联,也必须在一个特定的语境中才能够明白。但这不是说我们要去获取当事人的背景资料,而是要抓准小说的叙事逻辑。我们知道海明威惯用"冰山式的叙述",但那八分之七与八分之一的关系是怎么建立的,却还要具体问题具体分析。如果我们认为这关系是象征式的,那么还得看究竟是什么象征什么。是白象似的群山象征什么?还是男孩和女孩在这个像不像的问题上的分歧象征什么? 抑或是女孩希望两人之间能够暂时放下压力,像以前那样满怀兴趣地看世界,而男孩子完全没有此种心情,只想着早点解决问题,却又不想让自己显得太无情无义——这样一来,是男孩女孩对"白象似的群山"的兴趣的差别,象征着两人感情的危机?

如果某个读者持第一种理解,那么他也许就会发掘各种物象的象征意义,比方车站象征什么,酒馆象征什么,远方象征什么之类,象征意义就是水下的冰山;如果读者持第二种理解,他就会特别在意这对恋人在大小事情上的意见分歧(包括那种一方对另一方的顺从或盲从的情况),两人之间没有明言却贯穿始终的紧张关系就是被遮蔽的冰山;而如果持第三种理解,他就会注意到这一状况的存在:这对恋人在酒馆所说的一切话,所做的一切事,似乎都是在竭力避免去想某件事情(到底是什么我们可以自己想一下),"白象似的群山"是他们努力的顶点。在这个意义上,所谓"冰山式的叙述"就是尽量讲不相干的东西,以避免讲那真正要紧的东西;反过来,那唯一不在场的(人流手术),却成了无所不在的。你看,三种对"白象似的群山"的不同理解,关联着三种不同逻辑的故事;而不同的叙述逻辑或者说叙述语法,也就影响着我们对某一物象或意象的理解,它们能够给出对"白象似的群山"的"象征意味"的不同解释。这样就构成了一个"阐释学的循环"。

在《杀人者》中,我这么来理解叙事的逻辑。尼克这个夜晚过得惊心动魄,不仅仅因为杀手的出现让他害怕,更因为杀手出现之后,一切仿佛都变得不可理解了。我认为,小说就是要在一种"名实不副"的叙述逻辑中展开情节,以传达出那种恐怖和惊惶的感觉。我们来做个不完全的梳理(如下图),就会发现今天晚上什么都不对了,什么都错位,什么都不在点上。这种强烈的陌生感让尼克发现了恶,不是发现了一两个恶人,而是发现生活如此虚假,如此不可忍受。所以尼克说想走,但他到底走不走呢? 如果一切的勇气都是电影里来的,难道我们没有理由说,就因为尼克说想走,所以他就不可能走?

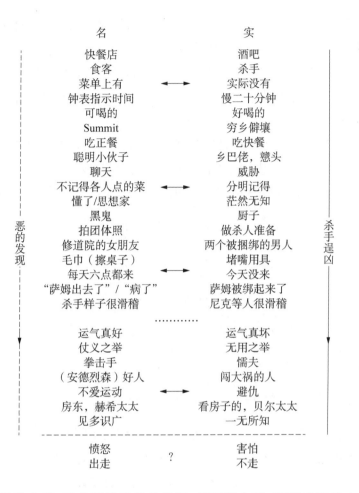

把握住这个结构之后，回来再看情节的发展，就更明白了，而那些细节也就更好地得到了解释。比方尼克出去通知安德烈森时，"外面的弧光灯照过光秃秃的树枝"，回来的时候也是如此。写这个这有什么意义？显然，它传达出一种强烈的陌生感和戏剧感，枝丫的影子投在地上，迷离，恍惚，电影镜头一般。再比方这乏味的一句："George put the two platters, one of ham and eggs, the other of bacon and eggs, on the counter."这一句首先是与情节相关的，乔治有点爱耍小聪明，喜欢表现他交际能力强，江湖经验丰富，所以有机会就想开个玩笑，好跟人套近乎，这里把两盆东西放在柜台上，是准备制造个噱头，哪知两名杀手毫无幽默感（更准确地说是不屑于迎合乔治的幽默），乔治碰了一鼻子灰。但是除开服从于这一情节外，这两盆东西同样服从于叙述，由于《杀人者》贯穿始终的是那个名与实的错位，所以此处如此清楚而啰唆地报菜名"one of ham and eggs, the other of bacon and eggs"，便颇有反讽的意味。整个世界都不可理解了，记得是火腿加蛋还是培根加蛋，又有什么意义？果然！这么一板一眼地报完菜名后，乔治接下去就玩把甲的菜给乙的游戏了，仍然是名实不副。所以这是情节之上的叙述（以名与实的错位显示经验的失效）使得"ham and eggs"、"bacon and eggs"这两个名称也成为了特定的功能。我们所熟悉的"窗外有两棵树，一棵是枣树，另一棵也是枣树", 正是这方面的范例, 假如不结合特定的叙述, 仅仅从情节来解说功能, 它们就只能说是多余、不知所谓了。

余华有一篇很有名的小说《一个地主的死》, 讲的是地主的儿子抗日的故事。日本人抓住了地主的儿子王香火, 让他带路, 结果被他带到一个孤岛上, 被困死在那里(暗地通知抗日民众毁掉了桥), 王香火自己也壮烈牺牲。很多同学读了这篇小说后指出, 余华的叙述中经常会呈现一种"抽离"的情境, 即明明是置身事内, 却又好像只是在旁观, 总是不能做出应有的反应, 或者说是搞不清状况, 没有什么正常的心理活动的展示, 给人感觉总是迷迷糊糊的。我们可以通过这一逻辑建立起同构关系, 如下图:

人物	情境	反应	
地主 ———	掉粪坑 ———	无所谓	
王香火 ———	蹈死地 ———	似梦游	
孙喜 ———	传信息 ———	思淫欲	
民众 ———	受戕害 ———	如笑谈	同构
士绅 ———	受威胁 ———	品茶道	
义士 ———	拆桥梁 ———	似玩乐	
日本兵 ———	陷绝境 ———	哼小调	
地主 ———	丧独子 ———	蹲粪坑	

中国百姓 ———	抗日 ———	照原样活	

面对日本侵略, 中国老百姓应该做什么反应? 余华告诉我们, 我们不能在头脑中预设怎样的反应才是合乎情理的, 也就是说, 侵略与反抗并非就是全部的故事, 这里不是简单的善恶问题。不管在什么样的状况下, 老百姓只关心自己的日子能不能过得下去, 如果可能, 他们就继续过日子, 而且是按照他们一贯的方式去过。有像孙喜这样无廉耻的流氓, 有一大堆无所事事的闲人, 有逆来顺受的人, 有愤怒却无力反抗的人, 有守着家私不问世事的人, 也有不敢带头却愿意帮忙的义士以及王香火这样舍生取义的人……但不管是哪一种人, 余华都不愿意在他的叙述中出现那种简单的善恶正邪是非, 他不允许这样明确的斗争支配了人物行动的逻辑, 所以他总让人物搞不清状况。我们可以说, 王香火对自己要做什么是清楚的, 但是他的行动同样给人不知所谓的感觉, 仿佛就是不想活了, 心血来潮, 找个有意思的死法。如果放在鲁迅那代人的笔下, 他们会为这麻木的民间而感到悲愤, 但是对余华来说, 这个民间不管看起来多么无力(我们看到了地主那象征意味浓厚的死), 它也是我们一切力量的来源。老百姓就是过自己的日子, 你让他过, 他就得过且过; 但你是侵略者, 你们之间的关系终究是你死我活, 那么就你死我活。一切就这么自然而然, 不需要太多观念的鼓噪, 一切都可以悄无声息地发生。有这样一个贯穿始终的同构关系, 再加上双线参差推进的蒙太奇手法以及首尾呼应的既闭合又开放的结构, 《一个地主的死》在叙事上相当有说头。

毋庸讳言, 这种分析有时失之琐碎, 而且也不是每一篇作品都好用(任何批评方法都是如此, 这一点一定要注意), 但也常常别开生面。早期的罗兰·巴特认为, 叙述中的一切都在不同程度上具有意义,这不是一个技巧高低的问题,而是结构的问题。人们可以说艺术是没有噪音的,艺术是一种纯粹的体系,其中任何一个单元都不会浪费。巴特并不把这当成是作家的天才,而是视为语言结构的本性,他始终强调人没有掌控结构、掌控话语的能力。后期巴特转而强调文本的"可写性",即单个文本不是封闭的体系,而是在文本与文本之间发生互涉,并且归属到一个更大的动态的文化语境中。这个以后我们再去讨论。

再次强调,就当代文学理论的主导逻辑来说,"回归文本"是一个粗率的说法,因为并没有一个摆在那儿的"文本本身",等着信马由缰的批评家浪子回头。回归文本总是创造文本,因为批评家最后把握住的文本本身,其实只是他理想中的文本的样子;批评家对细节的发现,也并非只是现成的细节在现成的文本中,更是理想的文本闪现于陡然焕发光彩的细节中。在这件事情上,我们用不着定出唯一的标准,让所有人都照章办事,而且我们不一定要老是想着怎么给出一个最公允或者说最保险的阐释,而应该想想怎样处理文本才能使其更有生气。部分与整体之间笨拙的辩证法会使批评者画地为牢,聪明的辩证法却可以使阅读的趣味成倍地增加。至于笨拙和聪明的区别,只有经验的持续增长能够提供答案。

本章课后练习

习题一

从雷蒙德·卡佛的短篇小说中挑选几篇进行分析,看看整体与部分的关系是如何建立起来的。

习题二

从鲁迅的《故事新编》中找一篇,分析小说中的用典,看看鲁迅是如何在笑谑之中巧妙地使用典故的,看看你在分析过程中何时会希望跳出文本,何时又希望保持住文本的内在自足性,然后你又是怎样做的。

习题三

尝试用显性结构/隐性结构的分析方法分析一篇你喜欢的中国当代小说。看看是否表面上有一个故事,且这故事本身已有足够的可说性,但是底下却又一个更有意思、更具挑战性的故事,这个故事不能脱离显性的故事存在,但确实是它解释了一些表面看来有些游离的地方。自己评估一下这样的分析能否展示小说的妙处。

第七章
叙事学批评(上)：故事与叙述

○ 人物·角色·性格
○ 发现"叙述行为"
○ 叙述者问题种种

从本章开始，一连三章我们都会一起来讨论叙事学批评。其实叙事学方面的知识大家通过其他渠道已经接触得不少了[①]，但叙事学批评不等于叙事学，叙事学批评只是借助叙事学的研究做自己的事情，而不是拿文学作品作案例，将文学批评变成叙事学的操演。我们所需要的是能够为理解文学作品带来新的契机的叙事学，如果叙事学并没有让我们对文学作品有了更深的理解，而只是给并不深奥的事情加上一连串学究气十足的名称，那么不管那套概念术语多么复杂精巧，我们还是要敬谢不敏。

顾名思义，叙事学(narratology)就是研究叙事的学问，又称叙述学。叙事学很像语法学，事实上有些学者就把自己的叙事研究称为"叙事语法"。一个句子总有个语法结构，有些语言里动词必须放在最前面，有些语言里遇到否定或疑问句要倒装，这都是语法。一般来说，我们只有遇到这些"特别"的结构或者学习外语时才会意识到语法规则的存在，大多数情况下，我们的主要考虑是寻找合适的词汇，仿佛忘了词汇必须经过语法结构的安排才有效力。叙事学也是这样，平常我们叙述一件事不觉得有什么规则，用不着叙事学，但是稍一反省，会发现我们常有这类感叹：唉，这事你怎么能这么说?! 就像我们走进商店，导购员迎上来，可能一句话说得不对你就拂袖而去，但如果会说话的，你会觉得句句都在替你考量。你可以说自己是"入坑"了，也可以说自己是被带进了"故事"。只要故事好，我们总是有机会被说服；有时我们可以拒绝一个人，却不一定能拒绝一个故事。就此往深里说，我们的人生也不是事的连接而是故事——而且大部分都是烂尾的——的叠加、缠绕以及我们清理头绪的努力而已。所以我们未必一定要将叙事学当理论，当语法规则，甚至当符号游戏，而完全可以把它看作应对纷繁复杂的故事的手段。这手段不一定放之四海而皆准，也不一定够用，但总不会完全没

---

① 由于叙事学批评相对技术化，所以需要有些参考书，如以下几部：〔美〕华莱士·马丁：《当代叙事学》(伍晓明译，北京大学出版社 2005 年版)；〔美〕杰拉德·普林斯：《叙事学：叙事的形式与功能》(徐强译，中国人民大学出版社 2013 年版)；〔美〕杰拉德·普林斯：《叙述学词典》(乔国强，李孝弟译，上海译文出版社 2011 年版)；James Phelan, Peter J. Rabinowitz 主编：《当代叙事理论指南》(申丹等译，北京大学出版社 2007 年版)；申丹、王丽亚著：《西方叙事学：经典与后经典》(北京大学出版社 2010 年版)；〔挪威〕雅各布·卢特：《小说与电影中的叙事》(徐强译，北京大学出版社 2011 年版).

用,我们便宜行事即可。

这一理念在文学批评中的应用不言自明。右图展示了三组对
立关系:故事与话语,故事与情节,情节与话语(还有情节与行动,
如此等等)。用词不同,但每组对立的内涵基本一致,前一项都是
有待讲述的原始故事,后一项则是对此故事的讲述。所谓"有待讲

故事	话语
故事	情节
情节	话语

述的原始故事"只是为了方便而做的理论假设,我们有理由说根本就不存在未经讲述的真
实。美剧中经常听到这样的对话,"I've heard his story, then what's yours?"("我听到他的
说法了,那么你的呢?")也就是说,所谓事实,从一开始就是故事。有关这一点,相信大家马
上就想到了电影《罗生门》。[①] 确实,时刻记着这部电影,也就等于怀里揣上了一本《叙事学入
门》。这入门的关键环节是养成一种意识:时时刻刻提醒自己把现实当故事看,把故事当叙
述看。本章所讲的三个论题,都是为了强化这种意识。

人物 · 角色 · 性格

我们先讲一个貌似很不叙事学的题目:人物。毋庸讳言,一部文学作品给人印象最深的
往往是其中的人物,哪怕我们对小说的情节已经淡忘,人物仍然在脑海中栩栩如生(喜欢看
动漫和同人小说的同学尤其有体会)。但是如何评说这些人物? 比方我们看《红楼梦》,每
个人都有自己特别喜欢的人物,有人喜欢黛玉,有人喜欢宝钗,有人喜欢湘云,这本身没有问
题,有问题的是我们为什么会喜欢,更具体地说,我们是因为喜欢这类人(作为实际生活中的
人),还是因为喜欢小说中的"这一个"? 比方鲁迅先生说自己不爱林妹妹,因为她"哭哭啼
啼";又说贾府的焦大也应该不爱林妹妹,因为不同阶级。这两个判断其实并不相同,焦大不
爱林妹妹是一个阶级对另一个阶级的情感(他们都出现于一个虚构故事中这点不被考虑),
鲁迅不爱林妹妹则是一个读者对一个虚构人物的情感。当然,两者有时并不好区分。而且,
即便我们认为自己的爱憎都是读者对人物的爱憎,又怎么能够确定这爱憎究竟是因为充分
进入了作品,故而能够感同身受,还是因为对某种身份、某种类型有天然的好感或恶感呢?
换句话说,当我们说"喜欢某个人物"时我们在说些什么? 我们如何确定自己的喜欢是发生
于文本之中,还是文本之外?

这些问题是英美分析哲学的"保留项目",有很多精细繁复的分析,作为普通读者和观众
并不需要深究,不过作为文学批评者,还是需要稍加留意。比方说,我们要注意将作品中的
人物与现实中的真人保持必要——但非绝对——的区分。这首先意味着我们不能时时刻刻
用"现实生活中有这样的人吗"来衡量作品中人物的真实性。一个人物真实,是说他写得真
实。这首先是"写得扎实",生气勃勃,有血有肉,令人一见难忘,而不是模式化、脸谱化,仿佛
用来图解某种身份的漫画;其次是"写得合理",一个人物在整部作品中的行为要有一贯的逻

[①] 《罗生门》剧本根据芥川龙之介两部短篇小说改编,采用了《罗生门》的题目和《竹林中》的内容.

辑,不能随心所欲,任意制造意外和陡转。区分作品中的人物与现实中的真人,还意味着我们在表达对某个人物的好恶时,要注意将这种好恶与对作品"写得好不好"的分析结合起来。一个人物写得精彩,未必就能让我们喜欢(比方说《红楼梦》里的贾瑞和《金锁记》里的曹七巧);但是一个人物让作为评论者的我们喜欢,必须写得精彩。不仅要写得扎实、合理,而且要有代入感,有启发性,能够将我们带向新的体验。比方作为普通观众,我们讨论一部都市情感剧,也许会以鄙夷的口吻评说某个出轨的女人,或者又会因这个女人有魅力而原谅她,但一般也都是依凭自己的经验去裁判她;但如果我们是《安娜·卡列尼娜》的评论者,就不能只是站在道德制高点上裁判或者谅解,而应展示安娜从出轨到卧轨的过程,如何将读者一点一点地带入现代人的伦理困境之中。仅凭表面化的形象特征品评人物,或者孤立地裁判某一行为,虽然都是"立足文本",却有可能偏离了作品寻求突破的重点所在,也就很难真正"读入文本"。

要比较妥当地讨论人物,还要处理好人物与角色的关系。说人物时,我们强调的是文学作品与现实生活之间的张力关系;说角色,强调的则是功能,是在故事演进过程中所起的作用。英国小说家爱·摩·福斯特的著名说法是将小说的人物分为扁形人物和圆形人物,扁形人物是作者围绕一个单独的概念或者素质创造出来的,如果他们的言行表现出一个以上的概念或者素质的话,他们就会转变为圆形人物。福斯特下面这段话说得十分直观,可以供大家比照:

> 《战争与和平》里的所有主要人物都是圆形人物;陀思妥耶夫斯基笔下的全部人物,以及普鲁斯特笔下的一些人物——如那个老佣人、盖尔芒特公爵夫人、德·莎尔勒斯先生和圣·鲁普;包法利夫人——包法利夫人和摩尔·弗兰德斯一样,以她的名字命名的那本书里讲的都是她一个人的事情,而且她在小说中任意扩展和衍生;萨克雷的小说里的某些人物——如蓓基和毕亚特里克斯;菲尔丁作品里的某些人物——如亚当斯牧师、汤姆·琼斯;以及夏洛蒂·勃朗特笔下的某些人物,尤其是鲁西·斯诺威,也都是圆形人物。对于一个圆形人物的检验,要看他是否令人信服地给人以惊奇之感。如果他从来就不使人感到惊奇的话,他就是个扁形人物。圆形人物变化莫测,如同生活本身一样叫人难以逆料——我在这里说的生活,是指充塞在小说篇幅里的生活。小说家运用圆形人物——有时单独运用他们,在更多的场合里,是把他们和扁形人物结合在一起——使人物和小说里别的那些"面"融合在一起,成为一个和谐的整体。[①]

福斯特对人物的讨论,实际上兼具人物与角色的成分。一方面他认为在塑造人物的深

---

① [英]福斯特. 小说面面观:英汉对照[M]. 朱乃长,译. 北京:中国对外翻译出版公司,2001:203—204.

度方面,圆形人物要强过扁形人物,这实际上是强调文学人物的启示价值;但是另一方面他又强调圆形人物与扁形人物要相互配合,不可偏废,这实际上是以角色、功能的逻辑谈人物。所谓"令人信服的惊奇之感"既是指作品中的人物如何突破我们对某一类人的先入之见,又是指叙述的一种效果,一个圆形人物总能激发读者探索的欲望,并由此推动叙述向前发展。强调人物作为角色的一面,有时能帮助我们厘清问题。比方我们不能笼统地说,因为现实生活中的人都是复杂多面的,所以圆形人物就比扁形人物更深刻——作家不是要将真实人物搬到文学中,而是要让圆形人物与扁形人物相互配合(就像一部作品中的悲剧因素与喜剧因素相互配合)。配合得好,作品就让人感觉真实、妥帖、自然。一个性格复杂且在成长中的角色往往承担着故事的主线,而性格比较确定、单一的角色往往成为配角,这是常见的配合方式。不过这并不是一成不变的,配角同样可以是圆形人物,虽然这不免会有些抢戏,因为圆形人物容易成为叙事焦点(尤其是外形出众的圆形人物)。虽然文学作品不会如此强烈地追求戏剧化,因而人物形象相对于电视剧中的角色整体上要更为复杂,但是"作为角色的人物"这一概念仍然能够用得上。时刻记着人物与角色的区别,叙事学的弦就绷紧了。

是人物就会有性格(character),有时两者是相同的概念。亚里士多德在《诗学》中已经讨论过性格的问题。他强调悲剧模仿的是行动而非性格,情节乃悲剧的基础,有似悲剧的灵魂;"性格"则占第二位。悲剧是行动的模仿,主要是为了模仿行动,才去模仿在行动中的人。为什么要模仿行动呢?因为人的难题要在行动中展现出来。性格往往给人留下深刻的印象,容易让读者产生代入感,但性格的展现必须服从于行动。比方索福克勒斯的悲剧《安提戈涅》,安提戈涅作为俄狄浦斯的女儿(兼妹妹),一看就是性格特别刚硬甚至有些乖戾的人,抓住这个性格来写,人物就栩栩如生;但是安提戈涅之为安提戈涅,不在于她对待权威是否寸步不让,对待姐妹是否犀利刻薄,而在于她面对天理国法人情的冲突时的抉择。再如《红楼梦》中,王熙凤、林黛玉、薛宝钗等等个个都有性格,都很值得一说,但是讨论性格只是把握人物的一种方式,这种讨论本身是有限度的。比方王熙凤,有时表现得非常冷酷,有时又非常随和,而且恩怨分明、有情有义,要用一种性格把种种表现统一起来,既不容易也非必要。但是贾宝玉的性格就很值得探究,因为他的性格是以某种矛盾关系组合起来的,善与恶、冷与暖、多情与无情、痴顽与通达等是一体两面,不仅分析起来很带劲,而且能够自然而然地关联起很多叙事上的东西。比方他关键时候的发痴,直接导致林黛玉香消玉殒,正是以人格分裂成就叙事高潮。往往在某个行动或者事件中,人物性格的某个侧面会被放大,或者某种品质会被加入人物的性格结构中,但这与其说是性格决定命运,不如说是命运塑造性格,或者说,人物带着某个性格进入某一事件,是性格服从于行动,而不是行动服从于性格。

我们不能理所当然地认为,在文学作品中出现比较复杂的性格,一定会比出现较为单一的性格更加深刻有力,这与前面讨论圆形人物和扁形人物是同一逻辑。另外,也不是说当一种性格得到了更合理的解释,它就更成功,因为重点不在于为一种性格找到因果解释,而在于这种性格能否真正成为叙述的动力。举例来说,张爱玲曾将她的中篇小说《金锁记》改写成长篇《怨女》，后者中的主人公为银娣，其性格变化过程显得更从容，由于有比较多的内心戏，情感逻辑上也显得比曹七巧更加合理，但这并不代表《怨女》的成就要高于《金锁记》，因为即便曹七巧的性格中包含某种偏执的、难以解释的东西，这种性格也无可置疑地笼罩全篇，从而造就了小说那种"一步一步走向没有光的所在"的惊人效果。相反，《怨女》虽然很好地解释了女主人公的性格，或者说极大地化解了其性格中的那种幽暗，却没有让这种性格与小说其他元素之间形成更为丰富的张力，反而减少了震撼人心的能量。总的来说，性格不是用来解释的，而是用来"显示"和"作用"的，性格所显示的是人心之谜，对于讲故事来说，一个好的谜往往胜过一个周全的解释，因为它能够强有力地推动叙事。我们并不需要用某种政治学、社会学或精神分析学的分析彻底解释清楚哈姆莱特的延宕、李尔王的骄傲、奥赛罗的嫉妒和麦克白的野心，而只需要考察这些性格如何参与造就了整个悲剧，使其内容与形式浑然一体，成就杰作应有的完美。塑造性格的原因总是有限的，性格本身的类型也是有限的，但是性格在特定故事中的呈现方式却千变万化。某种程度上，正是文学显示了一种常识，关键不在于某个人为什么会有某种性格，而是有了这样的性格之后，如何与他人共处于同一个世界。而对评论者来说，尤其重要的还在于，这个世界是由文学作品提供的。所谓"读入文本"，仅仅强调"从文本出发"还太空洞，使文本成为"杂多之统一"的"人的世界"才是重点所在。

发现"叙述行为"

形式与内容在叙事中的统一并不总是在作者的控制之下，事实上，很多时候整部作品的叙述是分裂的，甚至破碎的，但是作者自己常常茫然无知，或者不以为然，又或是无能为力。有些破碎或者分裂，并不是因为作者技巧不够高超（所谓技巧，很大程度上也就是调和或者缝合的手段），其中还有一些更深刻的道理。比方中国现在也出现了跨国合作的电影，演员来自美、日、韩和中港台等多个地区，操着不同口音的普通话，显示出不同的形象风格和表演套路。这样的电影基本上很难将各种元素有机地融合，就好像每个人自带一套话语、一种故事，只是被强行捏合在一起。这个东西值得深入探究，它可以成为生活某一面相的反映，但我们在做这件事时，并不是在证明作者的伟大。诚然，有些作者会主动营造破碎的形式，或者让不同的叙述语气形成交响，又或者设置某类叙述的圈套，这些都能够成为我们批评的好材料，但是批评不只是按照作家指定的路线去批评，我们还应该站到更高处去观照。叙事学批评常常有跟作者斗智的色彩，这也是它的魅力所在。

把叙述与故事分开，是对一部作品所进行的全部叙事学分析的宗旨，这绝对不是容易的事情，因为呈现在我们面前的是已经叙述完的故事。也正因为如此，著名的叙述学家热奈特提出了一个三分法，即在故事、话语（即呈现的文本）之外另设一个"叙述行为"，就是要凸显叙述这件事情的存在。余华评苏联作家布尔加科夫的长篇小说《大师与玛格丽特》的文章，就把叙述这件事情展示得光彩夺目，比方说："这时候二八三页过去了，这往往是一部作品找到方向的时候,最起码也是方向逐渐清晰起来的时候,因此在这样的时候再让两个崭新的人物出现,叙述的危险也随之诞生,因为这时候读者开始了解叙述中的人物了,叙述中的各种关系也正是在这时候得到全部的呈现。叙述在经历了此刻的复杂以后,接下去应该是逐渐单纯地走向结尾。所以,作家往往只有出于无奈,才会在这时候让新的人物出来,作家这样做是因为新的人物能够带来新的情节和新的细节,将它们带入停滞不前的叙述中,从而推动叙述。"叙述本身是需要时间的(时间通过页码来显示),而不是一个故事瞬间呈现在我们面前。作家不仅仅是讲了一个故事,而且是在完成一次讲述行为,大概只有自己是作家的人才会对这一点格外敏感。热奈特的三分法在实践中其实是二分法,那个虚设的原初故事没什么用处,要紧的是在已讲好的文本中辨认讲述行为的痕迹。我们写评论的时候,也可以借鉴余华的写法,比方:

1. 作者在这里显然遇到了难题,他的叙述滞涩了起来,需要某个新的角色出场以打破僵局,于是他开始为这个人的出场制造铺垫;

2. 穿过这一瓶颈,叙述进入了作者最熟悉的模式,天地一片空阔,不管是描写还是议论都顺畅无比,在某些地方甚至罕见地显得张扬和卖弄文采;

3.《非诚勿扰2》中孙红雷的出色表演使得葛优的爱情故事步步撤退,冯小刚面临着抉择,应该让孙红雷以何种方式谢幕,才能让葛优做回主角;

4. 我们能够理解韩寒处理结尾时的犹豫,一方面,《后会无期》流浪汉小说的结构使它可以自由地告别同行者,主角最后只留下江河一人;但是另一方面,商业片的模式又使它不得不唤回王璐丹扮演的苏米,以便让屌丝逆袭,皆大欢喜。

如此等等,会者不难。我们再来分析张爱玲《第一炉香》的开头:

在故事的开端,葛薇龙,一个极普通的上海女孩子,站在半山里一座大住宅的走廊上,向花园里远远望过去。薇龙到香港来了两年了,但是对于香港山头华贵的住宅区还是相当的生疏。这是第一次,她到姑母家里来。姑母家里的花园不过是一个长方形的草坪,四周绕着矮矮的白石字栏杆,栏杆外就是一片荒山。这园子仿佛是乱山中凭空擎出的一只金漆托盘。园子里也有一排修剪得齐齐整整的长青树,疏疏落落两个花床,种着艳丽的英国玫瑰,都是布置谨严,一丝不乱,就像漆盘上淡淡的工笔彩绘。草坪的一角,栽了一棵小小的杜鹃花,正在开着,花朵儿粉红里略带些黄,是鲜亮的虾子红。墙里的春天,不过是虚应个景儿,谁知星星之火,可以燎原,墙里的春延烧到墙外去,满山轰轰烈烈开着野杜鹃,那灼灼的红色,一路摧枯拉朽烧下山坡子去了。杜鹃花外面,就是那浓蓝的海,海里泊着白色的大船。这里不单是色彩的强烈对照给予观者一种眩晕的不真实的感觉——处处都是对照;

各种不调和的地方背景,时代气氛,全是硬生生地给揉揉在一起,造成一种奇幻的境界。

这段话的"中心思想"当然在最后一句,卒章显志,这是在做尖锐甚至尖刻的批判,因为这些富人的生活是堕落的、虚假的——但是,叙述者在描述这种生活时分明神清气爽,情致盎然,田园意境呼之欲出。这个描写颇能见出中国写景小品的法度:以大观小,由远及近,由外而内,然后又由内而外,由近及远,可谓繁而不乱,前后呼应,虚实相生。虽然口口声声说不协调、虚假,还塞进去一些不太亲切的象征,象征颓败的荒山,象征欲望的杜鹃,但是整个读来仍然让人神往,仿佛张爱玲是在描述她自己的理想家园。如果她在香港有钱有地,应该也想造个这样子的房子,面朝大海,春暖花开。也许我们会觉得有点俗,但是不要忘了张爱玲的话"那是穷人眼里的富贵,空气特别清新",她对那种刻意的高雅和纯粹并不买账。所以我们就可以这样分析这一段话中的叙述行为所包含的矛盾:其一,一方面以象征刻意表现腐朽、僵死的东西,另一方面叙述本身却又生气勃勃;其二,明明写出了一则富有古典风味的田园小品,偏偏要政治正确地在后面补上一句"五四"腔的感慨。由这一矛盾,我们就可以体察年轻的张爱玲在小说的开头部分那种犹豫,事实上,她是一直要写到薇龙堕落,才真正找准自己要写的东西的。

以上这种分析都很有意思,但要避免故弄玄虚。要能够发现一种叙述与另一种叙述的冲突,而不是随意揣度作家心理。另外,不言自明的道理是,如果我们只盯着一部作品,要想把握叙述行为,多半不知从何下手;如果我们将同一作者风格相近的作品多看几部,很多问题自然柳暗花明。

叙述者问题种种

叙述者在哪里

所谓叙述者,就是那个讲故事的人——不是写作品的人,而是作品中那个讲故事的人。它不一定是某个确定的形象,比方作品中写了个说书人或者侃大山的旅客之类,而首先就是那个把整个故事传到你耳中、脑中、心中的第一责任人,可以是"我",也可以是不在情节中的某个全知全能者。文论家赵毅衡有段话讲叙述者问题:"不仅叙述文本,是被叙述者叙述出来的,叙述者自己,也是被叙述出来的——不是常识认为的作者创造叙述者,而是叙述者讲述自身。在叙述中,说者先要被说,然后才能说。这条原则,我认为是叙事学第一公理。"[①]"先要被说,然后才能说",这话有点玄,我们这么理解:文学不仅仅是叙述了一个故事,塑造了一些人物,还塑造了一个叙述者,这个叙述者就像故事中的人物那样——并非一定是故事中的人物——有自己的声音、人格和脾性。很多时候,我们之所以会被某个故事吸引,首先

---

① 赵毅衡. 当说者被说的时候:比较叙述学导论[M]. 成都:四川文艺出版社,2013:1.

就是被一种深具个性的叙述的声音所吸引。

怎么才能在故事中找到叙述者？比方我们对别人说一件事情："我跟你说啊，今天早上，你们班班花从我面前走过去，还对我笑了一下呢！"对方听到的是一个"我"，但实际上这里有两个"我"：正在说"我跟你说啊"的眉飞色舞的"我"和"对我笑了一下"中那个作为笑的对象的、多半是傻傻的"我"。不妨以鲁迅《一件小事》中的一段为例加以解说：

> 我这时突然感到一种异样的感觉，觉得他满身灰尘的后影，刹时高大了，而且愈走愈大，须仰视才见。而且他对于我，渐渐的又几乎变成一种威压，甚而至于要榨出皮袍下面藏着的"小"来。
>
> 我的活力这时大约有些凝滞了，坐着没有动，也没有想，直到看见分驻所里走出一个巡警，才下了车。
>
> 巡警走近我说，"你自己雇车罢，他不能拉你了。"
>
> 我没有思索的从外套袋里抓出一大把铜元，交给巡警，说，"请你给他……"
>
> 风全住了，路上还很静。我走着，一面想，几乎怕敢想到自己。以前的事姑且搁起，这一大把铜元又是什么意思？奖他么？我还能裁判车夫么？我不能回答自己。
>
> 这事到了现在，还是时时记起。我因此也时时煞了苦痛，努力的要想到我自己。

对这段话，错误的理解是：

1）我遇到了一件令自己感动和羞愧的事情；

2）我记下这件事情；

3）以便激励自己不要忘记这件事情。

在此逻辑中只有一个"我"，做了三件不同的事情。

实际上这里有好几个"我"：

1）我[1]遇到了一件令自己感动和羞愧的事情；

2）我[1]很难忘记这件事情；

3）于是我[1]写了一篇文章，让"我"[2]用一种真挚朴实的口吻，讲述了一个故事，并设置了一个"我"[3]在故事中感动和羞愧；

4）"我"[3]还时时煞了苦痛，反躬自省；

5）于是我[1]放下了这件事情。

要理解叙述者的存在，就要理解"我"是分层次的。之所以我[1]可以减轻心理压力，其实不是因为作为角色的我[3]可以忏悔、可以改过并且得到原谅，而是因为叙述这一行为使我[1]成为我[2]，这个我[2]是个叙述者，它是不承受现实道德压力的，它的任务就是讲故事，不管是怎样令人羞愧的事情都可以讲，只要保证叙述的坦白和公正就行了。在叙述这些事情的时候，我[1]就躲到了幕后，卸下了心中的重担（我们不需要太过刻薄地理解这件事情）。再说《伤逝》，面对最后涓生那么汹涌澎湃的忏悔，读者心里总存有点怀疑，倒也不是说涓生说这些话的时候一定是虚情假意的，而是因为一个人如果可以自由地、尽情地、文采飞扬地忏悔，说明他心里的压力其实没有那么大，他有点享受自己的表达能力了，或者说，他躲到了那个叙述者的背后。我们再联想到，之所以精神分析把"说出来"（talk out）作为一种心理疗法，让病人把什么难堪的事情都说出来，倒不是因为说出来就可以被原谅，而正是因为言说使我们成为叙述者，而非——或不仅仅是——当事人。这套道理绕来绕去有点让人头疼，它的核心逻辑就是：在听到一个人所讲的故事的同时，听到这个人在讲这个故事。有点像罗兰·巴特所说：我说话，同时看到我在说话。这些还是要交给大家自己慢慢体会，有个观念留在脑海里，也许在某个地方就灵感来袭。

叙述者、隐形作者与伦理批评

需要注意，叙事分析虽然是"读入文本"的重要内容，也是抵御简单化的政治批评或道德批评的重要手段，但它并不等于我们通常所说的审美批评，并非叙事上变化多就艺术性高，更不是说分析叙事就是唯美主义地反对一切现实关涉。事实上，当前文学批评的一个热门领域是叙事伦理批评，即将对叙事形式的分析与伦理关切结合在一起；而我们后面讲意识形态批评，要探究作品的政治倾向、道德立场，等等，会经常出现一个我们究竟要批判谁的问题，这时也需要我们充分考虑叙述本身的复杂性。比方有论者认为，张爱玲在《金锁记》中对曹七巧是嘲弄的态度，这是她歧视下层女性的表现。这当然有道理，如果把张爱玲和一个乡下泼辣女人放在一起，前者表现出对后者的轻视或者敌意是完全有可能的，但是这种现实情境中的反应，文学批评不能直接用作立论的依据。值得特别关心的，不是张爱玲本人是否公正，而是那个叙述者是否公正。我们看到，一方面，姜家的妯娌们瞧不起七巧，而且这瞧不起有充分的理由，七巧尖酸刻薄，好戳人痛处，你看她暗讽三小姐云泽老大不嫁，后者不愿与之口角，逃到阳台上。叙述者顺着云泽的目光给出一幅苍凉的街景，让我们心有戚戚。但另一方面，七巧也有种种心酸与委屈，你看她像《红楼梦》里鸳鸯那样，一边嚎啕大哭，一边将见利忘义的兄嫂臭骂一通，还有她和三叔那悲催的爱情故事，不能说没有一点让人同情甚至尊敬的东西。关键在于，我们不是抽象地判断一件事情的价值，而是跟着叙述走，跟着叙述看。小说最后"盖棺论定"，"黄金的枷"之类的评语很是严厉、尖锐，但是那个镯子一直从手腕套到肩膀附近的大特写，让读者没办法做高高在上的评判，而是真的会有感慨，有悲悯，镯子在干枯的手臂上移动的时候，读者很难不把心贴上去。能通过眼光——而不仅仅是议论——把这爱与恨的两方面综合起来，叙述者就算是公正了。

按说，叙述者总是貌似公正的，什么时候就算不公正呢？明显站在某一类人的立场上看另一类人就是不公正。再次回到《伤逝》。涓生是要批判的，这个没有问题。但是如果严厉一点，鲁迅先生本人也要被批判，因为鲁迅只能依着涓生的理解力，将子君所做的事情简化为"油鸡"和"阿随"（流浪狗），他没法对之有更深的体察，给不出更多的同情。他只能说涓生的做法不对,他解剖知识分子的自私时不留情面,那是因为他懂涓生;但是子君那样过小日子的意思在哪里,他说不上来。鲁迅的深刻在于他可以在人家不忏悔的地方忏悔,但你要他真正理解子君的快乐——这样才能为子君提供有力的辩护——就太难为他了。这个时候,一个女性主义的批评家就可以对鲁迅提出批判了,她可以说后者受困于那套男性/革命/进步的"五四"话语,无法真正体察女性/日常生活的内在逻辑。鲁迅也许会抗议说:你看我对女性解放的态度,哪里就男权主义了?对方就回答:不是说你主观上坚持男权主义,而是你在讲故事的时候,还没有能跳出男权话语的框子,我批评的是你小说中那个叙述者,我要说他貌似公正其实偏狭。这么说鲁迅先生也许就能接受了,对事不对人嘛!

再举个例子,我们拿到沈从文的小说《丈夫》,就要处理一个相当棘手的道德问题:年轻而贫穷的山村妇女,在丈夫的许可下到城里卖淫贴补家用,对这件事怎么看?按照过去的分析思路,大概就是同情穷苦人民的遭遇,谴责恶势力对人的蹂躏,揭露社会黑暗之类,问题是,《丈夫》看起来并没有那么苦大仇深,把卖淫说得好像民俗一样自然,这又该如何评价?按照传统的做法,这个时候就要对作者的道德立场和政治立场做一整体的判断,而在叙事伦理的框架下,我们不妨抛开作者本人的立场,而把视线集中于叙述者。比方我们可以定下这样一个题目:《谁之道德?——沈从文〈丈夫〉中的道德立场辨析》,这个题目是说,我们不要笼统地问《丈夫》的道德立场,而应该至少分出作品情节结构的道德立场、角色(包括丈夫和妻子)的道德立场、叙述者的道德立场、作者本人的道德立场,等等,这样就把一部作品分离为众声喧哗的多层多元结构。如果继续分析,我们还可以发掘出多种矛盾关系。如果我们关注的是叙述者,就会注意到这个叙述者的基本立场是同情的理解,他绝不裁判主人公,而是处处为他们说话,反复强调"只是生意",最大限度地消除后者所承受的道德压力。但是除此之外,他又像真正的贴心人那样,敏锐地体察情感的一切细微的波动,将那隐秘的道德困境和内心冲突渐次揭示出来。他有时候会站在丈夫的立场,挑剔妻子越来越像"城里人"的打扮;有时又会以城里人的语言,将一种现代气息浓厚的感受力和反思意识注入乡民的头脑中。我们现在经常说"心理分析",仿佛是一种现代小说的技巧。其实所谓"心理分析",并不是一个人站在故事之外去分析人物的心理,而就是有个叙述者通过帮我们体贴地、细腻地分析人物的心理,使我们慢慢习惯于他的存在,信任他的立场,愿意追随他的判断。而他的判断,特别要注意的,既不等于某个作品中特定人物的判断,也不等于作家本人明确宣示的道德立场,当然也不等于社会一般的伦理原则,而是所谓隐含作者所发出的共情之音。

隐含作者是小说叙事学研究的代表人物韦恩·布斯的著名概念,这一概念在《小说修辞学》这部经典论著中提出,布斯的首要意图,是反对那种所谓"客观的"、"现实主义"的小说观,即小说应该完全由故事本身说话,作者不能跳出来发言。布斯指出,作者不是直接发言,而是在叙述的过程中转化为作为朋友和向导的隐含作者,对叙述产生积极的作用。隐含作者是由叙事创造出来的作者的代言人,它有时寄身于特定的叙述者,如第一人称的"我",有时只是一种具有个性的叙述的腔调和声音,但你会从叙述中强烈地感觉到作者的在场,包括其立场、姿态和声音。与作为一种功能的叙述者不同,说隐含作者更多地是强调叙事与某一相对稳定的人格形象(或者说"人设")的关联。这就好像小孩子听著名儿童节目主持人鞠萍的节目"鞠萍姐姐讲故事",这个"鞠萍姐姐"就是一个隐形作者,她不等于鞠萍本人,而是一个贯穿在所有故事中的人格形象,小朋友听故事时,听的不仅是故事,也是"鞠萍姐姐"的语气和态度。所以当这个"鞠萍姐姐"发表议论时,小朋友的感觉与听到其他人的评论就相当不一样,会把它当作故事的一部分。读小说也是如此,如果我们越来越熟悉"鲁迅的声音"、"张爱玲的声音"、"卡夫卡的声音"、"托尔斯泰的声音",当那个声音发表议论时,我们通常不会有"跳戏"之感,不会觉得这是作家在越俎代庖,因为那个声音与故事的展开、人物的展示、主题的呈现等已经融为一体。

需要注意的是,不是所有的作品都适合进行有关隐含作者的分析,在很多作品中,我们能感受到一个叙述者的语调和姿态,但这个语调和姿态只在故事中存在,与作者本人没有多大关系,所以我们完全可以只是分析叙述者。另外,如果我们只是第一次读到某个作家的某个短篇作品,也很难分析隐含作者,因为并不知道那个作者在作品中的"人设"是什么样子,所看到的只是叙述者的身影。布斯之所以要分析隐含作者,是要在故事中的人和写故事的人之间开辟第三维度,他认为对这一维度的探讨能够帮助我们理解何谓文学的道德。隐含作者既是又不是真实的存在,她/他是一个比实际的作者更好的人格,她/他比实际的作家应该更有道德、更能宽容、更有智慧,也更有意思,最重要的是,她/他如此敏锐和富有同情心,她/他并非全知全能,却能始终被信任。就像简·奥斯丁小说《爱玛》中的女主人公爱玛,一方面,她有着种种道德上的缺陷,尤其是自以为是;另一方面,爱玛又始终保持着变得更好的可能性。在此矛盾关系中,作为隐含作家的"奥斯丁"扮演着重要角色。她时时在场,却不是对主人公品头论足,而是以人情练达者的见识,帮助她洞察、体会和分析生活中的种种问题,尤其是她自身的问题。爱玛有可能因为自身的弱点而看不到生活的全部,但是在"奥斯丁"的帮助下,小说中的爱玛最大限度地敞开了心灵,她不需要完全否定自己,就获得了道德提升的可能性。这实际上一种建立在信任基础上的道德感,不同于那种建立在是非原则基础上的道德感,某种程度上,前者才是文学的。布斯写道:

> [在小说中呈现的隐含作家]"简·奥斯丁"是一个机智、聪慧和美德的模范。我们时刻无法忘记她的存在。我们承认她是我们所尊崇的一切的代表。她赞赏柔情,但并不多愁善感。她给予财富和地位以适当的价值,但并不过分。当她遇到一个傻瓜,她能认出这是傻瓜,但她知道野蛮地对待傻瓜是既不道德也不聪明的。总之……她是一个完美的生灵;她甚至认识到,她代表的这种人类的完美,在现实生活中是难以达到的。她的"全知"远远超出了这个词通常所表达的意义。在几乎每一个小说家的作品中,我们都能找到爱情场面,但是,只有在这里,我们才发现这样一颗心灵,能让我们明了,但并不过分简化;给我们同情和浪漫,但并不多愁善感;

给我们刺人的反问，但并不玩世不恭。[①]

这个"奥斯丁"当然是一个特定的隐含作者，但我们也有理由说，这是十八至十九世纪英美小说中常有的一种人格形象。她们/他们常常议论（包括辩护、讽刺种种），却不是站在人类的头顶上议论，而是站在人物中间议论，她们/他们希望以人的方式解决人的问题，她们/他们在面对人的弱点时那种真诚的宽容和同样真诚的讽刺，所召唤的是凡人的道德，而不是圣人的道德。就这一点，我们可以多向奥斯丁、乔治·艾略特和亨利·詹姆斯等人学习。这不仅仅是某种叙事技巧，而是要让我们将选择权交还给文学作品中的人物，因为只有他们才真实地面对某种困境，并且通过特定的选择成就自身——但是，我们会怀着莫大的期待关注他们的选择。这样一分析，叙事学便能够为实现文学的道德功能贡献力量，将现实生活中有可能会被简化的道德困境，以最丰富、最复杂、最饱满的方式呈现出来。

结语

叙事学批评有时太过技术化，分类太细，不加取舍地照搬很容易让人头晕目眩，也影响批评文章的质感。我的建议是，我们用不着引入太多专业术语和深奥理论，关键是把所学的东西运用到亲切的阅读经验中。我们期待能有两类发现，一类是发现某种叙事学理论甚至某个术语能将我们带向新的视角，甚至打开新的批评空间；另一类是发现自己模糊的阅读感受能够被一种叙事学理论照亮，使很多环节豁然贯通。再次强调，要避免使用了很多叙事学的术语，说的却是 ABC 的道理。假如某个人说，"根据罗兰·巴特的 X 理论，这篇小说的作者并不一定就是叙述者"，这就有些画蛇添足了。大家都明白的，就不用搬弄术语，但凡用术语的地方，我们就希望能看到有意思的东西。另外你会发现，很多精彩的批评文章，只重点运用一两个叙事学术语，反而能收到好的效果。这就像《天龙八部》里段誉刚学六脉神剑，"少阳"、"少商"、"商阳"什么的轮番上阵，耍得凌乱无章，旁边的高僧忍不住提醒他：少侠！要不您专学一路试试，学完再换……

本章课后练习

习题一

《我能否相信自己——余华随笔选》收录了余华一系列重要的评论和创作谈，读读这本书，看看在突出"叙述本身"这方面，余华能给你怎样的启发。建议模仿余华写一则短评。

---

① ［美］韦恩·布斯. 小说修辞学［M］. 付礼军，译. 南宁：广西人民出版社，1987：275—277.

习题二

找一篇让你满意的讨论叙述者的评论文章,仔细分析其思路与方法。看看就所讨论的作品而言,有没有可以补充和发挥之处。

习题三

我们已经初步讨论了沈从文的小说《丈夫》,请根据你对沈从文其他作品的理解,将"隐形作者"引入分析,看看这个隐形作者的立场、出场方式和口吻是如何影响到整篇小说的情感与思想的。

第八章
叙事学批评(中)：叙述视角

○ 叙述视角种种
○ 视角与人称
○ 视角与身份

　　这一章将接着上一章来讨论叙述者，我们将在叙述视角的论域内作进一步的考察。有关叙述视角的分析，一方面在于分析叙述者以何种方式进入叙述并掌控叙述。比方说，叙述者以哪个立足点、从哪个角度去叙述，叙述者能看到什么，特别重视什么，会忽视什么；哪些可以观看，哪些只能猜想？哪些让人身临其境，哪些让人置身事外？是紧贴着一个人物写，喜怒哀乐都亦步亦趋，还是进退裕如，随时可以抽身出来评头论足？如此种种，焦点始终在叙述本身上。但是另一方面，如果想完全抛开对叙述者本身的考察，不想知道什么人在叙述，以什么身份或者说什么姿态、什么声音在叙述，要想分析怎样叙述，就会缺少针对性。所以，在这一章，我们将把两方面结合起来分析。

　　我们首先要介绍有关叙述视角的一些常见区分。需要说明的是，讲叙事学的书很少在术语的使用上是完全一致的，但是如果我们不抠字眼，也还是能够看出思路的相通性，大部分的差别，不过是甲觉得可以进一步细分的地方，乙觉得可以到此为止。在给出一些必要的术语后，我们将从身份和人称两条路径展开讨论，看看不同的身份和人称如何影响叙述视角的构成。需要先行说明的是，这与其说是从特定身份推导出特定叙述，毋宁说是从叙述的复杂性揭示身份的复杂性；与其说是什么人称就有什么样的叙述，不如说是看叙述的变化如何使得人称由一个简单的标记，转变为生气勃勃的戏剧性要素。仅仅指出某一作品的叙述者是第几人称、什么身份之类还只是起点，真正有价值的工作是考察某一特定的叙述者是怎样以其叙述建立起一个复杂微妙的文学世界的。这是形式分析，但它当然是通向内容的形式分析。

叙述视角种种

有关叙述者的几组区分

　　要把叙述者很好地剥离出来，我们可能会用到几组概念：在场的叙述者与不在场的叙述者；故事内的叙述者与故事外的叙述者；可靠的叙述者与不可靠的叙述者，等等。每组概念内部的关系是最重要的，不同组概念之间倒是时常有交叉的情况。我们就以鲁迅作品来说明上述概念。

（一）

在场的叙述者：《伤逝》中的涓生。

不在场的叙述者：《风波》《药》中的叙述者。

（二）

故事内的叙述者：包括完全参与故事、部分参与故事或者旁观者，完全参与故事如《伤逝》中的叙述者，部分参与故事如《祝福》中的"我"。

故事外的叙述者：《狂人日记》开头的叙述者。

（三）

可靠的叙述者：叙述者的想法让我们觉得就是作者在说话，或者作者会认同他的叙述的公正性，如《社戏》中的叙述者，《在酒楼上》的"我"。

不可靠的叙述者：叙述者提供一种有强烈个人色彩以至于有可能产生明显的"变形"的叙述，如《狂人日记》主体部分的叙述者（"狂人"）。

仅仅给叙述者一个名称没多大意思，有意思的是经由叙述者找到能将我们带入文本内部的途径。比方鲁迅小说中常有那种在又不在故事内的叙述者，这往往能非常自然地传达出五四一代启蒙者在革命退潮后的彷徨心态，仍然想介入，却被一种沉重的挫折感所阻挡。当叙述者在"场内"时或者故事内时，内心戏会比较多，我们时时能看到一种自我剖析；而当叙述者站在"场外"，辛辣的讽刺、细致的写实就能充分发挥。再看萧红《呼兰河传》，有的时候感觉叙述者在故事外，所以讽刺、批判的意味就出来了；有的时候又感觉叙述者在故事内，是某位老人的孙女，这里"以前住着我的祖父，现在埋着我的祖父"，此时一切都化成一种深切的爱与痛，仿佛什么都可以原谅。而可靠的叙述者与不可靠的叙述者的问题，则可以帮助我们理解《伤逝》、《狂人日记》、《在酒楼上》这类作品，看看哪些地方的"我"是能够与鲁迅本人对应的，哪些地方鲁迅则会与这个"我"拉开距离。这类分析对很多作品都能用得上，比方黑泽明的《罗生门》、奥尔罕·帕慕克的《我的名字叫红》等，一个个角色轮流叙述，看起来每个人都是真诚的，但一定有人说谎，或者说大多数人都说了谎，但又不完全是在说谎。此时如果就可靠与不可靠的问题展开讨论，应该会很有说头。

进一步的区分

我们进一步提出视点、焦点和焦距这组概念，作为对前面几组概念的补充。所谓视点（point of view），说的是从哪个点看。比方说某部小说的叙述者是一个全知全能的叙述者，我们就可以说他站在一个全知全能的视点上。对视点可以从多个角度进行分类，比方说可以将其分为外视点和内视点，内视点就是站在故事中看，外视点就是站在故事外部看。

内视点　　　　　　　　外视点

同样是对政治运动、革命环境的观察，丁玲《我在霞村的时候》是内视点，赵树理的《锻炼锻炼》就是外视点；同样是文化寓言，沈从文的《虎雏》是内视点，老舍的《断魂枪》则是外视点；同样是写青年人的苦闷与爱情，郁达夫的《沉沦》是外视点，而他的《春风沉醉的晚上》则是内视点。如前所言，仅仅给出这样一个名号并没有多大意思，重要的是要由视点的选择看出作者的思路。并不是说换一种视点就不能把故事写好，但是有一些作品如果换一个视点，味道会很不一样。比方说《沉沦》，如果主人公换成"我"，而不是像现在这样以"他"一以贯之，从而保留了叙述者与主人公之间的一道"屏障"，带给读者的感觉就可能大不一样了，我们可以自己体会一下：

　　他近来觉得孤冷得可怜。

　　他的早熟的性情，竟把他挤到与世人绝不相容的境地去，世人与他的中间介在的那一道屏障，愈筑愈高了。

　　天气一天一天的清凉起来，他的学校开学之后，已经快半个月了。那一天正是九月的二十二日。

对视点如何进一步细分，各人有各人的做法，比方我们可以这么分：（1）全知全能视点，如《百年孤独》《麦琪的礼物》；（2）第一人称参与者的视点，如《在酒楼上》、《伤逝》；（3）第三人称客观视点：《白象似的群山》、《变形记》；（4）第三人称主观视点，如张爱玲《殷宝滟送花楼会》中作家"爱玲"的视点（旧时女同学请作家写下自己的爱情故事）。这种视点之所以有主观色彩，是因为叙述者是主要人物的熟人，所以不能保持绝对的客观和中立，但叙述者又不是故事的参与者。萧红《呼兰河传》中大部分情况下也是这种视点，虽然有一个"我"在，但是大部分情形不是那个孩童的"我"能够观察到的，而是以孩童的逻辑整理过之后，通过孩童的口吻表达出来。一般来说，全知全能视点是一种外视点，不过也有一些特殊情况，比方讲述者如果是一个亡灵，就像方方小说《风景》中早夭的小八子，当然就可以既进入故事，又无所不知。反过来，外视点并不就是全知全能视点，因为全知全能要求能知过去未来（所谓"上帝视角"），知道所有人物所知道和不知道的东西；而有些叙述虽然更像是一个隐形的旁观者在叙述,人物和读者不知道的,他好像也不知道(知道也不说)。

在"从哪里看"的问题之外,还有个"看哪里"的问题,即所谓焦点(常用动词形式"聚焦",focalization)问题。按照热奈特的分类,我们有零聚焦、内聚焦、外聚焦三种情况。零聚焦是没有特定的焦点,想看哪里看哪里,外在的、内在的、过去的、未来的都行;内聚焦则是集中于某个人物,尤其是他的内心活动;外聚焦则是以旁观者的立场看某个人的外在表现。比方张爱玲的《倾城之恋》,主角是范柳原和白流苏,焦点就在白流苏身上,而且常常采取内聚焦的方式,白流苏的一举一动而且内心世界我们好像都知道,范柳原很多时候就不知道去哪里了,即便看到了也是半明半暗;《伤逝》中焦点当然是在涓生身上,而且是内聚焦;对子君则是外聚焦,所以有时候会细致描摹她的表情变化,但她究竟在想什么我们并不知晓;《受戒》中对明海是内聚焦,小英子我们只看到爽利的身影,听到她清脆的声音,基本看不到心理活动。无论是内聚焦还是外聚焦,焦点并不总在一个人身上,如《红楼梦》中焦点常常在宝玉身上,但宝玉不在时,自然会有别人顶上。这个时候我们就叫焦点的变换。焦点的变换不等于无聚焦,后者是站在高处看,前者则是一会儿贴着(或者说盯着)这个人物写,一会儿贴着那个人物写。比方《金锁记》中前半部分焦点是七巧,写的是七巧的世界;后半部分焦点是长安,呈现出的是长安的世界,这就是焦点的变换。

很多时候,批评者出于方便,会将视点与焦点看作一回事。不过从逻辑上来说,以某人为焦点,并不等于以某人的眼光看世界,因为那个人首先是被看的对象,所以我倾向于把视点和焦点分开说。分开视点与焦点的另一个好处,是可以提出所谓"焦距"的问题。有时候我们把对象放得很近,所以可以直透灵魂,纤毫毕现;有的时候又放得很远,人物便主要以行动执行者的功能出现。我们从张爱玲《五四遗事——罗文涛三美团圆》中举两个例子:

（一）

这次离婚又是长期奋斗。密斯范呢,也在奋斗。她斗争的对象是岁月的侵蚀,是男子喜新厌旧的天性。而且她是孤军奋斗,并没有人站在她身旁予以鼓励,像她站在罗的身边一样。因为她的战斗根本是秘密的,结果若是成功,也要使人浑然不觉,决不能露出努力的痕迹。她仍旧保持着秀丽的面貌。她的发式与服装都经过缜密的研究,是流行的式样与回忆之间的微妙的妥协。他永远不要她改变,要她和最初相识的时候一模一样。然而男子的心理是矛盾的,如果有一天他突然发觉她变老式,落伍,他也会感到惊异与悲哀。她迎合他的每一种心境,而并非一味地千依百顺。他送给她的书,她无不从头至尾阅读。她崇拜雪莱,十年如一日。

（二）

罗的离婚已经酝酿得相当成熟,女方渐渐有了愿意谈判的迹象。如果这时候忽然打退堂鼓,重又回到妻子身边,势必成为终身的笑柄,因此他仍旧继续进行,按照他的诺言给了他妻子一笔很可观的赡养费,协议离婚。然后他立刻叫了媒婆来,到本城的染坊王家去说亲。王家的大女儿的美貌是出名的,见过的人无不推为全城第一。

　　交换照片之后,王家调查了男方的家世。媒婆极力吹嘘,竟然给他说成了这头亲事。罗把田产卖去一大部分,给王家小姐买了一只钻戒,比传闻中的密斯范的那只钻戒还要大。不到三个月,就把王小姐娶了过来。

　　前者焦距拉得很近,所以一大堆的心理分析,"螺蛳壳里做道场",后者焦距就拉得很远。罗文涛与范小姐的爱情是现代故事,缠缠绵绵地奋斗或者说折腾了那么多年;可是一旦进入男婚女嫁的轨道,媒婆聘礼定亲喜宴之类,便驾轻就熟,行云流水,几句话轻松解决,这正是《三言二拍》之类故事常见的套路(张爱玲尤其从《喻世明言》中的《蒋兴哥重会珍珠衫》一篇借鉴不少)。如果说前者的叙述是显微镜下的叙述,拼命把一个个瞬间拉长放大;后者便是望远镜,三年五载,花落花开,一笔带过。具体分析时,我们未必一定要使用"焦距"这一术语,你可以把它包含在有关视点的讨论中。后面我们讲叙述的速度的时候,还会有相关的分析。

　　叙事学分析提供了一系列分类的可能性,要注意的是,我们不要只是正名分类,思考的微妙之处常在矛盾状态中。举个例子,在《活着》中,余华有意拉开两种叙述者的差别,即那个文学青年的叙述和苦了一辈子的老农民福贵的叙述。前者华丽而自信,富含诗意的修辞,如全书结尾的句子:"我知道黄昏正在转瞬即逝,黑夜从天而降了。我看到广阔的土地祖露着结实的胸膛,那是召唤的姿态,就像女人召唤着她们的儿女,土地召唤着黑夜来临。"而福贵的叙述没有任何的修饰和渲染,就像生活本身一样朴实。这样一比照,福贵的叙述就显得特别可信。但是疑点也恰恰就在这里:一个真正的老农是不会这样叙述生活的,构成《活着》的主体的,是一种由大量短句构成的叙述,生动,清澈,细腻,透着稚气却又总能击中泪点(确实有点像沈从文的《边城》),让读者毫无抵御能力。这种叙述是可靠的还是不可靠的? 我们常说"全知全能视角",即有一个站在高处无所不知的叙述者,其实叙述的奥妙在于,一方面,任何叙述都在某种程度上让人感觉是全知全能的,因为我们总是跟着叙述去观察,去期待,因此常常认为我们知道的东西就是一切我们应该知道的东西;但另一方面,真正意义上的全知全能是不可能存在的,或者说即便有也没有意义,因为如果什么都知道,也就不存在故事了(所谓佛不嗔不喜)。没有从知到不知的持续变动也就没有真正意义上的叙述,叙述的魅力某种程度上就在于知与不知的巧妙安排。《祝福》中的"我"在大部分时间里就是个叙述者,他能讲出他所见到的,也能讲出一些他见不到的,虽然事不关己,却不妨碍他道听途说,而我们也姑妄听之;但他又偶然参与了故事,正因为他在有没有天堂的问题上含糊其辞,让祥林嫂最后的希望破灭,他因此背负一种愧疚,我们也因此与他拉开距离。一定要正名,那么更恰切的术语应该叫"有限全知全能"。柯南道尔的福尔摩斯探案故事,大部分都是由华生叙述的,这样使得读者一直同时被两个谜团笼罩:凶手是谁? 福尔摩斯在干什么? 但是也有几个故事是福尔摩斯自己做叙述者，这当然有把包袱提前抖开的危险，用《狮鬃毛》中福尔摩斯自己的话说就是："要是他在场的话，他会怎样地去大事渲染故事的紧张开端以及我终于克服了困难的胜利啊！然而他毕竟不在场，所以我只好用我的方式来平铺直叙，把我的探索狮鬃之谜的困难道路上的每一个步骤，用我自己的话表现出来。"但是我们最终发现，秘密仍然在最后一刻揭开，整个侦破过程仍然显得扑朔迷离，知道与不知道的矛盾贯穿始终。

　　说到这里，有一个问题一直没有正面回答，我们说视角究竟是说谁的视角？人物的视角，叙述者的视角，还是读者的视角？比方《福尔摩斯探案集》中，华生作为探案的帮手有一个视角，作为事后写探案记录的人（也就是叙述者）又有一个视角，这两种视角有时与读者的视角吻合，有时又并不一致，因为读者急切地想知道的，未必是人物或者叙述者想知道的。如前所说，叙述视角其实就是知道的东西与不知道的东西形成的夹角，这里要指出的是，这个夹角是不稳定的，因为叙述者随时可能会贴近人物，或者贴近读者甚至作者，但又随时可能与它们拉开距离。比方说《在酒楼上》，虽然是第一人称的"我"作为叙述者，但是作为角色的"我"显然并不等于叙述者，大部分情况下，是叙述者在叙述"我"而不是"我"在叙述"我"。正因为如此，"我"的故事以及吕纬甫的故事才能够清清楚楚地讲出来。但是，有的时候这个"我"会过来"抢话筒"。比方"我"来到了楼上，"就在靠窗的一张桌旁坐下了。楼上'空空如也'，任我拣得最好的坐位：可以眺望楼下的废园。这园大概是不属于酒家的，我先前也曾眺望过许多回，有时也在雪天里"。这都没问题，但是接下来是一段描写：

> 但现在从惯于北方的眼睛看来，却很值得惊异了：几株老梅竟斗雪开着满树的繁花，仿佛毫不以深冬为意；倒塌的亭子边还有一株山茶树，从晴绿的密叶里显出十几朵红花来，赫赫的在雪中明得如火，愤怒而且傲慢，如蔑视游人的甘心于远行。我这时又忽地想到这里积雪的滋润，著物不去，晶莹有光，不比朔雪的粉一般干，大风一吹，便飞得满空如烟雾。……

就叙述者的视角来说，如此生动而热烈的描写是有点出人意料的，但是就那个人物的视角而言、甚至作者的视角而言（我们知道鲁迅写过散文《雪》，比较过南方与北方的雪）就很正常。我们甚至可以这样理解，这是一篇关于故乡的散文和一篇与故乡相关的小说杂糅在一起，前者是要在凄清、灰色的氛围中寻找故乡的感觉，后者则是要完成对一个主题——先天不足的革命的失败，引发时代精神的退步——的表现。叙述者尽量使作为人物的"我"服从于他，但是他总有不能完全掌控之处。也正因为叙述者与人物的这种区分，有时同一段话可能出现好几种视角，我们来看小说最后一段：

> 我们一同走出店门，他所住的旅馆和我的方向正相反，就在门口分别了。我独自向着自己的旅馆走，寒风和雪片扑在脸上，倒觉得很爽快。见天色已是黄昏，和

屋宇和街道都织在密雪的纯白而不定的罗网里。

总体而言,这段话当然是由叙述者掌控,先是叙事,然后象征。但是"我"的"很爽快"却是应该由人物的视角来解释的,并非因为爽快是内心活动,而是因为这种爽快的体验既真切又突兀(它并不等于"我长长地舒了一口气"这类老套路),没办法放入全文的讽喻结构之中。回到前面的对立,叙述者是要完成一个讽喻的主题,而"我"首先是回故乡,在失望与希望的交织中重新体验故乡。两者可以有交叉重合之处,但并不能相互取代。我们不妨这样看问题,一部作品的叙述视角看起来是单一的,其实是复调的,也就是说不同叙述视角有可能同时存在,而且彼此之间有竞争有联合。我们当然也可以将叙述者理解为受到了隐含作者的介入,这个隐含作者是有人格因而有"脾性"的,会有一套自己讲故事的套路,但是面对故乡,他并不能保持一个固定的节奏一丝不乱,也很难保持绝对中立的姿态不偏不倚。面对一个"空镜头"(雪中红梅)时该怎么说话,面对饭店伙计该怎么说话,面对他关心的人物又该怎么说话,他也不是十分有把握。他既希望保持自己的姿态,又在尽力调整自己的视角。在此过程中的种种变化有时是精心的安排,有时可能只是写作的"失误",但也许"失误"恰恰造成了最好的艺术效果。简而言之,在讨论叙述视角时,只有变化才是真正值得关注的。

视角与人称

人称视角分析是叙述视角分析的"保留曲目"。引人注意的首先是作品的叙述使用的是第一(我)、第二(你)还是第三人称(他)。这涉及不同的说与听的关系,往往改变一个人称,很多东西都会跟着变。即便只是单个句子也能让我们看出端倪,"我就知道是这么回事","你应该知道是怎么回事","他知道是怎么回事",其间的差别,并不只是语气,而是有不同的故事呼之欲出。正如华莱士·马丁在《当代叙事学》一书中介绍的,简·奥斯丁将《理智与情感》从书信体改为第三人称,陀思妥耶夫斯基的《罪与罚》和卡夫卡的《城堡》也都是从第一人称改为第三人称,假如人称问题不重要,这些作家也就不需要为此大费脑筋了。马丁相信,在绝大多数现代叙事作品中,正是叙事视角(或者说视点)创造了兴趣、冲突、悬念乃至情节本身。[1]

先不管第几人称,我们首先要注意的是与人称相关的知道/不知道问题,也就是说你这个人称会把哪些事情摆在明处,哪些事情摆在暗处。托马斯·福斯特在《如何阅读一本小说》中评说第一人称,他说第一人称有以下问题,这些是让它伤脑筋的缺陷:

- 这个叙述者无法知道其他人的想法。

---

① [美]华莱士·马丁. 当代叙事学[M]. 伍晓明,译. 北京:北京大学出版社,2005:130.

- 这个叙述者无法在自己不在场的情况下，前往其他人的地方。
- 他会经常性地误解别人。
- 他会经常误解自己。
- 他只能局部了解客观真相。
- 他可能有所隐瞒。

托马斯问，既然有这种种局限，为什么还要采取如此不可靠的视角？[①] 原因很简单，因为上述局限换个眼光看，又无一不是优点。这就是叙述的好玩之处。这里我们尝试做一个一般性的讨论。大致而言，三种人称形成了各自核心的矛盾关系，如下：

> 我——故事内/外
> 你——角色/读者
> 我对你——彼时/当下
> 他/她——描述/评说

这里我们先说中间两条，这两条都是针对第二人称的。前者以卡尔维诺《寒冬夜行人》为代表，这是一个不确定的"我"对着一个不确定的"你"叙述，"你"的位置可以由任何一个故事之外的普通读者占据，看起来并不针对个人，但是如果我们不防备，很容易把自己代入故事，小说玩的就是这种实则虚之、虚则实之的把戏，所以这个以"你"为焦点的设计特别适合"元小说"。后者以《一个陌生女人的来信》为代表，是一个特定的女人对一个特定的男人叙述。很显然这是一个有限的视角，因为在讲到"你"时，"我"只能叙述"我"所见到的"你"，所以这篇小说的开头和结尾还加上了一段第三人称，给男主人公一点交代，然后开始看信。但是这一叙述视角仍然有知道/不知道的问题，"我"在给"你"写信的时候是"我"与"你"进行当下的交流，这是"你"知道的；而"我"在叙述故事的时候却又是"我"与"你"彼时的交流，这又是"你"不知道的。这两种交流的界限很难守得住，直接的当下的交流——倾诉的强烈冲动——会不时地打断叙述，而情感也就此过程中集聚、翻滚和升腾，如：

> 第二天一早我急着要走。我得到店里去上班，我也想在你仆人进来以前就离去，别让他看见我。我穿戴完毕站在你的面前，你把我搂在怀里，久久地凝视着我；莫非是一阵模糊而遥远的回忆在你心头翻滚，还是你只不过觉得我当时容光焕发、美丽动人呢？然后你就在我的唇上吻了一下。我轻轻地挣脱身子，想要走了。这时你问我："你不想带几朵花走吗？"

---

① ［美］托马斯·福斯特. 如何阅读一本小说［M］. 梁笑，译. 海口：南海出版公司，2015：55—56.

我说好吧。你就从书桌上供的那只蓝色水晶花瓶里（唉，我小时候那次偷偷地看了你房里一眼，从此就认得这个花瓶了）取出四朵白玫瑰来给了我。后来一连几天我还吻着这些花儿。

在这之前，我们约好了某个晚上见面。我去了，那天晚上又是那么销魂，那么甜蜜。你又和我一起过了第三夜。然后你就对我说，你要动身出门去了——啊，我从童年时代起就对你出门旅行恨得要死！——你答应我，一回来就通知我。我给了你一个留局待取的地址——我的姓名我不愿告诉你。我把我的秘密锁在我的心底。你又给了我几朵玫瑰作为临别纪念，——作为临别纪念。

这两个月里我每天去问……别说了，何必跟你描绘这种由于期待、绝望而引起的地狱般的折磨。我不责怪你，我爱你这个人就爱你是这个样子，感情热烈而生性健忘，一往情深而爱不专一。我就爱你是这么个人，只爱你是这么个人，你过去一直是这样，现在依然还是这样。我从你灯火通明的窗口看出，你早已出门回家，可是你没有写信给我。在我一生的最后的时刻我也没有收到过你一行手迹，我把我的一生都献给你了，可是我没收到过你一封信。

我等啊，等啊，像个绝望的女人似的等啊。可是你没有叫我，你一封信也没有写给我……一个字也没写……

我的儿子昨天死了——这也是你的儿子。（央金译）

第三人称叙述是讲故事的常态，这种叙述往往是自我消隐的，我们常常只看到故事，看不到叙述者在哪里。第一人称叙述常有日记的特点，所以叙述者的存在一望便知，第三人称的叙述则一定要先把"我"隐藏起来。罗伯·格里耶的代表作《嫉妒》，写的是两户人家之间的关系，我们来看这一段：

尽管天色已黑，但她关照不要把灯拿来，因为她说灯光吸引蚊子。杯子里的酒几乎要溢出杯口，杯里是白兰地加矿泉水，上面还浮着块小冰块。漆黑中，她尽可能地靠向弗朗克坐的那张椅子，以避免动作不慎将酒杯里的液体泼出，她用右手小心翼翼地将酒杯递给他。她另一只手搁在椅子的扶手上，身体俯向弗朗克，两人近得几乎头靠着头。他喃喃地吐出了几个字，毫无疑问，是在表示谢意。（李清安译）

我们看这一段，好像也没有什么问题，"她"是邻居家的女主人，弗朗克是邻居家的男主人，两人看起来有些亲昵，但好像也并不出格。然后我们发现，这篇小说通篇都是第三人称，而且始终没有出现丈夫的身影，看来是一个不在场的叙述者主导叙述——其实不然，整个画面都是饭桌上毫无存在感的丈夫用他嫉妒的眼睛窥见的，整篇小说就是一个有关窥视的故事。小说表面看起来像是第三人称，其实是第一人称，是"我看见……"。那个叙述者"我"即那个嫉妒的丈夫完全躲在幕后，当我们把他揪出来时，也就既明白了叙述展开的内在逻辑，也明白了小说为什么叫《嫉妒》。罗伯·格里耶的很多小说都是冷冰冰的叙述，但那一则是因为小说中常有一个隐匿的窥视者，即一个隐秘的"我"（如《密室》、《嫉妒》、《窥视者》等）；二则他本来就是要让物象压倒故事，就像证物压倒推理一样（《橡皮》等），或者说，它是要让叙述者的不在场这件事戏剧化。并不是所有的第三人称小说都像这样拿叙述者的在与不在做文章，但是对第三人称的分析，首要的工作的确是要找到叙述者的出场方式。

再以卡夫卡的《饥饿艺术家》为例。卡夫卡的很多小说写得非常冷静，但是你能感觉到叙述者有一个明确的位置，就是紧贴着主人公叙述，观察他，分析他，感受他所感受的东西。比方《饥饿艺术家》中这一段：

> 除了熙熙攘攘、川流不息的观众外，还有被大伙推举出来的固定的监督人员守在那儿。奇怪的是，这些看守一般都是屠夫，他们总是三人一班，日夜盯着饥饿艺术家，防止他用什么秘密手段偷吃东西。其实，这不过是安慰大伙的一种形式而已，因为行家都晓得，饥饿艺术家在饥饿表演期间是绝对不吃东西的，即使有人强迫他吃，他也会无动于衷。他的艺术的荣誉不允许他这么做。当然，不是每个看守都能理解这一点。有些值夜班的看守就很马虎，他们坐在远离饥饿艺术家的某个角落里埋头玩牌，故意给他一个进食的机会，他们总认为，饥饿艺术家绝对有妙招搞点存货填填肚子。碰到这样的看守，饥饿艺术家真是苦不堪言，这帮人使他情绪低落，给他的饥饿表演带来很多困难。有时，他不顾虚弱，尽量在他们做看守时大声唱歌，以便向这帮人表明，他们的怀疑对自己是多么的不公道。但这无济于事。这些看守更是佩服他人灵艺高，竟在唱歌时也能吃东西。所以，饥饿艺术家特别喜欢那些"秉公执法"的看守人员，他们靠近铁栅坐在一起，嫌大厅灯光太暗而举起演出经理提供的手电筒把自己照得通明。刺眼的光线对他毫无影响，反正他根本睡不成觉，但是无论什么光线，也不管什么时候，就是大厅里人山人海，喧闹嘈杂，打个盹儿他总是做得到的。他非常乐意彻夜不眠和这样的看守共度通宵，喜欢同他们逗乐取笑，给他们讲述自己的流浪生活，然后再悉听他们的奇闻趣事。所有这些，都是为了使看守们保持清醒，让他们始终看清，他的笼子里压根儿就没有吃的东西，他在挨饿，不论哪个看守都没有这个本事。而最令他兴奋的是早晨自己掏腰包，请看守们美餐一顿让人送来的早饭。这些壮汉子们在艰难地熬了一个通宵之后个个像饿狼扑食，胃口大开。然而，有些人却认为请客吃饭有贿赂之嫌疑，这纯属无稽之谈，当别人问到他们是否愿意兢兢业业值一夜班而拒吃早餐时，这些人却溜之大吉了，可要让他们消除疑心并不容易。（贾一诚译）

"饥饿艺术"的要点，是只能由挨饿者自身度量的饥饿如何可以成为公众认同的艺术，这是一种典型的意义游戏,极复杂极微妙,非得有一个声音把那种纠结状态娓娓道来不可。小说中的第三人称叙述就像是对着某个听众讲另一个他非常牵挂的人物,讲着讲着他就忘记了眼前的听众,变得有点像自言自语,不那么在意叙述的进度,加进很多自己的感慨,想很多人家的问题。你看他写饥饿艺术家的尴尬处境,"最令他兴奋的是早晨自己掏腰包,请看守们美餐一顿让人送来的早饭",这种描写带着深切的同情,非常有力度。小说的叙述者完全不动声色,却似乎与之共有一具躯体,所以你看饥饿艺术家结束表演,被两位女士搀扶下来的场景,看起来十分滑稽,我们身上却凉飕飕的,那种描写与评说高度融合的叙述方式真能把我们带入那样一种情境:一个饿了这么久的人居然必须表演饥饿!我们发现每一个人的每一个动作都变成了表演,仿佛动作都是为了某种意义的展示存在的,那么做作,却又身不由己:

> 经理双手卡住饥饿艺术家的细腰,有些过分小心翼翼,他的动作神情使人联想到,他手中不是一个活人,而是一件极易破碎的物品。这时经理或许暗中轻轻碰了一下饥饿艺术家,以至于他的双脚和上身左右摇摆不停。紧接着经理把他交给了两位脸色早已吓得苍白的女士,饥饿艺术家任其摆布,他脑袋耷拉在胸前,好像它是不听使唤地滚到那里,然后又莫名其妙地一动不动。他的身体已经掏空,双腿出于自卫本能紧紧和膝盖贴在一起,双脚却擦着地面,似乎那不是真正的地面,它们好像正在寻找真正的可以着落的地方。他全部的、其实已经很轻的身体重量倾斜在其中一个女士身上。她喘着粗气,左顾右盼,寻求援助,她真没想到,这件光荣的差事竟会是这样,她先是尽量伸长脖子,这样自己的花容月貌起码可以免遭"灾难",可是她却没有办到。而她的那位幸运些的伙伴只是颤颤悠悠,高高地扯着饥饿艺术家的手——其实只是一把骨头——往前走,一点忙也不帮,气得这位倒楣姑娘在大庭广众的起哄声中哇地一声大哭起来,早已侍候在一旁的仆人不得不把她替换下来。(贾一诚译)

不妨想,把《饥饿艺术家》换成第一人称会怎么样?艺术还是非艺术的纠结尚能保存,那种深沉的悲悯可能就减少了,激愤、讽刺以及感伤的成分会增加,但这未必是件好事。作品中那种独特的语调对应着一种人格形象,我们会觉得那就是卡夫卡,一个对人生在世的荒谬性有最深切的体察却仍然热切地去理解他人的心灵。换成第一人称就是另一个故事了。这就好比《麦田守望者》如果换成第三人称,一定会觉得减色不少,因为那样的成长小说要的就是敏感而不羁的个性,而在渲染个性的问题上,还是第一人称最为方便。

第一人称是人称分析尤其是叙述视角分析最容易出彩的领域,它的核心矛盾是故事内与故事外,叙述者与当事人的关系。仅仅说《祝福》、《在酒楼上》、《孔乙己》中的"我"在又不在故事之中还不够,是否因此影响到了小说的意蕴才是最重要的。对鲁迅来说,让"我"在又不在故事中,与他本人在又不在故乡中,在又不在大众中等等是可以形成类比的。所以我们看到,他往往让这个"我"承担一点道德压力,这是一种因冷漠而生的罪恶感,但是这个冷漠又不是那种大鸣大放的冷漠,而就是你被一种无形的东西挡在外面,你的情感贴不上去,而且内心深处也并不真的想贴上去。"我"冷漠但又愧疚,仿佛必须愧疚才能挽救冷漠,但是"我"最终没法把故事变成"我"的故事,"我"只能是个外人。鲁迅的故事未必一定要以这种"我"来叙述,但是这个"我"他把握得最好,比《伤逝》里的那个自说自话的"我"要更有小说感。再看废名《竹林的故事》,那个"我"无名无姓,只是一群少年中的一个,而且他全知全能,甚至能听到女主人公三姑娘和妈妈的私房话,仿佛立身当场。但是他又分明凭着多情的眼光和一两句俏皮话,从一群男孩子中显出剪影。而多年后的重逢,那就真是惊鸿一瞥,默默无言之中颔首而过,仿佛剪影又重新回到背景之中。这是废名的高妙,如果我们写这个故事,可能就比较老实,会贴着"我"的所见所感写,这样写的坏处是容易把故事写成"我"的成长故事。而废名的处理,就让这个"我"既在又不在故事之中,最后一句"暂时面对流水,让三姑娘低头过去",就显得意蕴饱满,回味无穷。

不少小说都把第一人称叙述与第三人称叙述结合起来,如果"我"在场,就由"我"来叙述;如果"我"不在场,便是第三人称叙述。贾平凹的《秦腔》就是很好的例子。它写的是商州地区(贾平凹的故乡)清风街的衰败,这个衰败与秦腔的衰败互为表里。秦腔败到一个正经演员都找不到,清风镇败到抬棺材的劳动力都凑不齐。贾平凹写这个衰败,跟陈忠实《白鹿原》中写乡约社会的衰败不一样,后者大气磅礴,悲壮慷慨,过程清晰,而贾平凹从头到尾都是在讲一些非常琐碎的事情,怎么调水,怎么屯田,怎么承包,怎么吵架之类,头绪繁多,针脚绵密,就那么不知不觉中,人一个个逝去了,理想一个个破灭了。但是贾平凹不只是这样一种叙述,里面还有个"我",名叫引生,无家无业,还是个二愣子,疯疯癫癫的,一门心思爱上了唱秦腔的漂亮姑娘白雪。可是白雪爱的是省城上班的大学生夏风,而且两人结了婚生了孩子。引生正常的时候,是作为一个"他"跟着老支书夏天义为村里的事瞎操心,或者给其他人捣乱;不正常的时候常能见到异象,很不正常的时候(常常是因为见到白雪)则往往会元神出窍或者说神灵附体,此时他就不与其他人在一个世界中了。他这边一闹腾,主导的第三人称叙述就会被打断,随着"我"成为叙述者,叙述的抒情性就会迅猛上升,很多隐藏在日常琐事之下的大悲凉、大恐慌喷涌而出。第一人称在情感表达、观念展示上有得天独厚的优势,把它与第三人称叙述结合起来,而要让这第一人称有一个半疯子的身份,自然就会多出很多变化的空间。

再举个例子,来自于王小波《黄金时代》:

> 【开头】我二十一岁时,正在云南插队。陈清扬当时二十六岁,就在我插队的地方当医生。我在山下十四队,她在山上十五队。有一天她从山上下来,和我讨论她不是破鞋的问题。那时我还不大认识她,只能说有一点知道。她要讨论的事是这样的:虽然所有的人都说她是一个破鞋,但她以为自己不是的。因为破鞋偷汉,而

她没有偷过汉。虽然她丈夫已经住了一年监狱，但她没有偷过汉。在此之前也未偷过汉。所以她简直不明白，人们为什么要说她是破鞋。如果我要安慰她，并不困难。我可以从逻辑上证明她不是破鞋。如果陈清扬是破鞋，即陈清扬偷汉，则起码有一个某人为其所偷。如今不能指出某人，所以陈清扬偷汉不能成立。但是我偏说，陈清扬就是破鞋，而且这一点毋庸置疑。

【结尾】陈清扬说她真实的罪孽，是指在清平山上。那时她被架在我的肩上，穿着紧裹住双腿的筒裙，头发低垂下去，直到我的腰际。天上白云匆匆，深山里只有我们两个人。我刚在她屁股上打了两下，打得非常之重，火烧火燎的感觉正在飘散。打过之后我就不管别的事，继续往山上攀登。

陈清扬说，那一刻她感到浑身无力，就瘫软下来，挂在我肩上。那一刻她觉得如春藤绕树，小鸟依人。她再也不想理会别的事，而且在那一瞬间把一切都遗忘。在那一瞬间她爱上了我，而且这件事永远不能改变。

在车站上陈清扬说，这篇材料交上去，团长拿起来就看。看完了面红耳赤，就像你的小和尚。后来见过她这篇交待材料的人，一个个都面红耳赤，好像小和尚。后来人保组的人找了她好几回，让她拿回去重写，但是她说，这是真实情况，一个字都不能改。人家只好把这个东西放进了我们的档案袋。

陈清扬说，承认了这个，就等于承认了一切罪孽。在人保组里，人家把各种交待材料拿给她看，就是想让她明白，谁也不这么写交待。但是她偏要这么写。她说，她之所以要把这事最后写出来，是因为它比她干过的一切事都坏。以前她承认过分开双腿，现在又加上，她做这些事是因为她喜欢。做过这事和喜欢这事大不一样。前者该当出斗争差，后者就该五马分尸千刀万剐。但是谁也没权力把我们五马分尸，所以只好把我们放了。

陈清扬告诉我这件事以后，火车就开走了。以后我再也没见过她。

前面说了，作为故事叙述者的"我"与作为故事当事人的"我"是不同的，但是这篇小说有意思的是，故事叙述者制造了一场较量，让本来是角色的"我"和"陈清扬"，以叙述者的身份来争夺回忆的主导权，也就是对那个"黄金时代"的解释权。"我"讲述故事当然是第一人称，这个"我"一开口就是流氓词汇、流氓逻辑；"陈清扬"则是第三人称转述，这个叙述者的声音文艺、诚挚而且庄严。你看第一段，完全是"我"在叙述，"我回忆那时"，那时"我"即王二对世事洞若观火，陈清扬则是个"傻白甜"，连自己是不是破鞋都讲不清楚，跑去找王二这个病人作证，王二一套流氓逻辑，几下就把陈清扬绕得头晕眼花。两人对话时，明显看出主导者是"我"，"我"知道那个混乱时代的法则，陈清扬却始终看不透，她有太多不切实际的理想，毫无必要的疑惑以及不合时宜的天真，她是依附于"我"的，"我"的叛逆程度决定了她的生活空间，或者说她只能行动于"我"的故事中。但是随着故事的发展，"我"越来越不自信了，因为在两人关系问题上，陈清扬表现出了远较王二为高的勇气与生气，她不仅让那些干部群众看不懂，让"我"也看不懂了。"我"最终发现，讲述那个黄金时代的最合格的人，是陈清扬而不是"我"，所以到最后部分，当人到中年的王二与陈清扬在宾馆里怀旧似的发生了关系之后，叙述的权力完全移交给了陈清扬，我们听到的是一长串的"陈清扬说"，从二十多年前陈清扬来找王二说破鞋的事开始，一直到陈清扬说出自己真实的罪孽，也就是我们所引的这几段。这个"陈清扬说"并不是"我说：陈清扬说"，而是"陈清扬说"压倒了"我说"。当"陈清扬说"结束时，故事戛然而止，"以后我再也没见过她"，不留丝毫空间给"我"整理思绪，重掌局面。那个时代从一开始就是陈清扬的黄金时代，因为她敢于面对爱情，那是那个时代唯一无法被起诉也无法被宽恕的罪。反观王二，似乎以一个特立独行的"我"进入故事，在那个混乱的"革命时代"享受到男欢女爱，仿佛以玩世不恭赢得精神自由，最终却发现自己只是个懵懂的见证者，对爱情，对时代，都是如此。王小波把这一微妙的转换表现得非常好。

最后我还想谈谈杜拉斯的《情人》中的"我"。我们看开头那令人难忘的一段：

我已经老了，有一天，在一处公共场所的大厅里，有一个男人向我走来。他主动介绍自己，他对我说："我认识你，永远记得你。那时候，你还很年轻，人人都说你美，现在，我是特为来告诉你，对我来说，我觉得现在你比年轻的时候更美，那时你是年轻女人，与你那时的面貌相比，我更爱你现在备受摧残的面容。"

这个形象，我是时常想到的，这个形象，只有我一个人能看到，这个形象，我却从来不曾说起。它就在那里，在无声无息之中，永远使人为之惊叹。在所有的形象之中，只有它让我感到自悦自喜，只有在它那里，我才认识自己，感到心醉神迷。

太晚了，太晚了，在我这一生中，这未免来得太早，也过于匆匆。才十八岁，就已经是太迟了。在十八岁和二十五岁之间，我原来的面貌早已不知去向。我在十八岁的时候就变老了。我不知道所有的人都这样，我从来不曾问过什么人。好像有谁对我说讲过时间转瞬即逝，在一生最年轻的岁月，最可赞叹的年华，在这样的时候，那时间来去匆匆，有时会突然让你感到震惊。衰老的过程是冷酷无情的。我眼看着衰老在我颜面上步步紧逼，一点点侵蚀，我的面容各有关部位也发生了变化，两眼变得越来越大，目光变得凄切无神，嘴变得更加固定僵化，额上刻满了深深的裂痕。我倒并没有被这一切吓倒，相反，我注意看那衰老如何在我的颜面上肆虐践踏，就好像我很有兴趣读一本书一样。我没有搞错，我知道；我知道衰老有一天也会减缓下来，按它通常的步伐徐徐前进。在我十七岁回到法国时认识我的人，两年后在我十九岁又见到我，一定会大为惊奇。这样的面貌，虽然已经成了新的模样，但我毕竟还是把它保持下来了。它毕竟曾经是我的面貌。它已经变老了，肯定是老了，不过，比起它本来应该变成的样子，相对来说，毕竟也没有变得老到那种地步。我的面容已经被深深的干枯的皱纹撕得四分五裂，皮肤也支离破碎了。它不像某些娟秀纤细的容颜那样，从此便告毁去，它原有轮廓依然存在，不过，实质已经被摧毁了。我的容颜是被摧毁了。

　　对你说什么好呢，我那时才十五岁半。

　　那是在湄公河的轮渡上。（王道乾译）

　　起首第一句，"我已经老了"，貌似平淡无奇，却埋下伏笔，即将引出一个叙述者/当事人的双重身份。然后第一个场景出现，一个男人肯定了老年的"我"的形象，并将其与年轻时的"我"对比，宣称此时的"老"更胜一筹。这样一来，"我"就没法以通常的逻辑叙述自己的故事，"如花美眷，似水流年"之类，而必须把"老"当成一种需要体验的事，即"我老着"。然后我们又看到，"我"备受摧残的面容并非出自一个匀速的、自然的老化过程，而是在年轻时经历了一次突变，几乎面目全非，然后才是正常速度的衰老，仿佛"我"的"老"也"老了"。而十八岁之前的时光，完全在时间的流程之外。那个湄公河轮渡上的戴着一顶古怪帽子的女孩子的形象，仿佛一张照片，成为记忆中一个不可理解、无法克服的画面。"我"并不因为受人奉承便觉得无需回忆，但也并不一味怀旧，"我"是在与那样一个年轻的"我"对话（所以有时候后者会变成"你"或者"她"），极亲切，然而彼此阻隔。当"我"尽最大能力体验那个女孩子所体验的一切之后，一句话出现：

　　我变老了。我突然发现我老了。

　　他也看到这一点，他说：你累了。

"我变老了"跟"我已经老了"一样，似乎都是叙述过去的方式而非言说当下的方式，在特定的当下，我们似乎不可能突然就变老了，而只能累了，憔悴了。但是，隔着时间看自己过去的影像，会看出影像的本质是时间，过去的影像嵌在今天的面容中，此刻的"老"在过去那一刻已然开始。"天若有情天亦老"，当一个饱含着幸福与绝望、罪恶与温柔的爱情故事完成自身时，"老"便是一个恰当的形容词，不是指称状态，而是指称过程。此时做出论断的既是那个年轻的"我"，也是这个作为叙述者的年老的"我"，两个"我"合二为一。

视角与身份

　　所谓身份视角，是要以叙述者特定的身份为参考，去把握一种看世界、叙述世界的方式。每个人都有身份，但是总是一些身份值得特别关注。我们经常听到所谓"孩童视角"、"女性视角"、"底层视角"、"外乡人视角"甚至"动物视角"（莫言的《生死疲劳》）之类便是如此。孩童相对的是大人，女性相对的是男性，底层相对的是普通市民，外乡人相对的是本地人，动物相对于人类，都有点"他山之石可以攻玉"或者"旁观者清"的意思。不过这里先要声明，这并不是说身份不同，看世界的方式就一定不同，那样说有点"政治不正确"；恰相反，在文学中，对特定身份的展示始终与看世界的特定方式互为表里,这样身份本身就成为可以被观察、分析和反思的对象。文学并不固化身份,而是以身份的多元,成就世界的多元。我们挑几个类型讨论一下。

孩童视角

我们讨论过《十八岁出门远行》,就叙述者来说,这部小说特别有意思的地方在于,它不是一个不懂事的少年受到教训后变得成熟,然后来讲述自己诡异的遭遇;而是这个少年受到了教训之后变回了一个小孩,然后由这个小孩来回顾这十八岁的出门远行。你看小说的结尾:

> 我躺在汽车的心窝里,想起了那么一个晴朗温和的中午,那时的阳光非常美丽。我记得自己在外面高高兴兴地玩了半天,然后我回家了,在窗外看到父亲正在屋内整理一个红色的背包,我扒在窗口问:"爸爸,你要出门?"
>
> 父亲转过身来温和地说:"不,是让你出门。"
>
> "让我出门?"
>
> "是的,你已经十八了,你应该去认识一下外面的世界了。"
>
> 后来我就背起了那个漂亮的红背包,父亲在我脑后拍了一下,就像在马屁股上拍了一下。于是我欢快地冲出了家门,像一匹兴高采烈的马一样欢快地奔跑了起来。

这个结尾,其实是故事真正的开端。小说开头呈现的是一个豪迈的二愣子,年少轻狂不知天高地厚,是貌似成熟实则天真;而结尾的时候,"我"已经把整个故事讲给你们听了,这个时候"我"再回溯,却不只是作为故事中的人物回溯,而是已经无法天真的叙述者在学小儿口气说话。"那么一个晴朗温和的中午,那时的阳光非常美丽","高高兴兴地玩了半天","回家了","扒在窗口"叫"爸爸",而这位爸爸转过身来"温和地说",好个"温和地说"!直到最后一段"后来我就……"如何如何,用的都是所谓"萌"语体,身心俱疲的叙述者用如此之"萌"的孩童式的口吻叙述,所隐含的情感不难体会。余华小说中最可怕的暴力常常以这种形式出现,它不仅制造了一种视觉的惊悚,还给叙述本身注入了一种力度。

不难理解,孩童视角很少是纯粹孩童式的所思所感,真正的孩童并不是理想的叙述者,因此要特别注意分析孩童视角的构成。我们前面说到,方方的《风景》中的叙述者是个夭折的小孩子,但这个小孩子是小说中唯一成熟的声音,他能够把所有人的生存都当风景看,但并不把自己与他们隔开。在他的声音中,既有婴儿的懵懂,又有穷人孩子的忧伤,既有对兄弟姐妹们贴心贴肺的同情,又有作为死者的成熟与超脱。所以他有无法理解的东西,又有极端透彻的发现;他是"飘在空中"的,但在亲人面前,又常常像小孩子一样仰着他们。情感的微妙性可以同视角本身的复杂性联系起来分析。

再比方萧红的《呼兰河传》，当然包含"孩童视角"，所以显得特别纯净，很多地方还有童话色彩，但仅仅孩童是看不到那么多东西的。我们看下面这段：

> 冯歪嘴子的女人一死，大家觉得这回冯歪嘴子算完了。
>
> 扔下了两个孩子，一个四五岁，一个刚生下来。
>
> 看吧，看他可怎样办！
>
> 老厨子说：
>
> "看热闹吧，冯歪嘴子又该喝酒了，又该坐在磨盘上哭了。"
>
> 东家西舍的也都说冯歪嘴子这回可非完不可了。那些好看热闹的人，都在准备着看冯歪嘴子的热闹。
>
> 可是冯歪嘴子自己，并不像旁观者眼中的那样地绝望，好像他活着还很有把握的样子似的，他不但没有感到绝望已经洞穿了他。因为他看见了他的两个孩子，他反而镇定下来。
>
> 他觉得在这世界上，他一定要生根的。要长得牢牢的。他不管他自己有这份能力没有，他看看别人也都是这样做的，他觉得他也应该这样做。
>
> 于是他照常地活在世界上，他照常地负着他那份责任。……
>
> 那孩子在别人的眼睛里看来，并没有大，似乎一天更比一天小似的。因为越瘦那孩子的眼睛就越大，只见眼睛大，不见身子大，看起来好像那孩子始终也没有长似的。那孩子好像是泥做的，而不是孩子了，两个月之后，和两个月之前，完全一样。两个月之前看见过那孩子，两个月之后再看见，也绝不会使人惊讶，时间是快的，大人虽不见老，孩子却一天一天地不同。
>
> 看了冯歪嘴子的儿子，绝不会给人以时间上的观感。大人总喜欢在孩子的身上去触到时间。但是冯歪嘴子的儿子是不能给人这个满足的。因为两个月前看见过他那么大，两个月后看见他还是那么大，还不如去看后花园里的黄瓜，那黄瓜三月里下种，四月里爬蔓，五月里开花，五月末就吃大黄瓜。
>
> 但是冯歪嘴子却不这样的看法，他看他的孩子是一天比一天大。
>
> 大的孩子会拉着小驴到井边上去饮水了。小的会笑了，会拍手了，会摇头了。给他东西吃，他会伸手来拿。而且小牙也长出来了。
>
> 微微地一咧嘴笑，那小白牙就露出来了。

小孩子有时候会很浪漫，如："那早晨的露珠是不是还落在花盆架上，那午间的太阳是不是还照着那大向日葵，那黄昏时候的红霞是不是还会一会工夫会变出来一匹马来，一会工夫会变出来一匹狗来，那么变着。"有时候会说两句愣头愣脑的话，如："还不如去看后花园里的黄瓜，那黄瓜三月里下种，四月里爬蔓，五月里开花，五月末就吃大黄瓜。"这当然也是孩童视角,但不是最重要的,最重要的,是他们不会用大人的价值观去裁判别人,她们会去关注那些被扫入暗角的人,那些大家不愿意去触碰甚至自己曾参与伤害过的苦人,比方冯歪嘴子。她会满怀好奇地看,我们觉得她甚至可能真的就站在旁边看,一个细节都不放过,而大人们都是避之唯恐不及或者靠近也只是为了嘲弄一番。但是小孩子也有她的弱点,她往往抓不住大人情感的关键点,所以这段就不是纯粹的小孩子的观察:"冯歪嘴子自己,并不像旁观者眼中的那样地绝望,好像他活着还很有把握的样子似的,他不但没有感到绝望已经洞穿了他。因为他看见了他的两个孩子,他反而镇定下来。"这话曲尽人间冷暖,小孩子把握不住,不仅是语气有异,更是体验有别。

《呼兰河传》中常有对乡村罪恶、丑陋现象的揭露,萧红作为受鲁迅直接影响的一代青年,难免不发出声音,有时这声音还很凌厉。但是《呼兰河传》的长处在于,不管萧红自己想说什么,她都放在孩童视角下说,把大人的冷峻和小孩子的稚气糅合在一起,收到一种冷暖交织的效果。买瘟猪肉那一段尤见精彩,大家明明知道大泥坑里淹不了那么多的猪,但是因为猪肉便宜,所以心照不宣地当淹死的猪买。吃着吃着觉得不对,但也不一下子揭穿,而是找理由搪塞。如果这理由搪塞不了,那就再找新的理由。被小孩子说漏嘴了,赶紧打孩子来掩饰。可悲而可笑的一件事,以非常孩子气的方式展开,这是一种集体的孩子气,却并不是因为纯真,而是因为极端的贫穷。但我们的分析重点不在于原因而在于结果,即这种孩子气的声音如何与其他声音形成复调的效果,彼此间不能互相取消和克服,由此形成一种丰富、饱满、令人回味、引人探究的情感氛围。再如萧红的短篇小说《王阿嫂之死》,里面的王阿嫂,丈夫被地主烧死,她自己怀着身孕被地主重踢腹部,最终悲惨死去,家里只有一个收留的孤儿小环,只得跟着另一个孤苦无依的老头生活。整部小说一苦到底,但是我们来看中间这一段,彼时小环向人哭诉王阿嫂整晚因为腹痛而呻吟,令听者泪下,但她自己似乎很快就恢复了孩子模样:

> 小环爬上窗台,用她不会梳头的小手,在给自己梳着毛蓬蓬的小辫。邻家的小猫跳上窗台,蹲踞在小环的腿上,猫像取暖似的迟缓地把眼睛睁开,又合拢来。
> 远处的山反映着种种样的朝霞的彩色。山坡上的羊群、牛群,就像小黑点似的,在云霞里爬走。
> 小环不管这些,只是在梳自己毛蓬蓬的小辫。

这是萧红标志性的叙述,她以这种方式展现苦难,也以它来抵御苦难。不管成年人视角如何最终掌控叙述,这个孩童视角都无法被完全克服,因为它本身就是苦难之中的藏身之所。由此,孩童视角的加入便成就了一种独特的苦难叙事。而且毫无疑问,这一孩童视角从作者独到的才华那里获得的种种特色,也会转化为其苦难叙事的不同凡响之处。毕竟,仅仅表现苦难并不足以支持"苦难叙事"这一主题,我们需要的是作家通过不断探索叙述苦难的方式,使苦难保持其撼动人心的情感能量,并且反过来成为革新文学程式的动力。

陌生人视角与外乡人视角

我们将两个彼此关联的视角放在一组,依次论之。所谓陌生人视角,其实只是对一个中文系同学熟知的概念的应用,这个概念即陌生化(又译"奇异化")。陌生化理论为二十世纪初"俄国形式主义"学派代表人物什克洛夫斯基所提出。陌生化不一定就是怪诞,它指的是艺术通过形式使我们原本熟悉以致不再注意的形象、思想、情感以不同的面貌出现,以引发我们的关注,并传达出新的氛围和意味。陌生化被认为是艺术的本性,我们从小训练出的叙述能力,往往被用于做一种虚假的叙述,即按照现成观念、套路组装出来的叙述。而真正的叙述是,我发现任何现成的观念、套路都不能把握眼前的事实,我希望用另一种逻辑重新整合这一个个片段与细节,我不扭曲事实,但是我却可以说出另一种故事。这种意愿将我们重新带向事实本身。用什克洛夫斯基的说法就是:

> 正是为了恢复对生活的体验,感觉到事物的存在,为了使石头成其为石头,才存在所谓的艺术。艺术的目的是为了把事物提供为一种可观可见之物,而不是可认可知之物。艺术的手法是将事物"奇异化"的手法,是把形式艰深化,从而增加感受的难度和实践的手法,因为在艺术中感受过程本身就是目的,应该使之延长。艺术是对事物的制作进行体验的一种方式,而已制成之物在艺术之中并不重要。①

什克洛夫斯基本来是用这个概念言说艺术的共性,但是当他分析具体的文学案例时,我们分明觉得这个概念特别适合分析一种刻意陌生化的叙述方式,这个陌生化不是有意制造变形,而是以陌生人或者局外人的视角看待司空见惯的人和事,自然而然地产生一种似是而非之感。比方什克洛夫斯基注意到托尔斯泰《战争与和平》中这一段:

> 舞台中间是整齐的木板,两边立着涂颜色的表示树木的纸板,后面是在木板上拉着一块布。舞台中心坐着穿红胸衣和白裙子的女郎,其中有一个穿白绸衣的长得特别胖,坐在矮板凳上的姿势很特别,板凳后面粘着一张绿色硬纸板。她们都在唱着什么。唱完之后,穿白绸衣的女郎走到她旁边,张开双手唱了起来。穿紧身衣裤的男子一个人唱完之后她再唱。然后,两人都不作声,响起了音乐。男子开始用几个手指头摸弄白衣女郎的手,显然是在等着和她一起再唱一曲。两人一起唱完后,剧场里的人都拍巴掌和叫喊起来,台下那些装成恋人的男男女女也微笑着张开双手鞠起躬来。

---

① [苏]什克洛夫斯基. 散文理论[M]. 刘宗次,译. 南昌:百花洲文艺出版社,1994:10.

什克洛夫斯基指出，托尔斯泰的叙述手法是把事物从其语境中抽离出来看，也就是说让外在的形象与理解这些形象的框架分离。他不使用习惯的宗教用语，而是用普通涵义的词，于是产生各种荒诞不经的效果，虽然刺痛了许多人，但其实是托尔斯泰感受和叙述周围事物的一贯的手法。托尔斯泰有篇小说叫《霍尔斯托梅尔》，是其中短篇小说的代表作之一，里面写一匹叫霍尔斯托梅尔的马得了痔疮，于是被主人拉去"治病"：

> "大概想给我治病，"它想。"治就治吧！"
> 果然，它觉得有人在它的喉咙上做了什么手术。它觉得疼，哆嗦了一下，蹬了一下腿，但它还是忍住了，等待着下文。下文是一种什么液体像一大股喷泉似的流到了它的脖子上和胸上。它张开两腋吐了一口气。它感到轻松多了。它的生命的整个重担减轻了。它闭上了眼睛，垂下头去——谁也没有去扶住它。然后脖子也低垂下去，接着四条腿也哆嗦起来，全身开始晃动。它倒不是觉得害怕，它感到惊异。一切都是那么新奇。它感到惊异，便向前、向上冲去。但是四条腿刚一挪动，就一个趔趄侧身倒了下去，它向跨前一步，却一个倒栽葱，又向左侧倒下了。剥兽皮的人等到痉挛停止，便赶开已经凑近来的两条狗，然后抓住骟马的一条腿，把它翻了个身，让它肚子朝天，接着他便叫瓦西卡抓住这条腿，开始开膛剥皮。
> "想当年，这也是一匹好马哩，"瓦西卡说。
> "要是肥点，这张皮子就好了，"剥兽皮的人说。

马这番感受有什么不对？该感受的都感受到了，只是感受与观念分离了，或者说，有感受，却没有相应的常识（作为应对和处理感受的方式），没办法按正常方式理解整件事情。我们现在有可能将此称为"零度写作"（这个概念来自于罗兰·巴特），意思是叙事者完全不带感情和先入之见，纯客观地描述，但这其实不是中立的叙述，而是常识失效的叙述。常识有效时我们就可以按照正常的方式随着叙述的进程喜怒哀乐，一旦常识失效，失去框架的感官印象就会以陌生的方式暴露出来。我们将它称之为陌生人视角只是取个宽泛的说法，这个陌生人的基本特征是缺乏同理心，它有时像个满怀疑惧的外国人，有时甚至像个外星人，有时又像个不懂事的孩子，似乎完全不了解状况，因为不用同一种语言说话。就像《丈夫》中的男人躲在船的后梢，妻子在前舱接客，这个时候唯一能够让他熬过窘境的方式就是让他懵懂迟钝，不能用一般人的语言来描述他的境遇。这种手法的运用比我们想象的要常见得多，最令人印象深刻的可能就是余华的"暴力叙事"，这种叙事的暴力不是来自于血腥，而是来自于怪诞，而怪诞又不过是因为常识在关键处缺席，像拧松了一个个表达情绪的灯泡。比方《现实一种》那著名的结尾：

> 然后她拿起解剖刀，从山岗颈下的肋骨上凹一刀切进去，然后往下切一直切到

腋下。这一刀切得笔直,使得站在一旁的男医生赞叹不已。于是她就说:"我在中学学几何时从不用尺划线。"那长长的切口像是瓜一样裂了开来,里面的脂肪便炫耀出了金黄的色彩,脂肪里均匀地分布着小红点。接着她拿起像宝剑一样的尸体解剖刀从切口插入皮下,用力地上下游离起来。不一会山岗胸腹的皮肤已经脱离了身体像是一块布一样盖在上面。她又拿起解剖刀去取山岗两条胳膊的皮了。她从肩峰下刀一直切到手背。随后去切腿,从腹下髂前上棘向下切到脚背。切完后再用尸体解剖刀插入切口上下游离。游离完毕她休息了片刻。然后对身旁的男医生说:"请把他翻过来。"那男医生便将山岗翻了个身。于是她又在山岗的背上划了一条直线,再用尸体解剖刀游离。此刻山岗的形象好似从头到脚披着几块布条一样。她放下尸体解剖刀,拿起解剖刀切断皮肤的联结,于是山岗的皮肤被她像捡破烂似地一块一块捡了起来。背面的皮肤取下后,又将山岗重新翻过来,不一会山岗正面的皮肤也荡然无存。

失去了皮肤的包围,那些金黄的脂肪使松散开来。首先是像棉花一样微微鼓起,接着开始流动了,像是泥浆一样四散开去。于是医生们仿佛看到了刚才在门口所见的阳光下的菜花地。

外乡人视角正是从陌生人视角发展而来,但作为概念也有自己独到的指向。外乡人有时是外邦人,这就涉及"民族国家"之类问题。比方一个外国人怎么看中国,二十世纪七十年代,意大利导演安东尼奥尼来中国之前,"也有关于中国的想法,它主要不是来自最近出版的书——'文化大革命'和关于毛泽东思想的争论。我用形象思考,而我脑中的形象主要是带有童话色彩的:黄河,有很多盐,家和路都是用盐做成,一片雪白的蓝色沙漠,还有其他沙漠,动物形状的山峰,穿着童话般服装的农民。"这当然是典型的外乡人视角。不过我们要注意,当这个外乡人真正用自己的眼睛去看的时候,他未必会刻意扭曲眼前的物象去套他先行设定的框架,而是会尽量做到客观,就像安东尼奥尼的电影《中国》那样,以纪录片的形式,"把自己交付给了能看到的现实"。那么这是否说明外乡人视角不起作用了呢?并非如此,事实上我们都知道,《中国》在当年受到了激烈的批判,我们看这一段评论:"在镜头的取舍和处理方面,凡是好的、新的、进步的场面,他一律不拍或少拍,或者当时做做样子拍了一些,最后又把它剪掉;而差的、旧的、落后的场面,他就抓住不放,大拍特拍。在整个影片中,看不到一部新车床,一台拖拉机,一所像样的学校,一处热气腾腾的建设工地,一个农业丰收的场景……影片在拍摄南京长江大桥时,故意从一些很坏的角度把这座雄伟的现代化桥梁拍得歪歪斜斜,摇摇晃晃,还插入一个在桥下晾裤子的镜头加以丑化。影片关于天安门广场的描绘更是十分可恶。它不去反映天安门广场庄严壮丽的全貌,把我国人民无限热爱的天安门城楼也拍得毫无气势,而却用了大量的胶片去拍摄广场上的人群,镜头时远时近,忽前忽后,一会儿是攒动的人头,一会儿是纷乱的腿脚,故意把天安门广场拍得像个乱糟糟的集市,这不是存心污辱我们伟大的祖国吗！"

　　撇开政治因素，这其实就是所谓外乡人视角。一个外乡人来到一个完全陌生的地方，平常用以把握世界的那套主/次、轻/重、缓/急、表/里的逻辑会在某种程度上失效，一个井然有序的生活世界会被拆开，一个个看起来互不连贯、主次不明的细节以"奇观"的方式出现。比方安东尼奥尼会用一个超长的镜头盯着一个骑自行车的人，会花很多胶带拍人吃面条烧卖，因为他觉得这个很神奇。不仅是长镜头，蒙太奇手法也运用得很多，比方"影片拍摄者先是向观众介绍十三陵地下宫殿陈列馆中反映明朝劳动人民受压迫和进行反抗的泥塑群像，讲述当时农民的生活是如何的悲惨，然后镜头一转，就出现一队青年学生扛着铁锹下乡参加劳动的情景，再转到中阿友好人民公社"，等等，这种自由的拼接与对比，正是外乡人视角的体现。就像巴黎人在香榭丽舍大街上遇到一个行乞的老者，未必会有太多的关注；但如果我们是到巴黎旅游时在凯旋门下看到，多半就会拍一张照片，题为"凯旋之下"之类。道理很简单，对于本地人来说，一个行乞的老者与一个国际大都市的对照是一个太陈旧的叙事；而对于外地人来说，行乞者与凯旋门的对照却是新鲜的刺痛，叙事的力量依然饱满。某种意义上，这没有谁比谁更深刻的问题，不过是视角的差异而已。要在小说中发现这一点相对困难，在影视作品中则要容易把握得多，我们不妨利用小说与根据小说改编的影视作品的对比做一些更深入的研究。

　　外乡当然不仅仅是外邦，乡下人到城里来，城里人到乡下去，就常常显出自己独特的视角。我们会发现，城里人到乡下，往往气定神闲，兴致盎然，这里看那里看，叙述的空间感非常强，这里有什么，那里有什么，比方说沈从文的《边城》和汪曾祺的《大淖记事》，都是带着城里人看乡下，所以一开头便游记散文一般娓娓道来。乡下人到城里，则往往会写他头晕眼花，不辨方向，比方说张爱玲小说《秧歌》中写金根到城里看帮佣的妻子，在城里住了半个月，非但没有拉近夫妻间的距离，反倒使金根的自卑无量数地增加了："他从来没上城去过，大城市里房子有山一样高，马路上无数车辆哄通哄通，像大河一样地流着。处处人都欺负他，不是大声叱喝就是笑。他一辈子也没有觉得自己不如人，这是第一次他自己觉得呆头呆脑的，剃了个光头，穿着不合身的太紧的衬褂裤。"房子"有山一样高"，车辆"像大河一样地流"，这是张爱玲在模仿乡下人的话语方式，后者源出于一种带着稚气的纯朴，但还没有稚气到不知道自卑。金根怕给妻子带来不便，却觉察到的确引发了不便，最终只能回去，走时最后一句话就是："不该到城里来的。"再如上海老宅里住惯的白流苏第一次来到香港的情境，"那是个火辣辣的下午，望过去最触目的便是码头上围列着的巨型广告牌，红的，橘红的，粉红的，倒映在绿油油的海水里，一条条，一抹抹刺激性的犯冲的色素，窜上落下，在水底下厮杀得异常热闹。流苏想着，在这夸张的城里，就是栽个跟头，只怕也比别处痛些，心里不由得七上八下起来"。一来到香港，流苏也成了乡下人。外乡人视角总脱离不了"奇观性"，只是有些可以细细浏览、品味，有些则是心惊肉跳地扑面而来。

　　将生活转化为"奇观"，还意味着类似于风俗、道德之类与生活方式相关的内容会被直接讨论。比方《边城》一开始就展示了河边妓女对情人的专一和老艄公的仗义;《大淖记事》第一节便说:"这里的颜色、声音、气味和街里的不一样。这里的人也不一样。他们的生活,他们的风俗,他们的是非标准、伦理道德观念和街里的穿长衣念过'子曰'的人完全不同。"后面又有两句"因此,街里的人说这里'风气不好'。到底是哪里的风气更好一些呢? 难说"。构成小说主体的爱情故事,也直接参与到有关风俗的展示。我们平时很喜欢说"某某地方人怎么样",把千差万别的人拢成一个整体说,把习焉不察的生活方式推到前台说,这正是典型的对"他者"的言说。虽然有时我们也说"咱们中国人怎么样","咱们上海人怎么样",但两种言说的感觉是不一样的,讨论异乡你会觉得是件很重要的事,讨论自己则不过是对前一种讨论的模仿而已,而且比较不容易得出明确的结论。

不过在这个问题上,我们还是要考虑得更细致、更深入一些,不能仅仅根据作家的籍贯或居住地认定是否外乡人视角。某种意义上,作家都是异乡人。南非作家库切的文学评论集名为《异乡人的国度》,就非常恰当。当作家写他自己所熟悉的某个地方时,当然可以直接写故事,但是他总会在某些作品或者作品的某些部分中把这个地方当作一个整体去观看、去体会、去思考。作家是那种永远也不能完全沉入某一生活世界的人,所以才会对探究这个世界有如此强烈而持久的热情。就像王安忆写上海,写了这个多年还是毫无倦意。作为解放后进入上海的革命干部的后代,她不愿意以"上海就是上海"中止讨论,而一直在追问什么才是真上海。她不是怀旧地写,"上海的风花雪月"之类,而是在不停地追问这座城市的精神,她觉得有太多神秘的人和事自己无法把握,而且旧的尚未吃透,新的又已纷至沓来。所以我们看到王安忆近年的小说往往空间感压倒故事性,而且好谈风俗,好做玄思,议论气很重,结果反而像异乡人了。

作为异乡人的作家,体现在叙述中的情感常常是复杂的。我们来看《边城》。写《边城》的沈从文痛感自己已经成了个异乡人,原来熟悉不过的家乡已经看不懂了,但他还是勉力打造了一个世外桃源般的梦境。但这时他就很纠结了,他既想保住最后的诗意,又不想假扮天真,怎么叙述,用什么口吻? 沈从文在有的作品中很明确地批判家乡的落后与黑暗,有的小说中他又洋溢着牧歌般的诗情,但是《边城》更复杂,它是各种东西融在一起。有的时候叙述者完全把我们带入一种乡土气息,有的时候却是浓浓的书卷气,有的时候是很现代的词汇和观念,有的时候又是明清游记小品式的,有的时候又完全是唐诗般含蓄蕴藉。小说中的老船夫是个朴实的山民,但有时他一开口完全是知识分子的语言(这种语言一下子拉近了叙述者和老船夫)。你感觉到那个叙述者不断地变换立足点,变换姿态,甚至变换装束,就为了找一个合适的姿态,同他的人物保持恰当的距离,发出令他自己觉得安心的声音,因为他一直需要回答这类质疑:你究竟站在哪里? 你凭什么替我们说话? 你用什么语言说话? 再次强调,重点不是叙述者本来是什么身份,而是通过对身份的细察,发现叙述者的复杂性和生动性。把这个分析深了,再去重读作品,就会很有新的意思,我们会觉得自己真的是在探究文学微妙、深邃而丰富的意蕴。

知识分子视角

前面说到知识分子,知识分子视角也是非常值得注意的。作家都是知识分子,但也不理所当然地是知识分子,因为知识分子是一种有时具体有时含糊而且也十分不稳定的身份。有时我们很难确定自己是不是以知识分子的身份说话,很多时候一个不是知识分子的人说的也是知识分子的话,有时同样是知识分子说出的是相当不同的话。所以知识分子视角最典型地显示出,所谓身份不过是不同话语的冲突、选择与组合。这个时候我们就要把关注点从"是不是"的争论转向"怎么样"的观察,也就是说,基于知识分子视角的叙述在何处以何种方式介入了叙述,又造成了何种结果。我们要再次提到鲁迅的《一件小事》,它所展示的是一个由知识分子视角主导的叙述,如何使知识分子视角本身成为叙述的真正主题。故事的主轴是知识分子和人力车夫的关系,这本是知识分子可以轻松驾驭的主题,同情、批判、赞美("劳工神圣")种种,都可以在启蒙的框架内解决。但在《一件小事》中,知识分子常有的善良、犀利与公正,在车夫那毫不迟疑、不计代价的善行面前显得虚伪而脆弱,"我"虽然是叙述者,以学者的精神一刻不停地对事情进行描述、分析与评价,但他掌控不住局面,在车夫面前完全成为被教育者,最终窘迫地意识到知识分子叙述之下隐藏的残酷。但是,当"我"让警察转交给车夫一大把铜钱之后,事情转向了知识分子的主题:对自我的持续拷问。一般人只拷问自己的残酷,知识分子拷问自己的善行,而这拷问的核心是"我还能奖赏他么"。知识分子那种天然的居高临下的姿态成为知识分子反省的焦点,伪善便成为知识分子的原罪(要"榨出皮袍下的'小'来"),然而这恰恰是一种典型的知识分子叙述重新掌控局面。须知,车夫之所以帮助摔倒的老太太而"我"并不情愿,是因为车夫有一种更为朴素的、自发的善良,他的关注点在老太,老太倒了他就扶,老太说自己伤了他就送医院;而"我"面对老太则有些心不在焉,与其说是因为不信,毋宁说是因为这不是他钟爱和擅长的那类善行(不是拯救灵魂)。只有当"我"自己作为问题出场时,叙述才找到了动力和方向,因为有灵魂需要拯救了。戏剧化一点说,知识分子叙述是通过否定自身来成就自身的,知识分子视角就是对知识分子视角的贬低,但这种贬低又使知识分子视角最终赢得胜利。把这种种复杂性揭示出来,知识分子视角才显出它的生动性,也才真正具有叙事学上的价值。所以我们对《一件小事》的分析,某种意义上就是对知识分子视角或者知识分子叙事的分析,这种分析当然可以引出文化研究的大的关切,但此处它确实有助于我们读入文本。

我们可以尝试着问自己这样的问题:郁达夫《沉沦》这样的小说,何处是知识分子视角,何处是男性视角,何处又是底层视角,何处是异乡人视角?这样的问题可能会很奇怪,为什么不能是"外来底层男性知识分子"视角呢?我们想分享的是这样一种看法,人其实都是不同身份、不同视角、不同面具的组合,它本身就是复调的,只不过这种复调我们往往察觉不到。一个人不是理所当然就能把一种角色扮演得像另一种角色一样好,他有好几种视角,但未必没有偏好,也未必总能转换自如;一个作家也是如此,他总是交错运用几种视角来推进叙述,但在特定的作品中,他往往在某个视角下写得最自如。怎么判断呢?我们来看《沉沦》,主人公偷看旅馆主人家的女儿洗澡,被发现后羞愧难当,灰头灰脸地逃出来,没头苍蝇似的乱走,走到了一处神庙。他该怎么写这座神庙呢?

> 他走尽了两面的高壁,向左手斜面上一望,见沿高壁的那山面上有一道女墙,围住着几间茅舍,茅舍的门上悬着了"香雪海"三字的一方匾额。他离开了正路,走上几步,到那女墙的门前,顺手的向门一推,那两扇柴门竟自开了。他就随随便便的踏了进去。门内有一条曲径,自门口通过了斜面,直达到山上去的。曲径的两旁,有许多老苍的梅树种在那里,他知道这就是梅林了。顺了那一条曲径,往北的从斜面上走到山顶的时候,一片同图画似的平地,展开在他的眼前。这园自从山脚上起,跨有朝南的半山斜面,同顶上的一块平地,布置得非常幽雅。
>
> 山顶平地的西面是千仞的绝壁,与隔岸的绝壁相对峙,两壁的中间,便是他刚走过的那一条自北趋南的通路。背临着了那绝壁,有一间楼屋,几间平屋造在那里。因为这几间屋,门窗都闭在那里,他所以知道这定是为梅花开日,卖酒食用的。楼屋的前面,有一块草地,草地中间,有几方白石,围成了一个花园,圈子里,卧着一枝老梅,那草地的南尽头,山顶的平地正要向南斜下去的地方,有一块石碑立在那里,系记这梅林的历史的。他在碑前的草地上坐下之后,就把买来的零食拿出来吃了。

这就是知识分子视角下看到的景物。你可以理解为是主人公暂定心神,恢复了知识分子的身份;也可以理解为是叙述者写完年轻男人的性苦闷,另起一段,驾轻就熟地开始写文人雅趣。你可以说这种叙述不够圆熟,因为这么细致、从容的景物描写实在没有必要,但你也可以这么想,对郁达夫来说,他从西洋小说那里学了怎么写心理,写性意识,写孤独,写感伤,但是稍一放松,他就恢复了一个中国旧文人的姿态与气质,而这个旧文人又召唤出中国传统小说的叙事套路和美学意境,只是很难长久维持。所以我们今天分析《沉沦》,很有意思的一个论题是怎样分析知识分子视角本身。不仅是这个旧文人,还有大段背诵西洋诗的新文人,那个新文人一出场,四周又是另外一番景象。并非是什么角色就是什么视角,而是要把视角本身当角色看待,看它在小说中以何种面目在何时何地出场,如何与其他视角共存,在此过程中会遇到怎样的难题与障碍——而不仅仅是那个中国年轻人在异国他乡遇到怎样的困难。知识分子也好,中国人也好,底层也好,在文学中皆应作如是观。用有些戏剧化的说法就是,我们不仅要关注人物的出场,也要关注"视角的诞生"。

本章课后练习

习题一

找一篇讨论"有限全知视角"的批评文章,看看它是如何对作品进行分析的,是否能让你信服。

习题二

　　找一篇一般被认为是女性视角的中短篇小说进行分析,看看所谓女性视角究竟是如何构成的,这篇作品中的女性视角又包括哪些成分,不同成分之间如何共存并且相互作用的。

习题三

　　从朱天文《柴师傅》、爱伦·坡《人群中的人》和苏童《红桃 Q》三个短篇小说中选择一篇,从叙述视角入手展开分析,写一则短评。

第九章
叙事学批评(下)：时间与空间

○ 叙述与时空
○ 叙述时间：时序，频率，速度
○ 叙述空间：视角，情节，意境

叙述与时空

　　这一章我们讨论叙述时间与叙述空间。用哲学家康德的话说,时间与空间是感知世界的先验框架,没有"在时间与空间中看"这个先验框架,我们既不知道看哪里,也根本不理解何谓看,更不可能形成对世界的认识。叙事学要做的事情,就是尝试将无法分析的先验性框架,转化为可分析的经验性框架,也就是将先验与经验这种哲学思辨转化为有关"熟悉"与"新鲜"的文学分析。听起来很玄奥,其实不难,而且有意思。

　　首先要说的是,无论是分析叙述时间还是叙述空间,虽然不可能完全脱离作为叙述对象的时间与空间,重点都应该放在叙述本身的形式上。也就是说,并非作品中写到了某个时间或空间我们就可以分析叙述时间或空间,而是叙述过程本身传达出一种值得一说的时间感或空间感。我们可以分出几个层次来设想一下。第一个层次是一个大一女孩子每天到学校操场晨跑,可能没有什么特别的时空感受,因为这都是日常操作,但是当她晨跑时,时空的框架是在那里的,她只要一反思,就能意识到。第二个层次,是一个男孩子因为这个女孩子的缘故也去晨跑,他看见操场沐浴在晨曦中,会有种种心潮澎湃。他明确地意识到时空的存在,这时空既是他行动的框架,又是他观察的对象,他可以很顺畅地说出或者写下一些感想。可惜,短暂的相恋后,两人分开了,她和别人一起去了国外留学。多年后,他再回母校来晨跑,再次面对清晨既热闹又荒凉的操场,隐约觉得自己掉进了一个老套的故事中,时空是这个故事真正的主题。然后是第三个层次,他和她的故事被写进了小说中,开头也许是这样的:

　　　　他第一次正式跟她去跑步,故意跑相反的方向,说这样可以在途中遇见。遇见时她笑了,很好看的样子,然后就消失。他在稀薄的晨雾中奋力追赶,一圈又一圈,却再也没有见到。

　　　　这次在排队候机时遇见,总共两三分钟时间,他居然提起此事,说完一阵尴尬。她已经全无印象,却宽容地笑起来,问他后来怎样了。

有了这样的开头，你大概就知道小说的叙述一定会在时空关系上做文章了。有可能是时间的变化带着空间走，也有可能是空间影响时间。比方你和一个陌生的异性（高冷，但是相貌颇有吸引力）走进一架电梯，结果电梯出了故障，卡在半路上不动了。在等待维修人员到来的半小时里，你对周遭环境和内心体验的叙述方式便会凸显出强烈的时空意识。不仅仅是你会在心里说"时间过得好慢（或者好快）呀"、"这地方好小（或者好大）啊"，更重要的是，你观察和言说（包括心里说）的方式会发生变化。比方你会不停地说"怎么还不来，怎么还不来"，还会隔一分钟就看同一个地方甚至做同一个动作。最有意思的当然是那个与你一道困在电梯里的男孩（或女孩）的存在对你造成的影响，你会发现你的内心戏一直回避他/她的存在，但每隔一段时间又会回到他/她；而你也像是特别忍受不了空间的逼仄，很容易就会神游出去到另一个地方，回来的时候又继续盯着眼前的某块斑点或裂痕，就这么在眼前和远方之间来回摆动。你甚至有可能会想象另有一个你，在一旁叙述这个电梯中的你；你还可能会想象如果自己化身为摄像头，看到的又是怎样一幅景象，能够讲出怎样的故事。就像张爱玲的《封锁》写两个陌生人在电车上相爱然后分手，真实生活中哪有这么快的，但是作为故事的爱情的发生与终结，决定于给它怎样的空间，怎样的时间。读者不需要问一场恋情的发生究竟需要多少时间，却需要细心体会哪些叙述快，哪些叙述慢；主人公是以何种方式出场（小说中是以长镜头缓慢地扫过车厢中的人，然后聚焦；然后继续扫过，再次聚焦）；车内的描述与车外的描述形成怎样的节奏关系；小说是在大街上结束好还是在男主人公家中室内结束好之类。在此情形下，空间不再是叙述的背景，而成为枢纽与关键。

所以，所谓叙述时间或空间，重要的不是如何叙述时间或空间，而是如何因为时间和空间的改变使得叙述本身发生变化。最直观的理解，是把叙述本身想象成船，而把时间和空间想象成河道。在河窄滩急、两岸高山夹峙的上游，乘船而行的感觉一定与较为宽阔的下游不一样，我们来看李白的那首千古名作：

朝辞白帝彩云间，千里江陵一日还。
两岸猿声啼不住，轻舟已过万重山。

还有王维那首：

行到水穷处，坐看云起时。
偶然值林叟，谈笑无还期。

猿声未绝而舟行千里，不是船本身快，而是在这样一个时空的框架中，就得这样写船行，"快"不仅是日行千里，更是天高地阔；正好走到水穷处，就有云起来，这不是巧合，而是人生的行与藏就要搭配这样的起与止，然后才能懂得所谓旷达，所谓"慢"。我们的每一类故事，也许都是在某些特定的时空框架中才能充分地展开。你可以不登塔，一登塔就很难不到顶，因为攀登的故事理所当然地需要到达顶点，你不到顶点，故事就没讲完。你坐在亭子里，"江山无限景，都聚一亭中"，很自然地就会发怀古之幽情，"四十三年，望中犹记，烽火扬州路"。你可以在车子里听歌睡觉，但如果让你拍个与公路相关的短片，你肯定很难抗拒一种俗套，即让公路一直通向天边，而你设置一个高处的"上帝视点"，看着孤独的车辆向既可知又不可知的远方飞驰。

所以讨论时间、空间与叙述的关系就是问：我们熟悉的叙述搭配着怎样的时空关系，而要成就一种新鲜的叙述，又要怎样的时空关系与之配合？以叙述时空为概念工具分析作品的人仿佛那种专业的摄影师，总是通过镜头（包括镜头上附带着的时间显示）去把握事件，他随身携带多个镜头，供不同场景需要，但是摄像机里电池的电量却是有限的，所以他时刻注意快慢、远近、广狭之类"技术问题"，没有对这些问题的意识，也就没有所谓"客观世界"。这不是自然而然就能够把握的东西，需要批评者保持紧张的"问题意识"甚至"理论自觉"。当然，这只是在观念上，就具体写作来说，也要注意不要用力过猛以至于穿凿附会。

下面我们将时间和空间分开来讲，这当然只是为了教学的方便。真正做起批评来，究竟是分开写还是合起来写，要具体问题具体分析。

叙述时间：时序，频率，速度

如果叙述要同"故事"（所谓"原初事实"）分开，那么叙述时间也要同故事时间分开。比方我们早晨起床晚上回来，一共十二小时，这就是故事时间。要是对别人叙述一天的生活的话，你不会一个小时一个小时地讲，而可能先讲最重要的事，然后补叙一些细节；有些事情会说得很简略，有些事情会说得细致，而且会说了又说，比方"早晨真不该吃那碗馄饨的……""我知道你们肯定会给我准备吃的，可我老公偏要我吃了馄饨出门，是他亲手包的……""唉，为什么会吃那么大一碗馄饨啊，这么多好东西，我一点都吃不下去"之类。对方可能听得不耐烦：差不多行了啊，老说那碗馄饨干嘛？！但你就是想说，就是想秀恩爱，又能怎么办呢？

下面我们主要谈时序、频率和速度三个问题。道理都很简单，关键是在实际批评中怎么用得上。再一次强调，做文学批评不能只是抛出几个名词，关键是要能对特定叙述手法的独特意蕴以及这种手法的效果有精当的把握和评估。

时序

叙述时序主要是三种：顺叙，倒叙，预叙。此外还常常说插叙，插叙重在出场的方式，即插进叙述的主体脉络之中，它本身的内容有些是预叙，有些是倒叙，有些是顺叙。还有一种叙述的时序很常见，所谓"花开两朵，各表一枝"，这边如此如此说了一番之后，暂且按下，却说那边如何如何，我们也可以把它理解为顺叙的一种演化形式。顺叙虽然也是一种时序，但我们在意的主要是另外两种，即预叙和倒叙。所谓预叙，是说把未来的事情先说出来，有点像我们现在说的"剧透"。倒叙是先写后面发生的事。但是顺叙是叙述的主体，没有顺叙，也就不可能有叙述了,而且顺叙本身亦有很多可说之处。这三种叙述有时候绞在一起,经典中的经典当然是《百年孤独》的开头(南海出版公司2011年版):

> 多年以后,面对行刑队,奥雷里亚诺·布恩迪亚上校将会回想起父亲带他去见识冰块的那个遥远的下午。

事实上,小说后来的确写到奥雷里亚诺上校站到行刑队前,"那一瞬间晨曦的银白色光芒隐没,他又看见了小时候穿着短裤系着领结的自己,看见了父亲在一个阳光明媚的下午带他走进帐篷见到了冰块"。只是他并没有死,有人来劫法场了。小说开头这句话是一种"未来的过去的当下",这种时间结构在小说中不断出现,如"多年以后,在临终的床榻上,奥雷莉亚诺第二将会回想起那个阴雨绵绵的六月午后,他走进卧室去看自己的头生子"。《百年孤独》整部小说就是要在时间上做文章。这个村子整个就是一个时空错乱,"这块天地还是新开辟的,许多东西都叫不出名字"——由此我们不难联想到卡尔维诺《宇宙奇趣》里那些故事,万物没有定名,甚至没有定型,需要指物时只能"用手指指点点"。马孔多的历史仿佛是从无到有、从原始到文明的典型的进化史,但是你看,磁铁、炼金术、巫术、吉普赛人、科学家种种都混杂在一起,不知今夕何夕。这个村子上一代与下一代往往取相同的名字,给人的感觉是周而复始;而且这个村子一代代传承下来,那么多奇奇怪怪的偶然事件发生,却是在演绎羊皮卷上早已写好的预言。所以,过去也是现在,未来也是过去,整个逻辑第一句话就交代清楚了。

我们前面讨论过的《十八岁出门远行》是运用倒叙的好例子,经过那一番折腾之后回到起点,看世界的眼光自然不一样,何况还刻意"卖萌"。托尔斯泰的中篇小说《伊凡·伊里奇之死》是倒叙的典范。开篇第一章就是法官伊里奇死了,这一死讯传达给每个人时,大家的第一反应是他的死对他们本人和亲友在职位调动和升迁上会有什么影响。等到各怀鬼胎的宾客参加完葬礼,开始兴高采烈地打牌时,小说才转入对伊里奇本人的倒叙。首先是他那乏味的生活,一个多余机关里的多余的三等文官;然后是他那极偶然的事故,装饰房子的时候从梯子上掉下来撞到了腹部,刚开始并无异样,但是内脏损坏了,整个身体在不知不觉中慢慢垮掉。这个过程足够漫长,由于长时间卧病在床,家人越来越焦躁难耐,但他就是不肯撒手,直到小说的最后一句"他吸了一口气,吸到一半停住,两腿一伸就死了"。所有人长舒一口气。先行预告一个人的死亡,然后让他一点一点慢慢死去,这与我们平常习惯的时间感相当不同。为什么要这样倒着写?或许,托尔斯泰是要展示一种"向死而生"的感觉。这倒不是海德格尔意义上的存在的自我澄明(因为人是唯一"会"死的动物),伊里奇的死最折磨人的地方在于,一方面,这个人死后得到的待遇,说明他这一生只是浪费钱粮;另一方面,从病情加重到死亡是一个如此缓慢的过程,使得"伊里奇一生都是多余的"这件事在毫无悬念中乏味地延长。伊里奇越靠近死亡,就越是想为自己的人生找寻一点价值,但是他怎么也找不到。作为读者的我们也帮不了他——因为小说一开头，我们就知道他已经死了，而且死得那样没有意义。这等于是我们已经提前知道某人考试没通过，然后看着这个人又兴奋又焦虑地等着发榜的日子，而这日子看起来还很长。问题是伊里奇并非一直蒙在鼓里，他不久就确认自己病入膏肓了，而周围的人，医生、亲朋之类，还做出一副信心满满的样子，"伊凡·伊里奇清清楚楚地知道，这一切都毫无意思，全是骗人的，但医生跪在他面前，身子凑近他，用一只耳朵忽上忽下地细听，脸上显出极其认真的神气，像体操一般做着各种姿势。伊凡·伊里奇面对这种场面，屈服了，就像他在法庭上听辩护律师发言一样，尽管他明明知道他们都在撒谎以及为什么撒谎"。亲戚朋友知道伊里奇要死了，伊里奇也知道自己要死了，我们读者更是知道伊里奇要死了，而且知道他将死得多么平凡甚至乏味，但是伊里奇毕竟还没有死——此时的他，就像一个死者为了照顾别人的情绪而勉强扮演生者，演技却不能让人信服。每一个生的细节无不成为死的细节，伊里奇对生死问题的思考，又使得死亡从患病时期向更早之前蔓延开去，"死气沉沉地办公，不择手段地捞钱，就这样过了一年，两年，十年，二十年——始终是那么一套。而且越是往后，就越是死气沉沉。我在走下坡路，却还以为在上山。就是这么一回事。大家都说我官运亨通，步步高升，其实生命在我脚下溜掉……如今瞧吧，末日到了！"这部没有任何哥特式惊悚手法的小说读来令人脊背发凉。

我们正常的生活包含着一个过去、现在、未来三位一体的感知结构，我们信任自己的经验，同时又生活在期待中，这样我们的当下才是可以把握的。有些时间顺序的颠倒不会破坏生活感觉，比方老人给小孩讲家族的故事，从哪一代讲起问题都不大，而且可以颠来倒去地讲。莫言《生死疲劳》里的地主西门闹，作为人在世上走了一回，然后是驴，是牛，是猪，是狗，每次的生命历程都荡气回肠，可歌可泣，但最终都是一场折腾，那神圣而神秘的生死只是一场西西弗斯式的滚石游戏。不过，不管西门闹是变驴变牛变猪，他所经历的人和事都是按照正常时序发展的，所以他每次投胎虽然有种种不适应，但是基本的世界感不会出问题。然而《大话西游》里的至尊宝，先到五百年后爱恨情仇一场，然后再来到五百年前，这就完全错乱了，爱恨情仇离开了正常的时间轴线，立即有情变为无情，浪漫变为荒谬。还有石黑一雄的小说《远山淡影》，写"二战"后日本普通人的生活状况与内心世界，明明在说过去的别人的故事，却又分明是在说第一人称叙事者自己现在的故事，过去的惨痛与今天的悲剧叠合在一起，让你分不清楚哪里是因，哪里是果，哪里是开始，哪里是结束。我们看有些穿越小说或者穿越影视剧，给人的感觉只是来到了一个异国他乡，这种穿越是空间性的，时间性的穿越要复杂得多。就现代小说而言，时间的穿越是叙述的常态。两个人在那里对话，一闪念间，就被带入了记忆，比方说海明威的《乞力马扎罗的雪》。一开始是两人对话，男人已经受伤感染，得了破伤风，女人很伤心，但她安慰不了男人，男人沉浸在自己的世界中。忽然一下，过去的某个生活场景跳了出来。他是个作家，跳出来的这些场景都是他没有写过的场景，在生命即将终结的夜晚，人生那些未曾被解释因而也难以遗忘的画面纷至沓来，我们可以称之为意识流，但这本身是一种非常自然的状态。那些未被书写的过去是留给未来的，作家打算在未来有更多的经验之后再去处理它们,但是当人生因一场意外戛然而止时,这些过去自己就冒了出来,不是以故事的形式,而就是一些片段,一些普通的人,一些普通的生活,深埋在记忆中,标示着时间的流逝,与作家那总是在富婆之间周旋的浪子生涯形成对照。就此我们能够说出不少东西。

总而言之,对小说时序的探究要能够成为探测小说深层意蕴的契机,前提是你对生活被讲述的一般方式有敏锐的观察,然后你才能够看出变化;接下来,你就会慢慢体会到,所谓变化才是常态。小说尤其是现代小说,往往都会打破所谓正常的时间框架,将过去、现在与未来揉在一起,以便贴合"生活之为体验"的内在逻辑。

频率

所谓频率,叙事学家的解说是:"一个事件出现在故事中的次数与该事件出现在文本中的叙述(或提及)次数之间的关系。"简而言之,一般来说一件事情只会发生一次,但是叙述中却可能出现很多次,次数越多,频率越高。《百年孤独》中奥雷连诺上校只上了一次绞刑架,事实上连这次也没有死成,但是小说中前前后后却说到了很多次他上绞架。这样一个未来死亡前的回望反复出现,就像乐曲的主旋律一般,使整个叙述产生强大的向心力。罗伯·格里耶《嫉妒》里那位满心嫉妒的丈夫,看着跟自己妻子勾勾搭搭的邻居弗兰克极具"英雄气概"地拍死了一只蜈蚣,心里不免倒海翻江,于是薄薄的一本小说,蜈蚣被拍死了四次,各种角度,各种情状,仿佛一次次打脸。格里耶的另一部小说《橡皮》,主角是一个调查凶杀案的侦探,我们看到这位侦探隔一段时间就去买橡皮,似乎是把刚刚得到的线索擦掉。当然,同一类事发生很多次也是可能的,余华《许三观卖血记》中的重复极为著名,许三观隔一段时间就要去卖一次血,隔一段时间就要嚷嚷儿子不是亲生的,隔一段时间就来一句"许三观对许玉兰说"……不仅读起来非常有快感,而且我们会依稀觉得,这种重复既是表现苦难的形式,也是纾解苦难的方法,就像苦人们吟唱的歌谣一样。余华这样写他听《马太受难曲》的感受:

> 我第一次听到的《马太受难曲》,是加德纳的诠释,加德纳与蒙特威尔第合唱团的巴赫也足以将我震撼。我明白了叙述的丰富在走向极致以后其实无比单纯,就像这首伟大的受难曲,将近三个小时的长度,却只有一两首歌曲的旋律,宁静、辉煌、痛苦和欢乐地重复着这几行单纯的旋律,仿佛只用了一个短篇小说的结构和篇幅表达了文学中最绵延不绝的主题。

余华认为这样的音乐影响了他的写作,这是可能的,作家对自己的作品可以在结构上有一个整体的直觉,这直觉往往受到音乐潜移默化的影响。另外有些论者认为重复的形式是民间文化的形式,因为民间歌谣就是重言复唱的,这当然也是一种思路。很多时候我们只是觉得发生了相近的事情,而不觉得那是重复,但是把这些事情摆到一起,再结合着作品的主题一琢磨,重复的色彩就出来了。比方余华小说《活着》,隔一段时间死一个人,好像只是一些惨事的叠加，但是联系到小说的题目，这种周期性的死亡就有了明确的内涵——所谓活着，就是一次死亡与另一次死亡之间的故事，而死亡不也是如此么，一次活着与一次活着之间？就像大自然的一呼一吸？

鲁迅喜欢运用重复，这种重复既营造一种音乐感，又能强化主题。《野草》中的《求乞者》是最好的代表：

> 我顺着剥落的高墙走路，踏着松的灰土。另外有几个人，各自走路。微风起来，露在墙头的高树的枝条带着还未干枯的叶子在我头上摇动。
>
> 微风起来，四面都是灰土。
>
> 一个孩子向我求乞，也穿着夹衣，也不见得悲戚，而拦着磕头，追着哀呼。
>
> 我厌恶他的声调，态度。我憎恶他并不悲哀，近于儿戏；我烦厌他这追着哀呼。
>
> 我走路。另外有几个人各自走路。微风起来，四面都是灰土。
>
> 一个孩子向我求乞，也穿着夹衣，也不见得悲戚，但是哑的，摊开手，装着手势。
>
> 我就憎恶他这手势。而且，他或者并不哑，这不过是一种求乞的法子。
>
> 我不布施，我无布施心，我但居布施者之上，给与烦腻，疑心，憎恶。
>
> 我顺着倒败的泥墙走路，断砖叠在墙缺口，墙里面没有什么。微风起来，送秋寒穿透我的夹衣；四面都是灰土。

白先勇的《游园惊梦》（又称《还魂记》）也是运用重复的范例。主角钱夫人是曾经的红伶，现在丈夫去世，自己也美人迟暮，来参加昔日小姐妹富丽堂皇的宴会，自然别是一番滋味在心头。她一进那园子，就觉得心神不定，仿佛时空倒错，沉睡的记忆被笛声惊醒，昨日宛在目前，当下反成幻影。整部小说的关键，也就在当下与过去的回旋。但是还有一个有意思的地方，即里面的回忆都是周而复始的，仿佛有个主旋律一次次响起。席间有个程参谋，由他来招待钱夫人。程参谋一表人才，举止又殷勤儒雅，让钱夫人如睹故人，也就是老情人，亡夫的副官郑彦青。有这么个男人坐在旁边，一举一动都是刺激，再喝上一点酒，自然思绪纷乱。纷乱之中总是那么几个画面在面前闪现，那一次宴会上小姐妹灌她的酒，郑彦青在她面前笑吟吟的样子，还有亡夫临终前那一句"难为你了，老五"，以及算命的瞎子师娘说的"荣华富贵——只可惜长错了一根骨头"……再有，就是不断地出现与嗓子相关的零食、甜点以及酒。这个女人的青春已经被抹去了，但青春的罪孽尚未从记忆里抹去，不过也许正因为这一点，她的青春尚未被抹除干净？晚宴期间，我们只看到记忆一波一波地涌来，越来越强烈，越来越响亮，仿佛一出戏渐至高潮，势不可挡。宾主们请钱夫人献唱，她却哑了声，唱不出来了——当然唱不出来，她在心里已经唱过太多遍了。

说频率还有一种情况值得注意。白先勇长篇小说《孽子》中，主体内容是主人公小玉参与并体验那群"青春鸟"（性工作者）的生活，是叙事性的，但是每隔一段时间就会出现大段抒情,这就形成了一种节奏感。这当然不只是为了缓解阅读疲劳,而是要在客观展示(作为"他们")与直接倾诉(作为"我们")之间达成一种平衡。贾平凹的《秦腔》前面已经介绍过,大部分篇幅是农村小说那种严格的现实主义叙述,但是叙述者引生也是隔一段时间就发疯,说出一些胡言乱语,使小说一下进入魔幻氛围。再如《边城》,小说的主体不是叙事而是抒情了,大部分时间都是两位主人公孤寂的体验,这个时候我们可能反过来要算人物隔多久才说话,隔多久才跟外面的人交流,以及更重要的,隔多久我们的叙述者就会忍不住跳出来评述一番。当我们能对此做出准确判断时,我们应该就已经懂得了叙述者,能够自如地去想象那个叙述者的形象,他的声音,他的面容与姿态,他的困境,简而言之,他对"眼前的生活如何才能被叙述"这件事的理解。重复产生节奏,节奏传达生命,人生之不能言的东西就以这种方式言说出来。

速度

叙述是有快慢之分的,这一点我们在讲"焦距"时已经有所介绍,这就是所谓速度,或称时距(duration)。按照我们一贯的批评逻辑,叙述的速度总应该能够与某种生活形式相关,与对人生的体悟相关。《伊凡·伊里奇之死》交代伊里奇的人生履历,三言两语便已说完,但是那个生命之火逐渐熄灭的过程却如此缓慢,如此漫长。其他不说,且看最后一段:

> "多么简单,多么快乐,"他想。"疼痛呢?"他问自己。"它哪儿去了?嗳,疼痛,你在哪儿啊!"他留神倾听。"噢,它在这里。好吧,疼就疼吧。""那么死呢?它在哪里?"他寻找着往常折磨他的死的恐惧,可是没有找到。它在哪里?什么样的死啊?他一点也不觉得恐惧,因为根本没有死。没有死,只有光。"原来如此!"他突然说出声来。"多么快乐呀!"对于他,这一切都只是一刹那的事,这一刹那的含义没有再变。但旁人看到,临死前他又折腾了两小时。他的胸膛里咯咯发响,皮包骨头的身体不断抽搐。接着咯咯声越来越少,喘息也越来越微弱。"过去了!"有人在他旁边说。他听见这话,心里重复了一遍。"死过去了,"他对自己说。"再也不会有死了。"他吸了一口气,吸到一半停住,两腿一伸就死了。

有学者将叙述速度分出四种类型:概述,场景,省略,停顿。所谓场景,是指基本上给人一种正在进行时的感觉,停顿则往往是因为在前后相续的动作中插入一段空间性的描写或者心理活动,省略则是跳跃着叙述。《许三观卖血记》里有一段就是重复中带着省略,看起来是一段紧挨着一段,实际上很长一段时间过去了,各种变化相继发生:

> 许三观对许玉兰说:"今年是一九五八年,人民公社,大跃进,大炼钢铁,还有什么?我爷爷,我四叔他们村里的田地都被收回去了,从今往后谁也没有自己的田地了,田地都归国家了,要种庄稼得向国家租田地,到了收成的时候要向国家交粮食,

国家就像是从前的地主,当然国家不是地主,应该叫人民公社……我们丝厂也炼上钢铁了,厂里砌出了八个小高炉,我和四个人管一个高炉,我现在不是丝厂的送茧工许三观,我现在是丝厂的炼钢工许三观,他们都叫我许炼钢。你知道为什么要炼那么多钢铁出来? 人是铁,饭是钢,这钢铁就是国家的粮食,就是国家的稻子、小麦,就是国家的鱼和肉。所以……"

许三观对许玉兰说:

"我今天到街上去走了走,看到很多戴红袖章的人挨家挨户地进进出出,把锅收了,把碗收了,把米收了,把油盐酱醋都收了去,我想过不了两天,他们就会到我们家来收这些了,说是从今往后谁家都不可以自己做饭了,要吃饭去大食堂,你知道城里有多少个大食堂? 我这一路走过来看到了三个,我们丝厂……一个;天宁寺是一个,那个和尚庙也改成食堂了,里面的和尚全戴上了白帽子,围上了白围裙,全成了大师傅;还有我们家前面的戏院,戏院也变成了食堂,你知道戏院食堂的厨房在哪里吗? 就在戏台上,唱越剧的小旦、小生一大群都在戏台上洗菜淘米,听说那个唱老生的是司务长,那个丑角是副司务长……"

许三观对许玉兰说:

"前天我带你们去丝厂大食堂吃了饭,昨天我带你们去天宁寺大食堂吃了饭,今天我带你们去戏院大食堂吃了饭。天宁寺大食堂的菜里面肉太少,和尚们以前是不吃荤的,所以肉就少,我们昨天在那里吃青椒炒肉时,你没听到他们在说:'这不是青椒炒肉,这是青椒少肉'吗? 三个大食堂吃下来,你和儿子们都喜欢戏院的大食堂,我还是喜欢我们丝厂的大食堂,戏院食堂的菜味道不错,就是量太少;我们丝厂大食堂菜多,肉也多,吃得我心满意足。我在天宁寺食堂吃了以后,没有打饱嗝;在戏院食堂吃了也没打饱嗝、就是在丝厂食堂吃了以后,饱嗝打了一宵,一直打到天亮。明天我带你们去市政府的大食堂吃饭,那里的饭菜是全城最好吃的,我是听方铁匠说的,他说那里的大师傅全是胜利饭店过去的厨师,胜利饭店的厨师做出来的菜,肯定是全城最好的,你知道他们最拿手的菜是什么? 就是爆炒猪肝……"

许三观对许玉兰说:

"我们明天不去市政府大食堂吃饭了,在那里吃一顿饭累得我一点力气都没有了,全城起码有四分之一的人都到那里去吃饭,吃一顿饭比打架还费劲,把我们的三个儿子都要挤坏了,我衣服里面的衣服全湿了,还有人在那里放屁,弄得我一点胃口都没有。我们明天去丝厂食堂吧? 我知道你们想去戏院食堂,可是戏院食堂已经关掉了,听说天宁寺食堂这两天也要关门了,就是我们丝厂食堂还没有关门,不过我们要去得早,去晚了就什么都吃不上了……"

许三观对许玉兰说:

"城里的食堂全关门了,好日子就这么过去了,从今以后谁也不来管我们吃什么了,我们是不是重新自己管自己了? 可是我们吃什么呢?"

实际叙述中各种速度当然是交错在一起的。讨论写作速度的关键,首先是对某一连续动作实际的速度有正确估量。我们要特别注意,不要把小说中的某个动作的速度当成了叙述的速度。还是王佳芝,她坐黄包车大街上一路看过来很多铺子,一个个亮出店名,如数家珍。此时黄包车是快的,叙述是慢的。可能我们觉得一下子看了那么多店也算很快,但实际上真正快的叙述是"一路上经过了很多熟悉的铺子,没多久也就到了"。这么一个个店铺地看过来,是王佳芝向她熟悉的城市温柔地告别。再说王佳芝和老易进珠宝店,只是一瞥之下的事情,但是王佳芝看到屋里那么多摆设,这就慢下来了:

> 隔断店堂后身的板壁漆奶油色,靠边有个门,门口就是黑洞洞的小楼梯。办公室在两层楼之间的一个阁楼上,是个浅浅的阳台,俯瞰店堂,便于监督。一进门左首墙上挂着长短不齐两只镜子,镜面画着五彩花鸟,金字题款:"鹏程万里巴达先生开业志喜陈茂坤敬贺",都是人送的。还有一只横额式大镜,上画彩凤牡丹。阁楼屋顶坡斜,板壁上没处挂,倚在墙根。
> 前面沿着乌木栏杆放着张书桌,桌上有电话,点着台灯。
> 旁边有只茶几搁打字机,罩着旧漆布套子。一个矮胖的印度人从圈椅上站起来招呼,代挪椅子;一张苍黑的大脸,狮子鼻。

如此细致的描写,与即将到来的暗杀行动能有多大关系? 而且也不太合情理,想王佳芝此刻心潮澎湃,哪里就能看得如此仔细? ——但是,不合理未必就不合情,王佳芝的人生悲剧,就在于一直孤独地飘荡于生人之中,哪怕是暗杀,也只是在别人的戏里跑龙套。现在一进这个门,"家"以及一种踏实的日常生活的幻象便出现了。这么多的"物"(下加着重号)各居其位,各正其命,正是稳定的家的感觉(《金锁记》中长安一旦离家去学校,东西就开始丢失)。处在生命最后一个场景中的人看去,每一个物都是生命曾经在那里的证明,让人忍不住猜测那些小东西之后的故事,想象那些曾经簇新的期望,而这一切似乎随时都可能戛然而止,叙述者又怎么能不让叙述慢下来?

不难理解,正常的叙述速度将人引向物理事实,反常的速度容易激发文学性的"意义"。我以正常速度对你说一句话,你以正常速度回我一句话,意思都在话里;但是我稍稍一停顿,或者插进一句闲话,或者做一个动作,言外之意就出来了。比方《游园惊梦》中这句:

> 一个仆人拉开了客厅通到饭厅的一扇镂空卍字的桃花心木推门,窦夫人已经从饭厅里走了出来。

正常的叙述速度就是"一个仆人拉开了门",加上"客厅通到饭厅"我们也可以接受,"一扇镂空卍字的桃花心木推门",就让我们没办法视而不见了。你被这个长长的修饰语拖了一把,是不是也出神了那么片刻?好,就慢了这一步,那边窦夫人"已经"从饭厅里走了出来。神奇吧?文学的味道就在这里。

所以,我们对一部作品中制造快慢差异的方法要心里有数。有些小说很长,但是读起来很畅快,一晚上能翻好几本,这种小说往往叫做有速度感,比如金庸的小说(虽然王朔不服气)。而《追忆似水年华》不仅长,读起来还特别慢,这种小说速度感就会比较差。但是我们不能满足于这样讨论速度问题,还要追究几个为什么。《追忆似水年华》本身就是让你不断放下书沉思,然后又不断往回翻的,读得太快什么都留不下来,所以它的叙述是膨胀的,衍生的,枝枝蔓蔓,缠缠绕绕,重重叠叠。金庸的小说之所以快,是因为他的人物个性鲜明,对话简洁明快,线索清晰,然后情节环环相扣,既妥帖又匀称,至于景物、心理描写之类,简化至极,我们可以很自然地跟着叙述走,既不需要停下来思考,也不至于因为贴不上去而中断。总而言之,快慢皆有理由和方法。一般来说,介绍人物背景之类,本身肯定很快;对话,或者展示一系列动作,就要慢一些;有些地方开始空间性的细节描写,看起来密不透风,节奏明快,实则整个叙述慢下来了;有些地方开始心理分析或者抒情,自然快不了,但是这些分析或抒情本身的语速却有可能非常急促(就像《游园惊梦》中钱夫人的心理描写);有些地方不断出现"几天过去","又过了一阵",这就又快起来了;叙述的焦点由别人转为"我"了,又常常会慢下来。

我们还可以分析得更细致些。在讲诗歌的时候我们还说过,有时一个奇崛的比喻会一下子改变言说的速度,如《桃园》中非常出名的一个句子:

"阿毛,到床上去睡。"
"我睡不着。"
"你想橘子吃吗?"
"不。"
阿毛虽然说栽橘子,其实她不是想到橘子树上长橘,一棵橘树罢了。她还没有吃过橘子。
"阿毛,你手也是热的哩!"
阿毛——心里晓得爸爸摸她的脑壳又捏一捏手,枕着眼睛真在哭。
王老大一门闩把月光都闩出去了。闩了门再去点灯。

"王老大一门闩把月光都闩出去了"。这样一个诗性的句子甩出来,速度一下子就重新设定了,仿佛坐在那里发呆了半天,忽然一个警醒,甩了甩头站起身继续行动。以上这些都要具体文本具体分析。仍以《游园惊梦》为例,如果我们细读文本,分别勾出回忆的部分、心理活动的部分、描摹物态的部分,应该能够在叙述速度上做一番文章。钱夫人追忆似水年华的那些片段,叙述上当然是慢的,但是由于情绪激动,语言凌乱,意象纷杂,读起来又会觉得很快。但凡停顿中的叙述,一般都是另外一种速度,如果把这边停住,不急不慢地讲另外一边的故事,那是说书或评弹。当然,说书或评弹也自有其制造叙述速度差别的高招。大家不妨多从美剧中尤其是单元剧(Unit Play)学习把握叙述速度的方法(比方《二十四小时》),由于必须在一集的时间内(一般为40~45分钟)完成一个相对完整的剧情而又能始终抓住观众注意力,美剧特别注重节奏感,比较少时间压力的国产剧和韩剧要做得好得多。

有关叙述速度,大家可以参考卡尔维诺《未来千年文学演讲录》论"迅捷"这一章。我们这里介绍最后两段,以引发大家的阅读兴趣。

> 作家的作品必须包含多种节奏,……凭借耐心而细密的配置而取得的某种紧急的信息和一种瞬时的直觉,这种直觉一旦形成,就获取了某种事物的只能如此别无他样的终极形式。但是,这也是时间的节奏,时间流逝的目的只有一个:让感觉和思想稳定下来,成熟起来,摆脱一切急躁或者须臾的偶然变化。
>
> 这篇讲演是以一个故事开始的。现在我再说一个故事来收尾。这是一个中国故事:庄子多才多艺,也是一位技巧精湛的画师。国王请他画一只螃蟹。庄子回答说需要五年的时间、一座乡间的住宅和十二名听差。五年以后他还没有动笔,说:"还需要五年。"国王同意了。在第十年的年底,庄子拿起笔来,只用了一笔就顷刻间画成了一只螃蟹,完美之极,前无古人。

叙述空间: 视角,情节,意境

叙述空间在前面我们讲现代性与小说的章节中已经有所论述,本章开头也有相关解说。这里不妨再举一个例子,假设我们走进一间平常的屋子,从桌子上拿起一支毛笔然后出来,这是常态的空间感,如果要叙述,只需要叙述几个动作就可以了。走进一间陌生的屋子,拿起一支笔,打量一下屋子里的陈设,发现是古色古香的旧式房子,还有个雕花的窗对着湖面,要叙述这件事就大有讲究,因为这种空间有故事。如果我们是在戏台上,台上什么都没有,却必须想象出一间古色古香的屋子,且要通过动作把空间感表现出来,那又是另一番景象。谈叙述空间,不妨多想想京剧舞台上的戏剧动作,空间在虚实之间,某种意义上不是人在空间中,而是"空间在人中"。这就与叙述学批评发生了关联。但实话实说,空间问题要讲清楚比讲时间问题更难,我这里主要讲三个题目,只是点到为止。

空间与视角

这一点我们在讲叙述视角时其实已经讨论得比较充分,此处只是换个重点而已。叙述者站在一个特定的地方,获得一个特定的空间框架,自然容易看到特定的故事,特定的生活,而且比较容易展开特定的讲述方式。电影在这方面得天独厚,比方我们看到侯孝贤拍《风柜来的人》,摄像机一架起来,故事就由他控制了。明明是车辆从远方而来,他偏偏不站在路上拍,而是站到路边拍,使得车辆轰鸣而过,却只是从镜头左端跑到了右端,这就是他对此处与彼处的理解。但小说也有自己的本领。罗伯·格里耶的《密室》,完全不动声色地描绘了一间密室以及这间密室内的谋杀,谋杀本身(包括杀人者和被害者)似乎只是空间中的两个器具,这种观感自然与"窥视者"这一格里耶钟爱的视点有关。王安忆《长恨歌》一开场,先写上海的建筑,然后以鸽子的视角俯瞰上海的大街小巷,小说的意蕴早已呼之欲出,这不是贪慕虚荣必将镜花水月的道德教化故事,而是以悲悯的心态写就人与城的一曲挽歌。《十八岁出门远行》一开始呈现那么宏大的自然景象,是要把那个"我"的自豪感呈现出来;后来龟缩到驾驶室里自己舔伤口,视角一下子由外向内,豪迈转为悲伤。《饥饿艺术家》的故事都发生在笼子里,空间有限,叙述者就像是被一同关在笼子里,只能贴着主人公的内心写,一举一动,洞若观火。前面我们讲外乡人视角,更是空间与视角紧密相关的例子。外乡人比较倾向于让空间整体呈现,然后他才能以游客的心态娓娓道来,视点与空间可谓相互阐发。

除了不同的人站在不同的位置所产生的空间感能够影响叙事视角外,还有一个值得特别注意的方面是不同媒介所形成的不同艺术传统的影响。前面我们看到了《沉香屑 第一炉香》怎么样描写山间别墅,那是典型的用绘画的语言去叙述,仿佛一个画家站在画架前,先定好上下左右,然后再描出细部,何处渲染,何处留白,都有成竹在胸。还有一些叙述就明显是模仿电影镜头的语言,仿佛叙述者的视角就在镜头处,有时是长镜头,有时是广角镜,有时是特写,有时是蒙太奇。而且我们有时读一段话,就像是读一段分镜头剧本,这时你与其说是处于"全知全能视角",不如说是处于"导演视角"。前面我们所展示过的张爱玲《郁金香》的片段、白先勇《游园惊梦》的片段,都很容易改写成电影脚本,因为都跟着摄像机的逻辑走。林徽因的《九十九度中》、穆时英《上海的狐步舞》之类更是非常典型,《九十九度中》是长镜头,《上海的狐步舞》是蒙太奇。你可以想象有一群拍纪录片的人,各自扛着一台摄像机在街上走,看到谁就跟着他拍一段,每个人展示一个行动的片段,然后从一个人切换到另一个人,完全不做情节性的加工,前因后果交给你自己去补充,以呈现原生态的生活,或者揭示这种生活的坍塌。

讲到这里,我们应该不难理解"移动"的重要性。空间与视角并不总是固定一个视角看,更重要的是视角本身可能是有一个移动的轨迹,视角就是那个视角,但是从这里到那里,从那里到这里,在此过程中,整体的空间渐次呈现。移动就有速度以及速度的变化,就像如果一个人扛着摄像机走入一家深宅大院,经过不同的地点,就要调整镜头的姿态,以适应空间的要求。作家就更是如此,从门口的停车场,穿过庄严肃穆的前厅,走到后花园的水榭,再走到一处现代化的客厅,走进内室,通过窄窄的木阶上了楼,直到来到阳台上,对作家来说,这不仅仅是看到了不同的空间,而是走入了不同的故事,叙述者不仅有一个视点,而且在模仿、体会着过去那些故事的视点。若非紧紧抓住视点与空间的关系做文章,就很难理解那些来自于不同生活世界的断片,是以何种逻辑"连缀"、"编织"或者"纠结"成生气勃勃的整体的。

空间与情节

这个题目的意思是，一定的空间设置，往往为情节的架构打下了基础。《围城》里有这样的象征，"里面的人想出来，外面的人想进去"，说尽了一切故事。戏曲里面小姐一来后花园，我们就知道要发生什么事情了，因为后花园是礼教的飞地。但是后花园定好终身了，还得去进京赶考，征服世界，最后有情人终成眷属，正大光明地在大堂成亲。这个由后花园到大堂的距离，放得下整个传奇剧的情节。如果是现代传奇，城里的小姐一来到农村或者海岛，我们就知道她要与当地的小伙子恋爱，最后留在当地；而如果是城里的小伙子呢，多半就要自己先回去，过一段时间想通了再回来，也许再也不回来。另外，小说中常见"此岸"（现实的世界）与"彼岸"（理想的世界）的对立，如果一部作品中出现了这样的空间安排，往往就会出现类似于向往、离开、寻找、回归之类的情节。爱情故事总是到"没有人找得到我们的地方去"，过去很多革命加恋爱的故事都以"到延安去"结束，姜文执导的电影《让子弹飞》的最后则是"到上海去"，真正去不去得了是不要紧的，"生活在别处"就对了。而因为有了这个"别处"，就使得"此处"故事总有一种挽歌、悲剧的味道。有的作品是两地之间的徘徊，《半生缘》中世钧也是离开南京的家去上海，火车一开，似乎种种恩怨情仇都丢在了身后；《第一炉香》里的薇龙、《倾城之恋》里的流苏在浮华的香港伤了心，总是一心想回上海旧家庭去，回又回不去，要么病了走不了，要么走了还会回来；废名的《桥》，桥那边是个纯净的田园世界，所以主人公时时地想走过桥去；《大淖记事》里的东头和西头，井水不犯河水，却又因缘际会，终于合作一处。海明威《乞力马扎罗的雪》不管怎么写眼前的故事，那个雪峰都矗立在那儿，当人生的片段一一闪现，内心掩藏的隐痛浮出水面之后，最终是要回归这座山峰——豹子为什么不留在平地，要爬到那么高的地方来？它只能如此，这就是它的命运。迟子建《雾月牛栏》里的牛栏和屋子构成了紧张关系，我们看到：雾月来了，屋子里看不清，继父和母亲恣意交欢，结果被儿子宝坠看到并且说出来，继父恼羞成怒，失手将宝坠打傻，结果住进了牛栏；继父内心愧疚，所以经常到牛栏来看宝坠，牛栏成为继父罪孽的象征，所以他恨这牛栏；宝坠恨人的屋子；继父终究死在牛栏前；宝坠最终也不肯回人的屋子里去。这个空间与空间的纠结，就成为人与自然关系的隐喻。我们看电影《后会无期》，从最东边跑到最西边，一样的孤独，中间是一条漫长得近乎无聊的路，电影以此建构情节、揭示主题：一条并非逐步上升的平凡之路，解释了何谓成长。朱天文写《风柜来的人》，有意设置一个处于风柜和高雄之间的中间地带，一间被废置的房屋，让几个年轻人可以无拘无束地在沙滩上奔跑。还有并未露面的台北，那是最后女主人公要去的地方，似乎是一个比高雄更不可测知的所在。而白先勇的《游园惊梦》，最后一句"起了好多新的高楼大厦"，不仅仅是反话正说"好多楼塌了"，更是"物人皆非"，一出戏换了背景，断壁颓垣变成了高楼大厦，曾经的才子佳人故事，便再也演不下去。

有一个问题不妨放在情节下面来谈，那就是空间的象征意味。不同的空间有不同的象征意味，海边与路上就非常不同，它们暗示的故事也不同。空间所包含的对比关系更值得注意，比方内与外、主与次、高与低、前与后、远与近，等等。一个人原来在什么位置上，后来在什么位置上,最后又到了什么位置。什么是你的"世界",什么是她的"世界",你在什么样的空间关系中会觉得是主宰,动静咸宜;又在什么样的空间关系中会处处留心,时时紧张。很多时候,这些既是与身份、地位相关的象征,又直接关系到情节的架构,不妨多加留心。

空间与意境

意境并不只是古典诗词的意境,而是可以成为一种叙事性要素,因为意境的营造可以传达出一种整体的氛围,而这个氛围是有可能影响到叙述的走向的,所以它同样可以用来讨论小说。讲张爱玲的时候我们已经讲得很多了,老房子里有老房子的意境,精致、踏实的美,或者颓废、萎靡的美;阳台有阳台的意境,苍凉。街上有街上的意境,行走在众人之间,逡巡于橱窗之外,孤独而又自由,贫穷而又富有。① 从其他作家那里,我们还可以看到荒野的意境,像张炜《九月寓言》中长腿赶鹦带着一群小伙伴在野地上奔跑;陈忠实《白鹿原》无处不在的大气当然离不了白鹿原本身,即便是"整个白鹿原上最淫荡的一个女人以这样的结局终结了一生",也那么不同凡响。孙犁《荷花淀》的故事都发生在荷花淀中,所以清新、明丽,洗净铅华而又生趣盎然,"水面清圆,一一风荷举"。废名《竹林的故事》"出城一条河,过河西走,坝脚下有一簇竹林,竹林里露出一重茅屋,茅屋两边都是菜园",总有些世外桃源的气息,所以整个故事也是一幅水墨小品的意境。白先勇《游园惊梦》里摆席的地方,"整座饭厅银素装饰,明亮得像雪堂一般",可不正是个戏台?难怪整个夜晚迷离恍惚,亦真亦幻。王安忆《启蒙时代》中的那些无人管教的青少年或游荡于荒凉的大街上,或出没于破旧的楼宇间,让人倍感城市失去方向时的神秘与虚无。

之所以将以上这些放在"叙事"下面谈,有两重考虑。一则是因为意境的营造与作品主体情节、行动形成一种参差交错的关系,你能够感受到这些不同的意境,也就更容易理解那些故事。比方《九月寓言》中写一阵子现实生活,就回到野地去跑一阵,局促的、乏味的现实与宏大的、壮美的野地恰成对照。张爱玲的小说写一番屋子里的人情世故,就会到阳台上去站一站,远远近近、上上下下地看,主体的叙述忽然中断,但是这个游离的片刻又似乎是主题之所在。《金锁记》中长安与世舫被迫分手,当世舫告辞而去的时候,这个时候本应是叙述风云激荡的时刻,但长安什么也没说,只觉得"她是隔了相当的距离看着太阳里的庭院,从高楼上望下来,明细、亲切,然而没有能力干涉,天井、树,曳着萧条的影子的两个人,没有话——不多的一点回忆,将来是要装在水晶瓶里双手捧着看的——她的最初也是最后的爱"。这是借用电影的镜头语言,构成一种现代意境,不是"无言独上西楼,月如钩",也不是那种大户人家闺房里的私语,而是在张爱玲标志性的白天,阳光下的庭院,这种意境不古不今,不中不西,却又亦古亦今,亦中亦西。怎么让这种现代的诗意时刻融入整个小说的叙述中,便成为值得分析的问题。

---

① 法国哲学家巴什拉的《空间诗学》一书,对我们熟悉的空间如家宅等做了极为精彩的现象学分析,对我们进行相关批评很有启发。中文版见:[法]加斯东. 空间诗学[M]. 张逸婧,译. 上海:上海译文出版社,2009.

二则，对意境的分析往往可以成为我们分析文本之现代性的有效途径。我们面对的现代文学文本往往包含着古今中外文学传统的杂糅，而这种杂糅也能从空间形式的交错找到踪迹。比方说，古人的空间感是"窗含西岭千秋雪，门泊东吴万里船"，咫尺山林，以大观小，游目周览，视点的转移非常自由，于是才有那般实与虚、远与近、情与景的相生互动。前面章节中我们曾经引用过宗白华先生的相关论述，这里再摘录几段：

> 中国诗人、画家确是用"俯仰自得"的精神来欣赏宇宙，而跃入大自然的节奏里去"游心太玄"。晋代大诗人陶渊明也有诗云："俯仰终宇宙，不乐复何如！"
>
> 用心灵的俯仰的眼睛来看空间万象，我们的诗和画中所表现的空间意识，不是像那代表希腊空间感觉的有轮廓的立体雕像，不是像那表现埃及空间感的墓中的直线甬道，也不是那代表近代欧洲精神的伦勃朗的油画中渺茫无际追寻无着的深空，而是"俯仰自得"的节奏化的音乐化了的中国人的宇宙感。
>
> 《易经》上说："无往不复，天地际也。"这正是中国人的空间意识！（宗白华：《中国诗画中所表现的空间意识》）

今天的文学当然不可能固守一种空间观（且不说"一种"本身也是大而化之的说法），所以文学意境的营造会包含极为复杂微妙的叙述方式。比方说废名的《桃园》：

> 半个月亮，却也对着大地倾盆而注，王老大的三间草房，今年盖了新黄稻草，比桃叶还要洗得清冷。桃叶要说是浮在一个大池子里，篱墙以下都湮了——叶子是刚湮过的！地面到这里很是低洼，王老大当初砌屋，就高高地砌在桃树之上了。但屋是低的。过去，都不属于桃园。
>
> 杀场是露场，在秋夜里不能有什么另外的不同，"杀"字偏风一般地自然而然地向你的耳朵吹，打冷噤，有如是点点鬼哭的凝和，巴不得月光一下照得它干！越照是越湿的，越湿也越照。你不会去询问草，虽则湿的就是白天里极目而绿的草——你只再看一看黄草屋！分明地蜿蜒着，是路，路仿佛说它在等行人。王老大走得最多，月亮底下归他的家，是惯事——不要怕他一脚踏到草里去，草露湿不了他的脚，正如他的酒红的脖子算不上月下的景致。
>
> 城垛子，一直排；立刻可以伸起来，故意缩着那么矮，而又使劲地白，是衙门的墙；簇簇的瓦，成了乌云，黑不了青天……

这里我借用陈思和教授主编的《中国现代文学史教程》（待出版）中的分析："这段上面的句子本来写屋内，是和王老大平行的视点，这里突然转到屋外，并采取了一个极高的视点，下文又平铺开一个极远的视点，视点的转换非常自由，这也是古诗词的常技而废名将之移入小说。就其效果来说,则造成了一种弥漫的清冷萧杀的境界。"我们在分析叙述空间的时候,最好能够像这样深入分析此空间展开的内在逻辑。不太容易,但有意思。

不妨再来看看金宇澄的《繁花》,尝试将上面两个方面结合起来。《繁花》表现的是市井生活,市井给我们一种喧闹的印象,但这种热烈嘈杂之声中,自带一种苍凉的变调。所谓"繁花似锦",并非只是缤纷五彩的烂漫,而往往是冷与热、静与动、旧与新、近与远、内与外、美与丑、生与死等等的交响。理解此种参差,方可进入市井生活的内部。譬如小说中写阿宝和蓓蒂这两个青梅竹马的小孩在屋顶上看上海:

> 阿宝十岁,邻居蓓蒂六岁。两个人从假三层爬上屋顶,瓦片温热,眼里是半个卢湾区,前面香山路,东面复兴公园,东面偏北,看见祖父独幢洋房一角,西面后方,皋兰路尼古拉斯东正教堂,三十年代苏侨建立,据说是纪念苏维埃处决的沙皇,尼古拉二世,打雷闪电阶段,阴森可惧,太阳底下,比较养眼。蓓蒂拉紧阿宝,小身体靠紧,头发共舞。东南风一劲,听见黄浦江船鸣,圆号宽广的嗡嗡声,抚慰少年人胸怀。

与《繁花》中常见的那种同质对象的罗列不同(比方"老虎窗外,日光铺满黑瓦,附近一带,烟囱冒烟,厂家密布,棉纺厂,香烟厂,药水厂,制刷厂,手帕几厂,第几毛纺厂,绢纺厂,机器人钢铁厂,日夜开工"),这段引文中目力所及的风景,是一种杂多之统一——而且此种杂多,并未消除不同元素间的冲突性,故给人一种哥特式的不安感。但是高台远眺,东西南北一一道来,风送船鸣声声入耳,却又是典型的中国美学的想象空间。蓓蒂在小说中是一个"没有原罪"的存在,其存在与消失皆如梦境一般,是阿宝这类市井之人所能设想的最为超越的维度,这一维度便与中国美学形成呼应,彼此缠缠绕绕,重重叠叠,与其说能够提升市井生活的品位,不如说给市井生活增添了一种忧郁,或者用奥尔罕·帕慕克的用语:"呼愁"。在《伊斯坦布尔》一书中,帕慕克还极其敏锐地指出,给人们带来痛苦的,不是"呼愁"的存在,而是它的不存在。人们由于未能体验"呼愁"而感知到它的存在;他受苦,是因为他受的苦不够。阿宝、小毛、沪生、陶陶、李李这些市井男女时时感受到一种莫名的忧伤,一种无处不在的空虚与失落,来去无踪,此起彼伏,它并未彻底掏空生活,却一点点抵消了那种怡然自足之感。但是反过来,这种屋顶上的遥望,时时从回忆中闯入现实,给那满布尘垢的市井生活增加了一种超越的维度。你可以将此理解为一种空间楔入另一种空间,一类故事楔入另一类故事,我们也很难分辨孰真孰假,却未必不能在真伪之间,另造一种五味杂陈的诗性体验。

本章课后练习

习题一

从王安忆《长恨歌》、金宇澄《繁花》以及张爱玲的作品中选出一些片段,看看在上海城市空间的意境营造上,这几位作家各有哪些特色。

习题二

从格非的短篇作品中选择一篇写一个短评,看看能不能把小说中的叙事时间讲清楚。

习题三

找几篇从"空间叙事"、"空间诗学"的视角评论具体作品的文章读一读,尤其是针对特定空间形式的,如阳台、庭院、公寓、庄园、厂房或者雪山、草地、河岸、田野之类,看看能否学到一点东西。

第十章
文体学批评：风格与文体

文体学（stylistics）批评有时是跟叙事学批评放在一起的，但也有很多论者主张将两者区分开来。我们这里采取一种并不那么绝对的区分：如果叙事分析不仅关注大的结构性的内容（潜在结构，叙述者，叙述时间、空间之类），还进一步细化到对语言甚至语句本身（语调、修辞、风格等）的考察，就可以说这种分析转变成了文体分析。上一章在分析白先勇《游园惊梦》时，曾分析过这一句："一个仆人拉开了客厅通到饭厅的一扇镂空卍字的桃花心木推门，窦夫人已经从饭厅里走了出来。"这一分析是要提醒大家讲述一件事情的正常速度与它出现在文学作品中的速度是不一样的，这本是叙事学问题，但由于相关现象是在一个句子中发生，对其所作考察便有助于领会白先勇遣词造句的特点，这一特点进而有可能形成一种整体的形式风格，这一风格又有可能让我们窥见现代文学汉语的一种发展轨迹，思考一些更具普遍性的问题（比方"中国语言与中国文学"的问题），沿着这一逻辑推进，我们所做的就是文体学批评。

那么，说一个作家的语言跟说一个作家的文体是不是一回事？很多时候是一回事。我们不可能说一个作家语言很烂却是个文体家，充其量说他语言一般，却不失为好的小说家（很多人这样看待巴金）。反过来，我们推崇汪曾祺的小说，就说汪老的语言好，同时赞扬汪老是个文体家。不过两者不能等同的原因也很明白，语言好是一种修养，文体好的关键则在于——创造性地——符合特定的体的要求：你做诗人的语言很好，拿这种语言去写小说就未必；或者，你作为小说家的语言也不错，但我不太愿意说你创造了一种独特的小说文体，因为你没有挑战我读小说的一般语感范式。说一个人是文体家是一个很高的评价（虽然不是一个绝对必要的评价），基本上来说是他让我们看到原来文章还可以这么写，而且更重要的是后面的感叹：本来（小说、散文等）就应该可以这样写啊！这个评价显然不只是语言好与坏的问题。比方海明威，可以说他是个文体家，因为他建立了一种小说文体的新范式，但要说他语言怎么好，我们就不免有些犹豫。不过我们当然不需要将语言和文体对立起来，看到语言好的作品，大家不妨多多留心,这位作家往往是那种修养好、底子厚、悟性高的人,他对文体创新做出贡献的概率总归要更大一些。

正因为文体分析不只是笼统地问"语言好不好",文体分析与叙事分析便可以相互配合。有时候我们看到某个小说家被称为文体家,就是说他形成了自己独特的风格,这种风格丰富了叙述的手段,让我们对叙述这门技艺有了更深的认识。海明威告诉我们怎么使小说的语言瘦硬而有内涵,有了他那些电报体的小说之后,我们懂得了什么叫"冰山似的叙述"。我们看雷蒙德·卡佛那些"极简主义"的作品,也会有类似的感受。普鲁斯特当然也是文体家,而他之所以将一种繁复、黏稠、亲切而满蕴哀愁的语言推到极致,是要告诉我们怎么使叙述丰满而有内涵,即不仅仅是指向某一事件,而且最大限度地复现感性经验,因为"对当下的叙述总是在回忆中发生"。在中国,鲁迅和张爱玲都可以算作文体家,所以他们的作品很容易被认出来,也有很多的模仿者。但是一般人只是学其形,如果深入探究,那么鲁迅可以告诉我们怎样以参与者"我"的身份做一个叙述者,张爱玲则可以告诉我们怎么样将细腻的描写与犀利的评论结合,打造出一种冷热交汇的华美,两者都不仅仅是"语言优美",而是推进了小说这门叙事艺术。虽然文体总的来说更为感性直接,讨论叙事更需要分析的眼光,但既然都是"学",就不能只是表面印象,文体学也好,叙事学也好,都必须以讲故事这门艺术的深度来衡量自身。这一章我们就把文体学批评单列出来,看能否为更好地"读入文本"提供帮助。需要特别指出的是,我们的目的不是简单地评价某个作家的文体好或是坏,仿佛文体是一种额外的神圣价值,而是由文体入手,讨论那些与文学传统的继承与创新直接相关的问题。所以将一个作家放在文体学的视角下讨论,未必一定是因为他的文体出色达到了怎样的程度,而首先是因为值得一说。

文体之为风格

文体这个词在英语中跟风格一样都是 style,但是总的来说,风格这个词相对来说更笼统、抽象一些,可纳入的内容也更多一些。一种风格研究强调总体印象(所以常常在不同作家的比较中进行),强调形式与内容的统一,强调作品与作家的关联,当然,更重要的是强调特色,这种特色不能只是用抽象概念分析出来,而应该能传达出一种质感,富有形象力量。要将这种风格研究落到实处,文体是一个很好的入手处,不过这就好像从一个人的声音判断这个人的性格,是一种非常直观的把握,所谓"文之清浊有体,不可力强而致",要细加分辨,靠的是对特征的敏感。比方说,海明威那种电报体的写作很容易引起我们注意,因为它简洁得反常,简直惜墨如金,而我们习惯的叙述要么喜欢描摹,要么喜欢抒情和议论。如果我们就这种文体做了充分的分析,肯定可以帮助我们把握海明威作品的风格。这个作家究竟如何解说"冰山式的写作"并不是最重要,能够有把握说"一看这就是海明威的文体"才更有价值。

我们不妨在文体和风格之间多做一些辩证性的练习。对于一个作家,先多浏览几部作品,初步考虑一下这个作家的风格是什么样子,然后精读一些代表作,看能不能将对风格的理解落实于对文体的分析中。而在做这一工作的时候,我们不仅需要有敏锐的文字感觉和良好的文学趣味,还要有美学观念的准备,在品评中国作品时尤其如此。比方周作人,如果我们拿起一本他的散文看看,可能脑中马上跳出"寡淡"两个字,这就读不下去了。但如果我们有相关的理论准备,可能想到的就是"冲淡"。寡淡是比较浅的阅读感受,冲淡是用来整理和引导阅读感受的美学概念。觉得一个作品寡淡,最好的应对方式是把它丢下不读,而不是写篇评论说它有多寡淡;果真要做文学批评,就不能只是表达"我"在这一刻的感受,更要通过对感受的分析引出有意思的问题。说"冲淡"为什么比较能谈出有意思的问题呢?当然是因为它能从中国古典哲学、美学与文艺批评中得到支持。比方我们翻开司空图《二十四诗品》,里面专门就"冲淡"做了解说:

> 素处以默,妙机其微。
> 饮之太和,独鹤与飞。
> 犹之惠风,荏苒在衣。
> 阅音修篁,美曰载归。
> 遇之匪深,即之愈希。
> 脱有形似,握手已违。

好一个"遇之匪深,即之愈希。脱有形似,握手已违"。你为而不有,它就盈盈在握;你孜孜以求,它就隐匿无踪。冲淡其实是一种人与自然共处的智慧,不仅仅是远离功利与浮华,到自然中去享受山水之乐,更要把这种山水之乐也当作运气、福气,不刻意,不贪溺,不喧哗。就像你去某地看油菜花,发现花已经谢了,便抱怨连连,这个心境就不冲淡了。冲淡是踏青如访友,友人可能在,也可能不在,因为世界并不围绕着你转。有了这重准备,再来读周作人的文字,可能就更有感觉。周作人的散文如《乌篷船》、《故乡的野菜》之类确实是冲淡,初看近乎"陋"(张爱玲讽刺他没吃过什么好的,所以只能写些淡乎寡味的东西),细细品味却有一种好茶特有的甘醇。要把握住这种味道,最好的办法是抛开原文,用自己的叙述方式把文中要点重新叙述一遍,然后你便知道,有些地方他是真节省,有些地方是真啰嗦。有关游客常关心的风土人情,他就一句"那是写不尽的,但是你到那里一看也就会明白的",就打发了;但是对于乌篷船,却作为"一种很有趣的东西",大讲特讲,喋喋不休。一艘乌篷船承载了多少儿时的美好回忆?所以一开讲便收不住,像孩童夸耀自己的某个新奇玩具一般。说到游玩,他呈现出千锤百炼的文人趣味,恬静,优雅,洒脱,点到即止却又一呼百应:

> 你如坐船出去,可是不能像坐电车的那样性急,立刻盼望走到。倘若出城,走
> 三四十里路(我们那里的里程是很短,一里才及英里三分之一),来回总要预备一

天。你坐在船上，应该是游山的态度，看看四周物色，随处可见的山，岸旁的乌桕，河边的红蓼和白蘋，渔舍，各式各样的桥，困倦的时候睡在舱中拿出随笔来看，或者冲一碗清茶喝喝。偏门外的鉴湖一带，贺家池，壶觞左近，我都是喜欢的，或者往娄公埠骑驴去游兰亭（但我劝你还是步行，骑驴或者于你不很相宜），到得暮色苍然的时候进城上都挂着薛荔的东门来，倒是颇有趣味的事。倘若路上不平静，你往杭州去时可于下午开船，黄昏时候的景色正最好看，只可惜这一带地方的名字我都忘记了。夜间睡在舱中，听水声橹声，来往船只的招呼声，以及乡间的犬吠鸡鸣，也都很有意思。

像"或者往娄公埠骑驴去游兰亭，到得暮色苍然的时候进城上都挂着薛荔的东门来，倒是颇有趣味的事"，实在是很美妙的句子，古韵十足，又有一种现代白话长句特有的张力，仿佛在士大夫宁静致远的格调中，突然有点跳脱，显露出"五四"一代人的本色。最好的地方是那种家常口吻，没有太多铺陈渲染和个人情感的抒发，因为写信的目的是叫人家去家乡看看，不是替人家看或者把自己的心情展示给人家看，但是平静之中自有一种风流，作者之音容神态跃然纸上。我个人觉得周作人有点"装"，但这个"装"并不完全是贬义。大家尽可以得出各自的判断。

在中国批评家中，将风格批评与文体批评统一起来的典范人物是李健吾先生。我们来看他论废名的一段话：

> 如若风格可以永生，废名先生的文笔将是后学者一种有趣的探险。自然，我明白我没有多余时间谈论废名先生，但是为了某种方便起见，我不妨请读者注意他的句与句间的空白。唯其他用心思索每一句子的完美，而每一完美的句子便各自成为一个世界，所以他有句与句间最长的空白。他的空白最长，也最耐人寻味。我们晓得，浦鲁斯蒂指出福楼拜造句的特长在其空白。然而，福氏的空白乃是一种删削，一种经济，一种美丽。而废名先生的空白，往往是句与句间缺乏一道明显的"桥"的结果。你可以因而体会他写作的方法。他从观念出发，每一个观念凝成一个结晶的句子。读者不得不在这里逗留，因为它供你过长的思维。这种现象是独特的，也就难以具有影响。①

李健吾被认为是印象主义的、唯美的批评的代表，善以比喻直取作家风格的核心，其文学感受力一直为人称道。在他看来，废名有点遁入语言甚或耽于语言，因为有美妙的文笔，于是"特别着眼三两更美妙的独立的字句"，在局部用力太多，反而失去了整体的和谐，以至

---

① 李健吾. 咀华集·咀华二集［M］. 上海：复旦大学出版社，2005：85.

于只收获到一些绮丽的片段。要做出这样的判断,既要对遣词造句的妙处有敏锐的体会,又要对作品的整体效果有扎实的直觉,这都是文体学批评所需要的能力。一般而言,叙事批评的西方色彩浓厚一些,而且"科学分析"的味道很足,而文体批评更加考验才情,而且能够从中国本土批评传统中找到很好的借鉴。我们再来看李健吾论何其芳的一段话:

> 他要一切听命,而自己不为所用。他不是那类寒士,得到一个情境,一个比喻,一个意象,便如众星捧月,视同瑰宝。他把若干情境揉在一起,仿佛万盏明灯,交相辉映;又像河曲,群流汇注,荡漾回环;又像西岳华山,峰峦叠起,但见神主,不觉险巇。他用一切来装潢,然而一紫一金,无不带有他情感的图记。这恰似一块浮雕,光影匀停,凹凸得宜,由他的智慧安排成功一种特殊的境界。

能写出这样的批评文字当然是令人叹赏的,它让我们想起司空图《二十四诗品》中的那些评语,前面看了"冲淡",这里再看"典雅":"玉壶买春,赏雨茅屋。坐中佳士,左右修竹。白云初晴,幽鸟相逐。眠琴绿阴,上有飞瀑。落花无言,人淡如菊。书之岁华,其曰可读。"不过,这类批评强调意会,但是我们自己去做的时候,最好还是要有具体的分析做补充,否则容易浮光掠影,有时也会被认为是故弄玄虚。一般而言,如果常常对诗句做一些遣词造句上的分析,对小说文体的细节也会比较敏感,大家不妨多做一些训练。当然,小说毕竟是更大规模的建制,要避免只见树木不见森林。如果你觉得某个作家的语言实在有特点,如老舍、钱钟书、鲁迅等,可以专门写文章讨论其语言特色,这样可以分析得更尽兴一些。

从语气看文体

有关语气(tone)的分析,对诗歌批评当然很重要,但并非不适用于小说。美国"新批评"的重要著作,布鲁克斯和沃伦合编的《理解小说》一书,认为语气对小说至关重要,是我们读一篇小说首先要考虑的因素之一。书中对语气是这样界定的:"语气就是故事结构中反映出的作者的态度——对他的素材和对他的读者的态度。一篇小说的语气可以说成是庄重的或放荡的,含蓄的或热烈的,直率的或嘲讽的,快乐的或忧伤的,严肃的,玩笑的,拘谨的,多愁善感的——人们可以继续下去,列出上百个其他形容词来,然而,实际上,大多数小说的语气通常总是过于特殊和复杂,无法用任何一个形容词来描述。"①

不难理解,对语气的分析可以成为我们分析小说文体的一个抓手。这首先是说很多作家有比较个性化的语气,比方鲁迅总体上一定是迟疑和忧虑的,但在某些地方会忽然变得非常热烈,有点像是竭力绷住,但终于绷不住;张爱玲是冷嘲与热爱的杂糅;王安忆絮絮叨叨,总给人一种她自己可以随便说,却不让别人随便评说她的角色的感觉;余华总是半真半假,

---

① 克林斯·布鲁克斯,罗伯特·潘·沃伦. 理解小说[M]. 上海:外语教学与研究出版社,2004:4(导读).

有时这半真不假让人忍俊不禁,有时候又毛骨悚然,有时候又一秒转崇高;严歌苓让人捉摸不定,有时候以旁观者的姿态言说苍凉,有时候又语调尖利显得很作;迟子建温暖而深沉,有牧歌的调子,有时在忧伤中隐约透出一种凄厉;莫言总是滔滔不绝口若悬河,有一种神神道道的做派;苏童则往往由一种冷幽默忽然转为热烈……这类概括大家不妨做一点,只是不要太当真,更不可以偏概全,姑妄言之而已。如果某一个作家突然改变了一贯的语气,倒是值得特别注意,因为也许有些特别的情况发生。比方张爱玲不那么冷峭,喜欢解释了,(《十八春》、《秧歌》等)鲁迅不那么内敛了,感情汹涌了,(《伤逝》)余华忽然变得朴素坦白,毫无心机,(《活着》)如此等等,总有可探究之处。

这里就举张爱玲《十八春》为例。我们知道,张爱玲是在 1952 年才离开大陆去香港的,1950 年开始在香港《亦报》上连载的《十八春》是一个献给新社会的作品。张爱玲写的虽仍然是爱恨情仇,但加入了很多阶级斗争的成分。内容上且不说它,重要的是文体的改变。为照顾大众阅读趣味,也为保证"政治正确",张爱玲在描写之外,有时会主动补上一句解释或者议论,如一处写鸿才看曼璐:"鸿才也就像曼桢刚才一样,在非常近的距离内看到曼璐的舞台化妆,脸上五颜六色的,两块鲜红的面颊,两个乌油油的眼圈。"这样写虽然毒舌,但是张爱玲写女人本来就很毒舌,倒也不需要特别注意,但是后面这一句就不对了:"然而鸿才非但不感到恐怖,而且有一点销魂荡魄,可见人和人的观点之间是有着多么大的差别。"最后加这么一句,差点就把小说变成宣传材料了。张爱玲不是这样写人的,更确切地说,她不是用这样的口气说话的。以前她也许会这么写:

> 鸿才也就像曼桢刚才一样,在非常近的距离内看到曼璐的舞台化妆,脸上五颜六色的,两块鲜红的面颊,两个乌油油的眼圈,不免有点吓人。但是舞台上灯影幢幢,这大红大绿的俗艳,竟显得流光溢彩,生气勃勃。鸿才呆呆看着,竟有一点销魂荡魄。

硬要替读者把一种平庸的感慨写出来,让描写所内蕴的情感单一化,这当然不是张爱玲应有的样子。《十八春》有些地方的情境营造往往把话说得太透,而且突兀,使得力道松弛,如"马路上的店家大都已经关了门。对过有一个黄色的大月亮,低低地悬在街头,完全像一盏街灯。今天这月亮特别有人间味。它仿佛是从苍茫的人海中升起来的"。古典意境硬套上庸常而空泛的议论,便觉意趣尽泄,生气顿失。如果拿这句话与写于 1944 年的"微小说"《散戏》相比,高下立现。后者相关描写为"黄包车一路拉过去,长街上的天像无底的深沟,阴阳交界的一条沟,隔开了家和戏院。头上高高挂着路灯,深口的铁罩子,灯罩里照得一片雪白,三节白的,白得耀眼。黄包车上的人无声地滑过去,头上有路灯,一盏接一盏,无底的阴沟里浮起了阴间的月亮,一个又一个"。这种华美而阴冷的气息才是张爱玲式的语言,而那种不咸不淡的"人间味"和"苍茫的人海",虽然看起来更为正面,却色厉内荏,底气不足。通过解释性的语句弱化自己文字中的遗少气和小资气,的确是政治姿态的表达,却对张爱玲的语感破坏不小。后来这一笔法被用于表达完全不同的政治态度(如《秧歌》),但是笔法本身的逻辑或者说弊病却保留下来。

在同一部小说中,语气是有可能发生变化的,这种变化有时候会影响到文体的感觉。这方面的例子也很多。比方《黄金时代》,我们能够很清楚地感觉到下面两段话语气的变化:

戏谑的叙述

倒退到二十年前,想象我和陈清扬讨论破鞋问题时的情景。那时我面色焦黄,嘴唇干裂,上面沾了碎纸和烟丝,头发乱如败棕,身穿一件破军衣,上面好多破洞都是橡皮膏粘上的,跷着二郎腿,坐在木板床上,完全是一副流氓相。你可以想象陈清扬听到这么个人说起她的乳房下垂不下垂时,手心是何等的发痒。她有点神经质,都是因为有很多精壮的男人找她看病,其实却没有病。那些人其实不是去看大夫,而是去看破鞋。只有我例外。我的后腰上好像被猪八戒筑了两耙。不管腰疼真不真,光那些窟窿也能成为看医生的理由。这些窟窿使她产生一个希望,就是也许能向我证明,她不是破鞋,有一个人承认她不是破鞋,和没人承认大不一样。可是我偏让她失望。

我是这么想的:假如我想证明她不是破鞋,就能证明她不是破鞋,那事情未免太容易了。实际上我什么都不能证明,除了那些不需证明的东西。春天里,队长说我打瞎了他家母狗的左眼,使它老是偏过头来看人,好像在跳芭蕾舞,从此后他总给我小鞋穿。我想证明我自己的清白无辜,只有以下三个途径:

1. 队长家不存在一只母狗;2. 该母狗天生没有左眼;3. 我是无手之人,不能持枪射击。

结果是三条一条也不成立。……

崇高的叙述

陈清扬说,她去找我时,树林里飞舞着金蝇。风从所有的方向吹来,穿过衣襟,爬到身上。我呆的那个地方可算是空山无人。炎热的阳光好像细碎的云母片,从天顶落下来。在一件薄薄的白大褂下,她已经脱得精光。那时她心里也有很多奢望。不管怎么说,那也是她的黄金时代,虽然那时她被人叫作破鞋。

陈清扬说,她到山里找我时,爬过光秃秃的山岗。风从衣服下面吹进来,吹过她的性敏感带,那时她感到的性欲,就如风一样捉摸不定。它放散开,就如山野上的风。她想到了我们的伟大友谊,想起我从山上急匆匆地走下去。她还记得我长了一头乱蓬蓬的头发,论证她是破鞋时,目光笔直地看着她。她感到需要我,我们可以合并,成为雄雌一体。就如幼小时她爬出门槛,感到了外面的风。天是那么蓝,阳光是那么亮,天上还有鸽子在飞。鸽哨的声音叫人终身难忘。此时她想和我

交谈，正如那时节她渴望和外面的世界合为一体，溶化到天地中去。假如世界上只
有她一个人，那实在是太寂寞了。

小说最后当然是让崇高的语气压倒了戏谑的语气，但是两者的斗争贯穿始终。确认了
这一点，再看到这样的句子我们就知道怎么应对了："风从衣服下面吹进来，吹过她的性敏感
带，那时她感到的性欲，就如风一样捉摸不定。"这话当然有戏谑色彩，不管怎么崇高的氛围，
要想"我"完全被压服是不可能的，煮熟的鸭子嘴还是硬的，但是戏谑仍然是向崇高致敬了：
"此时她想和我交谈，正如那时节她渴望和外面的世界合为一体，溶化到天地中去。"为什么
要在这里分析这一段呢？这篇小说原本就是在一种杂文文体与诗性文体的矛盾关系中展
开：前者是男性声音的，以强悍的常识逻辑（理科生的）为主导；后者是女性声音的，以对人生
的个体性体验为主导；而小说最后的完成，是让两种语气、两种声音、两种文体达成富有张力
的平衡。文体只是我们研究一部小说的角度，并没有特别的理由说一部小说必须一种文体
一以贯之。恰相反，我们会发现很多作品其实都是多种文体的复调，前面读过的《金锁记》、
《游园惊梦》、《十八岁出门远行》、《桃园》、《边城》等，都是如此。

文体与语际书写

不同语言之间的混杂与互译，是做文体批评一个很好的入手处。有一些作家本身拥有
双语甚至多语写作的能力，这时就要特别注意几种语言间的转换是否影响到了他的文体，而
这种影响又能产生何种效应。有很多外籍华语作家，尤其是游走于东南亚、中国台湾地区、
北美等地的一些作家，如黄锦树、李永平、郭松棻、张贵兴等，文体上往往颇有特色，细加分析
往往能够牵出很多有意思的问题。再如大家熟悉的严歌苓，本是大陆军旅作家，后来去了美
国，开始了新的写作阶段。她赴美后的小说常以中国人的海外生活为题材，这当然是基于她
本人的经验，而这种经验中不可避免地也会包含语言经验。她自己说："到了一块新国土，每
天接触的东西都是新鲜的，都是刺激。即便遥想当年，因为有了地理、时间，以及文化、语言
的距离，许多往事也显得新鲜奇异，有了一种发人省思的意义。侥幸我有这样远离故土的机
会，像一个生命的移植——将自己连根拔起，再往一片新土上栽植，而在新土上扎根之前，这
个生命的全部根须是裸露的，像是裸露着的全部神经，因此我自然是惊人地敏感。伤痛也
好，慰藉也好，都在这种敏感中夸张了，都在夸张中形成强烈的形象和故事。于是便出来一
个又一个小说。"（《少女小渔》台湾版后记）较之一般人，作家本来对语言就更为敏感；而作为
双语者，严歌苓对"语言是存在之家"会有自己特别的感受。她小说中自传性的女主人公往
往都在恶补英文，当学习语言在小说中被一再强调时，一种境遇就呈现出来：我们一边生活，
一边学习如何以新的方式表述生活。对此境遇最典型的呈现是在严歌苓的长篇代表作《人
寰》中。《人寰》的主体叙述是一个中国女生对美国心理医生的自白，如前所说，这是最常见
的"说出来"（talk out）的治疗方法。值得注意的是，主人公在言说时，时时会被语言符号本身

所吸引,似乎有某种神秘的东西直接现身在声音中。由于"我"是在用英文"talk out",所以从一开始"我"就意识到了一种英语本身的表现性:

> 英文使我鲁莽,讲英文的我是一个不同的人,可以使我放肆:不精确的表达给我掩护。是道具,是服装,你尽可以拿来披挂装扮,借此让本性最真切地念白和表演。另一种语言含有我的另一个人格。

这种言说,很明显是与严歌苓或者"我"对中西文化的不同认定相一致的:西方文化尤其是美国文化基本是建立在感性解放的基础上,英文也就成为了一种感性的语言。英文给予"我"一种幼稚,一种"侏儒式的、不为年龄所改变的憨拙",这种"憨拙"使得感性的突破力合理地进入一个小女孩的身体和思维,并且使一个成熟的、受到重重约束的女人无知无畏。在最终结束治疗过程时,"我"在告别信中真诚地请求医生原谅自己一年来的用词不当。"我怎么敢说这些? 说英语反正是不知深浅的。""我"分明知道,若非这种用词不当,"我"就无法摆脱过于熟练的闲谈而进入存在的本真言说。"我"在中文和英文之间游走,当我疲倦时,"我没有足够的体力说英文。英文必须是那个年轻力壮的我说的。我讲中文是退休,是退化,是我向孩提时期的退化,如同成年人吮吸棒棒糖,挖鼻孔,以此类行为来减缓作为成年人的压力"。原来,说英文是成长,说中文则是回归小时候。对中文的眷恋营造出一种回忆的幸福,在这种幸福中,"我"会反复琢磨中文的用词。一个词蹦入脑海,"小伙子",这是父亲貌合神离的朋友贺叔叔和我结伴出行时,在"二人世界"的车厢里,对"我"使用的称呼:

> 对,小伙子。我当时就喜欢上了这称呼。粗犷和豪放,我喜欢以后的几十年他一直这样称呼我,他破坏了一种天定的规范,有种挑战感。作为一个女孩所存在的重重危机,所注定的痛苦,因其而生的拘束和发育时的轻微犯罪感,都可能被否去。他这样叫我,是他突然感到一股压力。男女被掷入一个私有空间的压力。

于是"我"爱上了贺叔叔,而且爱得那么感性。她自己分析说,中文说"爱上了",英文说"fall in love":堕入、沦入爱情。一是上升,一是堕落。对语言的这种调侃正是一种语际书写中的领悟。需要特别注意,这段有关说中文的反省,本身发生于"talk out"之中,也就是说它使用的语言理论上应该是英文。换句话说,这种反省本身是需要"成年人的体力"的。这种中文与英文的叠加使严歌苓的叙述具有两种截然不同的质感:一种是沉静的,凝缓的,无所不溶的;另一种是野性的,跳跃的,机巧甚至可以说狡黠的(cute)。两种质感结合在同一个叙述过程中。有一个细节很有意思,严歌苓大概是受到了英语那种"堕落"的欢乐情绪的感染,所以会不时地在写作中加入一些粗话。她最常使用的是中国人的国骂"他妈的",但是她使用这个词的语境却是美国式的,也就是说,她是把美式英语中那个无所不在的"F"开头的词换成了"他妈的"。比方《抢劫犯查理和我》，是一个中国女留学生和一个打劫她的美国小伙子的爱情故事，本来两个人在好好地说话：

> "我想，我爱你。"他说。
> "胡闹。"你他妈的以为我十三岁？

突如其来的"I love you"让"我"惊喜，但"我"随即便意识到它的表演性，外国人说这句话太容易了！一句"他妈的"于是以美语的反应速度蹦出来——这两句话果真在美语中出现，很容易出现 S 开头的词和 F 开头的词的组合——但是对叙述者来说，这句"他妈的"不是英文而是中文，这一刻"我"必须让自己回归中国人的理性，以国骂对抗美语的热力，避免被这个玩世不恭的美国小伙随口的柔情俘获。"他妈的"既是英文词的翻译又是独立的中文词，它同时承担两项任务，既表达"我"作为成熟女人的活力，又保护"我"作为中国女人的自尊。再来看《青柠檬色的鸟》中的一段文字，说的是一个中国人洼奔丧归来：

> 回来时在波特莫斯广场拉胡琴和下象棋的半熟人都说洼一定度了个很好的假，脸色"炭"（英语"Tan"即日光浴）得很时髦，一定是在佛罗里达的海滩上四仰八叉晒了整整几天好太阳。洼没纠正他们：那是他不得不在马路上"炭"的。洼总是微微一笑。洼的这个略带悲伤的笑容使洼有种文雅的气质。这些同洼认识了多年的人始终没有把对洼的一半生疏在相处中去掉。这其中也有洼自身的原因，洼不知如何将他与人相处中熟识的一半发展开去。还有个原因只有香豆知道，就是洼的灰色眼镜下的眼睛实质上已达到百分之九十的失明，而眼睛也只给洼百分之五的视力。熟人在这视力中都是半熟的了。

我们当然不能说，沉静的就是中文的，戏谑的就是英文的，但是我们的确感觉到沉静与戏谑形成回旋。一个个出人意料的细节、一句句突如其来的对话以及一缕缕莫名其妙的思绪，与整个故事叙述节奏的平稳以及描写的平和相映衬，揭示出那个在说话时看着自己说话的人的存在，是一种叙述套着另一种叙述，是语言包含着语言。再看《也是亚当，也是夏娃》这篇，美国青年亚当由于是同性恋者，找中国姑娘燕娃代孕。急需用钱的燕娃已经做好了心理建设，却没想到亚当不愿意以正常方式性交，要借助玻璃管和注射器来完成这一程序，这貌似更简单，却让燕娃感到加倍的羞惭：

> 他手指捏着纤小的一只瓶状器皿，对我说："轮到你了。"他随之告诉我事情会如何简单，如何安全。亚当讲这些步骤时，如情人一般低垂眼帘。我明白了。整个事情还是挺堕落的，挺丑恶的。

安全、简单、堕落、丑恶这四个形容词中，"安全"（safe）、简单（easy）是英语常用的安慰人的字眼，"堕落"和"丑恶"则更像是中文里用来控诉资本主义腐朽生活方式的用语。这个已经豁出去了的女人，不得不最终说出这两个严厉的词语。"如情人一般低垂眼帘"，是徐志摩式的文艺腔调，接上幽幽的一句"还是挺……的"，真是五味杂陈。个人在语言面前终究是脆弱的，或许正如海德格尔所说的那样：是语言在言说，而不是人在言说。

我们读的文学作品有相当一部分是翻译过来的，有一些翻译得生硬，读起来磕磕巴巴像外文；有一些则非常中国化，读起来舒服，却又让人担心是否太中国了。老是挑剔人家翻译差没有多少价值，但是作为文学研究者，我们倒不妨从翻译这个视角，对作品的语言形式做更为细致的考察，这种考察要求能够落实到字词句和各种细微的修辞手法。这当然要求有较高的外语水平，但是即便我们的外语不如人意，花点时间，还是能有所收获。我们下面看一个例子，是伊恩·麦克尤恩小说《夏日里的最后一天》的第一段，先看英文版：

I am twelve and lying near-naked on my belly out on the back lawn in the sun when for the first time I hear her laugh. I don't know, I don't move, I just close my eyes. It's a girl's laugh, a young woman's, short and nervous like laughing at nothing funny. I got half my face in the grass I cut an hour before and I can smell the cold soil beneath it.

然后是中文版，这是潘帕先生的翻译：[①]

那年我十二岁，第一次听到她笑时，我正趴在阳光下的后院草坪上，肚皮贴地，几乎全裸。我不知道是谁，也没动，只是闭上眼。那是一个女孩的笑，一个年轻女人的，短促而紧绷，像是在为没什么好笑的事情讪笑。我把半个脸埋到草丛里，那草地我一个小时前刚割过，可以嗅到下面荫凉的泥土气味。

潘帕的译笔很漂亮，而且力求传神。但是我们还是能够看出，在翻译的过程中，原作中有些东西是译文没办法保持的。原作开篇第一句是一个非常长的句子，这个句子之所以这样长，是有意要以对"我"自身的关注抑制笑声的出场。笑声突如其来，正常的反应是马上扭过头去看，但是"I am twelve and lying near-naked on my belly out on the back lawn in the sun"与"when for the first time I hear her laugh"的长短差别如此明显，暗示了"我"的反应方式：当事情发生时，我总是要慢半拍，我更愿意躲在自己的世界里，对其他人漠不关心。所以我们看到后面一连串的"I"，"I don't know"，"I don't move"，"I just close my eyes"，这个"I"

---

① ［英］伊恩·麦克尤恩. 夏日里的最后一天［M］. 潘帕，译. 南京：南京大学出版社，2010：53.

以枯燥的形式不断重复，传达出一种焦躁感和戒备心。虽然"我"的好奇心已经被唤起，但"我"表现得很不以为然，先用"girl"这个词，然后调整为"young woman"，这已经在讽刺了，还以为是小女孩呢，原来是年轻女士了，还笑得这么白痴（"女孩"和"年轻女人"在中文中的对立没有"girl"和"young woman"那么强烈）！潘帕先生对这两句的处理注意到了短句之间的对应关系，写"我"自己是三句，写笑声也是三句，但是三个"I"翻译过来就只能保留一个"我"了，因为三个"我"在中文中语气显得太强烈，而在英语中这种强烈会被弱化，因为短句本来就要各有主语，但是重复的效果还是在。再看最后一句，潘帕的处理是拆为三个短句，共用一个主语，这在中文中是很自然的选择；但是在原文中，这个长句以及所包含的三个"I"是对笑声的再一次抵抗，在中文中这个就没法传达了。

　　以上这类分析显然不只是平常所说的翻译问题，它涉及怎样去把握小说语言的内在逻辑。《夏日里的最后一天》整篇小说带着浓厚的夏日午后的困倦感，在此氛围中让美好的东西不期而至，然后又突然消失，最后我们才陡然明白，那倦怠与懵懂的本质其实是悲伤（大家可以参照一下华兹华斯的《当悲伤封闭我的心》(A Slumber Did My Spirit Seal)）。小说的主人公是一个从未真正从一种撕心裂肺的失去中——父母在一场车祸中丧生——缓过来的人，不管如何对新的温情充满戒心，都不得不再一次承受失去，仿佛是噩梦中的噩梦，只能以更深的睡眠去阻隔。所谓自私与孤独，其实是对自己无力的保护。而那种隔着毛玻璃看人似的描写方式，那种过去与现在、内心与外物的纠缠与交融，那种梦呓般的口吻以及那些仿佛永远不会终结的长句，也都是基于同一逻辑。我们来看小说最后一段中的几句：

> I get so tired I close my eyes and it feels like I'm at home in bed and it's winter and my mother's coming into my room to say goodnight. She turns out the light and I slip off the boat into the river. Then I remember and I shout for Jenny and Alice and watch the river again and my eyes start to close and my mother comes into my room and says goodnight and turns out the light and I sink back into the water again.

> 我是那么疲惫，闭上了眼，感觉好像是躺在家里的床上，是冬天，妈妈来我房里道晚安。她关掉灯，而我把船溜进了河里。然后我又记起来了，又开始呼喊珍妮和艾丽斯，又望着河水，然后我的眼睛开始合上，我妈妈又来我房里道晚安并关掉灯而我又沉入水中。

　　第一句译文依旧是处理为短句，而原文是长句，把眼睛一闭，过去的记忆就流水般涌来（此处的道晚安是一个普鲁斯特式意象）。接下来那个句子稍短，却是明显的对照：母亲关掉灯，我从船上滑入河水中。潘帕的译文此处出了错误，他把"slip off the boat"译成把船溜进了河里,实际上这个短语跟"sink back into the water"是一个意思。这个误译的结果,是我们所想象的画面是母亲刚一关上灯,小男孩就溜出来玩他的船去了——这样两句就都是回忆,而原文却是要制造过去和现在的对照,虽然这对照的目的是打通两者。在接下来的译文中,众多的"又"构成了一系列"连动式"的短句,给人的错觉是它们是先后关系,但在原文中,我们可以通过两个"again"再次清楚地看出对照,同样是在一个句子内部所发生的对照,这个长句本身就像叙述者所置身的"黑色的流水"一般,有叫喊,却没有声音;有寻找,却没有动作;有睁眼看,却仿佛只是梦中的幻觉。那种迷离疲倦的气氛贯穿小说始终。译者其实为保持这种气氛做了很多的努力,包括把一些较短的段落合并,但是翻译毕竟是难事,何况是文学翻译。如果我们能够细致分析翻译中失落或者改变了哪些东西,对作品文体的理解自然就会更深入。这方面不需要说太多的道理,大家多做一些尝试即可。

文体与体裁

Style 有时还有"文类"、"体裁"(genre)的涵义,小说有小说的文体,诗有诗的文体,散文、戏剧等都各有文体,而且古今中外各有千秋。在文学史的研究中,一种文体的特征是在历史的发展过程中纵向把握的;而在文学批评中,我们不妨多观察不同文类的横向比较与互动。我们会发现批评家经常喜欢拿着一种体裁评价另一种体裁,比方赞美托尔斯泰的小说,就说"这是莎士比亚!"——虽然莎士比亚并不写小说。或者说小说有一种诗性的光彩,或者说诗有一种散文化的力量,或者说诗内蕴了一种戏剧性的冲突,如此等等。

这样做有它美学上的道理。首先,正如我们在导言中所说过的,一般人的美学观念,也就是用来评价文学艺术的那套价值体系,往往有一种文艺类型作为主导范式,比方有些人认为艺术的最高境界是音乐,有些人认为是建筑,有些人认为是诗,等等。在文学领域也是这样,有些人以小说为范型设立其文学评价的标准,有些人则是以诗或者戏剧、散文。当然,当某个文类被作为范型使用时,它就是典型的文学,所以肯定要比实际的文类要更抽象一些,普遍性更强一些,也更形而上一些。所以我们在这类分析和评价时,要注意具体与抽象的统一。比方分析废名的小说,我们既要了解从周作人到废名这一路的"散文化"的小说美学,又要能实实在在地分析出废名小说从叙述方式到遣词造句如何体现中国强调抒情造境的散文传统,乃至中国古典艺术总体的风格、意境和语言,而后者又如何与西方现代文学语言碰撞、融合,从而形成一种独特的散文/小说文体。再如石黑一雄早期小说,如《远山淡影》之类,一读之下仿佛是在看小津安二郎、成濑巳喜男等人的电影。这个时候我们当然不能简单地说石黑一雄的小说是在摹仿电影,而应说日本特有的美学传统借小津安二郎等人电影获得了一种经典的表达,而这又影响到了石黑一雄的小说,哪怕他是用英文写作,我们也觉得人物在说日语,因为小说的叙述是以日式电影的镜头语言支撑和推动的。此处的关键在于给电影一个突出的美学地位,然后由它辐射到各类文体。在这种分析中,我们所讨论的核心文类就既可以是形而下的写作程式,又可以是形而上的美学传统,你要打通两者却又不混为一谈,其间的分寸需要好好把握。

其次,文体意识本身是相当高级的反思活动,需要入乎其内又出乎其外,也就是说,你意识到眼前的作品显示出一种文体特征,那它很可能是有一种"特别"的文体特征,也就是说这个作品在文体上"不纯粹"。我们觉得一部小说写得像散文,就说明它既像小说又像散文,只有在这个时候,读者才会产生明确的文体意识。文类与文类的界限是开放的、动态的,正如勒内·韦勒克所说,优秀的作家总是在一定程度上遵守已有的文类,而在一定程度上又扩张它。[①] 与其简单地宣称小说的文体应该像小说,然后为怎样的文体才是小说的文体而争论,还不如好好地从文体互涉的视角来考察某一作品的文体特征。也就是说,一部作品的文体(尤其是小说的文体)本身是不单纯的,它是多种文体的杂糅与融合。这一杂糅和融合应被视为文体发展过程中众多合力作用的结果,也就是说它是集体探索的产物,所以我们常常可以由某一作家文体的新质,探测其所在时代文学发展的踪迹,比方从契诃夫《樱桃园》、《三姐妹》那样"不像戏剧的戏剧"——尤其是不像悲剧——的作品探测现代戏剧发展的方向(当然,这一探测必须格外审慎,要避免盲目拔高、牵强附会)。另一方面,文体融合也是作家文学敏锐性和创造性的体现。作家的才能不是体现在完全另创一种文体,而是能熔铸古今中外既有文体,成就个人风格。

举例而言,周作人的文体,写诗像散文,写散文像抄书,看他抄书却又有晚明小品风味,我们总是在几种文体的比较中求取对某一作者的定位。鲁迅写杂文,写散文,写散文诗,也写小说,我们在他的小说里就常见散文式的雍容,杂文式的锋利,散文诗式的情感迸发和奇崛意象。张爱玲的文体我们更是熟悉,她常持一套红楼语言,这红楼语言的特点是"人随物走,以形传神",即不怎么做心理分析,就用一连串的外在动作和器物引领叙述。这是旧小说对现代小说文体的影响。除此之外,还能见出现代诗的影响,如"整个的世界像一个蛀空了的牙齿,麻木木的,倒也不觉得什么,只是风来的时候,隐隐的有一些酸痛","一种失败的预感,像丝袜上一道裂痕,阴凉的在腿肚子上悄悄往上爬",等等。这种比喻诗性十足,我们可以把它改写成诗:

    整个的世界像一个
    蛀空了的牙齿
    麻木木的倒也不觉得什么
    只是
    风来的时候
    隐隐的有一些酸痛

---

① [美]勒内·韦勒克,奥斯汀·沃伦. 文学理论[M]. 刘象愚,等,译. 南京:江苏教育出版社,2005:279.

> 一种失败的　预感
> 像丝袜上一道裂痕
> 阴凉的在腿肚子上
> 悄悄往上
> 爬

这种叙述会把叙述者内心的同情极大地凸显出来,牙齿的酸痛和丝袜上的裂痕都是一说就明白的,但是把两者放在一起,谁又能想得到? 这是小说从诗那里讨得了经验,诗的抒情的一大特征是通过精彩的比喻将抒情者的同情感放大——种种难以名状的大悲悯、大感动,一个比喻就传达出来了。小说的叙述者有时非常需要这个。

现在我们经常看到一些诗人写的小说,其文体与小说家出身的人大不一样,往往句子和段落很长,真正意义上的对话极少,动作模糊,意象丰富,句子内蕴的情感非常充沛,独白的色彩浓厚,将读者带入情境的能力比较弱。实事求是地说,以这类笔法写小说成功的例子不多。不过,有些尝试还是有启发性的。当代先锋小说家孙甘露的《我是少年酒坛子》、《忆秦娥》、《访问梦境》等作品,让人感觉就是在用诗的语言在写小说。而且,孙甘露不仅像张爱玲那样把诗性的修辞化入小说的叙述中,更重要的是他的小说很大程度上由意象构成,而且意象与意象之间有相当大的跳跃性,以至于叙述中满布空白,读来有一种迷离惝恍之感。《我是少年酒坛子》更是直接使用了诗的断句方式,尤其是开头部分所谓"场景":

> 那些人开始过山了。他们手持古老的信念。在一九五九年的山谷里。注视一片期待已久的云越过他们的头顶。消失在他们将要攀登的那座山峰的背后。渐渐远去。等候他们爬上顶峰。再一次从高处注视。消散或者在天边隐去。然后。为这座山峰命名。(Ⅰ)
> 他们最先发现的是那片滑向深谷的枝叶。他们为它取了两个名字。使它们在落至谷底能够相互意识。随后以其中的一个名字穿越梦境。并且不致迷失。并且传回痛苦的信息。使另一个入迷。守护这一九五九年的秘密。(Ⅱ)
> 他们决定结束遇见的第一块岩石的。回忆。送给它音乐。其余的岩石有福了。他们分享回忆。等候音乐来拯救他们进入消沉。这是一九五九年之前的一个片断。沉思默想的英雄们表演牺牲。在河流和山脉之间。一些凄苦的植物。被画入风景。(Ⅲ)……

面对这样极端的文体实验,我们恐怕会犹豫这算不算好的小说语言。要评估这件事,还是要看形式是否与内容相统一。由《我是少年酒坛子》这个题目有理由联想到史蒂文斯的《把坛子放在田纳西》,后者是一个诗歌的坛子,而前者也正是要讨论诗与生活的关系。小说有一段话交代"人物"："我在一个炎热的夏季傍晚（确切的时间是百年中的某一天）会见一位表情忧郁、体力充沛写哀怨故事的自称诗人的北方来客，在鸵鸟钱庄（它从前酒旗高悬）完成了这段如那个阿根廷盲者所指出的那类习惯性的回忆。"这就将虚构、故事、回忆、人生、诗等主题词抛了出来。诗所提供的是鸵鸟酒庄的逃避与麻醉，还是博尔赫斯式的盲目与睿智？小说中的诗人有点像孔乙己，他"力图重建一种诗歌环境"，他那诗意的表述方式并不特别动人，而且时时会被各种噪音所干扰，他本人的形象也未见得高大（在钱和性的问题上都不无猥琐），但是他所代表的人生困境，却会对眼前这个人生刚刚展开的年轻人产生影响。结尾部分，我们看到年轻人安心做"一只空洞的容器——一个杜撰而缺乏张力的故事刚好是它的标志"，这话当然有强烈的反讽，这个小说是以诗的语言戏仿诗意，为的是破坏诗意（就像"我"的尿急和诗人的猥琐一样）；但是另一方面，"岁月告诉我，必须委婉地进入生活"，诗终究是我们理解生活的另一个必要的维度（尤其是诗把握时间的独特方式），比方"从诗人瘦消的脸上我感受到他是那么沉迷于深秋的凉意和傍晚的光线充足时，那种转瞬即逝的温暖"。所以生活应该定位于诗与小说之间。这对孙甘露来说不是某一篇小说的主题，而是他理解生活的方式。他叙述生活时情境、气氛、腔调总是先于情节（有王家卫电影的风味），跳不出记忆与当下、心理与外在、虚构与真实的缠绕，离不开那种独语式的抒情主人公，与之相应的，他的文体也格外倚重诗性的修辞和语法，因为他认为叙述的语言必须比被叙述的事实更突出——这使他成为先锋小说家中很有特色的一位。喜欢的人读来自有一种华美与神秘，何况还有一种反讽的力度在（如前所说，小说本身一直在质疑诗性的记忆与叙述方式）。我们可以不欣赏他的实验，坚持认为诗的语言不能与小说的语言混为一谈，但是也要意识到，就批评家来说，问题的核心不是孙甘露能不能像正统的小说家那样讲故事，而在于如果孙甘露本来就想在诗与小说的矛盾中讲故事，那么这一目的是如何影响了他的文体的。

文体与传统

前面说到体裁，体裁本身是一种历时的存在，也就是说体裁是有传统的，体裁上的影响往往意味着文化上的牵连。以张爱玲而言，她受中国古典诗词的影响绝非只是造成了句式的诗化，而是首先体现于"情景交融"、"一切景语皆情语"等美学追求。如小说《等》中这几句："白色的天，水阴阴地；洋梧桐巴掌大的秋叶，黄翠透明，就在玻璃窗外。对街一排旧红砖的巷堂房子，虽然是阴天，挨挨挤挤仍旧晾满了一阳台的衣裳。"以此来言说人生一种低调的明丽，可谓情景相生，一切景语皆情语，让人想起范仲淹的词"碧云天，黄叶地。秋色连波，波上寒烟翠。山映斜阳天接水。芳草无情，更在斜阳外"，但是后面那一阳台上的衣裳，却是小说的场景，这是小说与诗词的完美融合。另外，张爱玲翻译《海上花列传》时，特别欣赏"乃去后面露台上看时，月色中天，静悄悄的，并不见有火光"这样的描写，认为有"旧诗的意境"。她对解放后大陆的文学作品不以为然，因为整个看来，"这样稚嫩，仿佛我们没有过去，至少过去没有小说"；但是其中"也还是有无比珍贵的材料，不可磨灭的片段印象，如收工后一个女孩单独蹲在黄昏的旷野里继续操作，周围一圈大山的黑影"。

现在有不少论者着力于阐发中国现代小说与中国古典"抒情传统"的关联，并引申出很多文化上的讨论。已故旅美学者陈世骧先生强调，中国文学的光荣在诗而不在小说。在说到小说的时候，他强调西方的小说是受戏剧影响的，所以戏剧性的冲突始终是作品的主导；但是中国的小说长期以来受诗词影响，以至于我们有时感觉情节只是"过门"，用来联系一段抒情和另一段抒情而已。下面几段论述值得参考：①

当戏剧和小说的叙述技巧最后以迟来的面目出现时，抒情体仍旧声势逼人，各路渗透，或者你可说仍旧使戏剧小说不能立足。元朝的小说，明朝的传奇，甚至清朝的昆曲。试问，不是名家抒情诗品的堆砌，是什么？至于小说，虽然在小说里抒情诗体乍隐乍现，不好捕捉，试问，哪个人读小说不被充塞全篇的抒情诗感动（甚或时而烦透）？

希腊人一讨论文学创作，他们的重点就锐不可当地压在故事的布局、结构、剧情和角色的塑造上。两相对照，中国的做法很不同。中国古代对文学创作的批评和对美学的关注完全拿抒情诗为主要对象。他们注意的是诗的音质，情感的流露，以及私下或公众场合中的自我倾吐。

西欧拿史诗和戏剧为主要探讨对象，它着重冲突，着重张力，因而演成后世酷爱客观地分析布局、情节和角色的癖好；其影响所及，连我们今天在研究诗歌或他种文学的时候，都还有些拘泥于它的方法。至于中国，它的正派批评则拿抒情诗为主要对象。它注意诗法中各个擘肌分理、极其纤巧的细节。它关注意象和音响挑动万有的力量。这种力量由内在情感和移情气势维系，通篇和谐。冲突和张力在一些伟大的中国小说中一样可能也出现过，并且极可能也撞击读者。不过，这些东西并没有引起中国正派批评家的多大兴趣。中国批评家一开始就拿抒情诗推敲做入门的功夫，这时他只追寻诗中的和谐性；日后等到他灵智大开，才开始寻找句中道德或美学的寓意。这些寓意对他来说就仿佛是诗中的音乐带来的。

需要注意，说中国现代小说受到古典诗词影响，这没有什么问题，但是这并不等于说这种影响总是好的，经得起时间考验的。现在我们读一些晚清民初风靡一时的小说（尤其是"鸳鸯蝴蝶派"），恐怕就很难读得下去，原因是那种强烈的抒情性不符合今天的人对小说语感的期待。也就是说，一方面小说的文体本身就是多元的，硬要确认哪一种文体最适合小说无异于刻舟求剑，但是小说中不同文体的"混搭"、"跨界"也不是随心所欲的。废名《桃园》写

---

① 陈世骧. 陈世骧文存［M］. 沈阳：辽宁教育出版社，1998：3—6.

得像诗,冰心、郭沫若早年的一些小说也像诗,但是后者是以现代自由体诗那样激动的语气和夸饰的语言写小说,前者则是借鉴中国古典诗式的意象转换方式,一边旁敲侧击撩拨情感,一边又阻挡情感的抒发,从而极大地增加了叙述的内在张力。《桃园》中情景转换得非常快,上上下下,前前后后,忽远忽近,句式随之变化莫测,叙述者也时隐时现,情感却是越来越强烈:

> 桃园的篱墙的一边又给城墙做了,但这时常惹得王老大发牢骚,城上的游人可以随手摘他的桃子吃。他的阿毛倒不大在乎,她还替城墙栽了一些牵牛花,花开的时候,许多女孩子跑来玩,兜了花回去。上城看得见红日头,——
>
> 这是指西山的落日,这里正是西城。阿毛每每因了这一个日头再看一看照墙上画的那天狗要吃的一个,也是红的。
>
> 当那春天,桃花遍树,阿毛高高地望着园里的爸爸道:
>
> "爸爸,我们桃园两个日头。"
>
> 话这样说,小小的心儿实是满了一个红字。
>
> 你这日头,阿毛消瘦得多了,你一点也不减你的颜色!
>
> 秋深的黄昏。阿毛病了也坐在门槛上玩,望着爸爸取水。桃园里面有一口井。桃树,长大了的不算又栽了小桃,阿毛真是爱极了,爱得觉着自己是一个小姑娘,清早起来辫子也没有梳!……

整篇小说都是这样诗与小说的交响,慢慢地我们就习惯了这种笔调,所以当小说出现这种逐句押韵、诗意爆棚的段落时,我们也已经能够接受:"城垛子,一直排;立刻可以伸起来,故意缩着那么矮,而又使劲地白,是衙门的墙;簇簇的瓦,成了乌云,黑不了青天……"这种诗性的同时又是稚气的叙述,正如我们讨论重复时曾说过的,既是表达悲伤的方式,也是抵抗悲伤的方式。这跟《夏日里的最后一天》也异曲同工。

废名的作品还提醒我们注意散文与小说的关系。我们写散文常常写得像小说,因为大部分都是写记叙文的样子,后者往往是从"我最难忘的一件事"这样的题目开始的,追求戏剧化,追求明确的道德教训,这样往往把散文写坏了。散文,就是要反戏剧化,要散得开去,静得下来。废名的小说就像这种"静下来"的散文,比方《竹林的故事》中写三姑娘爸爸老程的死,刚才还在喝酒,让三姑娘在旁边吃豆腐干呢,忽然就成了一个小土堆,"到后来,青草铺平了一切,连曾经有个爸爸这件事实几乎也没有了"。这个叙述者就是这么个性格,结尾时你纵有千般不甘,也无可奈何。未必个个作家都要像废名这样写,但是这种写法会在其他人的作品中生根发芽。比方说汪曾祺,笔法上就被认为是得废名之神韵。没有什么心理分析,却时时刻刻让人触摸人物的内心,因为微妙的情感变化早已外化为对世界的细腻感受。我们看汪曾祺代表作《受戒》那个美好的结尾:

小英子忽然把桨放下,走到船尾,趴在明子的耳朵旁边,小声地说:

"我给你当老婆,你要不要?"

明子眼睛鼓得大大的。

"你说话呀!"

明子说:"嗯。"

"什么叫'嗯'呀! 要不要,要不要?"

明子大声地说:"要!"

"你喊什么!"

明子小小声说:"要——!"

"快点划!"

英子跳到中舱,两只桨飞快地划起来,划进了芦花荡。芦花才吐新穗。紫灰色的芦穗,发着银光,软软的,滑溜溜的,像一串丝线。有的地方结了蒲棒,通红的,像一枝一枝小蜡烛。青浮萍,紫浮萍。长脚蚊子,水蜘蛛。野菱角开着四瓣的小白花。惊起一只青桩(一种水鸟),擦着芦穗,扑鲁鲁鲁飞远了。

前面是乡土气息浓郁的小儿女情话,叙述的方式是现代的,口语的;后面则仿佛一段明人笔记小品,而这小品又以古典诗境为基底。一段描写中,前面是铺陈,状物尽态极妍,却用语朴素,尽洗铅华;后面水鸟飞起,化静为动,生气勃勃,让人想起李清照的那首《如梦令》:"常记溪亭日暮,沉醉不知归路。兴尽晚回舟,误入藕花深处。争渡争渡,激起一滩鸥鹭";甚或钱起"曲终人不见,江上数峰青"。纸短情长,余味不尽。诗是散文的乡愁所系,散文又替小说定下了调子,《受戒》中没有激烈的戏剧冲突(最大的冲突只是一个小孩子当不当和尚),它只想展示那恬静、古朴的生活世界中内在的生气。诗、散文、小说的叠加,与明海和英子梦幻般的爱情故事互为表里。而中国古典文学的抒情传统,便通过梦幻般通透明丽的文字,在一篇鼓吹人性解放的现代小说中一阳来复。

本章课后练习

习题一

读余华短篇小说《古典爱情》,试从文体批评进行分析,看看这篇关于古典爱情的小说,其文体是如何与先锋小说的思想情感相配合的。

习题二

读一读中国台湾地区作家王文兴的小说《家变》,或者黄锦树的《鱼骸》(也可以从你喜欢的当代海外华人作家中自由选择),看看对于这种"佶屈聱牙"的文体你能说点什么,能否通过细节的分析,为其提供某种合理性辩护?

习题三

找一个你喜欢的中国 80 后或者 90 后作家,看看有没有文体上值得分析的,想想分析他们的文体的路径和方法,与分析"五四"一代作家有什么不一样。

第四编

读出文本

上一编名为"读入文本",意思是将文本视为一个有机统一的整体,充分进入文本的内部,能够真正弄明白一个文本是如何构成的,既能洞察细节,又能把握整体。要写出较有质感的文学批评,这是基本功,不管多想"从文本谈开去",你首先要让人看到文本,看到文本不仅仅是看到故事梗概,还必须看到一个有经验的读者读作品时会去关注的那些点,那些点抓住了,文本就是立体的,鲜活的。以下是有关"读入文本"的一些问题,为综合几章内容所得,可以作为大家写作的参考:

- 这篇作品的主题是什么?是否每一细节都能服从于此主题?
- 这篇作品的圆形人物与扁形人物如何设定?是否每一个人物是否都能在主题下得到解释?每个人物对整体来说分别起到怎样的作用,彼此之间如何形成呼应、比照、掩映、补充等相互关系?
- 这篇作品的整体结构是怎样的(双线平行,拱形抑或迷宫,等等)?这一结构的美学效果如何(匀称,稳定抑或头重脚轻,等等)?对表现主题又起到了什么作用?
- 这篇作品有哪些关键的意象和象征?它们以何种方式出现?与整个叙述形成怎样的关系?
- 这篇作品叙述的视点是怎样的?焦点落在哪里?这视点或焦点是否有变化?这种变化是否影响到叙述本身的性质?
- 这篇作品的叙述者是谁?叙述者和其他人物的关系怎样?叙述者用什么语气说话?他的语气是否会发生变化?叙述者自身是否出场?以什么方式出场?叙述者的特殊身份是否影响了叙述本身的性质?又是否影响到作品的道德立场?
- 叙述者是否可靠?他的叙述中是否隐含着某种戏仿或反讽的因素?分析时有必要引入隐含作者吗?
- 作品在叙述时间上有什么特点(频率、速度等)?为什么会有这些特点?
- 作品的叙述是否隐含着某种空间逻辑?为什么这样处理?这种空间逻辑能产生何种思想意蕴和美学效果?
- 作品在语言上有什么特色?是否体现了一种独特的文体?

- 作品的文体是否单纯？是否能看得出多种文体的杂糅或者融合？是否因为文体杂糅而呈现出一种节奏上的变化？
- 这篇作品综合运用各种艺术手法的熟练程度如何，创新性程度如何？

....

从这一章开始，本课程将进入新的阶段，所谓"读出文本"，这里先做一个过渡性的说明。

何谓"读出文本"

在做完文本方面的分析之后，我们再来讨论一下作品与作家、时代、环境等等的关系，即所谓"读出文本"。这话一说就有风险：形式什么的不管啦？当然不是，我们的理想是，针对文学作品所做的一切社会、政治、伦理的讨论，都要以针对文学形式所作的微妙观察为前提。实际上，在前面各个章节中，我们对此思路已有所展示。我们已经说到，你要批评鲁迅在《伤逝》中有男性中心主义倾向，不能只是说他让男生关心精神生活而让女生关心油盐酱醋，而要结合着叙事视角进行分析。比方谁是叙述者，可靠的叙述者还是不可靠的叙述者，叙述的视点在哪里，外视点还是内视点；焦点在哪里，内聚焦还是外聚焦；哪些地方要把隐含作者引进来，如此等等。而且，非常重要的是，这些分析不能只是起证明的作用："你看，果然是男性中心主义吧！"而应该更多地起复杂化、难题化的作用。我们仍然要对文学作品有一个基本的信心，不管我们哲学、社会学、政治学、精神分析学等的知识准备多么充分，对社会的观察多么深刻，人生的经验多么丰富，我们仍然能从文学那里、作家那里学到东西，道理很简单，因为文学是另一面棱镜。不管我们把其他的棱镜打磨得如何通明透亮，都代替不了它。

接下来的几个章节力求对我们有关作者、读者和世界等方面的思考提供帮助，但又不拘泥于这三个词。我们的希望是：①在分析"文本自身"时所运用的方法，在分析文本与作者、文本与世界的关系时还能用得上；②在读出文本时，不要忘记了"使文学成为文学"和"使这部作品成为这部作品"的东西。此外还要提醒的是，在第三编的导语中曾给出一张图表，介绍了批评的路径的传统版本和现代版本。所谓现代版本，就是自觉地以现代理论的思维方式去探究作品与作者、读者和世界的关系。而所谓现代理论的思维方式，其基底是一种怀疑精神，怀疑我们用来讨论问题的概念工具本身就是有问题的。比方仅就作品与作者的关系，我们就可以问：

1. 在什么意义上某个人是某部作品的唯一的"创造者"？在什么意义上又不是？作者能够始终掌控创作过程和作品发展的走向吗？

2. 在什么意义上作者有解释自己作品的权威？在什么意义上又没有？他为什么想要以某种方式解释自己的作品？他想要揭示什么还是想掩盖什么？

3. 在什么意义上我们可以说"因为作者是什么身份的人，所以写出了怎样的作品"？在什么意义上我们又必须说作品溢出了作家的身份,构建起一种想象的认同?

4. 在什么意义上我们可以说作品是作家回望自己的人生经历?而在什么意义上我们又必须说,写作并不在经历之外,它本身就是创伤的表达和强化? ……

这些看起来都像是抽象的"理论问题",但正是这些理论问题推动着当代文学批评的发展。仅仅说某个作家热爱生活,于是写出了热爱生活的作品,或者某个作家在乡村长大,于是就喜欢描写乡村,这并非就不对,但只是做表面文章,没有技术难度。这些表面文章在批评写作中会是很好的"话头",但是果真要写出不一样的东西,还是要利用理论的帮助,把问题想得更复杂一些,更辩证一些,这当然有可能使你的文章更晦涩,但也有可能使它变得更生动,更紧张,更富有启发性。这需要我们熟悉现代文本观的基本内涵,掌握当代理论富有活力的思路,并习惯于借助理论使文本复杂化,同时又借助文本使理论复杂化。只有能够在一般人觉得没有问题的地方发现有价值的问题,才真正算"读出文本",至于这种解读如何既是"文学的"又是"理论的",则需要我们不断积累经验。

文本与作品

我们说读入文本、读出文本,但可能很多人还搞不清楚文本和作品这组概念怎么区分。罗兰·巴特有篇文章《从作品到文本》,专门谈这个问题,很精彩,但也是为了强化特定理论逻辑,只能算一家之言。在这个问题上没有绝对正确的说法,很大程度上是个习惯问题。我的观察如下:

1. 如果针对的是非文学的文化对象,如电影、广告之类,或者针对的是某一文学作品的片段,一般说文本不说作品;

2. 如果重在探究各部分之间的关系,既可以说作品,也可以说文本,前者倾向于强调对象自成有机的整体,后者倾向于强调结构的复杂性、内在的冲突与矛盾;

3. 如果强调作者的重要性,探究作者的创作心理和手法等等,一般说作品;但是如果基调在对作者的怀疑(往往是怀疑作者对创作意图的解说),或者强调读者的重要性(尤其是要把作者的意图悬搁起来),一般用文本;

4. 如果强调某一对象与某种文化秩序的联系,强调这一对象与其他文化产品在核心观念上的共通性,等等(如某一文学作品如何与某些电影、服装、习俗等共同表现出"白人中心主义"),一般用文本。

这些区分有点琐碎,你也可以完全不理会它们。作品与文本的对立是一些理论家想打破原有的文学观念以及相应的文学研究模式而提出来的,它并未成为普遍的共识,但有时也能成为称手的概念工具。大家可以根据自己的理解尝试着使用,不必急于确定下来。

"某某叙事"问题

我们经常会见到这样一种情况,有些研究叙事性文学作品的论文,不是说"关于某某的叙事(或叙述)",而是直接说"某某叙事"。比方我们在中国期刊网上进行主题词搜索(2017年的数据),会找到"女性叙事"660条、"性别叙事"140多条、"乡村叙事"150多条,"城市叙事"和"都市叙事"都是50多条,"底层叙事"460多条,"民族叙事"160多条,"身体叙事"460多条,"家族叙事"140多条,"死亡叙事"150多条,"苦难叙事"150多条,"创伤叙事"140多条,"成长叙事"160多条,"暴力叙事"70多条,"欲望叙事"160多条,此外还有家园叙事、市井叙事,等等,不一而足。这种表述有的时候只是为了方便,如果翻译成英文,很多还是翻译成"The narrative of ……"意思是"关于什么的叙事"。但除此之外,当然也还有理论上的考虑。一般来说,"关于某某的叙述",是一个从题材到手法的逻辑,而"某某叙述"已经既是题材又是手法(或者说既是对象又是方法),换句话说,对某一类题材的叙述已经形成了一个手法的谱系,以至于谈到这个题材就必然想到已经形成的手法或者说套路。既然有谱系,就有发展变化的过程,而且有一套理论问题、理论观点和概念工具,甚至形成了一些有代表性的研究方法。比方你要写某某作品中的"欲望叙事",那么至少要做好以下几方面的准备:

- 你最好对弗洛伊德、拉康、齐泽克、勒内·吉拉尔、彼得·布鲁克斯等人的说法稍有涉猎,明白现在理论界与批评界是怎么讨论欲望的,你还要了解欲望问题会与哪些"文化批评"的问题存在关联(比方女性研究、消费文化研究等领域的问题)。
- ◇ 你要有把握对所针对的文学作品作出相应分析,使其能够在某种程度上支持你对欲望的理论探讨。

- 你最好是有相关的文学史知识,了解在某一范围内(相对具体的时间/空间),书写欲望的某种程式(convention)是如何形成和发展的。
- ◇ 你要有把握对所针对的文学作品做出相应分析,证明这部作品社会真实完善、提升或者丰富了书写欲望的已有程式。

简而言之,我们以前熟悉的主题/手法的批评,已经越来越多地有了"话语批评"的色彩,即批评家越来越习惯于把文学作品与某种话语的实践放在一起考察。欲望、身体、女性、苦难、暴力、底层、民族、创伤这些都是文学作品想要表现的东西,但它们在某种程度上都是话语,也就是并非"本来就在那儿"——当然,也并非"本来不在那儿"——而是通过各类实践活动建构起来的"社会真实"。这种"社会真实"的哲学逻辑十分玄奥,要较好地讨论它,现代理论不可或缺,后者几乎就是为此目的发展起来的。另外,种种"社会真实"相对于文学作品来说可能会被认为是绝对真实,因为它们不是作家虚构出来的,但是由于"社会真实"必然包含了想象的成分,于是文学作品就有可能参与其建构,既支持某种话语的实践,也有可能会阻碍它,修正它。要把这种辩证关系讲清楚,也需要多向理论学习。当然,我们的目的是做文学批评,不是拿文学作品研究理论,需知理论的特点就是牵丝攀藤、绵绵不尽,一本书带出无数本书,所以最好寻求一些指导,否则容易疲惫而无所得。

不管如何困难,既然使用了"某某叙事"这种表述,一定希望将形式和内容统一起来。不说身体问题,而说身体叙事,那就意味着既关心作为写作对象的身体,也关心身体如何通过写作程式的建构而一步步被文学化,成为它现在的样子。从文学"写什么"到"怎么写"是很大的调整,从"怎么写"再回到对"写什么"的关切又是很大的调整,而借助于更精妙的理论工具,让"写什么"同时包含以前的"写什么"和"怎么写"的内容,是今日理论批评的自我期许,也是出现这么多"某某叙事"的原因所在。但是仅仅把话说得好听是不够的,很多文章其实也是新瓶装旧酒,你可以完全不理这一套,继续以自己习惯的方式进行文学批评。不过,你至少要知道别人为什么会想那样做。

第十一章
程式与符号

○ 发现"套路"

○ 对立与结构

○ 符号学的两组概念

这一章我们主要是做一些方法论的准备，可能大家会觉得有点零散。所论及的一些分析方法，可以在多个领域得到应用。重点是促成一种视角的转换：以前我们一般是一个作品一个作品谈，现在最好一组一组谈；以前我们希望先把作品与周围隔开，现在则要探究作品如何联通大的文化逻辑；以前我们把一个作品当作供人体会的意义载体，现在把它看成话语实践，成为强化某种思想观念的手段；以前我们把作品当作《家》的"宁馨儿"，现在将其视为开放的、动态的网络中的节点。这样的对照当然过于戏剧化，但是在这一章里，我们需要这样的戏剧化帮我们调整好心态。

发现"套路"

我们在生活中经常说"都是套路"，什么叫套路？简单来说，套路就是模式，而且是在本来不应该有模式的地方出现模式。比方公交车上男孩子对邻座的女孩子说"你好眼熟，我好像在哪里见过你"，或者主动跟她讲自己被出国的女友抛弃的故事，虽然有可能是真的，但更有可能是套路。而就文学而言，如果把一个作品放到一堆作品中间，某个看似独创的情节成为"这类情节"，这就是套路。先要声明，不是说文学创作不能有套路，完全抛开任何套路既不可行，也无必要，总要有点套路，读者驾轻就熟，才比较容易把自己放进去。乔纳森·卡勒讨论"文学能力"（literary competence）时，就特别强调了程式（convention）概念，读文学不能只靠明心见性，总得要掌握一定的程式，才有理解文学的能力，这个程式在某种意义上也就是套路。诚然，当得知某一精妙的构思其实是众多作品共有的套路时，我们看它的眼光会不一样，但是这种情况常常出现：与套路相关的部分虽然最能抓人眼球，却并非作品的重点所在。所以套路的发现并不直接构成对作品价值的贬低，必须具体问题具体分析。

套路有各种样式、各个层次，大到情节，小到用词。我们这里主要说情节，或者说故事。比方"成长故事"、"落难王子情节"、"灰姑娘情节"，等等，有时我们称之为"成长母题"、"灰姑娘母题"。所谓套路，只是"最大公约数"，跟作品实际的情节并不完全一致，但是我们可以把它理解为作品情节的支架。比方丁玲《在医院中》是一个成长故事，女主角陆萍来到解放区一家医院，发现物质短缺，人手不足，管理混乱，却没有渠道反映，心中十分沮丧，但最后听取他人劝告，重新打起精神，决心努力学习，改掉自己小资产阶级的坏毛病；杨沫的《青春之歌》中，女主人公林道静满怀青春热血投身进步运动，经受了种种风雨的洗礼，因为工作和爱情一度颓唐彷徨，却能迷途知返，最终成长为坚定、成熟的无产阶级战士；王蒙的《组织部新来的年轻人》也是个成长故事，血气方刚的林震一到单位便觉得有种种郁闷，想大干一场却寸步难行，再加上情感上的迷茫，几乎要放弃，但他终于顶住了压力，下定决心做忠诚的人民公仆。虽然每个故事都有自己的特别之处，但是放在一起还是能够辨认出亲缘关系。

这种套路式的情节单个来看都是精彩的，不乏跌宕起伏甚至荡气回肠之处，这其实体现了我们对戏剧冲突最直观的理解。比方我们看一部电视剧，如果富家公子落难，最后必定要恢复富贵之身（虽然他可以把财产捐出去），如果一直这么穷下去，那他的出身就没意义了，观众肯定不满意，最起码，他的仇家、敌人必须恶有恶报。一般所谓大团圆，并不就是一帆风顺，而是按照我们期待的方式苦尽甘来。在现实生活中，平淡甚至乏味的圆满才是真圆满，因为挫折总有伤痕；而就文学作品来说，乏味的圆满不仅让人觉得乏味，还会让人一脸茫然：故事呢？所以主人公会经历很多磨难，但是结果总是好的，而且那些磨难也往往是某一类故事特有的磨难。比方灰姑娘故事，总有一个女孩子出身低贱，被人排斥，然后获得一种魔法，见到了心爱的王子，享受到了公主般的待遇，但总有一些坏女孩要跟她抢这个王子，她们试图夺走她的宝贝或者魔法，最后好女孩靠自己的聪明才智以及好人的帮助，终于赢回了爱情。拿这一情节对照有些电视剧，感觉相似度就很高。虽然很多灰姑娘并没有魔法，不要紧，换一些元素就可以了，比方魔法换成可爱（一般是包括内在和外在）、善良、坚强或者真诚。这样一来好多影视作品都现身为现代灰姑娘故事，如《流星花园》、《恶作剧之吻》、《步步惊心》、《一起来看流星雨》、《杜拉拉升职记》，等等。为什么这些情节如此相似？简单来说，这是我们从小就听惯的故事，大家口耳相传的故事，我们拥有的那些有关世界与人生的道理就得益于这些故事。不是说理想的世界就是这样的，更不是说我们觉得现实就是这样的，它是那种类似节日祝福的东西，看到出身平凡的女孩子，我们就希望她上进、善良、可爱，嫁一个纯情可靠的高富帅。我们知道这多半是不可能的，我们的隐忧藏在心里，如果写故事，就通过某个坏人的设置表现出来。前面多灾多难，最后总要幸福地生活在一起，这就是我们祝福世界的方式——不仅仅是说结果，更是说过程。

现在民俗学已是相当成熟的学科，研究民间故事的研究著作很多，有些是研究某一特定的母题，有些则是探讨民间故事的普遍结构。有一本鼎鼎大名的著作值得推荐，即俄国著名文论家、民俗学家普罗普的《故事形态学》。普洛普致力于研究童话故事，或者说神奇故事，即经过种种磨难最后以结婚结束的故事。他发现童话具有二重性："一方面，它千奇百怪、五彩缤纷；另一方面，它如出一辙，千篇一律。"据此他提出了"功能"（与罗兰·巴特的概念不同）这个概念，并得出以下四条结论：

1）功能是故事中稳定不变的因素，由谁执行或怎样执行对它都没有影响，它们构成了故事的基本成分；

2）童话中已知的功能数目是有限的；

3）功能的顺序是一样的；

4）所有的童话在结构上都属于同一类型。

普罗普从100则童话中分析出了32种功能：

1. 某个家庭成员不在家。

2. 对主人公下一道禁令。

3. 禁令被破坏。

4. 坏人试探虚实。

5. 坏人获得受害者的消息。

6. 坏人企图欺骗受害者，以便控制他或占有他的财产。

7. 受害者落入圈套，不自觉地帮助了敌人。

8. 坏人伤害了家庭中的某个成员。

9. 家庭中某个成员缺少或希望得到某物。

10. 出现灾难或贫穷：主人公得到请求或命令，他被允许前往或派往。

11. 寻找者同意或决定反抗。

12. 主人公离家出走。

13. 主人公经受考验、审讯或遭到攻击等，这一切为他后来获得某种魔力或帮助铺平了道路。

14. 主人公对未来的恩主作出反应。

15. 主人公获悉使用魔力的方法。

16. 主人公被送到、派到或带到他所寻找的目标所在地。

17. 主人公与坏人殊死交锋。

18. 主人公遇难得救。

19. 坏人败北。

20. 最初的灾难与贫穷得到消除。

21. 主人公返回家园。

22. 主人公受到追捕。

23. 主人公在追捕中获救。

24. 主人公返回家园或到另一国度，未被认出。

25. 假主人公提出无理要求。

26. 给主人公出难题。

27. 难题得以解决。

28. 主人公得到承认。

29. 假主人公或坏人被揭露。

30. 主人公被赋予新的形象。

31. 主人公受到惩罚。

32. 主人公结婚并登上王位。

普罗普为 32 种功能划分出七个"行动范围",即七个(组)角色：①反角;②恩主(供养人);③帮手;④公主(被寻找的人)和她的父亲;⑤传递消息的人;⑥英雄;⑦假英雄。普洛普认为据此可以构成所有童话(世界各国)。一般来说,一则童话总会缺少某些功能,但是功能的顺序却不会颠倒。普罗普以此来研究俄罗斯童话,虽然广受争议,但是影响力极大。

假如我们并不研究童话,而是研究现代文艺作品,普罗普这套分析对我们有什么用呢?首先,它可以帮助我们去发现新故事中的旧童话。所谓新故事,当然是在某种程度上跳出了俗套,但是如前所说,这种跳出很难彻底,因为我们的喜怒哀乐原本就是与某种俗套相连的。我们不妨就汪曾祺的《大淖记事》试做分析,会发现普罗普的功能说颇经得起检验：

原始情境：老锡匠和儿子十一子;老挑夫和女儿巧云。

父亲不在家：工作,不能时时管着儿子、女儿。

禁令：西头的男人不许同东头的女人来往。

禁令被违背：十一子同巧云情丝暗结。

坏人获得消息：号长知道了巧云家的情况。

坏人伤害了家庭中的某个成员：号长强行占有了巧云。

主人公决定反抗：十一子和巧云偷偷来往。

主人公经受考验：十一子被号长毒打。

未来的恩主出现：锡匠们。

某种魔法：十一子被陈年尿桶的尿碱救活。

主人公被送到他所寻找的目标的所在地：十一子住到了巧云家。

主人公与坏人殊死博斗：借助锡匠们的力量,向官府请愿。

最初的灾难得到消除：号长被驱逐。

给主人公出难题：养活两个大男人。

难题得以解决：挑担挣活钱。

主人公被赋予新的形象：从姑娘变成能干的小媳妇。

主人公结婚：十一子会好起来的。

虽然这样的分析未必能让每个人都信服，但是发掘出这么一个民间故事的底子，能让我们更好地理解自己的阅读感受。陈思和教授的说法是，现代文艺小说有可能具有"民间隐形结构"，也就是说，表面的情节结构是现代的，下面的底层结构，那个提供审美愉悦的底座是民间的，有一种民间文化的生气勃勃。有这样一个结构在，你会觉得整个作品有一种内在的稳定性，似乎种种尖锐的冲突都因一种源远流长的生活方式的存在而各得其所；同时叙述的展开又仿佛有一种熟悉的节奏，好像一切都与你的阅读期待相吻合，虽然常有惊喜，而且叙述上变化多端，却悠扬婉转，水到渠成。不过，我们也不一定总是把普罗普的结论拿来使用，如果能够自己对某一故事相应的民俗学背景做一番研究，效果自然更好。

批评家许子东写过一本《为了忘却的集体记忆——解读 50 篇文革小说》，对普罗普的理论另有一番用法。他将普罗普对童话的考察与他对"文革"小说的考察加以对照：

A

甲　国王给了英雄一只鹰，这只鹰把英雄带到了另一个国度。

乙　老人给了舒申科一匹马，这匹马把舒申科带到了另一个国家。

丙　巫师给了伊凡一只小船，小船载着伊凡到了另一个国度。

丁　公主给了伊凡一个指环，从指环中出现的青年把伊凡带到了另一个国家。

B

甲　右派章永璘落难时获马缨花相救，既愿委身，又劝男主角"别伤身体"；章永璘平反后却再也找不到马缨花。（《绿化树》）

乙　干部张思远下乡时得女医生感情相助，重新做官后想接秋文进京却遭女方婉拒。（《蝴蝶》）

丙　访问学者"我"在东京心情烦躁孤独时认识日本女友，却终因信仰不同淡淡分手。（《金牧场》）

丁　垦荒队员"我"在北大荒迷恋女指导员李晓燕，在"我"获得帮助、鼓舞与爱情之后，李晓燕生病死亡。（《这是一片神奇的土地》）

可以看出，许子东是在普罗普的基础上加了变化，把一个"帮手"的角色改造成了一个女性奉献者的角色。这样改是有道理的，女性被想象成男性成长的帮手，而且只是某一阶段的帮手，虽然男性会表现出与女性一起生活的愿望，甚至可能去主动寻找旧爱，但是他未必会愿意与之一同成长，而更可能是以告别女性作为成长的重要一课。这是一种典型的男性想象，在讨论女性主义批评的时候我们将有更深入的探讨。我们还可以将同样的逻辑移用到种族问题上去，比方很多以白人为主人公的英雄故事都有一个黑人帮手（最典型的当然是《鲁滨孙漂流记》），西方文学批评家在这方面做了不少文章，可适当涉猎。

虽然民俗学研究针对的是经过岁月淘洗的童话与传说,套路却不只是来自于"很久很久以前"。现代生活已经形成了很多套路,有些类型的套路被称为桥段。桥段(bridge plot)是在非专业的电影批评中经常使用的概念,它的原义是连接情节的过度点,后来涵义发生了变化,成为了一种格局较小的俗套,与前面说的情节(plot)内涵基本一致,只是更具有片段或者场景的意味,可以自由拆装到不同影片中。我们在批评中对它的运用方式也与情节基本一致。桥段有一部分有其传统渊源,有一部分则是现代形成的惯例。有人总结出影视作品中最常见的一百多个桥段,择取数条以供参考:

01) 听到噩耗,手上的碗一定会掉到地上碎掉。

02) 遭遇突变、伤心难过时冲到外面,天气一定是打雷下暴雨。

03) 掉到悬崖底下一定死不了,因此,跳海跳崖是百试不爽的逃生法。

04) 直觉一般总是对的,不祥的预感总是应验得特别准,算命先生的话一般也挺准。

05) 临死前的话一定不要说完,或者是断断续续。"呃……我,我不行了……你们……"

06) 不敲门闯进去一般会遇到两件事中的其中一件:上吊或洗澡。

07) 女主角或男主角一般在一部电视剧中至少洗一次澡。

08) 女扮男装被识破一般有以下四种方式:帽子被打掉,掉进水中,碰到胸部,换衣服时被看到。

09) 好人躲进府中,任坏人怎么搜一般都搜不到。

10) 一般坏蛋 boss 第一次都死不透,总要垂死挣扎一下,非要再被砍一刀再死。

这些桥段当然也可以说是俗套,有"俗"字自然就多了贬义(英文表达就是 cliche)。写作可以看作是"在俗套中写作",但不能是"为俗套而写作"。所以在实际的批评中,说某部作品"堕入俗套"是很严厉的批评;而说"他面临着一个俗套的诱惑",则往往是深入分析的开始。我们应该多注意现代文艺作品如何既直面俗套,又与俗套作斗争。比方主要人物的死亡一定是个非常戏剧化的场景,前面一直讲故事,忽然就停了下来,慢动作也出现了,风景也出现了,音乐也出现了,然后主人公交代这交代那,确定没有遗漏后,才终于阖上双眼。但是张爱玲写人病死,却常常先安排一个场景,让我们觉得这是最后一刻了,然后她再说,人这会儿没死,两周后才死的,或者干脆又活过来了(参看《花凋》和《年青的时候》)。这就是小说家反戏剧化的意识。张爱玲要给看惯旧传奇的人写新传奇,所以她常常徘徊于陈套与新事之间。在米兰·昆德拉的《生命中不可承受之轻》中,主人公托马斯总是想象他的爱人特蕾莎是放在一个摇篮中顺水漂流到他面前,这一画面太戏剧化、也太沉重了,与他那孤傲不羁的生活形成强大的反差,但他却无法摆脱它。将此纠结作为贯穿小说的隐秘的主旋律,透露出昆德拉的真实观和小说观。要看作家如何与种种新旧陈套作斗争,最引人注目的例子当然还是元小说,元小说总是在叙述滑向陈套的时候停下,稍作调整又向另一方向发展,或者把几种选择同时摆在读者面前。马原的代表作《冈底斯的诱惑》中,叙述者交代人物时就处处设防,又处处设置陷阱,让人心甘情愿地往里跳:

> 现在要讲另一个故事,关于陆高和姚亮的另一个故事。应该明确一下,姚亮并不一定确有其人,因为姚亮不一定在若干年内一直跟着陆高。但姚亮也不一定不可以来西藏工作啊。
>
> 不错,可以假设姚亮也来西藏了,是内地到西藏帮助工作的援藏教师,三年或者五年。就这样说定了。读者已经知道陆高分在地区体委做干事工作。体委隔壁是经计委大院,陆高有时到隔壁办一点杂事,他因此知道这院里有个非常漂亮的藏族姑娘。他只知道她是这院子里的,至于她在哪个科室具体做什么工作他不知道也没打听过。我猜他是不好意思,一个小伙子没道理到一个地方就打听周围的漂亮姑娘。陆高三十岁了,他平时胡子头发乱糟糟的,其实如果收拾打扮一下他是蛮漂亮的。一米八十几的个子……我不在他的相貌上兜圈子了,不然读者肯定要认为这是个爱情故事。(理由很明显:先有个漂亮姑娘,然后再说小伙子也蛮漂亮,不是么?)声明不是爱情故事。

当然,这种摆在台面上的处理方式本身也可以成为新的俗套,但那是另一个层面的问题。这方面的讨论对我们写评论有什么用处呢?至少我们可以作两种尝试。首先可以挑选出一批情节相近的作品,比较其异同。如在某一时期的知识分子或军旅题材小说中找出符合传统"才子佳人"模式或"革命+恋爱"模式的作品,分析其共同的逻辑与问题。其次,就单篇作品与某一现成情节或桥段之间的关系展开分析。比方浮士德/梅菲斯特故事与以马克·扎克伯格为原型的电影《社交

网络》的关系(见右图);现代话剧《雷雨》与当代电影《满城尽带黄金甲》的关系。[①] 前面一组作品所探讨的是如果有某种超能力帮助我们实现欲望,它能否帮助我们赢得幸福;后者则展示家人之间的爱恨与权力关系。这种比较可以异中求同,也可以同中见异,关键是不能停留于表面。比方《满城尽带黄金甲》里的乱伦故事,就与《雷雨》大不相同,后者是"将人世间有

---

① 参看:[美]西摩·查特曼. 故事与话语:小说和电影的叙事结构[M]. 北京:中国人民大学出版社,2013.

价值的撕碎了给人看"，前者则似乎是让人在反感于威权的残酷的同时，震慑于威权的庄严与华美。但是两者又有一个重要的相同之处，它们都没有直接推翻当权者，从而不是那种恶有恶报的情节，而是继承了索福克勒斯的悲剧逻辑，通过一个个亲人的死亡让自认为"朕即国家"者两手空空。只不过在《满城尽带黄金甲》中，失去亲人的孤寂感迅速被极致的奢华冲淡，与《雷雨》中天地动荡的景象大异其趣。这样分析一番，就比笼统地指出几部作品的相似性和相异性，要更有价值一些。

对立与结构

把一批情节近似的作品摆到一起，所呈现出的类似"最大公约数"的东西，我们可以称之为结构，就像数学中的公式一样。但是仅仅这样理解结构还不太够，结构应该是生产性的，也就是说，有一些基本单位，通过某种结构逻辑，组装成一个大的单位。就这种结构逻辑，法国人类学家列维—斯特劳斯有一种非常经典的示范，令人印象深刻。

作为一个结构主义者，列维—斯特劳斯在神话研究中发现：和言语活动一样，神话也有"语言"和"言语"之分；神话各自单独的具体表述可以看作神话的"言语"，而整个神话的基本结构系统则可以看作是神话的"语言"。神话的魅力正存在于那不易为人察觉的永恒的普遍结构之中，我们则要从表面零乱无序的众多神话中确定其内在的不变的结构系统。斯特劳斯的分析方法是：

假如面前有一连串数字：1、2、4、7、8、2、3、4、6、8、1、4、5、7、8、1、2、5、7、3、4、5、6、7、8……
他将这样排布：

1	2	4		7	8
	2	3	4	6	8
1					
1	2		5	7	
		3	4	5	6	8

这是什么意思？如果我们听到的是这样一则故事：

> 女神欧罗巴想寻找一块处女地去生殖繁衍。她从小亚细亚来到一个新地方（欧洲），途中被好色的宙斯掳走。欧罗巴的恋人（也是表兄）卡德摩斯发誓要找到妹妹，于是也踏上了去欧洲的行程。他一路降妖伏魔。一次，一条毒龙挡住去路，被卡德摩斯杀之。为防其复活，卡德摩斯将毒龙牙齿埋入土中。龙牙长出了一批武士，他们互相残杀，最后仅剩五人，由其中的斯巴托统领，建立了城邦国忒拜。

忒拜王叫拉布达克斯，意为瘸子；其子叫拉伊俄斯，意为左足有疾；他的儿子俄狄浦斯，意为肿脚，他因被巫师预言会杀父娶母而被抛弃，但是执行此命令的牧羊人却放了小孩，并把他带给另一国的国王和王后。后来俄狄浦斯长大，在游历途中偶然杀死了一个老头，正是拉伊俄斯。但他全不知情，并最终来到了忒拜城，在猜出了斯芬克斯之谜并使后者跳崖而死之后，他做了忒拜的国王，并娶了丈夫新丧的王后为妻。天神降下瘟疫，俄狄浦斯发下毒誓要找到罪人。当最终真相大白时，俄狄浦斯选择刺瞎双眼流亡，并最终走入一座自动裂开的坟墓。

两个野心勃勃的儿子埃忒奥克勒斯和波吕涅克斯没有得到父亲的祝福，因争斗王位而同归于尽。舅父克瑞翁取得王位并严禁收殓里通外国的波吕涅克斯，安提戈涅不顾禁令安葬兄长，最终被舅父处死……

那么斯特劳斯将把它改写为：

卡德摩斯找妹妹			
		卡德摩斯杀龙	
	龙种武士自相残杀		
			拉布达克斯：瘸子
	俄狄浦斯弑父		拉伊俄斯：左腿残疾
		俄狄浦斯弑父	
			俄狄浦斯：脚肿
俄狄浦斯娶母			
	埃忒奥克勒斯杀弟		
安提戈涅葬兄			
强调血缘关系	轻视血缘关系	否认人来自泥土	承认人来自泥土

对于不想做人类学研究的人，斯特劳斯的工作有何启发呢？它至少让我们看到，并不需要作者本人有意营造某种对立（这跟前面章节中针对《杀人者》等作品进行的分析不同），文本中的对立关系就会自行展开。有时候作者会利用这一点，有时候作者对此无能为力。也许作者是有明确的主题要表达的，但是作品展开之后，却呈现出另外一种意义的可能性。明确了这一点之后，后面的精神分析和女性主义批评之类便有了重要的铺垫。我们不妨选取废名《竹林的故事》中的一段作材料，做一个小小的尝试。

三姑娘这时已经是十二三岁的姑娘，因为是暑天，穿的是竹布单衣，颜色淡得同月色一般——这自然是旧的了，然而倘若是新的，怕没有这样合式，不过这也不能够说定，因为我们从没有看见三姑娘穿过新衣：总之三姑娘是好看罢了。三姑娘在我们的眼睛里同我们的先生一样熟，所不同的，我们一望见先生就往里跑，望见三姑娘都不知不觉的站在那里笑。然而三姑娘是这样淑静，愈走近我们，我们的热闹便愈是消灭下去，等到我们从她的篮里拣起菜来，又从自己的荷包里掏出了铜子，简直是犯了罪孽似的觉得这太对不起三姑娘了。而三姑娘始终是很习惯的，接下铜子又把菜篮肩上。

一天三姑娘是卖青椒。这时青椒出世还不久，我们大家商议买四两来煮鱼吃——鲜青椒煮鲜鱼，是再好吃没有的。三姑娘在用秤称，我们都高兴的了不得，有的说买鲫鱼，有的说鲫鱼还不及鳊鱼。其中有一位是最会说笑的，向着三姑娘道：

"三姑娘，你多称一两，回头我们的饭熟了，你也来吃，好不好呢？"

三姑娘笑了：

"吃先生们的一餐饭使不得？难道就要我出东西？"

我们大家也都笑了；不提防三姑娘果然从篮子里抓起一把掷在原来称就了的堆里。

"三姑娘是不吃我们的饭的，妈妈在家里等吃饭。我们没有什么谢三姑娘，只望三姑娘将来碰一个好姑爷。"

我这样说。然而三姑娘也就赶跑了。

这里的对立关系怎么分析？我们当然可以说，一方面是一群少年人谈笑，另一方面是我们对三姑娘有朦朦胧胧的男女之间的憧憬，比方说竹布单衣颜色淡得同月色一般，意思就是说隐约现出少女的身体，这里有一个童真与欲望的对立。但是如果这样理解了，那么小说的主题算是什么呢？童真战胜了欲望？抑或是爱情战胜了友情？都好像不妥。不如这样处理，首先，借用以前说过的显性结构与隐性结构的区分，将那个美好的友情以及朦胧的爱情等等作为显性结构或者说表层结构。在这个表层结构中，有对童年的追忆，有深切的同情，有物是人非的怅惘，等等，一切废名先生希望我们能够领会的东西都可以有。这个表层结构中也有冲突，比方说叙述者"我"究竟是站出来还是躲起来，就很值得一说。但是在此之下，还有一个隐性结构。这个隐性结构由什么构成呢？性意识的表达与对性意识的克服。可能一说到这里，作者可能会跳出来质疑：我哪里有想那么多？但是，我们本来就不是要揣测他的意图，也就谈不上曲解。请注意，之所以要发掘出性意识的表达与对性意识的克服这对矛盾，不是为了给《竹林的故事》这篇小说定一个"中心思想"，而是要探究一个问题：究竟怎样书写青春期悄然萌动的男女情感？如下图：

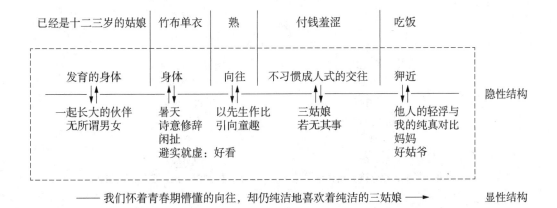

已经是十二三岁的姑娘　竹布单衣　熟　付钱羞涩　吃饭

发育的身体　身体　向往　不习惯成人式的交往　狎近　　隐性结构

一起长大的伙伴　暑天　以先生作比　三姑娘　他人的轻浮与
无所谓男女　诗意修辞　引向童趣　若无其事　我的纯真对比
　　　　　　　闲扯　　　　　　　　　　　　　妈妈
　　　　　　　避实就虚：好看　　　　　　　　好姑爷

—— 我们怀着青春期懵懂的向往，却仍纯洁地喜欢着纯洁的三姑娘 ⟶　　显性结构

　　隐性结构并不能代替显性结构，更不能说表面看来是纯洁友谊，其实都是性意识的萌动。如果这样理解，我们就是《肥皂》里四铭太太的思维方式了。显性结构是作者要讲述的一个完整的故事，讲"我们"尤其是"我"怎么克服自己的青春期的向往保持纯洁的友谊，这个故事是成立的，读者理解了这个故事，作者的目的也就达到了。但是文学研究还可以探究隐性结构，即作者要讲述这个故事所必须经受的话语的内在冲突：我们只要一描写女孩子，总能轻而易举地产生性方面的关联，同时，又会通过某种语言形式去掩饰或者说对抗这种关联。我们看，"竹布单衣淡得同月色一般"，多么诗意！怎么还能胡思乱想？但是，我们再问，看到这句话，我们就真的只是诗意，不会浮想联翩吗？试问：一个小学生的笔下，会有这种对"半透明衣料"的描写吗？但是你要说这里不是诗意而是色情，我们当然也不同意。这里的冲突不会以一方克服另一方结束，而是让冲突重复发生。就像火车在铁轨上走，不管火车走到哪里去，两根铁轨之间的既对立又依存的关系是不会变的，两根铁轨永远是两根铁轨。

　　可能有同学会说，上面这个隐性结构内的冲突还蛮好玩，会不会这其实就是废名先生真正的意图所在？也许，但是我们要处理的并非"作家—意图—作品"的逻辑，而是一种难以控制的文本游戏。不妨回想一下前面怎么解说海明威的《杀人者》的，由于那种名实相悖的状况层出不穷，以至于我们怀疑海明威的最终目的真的就是玩这个概念游戏。下面再看一个相近的例子，这是海明威另一篇极短的小说《雨中的猫》。一对美国夫妻在意大利度假（多半是蜜月），外面下着雨，丈夫在床上看书，妻子从窗口看见外面有一只猫快被雨淋湿了，便下楼去要把这只猫抱进来。下去后发现猫不见了，悻悻然回到房间。不久有人敲门，原来是经理叫女仆送了一只大猫上来，给这位女客人做宠物，打发无聊。这个故事什么意思，那个"雨中的猫"又有什么深意？有论者认为，猫是婴儿的隐喻，找猫实际上就是找一个孩子，失去猫就是失去这个孩子。还有论者认为，猫就是闲适富足的中产阶级生活的转喻，猫不见了，就是这种理想破灭。这两种说法都有道理，而且都可以从小说中得到一定程度的支持。但是，如果我们把小说意义的整体建立起来，事情就不太一样了。这同样是一个男人和女人的全面对立：

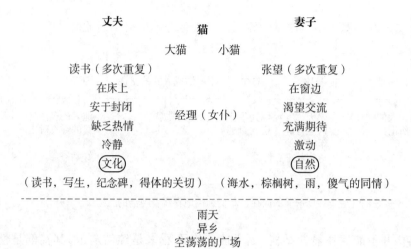

丈夫	猫	妻子
	大猫　小猫	
读书（多次重复）		张望（多次重复）
在床上		在窗边
安于封闭	经理（女仆）	渴望交流
缺乏热情		充满期待
冷静		激动
⃝文化		⃝自然
（读书，写生，纪念碑，得体的关切）		（海水，棕榈树，雨，傻气的同情）

雨天
异乡
空荡荡的广场

　　这位妻子出门看猫的举动，倒是能让我们想起海子的一句诗："打一支火把走到船外去看山头被雨淋湿的麦地／又弱又小的麦子"，虽然两者完全不是一回事，但都有一种"真切接触"的意图。妻子也并不是特别地富于同情心，她只是觉得要找到属于她自己的生活，所以我们看到她说了那么多"喜欢"（like）和"想要"（want），而丈夫却让他"闭嘴"（shut up），虽然半开玩笑，但显然是带着权威的。这种权威不是这个丈夫如何欺压妻子，而是男性相对于女性那不动声色的优势，就像丈夫坐在床上看书，妻子站在窗口张望，一切仿佛都很自然，但是细细品味就觉得地位差别。女性主义批评家很重视这个文本，认为它具体而微地体现了男性话语和女性话语的对立，这是有道理的。这种对立大家不要总是理解为剑拔弩张的对抗，如果你不留心或者不敏感，你都不觉得这个丈夫有什么不对。表面看来就是一个妻子想养一只猫，结果得到了另一只猫的故事，实际上这个故事早被男女对立的关系改写了。

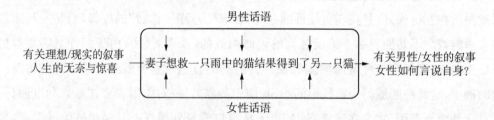

男性话语

有关理想/现实的叙事　——妻子想救一只雨中的猫结果得到了另一只猫→　有关男性/女性的叙事
人生的无奈与惊喜　　　　　　　　　　　　　　　　　　　　　女性如何言说自身？

女性话语

　　或者我们这样理解，一个有关理想与现实的故事，在经过了一番男性话语与女性话语微妙斗争之后，被改写成了一个有关男性与女性的故事，其核心问题变为：女人如何言说自身？如何使自己的情感和欲望得到表达？如何可以不只是被礼貌性地尊重或者像孩童似的被宽容？"雨中的猫"在这样一组对立关系中处于非常微妙的位置，如果把它放到丈夫这个序列下解释，那么必然就是"雨中的猫与我们何干？"或者"那不过是一只雨中的猫"、"还有其他的猫"、"还有其他雨中的猫"甚至"还有其他可怜的生命"，等等。而放到妻子这个序列中，则成为"就是这只猫"、"我就要这只猫"、"我多想有这样一只小猫啊"。有论者注意到，"Cat in the rain", cat 前面没有定冠词, 这就留下了阐释空间。所以"雨中的猫"这个标题不是简单的隐喻或者转喻, 而是一个导火索, 引爆了男性话语和女性话语的全面冲突。

符号学的两组概念

由前面的分析, 我们慢慢引出所谓符号学批评。符号学是独立于文学研究的, 符号学很多时候像语言学, 有的时候像人类学, 有的时候简直像自然科学。所谓符号学批评, 与其说是直接运用符号学的方法来批评具体作品, 不如说是使符号学作为一种思路, 参与到文学批评的实践中来。这里我们不做太多背景介绍, 只说说大家熟悉的两组概念。

1. 能指与所指

符号学批评和叙事学批评有交叉的部分, 它们都是在现代语言学的启示下建立起来的。大家学过语言学概论, 知道符号由所指(the signified)和能指(the signifier)构成, 能指是用来指意的物质形式, 所指是此形式获得的意义。这个意义不等于现实生活中的某一个东西(the referent, 德里达认为"文本之外无物存在", 暂不论), 就像"后现代主义"有一个所指, 但它并不对应现实中的某个具体事物。而更重要的是, 能指所指经常让我们看到一种意义游戏, 比方电影《手机》中, 知识分子费墨一口咬定自己虽然与女学生同处一室, 却只是"坐而论道", 并无出格之事。到底在做什么我们不关心, 但是这番话一说, 我们就可以用"坐而论道"来指代男女之事了, 前者是能指, 后者是所指。所指和能指的意义游戏有时会以非常复杂的方式进行, 远不是一个词带点言外之意那么简单。法国结构主义者、精神分析学家雅克·拉康有一个著名的图示:

$$\frac{\text{能指} \qquad S}{\text{所指} \qquad s}$$

这个图的意思简单而明确, 能指和所指被一条线隔开了, 根本没办法建立起可靠的联系, 这就是所谓"能指漂移, 所指消隐"。将所指与能指隔开, 不是说我们不会想起任何意义, 而是说能指所指的关系不受控制。某种程度上, 正因为所指消隐, 能指才能漂移和膨胀, 就像我们虽然强调不存在"本来的女性", 用来描绘这种"本来的女性"的话语反而被不断地生产出来, 很多原来无需凸显性别特征的商品, 现在也都有了男款女款, 这实际上就是符号的衍生。本来只是一种洗发水, 硬是开发出十几个品种, 表面看来各有其功能, 消费者却往往感受不出差别。其实性质的细分是次要的, 更重要的是通过符号的衍生增加符号的价值。这种状况不仅会影响到我们的生存感觉, 也在文学中得到了充分的展现, 文学最感兴趣的就是符号与意义的游戏, 而它本身也最会玩这一游戏, 只不过作家未必对此有清晰的概念。我们可以举鲁迅《肥皂》为例, 管中窥豹, 看看能指与所指的关系可以做出怎样的文章。中年男人四铭早晨出门, 见到了一个女乞丐, 听到一些无聊的人议论说这个女乞丐买块肥皂洗洗也是好货色,后来四铭去商店买了块肥皂给他太太。饭后几个文社的来讨论征文的选题,四铭提出以孝女行为题。就这么回事情,四铭不觉得自己有什么出格的地方,但就是在道德上陷入了窘境。他所做的事情,所说的话,按说都是一个文化人的言行,应该归属于文化符号,或者说文化符码(code),是传达文化身份用的,但是它们却被视为性别符号,被认为与男女之事相关,四铭自己怎么理解、怎么解释,完全无用。符号的意义是自动生成的,不以使用它的人的意志为转移(不管是真实意志还是宣称的意志),所谓真实意图和表面文章,不是我们在拷问四铭的内心之后所得到的区分,它是被一个隐形的大众规定好了的,而且你反抗不了。最妙的就是最后那段景物描写,前面讲叙事学批评时已经说到,景物的引入往往是一种停顿,就好像是喘口气、定定神,而在这篇小说中,可以看作是四铭对所陷入的符号圈套的反抗,他没办法为自己辩驳,所以一个人到院子里去散步晒月亮。晒月亮有一种悲凉的诗意,这本来应该让我们同情思铭,但是月亮本身又代表着夜晚,孤独又与寂寞即性生活上得不到满足相关,所以最后还是跳不出性别符号。经过了这么一个无心睡眠的长夜,我们看到第二天肥皂就被录用了,不由会心一笑。四铭的欲望本身就来自于他的性别身份与文化身份的冲突,他没有办法消除这个冲突,也没办法掌控自己的道德处境,那句"咯支咯支遍身洗一洗"所带来的刺激,他没法摆脱,却也没法享受。所以结构主义者往往相信,是符号在掌控人,而不是人掌控符号。

下图的"行动"一栏是说发生了什么事情,左边是"性别符码"或者说"性别符号",意思是事情如果被认为与性有关则如何理解,右边是文化符码,是说事情如果理解为正常的文化行为又该怎么理解。欲望被深藏起来,却使得它成为唯一重要的所指,同时使能指无所不在。

"咯支咯支遍身洗一洗,好得很呢!"				
	"坏"意图	行动	"好"意图	
性别符码	曲折地满足色欲	道说孝女之事	怜恤孤苦	文化符码
	曲折地满足色欲	批判女学生	维护礼教	
	曲折地满足色欲	买肥皂给妻子	体贴	
	掩饰因色欲而产生的愧疚感	教育儿子	引导成人	
	掩饰因色欲而产生的愧疚感	征文宗经崇祀孟母	维护礼教	

他看见一地月光,仿佛满铺了无缝的白纱。玉盘似的月亮现在白云间,看不见一点缺。
他很有些悲伤,似乎也像孝女一样,成了"无告之民",孤苦伶仃了。

2. 隐喻与转喻

前面提到了隐喻和转喻,这是我们已经很熟悉的一对概念了,隐喻是相似性,转喻是相关性。文学作品中常有一些事物或者意象我们摸不透它的涵义,这时我们就会往隐喻或者转喻的意义上去想。现在所谓"文化研究",很多时候就是在分析转喻和隐喻。生活中到处都是隐喻和转喻,尤其是广告。我们说"推销一种商品,就是推销一种生活方式",比方说,通过一双运动鞋想到热爱运动的生活方式,想到青春、活力等等,这就是通过转喻实现的。同时,隐喻又可以提供很多直观的冲击力,比方某个图标像飞翔的鸟之类。而且很多时候,隐喻和转喻彼此勾连,相互转化。比方我们经常在车展上看到美丽的车模(此处只讨论女性车模),车模与车是什么关系?"香车美人",感觉是隐喻关系,都是非常美丽的、引人追求的对象,而且很多人形容他的爱车,也确实像是在形容心爱的姑娘。但这还只是一层关系,另一层关系是美人和车都是富裕甚至幸福生活的象征,两者之间有一种相关性,由此形成转喻。把这一点指出来有什么必要呢?我们可以想象,肯定会有人批判说,在车展上安排车模是将女性物化。这当然有道理,但如果这个批判全放在隐喻关系上,咬定女性在此处只是被当作工具、物品看待,那就太简单了。事实上,如果我们把转喻关系充分打开,就能看出车和人是如何合力构建一种幸福生活的想象的。车展上的车模是被尊重、欣赏甚至爱慕的,作为令顾客心动的人,她们不是用来满足简单需求的物,而是激发他们去想象自己配得上拥有的生活,不能物化的东西反而刺激起了消费的欲望。换句话说,车模的在场正是以对隐喻关系的否定支持了欲望的逻辑。

如果这样来理解隐喻和转喻,而不是把它当成文学中才有的修辞手法,我们反而能从文学作品中读出更多东西。比方说《肥皂》中的那块肥皂,是隐喻还是转喻?怎样的隐喻,怎样的转喻?我们会有很多话可说。一个符号,如肥皂,它的意义不是由某个特定的作者独立规定的,这个符号是从特定的文化语境中拿来的,这个语境赋予它种种隐喻或转喻的意义,使得它没办法简单地指称某个单纯的东西。我们跳出来宣称"肥皂只是肥皂,鲁迅肯定没想那么多"既不令人信服,也没有意义。说不令人信服是因为鲁迅是可以想那么多的,且不说鲁迅,四铭已经想得够多了,连四铭那没有文化的太太都想得那么多;说没有意义是因为符号的衍生并不只是创作意图问题,隐喻转喻的逻辑就像是病毒,会不断地传播开去,而且产生各种变异,作家并不能控制这一过程。当我们的生活符号化时,最大的问题不是产生虚假的意义,而是符号衍生到无法控制的程度,自然会消耗掉很多能量。我们每天接收到那么多信息,每一个都在引诱我们做所指能指的意义游戏,看起来生气勃勃,实际上很容易让人疲乏。对此当然也无须悲叹,这本是人类生活必须面对的文化难题。文学正是凭借它在这方面的观察力和创造力,打入了文化的内部,并试图有所干预。

最后我们回顾一下曾多次讨论过的海明威的小说《白象似的群山》,海明威跟批评家的冲突大家都知道,批评家总想说这个隐喻什么,那个象征什么,海明威说只有一个说对了,鲨鱼象征批评家。海明威的想法是,我是作者,我决定自己作品中的隐喻与转喻。在这个问题上,他有点像《白象似的群山》中的男孩子,坚持说群山只是群山,不像任何东西。问题是,不仅群山确实有可能像什么东西,男孩子的一举一动都可能成为隐喻和转喻,因为他们此时正在去堕胎的路上,他充满愧疚感却又拼命掩饰自己的不安,他一直在观察女孩子的举动,觉得每一句话都有深意,他认为群山只是群山,但他相信当女孩子说群山像白象时,一定是想说点什么的。他隐藏的愧疚感让他不耐烦,不想去猜女孩的意思,但他又要掩饰自己的冷漠,何况他也没办法真的做到无动于衷,结果使得每句话都似乎与某某相关,因而都成为试探,都给对方带来刺激。整个逻辑总结一下就是:当隐喻遭到质疑而被悬置时,转喻就泛滥起来。对这一点,不要说小说中的人物控制不了,甚至作者也控制不了,读者也控制不了,因为这种隐喻与转喻关系的建立就是符号的生成,它并不服从于文学的意图,而是以相对独立的方式运作,它会对作品意义的生成产生干扰,以至于当我们对作品给出一个解释时,与其说是因为找到了最后的结论,不如说是一个无限衍生的符号化过程的暂时中止。理解了这一点,我们看待文学作品的眼光或许会有不同。

本章课后练习

习题一

以你熟悉的文艺作品为材料(包括文学、影视等),尝试着找出一种情节套路,然后在此套路上比较两三部作品,看看有何种异同。

习题二

阅读现代作家徐訏(1908—1980)《鸟语》,看看在这部小说中如何构成了一系列二元对立关系。

习题三

找一篇描写当代都市生活的小说,看看用来表达都市生活的符号是如何运作的,哪些是陈旧的符号,又是否出现了一些值得注意的新东西。

第十二章
表层与深层（上）：以精神分析批评为例

○ 精神分析与文学批评
○ 精神分析批评的路径
○ 自我·梦·欲望

前面曾经说过，美国批评家苏珊·桑塔格非常不喜欢那种挖掘作品背后/底下的意思的做法，认为这是追逐鬼影的批评。她喜欢的是直接感知作品质地的批评逻辑，她戏剧化地称之为"艺术色情学"的批评。这种说法自有其用意，而且很多时候是有益的警醒，但是文学作品毕竟是太复杂的存在，我们既不能指望一个作品在我们面前一次性地完全打开，也不能阻止一般读者在理解了所谓字面意义之后去揣摩更多的意义，当然也不能阻止批评家去探究影响作品意义的各种内在与外在的机制。尤为重要的是，并不一定总是在理解了表层意义之后再去理解深层意义，有时必须借助表层/深层的逻辑才能看到某种意义，否则从一开始就不觉得有什么需要理解的对象在。其他不论，单说色情问题，西方在反对性骚扰的运动中有一种说法广为人知，"一切都关于性，除了性本身，性关于权力"（这句话的始作俑者是王尔德），这其实就是必须依赖表层/深层的逻辑才能发现的某种道理，没有这个逻辑，甚至连表面的意义都不存在，因为你会认为这种事情没有什么可说的，不就是一些人道德败坏，管不住欲望嘛！但是听别人一说，你也会觉得很有道理，甚至还可能推演出"一切都关于权力，除了权力本身，权力关于欲望"之类的话来。这类推演本身不重要，但我们可以借它来体会这个道理：表层/深层的逻辑不只是可以用来解释或阐释作品意义的方法，也是用来发现或者说发明作品意义的方法。

我们将分三章集中讨论这一逻辑，而用以展示这种逻辑的领域就是精神分析批评、女性主义批评和意识形态批评（最后一个是十分勉强的命名，出于一些考虑姑妄用之，而且我们会发现三个领域是有重叠部分的）。在学习的过程中要时刻记住，我们的目的是学会更聪明地运用表层/深层逻辑从事文学批评，至于能不能借此成为专业的精神分析师或者政治学家、社会学家，则不需要特别操心，因为那是不可能的。

精神分析与文学批评

精神分析早已成为现代文化的一部分。虽然直到今天也还有不少人将其视为"伪科学"，但也有一些人将其视为扫荡一切的利器。法国学者福柯将精神分析和马克思主义同视为"话语"的典型,以区别于一般所谓科学知识或专业知识,这意味着:1. 它们并不总能以实证的方法证实或者证伪,不管我们对某一精神分析或者生产力/生产关系分析的实例有多大的怀疑,都不能否认后者的魅力,这种魅力足以使它们四处播撒自身;2. 它们天然地具有跨学科的能力,能够为各个领域提供富有魅力的理论问题和讨论方式;3. 它们并不像自然科学知识那样,总是以新的知识代替旧的知识,而是通过不断回归和重释早期的经典来获得自我更新的可能性(所以亚里士多德对于当代科学研究虽然并不重要,但是对理解何谓科学十分重要)。[①] 最后这一点有助于我们理解,为什么在临床的精神分析中弗洛伊德已然过时,但是精神分析这回事情却仍须经由弗洛伊德的经典作品才能得到定位。本章中我们也主要讨论弗洛伊德。

弗洛伊德因为"泛性主义"而饱受责备,但是他不肯后退,充分表现出巨人思想家特有的自信:

> 精神分析理论把这些爱的本能称作性本能,根据它们的起源称作占有。大多数"有教养的"人们把这个术语看成是一种侮辱,并且满怀报复之意地将精神分析理论贬作"泛性论"。任何一个把性看作是人性的禁忌和耻辱的人,完全可以使用更斯文的雅语:"爱的本能"和"爱欲的"。我自己本也可以从一开始就这样做,这就可避免许许多多的非议和责难。但我不想这样做,因为我不愿意向懦弱无能屈服。人们永远也说不清楚这样的让步会把你引向哪里,先是在用词上让步,然后一点一点地在实质内容上也就俯首就范了。[②]

很多人一听到弗洛伊德谈性本能就摇头,认为这是一种太简单化的思维,这当然可能是对的,但是我们自己也有可能把性本能想得太简单了,或者说我们所理解的性本能往往是性意识。又或者,你觉得"性"不好理解,"爱"更好理解,更符合常识,那么我们必须说,精神分析批评是要挑战常识的,你不能指望它的每一种学说或者解释都能够让每个人点头称是。最后要说的是,精神分析是一种接纳"幽暗"的批评,恰恰是一些不可解的东西成为推动文本阐释的动力。如果你觉得性太神秘,那就让它神秘好了,关键还是在于,当我们把这个神秘的词引入对文学作品的讨论时,是使作品变得更生动、更特别,还是将其变成了千篇一律的病历。

根据精神分析学的发展,精神分析批评也分出两个阶段:第一,以弗洛伊德精神分析学为理论的文学批评,称为经典或传统的精神分析批评;第二,以荣格、拉康等心理学家重新阐释的精神分析理论为基础的批评,称为新精神分析批评或后精神分析批评。前后阶段的共

---

① 参见:福柯. 作者是什么[M]//王潮. 后现代主义的突破——外国后现代主义理论. 兰州:敦煌文艺出版社,1996.
② [奥]西格蒙德·弗洛伊德. 弗洛伊德后期著作选[M]. 林尘,张唤民,陈伟奇,译.上海:上海译文出版社,2005:98.

同之处在于：关注无意识（又称潜意识），认为无意识对人类和文学艺术的影响要远远大于意识；无意识是研究的共同领域，也是解释文学活动的根据和基础。用弗洛伊德的说法就是："将心理区分为意识与无意识，这是精神分析学的基本前提；而且只有这个前提才使精神分析学有可能解释心理生活中的病理过程，并把它们安置在科学的结构之中。"①不承认无意识，也就无所谓精神分析或者精神分析批评了。不过，传统精神分析学认为"性"决定无意识活动；各种新精神分析学虽不否认"性"的作用，但都反对弗洛伊德的泛性主义，并对无意识做了各自的解释。弗洛伊德的学生荣格的"集体无意识"从个人历史走向了民族历史，从而为文学艺术的"原型批评"开辟了道路；后来法国的拉康搁置起无意识的生理基础，着眼于探究无意识怎样自成一套语言，很多时候他更像是一个语言哲学家，并被视为结构主义的代表人物。② 拉康之后，利用精神分析理论进行文学以及文化批评的最重要的代表人物是齐泽克，后者目前仍然相当活跃，不断给知识界带来新鲜的刺激。

美国著名批评家莱昂内尔·特里林认为，精神分析对人类精神的不懈追问与文学互相呼应，精神分析打开了一个全新的心灵世界，支持着文学对此世界的探索。③ 正是在此意义上，才有所谓精神分析批评存在。一方面，对学中文的人来说，精神分析完全是另一个专业领域，如果我们学了一点精神分析批评，就去诊断别人的心理问题，自然虚妄可笑；但是另一方面，精神分析又从一开始就与文学研究建立了联系。弗洛伊德用"talk out"和自由联想的方式进行诊断，其基本逻辑就是在一个表层叙述之下发掘一个深层叙述，这正是现代文学批评的重要思路。甚至可以说，不会操演精神分析的这种双层叙述的分析方法，就很难从容地应对现代文化。最后要说的是，大部分现代作家都是与精神分析颇有共鸣而且懂一点精神分析的基本观念的，但这并不意味着他们有意要用自己的作品演绎精神分析的学说。作家自己有没有精神分析的意识不重要（甚至荣格认为精神分析最好的文本恰恰是那些并非有意做心理分析的作品），因为正如我们反复强调的，重要的不是分析作者的意图，而是要分析文本所挑动的种种意义游戏。那么，可不可以拿精神分析的方法来分析古典文本呢？当然可以，但是要特别慎重。重申一次，精神分析是属于现代文化的，它一定会对所分析的对象进行现代转化，所以当你对李清照或者司马迁进行弗洛伊德式的精神分析时，你要确定能够为现代文化带来有价值的东西，而非只是破坏我们对古典文化的想象。

一个精神分析学家看待文学作品，与普通人有什么区别呢？这个问题当然不好一概而论，不过至少有这么几点值得一提：

普通文学读者：文学记录的是世界的现实

---

① ［奥］西格蒙德·弗洛伊德. 弗洛伊德后期著作选［M］. 林尘，张唤民，陈伟奇，译. 上海：上海译文出版社，1986：160.

② 对拉康有兴趣的读者可以参看：吴琼. 雅克·拉康——阅读你的症状［M］. 北京：中国人民大学出版社，2011.

③ ［美］莱昂内尔·特里林. 弗洛伊德与文学［M］//戴维·洛奇. 二十世纪文学评论（上册）葛林，译. 上海：上海译文出版社，1987.

精神分析学家：文学记录的是个人的秘密

普通文学读者：主体是理性感性的统一体
精神分析学家：主体是分裂与冲突的结构

普通文学读者：文学写的是人成长的故事
精神分析学家：文学告诉我们人从不成长

那么作家本人更靠近普通文学读者还是精神分析学家呢？这只能交给每个人自己去判断。也许我们可以站在精神分析学家的立场上说，所谓作家，正是普通文学读者和精神分析学家所组成的分裂、冲突的结构。这种分裂、冲突的结构不仅仅是隐藏着文本那一之下的深层逻辑，也可以成为分析文学作品的一种范式。精神分析进入文学批评，就是要搅动文本那一池春水，使我们以为理解的东西变得神秘起来，复杂起来，同时也生动起来。我们不能只是用卫道士的口吻说：你们不能这样糟蹋文学！因为如果所有来自于别的学科的方法都不能用，那么关于这个"文学"能说的东西就很少了。不妨这样来理解问题：关键不是精神分析学家和普通文学读者哪一个对文学更有发言权，而是文学文本原本就是一个多维、异质的存在，能够正视并且看重这一点，还能对之进行耐心和清晰的分析的，就是文学批评家。

精神分析批评的路径

我们将主要从两个方面展开所谓精神分析批评。

其一，在精神分析既有成果的帮助下，探讨文学作品所涉及的心理问题。

基本上来说，只要看到一部作品中涉及性意识、幻想、欲望、焦虑、童年记忆、精神创伤、成长、父母与子女等主题，精神分析就能找到用武之地，而且往往一下就能打开思路。比方说《雷雨》，我们知道它是命运悲剧、社会悲剧，但有了精神分析的眼光之后，我们还看到了"弑父"与"从父"这一矛盾的存在，即儿子一方面想取代父亲，另一方面又认同父亲并且希望得到父亲的认同。再如现代作家吴组缃有一篇小说叫《樊家铺》，里面有个女儿杀死了吝啬冷酷的母亲，本是标准的社会悲剧，但由于暗示母女之间的"厄勒克特拉"式冲突[①]，问题就变得复杂了，以至于茅盾批评说这一关系设置这有可能会干扰或者说冲淡主题。再如《雷雨》中周萍对繁漪说："如果你以为你不是父亲的妻子，我自己还承认我是我父亲的儿子。"而繁漪悲愤地说："一个女子，你记着，不能受两代的欺侮。"这些地方都可以解读成封建家长制与自由爱情的冲突之类，但是我们也并不能否认俄狄浦斯情结的存在，至少在精神分析学家眼

---

① 厄勒克特拉是特洛伊战争中希腊联军统帅阿伽门农的女儿。阿伽门农得胜归来却被妻子和弟弟合谋杀死，厄勒克特拉为父报仇，情形与哈姆莱特正好对应.

里，这一情结较之封建专制或自由恋爱，都要古老得多。即便我们一点都不了解精神分析学派以及受精神分析学影响的论述，去读张爱玲的《金锁记》、白先勇的《孽子》、余华的《在细雨中呼喊》、严歌苓的《人寰》、张洁的《爱是不能忘记的》、方方的《在我的开始是我的结束》、王安忆的《月色撩人》、笛安的《东霓》，等等，仍然会有很多有关父子、父女、母女等关系的题目会跃入脑海，而且你的分析与精神分析学家的分析一定有很多地方能产生共鸣。如果事先了解了一些这方面的知识，当然就会更敏感，看得更多，想得更多。所以学习精神分析批评的第一要务是，去看看精神分析方面的经典著作，拎出一些自己有兴趣、有感觉的问题。几本弗洛伊德的著作是绕不过的：《弗洛伊德论美文选》、《弗洛伊德后期著作选》、《梦的解析》。①

实话实说，现在做精神分析批评，虽然提得最多的肯定是弗洛伊德，但是方法论上更重要的可能是拉康，这当然在很大程度上要归功于齐泽克。齐泽克是一个太聪明，思想太活跃的人，有时不免故弄玄虚，但他凭借自己对精神分析和黑格尔的娴熟打造出一套理论话语，在解读经典文艺作品之外，还既深且广地涉猎通俗文化②，撰写了大量的文化批评文章，不仅极大地提升了通俗文化批评的理论品格，也让通俗文化在学院派人士那里得到了更多的关注。齐泽克的做法常常是先抛出一个精神分析学的概念或命题（一般都是拉康式的），比方他现在要讲的是幻象（phantasy）和欲望的关系问题，相关的理论是：

> 幻象所展示的，并非这样一个场景，在那里，我们的欲望得到了实现，获得了充分的满足。恰恰相反，幻象所实现的，所展示的，只是欲望本身。精神分析的基本要义在于，欲望并非是事先赋予的，而是后来建构起来的。正是幻象这一角色，会为主体的欲望提供坐标，为主体的欲望制定客体，锁定主体在幻想中占据的位置。正是通过幻象，主体才被建构成了欲望的主体，因为通过幻象，我们才学会了如何去欲望。③

好，接下来，齐泽克分析了一个科幻小说文本，美国科幻小说家罗伯特·希克利的《星球商店》。这篇小说的故事是这样的，一个叫韦恩的人去拜访一位神秘的老者，这位老者住在一个废弃了的城镇的一间破屋子里，他有一种草药可以把人发送到一个平行世界，在那个世

---

① 还可以参看：[美]斯佩克特：《弗洛伊德的美学》（高建平译，四川人民出版社 2006 年版）；陆扬：《精神分析文论》（山东教育出版社 1998 年版）；马元龙：《精神分析：从文学到政治》（人民出版社 2011 年版）。另外，杨朴教授的《探索心灵深处的秘密：文学作品的精神分析研究》一书（辽宁人民出版社 2013 年版），用弗洛伊德的理论分析了很多中国文学名篇，不妨作为参考.

② 齐泽克说他是从本雅明那里学得这一做法：把某种文化内的最高精神产品与普通的、平凡的、世俗的精神产品并置一处，同时解读。所以他"一边解读雅克·拉康最崇高的理论母题，一边通读当代大众文化的典型个案；或者，通过当代大众文化的典型个案，解读雅克·拉康最崇高的理论母题。参看：齐泽克. 斜目而视——透过通俗文化看拉康[M]. 季广茂，译. 杭州：浙江大学出版社，2011：1.

③ 参看：[斯洛文尼亚]齐泽克. 斜目而视——透过通俗文化看拉康[M]. 季广茂，译. 杭州：浙江大学出版社，2011：9.

界里你可以满足自己的一切欲望,条件是要交出自己最值钱的东西。韦恩听后很心动,但又有些犹豫不决,决定回去想想再说。可是一回到家里,每天工作之外还有各种琐事,小孩的,妻子的,穷于应付。这虽然让韦恩坚定决心一定要去找那位老者,但也一次次延后了他出发的日期,直到他在那间破屋子里醒来。坐在旁边的老者亲切地问他感觉怎么样,他回答说很满足,在交出全部的财产(一把生锈的刀子,一个破旧的铁罐)之后匆匆离开,赶回居住的地方领救济。听到这里我们当然明白这是怎么回事了,韦恩并没有家庭需要照顾,他只是吃了可以致幻的草药而已,那个构成拖累的家庭只是他的幻想。这当然是悲伤的故事,是那种令人沮丧的未来想象(被核战争破坏的世界,只有老鼠是真正的主宰),我们理解起来并不困难。但是齐泽克有不同的关注点,他感兴趣的是韦恩一再推迟去满足自己欲望的时间,但这一推迟本身就是欲望的满足,也就是说:

> 欲望的悖论也在于此:我们以为"事情本身"在不断地拖延,其实不断拖延这个行为,正是"事情本身";我们以为自己在寻觅欲望,在犹豫不决,其实寻觅欲望和犹豫不决这个行为,本身就是欲望的实现。也就是说,欲望的实现并不在于它的"完成"和"充分满足",而在于欲望自身的繁殖,在于欲望的循环运动。韦恩之所以"实现了他的欲望",恰恰是因为他通过幻觉,使自己进入一种状态,这种状态能够使他无限期地拖延,阻止自己充分满足欲望。也就是说,通过幻觉,他使自己不断地繁殖"匮乏"(lack)的状态。而匮乏,却是欲望之为欲望的根本。我们还可以这样理解拉康的"焦虑"(anxiety)概念所包含的特质。焦虑之所以为焦虑,并不是因为缺乏欲望的客体-成因。导致焦虑的,并非客体的匮乏。导致焦虑的,却是这样的危险:我们过于接近那个客体,并会因此失去匮乏本身。焦虑是由欲望的消失带来的。①

相信以上的长篇引用能够帮助我们对齐泽克的批评路数形成大致的印象。这种批评方式特别适合做文化批评,一则因为它可以很方便地处理那种批评对象不局限于一个领域的情况,理论最善于跨界探究普遍有效的"意义机制"或"话语逻辑";二则因为文化批评针对的往往是"一般状况",也就是大众心理倾向,做文化批评更容易针对大众说话。可能我们会质疑说,齐泽克这样做不是"作品搭台,理论唱戏",拿文艺作品做理论的材料吗?确实,齐泽克一点都不避讳这一点,他把事情做在明处。关键在于他分析的问题是不是我们觉得有意思的问题,如果觉得有意思,就会认为这是提供了一种看待通俗文化的新视角。重要的是遇到下一个文本时,批评家又将如何解释,如果只能套公式,炮制出千篇一律的解释,那么这种理论也就到了头,但如果能够因地制宜,随机应变,就值得学习。

作为中文系的同学,一般不要自行提出一个惊世骇俗的精神分析理论,这种立论要依靠

---

① 参看[斯洛文尼亚]齐泽克. 斜目而视——透过通俗文化看拉康[M]. 季广茂,译. 杭州:浙江大学出版社,2011:11.

专业的研究,需要多方面的证据,不是光解读文本就行。比较好的做法,是先"姑妄言之,姑妄听之",即在面对某一文本时,先假设某一精神分析理论是值得借鉴的,然后通过具体的分本分析,将作品中所表现的心理现象的种种微妙之处揭示出来,以便使理论在具体化、复杂化中获得生气,同时也使文本增加一种意义的向度。关键在于我们要一边用理论激活文本,一边又用文本推进理论,不是静态的解释和印证,而是动态的相互激发,就好像是精神分析学家和作家两个人在对话,不是一次就对话完了,而是你说一段我说一段,我再说一段你再说一段,不仅双方能说出对方看不到的东西,而且双方都能激发对方继续说下去的热情,以至于对话成为一种探索和发现的过程。精神分析批评不是对虚构人物做医学诊断,而是努力发掘文本意义的可能性;我们要做的绝不仅仅是给人的行为套上一个精神分析的名词,而是要通过精神分析学的引入看出文学形象全部的复杂性与生动性。比方莎士比亚的《哈姆莱特》,一方面,由于恋母情结的引入,哈姆莱特在报仇问题上的犹豫,他对母亲那种发狂似的咒骂(甚至让父亲的鬼魂都觉得有些太过激烈)等似乎都能得到解释;但是另一方面,我们的分析不能只是呆板地逐一解释,这句话是恋母情结,那个动作也是恋母情结,什么都是恋母情结,这种批评一定相当乏味。事实上恋母情结作为一个隐秘的"动力因",并不能左右每一个细节,而且恋母情结本身也有多种复杂的表现,"弑父"与"从父"的关系也很不容易理清。假如我们就此得出结论,哈姆莱特之所以折磨和抛弃奥菲利亚,是因为他真正爱的是自己的母亲,那么一则有点哗众取宠,二则也很难论证。但是如果有同学比较哈姆莱特对奥菲利亚说话与他对母亲说话时的不同态度和内容,未必不能得出一些不错的发现。

迈克尔·莱恩的《文学作品的多重解读》①一书讲到精神分析时,就如何对《李尔王》作精神分析解读提出了建议,说评论者可以从以下几个方面入手:

1. 李尔王与女儿们的关系是否符合恋父情结的设定;
2. 母亲在剧中的缺席意味着什么;
3. 在开场的对话纵横,艾德蒙的母亲的性格特点是怎样借助一些专有的牵涉到性的词汇得到描述的;
4. 开场对话中的这一描写和其他主题之间的联系,包括对于李尔的犹豫的描写,和对于合法与非法的儿子与继承人之间的区分的讨论;
5. 李尔要求他的女儿们的奉承的想象的性质;
6. 考狄利娅拒绝奉承,特别是让她使用在文艺复兴时期是表示"阴道"的俚语的"没有"(nothing)这个词的意义;
7. 不再得到高纳里尔与里根的照顾,特别是失去自我身份意识后对李尔的影响;

---

① [美]迈克尔·莱恩. 文学作品的多重解读[M]. 赵炎秋,译. 北京:北京大学出版社,2006:61—62.

8. 剧中描写女性性特征的方式；

9. 作为汤姆·奥伯兰的埃德加这一角色，在关于女性或"魔鬼"方面他代表什么；①

10. 在剧本的结尾对于那些性欲旺盛的女人所实行的暴力。

以上这十个问题有一些可以归入女性主义批评那一章里去，放在这里当然也无不可。这十个问题都是非常典型的当代学院批评的问题，犀利、敏锐，但有几个让人感觉太"理所当然"。可能有些读者会觉得它们太西化，但其实西化不是问题，只要问题有启发性，有冲击力，西方读者感兴趣的，中国读者也可以感兴趣，怕就怕有些问题像试卷中的论述题，虽然复杂一些，但总有一个正确答案。虽然可以写出立场鲜明、批判性强的评论，但由于思路上新意不足，又不能发现足够多有意思的细节，让人对文学的力量有更深刻的体认，可能吸引力也就不会太大。

其二，借助精神分析的成果，探讨作家心理与作品的关系。

读到一部作品，想对作家了解更多，这是很自然的倾向。如果知道某个作家曾经在哪里插过队，曾经经历过父母离异，曾经有一段令人心碎的爱情，等等，对理解作品肯定有帮助。但是，这种背景资料只是提供了一种表面性的因果，比方说经历过父母离异，是否就让作家的写作有更多的悲剧色彩呢？这当然可能，但是这种因果关系一则不绝对，二则还是表面了些，用来解释一个作品比较深层的特质就不够用了。何况，用余华的说法，小说是把自己当别人写，也就是说，自己经历过的未必会写，能写得身临其境的往往倒是纯粹的虚构，要想建立亲身体验与作品内涵的因果关联，往往会被引入歧途。在这件事情上，精神分析有一个实际的贡献，即在探究作家的经历对其创作的影响时，它所关注的是无意识层面的因果，即隐秘的童年记忆对作家人格养成的影响，具体来说是某种难以言说而又难以克服的障碍、烙印或者创伤，而不是作家自己认定的成长经历。精神分析认为这些东西构成了一个作家的人格密码，不仅是一种稳定可靠的特征——我称之为"创伤手势"——而且可以成为揭示作品内涵的契机。

创伤是精神分析批评的重要概念，创伤总与童年、成长、记忆相关，与一个主体人格的形成相关。某种意义上，我们都是在创伤中成长的，甚至成长本身就是创伤。作家也是如此，创伤在作家的写作中留下印记，而写作又是对创伤的抵抗。比方像鲁迅这样的作家，在他成长的关键时期经历了父亲病逝、家道中落等种种困境，很长时间内都是以他瘦弱的肩膀，作为长子支撑着家庭。这种看起来值得骄傲的经历，其实是会给人生留下伤痕的。这种伤痕在短篇散文《风筝》中就看得很清楚，这是一个兄长的忏悔，然而最终无可忏悔：

---

① 《李尔王》中，被逐出宫廷的埃德加以疯子汤姆的形象，出现在同样流浪在外的李尔王面前，声称自己是一个被恶魔缠住的人.

但我是向来不爱放风筝的，不但不爱，并且嫌恶他（他，此指风筝——编者注），因为我以为这是没出息孩子所做的玩艺。和我相反的是我的小兄弟，他那时大概十岁内外罢，多病，瘦得不堪，然而最喜欢风筝，自己买不起，我又不许放，他只得张着小嘴，呆看着空中出神，有时至于小半日。远处的蟹风筝突然落下来了，他惊呼；两个瓦片风筝的缠绕解开了，他高兴得跳跃。他的这些，在我看来都是笑柄，可鄙的。

有一天，我忽然想起，似乎多日不很看见他了，但记得曾见他在后园拾枯竹。我恍然大悟似的，便跑向少有人去的一间堆积杂物的小屋去，推开门，果然就在尘封的什物堆中发现了他。他向着大方凳，坐在小凳上；便很惊惶地站了起来，失了色瑟缩着。大方凳旁靠着一个胡蝶风筝的竹骨，还没有糊上纸，凳上是一对做眼睛用的小风轮，正用红纸条装饰着，将要完工了。我在破获秘密的满足中，又很愤怒他的瞒了我的眼睛，这样苦心孤诣地来偷做没出息孩子的玩艺。我即刻伸手抓断了胡蝶的一支翅骨，又将风轮掷在地下，踏扁了。论长幼，论力气，他是都敌不过我的，我当然得到完全的胜利，于是傲然走出，留他绝望地站在小屋里。后来他怎样，我不知道，也没有留心。

然而我的惩罚终于轮到了，在我们离别得很久之后，我已经是中年。我不幸偶而看了一本外国的讲论儿童的书，才知道游戏是儿童最正当的行为，玩具是儿童的天使。于是二十年来毫不忆及的幼小时候对于精神的虐杀的这一幕，忽地在眼前展开，而我的心也仿佛同时变了铅块，很重很重地堕下去了。

但心又不竟堕下去而至于断绝，他只是很重很重地堕着，堕着。

兄长把弟弟的风筝踏在脚下，这看起来是弟弟的创伤，实则是兄长的创伤，因为弟弟只是害怕，这害怕不久就会被其他事情冲淡；而兄长是一个"照看者"，他必须关照他人的情感，必须对自己的行为负责，他会时时反思，所以有长久的罪恶感。在本该享受自由不羁的少年时光里却不得不成为严厉的兄长，这种创伤挥之不去（既有愧疚又有委屈），而且无可疗治。弟弟早已忘记了兄长的严厉，但是这种遗忘并非宽恕和理解，"全然忘却，毫无怨恨，又有什么宽恕之可言呢？无怨的恕，说谎罢了。""我还能希求什么呢？我的心只得沉重着。"无法宽解的愧疚会让鲁迅怀疑自己的严厉，怀疑自己看待世界是否过于严肃和灰暗，但是这种怀疑反过来又会加深他的孤独。于是我们看到，"我倒不如躲到肃杀的严冬中去吧，——但是，四面又明明是严冬，正给我非常的寒威和冷气"。有一些不快是会在成长中被遗忘的，另有一些不快则构成了成长本身，并且塑造着我们的人格，这就是创伤。如果我们对鲁迅的成长毫无体察，就不能理解他的作品中的那种孤独、彷徨与焦躁、那种一点就燃的斗争精神、那种不期而至的温柔情怀以及无处不在的自我怀疑。这些内容之间的关系不是什么和谐的统一，而是相互冲撞和否定。对鲁迅来说，他也许没办法喜欢自己，但他会忠于自己；他不是刻意展示伤疤，但是只要一个作家对自己忠实，创伤就会在其创作中显露自身。

而以张爱玲来说,她的整个少女期同样是在受接济的处境中长大的——受母亲接济。她深爱而且崇拜她那追求独立的母亲,但是她和母亲的关系,一直使她觉得自己是母亲的负担,这极大地刺伤了她的自尊心,终生难以平复。散文《我看苏青》中有几段值得细细品味:

> 到了晚上,我坐在火盆边,就要去睡觉了,把炭基子戳戳碎,可以有非常温暖的一刹那;炭屑发出很大的热气,星星红火,散布在高高下下的灰堆里,像山城的元夜,放的烟火,不由得使人想起唐家的灯市的记载。可是我真可笑,用铁钳夹住火杨梅似的红炭基,只是舍不得弄碎它。碎了之后,灿烂地大烧一下就没有了。虽然我马上就要去睡了,再烧下去于我也无益,但还是非常心痛。这一种吝惜,我倒是很喜欢的。

> 我有一件蓝绿色的薄棉袍,已经穿得很旧,袖口都泛了色了,今年拿出来,才上身,又脱了下来,唯其因为就快坏了,更是看重它,总要等再有一件同样的颜色的,才舍得穿。吃菜我不也讲究换花样。才夹了一筷子,说:“好吃,”接下去就说:“明天再买,好么?”永远蝉联下去,也不会厌。姑姑总是嘲笑我这一点,又说:“不过,不知道,也许你们这种脾气是载福的。”

> 我做了个梦,梦见我又到香港去了,船到的时候是深夜,而且下大雨。我狼狈地拎着箱子上山,管理宿舍的天主教尼僧,我又不敢惊醒她们,只得在黑漆漆的门洞子里过夜。(也不知为什么我要把自己刻画得这么可怜,她们何至于这样地对待我。)风向一变,冷雨大点大点扫进来,我把一双脚一缩再缩,还是没处躲。忽然听见汽车喇叭响,来了阔客,一个施主太太带了女儿,才考进大学,以后要住读的。汽车夫砰砰拍门,宿舍里顿时灯火辉煌。我趁乱向里一钻,看见舍监,我像见晚娘似的,赔笑上前了一声“Sister”。她淡淡地点了点头,说:“你也来了?”我也没有多寒暄,径自上楼,找到自己的房间,梦到这里为止。第二天我告诉姑姑,一面说,渐渐涨红了脸,满眼含泪;后来在电话上告诉一个朋友,又哭了;在一封信里提到这个梦,写到这里又哭了。简直可笑——我自从长大自立之后实在难得掉眼泪的。

《我看苏青》本来是写苏青的,但是写着写着就写到自己了,而且一下子就滑到那种做小孩子的状态——不是真的小,而是要受人供养。生活上什么都不挑,这是好养活;吝啬与其说是因为贫穷,毋宁说是害怕成为负担。想出去读书,原本就是对母亲的追随,但是追随就是成为负担。在梦中,读书的经历所留下的就是孤独的、被冷落、被抛弃的滋味,与这种滋味相对就是那种对炭火的温暖的吝惜——“我”喜欢这种吝惜,喜欢这种接地气的、自己抓住自己的生活的感觉。这种亲情上的创伤远比金钱上的困窘要深刻得多,它影响到了张爱玲笔下的很多人物,她所写的年轻女孩,几乎都是那些不敢为自己要求什么,却往往神经质地紧抓住某种温暖的感觉不放。《创世纪》中有个潆珠,这一点表现得最强烈,小说中屡见与

"踏实"、"安心"相关的描写,如:

> 她把手放在他的大衣袋里,果然很暖和,也很妥帖。他平常拿钱,她看他总是从里面的袋里掏的,可是他大衣袋里也有点零碎钱钞,想必是单票子和五元票,稀软的,肮脏的,但这使她感到一种家常的亲热,对他反而觉得安心了。

> 潆珠走到马路上,看看那爿店,上着黄漆的排门,二层楼一溜白漆玻璃窗,看着像乳青,大红方格子的窗棂,在冬天午后微弱的太阳里,新得可爱。她心里又踏实了许多。

> 唱片唱到一个地方,调子之外就有格碰格碰的嘎声,直叩到人心上的一种痛楚。后来在古装电影的配音里常常听到《阳关三叠》,没有那格碰格碰,反而觉得少了一些什么。

> 潆珠想起来,妹妹帮着跑腿,应当请请她了,便买了臭豆腐干,篾绳子穿着一半,两人一路走一路吃,又回到小女孩子的时代,全然没有一点少女的风度。油滴滴的又滴着辣椒酱,吃下去,也把心口暖和暖和,可是潆珠滚烫地吃下去,她的心不知道在哪里。

> 在冷风里吃了油汪汪的东西,一弯腰胸头难过起来,就像小时候吃坏了要生病的感觉,反倒有一种平安。

这类感受已化作了不可遏制的生理反应,一定要在最真切的刺激中——往往是一种不愉快的体验——才有片刻的踏实感。这才是所谓创伤。精神分析一般倾向于认为,类似童年创伤之类,基本上是不可治愈的,我们能做的只是更好地与之共存。作为作家的张爱玲,会不断回归那些痛苦的记忆、那些她无法释怀的感受,在此持续的回归中疗治创伤,并以此保存和开创自己的历史。按照精神分析的观点,"无意识不知道历史",梦可以在同一个层次上无数次地回归,无论怎么回归也不能增长见识。但是当一个人用文字书写人生体验的时候,一定会期许改变,他希望对过去的回归或者说审视能促成一个新我的诞生,只要我们开始写作,改变的期待就寓于写作之中,哪怕一次次得到人性难以改变的教训。这些方面的思考都能对批评产生启示。但是要再一次指出,张爱玲、王佳芝、盛九莉是不是有某种心理疾病,这个问题对于文学家和对于精神分析学家的意义是不一样的。以王佳芝而言,她那种找不到自我定位的飘飘乎乎的状态不仅仅是一种病,而且是一种人生状态,她以此状态体验到了很多正常状态下难以体验到的东西,文学批评关心所有这些细节,探究这些细节聚集在一起所获得的力量,而不只是做出一个诊断。事实上就精神分析的专业眼光而言,我们学文学的人并不能确定王佳芝、蒋薇龙等人那种对物的迷恋,对人的疑惧、对前途的迷茫以及在爱情上的偏执是否有同样的因果,但是当我们明白这里有一种创伤的时候,我们会更加谨慎,避免用简单的道德判断把人物打发掉,而是致力于探究这种创伤如何成为一种契机,使我们更深刻地理解人性与人生的真相。

怎样才能把握住这种创伤呢? 首先当然是运用所谓"文本重叠法"①,即在某一作家尽可能多的文本中寻找相近的描写或者说意象,然后对之进行分析,看能否给出一个比较合理的解释。之所以需要重叠,与所谓"强迫重复"有关,在弗洛伊德看来,之所以人们经常重复同样的梦境,是因为人有一种"超越快乐原则"的冲动,即回归到过去的某种状态或者情境中。比方说经常梦到过去的某一场考试,这本身是由快乐原则驱动的,因所梦见的是一个已经克服或者远离了的困境,做梦的目的就是让人在醒来时如释重负;但是,这类梦境的一次次重复,却提醒人注意一种创伤的存在,我们是如此需要得到父母、师长的肯定,人似乎永远停留在那个忧心忡忡的少年阶段。由这种向令人不快的情境的持续回归,弗洛伊德甚至提出一种人类学的设想,即人同时有着生本能和死本能两种基本冲动。这类解释我们也姑妄听之,很多学者都表示怀疑,却又很难忽视它,因为它的确具有启发性。尤其是就文学来说,"和平之音淡薄,而愁思之声要妙;欢愉之辞难工,而穷苦之言易好",文学于人生的价值,或许就在于制造一种愁烦与恐惧。不过说到底,怎么解释创伤是附带的工作,对文学批评家来说,如何在一个作家尽可能多的文本中敏锐地发现并恰当地描述一种创伤,并使这种描述能够与对文学形式的描述结合在一起,才是最重要的。换句话说,重要的不是对创伤给出什么解释,而是能够用创伤来解释什么。

自我·梦·欲望

接下来我们讨论精神分析批评几个常见的论题。

自我

弗洛伊德在《自我与本我》一文中如是说:"我们把这同一个自我(ego)看成一个服侍三个主人的可怜的造物,它常常被三种危险所威胁:来自于外部世界的,来自于本我(id)利比多的和来自于超我(superego)的严厉的。自我作为一个边境上的造物,它试图在世界和本我之间进行调解,使本我服从世界,使世界赞成本我的希望。"②将自我拆解,将其揭示为世界、本我、超我之冲突的平台(拉康进一步比喻为战场),是弗洛伊德精神分析学对当代思想的重大贡献。在弗洛伊德之前,类似"两个我的斗争"之类的观点早已出现,但是要么停留于灵与肉

---

① 法国批评家夏尔·莫隆擅长运用此法。参看:[法]夏尔·莫隆. 美学与心理学[M]. 陈本益,译. 上海:学林出版社,1992.

② [奥]西格蒙德·弗洛伊德. 弗洛伊德后期著作选[M]. 林尘,张唤民,陈伟奇,译. 上海:上海译文出版社,2005:206.

的斗争,要么干脆是两种思想的斗争。弗洛伊德设置了一个三元结构,本我近似于难以驯服、野性十足的兽性;超我是严厉的父亲,不仅严厉,还因为总是代表正确的选择而有权威;自我是个调节者,尽力讨好那两个彼此对立的、坏脾气的主人。超我和本我都是通过无意识发挥作用的,自我的问题则是太清醒,以至于为清醒所苦。比方好友得了一个奖,你可能会抑制不住地嫉妒,这种嫉妒让你觉得羞愧,于是加倍抑制。嫉妒来自本我的力量,不许嫉妒的指令来自超我,自我则左右安抚,疲于奔命。后来,弗洛伊德的女儿安娜推进了有关自我的研究,她认为自我并不总能解决问题,它本身就有问题,因为它总是要克制,难免会有心力交瘁的时候。弗洛伊德是相信自由联想的,任由自己去说,让自我暂时放下防备,让本我充分表达自身,但是安娜认为这基本上是不可能的,因为自我压抑成了习惯。后来,有关自我的心理学得到了长足的发展,弗洛伊德的很多说法受到了质疑,但是有一点是不会被抛弃的,"我"从来不是不言自明的前提,而是人基于心灵世界的复杂性对自身的一种想象,其中包含着种种复杂的冲突。

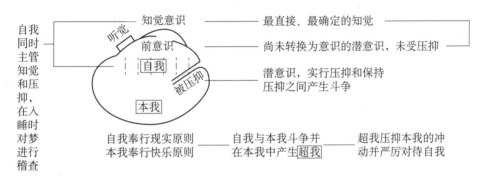

有关"我"的精神分析,显然能够帮助我们对文学作品中的人物做深入探究,尤其是对"超我"的分析,特别有引申的空间。前面我们讲到俄狄浦斯情结,俄狄浦斯情结与儿童性意识的形成有关(性的重要在于它关乎成长),因此它会直接影响到自我的建构,儿子要弑父娶母,并非因为性欲冲动引起的雄性间的争夺,而是因为他要取代父亲的位置。在拉康看来,俄狄浦斯情结的产生是因为父亲所代表的象征秩序切断了婴儿与母亲的联系,所以父亲不需要以一个真正个体的身份同儿子对抗,他有时就是一个虚悬的能指,或者说"以父之名"。周萍所说的"我自己还承认我是我父亲的儿子",就是这个意思。"父亲"的声音像是一道魔咒,想成为自己的焦虑是另一道魔咒。前面我们讨论过卡夫卡的《变形记》,一个在家里——尤其是在父亲面前——缺乏自信的男孩子变成了大甲虫,这意味着他原先勉力维持的自我已经失效,他必须重新构建起本我与超我的平衡。这时我们会觉得很多事情都变了,却又似乎没有根本的改变,仍然举以前用过的例子,即父亲用苹果砸格里高尔的那一段:

> 可是紧跟着马上飞来了另一个,正好打中了他的背并且还陷了进去;格里高尔
> 挣扎着往前爬,仿佛能把这种可惊的莫名其妙的痛苦留在身后似的;可是他觉得自

己好像被钉住在原处，就六神无主地瘫倒在地上。

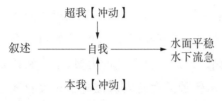

超我【冲动】

叙述 —————— 自我 ————→ 水面平稳
水下流急

本我【冲动】

逃跑是本能，无论对人还是对甲虫都是一样，但是格里高尔在父亲面前早已经失去了逃跑的能力。可怜的是已经变成了甲虫，也没办法跳出超我的控制，没法完全听从本我的意愿，恰相反，必须更谦卑地服从父亲，才有被重新接纳的希望。那个看起来在观察、判断、反应的自我，其实真的只是一个狼藉的战场。如能以这样的眼光看待作品中的人物，肯定能够发现不少东西。这未必一定是要发现人的阴暗面，而首先是发现人性的深度。

前面我们讲鲁迅的《一件小事》，从叙述学角度我们分出了好几个"我"，如果从精神分析学的视角看，则不妨分出本我、超我、自我。老太太倒在地上，"我"突然就觉得很厌烦，想冷漠一下，你可以认为这是本我在说话；完了却又良心不安，拿出一大把铜元给车夫，自己都不知道是什么原因，这就是超我在行使权威。自我在哪里呢？整个叙述的过程可以视为是自我在运作，这个自我希望通过恰当的叙述协调本我和超我的矛盾。总体而言，自我是站在超我一边的，它按照超我的要求讲述一个合乎道德的故事，但是我们看文章开头部分，"我从乡下跑到京城里，一转眼已经六年了。其间耳闻目睹的所谓国家大事，算起来也很不少；但在我心里，都不留什么痕迹，倘要我寻出这些事的影响来说，便只是增长了我的坏脾气，——老实说，便是教我一天比一天的看不起人"。这话还是顺着自己的"坏脾气"说的（所谓"煮熟的鸭子嘴还是硬的"），表面上说是自我反省，其实也有一种执拗，戏剧化地说就是本我从一开始就发出了声音（"我是浑身毛病，但我就是我！"）。当然，硬要一句句死抠说这个是本我，那个是超我，很容易牵强附会，整个问题的关键，是建立起一个冲突结构，具体来说就是将那个貌似掌控一切的自我拆开，展现为左右调停的自我。而与之相关的，就是把讲故事这件事还原为一场斗争，仿佛自我在竭力平静地、中立地讲故事，但总有超我和本我来干扰它。弗洛伊德特别强调心理活动的内驱力，即它不是平平稳稳的意识流动，而是有压抑，有反抗，我们可以进一步说，不仅人心是这样，好的叙述也应该是这样。文学批评就应该把这种"水面平稳，水下流急"的状态充分揭示出来。

完全丢开精神分析这套术语来谈自我问题可不可以呢？当然可以。但是现代文学与精神分析是互相启发的，只要你遵循现代文学的观念去分析作品，很容易就会发现精神分析的影子。比方我们常说自我的分裂，什么叫自我的分裂呢？简单地说，就是一个人分出好几种互相冲突的人格特征。这些人格特征中有些被认为是能够代表"我"的，这个"我"厌弃自身的另外一些秉性或者状态，却又无法摆脱它们。哈姆莱特何尝喜欢那样残酷地对待奥菲利亚，不仅感情上拒人于千里之外，而且经常以粗鄙的玩笑戏弄和侮辱，给人感觉确实已迷失心智；但他又觉得这是自己唯一有资格做的事，他没有资格爱，只有资格恨。这类分裂并不总能够成就一个戏剧故事，但有些经典的悲剧的确是围绕着它们展开的。莎士比亚真是写人格悲剧的圣手。我们看《奥赛罗》中,黑人将军奥赛罗不是不知道自己的妻子多么贤惠端庄,也不是对自己毫无信心,但是他骨子里的自卑感和他的嫉妒心一旦被煽动便不可收拾,当真相大白之际,他在自刎之前将自己定义为一个"不惯于流妇人之泪",却又"过于深情的人"。《麦克白》中的弑君者麦克白,本身没有足够的勇气去犯下弥天大罪,却也没有足够的力量去抵抗诱惑(不仅仅是权位,犯罪本身也是一种诱惑),他造了恶,然后又受罪恶感的折磨。《李尔王》中,李尔王剥夺了小女儿的继承权,只是因为小女儿宣称她对他的爱刚好是一个女儿对待父亲的爱,竟挫伤了他的虚荣心,因为他希望自己得到的爱不是来自于女儿对父亲的本分,而是来自于臣子对君王毫无保留的奉献。后来李尔丧失王位,流离失所,受尽折磨,这才明白原来是自己一直以来被权力所异化,已经失去了感知一个人真实存在的能力,于是我们看到了那个"权力的人"和"真实的人"之间的分裂。再回到《哈姆莱特》,当主人公发现母亲和叔父偷情,两人合谋杀死了自己的父亲时,他的乾坤整个地颠倒了,他第一次意识到那个欲望世界可以有如此强大的蛊惑力,他对人性失去了信心,却不得不为人去复仇。复仇成为他生命的意义,他却摆脱不了强烈的虚无感,仿佛一切都只是徒劳,于是有了那段生与死的著名独白。

再来看《雷雨》,我们也能看到自我的分裂。比方说周萍,他一直在几个人物中间打转,每个人物都关联着他人生的一个面向,或者说是一种人格。与周朴园的关系是知,与繁漪的关系是欲,与四凤的关系是情,但这种分裂给人的感觉与其说是贪婪不如说是逃避,因为他的真实身份是一个不能见光的私生子。繁漪也是如此,她时时刻刻感受着角色和人格的分裂,感觉自己是被摁在一个太太、一个母亲(包括亲母和继母)的位置上,但她完全是另外一个人。她发现自己不仅不能达成心愿,而且根本就是一个局外人,在这场复杂的家庭纠葛之中,她连一个主角的位置都没有。周萍与同母异父的四凤发生了关系,后者怀上了他的骨肉,这使他逃避矛盾的可能性彻底断绝。他对四凤那暂时还算真诚的情,已经同欲、罪以及丑恶无法分离。他有点接近于俄狄浦斯,只不过后者是被命运捉弄,而他是在捉弄爱人和自己。他对四凤的感情哪怕是真的,也只是另一种欲,他以此逃离乱伦行为所带来的罪恶感,却是以一种罪恶感逃离另一种。人既不能控制自己犯罪的欲望,又不能控制自己的罪恶感;人夸耀自己的理性,却又无法成为理性的动物;人固执地追问一切事情的意义,但种种现成的意义又让他们疑窦丛生,或者兴味索然。如此种种,造就所谓自我悲剧。悲剧往往有毁灭,所以繁漪发疯而周萍自杀,这毁灭既是分裂的结果,也是对分裂的最后抗争。

梦

弗洛伊德相信,"梦完全是有意义的精神现象。实际上,是一种愿望的满足。它可以算是一种清醒状态精神活动的延续。它是由高度错综复杂的智慧活动所产生的"。[1] 所谓高度

---

[1] [奥]西格蒙德. 弗洛伊德. 梦的解析[M]. 丹宁,译. 北京:国际文化出版公司,2002:35.

错综复杂,是说梦是经过伪装的愿望满足,由弗洛伊德的论述,我们可以总结出一套梦的分析方法。这的确是一个了不起的发现,拉康认为,此发现的精髓就是:无意识活动就像语言一样遵循规则。在《梦的解析》中,弗洛伊德展示了解梦的几个步骤:

> 第一步:确立梦的"显性结构"和"隐性结构"的区分

显性结构:梦是对潜在欲望的伪装表现,梦的显现内容实质上是一种伪装的、有待解释的内容;

隐性结构:梦的解析的根本任务即揭示隐藏在伪装形象内容之下的无意识或欲望,它与我们通常对梦中内容的解读往往背道而驰。

> 第二步:辨识快乐原则与现实原则的运作

辨认梦境中哪些是对愿望的满足,即本我所遵循的快乐原则的运作,使我的欲望得到保护;哪些是自我所遵循的现实原则的运作,后者表现为一套监督机制,使我难以完全满足。

> 第三步:揭示并还原梦的伪装形式

主要从四个方面入手

A"压缩":极少的显现内容,往往是碎片式的,却有着丰富而深邃的内涵。

B"移置":在梦中,重要的潜在思想常常被不重要的所替代,从中心位置被移开了。对梦的理解要注意那些处于边缘的形象和内容。

C"象征"(或者说,隐喻与转喻):考察梦中各种意象的所指,尤其是那些与性有关的意象。这方面我们大概只能倚仗精神分析学家的研究,但也可以做些类比的猜想。

D"二次加工":在梦中,相当混乱的材料和在现实生活中根本无关的东西,会被加工成连贯的情节,成为一个荒唐但又完整的故事,释梦要注意其间隐藏的真正关系。

我个人特别重视现实原则与快乐原则的矛盾关系,这种关系在弗洛伊德重点解说的一类梦中表现得特别充分,即裸体梦。按照弗洛伊德的说法,裸体梦是对裸体的快乐时光的回归(快乐原则),但是裸体者会发现自己置身人群之中而产生强烈的羞感(现实原则),但是奇怪的是,除开他自己以外,其他人似乎并没有注意到他裸体这一事实(快乐原则),不过裸体者还是想尽办法要去穿上衣服(现实原则)。这就是现实原则与快乐原则的斗争。我们再来看文学作品中的例子。废名的小说《桃园》的结尾与主体部分用了一个空行隔开,似乎是写实,其实是记梦,或者更准确地说,用文学手段营构一个梦:

王老大挟了酒瓶走在街上。

"十五,明天就是十五,我要引我的阿毛上庙去烧香。"

低头丧气的这么说。

自然，王老大是上街来打酒的。

"桃子好吃，"阿毛的这句话突然在他的心头闪起来了，——不，王老大是站住了，街旁歇着一挑桃子，鲜红夺目得厉害。

"你这是桃子吗!?"王老大横了眼睛走上前问。

"桃子拿玻璃瓶子来换。"

王老大又是一句：

"你这是桃子吗!?"

同时对桃子半鞠了躬，要伸手下去。

桃子的主人不是城里人，看了王老大的样子一手捏得桃子破，也伸下手来保护桃子，拦住王老大的手——

"拿瓶子来换。"

"拿钱买不行吗?"王老大抬了眼睛，问。但他已经听得背后有人嚷——

"就拿这一个瓶子换。"

一看是张四，张四笑嘻嘻的捏了王老大的酒瓶，——

他从王老大的胁下抽出瓶子来。

王老大欢喜极了：张四来了，帮同他骗一骗这个生人！——他的酒瓶那里还有用处呢。

"喂，就拿这一个瓶子换。"

"真要换，一个瓶子也不够。"

张四早已瞧见了王老大的手心里有十好几个铜子，道：

"王老大，你找他几个铜子。"

王老大耳朵听，嘴里说，简直是在自己桃园卖桃子的时候一般模样。

"我把我的铜子都找给你行吗?"

"好好，我就给你换。"

换桃子的收下了王老大的瓶子，王老大的铜子张四笑嘻嘻的接到手上一溜烟跑了。

王老大捧了桃子——他居然晓得朝回头的路上走！桃子一连三个，每一个一大片绿叶，王老大真是不敢抬头了。

"王老大，你这桃子好!"路上的人问。

王老大只是笑，——他还同谁去讲话呢?

围拢来四五个孩子，王老大道：

"我替我阿毛买来的。我阿毛病了要桃子。"

"这桃子又吃不得哩。"

是的，这桃子吃不得，——王老大似乎也知道！但他又低头看桃子一看，想叫桃子吃得！

　　王老大的欢喜确乎走脱不少，然而还是笑——

　　"我拿给我阿毛看一看……"

　　乒乓！

　　"哈哈哈，桃子玻璃做的！"

　　"哈哈哈，玻璃做的桃子！"

　　孩子们并不都是笑，——桃子是一个孩子撞跌了的，他，他的小小的心儿没有声响的碎了，同王老大双眼对双眼。

　　王老大的女儿阿毛得了重病，我们确信她一定会死去，但废名没有交代这一点，只隔开一行叙述王老大上街打酒。阿毛似乎并没有死，不然何以还要去上庙烧香；但是阿毛既然没有死，何以王老大已经违背诺言上街打酒了？是因为他不可救药？问题是，整个打酒的情形如此奇怪，卖桃子的一定要王老大拿酒瓶换，不够，要拿零钱补，王老大糊里糊涂的，居然把本来用来打酒的钱给了欠他钱的张四（看到张四他居然"欢喜极了"！后者所欠的钱本来是要用来给阿毛治病的。）这种荒诞已经足以让我们确信这是一个梦境了，接下来我们还看到，王老大买了几个桃子回去给阿毛吃，结果居然是玻璃桃子，人家为此嘲笑他，他似乎也知道，但"还是笑"，想着要拿回去给阿毛，然后终于被一个小孩子撞碎了。这是典型的现实原则与快乐原则的斗争。王老大说了一句明天去给阿毛买东西，阿毛说"桃子好吃"（其实是自言自语），王老大就做了这样一个梦。这个季节是买不到桃子的，他一开始是去打酒，但是因为阿毛要吃桃子就放弃了打酒，酒在小说中的角色是什么？如果我们足够细心，应该不难发现《桃园》的"水面之下"隐藏着一幕家庭悲剧，王老大醉酒晚归，妻子把他锁在门外，王老大发酒疯……究竟发生了什么我们不知道，只知道桃园里多了一座坟。王老大为没有给女儿幸福而愧疚，自己喝酒的恶习就是他愧疚感的对象物，他要为阿毛改掉这一恶习，所以他用酒瓶子换了桃子，如此孩子气地解决了问题。张四根本就不会还王老大的钱，更不用说那绝对不是什么大数目，王老大因为无钱医治阿毛的愧疚又用这种方式安抚了：他的钱自己是给了张四，因为张四帮他换了桃子（注意"简直是在自己桃园卖桃子的时候一般模样"）。但是买桃子终究只是自欺欺人，现实原则拒绝了这一欺骗，让玻璃桃子被一个孩子撞碎在地（"玻璃"就预示着跌碎）。整个这一段是如此典型的梦境，却又如此真实。对王老大而言，一切都难以理解，他所见到的东西莫名其妙，他自己的反应也莫名其妙，但是这整个梦的意旨（弗洛伊德称之为"梦思"）是明晰的——这是王老大愧疚心理的表达，而这种表达并不是单向的满足，而是一边自我哄骗，一面又拆穿这种欺骗。这样的梦境是真能照亮人性的幽暗的，而且梦境的语法——自由跳跃的意象——也与废名的叙述风格水乳交融。我们甚至觉得最后这个梦往前渗透，整部小说都有梦的色彩了。由此，那个神出鬼没的评论者的声音已经不只是韦恩·布斯所说的"隐含作者"，还分明是一个"自我"在发言，这个自我虽然奉行现实原则，却并不一味拷问王老大的灵魂,而是游移于本我和超我之间,有时它严厉而清醒,有时又温柔而稚气。正是因为这种矛盾的存在,这可怜人所经受的磨折才毕现人前。

精神分析学家对梦的研究,给文学界带来的最重要的启示,大概就是我们可以创造一个仿佛置身梦境之中的自我。这样的自我以前当然也有,但是究竟何谓梦境,作家的理解不像今天这样明晰,以前大部分作品都是写主人公在梦中来到一个奇幻的世界,但是人的反应还是跟醒着的时候一样的。而精神分析的研究告诉我们,梦中的自我仍然有理性活动,仍然可以进行各种选择和判断,但是他的情感状态,他看待世界和判断事物的方式与标准,都发生了一种微妙的变化。就像施蛰存的《梅雨之夕》,主人公一边体会一边思考,叙述的节奏优雅而沉稳,仿佛在把这个浪漫的黄昏细细品味,但实际上他不过是梦游一般,任由现实原则与快乐原则争夺对他行动的主宰权。在这两种原则的交错作用下,梅雨之夕成为了观看世界的形式,他在一种如诗如梦的状态中,体会到了一种前所未有的真实感。再如前面分析的《桃园》这一段,要是在现实生活中,王老大首先就会质疑这个季节怎么会有桃子卖,而他作为桃园的主人,又怎会分不清真桃子和假桃子? 但是在梦境中,王老大这种判断力被抑制了,他看起来是竭力想弄个明白,但是他的判断力已经被一种快乐原则压倒,他一心想做点让女儿高兴的事,以稍稍减轻自己的愧疚。但是他的理性仍然出场了,但后者不是识破玻璃桃子,而是让玻璃桃子在地上摔碎了——焦点和过错再次转移,不是王老大买了玻璃桃子而是某个冒失者撞碎了它。……当作家描写这种情态时,就是在探测人心的深度,当人们积累下来的常识被一种巨大的痛苦掏空时,当唯有醉与梦能让人喘一口气时,我们该如何面对这个世界? 我们的清醒与糊涂该如何重新设定? 我们看卡夫卡、余华那类小说,主人公经常就表现出不在状况,这都是从梦的逻辑中得到灵感,所谓的不在状况,其实不过是不在常识状态中,而常识有可能是非常脆弱的。当常识崩塌时,世界仿佛还是那个世界,人仿佛还是那个人,但我们的存在已经呈现出另一面相来。

我们可以在文学中写梦,也可以借用梦的逻辑写文学作品,但是,梦与文学毕竟有着本质的不同。弗洛伊德有关"创作家与白日梦"的论述建立了这样一种逻辑,作家的创作是另一种白日梦,与真正的白日梦不同的,它是用美的方式去表达,同时是一种曲折的表达。这里可以做一点归纳,供大家参考,后面还会有所讨论:

1. 写作过程并非每一环节都由清晰的意识掌控,但由于写作是一个可以不断修改、审视的过程,意识活动的重要性较之夜间梦要大得多。作家所不能控制的是作品的多义性,而非不能理解特定的深层涵义。即便与性有关的深层涵义,也有可能为作者本人所明确地意识到。

2. 夜间梦中的意象是象征性的,它们指向深层意义,本身并不重要;文艺作品则提供具有审美愉悦、思想力度和形式意味的符号,供人们欣赏、玩味。

3. 梦作为无意识的运作是没有历史的,而文艺创作始终在传统与创新、个人意图与符号系统的矛盾结构之中展开,它不仅受到作家个人动机的支配,更受制于整体的文艺世界所提供的可能性。

4. 批评家与作家的关系并非精神病医生与病人的关系。医生以提供对病人心理病灶的"唯一真实"的解释赢得患者的信任和服从,从而解除其精神压力;而批评家面对的首先是读者而不是作家,他关心的首要问题不是动机而是成果,他对作品意义的发掘,目的是要确立作品在特定文化世界中的价值。

汪曾祺六十岁时写了小说《受戒》,坦言这是"写四十三年前的一个梦",也就是做梦的时候是十七岁(小说中明海也是十七岁),正是情窦初开,处在从少年走向青年的当口。我们当然知道,真正做梦是不会做出一个完整的故事来的,如果让弗洛伊德来分析,他也许会说,明海做和尚以及后来明海与小英子在芦苇丛里相会可能是梦中出现过的,其他的都是白天的虚构。因为做和尚、相会都是与性意识相关的,做和尚要禁欲,相会则是欲望的满足,而且在芦苇丛中相会(还记得《大淖记事》里十三子和巧云的相会么,大家还可以联想到韩国电影《漂流欲室》的结尾,那种芦苇丛与女性私密部位的幻化)对弗洛伊德来说是非常明确的性的象征。如果让拉康来说,他会说芦苇丛里有没有发生什么事情并不重要,它就是这样一个象征,或者说就是一个能指(是否有可靠的所指已变得不重要了),是为了四十三年后的回忆者发明的幻象,因为事情也许并不是当初的欲望被压抑,而是为了今天的我们,发明一个过去的欲望。但是我们借鉴弗洛伊德也好,借鉴拉康也好,做精神分析批评当然不能只是分析芦苇丛,而是要分析一个少年人的白日梦如何变成动人的故事。

好,我们先来看,我们已经知道了什么呢?首先,我们知道这只是一个梦,现实生活中男孩和女孩没有能在一起。然后我们知道小说中有一对矛盾,和尚和小英子,或者说善因寺(明海出家的大寺庙)和芦苇丛。和尚意味着禁忌,女孩则是欲望(梦境中没有"爱情"这回事)的对象;善因寺是禁忌的报偿,芦苇丛是欲望的乐园。用精神分析的术语,前一项代表现实原则,后一项代表快乐原则。然后我们再看作为清醒的创作者的汪曾祺做了些什么事情,使得一个梦转化为一个有持久魅力的作品:

梦境		作品
情欲的直接表达	→	两小无猜/和尚身份
现实原则与快乐原则的斗争	→	人性化的习俗与教规
以明海为焦点	→	以小英子为焦点
纷乱的性意识	→	炉火纯青的语言
幽会的性暗示	→	优美的古典意境

白日梦和文学作品比较接近的地方在于它们是更统一的意义体,而夜间梦则往往头绪纷繁,不成篇章。但是,好的创作不是白日梦,而是白日梦的升华,完全按照白日梦的逻辑创作,只能创作出俗套的故事,因为真正的白日梦是通过最俗套的想象去满足期待,只有在夜间梦中和在文学创作中才会出现不一样的东西。在真实的梦境中会有不可预期的模糊而强烈的(性)体验,这个我们已经知道了;现在要说的是,在文学的想象中,有更微妙、更精致、更耐人回味的(性)体验。比方《受戒》中这一段:

> 掰荸荠,这是小英最爱干的生活。秋天过去了,地净场光,荸荠的叶子枯了,——荸荠的笔直的小葱一样的圆叶子里是一格一格的,用手一掐,哔哔地响,小英子最爱掐着玩,——荸荠藏在烂泥里。赤了脚,在凉浸浸滑滑溜的泥里踩着,——哎,一个硬疙瘩!伸手下去,一个红紫红紫的荸荠。她自己爱干这生活,还拉了明子一起去。她老是故意用自己的光脚去踩明子的脚。
>
> 她挎着一篮子荸荠回去了,在柔软的田埂上留了一串脚印。明海看着她的脚印,傻了。五个小小的趾头,脚掌平平的,脚跟细细的,脚弓部分缺了一块。明海身上有一种从来没有过的感觉,他觉得心里痒痒的。这一串美丽的脚印把小和尚的心搞乱了。

这是一种精致的士大夫文化所许可的性体验,与梦中的体验大相径庭,但它同样能够触动心灵。用词素而雅,摹状细腻,既是毫不做作的小儿女情态,又把握住了一种一般小孩子——当然,他们也不是非常小了——体会不到的诱惑,不动声色,却真切可感。需要注意的是,梦中的触觉和小说中的触觉都是非常重要的,它们往往最直接地传达出性意识,却又借助于精美的比喻掩盖了自身。相关内容下文将在"欲望"的题目下继续讨论。

欲望

前面其实一直在讨论欲望。欲望是当代文学研究以及文化研究重要的论题,而精神分析对欲望的研究贡献良多。欲望的拉丁文为 libido(力比多),这个我们可能更熟悉一些。弗洛伊德以力比多来称呼过去那些与包含在"爱"这个名词下的所有东西有关的本能的能量,他认为所有这些(爱的)倾向都是同一类本能冲动的表现。欲望本身是一个中性词,没有欲望倒肯定是贬义的。如果不能表现欲望,现代文学作品只怕要丢掉一大半。有关批评如何分析作品中的欲望,我们这里主要说三个方面。

首先,欲望总是通过伪装得到表达。精神分析对梦的研究告诉我们,梦是欲望的隐秘达成,但是欲望在梦中又总是借助伪装才能够被释放出来。这种伪装至少包括"移置",即顾左右而言他,使欲望的满足被延宕;"象征",即以隐喻或者转喻的方式以他物代替性内容,既形成一种阻挡,更成就一种表达;"升华",将欲望作审美或者道德上的提升,等等。这一点我们不难理解,关键是要用能在实践中灵活运用。我们来看王安忆的小说《骄傲的皮匠》。这是一个上海本地小户人家姑娘爱上外地来的已婚小皮匠的故事。我们直接看男女主人公幽会这一段，想想如果自己写这段文字，会不会因为把欲望的满足想得太直接，把欲望相关物的范围理解得太狭窄，以至于写得血气全无，了无余味：

> 根娣打量着这间素净的小屋，她没想到一个男人也那么会收拾，东西归置得十分齐整。床上的草席，草席下垂着的床单，还有枕头，毛巾被，都是干净平整的。地板拖白了，立了一架风扇，靠墙的三屉桌上有电饭煲，电炒锅，电水壶，显然都是旧东西，这里那里留下疤痕，但也擦拭得锃亮。一个淘箩里盛着些毛豆，是根海的晚饭菜，今天他在外面已经吃过了。这就是孤身在外，男人清寂的禁欲的生活。此时，走进了女人的热烘烘的身体。根娣手里提着一茶缸绿豆百合汤，还温热着。根海接过来，浸在脸盆的凉水里，说：这是我的冰箱。根娣说：你还缺一个电视机，显然还牵挂着方才看的连续剧。根海就把窗户打开，说：电视机在这里。窗一打开，对面窗户里的情景扑面而来，电灯光下，又是一桌麻将，几乎看得见他们的牌。静静看了一会，根海将窗户关上，两人自然拥在一起。两个汗津津的身子，彼此听得见心跳。这一回，根海眼前浮起的不是小弟的脸，而是爷叔那张表情有些凶悍的脸。他将根娣推在床边，两人一起倒下去。

"这就是孤身在外，男人清寂的禁欲的生活"这句话虽然听起来像是"隐形作者王安忆"在一本正经地议论，但这句话本身就撩拨欲望——事实就是，对这个单身汉房间的所有细节的描摹都只是在拖延性爱的发生，因而在某种意义上都是欲望的表达。"走进了女人的热烘烘的身体"，这句话一出现，局面便难以维持。"绿豆百合汤"出现了，"温热着"，根海接过去把它"冰"起来——多么自然的动作，然而都是隐喻，想冷却欲望，却只会进一步激发欲望。那种性的压力越来越大了，于是两人开始胡扯电视什么的，如果这时屋里真有一台电视，反而有点不妙，因为弄不好就真的看电视了（所以约会时没有干扰是如此重要）；还好看电视的想法只是制造了一个开窗又关窗的动作，这一开一关，何其自然而意蕴饱满。没有欲望的压力，何以需要开窗；而当窗户重新关上时，一男一女就由串门转为幽会，心照不宣，水到渠成。最后的推手出现了，脑海中出现了爷叔（借麻将将想到）那张凶狠的脸。王安忆也好，金宇澄也好，笔下都有这种目光炯炯，以怨恨和嫉妒紧盯着他人好事的老男人，但越是紧张和担心，欲望就越是强烈，不要怕他——跟他斗！我们就要在一起！

其次，欲望总是引出对主导权的争夺。法国学者科耶夫解读黑格尔的《精神现象学》，强调的就是欲望（desire）使人成为主体，而欲望是超越于需要（need）的。仅仅满足需要，这是奴隶的哲学。所以欲望往往涉及对主体权利的争夺，我们常常发现，欲望使得一方成为欲望的主体，此主体常表现出压抑对方欲望的倾向，试图使对方成为纯粹的客体。这一点往往与男女问题联系起来，因而成为女性主义批评关注的对象（我们不妨想一想，为什么说人体艺术的时候,大部分情况下都是女性身体)。拉康有个术语"菲勒斯"(本身是阴茎,却被赋予了新的含义,所以一般采取音译),被认为专指"女性的欲望"的,原因是它是一种被剥夺的欲望,仿佛女性不能有独立的欲望,她的欲望只能是对其他事物的欲望(家庭、孩子之类),所以哈姆莱特不能理解母亲为什么有那么强烈的欲望,居然不惜谋杀亲夫,他觉得连带自己都被玷污了。我们看《红玫瑰与白玫瑰》中的王娇蕊,不管她对佟振保怀有何种渴望,她都只能等着佟振保来追求自己,而她表达欲望的方式是重新点燃他丢下的烟头,脸贴着他的外套,默默地发呆。而他终于发起进攻时,却还需要她不理他,越是不理,就越是想要征服。这就是男性与女性的斗争。女性主义批评还会专章讨论,这里我们可以先讲一个例子,来自穆时英《白金的女体塑像》。主角谢医生正经历中年危机,做什么都提不起精神,对男女之事更兴致缺缺,但某天诊所里来了一份通体散发着白金光芒的女病患:

> 把消瘦的脚踝做底盘,一条腿垂直着,一条腿倾斜着,站着一个白金的人体塑像,一个没有羞惭,没有道德观念,也没有人类的欲望似的,无机的人体塑像。金属性的,流线感的,视线在那躯体的线条上面一滑就滑了过去似的。这个没有感觉,也没有感情的塑像站在那儿等着他的命令。
>
> 他说:"请你仰天躺到床上去吧!"
>
> (床! 仰天!)
>
> "请你仰天躺到床上去吧!"像有一个洪大的回声在他耳朵旁边响着似的,谢医师被剥削了一切经验教养似的慌张起来;手抖着,把太阳灯移到床边,通了电,把灯头移到离她身子十时的距离上面,对准了她的全身。
>
> 她仰天躺着,闭上了眼珠子,在幽微的光线下面,她的皮肤反映着金属的光,一朵萎谢了的花似的在太阳光底下呈着残艳的,肺病质的姿态。慢慢儿的呼吸匀细起来,白桦树似的身子安逸地搁在床上,胸前攀着两颗烂熟的葡萄,在呼吸的微风里颤着。

这段话有两点值得注意,首先,以铺张或者说夸张的修辞升华——其本质是掩盖和控制——当下的感性刺激,以使这种刺激成倍地加强并尽可能地解除罪恶感(罪恶感很大程度上是一种被控制感),正是典型的男性的欲望逻辑,后者已被充分地文本化了,活跃于男性写作中。然后,男性总是以窥视的姿态出现,一方面负载着罪恶感,另一方面又极端冷静,能够呈现一切细节。这本身正是欲望的表达方式。女性性感的身体是一个被动的欲望对象,它可以像纯粹的物一样组装起来,而男性则在窥视中扮演着活力赋予者的角色。男性窥视下的女性一定是被动的,这不是女性自身会不会有欲望的问题,而是欲望本身预设了被动的对象,而男性一定会抢占欲望的主导权。对这个原本缺乏欲望的医生来说,使一个没有欲望的身体成为欲望的对象,便成为激活欲望的契机。[1]

我们再来看茅盾的《动摇》。这部作品最让今天的批评者关注的就是革命女性的身体如何成为男性欲望的对象。如小说中的孙舞阳,这是大革命时期联合政权中县妇女协会的一个女干部:

> 这天很暖和,孙舞阳穿了一身淡绿色的衫裙;那衫子大概是夹的,所以很能显示上半身的软凸部分。在她的剪短的黑头发上,箍了一条鹅黄色的软缎带;这黑光中间的一道浅色,恰和下面粉光中间的一点血红的嘴唇,成了对照。她的衫子长及腰际,她的裙子垂到膝弯下二寸光景。浑圆的柔若无骨的小腿,颇细的伶俐的脚踝,不大不小的踏在寸半高跟黄皮鞋上的平背的脚,——即使你不再看她的肥大的臀部和细软的腰肢,也能想象到她的全身肌肉是发展得如何匀称了。总之,这女性的形象,在胡国光是见所未见。
>
> 孙舞阳说着伸了个欠,就把一件破军衣褪下来,里面居然是粉红色,肥短袖子,对襟,长仅及腰的一件玲珑肉感的衬衣。
>
> 孙舞阳很锋利地发议论了;同时,她的右手抄进粉红色衬衣里摸索了一会儿,突然从衣底扯出一方白布来,撩在地上,笑着又说:
>
> "讨厌的东西,束在那里,呼吸也不自由,现在也不要了!"
>
> 方罗兰看见孙舞阳的胸部就像放松弹簧似的鼓凸了出来,把衬衣的对襟钮扣的距间都涨成一个个的小圆孔,隐约可见白缎子似的肌肤。她的豪放不羁,机警而又妖媚,她的永远乐观旺盛的生命力,和方太太一比而更显著。方罗兰禁不住有些心跳了。

有论者这样分析:[2]

> 茅盾早期小说的策略,是将新女性公众的、政治的、进步的生活与她们私人的、浪漫的、情欲的生活相互融合。在五四时期作家的作品中,女人几乎只关注爱情,很少关心革命与国家的命运。
>
> (同时)这是第一次在中国小说中,男性作家以明确的方式赞颂中国女性的性本质与性特征。相对于传统的被封建家长制束缚的女性形象,这些新女性性感的

---

① 也有学者认为,拉康并不在乎性别上的男女,而只是把菲勒斯当成一个单纯的能指。主体失去了欲求的能力,他的欲望对象也只是一个假的对象。唯有当欲望对象变成一个不可能的对象时,才能重新成为欲望对象。这倒很适合《白金的女体塑像》,谢医生已经失去了欲望,对一般的女病人毫无兴趣,但是一个看起来只能作为"审美对象"(就像一尊雕像)的病人,却使他重新产生了欲望,这就是拉康所说的"欲望的根本结构总是使欲望对象成为不可能的".

② [美]刘剑梅. 革命与情爱——二十世纪中国小说史中的女性身体与主题重述[M]. 郭冰茹,译. 上海:上海三联书店,2009:73.

身体,特别是她们的丰乳酥胸成为那个时代的新标志,象征着进步与革命的权力。最典型的例子,如《动摇》中的孙舞阳、《追求》中的章秋柳、《虹》中的梅,都拥有不可抗拒的诱人的身体,她们浑圆的高耸的乳房,毫不畏惧地骄傲地挑战着公众的眼球。

这一分析是"正面"的,是男性作家赞颂女性的身体,但是也有评论者这样分析:①

　　在充满情欲的对于女性身体的视像再现时,乳房是最突出的视点,作者对于这一领域的艺术开拓,最终成为某种"视觉无意识"的寓言:当窥视欲望的满足与政治现实的噩梦交错在一起,集体、原始的色欲宣泄导致暴力与残忍;理性的视点叙述归结为无序与混乱,乳房的象征吞噬了一切。而作者对欲望语言的探索,最终闯入一片无意识的沃原,开出美艳的黑色的蛛网之花。

这一分析与前一分析不同,它更近于文化研究中的"视觉文化分析"。②它不关心乳房能否成为女性解放的象征,而强调描写乳房如何成为视觉的对象,因而成为欲望的对象。对乳房的呈现某种意义上就是一种"偷窥",一种隐藏着强烈欲望的书写。茅盾一边写革命,一边写女性身体,这使他的作品交织着政治叙事和欲望叙事——通俗地讲就是,在男女关系(不仅仅是爱,更是欲)中写政治,在政治斗争中写男女关系。这当然不是说茅盾以革命为名写情色作品,而是这场可以让女性傲然展示身体的革命,让他觉得如此难以把握,只能把欲望与政治两者放在一起写。写作本身既是一种对欲望的升华,又是在欲望关系中争取主动。正如小说中的方罗兰那样,在孙舞阳豪放的举动前完全是被动的,但是他偷窥式的注视却使他成为欲望的主体。他仿佛只是在赞赏女性的生命力,但这不过是"超我"在作用而已。同理,茅盾以自然主义的态度去书写那一代人的幻灭、动摇与追求,这会不会正是男性试图重新掌控局面的努力呢?

再次,欲望本质上是"他人"的欲望。正是因为欲望的核心是成为主体而非可以被某些特定的需要规定的客体,所以欲望的基本特征就是不满足。欲望的主体会很自然地对世界产生全面的占有欲,但是后者无法满足,所以欲望就显现为不断攫取的持续动作。《第一炉香》中,堕落为暗娼的薇龙迷恋于无限的"琐碎的小东西","只有在这眼前的琐碎的小东西里,她的畏缩不安的心,能够得到暂时的休息"。这里我们看到的就是现代人常有的"恋物癖",她必须要不断地追求,才能够维持自身的主体性。然而正如拉康所指出的,欲望不是由"我"决定的,所谓"我"的欲望,其实就是无形的"他人"的欲望。《肥皂》中的四铭,最终也无

① 陈建华."乳房"的都市与革命乌托邦狂想——茅盾早期小说的视像语言——茅盾早期小说视像语言与现代性[M]//哈佛燕京学社,三联书店. 理性主义及其限制. 北京:生活·读书·新知三联书店,2003.
② 有关视觉文化研究的基本理念与分析方法,可以参看罗岗、顾铮主编的《视觉文化读本》(广西师范大学出版社 2003 年版).

法分清究竟是他自己对女乞丐动了邪念，还是女乞丐就意味着邪念，那句"咯支咯支遍身洗一洗，好得很呢!"明明是别人的话(四铭多次申辩)，却理所当然地被认为是四铭的欲望。如果四铭只是饿了，那么这是他个人可以掌控的事情，但是一个女乞丐是否是他欲望的对象，却不是他可以掌控的事情。《白金的女体塑像》中也是如此，"请你仰天躺到床上去吧!"男主人公完全无法控制这句话的性意味，他感觉这不像是自己说的，所以才"像有一个洪大的回声在他耳朵旁边响着似的"。

总之，欲望的有无不是由"我"自己说了算，是否追求欲望也不是由"我"自己决定，"魔法一旦开启就不能暂停"，所以有关欲望的故事很容易造就一种悲剧性的境遇。对这一状况有两种解释，一种解释是拉康和齐泽克说的，是超我在作怪。他们认为超我表面看来道貌岸然，其实又残酷又淫邪，不仅找一切机会来惩罚我们，还会怂恿我们做坏事，我们做了，但只是为了内心平静而不是获得享受，就好像犯罪是为了体验那种被审判的犯罪感一样。这种我们不多说。另一种是勒内·吉拉尔的"模仿欲望"理论，实际上也是从拉康那里演化出来的。吉拉尔是法国人类学家，他有一本书《浪漫的谎言与小说的真实》已译为中文，对我们做文学批评颇有启发。吉拉尔区分了本能和欲望，他指出，我们本能地坚信自己的欲望是每个人所私有和特有的，正是这些欲望把我们同他人区分开来。吉拉尔认为恰恰相反，他使用"模仿欲望"这个概念，将"欲望"的本质定义为"模仿"。举例说，小孩子本来不玩某个玩具，但别的小孩子要玩，他也就要玩了。本来某个男孩子对一个女孩子虽有好感，却长期当哥们相待;但另外一个男生一追求，他就忽然觉得心有所动。这种事情我们经常见到，也有各种各样的理论去解释，尤其经常说"占有欲"。不过占有欲也是欲，占有只是表象，吉拉尔是想解释这个欲到底是怎么回事。他想说的不是仅仅指出一些事实，比方某人的欲望是模仿他人的欲望，而是要提出一个普遍性的论断:非模仿，则无欲望。他用模仿者、介体、欲望对象的三元关系来解说欲望，最生动的环节常在模仿者和介体之间，也就是我与他者之间。在现实生活中我们总以为自己有多特别，而当我们的欲望在文学作品中纤毫毕现时，"小说的真实"就有可能揭穿"浪漫的谎言"，原来我们一直生活在他者的包围中。

吉拉尔的理论显然可以帮助我们理解一些微妙的情感，尤其是为什么某个人会爱上不爱他的人，又为什么一个自恋的人(前提当然是自身条件不错)容易引人追捧。一个人不爱你那么就爱别人，有了那个别人在，你的欲望就有了动力。一个自恋的人爱她自己，她的自己就是你的介体，所以也比较容易引发你对她的欲求。哈姆莱特自己不珍惜奥菲利亚，却不愿意别人比他更爱奥菲利亚(哪怕是奥菲利亚的哥哥);《沉香屑　第一炉香》中乔琪乔是个不肯付出爱的花花公子，葛薇龙却像赌气一样地爱他，养着他;《一个陌生女人的来信》那个痴痴地单恋花花公子的女孩儿，更是经典的案例。不过不难理解，如果我们能从文学作品中举出一些例子来证实这套理论，也能找到足够多的例子来证否它。原因倒不在于它本身不对，而在于"欲望是作为模仿的欲望"是一个原理，而真实情境中的欲望是很多因素混杂在一起的结果，爱、欲、情、理兼而有之，要给出一个清晰的解释并不容易。不过，我们本来就不只是用精神分析理论来解释文学作品中的某个现象，比方他为什么爱她，她为什么不爱他，她和她究竟为什么有如此强烈的敌意，他和他又为什么似乎比他和她更亲密，如此等等；最重要的从来都不是把人的行为解释为欲望的表达与压抑，而是当欲望的表达与压抑被揭示出来时，能够准确地描述人的行为呈现出何种复杂性和生动性，这才是文学批评。

小结

　　不管对精神分析持何种态度，当代批评理论程度都不同地吸收了精神分析有关"无意识"的学说，而且诸如"欲望"、"身体"、"幻想"、"压抑"、"白日梦"、"情结"、"童年记忆"、"创伤"、"焦虑"、"症候"等等也早成为当代文艺批评的行话。再一次强调，精神分析批评需要的是以精神分析的理论为契机，对文本的微妙之处进行富有新意的发掘，而不是用一些半生不熟的概念使文学批评变成医生的病案。但是精神分析批评在某种意义上又确实像是这样的病案，作家在批评家面前尽可能地畅所欲言，批评家重视每一个字，只是不相信作家自己的解释，他以一种特殊的解读技术将整篇文字重新组合，从而获得另一个故事。医生的故事并不能取消作家自己所讲的故事，但是它能让我们明白，写作是一件多么复杂的事，所有的表达都同时是一种掩盖，那些表面看来一目了然的文学文本，其实就像人的内心一样捉摸不定。

本章课后练习

习题一

　　读一读弗洛伊德《陀思妥耶夫斯基与弑父者》一文，看看哪些地方值得借鉴，哪些地方显得牵强？如果你要参考精神分析批评，就陀思妥耶夫斯基写一篇同题文章，会怎么写？

习题二

　　找几篇从精神分析角度评论施蛰存小说的文章，看看它们在思路和方法上能否对你有启示作用。

习题三

　　试读马来西亚作家黎紫书的《生活的全盘方式》，写一则短评。看看能否既引入精神分析的某些概念，又不会让评论变成纯粹的"病理分析"，而是让文学的复杂性与人类心理的复杂性相互阐发。

　　同时请你思考这一问题：在写这则短评时，在何种意义何种程度上，你可以算"读出"文本了？

第十三章
表层与深层(中)：以女性主义批评为例

○ 何谓女性主义
○ 女性主义批评的两种范式
○ 女性形象批评关键词
○ "女性写作"的悖论

　　这一章我们继续展示"表层与深层"这一逻辑对我们"读出文本"有何种价值，我们将以女性主义批评作为典型案例，进行一个从理念到实践的分析。大家会发现，有不少内容与精神分析批评衔接得比较紧。的确，揭示表层的意识活动之下的无意识活动，与揭示表层的人文主义之下的男性中心主义，实在有太多可以相互借鉴、相互阐发的地方。当然，这不仅仅是从文学到文化的向度，也包括从文化回归文学的向度，两者所要面对的难题，都是如何更聪明地处理表层与深层的辩证法。

何谓女性主义

　　女性主义已经发展成为一个极其庞大的知识网络，很难一窥全貌，即便是概论性的介绍也非常棘手，我们这里只说一些基础的东西。下面有关女性主义(Feminism)所做的解说，很多概念的定义都参考了李银河教授《女性主义》一书。女性主义理论与实践一日千里，所以该书有些地方已经有点"过时"，但仍然在必读之列。

> **女性主义的宗旨**
>
> 　　女性主义又译女权主义，最早出现在法国，其宗旨是在全人类实现男女平等。所有的女性主义理论都有一个基本的前提，那就是：女性在全世界范围内是一个受压迫、受歧视的等级，即第二性。

　　今天仍然是以男性为主导的社会，对此应该不会有太多争论。就中国大陆而言，1949年以后，女性在法律上已经与男性拥有了同等的地位，这是一个巨大的进步，但是女性的问题并不只是一个法律上的平等问题，也不只是女性在家庭中是否有话语权的问题。虽然在很多地方男女享有同样的受教育权利，并且在理论上有着同样的工作机会，但在现今大多数行业中，男性都占据着主导地位。即便是最不强调男性生理优势的学术界，女性总体而言也只能起到辅助的作用。

演艺界的情况好一些,但是同等级别的女星的身价仍然很难与男星相比。由于"政治正确"的压力,现在越来越多影视作品中女性在传统由男性主导的行业中所处地位不断增大,尤其是英美剧中的罪案剧,就出现了不少以女性为第一主角的优秀作品(如吴珊卓、朱迪·科默主演的《杀死伊芙》),但是我们毕竟不能直接拿影视作品的戏剧化表现衡量现实。现在常见诸如女孩子当街打男朋友耳光,后者跪在地上不敢起身的报道,仿佛女性已凌驾男性之上,实则一来这类事情本身就不是女性追求的目标,而恰恰可能成为将女性妖魔化的工具;二来它们也正是因为稀罕才引起媒体兴趣。作为身体条件上的弱者,女性是特别需要公权力保护的,所以绝大部分家庭暴力仍然是男性所为,尤其是那些经济文化相对落后的地区(当然,我们在这点上不能强调过分,否则也是政治不正确)。更何况,男性的霸权并不总体现于赤裸裸的暴力,有时丈夫半开玩笑的一句"shut up"(如海明威《雨中的猫》),或者各种昵称"小松鼠"、"小鸟儿"(易卜生《玩偶之家》),便是男性霸权的体现。即便某位女性说大男子主义的男人更像男人,前提也是要有一种大男子主义存在。人生来平等,这是绝对正义,不管某个具体的人如何理解和安排自己的生活,她也总有可能认识到那种绝对意义上的不平与不公(即总是觉得某些事是"不对"的,不管就它可以说出多少道理)。她没有能力——或许也没有必要——反抗所有的宰制或者霸权,但是在她亲历与亲证的某一领域,将此宰制与霸权揭示出来,却是理直气壮的事情。

Sex 与 Gender; Femininity

对 Sex 和 Gender 的一种区分是,Sex 指生物性别,Gender 为社会性别,西蒙妮·德·波伏娃在《第二性》中确立这两个概念的区分,即:"一个人并不是生来就是女人,而是逐渐变成了女人;正是作为一个整体的文明造就了女人这个生物。"现在大学里有"性别研究"这个专业,一般属于"文化研究"的范畴,这里的性别就是 Gender。除此之外还有另一种区分,说Gender 比较强调的是女性主义的那些论题,主要是男女关系问题;而说 Sex 的时候一般为性别研究,也就是人的性别意识的问题。后者本来被认为不是问题,现在却引起越来越多的人注意,比方说一个人生理上是男性,但是心理上觉得自己是女性,那么他/她就会面临性别认同的难题。这其实已经不只是重男轻女或者重女轻男的问题,而是何谓男、何谓女的问题。对大多数人来说这种追问不会出现,然而一旦出现就很难轻松解决。以前人们把这当疾病处理,现在有不少人倾向于将其正常化。但是仅仅做一个空洞的表态不等于万事大吉,很有一系列棘手的难题需要解决,文学有责任就此提供自己的观察与思考。

Femininity 指"女性性质",女性主义者一部分人强调这一概念,也有一部分人予以抵制。后者的主体是女性主义的法国学派,这一学派以福柯和拉康的理论为依据,强调女性是"被构成"的。正如拉康所指出的,女性身份和男性身份只是一些能指的游戏,根本没有可靠的生理和心理依据,就像厕所门上的标志一样。一个女人之所以是女人,只是因为她必须不同于男人而已。法国女性主义者认为坚持这一点才能动摇男性与女性的等级二元对立,但是英美女性主义者却担心这一观念是否会削弱女性主义的斗争力量,因为假如女性本身就是一个虚构，为女性权利而斗争又从何谈起？岂不是理论上越激进，行动上越保守？而且就文学研究来说，假如一部作品的女性特征（女性视角、女性气质、女性心理、女性修辞，等等）不再是需要认真探究的，我们又如何支持和推进"她们自己的文学"？由此可以看出女性主义在理论上的纠结，"让女人成为女人"这句话，到底是女人的宣言还是男人的圈套呢？

男权制（即男性中心主义，Androcentrism）

男性统治 在一个社会中，一切领域的权威位置都保留给男性，用男性的标准评女性。男权制认为男女的差别是自然的，男性的统治也是自然的。男权制是一个控制女性的性别结构，男性对资源的控制限制了女性的选择。

男性认同 核心文化观念关于什么是好的、值得向往的、值得追求的或正常的，总是同男性和男性气质联系在一起，女性与女性气质则是次等的。女性的美丽被视为男性欲望的对象，女性气质尤其是母性往往被浪漫化。

女性客体化 在男性事务和交易中将女性用作客体。限制和阻碍女性的创造力，不让女性接触社会知识和文化成就的很多领域。

男权制的思维模式

两分思维：非此即彼的思考方式，将所有的事物分为黑白两极，忽略中间状态，如阳刚与阴柔、主体与客体、理智与情感、心灵与肉体、善与恶等；

线性思维：时间和历史依线性前进，忽略循环，认为现在永远优于过去；

等级思维：热衷于评价，忽略只是不同、没有高低之分的事物。

可能我们会对上面的区分很有共鸣，但有些同学（包括女同学）可能会问：为什么那么多问题都要男人来负责？要说的是，就其宗旨而言，女性主义并不以男性为对立面，而是以男权社会、男权文化为对立面。一场有关女性解放的斗争不只是让女人有权利做男人的事情，因为我们现在的男人和女人都是同一个男权社会的产物。举个例子，枪的逻辑是持枪者可以手指一勾便夺走他人的生命，不管枪掌握在强者还是弱者的手里，这个逻辑都是不变的。我们经常会质疑为什么某些人会成为持枪者，却很少反思人为什么会屈从于枪的逻辑，即为什么会屈从于那种不是靠肉搏而是手指一勾就取人性命的冲动。所谓男权社会，并不是说到处都是男人主导一切，男人奴役女人，而是说这个社会处处隐含着男性/女性隐秘的等级二元对立关系，这一对立关系历史悠久、根系庞杂，既参与造就了我们今天的文明，也阻碍了我们获得新的发展（正如本雅明所说，一切文明的记录同时是野蛮的记录）。要改变这一状况，或至少是为这一状况的改变创造可能性，需要男性和女性齐心协力。不在于鞭子在谁手里，重要的是把鞭子丢开，不管这鞭子是实际的政治权力，还是某种似乎天经地义的习俗与传统。

可能有人会质疑说，这样的男女两分的思维，本身不也是男权制的思维模式吗？对那些问题的反省与批判，不也是很多男人走在前面吗？的确，这里有一个悖论：如果完全放弃对立思维，斗争的对象会模糊，斗争也会减损力量；但如果对立思维太强，则有可能迫使女性成为男性。这些悖论并非没有解答或者说应对的办法，但它提醒我们要特别注意女性主义所面临的一种困境：一方面，如果女性的身份太清晰，会很容易被利用；另一方面，如果身份太模糊，又很容易被无视。这并不是给出女性主义不成立的理由，而只是显示做一个女性主义者的难度。我们可以说，矫枉必须过正，以公正为目标的变革很少以所有人都觉得最平衡、最妥当、最理所当然的方式进行；或者也可以说，深刻的困境是由深刻的不公造成的，女性的斗争不可能毕其功于一役，必须落实为具体的策略和阶段，一步步地推进，对男权社会的批判正是现阶段恰当的任务。不管怎么说，女性主义者以及她们的同盟者都任重而道远，因为斗争所要的不仅仅是重新分配人们已经有的东西，更是要创造人们应该有、可能有的东西。

女性主义批评的两种范式

女性主义批评自然是将女性主义的基本观念贯彻到文学批评中去的批评思路及相关方法。需要指出的是，女性主义批评虽然现实针对性很强，最引人注目的却常常是一系列争论不休的抽象问题。女性一直被认为是不喜欢也不擅长理论的，但是女性主义批评却是典型的"理论批评"，而且从事女性主义批评的女学者，往往给人争强好辩、咄咄逼人的印象。哈罗德·布鲁姆就满腹牢骚地将女性主义批评归入"怨恨学派"，即通过煽动对男性的怨恨来进行文学批评。有些人的态度虽然没有这么激烈，但也认为批评应该只面向作品，不用管任何主义，而女性主义批评明显是主义先行。我个人赞同后一种态度，但必须声明，这种搁置主义的做法不是唯一正确的选择，而只是某些非女性主义者的策略选择。好的女性主义批评本来就不是以主义代替分析，以立场决定价值，而是利用文学批评打磨女性主义本身，使其更有观察力、同情心和想象力，更能够应对难题，这是非常值得期待的。如果连这都不能接受，倒真有点像是男性中心主义了。

不管我们是否喜欢，女性主义批评早已站稳脚跟并且开枝散叶，成为任何有关"当代文论"、"当代批评理论"的著作和教材所必不可少的内容。在这些著述中我们随处看到，女性主义文学批评不是为了在道德上占据一个制高点，以觉醒者的身份控诉文学世界中随处可见的性别偏见，而是要辨识男女等级二元对立关系所造成的种种压抑、遮蔽、扭曲，发掘那些从未被恰当言说的经验，看是否在某处隐藏着能够促成规则改变的因子，可以通过某种批评实践去激活、培育并最终实现某种程度的改变。这种改变必然是双重意义上的，既是一种社会关系的改变、文化的改变，又是文学新的可能性的发现。这一工作有着显而易见的困难，因为并没有一套全新的语言作为女性主义批评的思想武器，仅仅宣告自己是女性主义者并不解决问题，批评者只能在实践中一点点地积累经验；但是可以肯定的是，这并不只是女性的工作，也不只是"为女性"的工作，而是文化自身所提供的一种反省的可能性。有论者怀疑男性能否像女性一样阅读，那么我们要说，根本没有现成的"像女性一样阅读"，有价值的是实践一种"在性别意识参与下的阅读",问题的关键不是男人还是女人,而是性别意识如何能成为发现的契机而非只是用来支持对立。

当代女性主义批评流派纷呈,很难给出一个简单而清晰的描述,常见的分法是分为"英美学派"和"法国学派"。前者以肖瓦尔特、桑德拉·吉尔伯特和苏珊·戈巴等人为代表,后者以朱迪斯·巴特勒、陶丽·莫伊等人为代表。前者强调通过文学研究重新发现被歪曲、遮蔽的女性形象与女性经验,后者则受拉康、福柯等结构主义、后结构主义理论家影响,后现代主义色彩浓厚,擅长就性别意识展开复杂的理论思辨(因此与"酷儿理论"关系密切)。两派多有合作,也颇见分歧。相对于后者来说,英美学派常被认为是本质主义的;而相对于前者来说,法国学派的理论操演又过于玄奥,过于学院化。我们可以根据自己的兴趣爱好有所偏重,但就本科阶段来说,还是应该以向英美学派学习为主(也包括波伏瓦)。

英美学派的女性主义批评家伊莱恩·肖瓦尔特(Elaine Showalter)将女性主义文学批评分为两大类。

第一类是女权批评,关注的是"作为读者的妇女",即"作为男人创造的文学作品"的消费者。这种批评方法的重点是"以当代女性的眼光重读文学经典中的女性形象",即所谓女性形象批评。当代女性形象批评首先是批判性的,往往选取表面看来赞颂女性的作品,或与此相反相成的对女性难以抑制的疑惧、敌视与怨恨(所谓"厌女",misogyny),重在揭示这种赞美或厌恶不过是基于某种男性想象或神话,是将具体的女性化约为某一类她们"理当"拥有的品质,并借以实现男性的自我救赎。形象批评的积极功能是总结作家为建构新的女性形象所付出的努力和所取得的成果,男性作家如果能够提供让人耳目一新的女性形象,也应受到批评家的重视。

第二类是女性批评,关注的是作为作者的妇女,即研究作为生产者的女性,研究由女性创作的文学的历史、主题、类型和结构。这种批评方法以女性的写作为中心,关系到某种意义上的女性亚文化的建构,即肖瓦尔特所谓"她们自己的文学"。肖瓦尔特认为这是女权主义文学批评的重点所在,但是毫无疑问,这是更难的工作,尤其考虑到"女性性质"本身还是聚讼纷纭的主题。

女性主义近年来的发展,除"后现代转向"外,值得注意的是它与其他批评视野的融合,比方说与后殖民主义批评融合形成后殖民主义女性主义批评,即在后殖民语境中讨论女性主义问题,更直接地说是怎么把家国问题与女性问题搅在一起,揭示女性的多重困境。或者是女性主义批评与种族批评结合,形成诸如黑人女性主义批评等分支。而在就一些最新的话题如"后人类"等的讨论中,在对科幻文学、科幻电影的批评中,女性主义也总能够及时介入并且获得有价值的成果。比方说现在就有"赛伯格女性主义"的说法。试想,一个看过《银翼杀手》系列电影的人,谁能够完全不在意片中男性与女性的关系呢?总体而言,女性主义批评更像是一个枢纽性的平台,可以吸纳各种理论资源和批评传统,使它们在新的关切下汇聚到一起。而这个关切,首先是政治关切,缺少了对女性政治权益的关切,女性主义批评也就成为概念游戏。虽然由于这种政治关切非常明显,女性主义批评受到了很多质疑,但是作为当代理论与批评最为活跃的领域之一,其知识生产的潜力和政治能量都不可低估。

女性形象批评关键词

女性形象批评应力求避免简单化的毛病。在所有文学作品中看出"女性被男性设计、利用和占有"是必要的,但是只有少数文本值得以文学批评的细读方法去做深入的剖析。这意味着我们不能满足于将形象类型化,而应通过深入的文本分析,准确把握特定形象的内涵。下面我们将借助于一些关键词展开分析。

父权/夫权

有关父权/夫权的研究,要旨是女性如何依附于男权。在这方面,中国两位女性学者戴锦华、孟悦的《浮出历史地表》(1989)有开创之功,其主张在下面一段话中可以见出:

> 在文学中,也是在现实中,女性们只有两条出路,那便是花木兰的两条出路。要么,她披挂上阵,杀敌立功,请赏封爵——冒充男性角色进入秩序。这条路上有穆桂英等十二寡妇,以及近代史上出生入死的妇女们。甚至,只要秩序未变而冒充得当,还会有女帝王。要么,则卸甲还家,穿我旧时裙,着我旧时裳,待字闺中,成为某人妻,也可能成为崔莺莺、霍小玉或焦仲卿妻,一如杨门女将的雌伏。这正是女性的永恒处境。否则,在这他人规定的两条路之外,女性便只能是零,是混沌、无名、无意义、无称谓、无身份,莫名所生所死之义。

以此看法解读左翼文艺的代表作品《白毛女》,则有以下结论:

> 喜儿的形象在描写翻身女性的作品中是一个最初始也最恒久的原型。
> 最能体现"女性被讲述"传统的不在于喜儿被置于一个被描述和观看的客体的位置上,而在于讲述的方式是传统男性中心文学惯例的沿用。从故事结构上看,喜儿早先和睦的妇女之家被拆散、爱情遭到粗暴的截断,从此沦落地狱般的黄家备受折磨,最终被救还的过程,俨然是无数善恶王国争夺价值客体的故事中的一个,喜儿的遭遇落入了模式化的功能的限定:她注定被抢走、注定不会死掉、注定会被拯救,她的功能就是为了引发一个救生并寻回的行动。从女性原型上看,喜儿与睡美人、灰姑娘那些由男性赋予价值和生命的原型相类,她与她们都在一个深藏、隐秘、洞穴式的神秘空间中等待,直到某一天某王子来到,将她发现、唤醒,由鬼变成人,由贱者变为尊者。喜儿的翻身解放就这样在对通话模式的沿用中,带着全副男性中心的文化传统信息,成为当代妇女解放神话的一部分。像童话故事一样,这神话并不是为女人而存在的。

喜儿的形象在不断修改中越来越趋于重返其"女儿阶段"……到了最后我们看到的舞剧中,喜儿已从一个受尽凌辱的母亲还归为处女。她注定要保持处女之身以便从生父手中移交给再生的象征的父亲,以便保持妇女关系的超越一切的神圣性:在父作出允诺之前,她只属于父亲。

这类对父权/夫权形象的批评当然也有可能受到批评,就《白毛女》来说,虽然我们很难反驳上述解读,但是这一解读也不能取消"正统"解读的合理性,如果完全否定阶级斗争的价值,也就放弃了女性解放的可能性。我们经常会看到这种情况,一种父权制的秩序所支持的不仅是所有权、暴力、歧视等,也支持了美德与温情。比方李安导演的"父亲总是对的"系列电影,如《喜宴》《推手》《饮食男女》这几部,如果把父权制作为批判对象展开猛攻,有可能难以触及作品最有意思的部分;但是反过来,果真认为"父亲总是对的",同样难以把握作品内在的张力。这个时候就需要"作为读者的女性"同时表现出敏锐、通达与平衡。如果我们观察得足够仔细,会发现冲突并不是以父亲与儿女任何一方的胜利告终的,生活以其深沉的力量修正了每一个人,而生活本身也会得到修正。一部作品取得成功的重要标志,是在其起始处与结尾处,同一个问题会有不同的问法,显出不同的内涵与深度,而这是因为我们原先对冲突的想象在作品的情感结构中改变了形状,从而显示出未来新的可能性,文学批评就是要展示这是如何发生的。这一点对下面的论题同样适用。

天使/魔鬼

所谓天使或者魔鬼,其实是女性在男性成长过程中所扮演的角色。这两个角色看起来截然对立,其实是相通的,男人的成长需要一个天使来指引,并且要能抵挡住魔鬼的诱惑。在色诺芬的《回忆苏格拉底》(第一章)中,苏格拉底讲述了处在岔路口的赫拉克勒斯的故事。年轻的赫拉克勒斯恍惚间来到一个岔路口,面前站着两个女人,一个用美丽的肢体对他进行"堕落的诱惑",另一个则指引他去追求"高尚的美德"。赫拉克勒斯经过一番艰难的思索,决心追随后者。男性往往以女性为材料,进行灵与肉的抉择,以完成一个自我拯救与升华的故事。男人以自己的想象塑造女人,将女人脸谱化、漫画化,不管感情态度是赞美还是贬斥,内在逻辑都是一样的。

女性的天使形象,徐訏的《鸟语》有典型的描画。里面那个只能跟鸟儿交流的女孩子,就是一个不食人间烟火的天使形象。这个女孩子在男主人公思想陷入困惑(以神经衰弱为标志)的阶段出现,以其对自然的感悟力引领男孩子体会不一样的人生境界。最后小说以牧歌式的悲剧情调结尾,女孩子皈依宗教,男主人公则以放弃和尊重收获了成熟。与之相近的作品有很多,男主人公常常是个作家,女主人公则有美好的身体、天真的个性和纯洁的灵魂,男主人公对女主人公的身体有憧憬,但最后总能克服欲望,到达精神的较高境界。再举郁达夫的《春风沉醉的晚上》为例。男主人公是个作家,女主人公则是烟厂女工。作家常常晚上出去散步,女孩子以为他不走正道,于是有了一番对话:

讲到了这里，又忽而落了几滴眼泪。我知道这是她为怨恨 N 工厂而滴的眼泪，但我的心里，怎么也不许我这样的想，我总要把它们当作<u>因规劝我而洒的</u>。<u>我静静儿地想了一回</u>，等她的神经镇静下去之后，就把昨天的那封挂号信的来由说给她听，又把今天的取钱买物的事情说了一遍。最后更将我的<u>神经衰弱症</u>和每晚何以必要出去散步的原因说了。她听了我这一番辩解，<u>就信用了我</u>，等我说完之后，她<u>颊上忽而起了两点红晕，把眼睛低下去看看桌上</u>，好像是怕羞似的说：

"噢，我错怪你了，我错怪你了。请你不要多心，我本来是没有歹意的。因为你的行为太奇怪了，所以我想到了邪路里去。你若能好好儿的用功，岂不是很好么？你刚才说的那——叫什么的——东西，能够卖五块钱，要是每天能做一个，多么好呢？"

我看了她这种<u>单纯的态度</u>，心里忽而起了一种<u>不可思议的感情</u>，我想把两只手伸出去拥抱她一回，但是我的<u>理性</u>却命令我说：

"你莫再作孽了！你可知道你现在处的是什么境遇，你想把这<u>纯洁的处女</u>毒杀了么？<u>恶魔，恶魔</u>，你现在是没有爱人的资格的呀！"

我当那种感情起来的时候，曾把眼睛闭上了几秒钟，等听了理性的命令以后，我的眼睛又开了开来，我觉得我的周围，忽而比前几秒钟<u>更光明</u>了。对她微微地笑了一笑，我就催她说：

"夜也深了，你该去睡了吧！明天你还要上工去的呢！<u>我从今天起，就答应你</u>把纸烟戒下来吧。"

她听了我这话，就站了起来，<u>很喜欢地回到她的房里去睡了</u>。

她去之后，我又换上一支洋蜡烛，<u>静静儿地想了许多事情</u>……

加下划线的句子无不基于并强化了这一组对立关系：男性/女性、理性/感性、复杂/单纯、精神/身体、承诺/被承诺、负责/被负责……在此春风沉醉的晚上，女人像个单纯的女儿（"很喜欢地回到她的房里去睡了"），而男人选择了孤独，也就选择了成熟。这是一个美好的故事，可以被用来表达人和人之间美好的情感，但它同样是一个百分百的男性中心的故事。美好的情感不会因为男性中心而被否定，但是反过来也是如此。

我们再看张贤亮的小说《绿化树》。这是一个知青下乡的故事，小说中有这么一段，写的是主人公章永璘与乡下姑娘马缨花的故事：

她不用低头，刚好在我颌下一针针地钉着扣子。她的黑发十分浓密，几根没有编进辫子里去的发丝自然地鬈曲着，在黄色的灯光下散射着蓝幽幽的光彩。她的耳朵很纤巧，耳轮分明，外圈和里圈配合得很匀称，像是刻刀雕出的艺术品。我从她微微凸出的额头看到她的眉毛，一根一根地几乎是等距离地排列着，沿着非常优美的弧形弯成一条迷人的曲线。她敞着棉袄领口，我能看到她脖子和肩胛交接的地方。她的脖子颀长，圆滚滚的，没有一条皱褶，像大理石般光洁；脖根和肩胛之间的弯度，让我联想到天鹅……此时，那种强烈的、长期被压抑的情欲再也抑制不住了，以致使我失去了理性，就和海喜喜把我悬空抢起来的时候一样，于是，我突然地张开两臂把她搂进怀里。我听见她轻轻地呻吟了一声，同时抬起头，用一种迷乱的眼光寻找着我的眼睛。但是我没敢让她看，低下头，把脸深深地埋在她脖子和肩胛的弯曲处。而她也没有挣扎，顺从地依偎着我，呼吸急促而且错乱。但这样不到一分钟，她似乎觉得给我这些爱抚已经够了，陡然果断地挣脱了我的手臂，一只手还像掸灰尘一般在胸前一拂，红着脸，乜斜着惺忪迷离的眼睛看着我，用深情的语气结结巴巴地说：

"行了，行了……你别干这个……干这个伤身子骨，你还是好好地念你的书吧！"

啊！……我踉踉跄跄地跑回"家"。我头晕得厉害，天旋地转。我摸到墙边，没有脱棉袄，也不顾会把棉花网套扯坏，拉开网套往头上一蒙，倒头便睡。

不久，小土房里其他人也睡下了。老会计在我头顶上灭了灯，唏唏溜溜地钻进被窝。万籁俱寂。我想我大概已经死了！死，多么诱惑人啊！生与死的界限是非常容易逾越的。跨进一步，那便是死。所有的事，羞耻、惭愧、悔恨、痛苦……都一死了之。我此刻才回忆起来，在此之前，我什么都设想过，甚至想到她会拒绝，打我一耳光，但绝没有想到她会说出那样一句话把我带有邪气的意念扑灭。

"你还是好好地念你的书吧！"这比一记耳光更使我震撼。灵魂里的震撼。这种震撼叫我浑身发抖。

那个声音又像山间的回声似的响了起来，带着鬼魂特殊的嗓音，瓮声瓮气地："到天堂去吧！到天堂去吧——去吧——去吧——"

"天堂在哪里？"我头颅上淌着冷汗，但我脑子里并没有一丝恐惧，"天堂在哪里？"我用责问的语气大声地喊，"哪里有什么天堂？我不信什么鬼上帝！"难道我死了还要受欺骗！

"超越自己吧——超越自己吧——超越自己吧……对你来说，超越自己就是你的天堂——天堂——天堂——超越自己吧——超越自己吧——超越自己吧——"

这一句话，突然使我流泪了。浑浊的泪水滴滴嗒嗒地滚落到我头颅下的浓雾中。是的，"超越自己吧！"这声音不是什么鬼魂的声音，好像是我失落了的那颗心发出的声音。

"超越自己吧！超越自己吧！超越自己就是天堂——天堂——天堂——""啊！我怎么样才能超越自己呢？"我绝望地哭叫，"在这穷乡僻野，这个地方和我一样，好像也被世界抛弃了！我怎么样才能超越自己呢？""要和人类的智慧联系起来——要和人类的智慧联系起来——联系起来——联系起来——那个女人是怎么说的——怎么说的——怎么说的——"

那个声音越来越小，好像离我越来越远，最终完全消失了。我的头颅大汗淋漓，像一颗成熟的果子似的力不可支地坠入到浓雾下面，仿佛刚才是那个声音使我的头颅悬浮在空中一样。我觉得我的头颅掉在一片潮湿的泥地上，柔软的、毛茸茸的藓苔贴着我的面颊；还有清露像泪水似的在我脸上流淌。那冰凉的湿润的空气顿时令我十分舒畅。

而这时，巨大的森林里重归宁静，浓露也逐渐消散，树冠的缝隙开始透下一道阳光，像一把金光灿灿的利剑，从天空直插到地上。与此同时，大森林里不知从什么方向，轻轻地响起了……的钢琴声。啊！那是命运的敲门声！好像是惊惶不安，又好像异常坚定。一会儿，圆号吹出了命运的变化，一股强大的、明朗的、如阳光下的海涛般的乐声朝我汹涌而来，我耳边还响起了贝多芬的话："我要扼住命运的咽喉，决不能让命运使我完全屈服……啊！能把生命活上几千次该有多美啊！"

……我完全清醒了。我发觉我泪流满面，泪水浸湿了我头下的棉网套。在棉网套下，我摸到了一本精装的坚硬的书——《资本论》。

现在我们很少人会这样写作了，但当时还是感动了很多人。在学习了精神分析批评之后，再来看这段文字就更清楚：这个男主人公完全是将女性的诱惑作为精神的炼狱——位置在地狱与天堂之间——来看待。他将每一处身体的诱惑都转换成精致的、书卷气十足的比喻，但仍然只是激发而非控制住了情欲；而当他经过一番性高潮似的精神震荡之后，最后摸到的是一本如男性象征般的《资本论》。可以想象，摸到这本书时，男主人公顿时觉得恢复了理性，恢复了对女性身体与柔情的抵御能力。于是我们不难理解，值得用文学作品来分析的男性中心主义，往往不是简单的男性用暴力手段欺凌女性，而是男性如何将女性符号化，将她们作为手段或桥段，以演绎自我成长的悲喜剧。

将女性作为天使与将女性作为妖魔，有时候是一种明火执仗的偏见，有时候则隐晦得多，对之进行深入分析的关键在于她们与男性成长的关系。方方小说《风景》中的那几位女性，就直接影响着男性的成长，尤其是"大哥"：

母亲跟男人说话老使出一股子风骚劲。她扭腰肢的时候屁股也一摆一摆的像只想下蛋的母鸡。母亲的眼光很独特。从那里面射出来的光能让全世界的男人神魂颠倒。母亲在白礼泉面前从无顾忌。白礼泉的老婆漂亮苗条是他手掌上的明珠，但明珠生不出一个孩子而母亲却一气生了九个。这使得母亲常常嘲笑白礼泉而且一直要笑到他无地自容为止。无地自容的结果便是抬起头来同母亲调情。

母亲弯下腰切菜时，她的乳房便像两只布袋一样垂了下来。白礼泉站在母亲背后将双手绕着母亲，然后细长的手指便捏揉起那两只布袋。母亲不理会他的动作,只是嘴里假骂道馋猫馋狗馋猪之类。白礼泉挨着骂手指却依然熟练而快速地运动。他的手越来越灵活,活动的地域也越来越广,母亲不由得兴奋地咯咯大笑。就在这个时候躺在床上的大哥醒了。大哥没吭气只是长长地打了一个呵欠。

枝姐比大哥大九岁,早过三十了。可是枝姐因为没有生小孩便依旧一副粉脸含春的少女模样。枝姐珠黑睛亮,眉若新月,随意瞟人一眼,便见得柔情如水似的娇羞。这对于青春勃发的大哥自然如铁遇磁。

从那天起,枝姐老是上半天班。不是病假就是调休什么的。最先察觉的是母亲。母亲一字不识但直感却像所有杰出的女人那样灵敏。母亲对大哥说:"你小心那骚狐狸。她要勾引你哩。"大哥说:"就不会说我在勾引她?"母亲说:"你这王八蛋小子简直和你父亲一个样。"大哥说:"那女人简直跟你一样。"母亲说:"怎么跟我一样?"大哥说:"见男人就化了。巴不得上钩。"母亲说:"你小心点,她男人别看骨瘦如柴,倒也不是个好惹的货。"大哥说:"未必比我父亲还厉害一些?"母亲说:"你那天看见了什么?"大哥说:"什么都看见了。女人不值钱。"母亲便身体后倾着朗声大笑起来:"好小子,有出息。你老娘可没让他占多少便宜。你得比白礼泉高明点才行。"大哥也笑了,说:"那当然。我儿子大概已经在她肚子里了。"母亲惊喜地问:"真的?"

这位母亲与其说是妖魔,不如说是地母(我们不难想到奥尼尔的戏剧《大神布朗》),粗鄙,却有一种勃勃的生气。在小说中,她虽野性十足,却是名副其实的母亲,在危急的时候能将儿女庇护在羽翼之下,虽然这庇护相对于时代的暴风雨而言是太虚弱了。关键在于,就大哥的成长而言,母亲和枝姐一样,都是男性欲望的维护者,只是前者教导,后者刺激。可能有读者认为,这两个女性的存在表明女性可以像男性一样主宰自己的欲望,但问题的焦点从来都不是欲望是谁的,而是故事是谁的。男人一样的母亲培养了大哥彪悍与粗俗的男性气质,而此气质又与底层社会的生命力形成表里,方方欣赏这种气质和生命力,她也敢于忠实地描述其遭受毁灭的过程,由此体现其现实主义立场——但与此同时,这也是她的男性中心主义,因为她将女性简化为欲望和生命力,并非是要赞美女性,而是为了展开男性成长的故事。这个男性未来要经历真正的挫折,得到生活血的教训,但是在女性的问题上他没有学到什么,他只知道有圣女一般的女性和像他母亲这样地母一般的女性,他并不懂女性的复杂性。应该说,这种非常男人气的故事十分"带感",在《风景》问世的年代尤其令人耳目一新,但是今天我们已经可以问这样的问题,将女性作为男性欲望故事中的对象物或者教科书,将女性神化为圣女或者地母,这种写作仍然是有效的吗?

欲望:主体与客体

在上一章中我们讨论过欲望问题。所举作品《白金的女体塑像》本身也是女性批评的好材料。女性批评格外关注文学作品中的女性是如何被看的。男性总是以窥视的姿态出现,一方面隐隐带着罪恶感,另一方面却又极端冷静,能够呈现一切细节。这本身正是欲望的表达方式。女性性感的身体是一个被动的欲望对象,它可以像纯粹的物一样组装起来,而男性则在窥视中扮演着活力赋予者的角色。并非有欲望然后窥视,而是窥视就是欲望的原型,因而窥视是不能被其他活动代替的。而男性窥视下的女性一定是被动的,这不是女性自身会不会有欲望的问题,而是欲望本身预设了被动的对象,而男性一定会抢占欲望的主导权。

在这个问题上,苏青的短篇小说《蛾》是一篇很有代表性的作品。小说描写女主人公等待情人到来,有大量的篇幅直接表达欲望,但女性的欲望表达却是被禁止的,于是我们看到女主人公好像突然失去了嗓音。女性的呐喊不是显示欲望,而是显示欲望已被剥夺。女性被认为只能以男性的欲望为欲望,但这并非绝对如此。即便女性不能把握占有,至少可以把握毁灭。

> 刹那间,黑暗与僵冷,寂静与恐惧,一齐袭击到她身上来了。她觉得自己的膝盖已经冷得发抖,但是她得用力支持着,深恐一不留心会乘势跪下去,向全世界的人类屈膝。她想:她是只肯向上帝求救,而决不肯向这个庸俗的世界屈膝的。

> 但是今夜里上帝似乎也冷酷得很。他像是冰块塑成的东西,晶莹洁白得连尘埃也染不上。他不能接触热情,她的热情才一流向他,他便溶化了,很快的变成水。她怕水。她常把自己的心境比做蔚蓝的天空,可以挂一轮红日,可以铺密密浓云,就是怕下雨。雨水冲洗过,一切都干干净净,便又空虚了。

> 她不能不怕空虚,犹如她不能逃避空虚一样。她走到那儿,空虚便追到那儿,向她挑衅,把她包围,终于使她无以自在为止。她也知道,唯一解脱的办法,便是睡觉。她睡着了,空虚便给挡驾在外,不能追随她入梦,侵扰她的梦中的热闹。有时候,实在睡不着,她也很多做些事情来消遣时光,但是事情做完了,或者好梦醒转来之后,空虚又会找上她,冷冷地向她一笑道:"你总不能抛弃我吧? 我的乖乖!"

> 她茫然站在房中央,瞧到的是空虚,嗅到的是空虚,感到的也还是空虚。没有快乐,没有痛苦,什么也没有,黑暗的房间冷冰冰地,只有她一人在承受无边的,永久的寂寞与空虚。

> 我要……

> 我要……

> 我要……呀!

> 她想喊,猛烈地喊,但却寒噤住不能发声,房间是死寂的,庭院也死寂了,整个的宇宙都死寂得不闻人声。她想:怎么好呢? 开了灯,一线光明也许会带来一线温暖吧? ……但是她的眼睛直瞪着,脚是僵冷的,手指也僵冷。

小说的可贵之处在于,后面写到女主人公被抛弃,去医院堕胎,却拒绝了慈父般的老医生的好心劝告（拒绝重新皈依父权秩序），情愿做一只扑火的飞蛾继续坚持自己的生活方式。倘若借用齐泽克的解释，这种飞蛾扑火正是实在界的光亮，是在虚无之中获得了一种不可能的实在；但我们也可以简单地说，这是女性由欲望的客体转变为欲望的主体，哪怕转变的代价是感情上的深痛巨创，哪怕这所谓的欲望早已与享乐无关。

在那些主导立场是对女性解放表示支持的作品中，作为主体的女性与作为客体的女性之间的转化有时也极为微妙，我们已经从批评家对茅盾作品的分析中看到了这一点。批评家对"革命小说"进行女性主义的解读，有时会让人得出印象，似乎那些青年念兹在兹的革命只是一个男性用来掩饰欲望的大词。不过得出这种印象往往是因为视点转换引起的错愕感，我们不必从一个极端跳到另一个极端，否则只会作茧自缚。在这类问题上，我们不妨还是借鉴以前多次使用的"双重文本"的逻辑展开分析，保持革命叙述与欲望叙述之间的张力，不必定于一端。

"女性写作"的悖论

"女性写作"的悖论当然不是说女性不可以写作，而是说当"女性写作"作为明确的意识出现时，可能会在理论和实践中遇到一些特别的难题。对这些难题的揭示与深度思考，同样可以成为女性主义批评的贡献。

写作与焦虑

女性是男性作家写作的对象，掌握了写作之笔的女性则总让男性感到不安。有关女性写作的第一个话题便是"作为写作者的女性"，这既可以是对女性形象批评，也可以是对女性作家的研究。

桑德拉·吉尔伯特和苏珊·戈巴 1979 年出版《阁楼上的疯女人——女性作家与十九世纪文学想象》，是女性主义批评最重要的论著之一。该著作抓住一个核心问题：身为作家的女性心中潜藏着的恐惧。对女性来说，写作总有一种离经叛道的意味，而且女性对自己的文学才能往往缺乏信心，因此她们会一直怀疑自己是否在做应该做的事情。女作家因此承受着巨大的心理压力，并将这种压力投射到作品中。如《简·爱》中被囚禁的伯莎·梅森与自主、刚强的简爱实际上是一体的，前者是后者在男权社会中所产生的种种焦虑、恐惧与愤怒的表达和释放。这部著作出版后，"阁楼上的疯女人"成为了女性以及女性作家的代名词。美国小说家夏洛特·P·吉尔曼（1860—1925）的作品《黄色墙纸》，就是关于女性写作的极生动的描述。那种疯狂与偏执以及那种无形的囚禁并不难懂，但是要在情感上消化它并不容易。小说中这类句子很难不让我们有所触动："现在，我坐在窗前，虽身处这间残忍无情的婴儿室，但除了浑身乏力无法创作外，只要我高兴，什么也阻止不了我的创作。"男性作家也有关于写作本身的体验和反思，但是男性作家反思时他是作家，而女性作家反思时她不得不首先是女人，是女人就意味着首先要突破男性社会的桎梏。所以同样是神经衰弱，男人的疗治方式是找到一个单纯的女人，而女人的疗治方式则是被囚禁，而后者是男人安排的。

现在女性当然可以理直气壮地写作,但是否意味着那种"僭越"的焦虑不复存在呢?或者说,女性是否已有足够的从容应对那个作为写作者的自己?会不会隐隐有一种原罪感——即自己不是在做自己应做的事,以写作所展现的智慧是非法的——潜藏于女性作家心底?为什么公众常常认为一个女作家作为女性的形象要大于她作为作家的形象?为什么这个女作家的一些"毛病",很容易被认为与她的写作直接相关?这类问题可以交给大家自己去判断,也许相关思考可以进入我们的评论中。

写作与身体

女性有没有权力写作是一个问题,女性是否能以女性的方式写作是另一个问题。什么是女性的方式呢?在有些理论家尤其是欧陆理论家看来,女性的身体经验极为重要,身体经验的自由不羁将破坏男性所建立的理性秩序。在这个问题上,法国学者埃莱娜·西苏的看法值得注意。西苏是法国女性主义者的代表,其女性写作观体现了当代法国文论的一贯主张:通过写作本身的颠覆性动摇现有的文化秩序。她格外强调女性写作的独特体验和形式创新,鼓吹以女性性经验的自主书写,冲破男性所设立的种种陈腐和矫揉造作的限制。我们看下面这一段:

> 在目前来说,还没有标准的妇女,没有一个典型的妇女。我将说出她们具有一些什么样的共同点。但我突然想到了许多她们个人的特征:你不能用规则谈论女性性欲、一致、相似或差异——你只能说一个人的无意识和另一个人相似。妇女的想象力是取之不竭的,像音乐、绘画、写作:她们的幻觉之流简直不可思议。
>
> 我不止一次惊奇地发现妇女描写了她自己的整个世界,说她从孩提时代起就一直在寻觅这个世界。她描写的全是渴求和她自己的亲身体验,以及她对自己的色情质(erotogeneity)激昂而贴切的提问。这一丰富而具有创造力的实践,尤其是它对手淫的描写,发展了或伴随着一系列的创作方法和真正的美学活动,每个迷人的阶段都塑造出一些令人回味的幻境和形象、一种美的东西。美得不再遭禁锢。
>
> 我希望哪位妇女能够描写和公开赞颂这一独特的王国,以便使其他的妇女、其他未予承认的统治者也可以大声说:我也满怀激情,我的期望创造了新的希冀,我的身体知晓未听说过的欢歌。我也不时地感到充溢着富于启发性的激流以致要爆发——这种爆发的形式要比现成的充满铜臭的条条框框要美丽得多。[①]

在二十世纪末的中国文学界,以揭示隐秘性体验为特色的"身体写作"曾风行一时,代表作家有林白、陈染、徐坤等。比方陈染的《私人生活》就备受关注,其中有一段极为典型:

---

① [法]埃莱娜·西苏. 美杜莎的笑声[M]//张京媛. 当代女性主义文学批评. 北京:北京大学出版社,1992:189—190.

我忽然生出一个念头：我为什么不睡到浴缸里呢？

那儿又温暖又舒适，狭长的环抱状正是睡觉的好地方。

我忽地坐起来，披上睡衣，几个箭步就蹿到卫生间。

我先把浴缸擦干，然后回到房间里把床上的被褥、枕头统统搬到浴缸里铺好，像一只鸟给自己衔窝那么精心。

然后，我喘了喘气，对自己的"床"格外满意。

待一切安置好之后，我钻进浴缸中的被窝里。我蜷缩着膝盖，双臂抱在胸前，侧身而卧。我仿佛躺在海边金黄色的沙滩里，暖暖的阳光穿透沙粒涂抹在我的皮肤上，又从我的皮肤渗透到我的血管中，金色的光线如同大麻，在我的血管里迅速弥散。我立刻觉得身体酥软起来，昏昏欲睡。

浴缸的对面是一扇大镜子，从镜子中我看见一个年轻的女子正侧卧在一只摇荡的小白船上，我望着她，她脸上的线条十分柔和，皮肤光洁而细嫩，一头松软的头发蓬在后颈上方，像是飘浮在水池里的一簇浓艳浑圆的花朵，芬芳四散。身体的轮廓掩埋在水波一般的绸面被子里纤纤的一束，轻盈而温馨。

我第一次看到自己躺着的样子，我从来不知道躺着的时候，倦怠和柔软会使人如此美丽和动心。

我也由此想到熟睡的美丽，死亡的美丽。

在这一瞬间，我做出了一个决定：将来死去的时候，就死在浴缸里。再也没有比这儿更美好的地方了。

我凝视着浴室中的镜子里的我，像打量另外一个女人一样。身后的白瓷砖拼接起来的缝隙，如同一张大网张开在我身体的后边，一种清寂冷漠的背景笼罩了我的内心。

我调转过头，微微闭上了眼睛。

接着，我对自己干了一件事。

一件可以通过想象就完成的事。

女性在镜子中看着自己的身体，这种画面我们在艺术作品中经常见到，但是一般男性恐怕未必能够领会那种美丽与哀愁。在镜前的浴缸中沉沉睡去，这完全是一种纳克索斯的情境。如果用拉康的想象界、象征界（符号界）的区分来说的话，这是要执意按照自己的想象来理解自己，而梦境作为无意识活动的乐园，则可以纵容这种想象，就像"死"一样。然而，当我凝视镜子中的我时，气氛显然并没有那么浪漫，"我"看着自己仿佛是另一个女人，"我"的身体让"我"觉得陌生，而且那个"网"的隐喻表明符号界绝不退场。女人如果想用自己身体的意象来造就自我，恐怕也只是掩耳盗铃。接下来并有了自慰的描写。整个描写唯美而隐晦，但是意思却很明白。脑海中出现了两个爱人，一个是女性，温柔的抚摸；一个是男性，强悍地进攻，于是"审美的体验和欲望的达成，完美地结合了。这天夜晚，我在浴缸中很快就进入了梦乡"。但这当然只是一种幻想而已，所谓完美地结合，不过是一种对性快感的心理强化而已。这种孤独的性体验所带来的快感与虚无感，不过是想象界与象征界碰撞的结果。我们也许愿意认为这里也许能迸发出一道指向实在界的幽光，但我们并不能获得任何可以切实把握的东西。

在毕飞宇《青衣》中，我们见到了女性身体的在场，性感的身体，干瘪的身体，流血的身体，身体既成为女性独立精神的不可承受之重，又成为感知她们存在方式的线索（我们可以想想如何理解科幻片中仿生人的身体）。女性的身体与时代也形成了极富张力的关系，一方面，时代总是会通过政治、风俗或者时尚在女性的身体上留下印记（不管是象征耻辱的"红字"还是前卫大胆的脐环）；另一方面，当女性回归为身体时，我们又常常觉得女性并没有脱离被物化的命运，她们仍然是欲望的对象，而"无意识不知道历史"。还不仅如此，当女性试图以自己的方式遮蔽、显示或美化自己的身体时，她们常常与时代形成某种程度的对抗，这种对抗本身却极为深刻，它造成了某种时代感的错位，你也许会觉得女性对身体——按照某种速度老去的身体——的关注显示了另一种时间逻辑，足以在那些宏大叙事之外，另建一种过去、现在与未来。

不仅如此。问题不只是女性能否通过身体把握自我，还有她是否应该将自己的身体体验展示出来。当女性的身体感受以"私人生活"的名义呈现在读者面前时，"私人"便成为了"公众"，两者的矛盾冲突较之那种思想上的自私与无私的冲突，还要来得更为复杂，因为它加入了男性（读者）对女性的观看这一权力关系。我们看到，70后作家卫慧的《上海宝贝》正是在这点上继续推进，她将身体与写作的关系展示得更为直接，也就是说，她不仅让女性代替男性占据了写作者的身份，还为女性找到了一种新的写作资源，我们来看《上海宝贝》中这一段，是作家身份的女主人公的自白：

> 我放弃了修饰和说谎的技巧，我想把自己的生活以百分之百的原来面貌推到公众视线面前。不需要过多的勇气，只需要顺从那股暗中潜行的力量，只要有快感可言就行了。不要扮天真，也不要扮酷。我以这种方式发现自己的真实存在，克服对孤独、贫穷、死亡和其他可能出现的糟糕事的恐惧。……
>
> 我被自己的小说催眠了。为了精妙传神地描写出一个激烈的场面，我尝试着裸体写作，很多人相信身体和头脑之间存在着必然的关系，就像美国诗人罗特克住在他的百年祖宅里，对着镜子穿穿脱脱，不断感受自己的裸舞带来的启示。这故事可信与否不得而知，但我一直认为写作与身体有着隐秘的关系。<u>在我体形相对丰满的时候我写下的句子会粒粒都短小精悍，而当我趋于消瘦的时候我的小说里充满长而又长，像深海水草般绵柔悠密的句子</u>。打破自身的极限，尽可能地向天空，甚至是向宇宙发展，写出飘逸广袤的东西。……

我也不知道自己的心理感觉为什么会变得怪怪的,陌生人看我半裸的眼神依然让我有本能的满足感,但一想到自己像道甜点一样愚蠢地暴露在光天化日之下,我的潜意识里又会变得怒不可遏,女权主义思想抬了头,我凭什么看上去像个徒有其表、毫无头脑的芭比娃娃?那些男人大概怎么也猜不到我是个已在房间里幽闭了七天七夜的小说家,他们大概也不会在乎这一点,在公众场合留意一个陌生女人只需要打量她的三围就可以了,至于她的头脑里装了些什么,这就像通向白宫有几级台阶一样用不着操心。

　　卫慧是站在身体的立场上的,她相信"独特的身体经验"可以成为写作的源泉。问题是,由小说中一个女作家所展示出的身体经验,所满足的仍然是男性社会的窥视欲;果真如主人公所说,她的写作与她的身体状态互为表里,那么她的写作便成为男性窥视的窗口。为什么男性看女性只能看到那些与性相关的内容,而毫不在乎她的心灵?症结或许在于,性以及其他身体经验本身未必能够突破男权文化的罗网,一个"身体写作"的女性形象的"大胆"展示,或许只是一种姿态,它并不能展示思想,而恰恰是使思想着的女性回归身体。这就好像一群因为宣扬环保主义而裸身上街的女性模特,让人看到的未必是她们如何以身体展示思想,而有可能是她们"果然"将思想的问题交给身体来解决。在这个问题上,有时候做批评的人会觉得立论艰难。有论者曾对与卫慧齐名的作家棉棉做了高度的肯定,理由如下:

　　棉棉的小说叙事里,不自觉地体现出前面所说的把身体/感性的语言作为价值取向的另一种形式:将自己放逐到被现代文明样式所遮蔽的另一种文明中去,以生命的直接经验来感受到文明的多元本质,以求人性丰富多姿态的存在。棉棉笔下的酒吧与摇滚,仿佛是欲火烈焰中的地狱——我说的地狱并不是"水深火热"的那种,而是指它直接构成了大都市现代文明的对立面——一种对现代文明直接对抗的个人、感性、异端的另类世界。如果从所谓"正常"的社会道德立场来看,棉棉笔下活跃的只能是一批需要拯救的不良少年、社会渣滓,种种犯罪的欲望都如怨鬼紧紧缠身,很难从他们身上得到正面意义的解说,他们或者被鄙视地描绘成渣滓,或者作为社会分析的一个注释,而没有自己独立的生命价值。但在棉棉的叙事立场上,这里却呈现了生气勃勃的世界。小说里有一段写到男女主人公一个吸毒一个酗酒的沉沦过程,使我们不仅窥探到道德边缘上的生命体验,也看到了生命边缘上的道德再生。当欲望与生命本体的意义紧紧拥抱在一起的时候,即产生了美学上的魅力。①

---

① 陈思和. 现代都市的欲望文本——以卫慧和棉棉的创作为例[J]. 小说界,2000(3).

这番评论本身是精彩的,但是对女性写作的价值认定总是困难的事情,因为当我们说棉棉这样非主流的女性作家提供了"个人、感性、异端的另类世界"时,往往利用了"男性/女性—群体/个人—理性/感性—正统/异端"这类对立结构,甚至于一个男性批评家对女性作品作"美学欣赏"本身就是可疑的。政治批评与美学批评的矛盾原本就是女权主义批评家争论的焦点之一。有些批评家主张把政治批评与艺术分析区分开来,以便适当地评价一部在美学上可嘉、政治上却可厌的作品。针对女作家所写的大量低劣作品,批评家强调女作家不能只凭女性的经验和敏感创作,她们的失败是由于她们缺乏艺术上的独创精神,缺乏向正统价值挑战的勇气。但是,挪威的女性主义批评家陶丽·莫伊(Toril Moi)针锋相对地指出,将审美价值视为一种不言自明的自由的价值,这是典型的父权制观念。审美价值判断既有历史相对性,又深深渗透了政治价值判断。我们必须解构政治批评与美学批评之间的对抗,作为一种政治批评方法,女性主义批评必须认识到美学范畴中包含的政治,同时还应认识到对艺术的政治分析所涵蕴的美学。没有美学效果就没有政治效果,美学效果服务于政治效果,凡与政治相关的批评都与美学相关。不管这类看法是否站得住脚,可以肯定的是,欣赏女性的叛逆跟欣赏女性的身体一样,革命性的主体很容易就会在男性的视线下变成欲望的客体或者道德的客体。女性写作试图以身体作为支点,但是身体本身却只能在一个男性秩序下发挥其功能,它所发挥的是怎样的功能呢?

女性与人类

前面说了,肖瓦尔特是英美派女性主义批评的代表,她认为虽然不存在固定的、固有的女性的性或女性想象力,但毕竟女性写作与男性写作之间有深刻的差异。"英美派"的女批评家希望把重点集中在女性经验上,致力于探求女性文学特有的"真实性"观念。在《她们自己的文学:从勃朗特到莱辛的英国女性小说家》中,肖瓦尔特总结了女性亚文化发展的三个阶段,即女人气的(feminine)、女性主义者的(feminist)和女性的(female)。第一阶段体现出鲜明的淑女风格,第二阶段女性解放的意识凸显,第三阶段则力求发展出一种特别的女子写作经验。这既是一种历史的概括,也反映了肖瓦尔特对女性写作的设想。如果拿这个衡量中国现代女作家,当然有削足适履之弊,但我们还是可以大致说冰心是"女人气的",丁玲是"女性主义者的"而张爱玲是"女性的",当然,这个评价只是就作品与女性主义的关联而言,并非对作品价值的整体论断。

张爱玲的"女性的"写作,可以从《自己的文章》一文中体现出来:

> 我发现弄文学的人向来是注重人生飞扬的一面,而忽视人生安稳的一面。其实,后者正是前者的底子。又如,他们多是注重人生的斗争,而忽略和谐的一面。其实,人是为了要求和谐的一面才斗争的。
>
> 强调人生飞扬的一面,多少有点超人的气质。超人是生在一个时代里的。而人生安稳的一面则有着永恒的意味,虽然这种安稳常是不完全的,而且每隔多少时

候就要破坏一次,但仍然是永恒的。它存在于一切时代。它是人的神性,也可以说是妇人性。

我发觉许多作品里力的成分大于美的成分。力是快乐的,美却是悲哀的,两者不能独立存在。……我不喜欢壮烈。我是喜欢悲壮,更喜欢苍凉。壮烈只有力,没有美,似乎缺少人性。悲剧则如大红大绿的配色,是一种强烈的对照。但它的刺激性还是大于启发性。苍凉之所以有更深长的回味,就因为它像葱绿配桃红,是一种参差的对照。我喜欢参差的对照的写法,因为它是较近事实的。

重要的不是女性写女性常写的题材时所展现出来的女性风格,而是女性写作能否改变我们看世界的方式。张爱玲的贡献,是她从主流文艺思潮所贬斥的日常生活和都市人情中发掘出现代小说的精神资源,从而改写了那种由戏剧冲突所塑造的现代中国图景。她的女性视角和个人才华所创造的东西,已超出单纯女性的范围,而影响到后人对文学之现代性的理解。这需要她对人性和生活有着深透的观察,说到底,是这种观察的深度和表现的力度而非女性的特殊性为文学成就辩护。这又把我们带向那个问题,究竟女性作家是否必须经由女性方能达到人类的层次?不少著名的女学者在这个问题上都表现得很超脱,如伍尔夫,虽然她在《一间自己的房间》(1929)中首次提出女性职业写作自身的传统问题,并承认女作家间的相互影响,自成传统,却拒绝强调女性意识,认为女性与男性在写作上的差异不过是因为社会地位的不同。她甚至提出"双性同体"的性意识设想,也就是说女作家并不只是女性,而应该同时也能像男性那样思考。当然,她也倡导探索特定的写作方式,以揭示女性生活所受到的限制(就像《黄色墙纸》那样)。波伏娃《第二性》(1949)中则提出了一个著名的区分:"是一个女性"(being a female)与"被建构成一个女人"(being constructed as a woman)作了区分。她认为男性作家一直将女性"神话"化、"他者"化。女性或为纯粹的肉体,或为灵魂的拯救,或为自然的化身,其"用途"都是促成男性由此岸世界向彼岸世界的超越。作为作家来说,女人必须跳出特定身份的限制,由个人走向人类,才能写出真正伟大的作品。女性写作概念本身所包含的悖论,女性作家身份的暧昧,使女性主义批评受到重重质疑。这提醒我们,聪明的女性主义批评不是满足于寻找作品中的性别偏见,而是通过对文本复杂的内部关系的剖析,揭示性别意识本身的复杂性。

这话说起来当然比较轻松,实践起来并不容易。朱丽叶·米切尔在《妇女:最漫长的革命》一书中的说法是,妇女小说家必须是歇斯底里的人。歇斯底里是在父权制资本主义下妇女的性特征组织的接受与拒绝。它是父权制话语内,妇女既要女性化又得拒绝女人气所能做的。她认为小说的精髓就是兼具男性女性的声音。她不相信有所谓女性写作或"女人的声音"这东西,有的只是歇斯底里的声音:用妇女的男性语言,谈论女性的经验。它既是妇女小说家对妇女世界的拒绝,又是来自男性世界内的妇女世界的建构。它触及两者,因此也触及到两性同体的重要性。这些意见我们都姑妄听之。究竟是站在女性的立场上评价女性写作,还是站在人类的立场上评价,抑或只是在男性的立场上,这类思考可以作为评论特定的女性写作时的"问题意识"。也许我们很难得出明确的答案,但至少可以就自己的感受、所读的作品和所掌握的理论给出一个尽可能深入的探讨。

正如前面所说,女性主义理论与实践的发展迅速,事实上以文本为中心的女性主义文学批评已经有些式微,很多的学者谋求一种更具跨学科色彩的、更为宏大和开放的研究。确实,仅仅只是就文学作品说话,在一个文学已经式微的时代里,已经有些太过古老了。不过,文学批评本来也不可能解决所有问题,它只是做自己能做的事情,女性主义文学批评当然也是如此。总有一些热爱文学的人以自己的方式参与到她/他认为正义的事情中去,她/他的贡献或许并不直接,却并不虚假。

本章课后练习

习题一

有人说,写女人写得最好的是男人。这句话你怎么看? 能不能举一两个自己熟悉的具体文本或文本片段作为证据,尝试支持或者证否这句话。

习题二

找一篇你喜欢的当代女性作家的短篇小说,从"男性声音与女性声音的复调"这一角度写一篇短评。然后思考一下,这一分析模式能否应用于评论你喜欢的当代男性作家的作品。

习题三

读萧红《失眠之夜》,并参考刘禾《文本、批评与民族国家文学》一文,从"女性与家国"的角度入手,写一篇短评。写完请朋友评点,看看哪些话是不需要熟读萧红也可以说出来的,哪些话则不是。

第十四章
表层与深层(下)：以意识形态批评为例

○ 作为"绝对视域"的政治
○ 是"批判"还是"批评"
○ 意识形态批评的美学逻辑

　　首先要声明的是，意识形态批评并不是人人都会使用的名称，有些学者更习惯于叫它政治批评(比方特里·伊格尔顿)，还有一些学者则直接讨论底层、女性、少数族裔等具体论域，并不另行设立这一笼统的名目。其次，意识形态概念的内涵与外延并不明确(有人称它为"整个社会科学中最难以把握的概念"①)，有时它是观点、概念、思想、价值观等要素的总和，有时又主要指与特定人物或作家本人的身份意识密切相关的观念体系，以至于你会觉得它"至大无外，至小无内"，简直不可捉摸。本章之所以不顾这两重麻烦，坚持使用意识形态批评这一提法，主要是为了收纳与阶级、阶层这些议题相关的批评实践。既然我们不大可能喜欢"阶级批评"这种说法，不妨就用意识形态批评来模糊处理一下。前面所说的女性主义批评当然可以视为意识形态批评的一个领域或者类型，之所以将其单列出来，也主要是考虑到它内容较多，且自成系统。事实上这是很多教材的处理办法，但也不过是为了方便而已。

　　意识形态批评的基本特征是不满足于赏析文学形象，而要追问文学作品的形象世界背后的意识形态机制(或者用更学院派的表达是意识形态的生产与再生产)，这种追问当然有从表面往深处发掘的意思，而且隐含着压抑与反压抑的逻辑，所以我们将意识形态批评放在"表层与深层"的逻辑下谈。与前两章一致的，我们虽然设置了表层与深层的对立结构，却不只是要从表层掘入深层(作为"揭示"或者"暴露")，也会从深层回到表层——简而言之，是要使表层/深层的辩证关系，成为使文本变得生气勃勃的手段。这并不是理所当然的事情，而且也是极为困难的事情，但是值得为之努力。

作为"绝对视域"的政治

　　在弗里德里克·詹姆逊的名作《政治无意识——作为社会象征行为的叙事》一书的首章中，有一段话非常醒目：

---

① [英]大卫·麦克里兰. 意识形态[M]. 孔兆政，蒋龙翔，译. 长春：吉林人民出版社，2005.

本书将论证对文学文本进行政治阐释的优越性。它不把政治视角当作某种补充方法，不将其作为当下流行的其他阐释方法——精神分析或神话批评的、文体的、伦理的、结构的方法——的选择性辅助，而是作为一切阅读和一切阐释的绝对视域。①

这话是说，不管你进行何种阅读和阐释，都不可能脱离政治阐释，你解读文本的时候大可以把政治撇在一边，但是你所进行的所有解读又都可以被政治化，甚至于你越是想让文学作品远离政治议题，就越是容易暴露政治性的动机或者关涉。不过詹姆逊所说的并不是那种庸俗社会学，不是先行确立一种政治身份，认定这种政治身份的作家必然会如何写作，然后按图索骥甚至刻舟求剑地进行批评；作为经过了结构主义/后结构主义洗礼的当代理论家，詹姆逊是要参照福柯、拉康、阿尔都塞等人的相关论述，重新思考包括主体、阶级、物化、革命、个人主义之类政治/哲学议题。不仅如此，当代马克思主义者也希望能够在承认文学相对的自律性、充分重视以往那套文本细读和形式分析的批评范式的前提下，实现对文学作品的意识形态解读。在此情形下，仍然坚持以唯美主义者的姿态宣称文学创作可以不问政治，就显得有些不够通达，一则，文学作品确实有可能产生某种政治效应；二则，以下看法已经被越来越多的人视为常识：

1. 评论者并不需要听信作者宣示的创作意图，而完全可以自行发掘作者的政治无意识；
2. 特定的审美形式与特定的政治无意识密切相关，而审美形式的变化往往——虽然常常是间接的——引发政治想象乃至政治观念的变化；
3. 唯美主义、"纯粹审美"、"形式自律"这类话语本身就建立在特定的政治利益和政治权力之上，事实上，文学理论一直与政治信念和意识形态标准密不可分。

现在很多批评家的共识是，重点是文学的政治，而非作家们的政治。它不涉及作家对其时代的政治或社会斗争的个人介入，也不涉及作家在自己的书本中表现社会结构、政治运动或各种身份的方式，文学的政治是让文学以文学的身份去从事政治。我们不必过多考虑作家本人是应该搞政治，还是应该致力于艺术的纯洁性，而是要认识到，首先，艺术的纯洁性本身就与政治脱不了干系，前者必须有相应的意识形态语境作为支持（我们只要想想二十世纪八十年代中国先锋小说和当时中国的政治状况的关系即可）；其次，批评家们不仅应该力求使文本政治化，也要力求使政治文本化，也就是把社会当作一个复杂而精致的文本去分析；最后，批评家们已经发展出越来越精妙的文本解读技术，可以在政治范畴与文学形式之间建

---

① ［美］詹姆逊. 政治无意识——作为社会象征行为的叙事［M］. 王逢振，陈永国，译. 北京：中国社会科学出版社，1999：8.

立比较多层次、多向度的关联。他们相信文学参与建构了阶级意识,过去的批评家从题材、主题和手法上分析文学如何表现典型环境中的典型人物,今天的批评家则相信后者并非本来就在那儿,而是一个不断建构的过程,所以他们更有耐心分析文本的叙事学或修辞学细节,不是为了展示作家如何表现他想表现的东西,而是想展示作家的写作与所谓"真实"的建构如何在同一个未完成的过程中相互影响。

以上这些看法都十分抽象,而且未必就是更"正确"的看法,你可以把它们视为一类新的语言游戏,用以代替过去那种政治审美两分的语言游戏,就像后者曾经代替了更早时期的文学教化的语言游戏一样。过去我们常常在文学史中读到这样的说法,杜甫在某某作品中虽然谴责了官吏的横暴并对劳动人民的不幸遭遇表现出同情,却仍然不自觉地流露出地主阶级意识,如此等等。现在我们已经不太流行用这套阶级批判的话语了,除开政治方面有了变化之外,也因为这套话语已经耗尽了新意。地主很多,但是杜甫只有一个,仅凭地主阶级意识抓不住重点;或者换个角度说,那么多各有特色的作家,却只有一个地主阶级意识,说多了也让人不耐烦。

但这是不是说现在的读者完全不会去探究作者的阶级意识了呢?也不是,不少人就很喜欢说"中产阶级"和"小资"(不再是"小资产阶级")等。看一部电视剧如表现上海白领生活的《欢乐颂》,他们会问:这是谁的"欢乐颂"?农民工的还是公司白领的?为什么男人个个又帅又有钱,却还对脾气那么坏的女生死心塌地?为什么这些女生工作的地段那么好,住的房子也那么好,穿得也那么漂亮,她们到底收入多少?这些问题看起来像抬杠,其实也很自然。事实上,如果写一篇关于《欢乐颂》的评论,专谈拍摄手法、结构艺术、表演技巧,等等,肯定不会有多少读者,因为这类文化产品的重要功能就是让人产生共鸣,即所谓"代入感",而"代入感"就会涉及身份认同问题。设想你是一个有希望留在上海高校的中文系男博士,人挺优秀,但是家里经济条件一般,基本上没有能力支援你买房,你想想如果留下,要打拼多少年才能在"魔都"安下家?然后你再看《欢乐颂》里的安迪,也许就怎么看怎么有气,开着保时捷上班,还要求住所离公司不能超过一刻钟时间,太资本家做派了吧?好,安迪是个孤儿,没有好的出身,似乎套不上阶级论,但是再想一想,凭什么安迪可以成为这群女孩的精神领袖?不就是因为她事业成功,可以扶危济困,还会用保时捷捎小姐妹一程么?可能有人对这种指责不服气,安迪性格坚强、心地善良为什么不提?好,可以提,但是凭什么安迪的情感纠结会成为整部剧的重心,难道不是因为她凝聚了都市白领的感伤想象——当我们成功时,我们未必就是快乐的,我们需要得到他人的理解,理解我们因为必须坚强而习惯了隐藏情感,因为必须优秀而不得不接受孤单,因为有能力拥有物质所以担心失落了灵魂,因为可以做自己所以必须追问生活的意义……一边是机器人一般拼命工作希望有一天成为成功人士,一边又期待遇到一个真正优秀的男人让自己懂得感情,这难道不是资本家最希望灌输给员工的那种人生理想?你看这群女孩子不管境况如何,总有一个或几个帅气多金的优质男人在旁边默默守护,她们最大的问题是"我到底要什么"、"我爱他吗"、"我对自己忠实吗"之类,而发生问题和解决问题的场所也常常是写字楼、海滩、酒吧、游泳池，完全不是家政工范雨素们所能向往的世界，这岂不就是在说：如果你能像我一样肯干，就能像我一样成功；如果你能像我一样成功，就能像我一样忧伤；如果你能像我一样忧伤，就能像我一样可爱……

　　这类分析有些聒噪，但它并不是硬邦邦的"血统论"或者阶级决定论，而是要在观念与身份之间构建起微妙的关联。关键不是别人认为你是什么人，而是你认为自己是什么人。或者换一种说法，关键不是你是什么人，而是你做什么梦；你做什么梦，你也就是什么人。梦都是现成的，只等你各取所需，将自己代入。法国理论家路易·阿尔都塞有个术语叫做"意识形态询唤"或者说"意识形态质询"（ideological interpellation），是说重要的不是一般情况下你被认为是什么身份，而在于你以什么身份被询唤，是无产阶级还是小资产阶级。同样的道理，当你沉入某一类白日梦时，你就把自己当成了那一类人。阿尔都塞倾向于把意识形态视为一种欺骗（他的著名术语是"意识形态国家机器"），齐泽克则有另一种说法。他说意识形态不是那种用来逃避残酷现实的梦一般的幻象，而是用来支撑"现实"的幻象—建构（fantasy-construction），也就是说，我们之所以会产生某种意识形态想象（我是谁，从哪里来，到哪里去），正是为了要面对现实，为了"生活得更真实些"，但是这种面对的背后是对某个创伤性的实在界内核的逃避。[①] 换句话说，所谓"面对现实"本身就是一种逃避，就像我们看完恐怖片心有余悸之时，会觉得身边一切真实的人际关系都格外可亲，甚至会跟自己讨厌的人说几句亲切的话，而我们之所以会有这样的感受，就是为了逃避那个可怖的东西。我们各自想要逃避的噩梦到底是什么，齐泽克当然无法说清楚，因为实在界的内核等于"impossible"，原本是不可言说的，但他这个想法却很有力量：意识形态是被制造出来的幻象，但它本身是现实的，是可以言说的，在这之下还被压抑了不能说的东西，正是那不能说的东西驱动我们去进行意识形态的建构。所以当我们说自己是什么人的时候，也许还要多问一句：这样说是不是在掩盖什么？不仅自称"精英"、"知识分子"或者"中产阶级"的人要反思，自称"草根"、"民间"或者"底层"的人也要反思。为什么有些作品那么笃信自己是"底层文学"，为什么有些评论者对一部影视剧中的"中产阶级意识"那么敏感？他们又在掩饰什么呢？

　　今天各种各样的意识形态理论很多，从葛兰西到阿尔都塞，从齐泽克到朗西埃，从后殖民到后人类，从女权主义到动物理论，令人眼花缭乱。这些理论力图表明，意识形态陷阱不是那么容易避开的，你以为是在做自己，其实不过是在做某一类人，你的经验、情感和欲望都不足以确立你的个性。这就好像你跟团去旅游，自以为是远离都市，让自己的心与自然实现亲密接触，其实不过是消费了一个都市旅游产品；你离开大队伍独自欣赏风景，自以为是不走寻常路，其实只是不想混同于旅行团里的大叔大妈。文学批评的重要功能，是时时提醒我们注意自身的局限性，或更确切地说，我们想象自身的方式的局限性。老是做同一类的白日梦，你对生活的感觉就钝化了，会越来越习惯于在熟悉的故事里体会爱恨情仇，而无视生活

① ［斯洛文尼亚］齐泽克. 意识形态的崇高客体[M]. 季光茂，译. 北京：中央编译出版社，2014：46.

中那些粗粝、撕裂和真正复杂的东西。你当然可以说：我看个电视剧干嘛要想那么多？你的确可以不用想那么多，但是批评不能缺席，这个社会需要有一种反思性、批判性的声音来平衡——而不是压倒——那种无所用心的娱乐精神，而这背后的意思就是：不管你多么愿意在想象中成为某一类人，都要保持向真正的"他者"——那些有可能向我们的生活经验提出挑战的人或者事——敞开自身的能力。我们经常说文化应该参差多态，社会应该宽容和多元，能够容纳更多异质性的东西，这不等于说每个人都应该随心所欲，怎么开心怎么来，而恰恰意味着我们要敢于突破自己的视域，更多接触和领会他人的欢乐与痛苦。而要做到这一点，不妨利用意识形态批评的敏感（有时可能会被认为是神经过敏的），发现和打破那些限制我们生活经验的老套路。

是"批判"还是"批评"

　　意识形态的问题自带一种严肃性，陷入意识形态冲突的人会觉得自己的选择不是只关乎自己，也不是仅凭自己就可以做出。它不像我们在文学中经常见到的那类伦理冲突，感性与理性、欲望与情感之类，它是由"何为良好生活"的个人反思转向涉及"国家民族"的"大是大非"，后者的焦点是一个群体与另一个群体实实在在的利益冲突和权力斗争，而非在个人的情感纠结和灵魂拷问中实现审美与伦理的统一，所以意识形态批评总有一种批判的色彩，较之一般的批评更严厉，更讲立场和原则。

　　我个人将意识形态批评分为两种范式：革命政治范式和文化政治范式。所谓革命政治范式，并不只是属于革命战争年代，但凡以持续的、彻底的阶级斗争为基本理念，以反抗阶级压迫与剥削为核心关切，将文学领域作为现实的社会变革和解放斗争的前沿阵地的，都属于这一范式。这一范式至今仍有生机，因为它能够直接面对社会不义现象，能够强烈刺激集体想象，从而有更强的感召力。文化政治范式则建立在这一判断的前提上：以一个阶级推翻另一个阶级的全面的、彻底的革命，已不再是政治活动的目标了，政治活动主要集中于族群与族群之间难以根除却不可忽视的对立关系上。文化政治范式不再主张以文学配合或者对抗政治，而是主张文学就是政治，认为通常所谓文学问题尤其是所谓文学形式问题，其实都是政治问题。相比于革命政治范式来说，文化政治范式的着力点是微观政治，即隐藏在文化生活方方面面的"百姓日用而不知"的政治观念。以文化政治范式研究文学，很容易就成为文化研究，有时候也被称为文化批评或者文化批判，而相关的理论则往往被称为批判理论。

　　革命政治范式也好，文化政治范式也罢，意识形态批评强调批判性，这一点毋庸置疑。正因为如此，在对文学作品（以及电影、电视剧等）进行意识形态方面的分析时，我们要特别注意，切勿使自己的批评成为"大批判"。这种"大批判"过去常见，现在也不少，它虽然不是纯粹的文学问题，却经常能在文学批评中见到。所谓"大批判"，就是单向度地揭露，说某某"实际上是某某"、"不过是某某"，如此等等。从直观的层面说，大批判与严肃的批判的最大区别，是后者以对问题的分析为前提，也就是说在出现关键性的认识错误时通过分析去揭露这个错误,前者则往往通过人身攻击否定他人言说的合法性和可信度。但这种区别并不只是一个技术问题,不分享特定的文学传统,缺乏文学共同体内部以及共同体之间的交往经验,其实很难就批判的标准和界限达成共识,有时可能需要跳出来看才能看得真切。陈思和教授曾经讨论过所谓"战争文化心理",值得引以为戒:

> 从一场全国范围的民族自卫战始,到一场全国范围的内乱终,我认为抗战爆发——1949 年后——"文化大革命"这四十年是中国现代文化的一个特殊阶段,是战争因素深深地锚入人们的意识结构之中、影响着人们的思维形态和思维方式的阶段。这个阶段的文学意识也相应地留下了种种战争遗迹,成为当代文学研究中一个不可回避的重要现象。……
>
> 首先是文学批评,开始出现了一大批前所未有的军事词汇:战役、斗争、重大胜利、锋芒直指、拔白旗、插红旗、重大题材……一部作品发表后获得成功叫做"打响了",作品有所创新叫做"有突破",把一部批评社会阴暗面的作品称作"猖狂进攻",……①

至少在课堂上,我们所谓意识形态批评,作为一种文学批评,总希望少一点剑拔弩张,多一点同情的理解,尽可能地实现复杂化(你可以说这就是一种特定的政治立场)。在一定的程度内,我们也许可以倡导一种"柔性政治学",而非敌我分明、居高临下的批判。当然,这也许只是个人的偏好,不适合作为普遍的标准。不过复杂化仍然是文学批评值得追求的目标,这至少包括三个方面:①意识形态状况的复杂化;②意识形态理论的复杂化;③文学形式中介的复杂化。

所谓意识形态状况的复杂化,是说通过解读文学作品,我们应该能够发现某一意识形态状况较之一般的理解要复杂得多。我们看到,一些涉及革命历史题材的作品引发了很大的争论,有人认为这些作品颠倒黑白,是对社会主义制度的恶毒攻击;另一些人则认为小说所写之事皆有史料依据,哪怕不是全部的真实,也仍然是真实。就这类争论,首先我们要明确的是,历史观并不是小问题,如果一部小说在历史观上偏离了大多数人的认知,伤害了很多值得尊重的人的情感,它必然会受到批评,它也有责任认真对待这种批评。但在某种意义上,一部作品的历史观遭到批评,与其说是因为作品不真实,不正确,不如说是不成功,没有实现它的写作目的,没有将读者引到更有价值的问题上去。要全面、公正地评价某一历史事件,并不能将小说当论据,这类评价也从来不是交由小说家作出的。小说家之所以写一个历史题材,不是因为他有信心对某一历史事件中的是非功过作最后的审判(虽然不排除有些小说家真的会这样想),而是因为他有信心将这一历史事件带入文学叙述,从而为观察人提供

① 陈思和. 文学观念中的战争文化心理——当代文化与文学论纲之一[M]//陈思和. 鸡鸣风雨. 上海:学林出版社,1994.

弥足珍贵的契机。小说的价值不是用来代替政府决议或者历史研究的,不管它的描写多么纤毫毕现,也并不能"澄清历史"、"还原真相",其目的是使政治的问题回归人的问题,使"这一类人"的问题回归"这一个人"的问题,使必须当机立断的问题回归为复杂的问题。即便我们完全相信某一政治举措是合理和必要的,当一个属于敌对阵营的人的人生在我们面前一点点展开时,我们仍然会产生关切与同情。在这种情况下,意识形态批评的目的,就是要分析特定的文学作品是否深刻而富有新意地揭示了这一困境:我们既作为不可复制的个人存在,又不可避免地承担着某种意识形态身份,政治既扭曲了我们,又塑造了我们。如果某部作品只是在做翻案文章,美化那曾经被丑化的,丑化那曾经被美化的,而且美化和丑化的方式也了无新意,那么它的文学价值就不会很高;但如果这部作品像卡夫卡的《审判》、奥威尔的《1984》、米兰·昆德拉的《生命中不可承受之轻》那样,对人作为政治的动物的境况进行了深刻的思考,那么它就有能力成为文学杰作(但并不使它在政治上就更正确)。作家确实有可能让读者改换政治立场,但这不是必然的,不是他应该为自己设定的目标,他要做的是改变我们思考政治问题的方式。他要求我们在具体的情境中思考,并且给我们新的眼光去发现这种情境中隐藏的东西,他让我们重新审视私人领域与公共领域的界限。所以,果真要以文学批评者的眼光(而不是政府官员的眼光),对有些政治上有争议的作品作意识形态批评,重点不在于揭露其意识形态倾向,而在于看它能否不只是——哪怕是凭借文学形象——摆出一个政治主张,而是有能力将我们带向新的境遇,面对真正艰难的选择。

举个具体的例子。众所周知,萧也牧曾经写过一篇引起轩然大波的小说《我们夫妇之间》,引发了新中国成立后文学界第一次全国性的大批判。这篇小说中的夫妇,妻子是文化程度有限的工农干部,丈夫则不大不小可以算作知识分子。在延安的时候,妻子样样出色,有自信有光彩,但是进城后百般不适应,尤其是与城里女人相比暴露出种种"土气"。丈夫对妻子产生了种种不满,自以为可以教育她,结果一系列事件发生,丈夫重新认识了妻子优秀的品质,改变了自己的态度。不过另一方面他也惊喜地发现妻子身上悄悄地发生着变化,虽然仍然朴素,却已经有了一点城里人的精致用心了。这篇小说在当时受批判的原因,当然是

社会主义核心家庭

丈夫		妻子	
男人		女人	
城里人 日常生活 知识分子	吻?	农村人 政治生活 革命干部	新社会
相互尊重 个人主义		爱憎分明 集体主义	
观察者		**被观察者**	

恶毒攻击工农干部,试图用小资产阶级的生活趣味腐蚀朴素的革命者。虽然丈夫似乎是被妻子感动,但这种居高临下的感动被认为只是一种欺骗。这是过去的批判方式,今天如果要批判,可能会批判丈夫的男性中心主义。丈夫想改造妻子,还不就是想把妻子改造成男性的尤物?但是这两种批判都简单了一些,细细阅读文本会发现,"我们夫妇之间"的冲突,实际上是男性与女性、城市与乡村、政治与日常生活的冲突极为复杂地纠结在一起,是一个新世界所必然遭遇的种种问题具体而微地呈现于一个家庭中。对于这些冲突,作者本人并没有做好准备。我们也许还记得小说结尾处,夫妻经过交心消除了芥蒂,这时一个典型的"小资产阶级男性知识分子"的形象出现了:"我为她那诚恳的真挚的态度感动了!我的心又突突地发跳了!我向四面一望,但见四野的红墙绿瓦和那青翠坚实的松柏,发出一片光芒。一朵白云,在那又高又蓝的天边飞过……夕阳照到她的脸上,映出一片红霞。微风拂着她那蓬松的额发,她闭着眼睛……我忽然发现她怎么变得那样美丽了呵!我不自觉地俯下脸去,吻着她的脸……仿佛回复到了我们过去初恋时的,那些幸福的时光。她用手轻轻地推开了我说:'时间不早了!该回去喂孩子奶呵!'"小说在此夫妻间私密的暧昧处结束,夫妻之间真诚的沟通重建了和谐的家庭氛围,仿佛从此风清月朗,然而这是试图以旧文学的方式解决新世界的问题,这对夫妻所挑动的意识形态冲突,已经远非一个文艺腔的吻所能解决的了。这诚然是作家的局限,但是作家的本领在于大多数人还意识不到问题时,能够如此敏锐地利用文学提出问题,并尝试用文学去解决。而就文学批评来说,如果能够借助文学作品重回那个时代,尝试去感知小说中的人物对那个新世界的观察与想象,便不难使意识形态问题成为发掘文本之丰富性和内在张力的线索,从而使非文学的批判成为文学性的批评。

再来讨论意识形态理论的复杂化。意识形态理论首先会出现的问题是有可能太机械,陷入种种缺乏张力的决定论。就像詹姆逊所说,虽然很多人批评马克思主义批评太过重视经济主义、技术决定论和生产力的头等重要性等,殊不知马克思主义也批评这个,将其视为对真正的马克思主义精神的偏离。詹姆逊本人就主张把马克思主义的"否定批评"与"肯定批评"结合起来,前者是把主张消除差别的乌托邦理想还原为意识形态,后者是把以差别为前提的意识形态解读为乌托邦,哪一方都不能否认和代替另一方,必须统一起来。举例说,我们看到一部科幻电影,这部科幻电影是一群中国人拯救了地球(如《流浪地球》),拯救了人类,那么这个科幻小说是在赞美一种人类命运共同体的精神,但它同时又是中国本位的,而这个中国本位同时又是一种乌托邦,因为它要去想象和创造一个无差别的中国。也就是说,以詹姆逊看来,仅仅说《流浪地球》是民族主义的或者人类主义的都不对,这两者是两种看问题的视角,只能并立。这就是以多元主义的逻辑代替了一元的决定论。我们可以用这种逻辑分析很多作品,而这种分析所支持的观念是,我们既可以把一个作品当纯粹的文艺作品看(因为它关心的是人类),也可以把它当意识形态的工具看(因为它总是指向特定身份),不要总想着用一个方面去统摄另一个方面,文学艺术不是这么单向度的。

但是詹姆逊的多元主义并不简单地是双重视角,它仍然谋求统一。统一于什么呢?统一于历史。举个例子。詹姆逊在分析康拉德的作品时,独具慧眼地挑出了"大海"这一意象。怎么分析大海呢? 一个方面是大海在文学中经常承担什么功能,与哪些类型的文学关系最为密切,它的形象是怎样的,如此等等;此外还有一个方面,大海对于帝国主义、殖民主义时代意味着什么? 詹姆逊这样分析:

> 大海这个非地点(non-place)也是传奇和白日梦,叙事商品和"轻松文学"纯粹娱乐的堕落语言的空间。然而,这不过是故事的一半,我们现在必须要公正对待的是处于含混性一端的客观张力。大海是工作和生活的具体地点之间的空旷空间,但它本身也无疑是一个工作地点,也是帝国主义资本主义借以将其分散的立足点和前哨聚集在一起的因素,通过这些立足点和前哨,它能慢慢地实现有时狂暴有时安静而恶毒地向地球上前资本主义外围地带的渗透。①

文学的大海与政治的大海是叠加在一起的,理解这一点的前提是,大海并不就是海水本身,大海一直在被文本化,并且与历史的进程紧紧缠绕在一起。② 所以历史在改变,政治的语境在改变,大海的文学形象也会改变;反过来我们也可以说,如果大海的文学形象变了,也会影响相关的政治想象。这样一来,对意识形态的分析与对形式的分析就统一在同一个历史过程中,这比过去那种决定论要更具智性的张力。仍然是电影《流浪地球》,假如我们意识到电影希望将青少年的成长故事、拯救人类的英雄传奇与民族国家意识结合起来的,也许就会特别注意到电影中的空间感,既包括生气勃勃、藏污纳垢的地下世界,也包括地面上无边无际的冰冻的高原,这些空间既能够唤醒以往的文学套路,又通过各种地理标记非常微妙地传达出新的世界想象。在一个全球命运共同体中,怎么讲我们与他者、此岸与彼岸、内部与外部的关系,既是美学问题,也是政治问题,既是乌托邦的,也是意识形态的。

意识形态理论的另一个常见的问题,是操持理论进行批评的人有时候把自己的位置摆得太超然。批判别人这个意识那个意识,却太轻松地把自己摘出来,比方批判某部电视剧鼓吹中产阶级的生活理想,却忘了自己也有这种理想。另一个是太简单地将一个人的问题抽象为一类人的问题,完全不在意这个人的特殊性,或者说没有能力处理这种特殊性。还有一种情况是居高临下地批判别人的不觉悟,仿佛别人面对某种意识形态圈套毫无抵抗和反思的能力,却没意识到别人也许早就想过了你所想的问题,他们只是根据实际情况作出了尽可能合理的选择而已。有时候不是作为被批判者的他们不觉悟,而是作为批判者的你还不成熟,自以为高于他们,其实只是一种理论在握的虚假的力量感。朗西埃正是因为这一点,反

---

① 〔美〕詹姆逊. 政治无意识〔M〕. 王逢振,陈永国,译. 北京:中国社会科学出版社,1999:199.
② 詹姆逊说,"这实际上是一场反经验主义的'革命',把'文本'概念楔入了传统学科之中,把'话语'或'写作'观念外推到以前被认为是'现实'的或真实世界的客体之上,如某一社会构型中的各个层面或实例:政治权力,社会阶级,制度和事件本身"。见《政治无意识》,第283页。

对"政治哲学"或者"政治科学"这类提法。在他看来,民主政治不是来自于体制、学科或者专家,而是来自于具体的个人。一个学科不仅仅是特定的领域和特定的研究方法,而且是你做某事的资格,而朗西埃则强调每一学科的研究对象和研究方法都属于所有人,没有人天然地处于裁判者的地位。另一方面,朗西埃意识到,虽然人们经常说"我们工人阶级……",却并不构成为对身份的界定,而只是一种试图创造主体之名的阐释行动。他把话说得彻底:"真正的工人正是通过打破他们在现存系统中的被赋予的位置而成为工人的。"①当具体的某个工人的选择逾出规范时,真正的政治行动才得以出现。问题恰恰不是"贾府的焦大"无一例外地都"不爱林妹妹",而是很多个体都会超出自身环境的限制,去喜欢他们"不应该"喜欢的东西。这样做的时候,他们破坏了现成的感性分配结构,破坏了被赋予他们的秩序,但也正因为如此,共同体的出现才成为可能。不妨这样理解,如果不再谋求以一致性统摄差异性,而是视差异性为与一致性同样根本,不再为了批判的痛快随意掩盖某一人物、某一情境的特殊性或异质性,我们所做的批评就能同时是政治的和文学的。

所以在操演各种意识形态理论对某部文学作品进行分析时,要尽可能地将其本土化,情境化,具体化,同时能够诚实地衡量自己所处的位置,体现出一种富于同情心的思考。这些工作不是抛开文学作品去做,比方说你如果想对某部作品中的知识分子形象展开批评,并不需要先将西方的知识分子理论转化为中国的知识分子理论,而大可以利用文学作品所提供的复杂性去改写理论(不管它是来自于西方还是中国)。文学和理论是两种对意识形态问题进行深入思考的方式,如果你的批评让我们看到不仅理论可以教会文学一些东西,文学也可以教会理论一些东西,那么你的批评就是成功的。至于理论可以从文学那里学到什么,当然是见仁见智的问题,我个人最看重的一点,是作家因洞明世事、练达人情而产生的悲悯心。也就是说,重点不在于你能否给人物的思想提一个意识形态的标签,而是人之为人本来就带着标签生活,这些标签嵌在日常生活的一切细节中,不清除它们我们的感情无法纯正,但是果真清除了我们自身也就随之消失。在那种和谐、温馨的情境中,身份的对立仿佛已无足轻重;但是我们又分明看到,哪怕是最隐秘、最私人、最激情的片刻,身份意识都如影随形。批评家往往希望揭露意识形态的牢笼,以谋求改变,作家则似乎更能够接受那种悲剧性的或者说存在主义式的现状。两者之间没有简单的谁是谁非,能够相互学习,善莫大焉。

最后是文学形式中介的复杂化。对文学作品进行意识形态分析,最怕的一点是批评者本人缺乏生活经验和文学敏感,对很多话都只能做字面上的理解,读不懂文学的反讽,做批评就像做关键字搜索,只要发现相关字眼就删除,不管上下文是什么。事实上,一部作品究竟赞美什么,批判什么,是否赞美中有批判,批判中有赞美,并不是一望可知的问题。这方面我们举过很多例子,这里再来看一篇汪曾祺的短篇小说《异秉》。这篇初写于 1948 年、修改于

---

① Katia Genel, Jean-Philippe Deranty. *Recognition or Disagreement: A Critical Encounter on the Poetics of Freedom, Equality, and Identity* [M]. New York: Columbia University Press, 2016: 92.

1980 年的小说,是我们练习意识形态批评的一个很好的对象。新版和旧版差别很大①,不过两者讲的都是一个药店一个小吃摊的故事。药店是主体,看起来家大业大,实则每况愈下;小吃摊借它檐下的方寸之地栖身,当初看着朝不保夕,后来却成为整条街唯一兴隆的生意。在旧版中,主角是小吃摊主王二,他虽然从寄人篱下到自立门户,算是苦尽甘来,但一路辛酸难以尽数。众人追问他有什么天赋异禀,他思量之后回答:大小解分清。也就是说,总是先解小手,再解大手。不难理解,在全国解放的前夜写这样的一篇小说,自然有其批判的锋芒。不觉悟的人,总是把苦难当成必然,而把成功当作老天的恩赐。但是如果我们再读 1980 年代的这个版本,恐怕会有另外一番感受。在这个版本中,不仅叙述的焦点逐渐转移到了药店,尤其是地位最低的年轻学徒陈相公,而且日常生活细节的密度大大加强了。我们不仅看到了汪曾祺作品中独有的那种优雅而质朴、热情而克制的生活方式,而且感受到了一种对底层手艺人特别的同情。小说家当然希望他的人物得到拯救,但拯救的前提是他们被懂得。这种懂得不仅仅是懂得他们如何受到压迫,还要懂得他们如何以其千锤百炼的技艺,承载着一种我们正在失去的生活方式(或者说文化)所包含的喜怒哀乐。他们是被剥削被压迫者,但在小说家的笔下,他们并非不能说话的"属下",他们同样有一个自己的世界。比方小说中这样写陈相公每日的生活:

> 他一天的生活如下:起得比谁都早。起来就把"先生"们的尿壶都倒了涮干净控在厕所里。扫地。擦桌椅、擦柜台。到处掸土。开门。这地方的店铺大都是"铺闼子门",——一列宽可一尺的厚厚的门板嵌在门框和门槛的槽子里。

> 陈相公就一块一块卸出来,按"东一"、"东二"、"东三"、"东四"、"西一"、"西二"、"西三"、"西四"次序,靠墙竖好。晒药,收药。太阳出来时,把许先生切好的"饮片"、"趺"好的丸药,——都放在匾筛里,用头顶着,爬上梯子,到屋顶的晒台上放好;傍晚时再收下来。这是他一天最快乐的时候。他可以登高四望。看得见许多店铺和人家的房顶,都是黑黑的。看得见远处的绿树,绿树后面缓缓移动的帆。看得见鸽子,看得见飘动摇摆的风筝。到了七月,傍晚,还可以看巧云。七月的云多变幻,当地叫做"巧云"。那是真好看呀:灰的、白的、黄的、桔红的,镶着金边,一会一个样,像狮子的,像老虎的,像马、像狗的。此时的陈相公,真是古人所说的"心旷神怡"。其余的时候,就很刻板枯燥了。碾药。两脚踏着木板,在一个船形的铁碾槽子里碾。倘若碾的是胡椒,就要不停地打喷嚏。裁纸。用一个大弯刀,把一沓一沓的白粉连纸裁成大小不等的方块,包药用。刷印包装纸。他每天还有两项例行的公事。上午,要搓很多抽水烟用的纸枚子。把装铜钱的钱板翻过来,用"表心纸"一根一根地搓。保全堂没有人抽水烟,但不知什么道理每天都要搓许多纸枚

---

① 《异秉》的两个版本,可参看《汪曾祺全集》第一卷,邓九平编,北京师范大学出版社,1998 年版。

子,谁来都可取几根,这已经成了一种"传统"。下午,擦灯罩。药店里里外外,要用十来盏煤油灯。所有灯罩,每天都要擦一遍。晚上,摊膏药。从上灯起,直到王二过店堂里来闲坐,他一直都在摊膏药。到十点多钟,把先生们的尿壶都放到他们的床下,该吹灭的灯都吹灭了,上了门,他就可以准备睡觉了。先生们都睡在后面的厢屋里,陈相公睡在店堂里。把铺板一放,铺盖摊开,这就是他一个人的天地了。临睡前他总要背两篇《汤头歌诀》,——药店的先生总要懂一点医道。小户人家有病不求医,到药店来说明病状,先生们随口就要说出:"吃一剂小柴胡汤吧","服三付霍香正气丸","上一点七厘散"。有时,坐在被窝里想一会家,想想他的多年守寡的母亲,想想他家房门背后的一张贴了多年的麒麟送子的年画。想不一会,困了,把脑袋放倒,立刻就响起了很大的鼾声。

对希望从小说中发现进步意义的读者来说,这样的叙述是可以解释的,它让我们看到穷苦人改变自身命运的希望,而当此种希望被毁灭时,也就越发激起我们的同情与义愤。但是我们还可以细细品味这种疏可走马而又密不透风的文字,或许还可以读出更多。陈相公作为学徒每日要做的这些事情,既繁杂又累人,却也分明让他感受到扎实的生活质地,同时享受到一种孤独的快乐。不理解这些,也就不理解1980年来的汪曾祺如何回望1948年那些穷苦的人,如何替他们去想象那当时早已千疮百孔、将来更要天翻地覆的世界。我们可以说这是小说家以老派文人的笔法,将一种生活形式保留下来,使它嵌入新时代的革命话语之中;但是我们也可以反过来理解,这是真正将底层世界由"他者"带向了我们,从而为"五四"以来的知识分子话语注入了新的内容。在用精致的白描手法,温柔地、不厌其烦地展示一个个生活的细节时,叙述者的姿态是影子般的陪伴者,白天他会消失,灯下他会在场。拯救一个被压迫者,需要做很多事情;既要反抗压迫,又要尊重一个被压迫者的世界,需要做的就更多。作为优秀的文学作品,《异秉》绝非简单地遵从于某一种现成的意识形态分析,而是有能力使其变得更为复杂、丰富和生动。不要总想着给出一个明确的政治立场,文学形式本身往往提供了另一种情感逻辑,后者并不是非此即彼的。文学形象所传达的政治意识,之所以经常违背作家本人所宣示的政治立场,倒不是因为作家并不信守自己的立场,而是因为文学的形式只要足够新颖、细腻、生动、丰富、饱满、敏锐,它就会捕捉和生成一些微妙的爱恨,一点点动摇那种恩怨分明的政治立场。要能够看出这一些,需要对某个作家的创作有全面的了解,懂得他独到的形式语法与美学逻辑,知道哪些地方是正话反说,哪些地方是反话正说,哪些地方是欲扬先抑,哪些地方是冷暖交织,哪些地方又是自我解构。

前面讲叙事学的时候曾特别提到,弄清楚哪些地方是人物在说话,哪些地方是叙述者在说话,哪些地方是"隐含作者"在说话,对我们理解文中情感非常重要。如果先入为主地解读作品,看到符合自己想法的东西就抓出来,不顾它在上下文中的特定意味,那么你批判的炮火再猛烈,也如隔山打牛,缺乏杀伤力。此处,我们则特别强调注意反讽、戏仿与后设这几种情况。前面在讲"新批评"时已提到反讽，重点是语境对表面意思的违背；所谓戏仿，则是在不同的语境中复制某一类言行，从而将此言行的可笑性予以夸张和凸显；而后设，则是跳出情境进行评说，将整个讲述或表演过程分离出来，情境中是一回事，情境外又是一回事。喜剧善用这几种手法，比方话剧《暗恋桃花源》，情景喜剧《我爱我家》、《武林外传》等都很有代表性。看过这些作品，我们便能更好地体会意识形态批评所要面对的复杂状况。有的时候作品确实是在讽刺，但是话说在明处，对讽刺对象并非全无宽容和温情；有的时候恰好反过来，立场上是肯定，但是趣味有别。这也正是文学表达赞美或者批判时的特点，它不是直接的爱与恨，而是通过故事的窗子去爱与恨，因而多了一层反躬自省。好的文学作品，并不总是诉求于那种绝对正确的立场，并不特别欣赏那种"一本正经"的态度，并不特别喜欢太像"某类人"的人。现代文学中随处可见的喜剧因素，往往是在戏剧化的同时反戏剧化，也就是说，以夸张的形式将某种天经地义的东西呈现出来，却使得后者变得不那么天经地义。文学批评要注意那种经过了纠结反复之后逐渐沉淀的爱憎，那种用当代文艺的情感逻辑重新评估过的立场，而不要一看到可以用"阶级"、"身份"去分析某人某事就雀跃不已。文学的情感或许并不能代替现实生活中的情感，也不能直接用作人际关系的指导原则，但如果粗枝大叶地对待它，就很难说是在做文学批评。

说到批判，恐怕很少批评家像特里·伊格尔顿那样，始终将意识形态的弦绷得那样紧。伊格尔顿的《勃朗特姐妹：权力的神话》一书以马克思主义批评的方法讨论勃朗特姐妹，将她们视为转型期的人物，"活跃在高浪漫主义革命戏剧的年代与危机丛生的新型工业社会诞生的交叠之际"，"这个社会发轫于勃朗特姐妹生活的英国北部地区，从这里的工厂与纺织厂蔓延开来，最终横扫全球"。[①] 然后就是这一段阶级认定：

> 在夏洛蒂的所有的小说，居于中心的人物总是缺乏血亲或者有意切断了血亲关系。这使得自我变成了自由、空白的"前社会"原子：自由地被欺负被压榨，却也有机会跻身上流社会，跨越阶级结构，选择并构建社会关系，充分利用自己的才华，而不必屈从专制或父权。她的小说深谙这种资本主义伦理，但又不止于此。因为孤立的自我最终可获得的社会地位，既是通过其贤能赢得的，也在内在天性的意义上是恰切的。……夏洛特小说描写的自我总是无依无靠，得独自打拼才能战胜严苛冷酷的环境，这暗示了一种精英视角；但是自立自强的个人主义也会把人带入适宜妥帖的角色和关系。[②]

这类批评做得不好也令人生厌，尤其是伊格尔顿宣称在勃朗特姐妹的小说里，"几乎所

---

① ［英］特里·伊格尔顿. 勃朗特姐妹：权力的神话［M］. 高晓玲，译. 北京：中信出版集团，2019：3.
② 同上书，第42页。

有人际关系在本质上都是权力之争",作为抽象论断,也只是看待人际关系的一种视角而已,未必能赢得普遍的认同。但是作为伊格尔顿的早期代表作,这部书仍然能给人启发。这首先得益于伊格尔顿对作品足够熟悉,评论中充满了大量需要行家之眼才能发现的细节,使得人际关系的样态足够丰富生动,即便是将其解读为权力关系,也仍然有足够大的展现空间。其次是伊格尔顿在解说夏洛蒂式的自由主义和个人主义时,充分认识到这种意识形态的文学逻辑,即前者必须借助于情感与理智的张力结构才能得到把握,而这正是小说的逻辑。伊格尔顿认为,夏洛蒂的主人公们是"一种自相矛盾的奇特混合物:既充满反叛精神,又循规蹈矩、持守成规;既充满罗曼蒂克幻想,又冷静务实、精明审慎;既心细如发,又干脆利落"①,而这是与她们那不上不下的社会地位互为表里的。事实上,是否"社会的中间人"就一定更复杂,可以另行讨论,但有一定可以肯定的是,在近现代英国,对此中间人的描绘或者说想象几乎主导了小说的发展史,不仅影响了大众欣赏小说的趣味,而且影响了英美的小说批评理论。而且,对情感的矛盾状态的讨论也强烈地影响了英国哲学、经济学、法学与一般文化观念,相关材料蔚为大观。所以伊格尔顿立论的风险其实比我们想象的要小一些,他有丰富的资源可以让他去讨论小说中的情感与形式,同时将其对接伦理与政治,哪怕时有强行阐释的痕迹,也仍然能够很快回到生气勃勃的文学形象上来。

意识形态批评的美学逻辑

当代意识形态批评的主流做法,是将对意识形态的分析与对作品审美形式的细察结合在一起,而成为两者之连接点的,是某种美学观念。比方我们看一则熟悉的材料,是鲁迅对白莽诗集《孩儿塔》所作的序:

> 这《孩儿塔》的出世并非要和现在一般的诗人争一日之长,是有别一种意义在。这是东方的微光,是林中的响箭,是冬末的萌芽,是进军的第一步,是对于前驱者的爱的大纛,也是对于摧残者的憎的丰碑。一切所谓圆熟简练,静穆幽远之作,都无须来作比方,因为这诗属于别一世界。
>
> 那一世界里有许多许多人,白莽也是他们的亡友。单是这一点,我想,就足够保证这本集子的存在了,又何需我的序文之类。

鲁迅的意思是,《孩儿塔》有着不同于"圆熟简练、静穆幽远"之作的战斗的美学,它的美学属于另一个群体,一个革命的群体。那个群体共享这样的美学,这样的美学也定义了那样的群体,这也就是所谓的"美学意识形态"。鲁迅与朱光潜曾经有过一个著名的争论,在《说"曲终人不见,江上数峰青"》(1935)一文中,美学家朱光潜借评析钱起《省试湘灵鼓瑟》的两

---

① ［英］特里·伊格尔顿.勃朗特姐妹:权力的神话［M］.高晓玲,译.北京:中信出版集团,2019:26.

句诗"曲终人不见,江上数峰青",提出了关于诗歌的"静穆"理想。他说:"艺术的最高境界都不在热烈。就诗人之所以为人而论,他所感到的欢喜和愁苦也许比常人所感到的更加热烈。就诗人之所以为诗人而论,热烈的欢喜或热烈的愁苦经过诗表现出来以后,都好比黄酒经过长久年代的储藏,失去它的辣性,只剩一味醇朴。"在西方,静穆的艺术典型是诗神阿波罗,而中国则以陶渊明为真正达到静穆极境的诗人。然而,左联阵营里的鲁迅在《"题未定"草(七)》(《且介亭杂文二集》)一文中反驳朱光潜的这种观点说:

> 世间有所谓"就事论事"的办法,现在就诗论诗,或者也可以说是无碍的罢。不过我总以为倘要论文,最好是顾及全篇,并且顾及作者的全人,以及他所处的社会状态,这才较为确凿。要不然,是很容易近乎说梦的。但我也并非反对说梦,我只主张听者心里明白所听的是说梦,这和我劝那些认真的读者不要专凭选本和标点本为法宝来研究文学的意思,大致并无不同。自己放出眼光看过较多的作品,就知道历来的伟大的作者,是没有一个"浑身是'静穆'"的。陶潜正因为并非"浑身是'静穆',所以他伟大"。现在之所以往往被尊为"静穆",是因为他被选文家和摘句家所缩小,凌迟了。

我们也许会说,两人貌似在讨论美学问题,实则在讨论政治问题;但是值得注意的地方在于,虽然两人的政治观念的差异导致了对作品的不同解读,但是他们的争论却是在美学这个理论层面展开。直接说政治容易抛开文学,专门谈形式又未免太就事论事,进行美学层面的讨论则进退裕如,既能照顾到形式的细节,又能照顾到群体的好恶。现在不少批评家都很关心美学问题,斯坦福大学的王斑教授有一本书叫作《历史的崇高形象》,就是分析中国现当代文学、文化中的"崇高美学"。这一分析实际上是在做文学批评,但它又能够在不同文本之间建立起一种特别的联系。我们看到的不是丢开政治谈美学,而是美学原本就是政治:

> ……中国文化中对壮美、高尚的英雄人物的寻求从未止息。如果说中国现代历史的宏大叙事是一个悲剧,那么,观众则是被诱导着去赋予主角以崇高的品质。
> 本研究不想专论崇高。本书不是把崇高当作美学学科内一个纯美学范畴来研究。我不想以精微的手段去描述崇高的概念。准确地说,我想去探求那些被神化了的常被人记起的形象——我且斗胆称之为"崇高形象"。在某些个人与集体身份形成的过程中,这一形象不仅是想象出来的身份的典范,同时还进入了更广阔的文化空间,这也是本书要探讨的问题,即美学与政治的纠结互动①。

---

① [美]王斑. 历史的崇高形象:二十世纪中国的美学与政治[M]. 孟祥春,译. 上海:上海三联书店,2008:1.

这种批评方式其来有自。本雅明就曾讨论过"政治艺术化"和"艺术政治化"的问题。前者是以艺术粉饰政治，使政治神圣化，比方纳粹以各种艺术形式宣扬纳粹统治的合法性；后者则是以艺术形式的变革实现文化生活的变革，从而为政治变革铺平道路。比方本雅明认为，电影可以打破过去精英文化形成的区隔，电影不再是膜拜的仪式而成为民主的实践，从而为政治生活开辟了新的可能性。而有关政治艺术化，我们可以想到二十世纪前期的德国法西斯政权如何利用艺术手段，宣扬所谓"意志的凯旋"。需要指出的是，无论艺术政治化还是政治艺术化，之所以一直受到理论和批评界的重视，是因为它不再是过去那种内容与形式的关系，而是内容即形式，形式即内容，说得更确切些，是形式溢出了常轨，具有了内容的意义。比方《满城尽带黄金甲》里铺天盖地的金灿灿的菊花，不仅仅展现皇家的穷奢极欲，更重要的是以一种极具冲击力的视觉形象，成为皇权的象征。故事中的冲突以皇权的胜利告终，但是皇权之所以胜利，不仅仅因为它武力上强大，更因为那种全知全能的视角、那种饱满强烈的感知、那种神圣崇高的意象所产生的控制力。你可以说这是一种美学上的控制力，它之所以难以抵挡，是因为它会激发人们的想象，由此影响他们的认知。如果有某种东西想要对抗它，也必须有同等程度的美学上的感染力，也就是说给人们另一种感受和想象世界的方式，而不能只是在思想内容上针锋相对。

重要的不仅仅是你写了什么东西，还在于你以什么样的方式写。花本身是美的，甚至是柔弱的，但你以如此大的体量去展示某一种花（惊人的壮丽、惊人的奢华、惊人的浪费），就有可能会被认为是在展示一种权力美学，即一个人的意志可以如此轻易地改变世界，那个世界的崇高之美，不过是他意志的光辉。他越是专横独断，就越是让人崇拜和迷恋。这与知识分子的美学和老百姓的美学都是截然相反的。知识分子只喜欢少数同道的雅集，老百姓则更安于杂乱。比方我们看《疯狂的石头》、《我是刘跃进》、《李米的猜想》这类电影，感受到的是疯狂奔跑的节奏，你可以说这里有一种"疯狂的美学"，而这种美学所关联着的正是底层百姓的生存状态：哪怕是为了最起码的生存权，也要拼命奔跑。而如果我们看侯孝贤的电影（尤其是《海上花》和《聂隐娘》），也许我们会发现另一种美学，你可以称之为"沉默的美学"，它是要重构图像与叙事、视觉与听觉、有声与无声的关系，而这种美学显然更能刺激那些既熟悉现代艺术电影语言又热爱中国传统文化的文化人。

倘若我们想在这个向度上有比较深的思考，朗西埃的书值得一读（尤其是《文学的政治》）。朗西埃的核心概念是所谓"感性的重新分配"，他所关心的是作为文学的文学，如何介入空间与时间、可见与不可见、言语与噪声的分割，介入实践活动、可见性形式和说话方式之间的关系，简而言之，文学如何动摇已有的审美机制，建立新的审美机制，使原来不美的变成美的，俗的变成雅的，不可见的变为可见的，如此等等。在他看来，"文学"不在某个特定的语言中，而在新的连接可说与可见，词语与事物的方式中；而所谓政治，也不是稳定的体制，而是某一共同体的共同经验的建构与解构的过程。政治一直就是从文学艺术中学习如何认识自身的，因此一种真正具有挑战性的文学变革，也会同时挑战政治规则。这些论述颇能给人启发。当年"朦胧诗"兴起的时候,孙绍振教授曾写过一篇《新的美学原则在崛起》,就是以美学为批评开道。但这里要说的是,这并非是说我们必须先行在美学理论上有所建树,然后以之指导文学批评,此处的美学原则其实是批评召唤出来的,它并不属于某种价值中立的理论或者知识体系,而是指向某个理想的共同体。我们摘录作家卫慧在《上海宝贝》中加进去的一段有些煽情的话就更明白了:

> 我在爱上小说里的"自己",因为在小说里我比现实生活中更聪明更能看穿世间万物、爱欲情仇、斗转星移的内涵。而一些梦想的种子也悄悄地埋进了字里行间,只等阳光一照耀即能发芽,炼金术般的工作意味着去芜存精,将消极、空洞的现实冶炼成有本质的有意义的艺术,这样的艺术还可以冶炼成一件超级商品,出售给所有愿意在上海花园里寻欢作乐,在世纪末的逆光里醉生梦死的脸蛋漂亮、身体开放、思想前卫的年轻一代。是他们,这些无形地藏匿在城市各角落的新人类,将对我的小说喝彩或扔臭鸡蛋,他们无拘无束,无法无天,是所有年轻而想标新立异的小说家理想的盟友。

让隐匿在城市各角落的新人类走到前台,让世纪末的逆光成为顺光或至少是侧光,这就是感性的重新分配。一种以美学为名进行的文学批评,正是由此成为一种意识形态批评。我们都已经熟悉了"想象的共同体"这种说法,文学就是制造、强化和改写这种想象的重要手段。

而需要我们特别注意的是,总是在一种想象方式被另一种想象方式代替之际,或者,一种想象方式意识到自己的界限,不得不扩大自身时,我们才会意识到一个大于个人、小于人类的真实的共同体的存在(正因为如此,科幻作品受到意识形态批评的特别重视)。所以,一种文学的意识形态批评,其目的不是要强化已有的共同体想象,而是要不断探索这一共同体新的可能性。换句话说,只有当我们有能力不只是自己时,才能真正做自己。也正是在这个意义上,意识形态批评才得以成为文学的批评,因为所谓文学,不是将已知之物形象化的手段,而是将我们带向未知之物的持续过程。

本章课后练习

读王安忆中篇小说《骄傲的皮匠》,写一篇短评,写时思考以下几个问题:

1. 除开两人都有各自家庭这个因素外,外地来的皮匠根海和本地下岗女工根娣相配吗?

2. 在阅读的过程中,你会记得自己作为上海人或者外地人的身份吗?

3. 你怎么理解根海的"骄傲"?为什么要将这个词放在标题中?

4. 王安忆的《骄傲的皮匠》、《富萍》、《上种红菱下种藕》这些作品与她写上海的代表作《长恨歌》之间形成何种关系?

第十五章
内部与外部：在文学中发现历史

○ 文学的历史逻辑
○ 逻辑之一：摹仿与程式
○ 逻辑之二：总体与同构
○ 逻辑之三：讽喻与影射

前几章我们一直在讲表层与深层，本书最后一章讲内部与外部，讨论的核心问题是文学与历史的关系。内部与外部、表层与深层这样的对立关系其实都是隐喻，前者与后者最主要的差别是后者更强调压抑，深层的信息不能够被合法地表达，必须要通过一套复杂的解读技术才能被释放出来。而且有一点需要注意，压抑未必是作者在特定的创作中主动地压抑（慑于某种审查的压力），而是一种文化性的压抑，作者所使用的就是一套已经包含了压抑的文学语言，那被压抑的信息并非作者未曾明言的意图，而是有可能根本就没有成为意图。这种逻辑也可以用来分析文学与历史的关系，所以在讲意识形态批评的时候，我们反复提到了历史。内部与外部的关系与此稍有不同，它不强调压抑，而强调文学与非文学的边界，这可以成为观察文学与历史之关系的又一视角，本章将就此做一个方法论上的整理，但同时也是为"读出文本"这部分做一总结。

文学的历史逻辑

如何在文学中发现历史呢？最简单的例子，我们读一首诗，如杜甫《秋兴八首》中的一首，首先得知道这组诗写于什么时间，彼时杜甫身在何处，经历了哪些事情，怀抱怎样的期望，如此等等，倘若秉持文本中心主义，把历史背景完全过滤掉，单纯讨论诗歌技法，不仅很难充分理解杜诗沉郁顿挫的情感，也很难把"晚节渐于诗律细"的道理讲得明白。事实上，老杜之所以称为"诗史"，正因为他的诗最为典型地体现了"国家不幸诗家幸"的道理。他的诗兴不是无病呻吟，也不是一般意义上的伤春悲秋，而是"感时花溅泪，恨别鸟惊心"，换句话说就是"风声雨声读书声，声声入耳；家事国事天下事，事事关心"。抓住这一点是重要的，但这还只是第一层次。如果老杜真的是拿诗歌当写史的手段，那他也就是史家而非诗圣了。我们在老杜那里看到的其实是个人遭际与家国情怀的统一，也是审美意境与历史真实的统一，历史在诗中不是附带的信息，而是作为诗得以发生的情境，参与了诗歌意蕴的内在构成，探究杜诗中的历史，就是将诗带回现实与虚构的交界处。

在某种意义上,文学的首要问题就是"使什么成为文学的",就是要对生活做一个决断,从中分出哪些是"应该有"的,哪些是"实际有"的。这个区分不是理所当然的,也并非总是有章可循,越是有创造力的作品,就越是容易让边界模糊。朱熹读《关雎》,认为这是在赞美"后妃之德",我们听了觉得不靠谱,认为这是宣扬封建礼教,但是,给一首看起来单纯表现男女情爱的诗加上传说中贤妃的"真人真事"做背景,这本身是有道理的,它首先还不是将审美批评变为伦理批评,而是让诗与历史发生关联,对朱熹来说,只有这样解说诗,才有可能把握诗的真精神。小说当然也是如此,最典型的是研究《红楼梦》的"红学"。我们有时会奇怪,研究《红楼梦》为什么不安心研究小说的人物形象、写作手法,而要去追究小说背后的真实世界,把文学研究弄得像文史研究? 道理很简单,由文学的虚构世界追溯真实的世界,这是文学批评的自然倾向,那个真实的世界越模糊,我们越想追究,想追究一部伟大的作品究竟是从什么环境中生长出来的。追究到后来,我们其实已经不大分得清虚构与真实的界限,讲虚构的人物总能对应到历史,而讲历史又能时时回到小说之中。这种探究本身是饶有趣味的,如果有时看起来不那么有趣,那只是因为我们没有把事情做好。

需要特别强调的是,我们所说的历史未必总是特定的历史事件,更多的时候是指与作品发生着"历史关联"的"外在世界"。在英语中有一个词"worlding"近来经常被提到,意思就是"在世界中在",使某某得以发生的世界现身出来。这并不只是说一个作品中正面描写了什么,更是说它依托于什么,显示出什么。打个比方,山上一个亭子,本身不是山水,但它立在群峰之间,所谓"江山无限景,都聚一亭中",这就是亭子的世界;而文学作品也总是在特定历史时空中发生,它明确展示的东西不是其全部,而是我们在想象中重建那个历史时空的线索。内与外是一种空间性的隐喻,我们不妨想象一栋房子和它周围的环境,表面看来,房子自成一个整体,只要你愿意,可以把门窗都封起来,安心享受屋内的小世界。但是,我们造一座房子,原本就是希望它"面朝大海,春暖花开",不仅周遭的环境会影响到人怎样设计房子,住在房子里的人也会随时随地与世界保持交流。古人有很多的作品描绘这种状态,这里选两首宋词,作为文学与世界交流方式的象征:

> 群芳过后西湖好,狼藉残红。飞絮濛濛。垂柳阑干尽日风。
> 笙歌散尽游人去,始觉春空。垂下帘栊。双燕归来细雨中。
>
> ——欧阳修《采桑子》
>
> 漠漠轻寒上小楼,晓阴无赖似穷秋。淡烟流水画屏幽。
> 自在飞花轻似梦,无边丝雨细如愁。宝帘闲挂小银钩。
>
> ——秦观《浣溪沙》

文学与历史、世界的关联,正在开与闭之间,仿佛隔着一重帘子,好像可以"躲进小楼成一统",其实风声雨声什么都阻挡不住,何况画屏上淡烟流水,正是有情之天地;但是另一方面,虽然无法隔绝,但是垂下帘栊,一内一外毕竟是两个世界。要从文学中读出历史,就要有一种"通透"的智慧,既各自独立,又相互沟通,这样才有意思。比方读鲁迅的《阿Q正传》,总能看出赵庄之外的世界经历了怎样的动荡。虽然作品虚虚实实,很多地方只是草蛇灰线,我们还是能够借助合理的想象,大体拼凑出一幅时代的画卷。对批评家来说,以"还原历史本来面目"(即便我们能够对之形成共识)要求文学创作显然不合理,因为文学创作并不是做这件事情的最佳途径;但是另一方面,以"文学都是虚构"为由拒绝尊重史实也不合理,因为这同样有可能损害文学与历史之间的良性关系。这种良性关系是一种创造性的平衡,文学要尊重历史,历史也要尊重文学,是在文学中发现历史,而不是以文学照搬历史,更不是以文学否定或臆造历史。

　　文学与历史的一种结合方式是文学史。经常听到有人评论说,中国学者特别喜欢写文学史,为世界之最。这当然有多方面的原因,一个正面的原因是文学史确实很重要,不仅可以帮我们梳理作品的创作背景,它本身也构成了历史的另一面相。近三十年来,"重写文学史"的提法在国内学界广有影响,正因为它们能够在重绘文学地图的同时,产生思想史、政治史等多方面的边际效应。也就是说,对中国文学的研究不仅要重写特定社会/政治史叙述之下的文学史,还可以通过对文学史的研究重写社会/政治史本身。这倒不是说从另一种意识形态立场出发重建一套社会/政治史叙述,然后以其重估文学,而是从一开始就致力于营构文学史与社会/政治史的相生互证。将这条思路理论化,有可能形成所谓"新历史主义"。① 我们前面多次提到过的王德威教授,可以算是"新历史主义"的实践者。他特别重视的是"小说中国",用他在《想象中国的方法:历史·小说·叙事》一书中的话说就是:"如果我们不能正视包含于国与史内的想象层面,缺乏以虚击实的雅量,我们依然难以跳出传统文学或政治史观的局限。一反以往中国小说的主从关系,我因此要说小说中国是我们未来思考文学与国家、神话与史话互动的起点之一。"②王德威教授还在《写实主义小说的虚构:茅盾,老舍,沈从文》这本书的序言中有一段精彩的论述:

　　　　写实或现实主义因此不止意味单纯的观察生命百态、模拟世路人情而已。比起其他文学流派,写实主义更诉诸书写形式与情境的自觉,也同时提醒我们所谓现实,其实包括了文学典律的转换,文化场域的变迁,政治信念、道德信条、审美技巧的取舍,还有更重要的,认识论上对知识和权力,真实和虚构的持续思考辩难。
　　　　……这里最大的吊诡正在于小说作为写实的载体。小说原为虚构,是不必当真的文字书写。但在写实主义的大纛下,小说赫然成为政教机构争取发言权力的所在,或个人与社会相互定义、命名的场域。由此产生的文本内外的互动和抵牾,

---

① 张进的《新历史主义与历史诗学》一书(中国社会科学出版社2004年版)对新历史主义观念在理论和创作上的表现有一个头绪清晰而又富于开放性的探讨,可参看.
② 王德威.想象中国的方法:历史·小说·叙事[M].北京:生活·读书·新知三联书店,1998:2.

信仰和禁忌，为一个世纪的文学史铺陈出一则又一则惊心动魄的故事。[①]

简而言之，所谓写实，并不是依样画葫芦地照搬现实，因为虚构在现实之中，现实也在虚构之中。现实是被建构的，但是建构的规则既不由作家的主观意志决定，也不囿于审美自律性的考量，而是在文学与现实的复杂关联中动态地生成。"新历史主义"的代表人海登·怀特认为，我们关于过去的知识是由特定的叙述方式即我们讲述故事时谈论过去的方式所决定的，"对历史的恰当的理解绝不应该视其为对过去事件准确无误的记录，历史毋宁说是象征结构，是膨胀了的隐喻，是把被报道的事件比作我们已经熟悉的文化中的某些形态……通过以这种方式组织一系列事件，形成一个可被理解的故事，历史学家们使那些事件成为具有象征意义的可理解的情节结构"。[②] 简而言之，历史本身就是按照类似文学的规则讲述的故事，文学对历史的模仿不是用语言去描述一件实实在在的事情，而更像是以诗的形式去改写有关这件事情的叙述。这样来理解历史，文学与历史的关系就变成文本与文本的关系。"新历史主义"的创始人之一、美国学者斯蒂芬·葛林伯雷有一段话经常被引用："艺术作品是一番谈判以后的产物，谈判的一方是一个或一群创作者，他们掌握了一套复杂的、人所公认的创作成规，另一方则是社会机制和实践。为使谈判达成协议，艺术家需要创造出一种在有意义的、互利的交易中得到承认的通货。……'通货'是一个比喻，意指使一种交易成为可能的系统调节、象征过程和信贷网络。"[③]这里的"谈判"和"通货"都是经常被提到的隐喻，简单来说就是社会希望作家在书写历史时遵循一套规则，作家自己另有一套规则，最后写出来的作品是谈判的结果，即一系列斗争与妥协的结果，而这个结果又可能影响到新的规则的形成，包括文学的规则和社会的规则。文学批评的工作就是将此谈判的过程发掘出来，这就要求批评家将作品放入文学与历史相生互证的过程中考察，这才是所谓"回到历史现场"。

在这个问题上，要敢于突破框架的限制，这限制往往是受到了反映论逻辑的影响。比方我们看鲁迅的《狂人日记》，会觉得它确实是"五四"精神的样板，是绝对意义上的"时代的产儿"；反观《伤逝》，反映的似乎就是"五四"运动退潮期的苦闷——这么想想可以，如果你现在写评论，还是这么写一通，那肯定不行。一则，它不过是重复教科书中的知识点，写了等于没写；二则，它没有体现文学与历史的张力，把一个现成的政治史、思想史的叙述直接拿来言说文学中的历史，方法上没有挑战性；三则，它不能激发我们以新的眼光看作品，而是把作品简化为抽象观念，没有体现"重读"的精神。知道鲁迅写《伤逝》时"五四"运动已经退潮，这不是敢于"重读"的起点，只有当强烈地意识到子君与涓生所面临的困境并非"五四"话语所能解决时，"重读"、"重写"才成为必要。一个伟大的作家，往往与一般所谓历史潮流保持了一种

① 王德威. 写实主义小说的虚构：茅盾，老舍，沈从文[M]. 上海：复旦大学出版社，2011：1.
② ［英］安德鲁·本尼特，尼古拉·罗伊尔. 关键词：文学、批评与理论导论[M]. 汪正龙，李永新，译. 桂林：广西师范大学出版社，2007：111.
③ 张京媛. 新历史主义与文学批评[M]. 北京：北京大学出版社，1993：14.

不同步的呼应关系,他将历史个人化了,也个性化了,读他的作品就是要发掘这种个人化的历史,这样才能读出新意。通过文学发现历史,就是要看作品是否蕴含新的视角、新的观念,可以帮助我们更好地理解历史本身的复杂性,反过来,也能更好地理解文学之为文学。

逻辑之一: 摹仿与程式

接下来要讨论三种由文学发现历史的重要路径,简单说来是摹仿、同构与讽喻。所谓摹仿,从字面上来说最好理解,文学按照历史"本来的样子"将其呈现出来。这实际上是最常见的一种关系模式,也直接体现了"现实主义"的文学观念。然而,所谓历史本来的样子,不是起点而是目标,让人觉得文学中的历史正如历史本身,这是成功的文学创作的标志,而不仅仅是某种信念。当作家面对历史进行写作时,关键不在于他所掌握的历史资料是否完备,而在于作品用来收纳这些材料的形象结构是否有足够的创造力,能否让读者看到历史的复杂性确实成为了塑造新的情感形式的力量。比方说,作品切入某一历史事件的视角是否独特,是千人一面还是独具慧眼;作品的细节是否扎实,是作家拍脑袋的想象还是能够以极具真实感的描写让有鉴赏力的读者身临其境;作品的叙述是否巧妙,能否有效地引导我们就历史与虚构、社会与个人等关系进行辩证性的思考,如此等等。米兰·昆德拉的《生命中不可承受之轻》之所以能够成为经典,并非因为它对历史的表现有多全面、公正,而是因为它在外在历史("布拉格之春")与内在生活(医生托马斯的情感经历)之间建立起了一种微妙的轻重关系:一方面,历史使个人失去重量;另一方面,那被认为是重的历史,相比个人所面对的性格与命运的纠结也许其实才是真正轻的东西。这两方面循环往复,轻的变成重的,重的重新变成轻的,私生活变成政治生活,政治生活又还原为男女情爱,最后我们不仅意识到生命中最不可承受的不是"太重"而是"失重",而且真切地感受到那种复杂的情感与复杂的形式妙合无垠,成就了一种轻与重的交响,正是在对此交响的聆听中,读者被带入了历史的内里。反观张爱玲《秧歌》、《赤地之恋》这样的作品,虽然直接描写新的历史情境,却没有找到切入历史的方法,以至于小说显得太过观念化。从文学的角度来看,这类小说最大的问题倒不在于政治立场是否正确,也不在于虚构是否缺乏事实依据,而在于那种不熟悉的生活在作家笔下显得苍白、浮泛、概念化,给人强烈的妖魔化印象。妖魔化是小说的大敌,它不能将读者带入历史,而是让政治立场的对立裸露于外。事实上,我们在张爱玲的早期创作那里已经学到,当一种生活被高明地摹仿时,它应该显示出自身的丰富多元,而这种丰富多元又能持续地影响作品的思想观念和情感取向,使之在深度、厚度、力度上不断加强。再如茅盾的早期长篇小说,之所以至今仍然得到较高的评价并且受到研究者的关注,并不是因为它"忠实"地摹仿历史,而是因为它所呈现的"革命+恋爱"模式包含着更为微妙、丰富的冲突,批评家仍能真切地感受到作品中那种激动、兴奋而又彷徨、自省的复杂状态,并看到新的写实主义写作范式的形成。当文学进入历史时,历史——既包括既定的观念,也包括第一手的材料——会对文学产生一种压迫力,而文学又会在与这种压迫力的对抗中不断调整和突破自身,对于富有鉴赏力的读者来说,发现这种对抗的踪迹,就是在文学中发现历史。相反,如果读者看到一个敏感的历史题材被作者轻车熟路地用来表达她/他惯常表现的主题,历史只是成为背景甚或可以随时拆换的道具,就会觉得虽然题材的分量很重,作品的分量却轻了些。

由这番讨论,我们还可以从"评价"推进到"研究"。在文学中发现历史,不只是看作品把历史题材处理得怎么样,还要看作品是否提供了值得探究的问题;不仅要看作家怎样通过创作再现了历史,还要看历史怎样通过作家的创作留下自身的踪迹。这在某种意义上是一种"再解读"的工作①,不是解读作品如何"再现"历史,而是解读作品如何"体现"历史,这个"体现"不是明确的意图,而是历史的时间结构与文学的——包括某种文类的、某个作家的甚至某个作品本身的——时间结构相互碰撞的结果。尤其值得注意的是,当文学从旧的程式走向新的程式时,历史就有可能进入了文学,所以文学批评要特别注意变与不变的关系。举例言之,丁玲在去延安之前早已名满天下,并形成了自己独特的风格,而当她到达延安后,却发现自己的写作经验不足以应对新的生活,她当然会有很多困惑,但并不退却(像萧红那样),而是努力使自己的创作紧跟历史的洪流,写下了很多表现延安生活包括军旅生活的作品。但这还只是表象,当丁玲的"小资产阶级情绪"在作品中悄然显现出来时,才出现了历史与文学富有力度的冲突。我们来看三篇小说的开头,分别来自丁玲的《莎菲女士的日记》、《在医院中》和契诃夫的《大学生》:

(一)今天又刮风!天还没亮,就被风刮醒了。伙计又跑进来生火炉。我知道,这是怎样都不能再睡得着了的,我也知道,不起来,便会头昏,睡在被窝里是太爱想到一些奇奇怪怪的事上去。医生说顶好能多睡,多吃,莫看书,莫想事,偏这就不能,夜晚总得到两三点才能睡着,天不亮又醒了。像这样刮风天,真不能不令人想到许多使人焦躁的事。并且一刮风,就不能出去玩,关在屋子里没有书看,还能做些什么?一个人能呆呆的坐着,等时间的过去吗?我是每天都在等着,挨着,只想这冬天快点过去;天气一暖和,我咳嗽总可好些,那时候,要回南便回南,要进学校便进学校,但这冬天可太长了。

(二)十二月里的末尾,下过了第一场雪,小河大河都结了冰,风从收获了的山岗上吹来,刮着拦牲口的篷顶上的苇杆,呜呜的叫着,又迈步到沟底下去了。草丛里藏着的野雉,便刷刷的整着翅子,更钻进那些石缝或是土窟洞里去。白天的阳光,照射在那些冰冻了的牛马粪堆上,蒸发出一股难闻的气味。几个无力的苍蝇在那里打旋,可是黄昏很快的就罩下来了,苍茫的,凉幽幽的从远远的山岗上,从刚刚

---

① 有关"再解读",不妨参考唐小兵主编的《再解读:大众文艺与意识形态》(增订版,北京大学出版社 2007 年版)一书,虽然该书中的"再解读"与我们这里讲的不完全一致,但很多地方可以互相支持.

可以看见的天际边,无声的,四面八方的靠近来,乌鹊都打着寒战,狗也夹紧了尾巴。人们便都回到他们的家:那唯一的藏身的窑洞里去了。

那天,正是这时候,一个穿灰色棉军服的年轻女子,跟在一个披一件羊皮大衣的汉子后面,从沟底下的路上走来。这女子的身段很伶巧,又穿着男子的衣服,简直就像一个未成年的孩子似的,她在有意的做出一副高兴的神气,睁着两颗圆的黑的小眼,欣喜的探照荒凉的四周。

（三）起初天气很好,没有风。鸫鸟噪鸣,附近沼泽里有个什么活东西在发出悲凉的声音,像是往一个空瓶子里吹气。有一只山鹬飞过,向它打过去的那一枪,在春天的空气里,发出轰隆一声欢畅的音响。然而临到树林里黑下来,却大煞风景,有一股冷冽刺骨的风从东方刮来,一切声音就都停息了。

水洼的浮面上铺开一层冰针,树林里变得不舒服、荒凉、阴森了。这就有了冬天的意味。

教堂诵经士的儿子,神学院的大学生伊凡·韦里科波尔斯基打完山鹬,步行回家,一直沿着水淹的草地上一条小径走着。

在第一个开头中,我们看到的都是内心活动的描写,对莎菲女士来说,描写自己内心就是描写整个世界。她以日记的形式呈现生活的无聊,但这种无聊却滋养了她独立的人格,她忠于这种人格,忠于自己的内心。我们设想这样一个"五四青年"来到延安,会是怎样的情况。《在医院中》这段开头曾让丁玲受到严厉批评,认为是抹黑延安,但是丁玲的支持者有可能认为它相当写实,并无刻意的歪曲。事实上,这一段有点自然主义色彩的描写正透露出丁玲应对历史的方式:一方面,她忠实地描摹外在世界而不是展现内心生活,她给出了一个辽阔的、崇高的背景,而人物只是其中的一个点;另一方面,她设置了一个知识分子的成长故事作为小说的主线。这与契诃夫短篇小说《大学生》有点阴郁的开头形成很好的比照,《大学生》讲的是一个神学院的大学生觉得乡村生活非常无聊,却最终从无知的农妇那里懂得了信仰;《在医院中》则是自认为更文明、更健康的医者,意识到自己的灵魂更需要医治。陆萍来到战地医院,觉得从设备、技术、药品储备到管理水平样样差强人意,时时令人焦虑和气闷,一度想去越级"告状",最后却从一个没有脚的疟疾病人那里得到了教育,这才有了最后的自省:"新的生活虽要开始,然而还有新的荆棘。人是要经过千锤百炼而不消溶才能真真有用。人是在艰苦中成长。"作者之所以敢于在前面把延安描写得那样灰暗,并不只是出于现实主义的文学精神,更因为她相信在一个成长故事中,最重要的是知识分子心态的转变,而忠于内心的感受是呈现这种转变的前提。然而,一个小资产阶级知识分子的成长故事仍然是一个小资产阶级知识分子的故事,而作者所进入的历史情境已经不需要这样的故事。知识分子来延安是在革命事业中接受教育的,而不是在教育他人的同时发展"自我",事实上,她应该主动摒弃和剥离那种属于个人主义的东西,这正是那位残疾病人给她的劝诫:"在一种剧烈的自我的斗争环境里,是不容易支持下去的。"但是《在医院中》却并没有能够令人信服地呈现出成长的过程,主人公的自省并没有与延安的革命现实发生真正的关联,倒是能够与《大学生》的最后一段形成呼应:"他坐着渡船过河,后来爬上山坡,瞧着他自己的村子,瞧着西方,看见一条狭长的、冷冷的紫霞在发光,这时候他暗想:真理和美过去在花园里和大司祭的院子里指导过人的生活,而且至今一直连续不断地指导着生活,看来会永远成为人类生活中以及整个人世间的主要东西。于是青春、健康、力量的感觉(他刚二十二岁),对于幸福,对于奥妙而神秘的幸福那种难于形容的甜蜜的向往,渐渐抓住他的心,于是生活依他看来,显得美妙,神奇,充满高尚的意义了。"这当然也是提升自我,但这种跳出是以滋养一个独立的自我为前提的。正是在这里我们看到小资产阶级的成长和革命者的成长如何相互缠绕,而这种缠绕与其说是丁玲本人思想的游移,不如说是其所调动的写作资源内在的混杂性。男女主角之间朦胧的爱情同样反映这种混杂性,那种在艰苦的斗争环境中闪现的知识青年之间的爱情是一股清流,那种心灵与心灵之间的相互警惕与相互吸引,那种从各种细节中透露出的性的诱惑力,以及与这种诱惑力相伴相生的罪恶感和自我贬低的冲动,成为主人公知识分子改造的另一侧面,然而这究竟是将小资产阶级知识分子改造成革命者,还是在革命的环境中继续发展小资产阶级知识分子的自我斗争? 从不同的立场观察,很可能会得出不同的结论。《在医院中》的历史价值,不在于它展示了某个可能会被有意遮蔽的面相,更在于它展示出一种典型的源于"五四"时期的文学程式,是如何在新的历史境遇中与革命写作的程式发生碰撞的。当我们以《在医院中》为中心,向前向后发掘出丁玲写作发展的整个脉络,便会意识到文学与历史的摹仿关系并非依葫芦画瓢,而是犬牙交错,彼此咬合。总而言之,作家以她擅写的故事为构架,去摹仿生活的"本来面目",去吸纳和锤炼新的生活经验,这一努力往往不会完全成功,但也未必毫无成果,对此实际状态的描述就将文学中的历史揭示出来。文学批评所要探究的,既是文学中的历史,也是历史中的文学。

逻辑之二: 总体与同构

在讨论文学作品的现代性价值时,我们曾提出,在新的文学形式与新的社会状况之间有可能存在同构关系。这种同构不是物理性的因果,而更像是因为习惯了以看"有机体"的眼光看世界,于是会在一个世界的各个层次和部分之间建立想象性的关联,我们对这种关联往往习焉不察,但是在旧的语汇与新的语汇交替之际,它有可能会凸显自身。这并不需要作者有意去摹写历史,她/他尽可以去写一个相对封闭的小世界,仿佛外面的世界并不存在,但是这个世界与那个更大的世界存在着一种神秘的呼应或者说共鸣。就像张爱玲小说中的阳台,常常供人逃离家庭和功利生活之用,密不透风的日常生活与"无边的天与海"之间的变奏,并不直接指涉时代,却为表现乱世人情提供了一种独特的"感觉形式"。再如林徽因的小说《九十九度中》,用了一种奇特的结构方式,让街上的人与人相互联系,一个人的行动引出另一个人的行动，一个人的故事接上另一个人的故事，每个故事都点到即止，但又让人觉得生生不息，仿佛每个人都因为他人而存在，但似乎每个人又都是孤独的，只行走在属于自己的管道中，所以人与人之间与其说是因果关系，不如说是共生关系。李健吾认为，林徽因是把人生看作一根合抱不来的木料，没有唯一的世界，只存在看世界的不同视角，而作品提供的是人生的一个横切面，将各种视角并呈出来。李健吾作为同时期人，称赞这是极具现代性的写法；而我们现在看这篇小说，或许会觉得林徽因是以一种极具想象力的形式来表现新的历史境遇，小说中这个平面化的小世界，与那个大世界形成了一种同构关系。这种同构既是内容的同构，更是形式的同构。也就是说，我们分析这篇小说的结构，就是在分析小说中的世界；而分析小说中的世界，又令人时时想到外在的世界。此处我们当然并不需要对外在的世界先有科学的把握之后再来确证这种同构关系，同构本身是我们理解作品意蕴的途径而已。

这种同构的逻辑在文学批评中有广泛的运用，我们这里不能一一提到，不过西方马克思主义文学批评在这方面有独到的贡献，却值得特别注意。比方法国的吕西安·戈德曼有一个著名的概念即"世界观"，强调的是一种总体论，他认为人的行为始终构成全面的意义结构，这样的结构同时具有实践性、理论性和情感性。一个作者的思想和作品不能独立地被理解，只有把认识纳入整体才能超越局部和抽象现象，触及本质，也就是说，一种思想，一部作品只有被纳入生命和行为的整体中才能得到它的真正意义。而且，有助于理解作品的作为并不是作者的行为，而是某一社会群体的行为尤其是社会阶级的行为。[①] 英国的马克思主义者雷蒙德·威廉斯则有"感觉结构"（structure of feeling）的提法。它也是在言说一种社会经验而非私人经验，但它不像"世界观"或者"意识形态"那样强调思想体系，而是希望更为辩证地处理一种作为感受的思想观念和作为思想观念的感受。威廉斯建议我们想象其中存在一种结构，结构中的各个成分既相互联结又彼此紧张；而且，结构虽然有一定的稳定性，却也时时处于变动之中，旧的感觉结构不断解体，新的感觉结构不断生成，却并非一步到位，而是往往有一种延迟效应。[②] 戈德曼和威廉斯的概念都适合用来将一部作品放入整体的社会环境中看待，但又避免了那种机械的经济决定论或阶级决定论。不是说你经济状况如何，阶级地位如何，你就会选择如何写作，因为这里不是意图问题，而是感知世界的方式问题。这种感知方式不是你一个人可以决定的，它是无名和无限的集体创造的结果，而且一直在过程之中，某种意义上你只能顺应它，但与此同时你又有可能在这里或那里制造一点改变的可能性。而当你在这样做时，你实际上就与千千万万人发生着关联，因为你们分享着一种感觉结构，又以各自的努力共同作用于它。同样的道理，一部小说与一部哲学著作、一种宗教派别、一个社会事件之间的联系也可能非常紧密，虽然表面上看来找不到任何直接的因果，但它们

---

① ［法］吕西安·戈德曼. 隐蔽的上帝［M］. 蔡鸿滨，译. 天津：百花文艺出版社，1998：8.

② ［英］雷蒙德·威廉斯. 马克思主义与文学［M］. 王尔勃，周莉，译. 郑州：河南大学出版社，2008：141—142.

却服从于同一种逻辑，像是同一类故事的不同版本。这种同构关系，并不只是题材性的，更是美学性的。

　　有关这种美学性的同构，我们可以从萨义德那里学到不少东西。萨义德作为后殖民主义批评家，经常要处理的难题是意图与结果的矛盾，比方说一个有帝国主义情结的作家有可能在作品中对自身产生怀疑，而一个并无帝国主义狂热的作家，却会在作品中不自觉地透露出作为殖民者的爱憎悲喜。在《文化与帝国主义》一书中，萨义德对康拉德《黑暗的心》有一段著名的分析。他注意到小说中有这样的安排，叙述者马洛船长在泰晤士河上的一艘船上给同伴们讲过去在非洲的探险故事，开始讲时，一轮太阳正在落下去；等到他讲完，首尾呼应出现了："远处的海面横堆着一股无边的黑云，那流向世界尽头的安静的河流，在乌云密布的天空之下阴森地流动着——似乎一直要流入无边无际的黑暗深处。"①马洛是英国人，他在非洲期间认识了叫库尔兹的白人殖民者，见证了后者从一个宣称要将"文明进步"带到非洲的理想主义者，一步步堕落成贪婪的殖民者的过程。库尔兹最后暴病而亡，临死前反复说的话是"太可怕了"，这话什么意思，马洛并不明白，康拉德也没有现身说法，给出明白的伦理教训，而只是以黑暗作为讲故事的背景，并且通过形式上的循环，不动声色地点题。康拉德本人未必反殖民主义（须知殖民主义并不只是侵略与掠夺，而是与民族主义、西方中心主义、理性中心主义和各种各样的英雄主义杂糅在一起的话语），他那"海洋小说大师"的气质倒正契合于"日不落帝国"的殖民梦想，但是萨义德说，在《黑暗的心》这部小说中，康拉德自觉运用循环的叙述形式，控制住了自己的殖民主义冲动，引导我们去认识一种帝国主义所达不到的、无法控制的现实。②那种立足文明世界的自信、那种征服未知世界的豪情、那种似乎无可避免的残酷以及潜滋暗长的虚无感、罪恶感与恐惧感，交织为一种现代感觉形式，渗透进艺术结构之中。萨义德耐人寻味的看法是，康拉德是以自觉的艺术创造（循环的叙述形式），成就了非自觉的反殖民主题，使读者意识到，在马洛及其听众所能理解的世界之外，存在一个未加界定的、模糊不清的世界。康拉德无法拒绝那种"难以穿透的黑暗"，此种黑暗深藏于文学传统之中，并借助于《黑暗的心》——被普遍认为是第一部真正意义上的现代主义小说——这类小说伸展自身，一点点潜入宗主国知识分子的精神结构。它不只是某种罪恶之物的象征，更成为新的想象世界的方式，某种意义上，不再是上帝或理性之光照亮世界，而就是这种循环往复的黑暗照亮世界。即便当事人远离了殖民地，它也如影随形，挥之不去。

　　同构给人强烈的空间性印象，事实上萨义德就非常重视地理要素。他对简·奥斯丁的小说《曼斯菲尔德庄园》的解说十分经典。他认为，《曼斯菲尔德庄园》是一部关于迁徙与定居的小说。小说的故事发生在一个英国的庄园，庄园里有一大群年轻人，其中来自外地穷亲戚家的范妮·普莱斯不仅家境不好，相貌上也十分平凡，但是随着她一天天长大，出落得越

---

① ［英］康拉德. 黑暗的心［M］. 黄雨石，译. 北京：人民文学出版社，2002：237.
② ［美］爱德华·萨义德. 文化与帝国主义［M］. 李琨，译. 北京：生活·读书·新知三联书店，2003：36.

来越端庄淑雅,胜过了她那些玩世不恭的堂兄妹,渐渐成为庄园中的灵魂人物,曼斯菲尔德庄园的精神上的女主人。实际的庄园主、终日不苟言笑的托马斯爵士在英属加勒比海的安提瓜岛有种植园,这个种植园的收入维持着庄园的体面(一家人因为长子的挥霍无度而倍感压力),于是曼斯菲尔德庄园便成为了横跨两个半球、两个大海和四块大陆之间的一个圆弧的中心点。于是我们看到一个相向而行的运动:一方面是庄园主人托马斯爵士一次次奔赴海外或者伦敦管理他那风雨飘摇的种植园产业;另一方面是外来者范妮不断成长,并以其可敬的道德品质和对曼斯菲尔德的忠诚成为庄园的精神领袖。托马斯爵士是范妮的良师益友,本无直系血缘关系的范妮,最终凭借自己的贤良淑德从托马斯那里继承了庄园。在奥斯丁的小说中,读者本来就强烈地感受到经济与爱情的既相互依存又常常冲突的关系,而萨义德进一步指出,没有奴隶贸易、蔗糖和殖民庄园主阶级[①],就不可能有曼斯菲尔德庄园里的一家人,在某种程度上,这部小说所宣扬的道德情操与生活方式是以加勒比岛国上的奴隶制为前提的。在曼斯菲尔德庄园里所发生的混乱——托马斯爵士因为去种植园而暂时离家,几个年轻人琢磨演戏等新鲜玩意儿而托马斯极为反感戏剧——以及随后的秩序重建,由此便与英国在世界范围内殖民统治的动荡与巩固互为表里。萨义德正是以此"内外相生"的逻辑,将奥斯丁关于男女情爱的充满道德教化的小说,拉入文化与帝国主义的理论版图之中。

萨义德强调,这当然不是说奥斯丁是帝国主义者,尤其不是蓄奴主义者,事实上小说中范妮就曾质疑奴隶制,而托马斯爵士与其说希望维持奴隶制,毋宁说是希望维持秩序和利益。但是另一方面,也不能因为《曼斯菲尔德庄园》是部小说,它和一种肮脏的历史牵连在一起这一事实就无关紧要。萨义德的建议是我们应该反复阅读小说,以掌握那种"感觉与参照的体系",正是这种体系将英国的海外力量的现实与英国庄园所代表的国内复杂情况联系起来,让我们可以把这部小说当作一个正在扩张的帝国主义冒险的结构的一部分来读。我们的确看到,去殖民地闯荡的豪情和诱惑强烈地影响到了几代人,几乎已经成为与安守英国乡村一样重要的生活方式,而在西印度群岛经营种植园,就像亚当·斯密在《国富论》中所说的那样,实际上是以更为灵活的土地分配政策输出了英国本土的制度,而这是与终日算计他人钱财然后去伦敦奢华享受的生活方式尖锐对立的。萨义德相信,与作为时代基本现实的殖民主义的瓜葛无损于《曼斯菲尔德庄园》的伟大,事实上,正因为这部小说属于伟大的文学杰作,具有强大的概括力和感染力,它才稳定地开拓了一片帝国主义文化的广阔的天地。萨义德甚至认为,没有这种文化,英国后来就不可能获得它的殖民领地。此处不是文学是否应该为帝国主义的野蛮负责的问题,而是文学能否以及如何真实地参与历史进程的问题。

我们毕竟是做批评而不是纯粹的研究,所以一般并不需要对文学中的殖民主义进行全

---

① 亚当·斯密的《国富论》中有专门的介绍,据说是因为欧洲人体质不耐炎日的关系,在欧洲殖民地里,甘蔗都由黑奴栽种。《国富论》中还特别提到,法国殖民地的种植园因为同样施行专制政体下的治理,对黑奴有基本的保护,经营状况更好;英国殖民地因为奉行自由主义政治,缺乏统一管理和相关法规制度,导致种植园效率低下,常常需要国内资金的补贴.

面而深入的揭露，我们所关心的核心问题是，一个并不持有明确的殖民主义主张却又不可避免地与殖民主义问题发生关联的作家，其写作会有何种特殊难度，这种难度又能否以及如何被克服？以《曼斯菲尔德庄园》而言，这部小说有着非常强烈的道德关怀（不少读者觉得它有强烈的说教色彩），而且相当集中地讨论了一个问题：我们如何在照顾自己的同时，对他人产生真正的关切？小说里面出现的是各种各样自私的人，他们并非大奸大恶，但是不管是亲人之间、亲友之间还是爱人之间，总是功利——经济利益或者社会声誉上的增减——先于关切，关心他人总不如操心自己，即便关心他人也只关心极少数的自己人，尤其是对远方的他人的痛苦缺乏感同身受的想象力，用小说中的话就是"再没有一个人对这样一件与自己不关痛痒的事情——一百英里之外的某家有人生病——感到关心"。女主角范妮和男主角埃德蒙几乎是仅有的两位会时时反思自己的冷漠的人，只有他们意识到自己的喜怒哀乐往往以对他人的漠视为前提，这成为真正的道德感得以发生的根源。有此背景，我们就有充分的理由将西印度群岛纳入视线，既然作家已经意识到，英国的乡绅家庭需要依靠其在殖民地的残酷生意才能维持体面的生活和道德形象，她该如何考量笔下的人情伦理？

在文学中发现世界是非常自然的事情，哪怕是简·奥斯丁这样似乎只关心男女情爱的作家，同样是面对一个已经被无限打开的现代世界写作。在他们对现代世界的文学想象中，本来就有关于殖民地的想象，这一想象是拖曳在民族国家想象之后的阴影，它不是可以随意抹去的东西。而且，并不是说由宗主国作家创作的文学所提供的就是殖民者经验，殖民地作家提供的就是被殖民经验，那种有殖民意识参与的世界想象，往往通过文学经典的传播影响到各个地区、各种身份的作家，殖民者与被殖民者的明确区分倒是第二步的事情。换句话说，不管被认为是殖民者还是被殖民者，都有可能受到新的世界想象的影响。举个例子，伪满洲国时期著名作家爵青有一篇短篇小说代表作《哈尔滨》，描写的是伪满时期哈尔滨的黑暗与堕落，整篇小说充满颓废、阴郁的情绪。我们感受到这种情绪，很可能会认为这体现了被殖民者的怨恨、绝望与呐喊（当然也不能排除这一点），但是如果了解爵青的生平，会知道他并不能算一个抗日义士，虽然没有特别的恶行，却相当主动地与日本当局合作，自居为"满洲作家"。令人费解的是，一个并不特别抗争的作家为什么会写出如此颓废的作品来呢？我所建议的一种思路是，爵青所认同的西方现代文学传统，本身就提供了一种与殖民经验并不冲突的想象现代世界的方式。爵青笔下的哈尔滨是堕落之所，却又是现代文明的象征，以浪荡子形象出现的文人，选择以颓废堕入现代，此种逻辑会很自然地将爵青带入西方文学传统。值得注意的是在此文学传统中，殖民经验已经充分内化了。那种语言的混用与陌生化所带来的错愕与奇崛的美学效果，那种异质文化的并陈与错杂所制造的极具刺激性的景观社会，那种在各色人种的混居中悄然松弛的道德束缚和随之而来的茫然感，那种对未开化的而又充满诱惑力的"他者"——往往现身为唾手可得的外邦女子——的征服欲和对暴力掠夺的恐惧心，如此等等。我们很难确定，这些体验的哪些部分与殖民经验直接相关，哪些只是都市生活经验；但是可以肯定的是，抽离了殖民经验，我们所写出来的现代大都市就不是现在的样子。当充满异国情调的、既绚丽又忧郁的大都市在文学中一次次呈现时,我们需要注意的并不只是特定的写作者与其生活的环境的关系,更是写作者所掌握的文学资源与那个包含了殖民经验的现代世界的关系,而后者往往可以通过同构的逻辑呈现出来,也就是说,一个具体而微的文学表现,通过某种感觉结构,沟通于一种大象无形的世界想象。

不妨就此再举一个例子。从波德莱尔开始的现代主义文学有一个"世界的图像化"的逻辑:一方面,我们似乎可以跳出特定的传统,不知餍足地攫取世界的碎片,将其拼接在一起,并与之形成对视关系;另一方面,我们又分明失去了把握生活的能力,越是占有,就越是失落。我们来看最熟悉不过的张爱玲《沉香屑 第一炉香》中的一段:

> 她在人堆里挤着,有一种奇异的感觉。头上是紫粲的是密密层层的人,密密层层的灯,密密层层的耀眼的货品——蓝瓷双耳小花瓶;一卷一卷的葱绿堆金丝绒;玻璃纸袋,装着"吧岛虾片";琥珀色的热带产的榴莲糕;拖着大红穗子的佛珠,鹅黄的香袋;乌银小十字架;宝塔顶的大凉帽;然而在这灯与人与货之外,有那凄清的天与海——无边的荒凉,无边的恐怖。她的未来,也是如此——不能想,想起来只有无边的恐怖。她没有天长地久的计划。只有在这眼前的琐碎的小东西里,她的畏缩不安的心,能够得到暂时的休息。

葛薇龙的人生是一场悲剧,她爱上了一个混血的花花公子,不惜卖身供养他,而她这样做的原因几乎只是因为后者不爱她,让她咽不下这口气。也就是说,她之所以爱,是因为得不到爱。过年时去逛街算是难得的放松的时刻,而街上的场景就是世界各地的货品召之即来,仿佛只有要欲望,就能够得到满足。但是越是如此,内心就越是空虚,物的占有仿佛饮鸩止渴。于是我们这里就看到了这样一种同构关系:一个在香港浮沉的上海女孩子,她对情对物永无餍足的占有欲以及随之而来的荒凉感之间的冲突,同构于景观世界的急剧扩张与生活世界的悄然塌陷之间的冲突。男女情爱就这样与殖民经验勾连在一起。作为一个爱情故事的主人公,葛薇龙似乎并未因被殖民者的处境而遭罪,但是除夕夜,街上的外国水兵对着她扔炮仗取乐,一如对待那些站街的妓女。薇龙苦涩地说:本来嘛,我跟她们有什么分别?这当然可以解读为薇龙这一刻意识到自己与其他中国人都不过是被殖民者,但是这样的解读有点突兀。重要的其实倒不是殖民者何时露出丑恶嘴脸,而是整部小说的写作始终处于一种紧张关系中:一方面,这是一个恶可以被原谅的世界,因为一切不过是参差的并置、浮华的杂糅;但另一方面,这又是一个恶不可以被原谅的世界,所有的体面——靓丽的外表、良好的教育、令人羡慕的男友、众多慷慨的情人——都是以屈辱为前提的。把握住这样一种冲突,就抓住了一种感觉结构,由此感觉结构我们就可以打通内容与形式,展开更贴近小说特质的分析,而不是直接就小说的政治立场提问。一个作家所接受的美学程式可能先于她的政治立场,看世界的立场没有变,但是看世界的眼光却有可能已经改变了,这种改变最终将由文学渗透到思想，直到重新认识世界的基本现实。对此进行深入分析，才有可能将文学作品内在的历史感发掘出来。

逻辑之三： 讽喻与影射

文学与历史还有一类经典的关系模式是讽喻（allegory）与影射（insinuation）。先要说明的是，此处的讽喻和影射都不专指批判，而只要是言在此而意在彼，或者言在此，而意在此亦在彼。影射与讽喻虽然在有些情况下可以互换，但整体涵义并不完全相同。影射可以是局部性的，比方说某个作家写一部小说，总体上来说都是虚构，无需对号入座，但也许有某个人物是有生活原型的。他不仅以那个原型为基础构思了他的人物，在写作中也会时时联想到那个人，甚至把自己非常私人化的爱憎加在所虚构的人物身上，但总体而言，这种关联是局部的、枝节性的，且多在暗处。讽喻则多在明处，而且是整体性的，就好像《伊索寓言》①，故事的主角是狼和小羊，农夫和蛇，等等，却是以完整的故事讽喻现实生活中的恶人和善人，这个讽喻的目的往往以一个"卒章显志"的环节表达出来，没有这个环节，整个故事就有点让人摸不着头脑，小朋友听了也会觉得故事没有讲完。

讽喻也好，影射也好，核心的逻辑都是在作品内外之间发生。比方余华的小说《现实一种》，写的是一家人互相残杀，最后杀人者被枪毙，被枪毙后再被解剖的故事，这篇小说让人毛骨悚然的地方，不在于有那么多人死去，而在于每个人施行暴力时都若无其事，仿佛在做最正常不过的事情。余华说这是"现实一种"，我们当然可以说他只是在描摹现实，世界这么大，总有这样一些人，生活如此多元，总有这一面相。但也许我们还会更进一步，想知道余华所写的现实是否影射了他自己的某种经历，他所见过的某些人和事。或者，他是否在讽喻/影射动荡年代的状况，那个时代最可怕的不是暴力，而是暴力的合法化，是用暴力代替法。如果我们不局限于某事某地，而是更为抽象，上升到人类的高度，那么我们又可以说这篇小说是要提供一个象征：究其根本来说，人是被本能左右的动物，脆弱的常识根本不足以保证人能够控制暴力，保持理性。以上这段描述似乎提供了一个"本相—影射—讽喻—象征"的等级关系，其实只是一种逻辑的可能性，我们可以把象征合并于讽喻，也可以认为讽喻不是高于影射而是并立于影射（我个人比较倾向于这一点）。重要的是，不管哪一种处理，我们都不太容易抛开影射与讽喻的可能性，专门讨论"作品本身"的意义。

歌德曾强调象征与讽喻之别，说象征的意旨是间接的，它专注于提供栩栩如生的客体，而讽喻是知性的，太强调寓意，因而破坏了审美。这话当然有道理，但是两者之间并没有绝对的界限，有时象征与讽喻的区别只是普遍的讽喻与特定的讽喻、多元的讽喻与单一的讽喻、高明的讽喻与笨拙的讽喻、新鲜的讽喻与陈旧的讽喻之间的区别。另外，作家虽然都希

---

① "allegory"一词在有些场合译为讽喻，但也有一些场合译为寓言。有些理论家如本雅明对这个词有独到的阐发，但我们这里取的是这个词在一般情况下的意义.

望自己的作品能够不依附于特定的讽喻主题,成为独立自足的有机体,但读者会在某种讽喻结构中去理解作品,这虽然有可能是画地为牢,但也反映了读者的"期待视野"。昆德拉虽然反对将卡夫卡的作品解读为资本主义社会或者极权政治的讽喻,却并不反对将其解读为人类存在之基本境况的象征,不过是因为后者有更为丰富的可说性,且能够更好地与文学形象的整体相结合,而前一种逻辑因为太过落实容易穿凿,但如果说此处有什么阐释的"禁令",恐怕也不能让人服气。如果我们发现某部名作中的某个人物在生活中确有原型,存在影射的可能,几乎没有几个批评家不会精神一振,平日背熟的"新批评"的戒律都丢到一边。真正会让我们觉得皱眉的不是讽喻的可能性,而是讽喻的绝对化,是有些阐释让人觉得如果放下特定的(常常是政治性的)讽喻和影射,作品就毫无可说之处。但这是批评家的问题,批评家如果不能让作品以更直接的方式显出魅力,我们也就不会关心作品的"春秋笔法";反过来,如果批评家让读者感觉作品本身确有意思,读者就会在深入作品的同时,自行在作品与现实建立关联,包括摹仿、同构、讽喻和影射种种。

前面曾讲到讽喻和影射的区别,但两者也没有绝对的界限,明明是讽喻的,有可能会被认为是影射,正大光明的批判一个理所当然的坏的对象,有可能会被认为是处心积虑地讽刺某个不该讽刺、不该攻击的对象。比方老舍的科幻小说《猫城记》,本是再明白不过的讽喻故事。一架飞往火星的飞机降落时机毁人亡,只有"我"幸存下来,被一群长着猫脸的外星人带到了他们的猫城,见到种种既匪夷所思又似曾相识的情状,原来猫城跟人类世界一样堕落,外战外行,内战内行,一座文明古城终至覆灭。这个猫城当然是讽喻当时内忧外患的中国,之所以不说它是影射,一则因为它是用整个故事去讽喻中国的现状,而非只是用某一个细节指涉现实中的某人某事;二则它也并不"隐",明眼人一看就知其寓意,不像一般影射,总是若有若无,扑朔迷离;三则它有"劝诫"色彩,能够让并无瓜葛的读者心有戒惧,这才是"讽"的本意。但是这部小说1970年在苏联出版,彼时中苏关系紧张,于是小说就成为老舍恶毒攻击新政权的罪证。我们可以为老舍辩护说,这不是明明白白地批判旧社会么?但批判者使用的是影射的逻辑而不是讽喻的逻辑,作家自认为是讽喻旧社会,批判者认为这是影射新政权,影射本来就是"隐"的,作家自己的辩护并无用处。在这些地方我们或许可以说:一种未取得合法性认定的讽喻就是影射。

我们可以用两个例子来支持这一看法。讽喻在历史题材的文学作品中十分多见。就戏剧作品来说,我们最熟悉的例子是郭沫若的《屈原》(1942),虽然写的是历史人物的遭际,但是句句紧扣抗战时期的政治现实,整个情节则可以视为讽喻,其目的是号召人们辨别忠奸,团结抗日;其中有可能让真实人物对号入座的部分(尤其那些奸臣),可以视为影射。田汉写于1958年的《关汉卿》是另一类个案。《关汉卿》中的关汉卿写剧被指借古讽今,而田汉写《关汉卿》也被指借古讽今,这两个"讽"都是不合法的,都是"影射"。田汉写《关汉卿》,合法的主题只能是批判旧社会,歌颂新生活,但是作品并非以正义战胜邪恶结束,而只是依靠外力——元朝宰相网开一面,将关汉卿和朱帘秀逐出大都,不作罪人看待——使主要人物的性命得以保全，阶级斗争的彻底性大打折扣；而且全剧结束时显出一种颓唐、悲凉的色彩，给人一种英雄末路的感觉，让观众心绪难平，这就很容易引发争议。田汉极富同情心地描述了关汉卿的困境，避免了概念化和公式化的毛病，却使得自己被拖入知识分子与人民政权对立的泥坑，使《关汉卿》成为知识分子"喊冤"之作。也就是说，本来是"忆苦思甜"的讽喻，却变成了借古讽今的影射。今天的批评者如果能抓住这两者之间的关系做文章，就能够更好地体会田汉的写作困境。他必须要表现过去时代的黑暗，因而不能给主人公好的结局；但他又必须给主人公不太差的结局，否则黑暗会战胜光明，而且也不合史实；然而他又没办法找到可以依靠的力量，只能靠官员法外施恩，而这又显出"革命立场的动摇"。最为关键的是，这个反抗不够彻底、立场不够坚定却又德才兼备、洋溢着人格力量的知识分子关汉卿是全剧的主要英雄人物，如果观众的同情主要放在知识分子的悲剧命运上，自然会形成对现实政治的刺激。所以在这里，我们评论的重点不是这部剧是否影射或者讽喻了当时的政治现实，而是这部剧如何在各种意图与禁忌的冲突或者说"谈判"中，创造性地形成了某种讽喻结构，也就是说，它的确是借古讽今的，但不是做现成的联结，而是实现了一个极具挑战性的文学创造，创造出关汉卿这样的作为平民英雄的知识分子形象。一个作品是否具有某种讽喻结构可以交给特定语境中的读者和观众去判断，它如何在特定的语境中创造了新的讽喻的可能性，则需要敏锐的批评家去分析和评估。

接下来我们要专门针对影射作一个分析。这一分析还只是不成熟的想法，提出来供大家讨论。按照过去的说法，如果影射着眼于特定的人事，总会有些"小气"，比方如果我们知道《关汉卿》中有某个恶人是田汉在影射某个他不喜欢的干部，《理水》里某个学者是鲁迅讽刺某位名教授，虽然有可能兴致盎然，却未必会觉得这些能够增强作品的批判力度。但是换个思路想，如果知道作品中某个人物确实影射了现实中的某个人，我们便获得了另一种类型的历史感：作家走进历史，未必就是站在某个制高点上对历史进行宏观把握，也有可能只是与历史的某个节点"有瓜葛"。对文学来说，这其实是一种非常重要的历史感。在现实生活中，国家命运相比私人生活，孰重孰轻一目了然；但在文学中，一种纯私人的瓜葛对作品情感的影响，可能并不逊于那些宏大的主题。在鲁迅笔下，S城当然可以象征半封建半殖民地的中国，但它同时也可以就是绍兴。《在酒楼上》当然是中国一代知识分子理想幻灭的悲歌，但它同时也曲折地记录了一段回乡省亲的真实经历。在小说那灰暗、忧郁然而又微带温暖的色调中，属于民族寓言的成分和属于作家私人的成分同样不可或缺。而在沈从文这里，倘若抛开张兆和，《边城》《三三》等一系列作品就被抽去了最敏感的一条神经。对读者来说，那个皮肤黝黑、既古灵精怪又沉默寡言的翠翠是湘西山水孕育出来的精灵，代表着那种文化的美和脆弱，是社会大变动时期凝成的一个令人感伤的象征；而对作家自己来说，这首先就是他的"三姑娘"。作为从湘西走出的白面书生，沈从文与都市少女张兆和的爱情故事，为他所书写的文化牧歌提供了隐秘然而关键的支持。事实上还不仅仅是妻子，沈从文还把自己儿子的名字用作小说的题目去写他的湘西故事（如《龙朱》《虎雏》），必须说，这绝不仅仅是文字游戏而已。

指出这一点，并不只是为了让我们在撰写评论时加入作家个人背景，这早已成为一种常规做法。重要的是，以作品来影射私人因素并不是被鼓励的行为，因此在某种意义上它是"被压抑的"，几乎不能正面展现自身。如果借用罗兰·巴特摄影研究的术语，它有点像巴特所说的与"知面"相对的"刺点"。"知面"是一张照片人所共见的内容，"刺点"则是那令人意外的东西，比方说一个不相干的人或物。需要注意的是，"刺点"并不是"含蓄"的意义，它原本就不在照片所要表达的范围之内；但是正是它的存在使得照片成为一种记录，不仅仅是记录画面，更是记录时间：那一刻，就是那一刻。巴特还在名为"小说的准备"的课程中提出了一种新的小说观。他认为，小说就像是"一幅庞大而漫长的画卷，上面绘制着虚幻、虚构或者说'虚假'：灿烂的、彩色的画布，玛雅人的画布，上面稀稀疏疏地分布着'真实时刻'，后者才是绝对的正当性"。[①] 这个"真实时刻"是一种不可能的可能性，不是主体所经历的瞬间，而是作为主体的瞬间，即在当下发现时间。此种时间是一种音乐性的触动，罗兰·巴特提供了一个美妙的比喻，它"相当于一种提示的铃声，一种简短、独一、晶莹的叮当声，像是在说：我刚被某事触动"。[②] 而巴特由此提出的小说的定义是，"谈论我所喜爱者"，他喜欢的小说等于"记忆小说"，等于"其'记忆的'材料相关于幼年，相关于写作主体的生活"。[③] 此时，写作就变成一种与时间打交道的事情，不是谋求超越于流逝不止的时间，而是在流逝中把握某一时间点，一个唯有对"这个人"才有价值的"这一刻"。

这种小说观在张爱玲那里得到了回应。张爱玲越来越醉心于以小说的形式写自己的往事，翻来覆去地写，虚构的色彩越来越淡，而且她所写的往事本身也淡乎寡味，令人难以忍受。但是张爱玲写到此时，其真实观却日臻明确。她在《谈看书》一文中，关于"真实"有这样一番议论：

> 西谚"真事比小说还要奇怪"——"真事"原文是"真实"，作名词用，一般译为"真理"，含有哲理或教义的意味，与原意相去太远，还是脑筋简单点译为"真事"或"事实"比较对。
>
> "事实比虚构的故事有更深沉的戏剧性，向来如此。"……事实有它客观的存在，所以"横看成岭侧成峰"，的确比较耐看，有回味。
>
> 无穷尽的因果网，一团乱丝，但是牵一发而动全身，可以隐隐听见许多弦外之音齐鸣，觉得里面有深度阔度，觉得实在，我想这就是西谚所谓 the ring of truth——"事实的金石声"。

---

① ［法］巴尔特. 小说的准备［M］. 李幼蒸，译. 北京：中国人民大学出版社，2010：172.
② 同上书，第 84 页。
③ 同上书，第 31—34 页。

张爱玲所谓"事实的金石声"与巴特所谓"简短、独一、晶莹的叮当声"是同一性质,都是从某一"真事"处得到共鸣。并非所有的真事都能引起共鸣,但是当真事引起共鸣时,便是所谓真实时刻。这种真实时刻并不在我们所熟悉的现实主义真实观的视线之内,却可以成为一个有益的补充,也就是说,我们要面对的是这样一种矛盾结构:一方面,写作是虚构,是以虚构把握真实;另一方面,写作又是将真事嵌入虚构之中,并以此成就真实时刻。作家通过写作来把握世界的真实,作家也通过写作来把握自己的真实,而前者与后者都是不可能"完成"的任务,就前者来说,作家必须不断地突破既有程式的束缚,对世界形成新的观照;而就后者来说,作家必须将自己的经历放置于不同的叙事框架中,直到听到某种"金石之声"。所以我们看到不少作家喜欢在纪实性或虚构性的写作中一遍遍地重复某些往事,仿佛要为这些"真事"找到最恰当的呈现方式。

对批评者来说,其实重点不在于如何由某一虚构的人、物或事件追踪到某一真实的人、物或事件,而在于观察作者如何将属于他私人的人、物或事件放置于虚构的情节之中,才能使这些私人因素既得到掩盖,又得到表达。这并不是我们平常所说的"个性化的历史",而是"私人化的历史",这也应该成为我们考察文学与历史相互关系的一个维度。对这种"私人化的历史"的发掘,一般不是说脱离文本去探究作家的八卦秘闻(没有理由绝对禁止这样做),也不仅仅是像我们在精神分析批评一章中所尝试过的,通过"文本重叠法"建构作家个人的精神史(这当然也非常重要)。此处重点不在于"压抑"与"释放",而是要从不可化约的私人因素中追踪另一种文学与历史发生关联的方式,也就是说,不管作家如何善于以文学把握历史的意味,总有一些生活的片段是他不能很好地理解和表现的,它们似乎关联着一个更大的背景,但又似乎只是"在那里"。这种"在那里"虽然难以言说,却仍然可以遵循文学的逻辑去捕捉。

一种可能的思路是,如果某部作品提供了一个历史叙述,那么批评家不妨尝试在此历史叙述中分离出私人因素。举例来说,余华的《兄弟》提供了一幅从"文革"到改革开放时期南方小镇风云变幻的历史画卷,此画卷真实与否,读者自可见仁见智,但是在此类讨论之外,我们可以提出这样一个问题:作者本人以何种方式与那个时代发生关联?也就是说,在余华所提供的画卷中,哪些地方可以看到余华自己?我们知道,余华生于1960年,随父亲举家从杭州来到相对平静的海盐,整个"文革"期间他都是未成年人,他与那个动乱时代的联系必须要有一些与成长相关的私人因素。比方他出生于医生家庭,常常一个人待在太平间里睡午觉,与哥哥感情深厚而性格相反,经常闯祸等等,还有他念念不忘的做牙医的经历,这些都有可能成为让时代进入作家生命体验的契机。《兄弟》中这段拔牙的描写就十分传神:

> 余拔牙是一个革命投机分子,顾客走到前面了,他不去盘问阶级成分;顾客躺进藤条椅子了,他也不去盘问阶级成分;顾客张开嘴巴让他看清楚里面的坏牙了,他仍然不去盘问阶级成分。他怕万一盘问出一个地主成分,就丢了一桩买卖,少了

一笔钱，可是不盘问就不是一个革命牙医。余拔牙要革命也要钱，他把钳子伸进顾客的嘴巴夹住了一颗坏牙，才时机恰当地大声盘问：

"说，什么阶级成分？"

顾客的嘴巴里塞着把钳子，啊啊叫着什么都说不清楚了。余拔牙装模作样把耳朵低下去听了听，大叫一声：

"是贫农？好！我就拔了你的坏牙。"

话音刚落，那颗坏了的牙齿就被拔出来了。余拔牙随即用镊子夹着棉球塞进顾客的嘴巴里的出血处，让顾客咬紧牙关来止血。顾客咬紧牙关也就被堵住了嘴，哪怕是个地主，余拔牙也强行把他当成一个贫农了。余拔牙意气风发地拿起拔下的坏牙让顾客看：

"看见了吧？这是贫农的坏牙。若你是个地主，就不是这颗坏牙了，肯定是另外一颗好牙。"

然后余拔牙露出一副革命挣钱两不误的嘴脸，伸出手要钱了：

"毛主席教导我们：革命不是请客吃饭……拔掉一颗革命的牙，要付一角革命的钱。"

在《我是怎么从牙医成为作家的？》一文中，余华回忆说，过去牙医是属于跑江湖一类，通常和理发的或者修鞋的为伍，在繁华的街区撑开一把油布雨伞，将钳子、锤子等器械在桌上一字排开，同时也将以往拔下的牙齿一字排开，以此招徕顾客。这样的牙医都是独自一人，不需要助手，和修鞋匠一样挑着一副担子游走四方。而他自己就曾在一家"牙齿店"上班，每天拔牙八小时，他自嘲不像医生，而是像店员。有这样的经历，写到相关的场景自然得心应手，所以我们看到余华对余拔牙的描写与他对"拔牙匠"的记忆高度一致。但是此处的要点在于，我们要敢于突破单向的再现论逻辑。我们当然可以说这番描写之所以精彩是因为余华以自己做牙医的亲身体验——有读者注意到了"余拔牙"这个名字——去描写一个"文革"中的拔牙匠，但是也可以反过来说，正是对"文革"情状的想象将余华自己过去的体验激活。而这个体验一旦激活，就形成一种感觉结构，这种感觉结构——从一种尖锐的感官刺激，到一种时空错置的荒诞感，再到拔牙所产生的各种象征的可能性——与其说是无意识的，毋宁说是"前意识"的，也就是尚未明确呈现的个人感受历史的方式，一旦它被带入意识，叙述者就会凭借它来感受世界，并将此感受转化为叙述。对此，评论者要做的工作并不只是指出私人因素的存在，更是要让读者听到所谓"金石之声"，即考察在整体虚构的生活场景中，作家与历史的私人接触是否以及如何真正进入叙述，从而使作品获得了一种难以言喻的真实感。

此种真实感若能充分进入评论者的视线，很多话题或可获得新的解说空间。比方说，余华《兄弟》为人诟病的一点是它叙述过于"狂欢化"，汪洋恣肆，缺乏节制，与《活着》对比强烈。《兄弟》的文体是优是劣，批评者当然可以各抒己见；但是论者在批评这一点时，往往忽略了余华第一次以兄弟为主角,全面展现少年在小城中的成长经历,他不仅有抱负要以先锋小说家的视角讲述那段人所共知的历史,亦有机会为自己打开一个面向孩童时期的想象空间。他在叙述中的种种天马行空,与他和哥哥当年在街上、地头、医院走廊的恣意奔跑何其一致,其中既有少不更事时的胆大包天,又有一种莫名的恐惧和因恐惧而生的激情。此处并不是"解释"的逻辑,不是说因为有某种童年经历,作家的作品就能有一个合理的说法,而是说作家的记忆始终不能被已有的写作充分表达,因为那记忆中有完全属于他私人的东西,但这私人的东西却可以成为写作不竭的动力之源。同理,"我怎么从牙医成为作家的",并不是说成为作家就意味着摆脱牙医身份,恰相反,那有些荒诞的"牙齿店店员"的经历,保持着强烈的异质性,使得回忆始终生气勃勃,也始终在刺激作家对自己所经历的时代的想象。更进一步,故乡海盐对余华也有着同样的意义,从文化意蕴高度饱和的名城杭州搬迁到海盐,意味着余华有了一个属于自己的城市。所以余华会充满感情地说自己人虽然离开了海盐,写作却不会离开那里,他过去的灵感都来自于那里,今后的灵感也会从那里产生。[①] 正是这种私人化的因素,成为写作重要的动力之源。这并不是说一个作家所描绘的宏大的历史图景反不如私人关涉重要,而是说如果完全无视私人关涉,我们也许并不能真正理解文学与历史的关系。如果说那种集体历史的宏大叙述为我们理解作品提供了必要的语境,那么种种"秘闻""轶事"甚至一些早已在重复中失去光彩的回忆,倘有富有鉴别力的评论者点铁成金,或可撬动历史叙述的另一种可能性。这当然不是说将文学批评变成八卦报道,因为此处的逻辑不是"表面是公共的历史,其实是私人的历史",而是保持公共与私人相对的独立性,私人的记忆不能代替集体的经验,反之亦然。正是依靠这种对等关系,私人之轻与历史之重才能在文学中真正统一起来。

小结

无论如何谙熟以虚击实的技术,批评家仍需注意文学与现实之间保持必要的区分,因为它们说的是不同的语言。强调文学相对的独立性,关键内涵是文学努力形成自己的一套信念、逻辑和评判标准,使自身区别于网络上哗众取宠的八卦、会场上老生常谈的表态抑或地铁里阅后即扔的新闻,从而能在现代世界稳定地占据一个位置。必须指出的是,这也是真正意义上的历史书写的追求。历史书写是在喧嚣之中的书写,它必须摆脱种种现成的叙述套路的诱惑,另构一种富有想象力和启示性的因果联系。于是我们有理由说,文学越是独立于某一历史情境中的流行观念,就越是与这一情境发生着真实的接触,从而越是有可能与一种富有洞察力和创造性的历史叙述吻合。面对这一微妙境况的批评家,需要拿出他全部的智慧与经验。他的任务是努力成为一个老练的谈判家,不是让文学与历史因为结盟而变得平庸,而是让它们从对方那里获得新的能量。

---

① 参见《文艺报》(2017 年 6 月 2 日第 5 版);另见洪治纲的《余华评传》(郑州大学出版社 2005 年版).

本章课后练习

习题一

读一部你所熟悉的作家的传记,看看传记对于理解作品能否有所启发,尤其注意它能否有助于你发掘出某些作品的"历史背景",而这种发掘又能否引导你对作品内容进行更深入的解读。

习题二

找一部90后作家的中篇小说作品或短篇小说集,分别从本章所说的三个路径,尝试在文学和历史之间建立关联。

习题三

读莫言获得茅盾文学奖的长篇小说《蛙》,以"重与轻"为关键词写一篇评论,看看作家如何以独特的路径进入历史,如何处理集体历史与个人记忆的关系。建议先行了解作品所涉相关历史背景,同时注意从作品中捕捉具有私人化色彩的因素。

需要重申的是，本书的基本结构虽然是从"读入文本"到"读出文本"，却不是从文学之内到文学之外，或者说从文学到非文学，而且这也不是一条"单向街"。问题的关键在于内与外能否构成有价值的张力关系，而不是简单地区分内外。如果文学只是文学，历史只是历史，政治只是政治，文化只是文化，那么文学批评也就失去了大部分的精彩，而为了造就这种精彩，我们就要尽可能创造更多沟通文学内外的方式，但前提是，这种沟通应该让人更深刻地领会到文学并不为这内外所定义，恰是它定义了内外本身。

坚持这样的看法，表明本课程始终是在文学批评的范围之内，而未真正纳入所谓文化研究。我并不赞同布鲁姆的说法，认为文化研究者都是"怨恨学派"，我相信他们中很多人都对文学充满善意，而且他们的研究方法也让文学批评者学到了很多东西，但是我必须承认，他们所做的工作与文学批评并不相同。文化研究试图以更大的知识框架解释文学——作为所关注的领域之一，而且很难说是最重要的——何以成为现在的样子，文学批评则想以文学为框架来解释世界，不仅仅是它实际有的样子，更是它应该有的样子。文学批评者在某种意义上都是不可救药的浪漫主义者，因为他们相信杰出的文学作品定然可以给我们以启示，而我们在文学中所遭逢的那个世界，未必就比那个所谓现实世界更不真实。虽然很少有人能够成为真正意义上的文学批评家，但即便是偶然从事文学批评，也应该秉持这样的信念：当我们谈论文学时，理当成为更好的人。

这种更好，当然不仅仅是就智力而言。文学批评需要智力，需要聪明，但这不是为了摆脱情感的诱惑。这种理智上的禁欲主义是一种哲学习性，文学批评者并不需要这种习性，虽然他明白我们不可能全凭激情写出一篇文学评论，但是我们也很难全凭激情写出一篇文学杰作。哪怕是身在学院的文学批评者也能够理解这一逻辑：我们的理性是为了感情，而不是感情为了理性。与其在他人动情处聪明，不如聪明至动情处。

更好当然也并不只是更真诚。重要的是改变。当我们写作时，我们并非只是在表达自身，更是在塑造自身。文学批评是使愉快的事情——就像伍尔夫所说，天堂就是快乐的、不知疲倦的阅读——变得困难的工作，我们不得不用文字说出自己的看法，并让这种看法经受从立场到趣味，从逻辑到修辞的多种审查，在此过程中我们逐渐变得不那么自以为是。好的文学批评总是内蕴谦卑，因为当批评的才华完全绽放之时，批评者会洞见天才与众人的区别，也会洞见个人的见识相比于那个无限伟大的文学事业，竟然如此微不足道。此时他是否真诚已经不是最重要，他所学到的东西会一点点纠正自己。

那么，我们什么时候才知道自己"入门"了？其实，这是一个伪问题，当我们最终"入门"之时，很可能会觉得自己仍然一无所知，就像孔门最聪明的弟子子贡的感慨，自己因为浅薄，反而容易被人赏识，而"夫子之墙数仞，不得其门而入，不见宗庙之美，百官之富。得其门者或寡矣"。（《论语·子张》）子贡当然是"入门"了的人，那是因为他知道墙在哪里。

卡夫卡的小说《审判》中，有一个农夫来城堡告状。守卫无情地拦住了他，告诉他城堡里还有好几重守卫，绝无可能进到想去的地方。农夫无计可施，却也不甘心放弃，只能在门前徘徊不去。有时他回家带一些土特产给守卫，守卫收下，声称这只是为了让农夫不至于觉得自己无所作为，但他绝不会因此网开一面。农夫最终在绝望和疾病中死去，死前问了一个藏在心中很久的问题：为什么这么多年来，从来没有看见第二个人申请从这个门进去？守卫在他耳边大声说：你没有看出来吗？这道门本来就是为你而设的，现在我要把它关上了。

文学批评者就是那个农夫，他被特地为他而设的门挡在外面。他也可能格外幸运，能够由此门进入城堡，但是并没有其他人能够随他进去。"师傅领进门"于是成为可疑的说法，这不仅因为师傅也许比徒弟更不自信，更能认识到自己仍然身在"不得其门而入"的窘境；还因为每一部值得探访的作品都是一座独立的城堡，并不存在可以进入所有城堡的捷径，只有各人独立的修行。但是事情又这么奇怪，当我们意识到自己理解的努力被作品拒绝，就像被一道为自己而设的门阻挡时，我们又忽然来到了门内。所谓"入门"就是指终于体认到这个道理：每一部真正的杰作都开启了一种可能性又自行封闭了它，由此为世间留下一道独一无二的风景，而文学批评就是这一事件的见证。

后记

HOUJI

本书以文学批评（先后用过课名"文学批评原理"、"文学批评理论与实践"）这门本科课程的讲义为基础写成，有幸获得华东师范大学出版社教材出版基金资助。讲义先后用于浙江工商大学中文系和华东师范大学中文系的本科教学，每轮上课都有增、删、改、调。虽然希望正式出版后能更好地发挥作用，但估计仍然会不断地修改，希望未来有出修订版的机会。

本书的特点是较少作知识性的介绍，比较繁难的内容都是点到为止，而把主要篇幅用于展示教师分析作品的心得，基本想法是尽量讲教师自己能懂并且能用的东西。虽然批评方法应该算是"公器"，但书中也夹带了不少教师本人文学观及文学史观的"私货"。老实交代，教师的专业是文学理论，文学批评写得并不太多，讲义中有些内容较有把握，也有一些不太放心，来自学生的反馈就显得十分重要，所以要特别感谢那些认真读了讲义并给出各种宝贵意见的同学们。

感谢各位杰出同事的激励。华东师范大学中文系本科教育的质量，一直以来处于全国最优秀之列，要赶上同事们的水准还有很长的路要走。所以现在每次去上课都倍感压力，像扛着沉重的东西；但是脚步又很轻盈，像怀着大欢喜。

2020 年 6 月　上海闵行